LES RÉSIDENTS

DU MÊME AUTEUR

La Sirène rouge, Gallimard, 1993 (Trophée du meilleur roman francophone 1994) ; Folio policier n° 1.

Les Racines du mal, Gallimard, 1995 (Grand Prix de l'Imaginaire 1996, prix Rosny aîné 1996) ; Folio policier n° 63.

Babylon Babies, Gallimard, 1999 ; Folio SF n° 47.

Le Théâtre des opérations. Journal métaphysique et polémique – 1999, Gallimard, 1999 ; Folio n° 3611.

Le Théâtre des opérations. Laboratoire de catastrophe générale – 2000-2001, Gallimard, 2001 ; Folio n° 3851.

Périphériques, Flammarion, 2003.

Villa Vortex, Gallimard, 2003 ; Folio SF n° 189.

Dieu porte-t-il des lunettes noires ? et autres nouvelles, Librio Imaginaire n° 613, 2003.

Cosmos Incorporated, Albin Michel, 2005 ; LGF n° 30707.

Grande Jonction, Albin Michel, 2006 ; LGF n° 30925.

Le Théâtre des opérations. American Black Box – 2002-2006, Gallimard, 2007 ; LGF n° 31216.

Artefact. Machines à écrire 1.0, Albin Michel, 2007 ; LGF n° 31631.

Comme le fantôme d'un jazzman dans la station Mir en déroute, Albin Michel, 2009.

Métacortex, Albin Michel, 2010.

Satellite Sisters, Ring, 2012.

Les Résidents, Inculte, 2014.

© Éditions Inculte, 2014

ISBN 978-2-330-05872-2

MAURICE G. DANTEC

LES RÉSIDENTS

roman

BABEL NOIR

Livre premier

CADILLAC BLONDE
BASEMENT DOLL

*Le phénomène du corps est à
mettre au premier rang* métho-
diquement.

— FRIEDRICH NIETZSCHE

LE NOM SANS CORPS

*

LE CORPS SANS NOM

LE NOM SANS CORPS

*See the breaking glass / In the underpass /
Hear the crushing steel / Feel the steering
wheel / Warm leatherette / Melts on your
burning flesh / You can see your reflection
/ In the luminescent dash/Warm leatherette / Warm leatherette*

Warm Leatherette, DANIEL MILLER/
THE NORMAL

Alpha

1

Comme toujours après un meurtre, elle avait observé son corps dans le miroir.

Nu. Entièrement. Longtemps. Très. Cela pouvait durer une heure, parfois le double et parfois plus encore.

Nu, son corps semblait plus vrai que nature, nu, il s'approchait au plus près de la vérité, c'est-à-dire de l'artifice qu'il était devenu.

C'était dans le miroir qu'il devenait réel, c'était le miroir qui en faisait un corps authentique, c'était le miroir qui lui donnait une identité, plus qu'un nom, plus qu'un nombre, plus que tous les nombres dont il était constitué.

Dans le miroir, il était chair.

Écoutez donc ce qu'il a vraiment à vous dire, pensait-elle :

Ce corps qui n'était plus vraiment le sien, ce corps reconstruit autour d'une opération, d'un théâtre, ce corps qui n'existait plus en tant que tel, en tant que structure personnelle, en tant que sujet/objet identifiable par son possesseur, ce corps cosmétique, chirurgicalisé, réengineeré, reformaté, ce corps manufacturé, machinisé, plastifié, ce corps re-fabriqué, ce corps dont les formes charnelles cachaient une forme sans le moindre sens, ce corps nu dans le miroir était la seule image vraie parce qu'il contenait un secret qui l'avait transformée en ce qu'elle aurait pu être mais ne deviendrait jamais.

Besoin d'une explication supplémentaire, homo sapiens de passage ?

Ce corps n'était pas faux, c'était une fiction : il était plus vrai que le vrai, il était plus vrai que celui qui était né, qui avait vécu, et qui était mort. Elle ne deviendrait jamais ce qu'elle était, elle ne serait jamais ce qu'elle deviendrait. Le clivage était irrémissible. La fracture était physique. C'était de l'ordre de la tectonique des plaques.

C'est pourtant simple, il suffit de vouloir le comprendre.

Son corps avait été refait, mais ce n'était plus vraiment un corps, en tout cas plus vraiment un corps de femme, le corps qu'elle avait possédé un jour, un jour avant le Monde.

Ce corps refait, ce corps-copie sans original, ce corps-simulacre restait l'unique et irréfragable preuve qu'elle était incarnée ici-bas, qu'elle y vivait.

Et qu'elle y tuait.

Qu'elle y tuait pour que ce corps puisse continuer à vivre dans les miroirs.

Cet homme, par exemple.

Cet homme auquel elle parlait sans ouvrir la bouche.

Cet homme ne savait-il pas ce qu'il risquait en lui adressant un regard appuyé, alors qu'elle payait la location de son bungalow pour la nuit, à la réception du motel? Ne savait-il pas qu'engager une conversation anodine est toujours un piège, et qu'elle en connaissait tous les mécanismes?

Pourquoi lui avait-il adressé la parole, sinon pour la souiller aussitôt? Pourquoi lui avait-elle répondu, sinon pour retourner le piège contre lui?

Pourquoi, comme tant d'autres avant lui, considérait-il la vie tel un jeu sans en accepter les conséquences?

Pourquoi était-il sûr d'être vivant et de pouvoir le rester, en toute impunité?

Pourquoi son regard s'était-il cristallisé sur la longueur d'onde si singulière de la terreur, lorsque celle-ci convole avec la surprise la plus totale? Pourquoi s'était-il l'instant d'après rendu si pitoyable par ce regard flou et suppliant, alors que le canon du pistolet automatique ne se détachait pas de sa cible?

Pourquoi avait-il tenté de nier l'évidence au tout dernier moment, par un « non » pathétique qui vint s'écraser contre le mur solide et opaque du réel?

Le réel, c'est-à-dire elle.

Parce que comme tous les autres, il ne pouvait faire face à la vérité. Cette lumière le rendait aveugle ou l'obligeait à coudre ses paupières.

Elle était là pour lui rappeler que ce choix devait être considéré comme le seul légitime.

Les meurtres : ce qui permettait à ce corps de conserver une forme.

Le corps : ce qui permettait aux meurtres de conserver un sens.

Le miroir : l'écran de ce simulacre, et le film en direct de sa reconstruction, toujours recommencée, toujours à refaire, toujours in-finie.

Sa vie : refaire de tout cela une figure cohérente, une personne.

Et pour y parvenir, détruire tout ce qui entrave le processus. Pour ainsi dire, le reste de l'humanité.

Elle s'appelle Sharon Silver Sinclair. C'est ce qui est inscrit dans les registres de l'état civil. Elle a 28 ans. Elle est d'origine canadienne. Elle est née près de la frontière américaine, en Alberta. Elle est grande, fine, elle sait que sa silhouette accroche l'œil des mâles, et de certaines femelles. Sa chevelure d'un blond astral épouse la moindre variation de luminosité, ses yeux sont d'un bleu-vert rayon laser, sa peau est très pâle, ses courbes dessinent de longues arabesques dans le clair-obscur de la chambre, ses seins sont fermes et redressés naturellement. Elle est attirante. Très.

Dans le miroir.

Ou dans le regard de la personne qu'elle s'apprête à tuer.

Elle est attirante.

Très.

Elle l'a toujours été.

Mais elle est détruite.

Complètement.

En tant que corps. En tant que femme. En tant que mère, et même en tant que petite fille.

Sa destruction a rendu son apparence plus rayonnante encore. Sa destruction a accouché d'un nouvel être, terriblement lumineux. Sa destruction en a fait une femme bien plus belle.

Aussi belle que l'arme qu'elle presse contre sa poitrine.

4

L'arme est un pistolet automatique Sig-Sauer, gris anthracite, compact, aux lignes dures et élégantes, il est prolongé d'un silencieux et l'ensemble formé de la culasse et du canon ainsi rallongé est ceint d'une bouteille de plastique transparente maintenue à l'acier avec du ruban adhésif.

Dans la bouteille de plastique, quelques pépites de métal tubulaire jaune laiton, les douilles éjectées alors qu'elle appuyait sur la détente. Dans la lumière irisée des néons du motel, on peut aussi y discerner de délicates traces bleutées, d'infimes résidus de poudre.

Le miroir est une surface vif-argent où elle observe son corps et, en arrière-plan, l'homme mort, silhouette allongée au milieu d'une flaque pourpre aux contours couleur charbon.

Ses cheveux, irisations de métal ardent, sont maintenus en chignon dans le PVC transparent d'un bonnet de bain, ses pieds sont toujours chaussés de sa paire de Nike, elle sait prendre les distances qu'il faut avec le monde qu'elle traverse, elle n'y laissera aucune fibre capillaire, aucune cellule épidermique, rien qui provienne de son corps, son corps qui est un secret. Elle ne livrera aucun indice corporel. Pas d'empreintes, pas d'ADN, l'eau de Javel déversée dans la pièce centrale en détruira le moindre peptide.

Son reflet armé se tient au centre d'une nuée couleur mercure, son reflet armé est l'unique réalité objective.

Tenant avec calme le pistolet automatique, ses mains sont fines, délicatement articulées, moulées par le latex des gants de chirurgie, c'est comme si son corps entier était fait de cette matière antiseptique, protectrice, translucide, cette matière clinique qui oblitère toute identité digitale. Son corps est factice, il n'a plus d'existence singulière. Elle n'est qu'un nom même si elle en utilise plusieurs. Elle en use et abuse, sa personne est devenue une machine à dénominations programmables auxquelles elle s'adapte comme à de simples matricules interchangeables. Ses traces sont des cartes de crédit falsifiées, des nombres truqués, des identités artificielles.

Plus tard, une fois revêtue de son costume pour « salle blanche » de neurochirurgie, elle s'occupera, à l'aide des instruments adéquats, d'extraire les balles de calibre 9 millimètres de la chair morte.

Elle ne laisse jamais rien d'identifiable derrière elle, même si elle le voulait, elle n'est pas sûre d'y parvenir.

L'arme qu'elle presse contre ses seins est encore tiède. Et le corps de l'homme que cette arme vient d'abattre l'est aussi.

Elle seule est froide.

Elle seule peut être aussi froide.

Sa température est celle de l'hydrogène liquide, du zéro absolu. Sa température est celle du cosmos. Les habitants de ce monde n'auraient pas dû détruire la source de chaleur qui habitait ce corps. Les habitants de ce monde n'auraient pas dû calciner l'âme jeune qui s'y développait.

Maintenant, ils meurent.

5

Ils meurent. Parfois ils souffrent, parfois non. Répartition strictement statistique.

Rien de volontaire, il y a longtemps que sa volonté n'est plus qu'une extension paradoxale de sa puissance,

16

qui est un grand vide, où se conglomèrent tous les vides dont cette planète habitée est constituée, autant dire cette planète en son entier.

Alors ils meurent. Les raisons pour lesquelles ils meurent sont innombrables, mais peuvent se résumer à une poignée d'explications connexes et très simples : ils n'auraient pas dû se trouver là. Pas à ce moment précis. Il ne fallait pas qu'ils la voient. Il ne fallait pas qu'elle les croise. Il ne fallait pas qu'ils aient l'outrecuidance d'être vus. Enregistrés, même pour une microseconde, par son nerf optique.

Ils habitent ce monde. Ils vivent.

Alors elle les expulse, elle les tue.

Simple effet de causalité. Équation. Évidence. Suite numérique. Zéro, un.

Puis elle regarde son corps factice devenir vrai dans le miroir.

Les morts l'aident à faire de sa propre image une vérité absolue. Les hommes et les femmes, elle ne fait aucune distinction entre les genres, tous appartiennent à l'espèce humaine, tous appartiennent à ce dont elle a été annulée.

Dans le miroir, le corps resplendit, l'arme renvoie des rayons cristallins à ses angles durs, l'homme mort s'est fondu dans le décor, il n'est plus qu'une pièce de mobilier comme les autres.

A-t-il jamais été autre chose ?

Il faut partir, maintenant, disait le corps-miroir au corps-simulacre. Il faut se fondre dans la nuit, et mieux encore disparaître en plein jour, il faut reprendre la route.

Cette route qui brûlait solaire sodium aux approches de la ville. Cette route qui brûlerait solaire sodium vers la prochaine ville.

Oui, répondait le corps-simulacre au corps-miroir, nous allons repartir.

Les deux corps s'accordaient sur un point précis : c'est parce qu'elle n'allait nulle part que personne ne pouvait la suivre ni deviner sa destination.

Elle n'était qu'un nom recouvert d'autres noms, de nombres et de données informatiques. Elle était un mouvement aléatoire sur un diagramme. Elle était un fantôme dans une machine, elle aurait pu transiter par un routeur entre des ordinateurs répartis à la surface du globe.

Elle était un flux de signaux, une matrice abstraite, un prototype sans modèle, elle n'était que la somme des paramètres indiquant sa non-existence paradoxale et dédoublée dans le monde.

Il importait peu que ses crimes soient signés de toutes ces procédures spécifiques, puisque la signature n'était finalement qu'une simple croix :

La première balle de 9 millimètres avait perforé le poumon droit, la seconde le ventricule gauche du cœur.

Ensuite, alors que l'homme basculait contre le mur, près du lit, elle lui avait logé une troisième balle dans le bas-ventre.

Enfin, alors qu'il s'affalait pour de bon, les yeux grands ouverts encore fixés sur un point de non-retour absolu, elle lui avait tiré un dernier projectile en plein front.

Les quatre points cardinaux dessinaient une structure cruciforme, quatre trous bouillonnant d'un liquide écarlate, quatre trous exécutés avec des clous de neuf pouces, comme sur le Golgotha.

Elle n'était même pas de ceux qui les avaient percés.

Elle était l'instrument du sacrifice.

Elle était la croix, tout simplement.

Chapitre 2

1

Dans la nuit profonde et étoilée de l'été boréal, les lumières du Motel 8 semblaient délimiter des zones d'atterrissage extraterrestres. Les motels étaient les astres de la route, autour d'eux orbitaient de petites planètes, cubiques et habitables immédiatement, avec tout le nécessaire pour la survie, c'est-à-dire pour la condition première à toute évolution.

Les motels étaient le lieu de résidence adapté à une forme de vie comme Sharon Sinclair.

Sharon Sinclair, cette forme de vie qui s'adaptait en continu à ce qui ne connaissait ni début ni fin, la route, ce réseau qui quadrillait les artifices de la nature d'un horizon à l'autre, cet urbanisme linéaire injecté dans l'univers visible comme une intraveineuse dans un organisme vivant.

Sharon Sinclair qui ouvrait la porte de son bungalow, Sharon Sinclair qui venait de tuer un homme quelques heures auparavant, Sharon Sinclair qui pénétrait dans la chambre à deux lits sans y allumer la lumière, Sharon Sinclair qui s'apprêtait à réveiller l'enfant.

L'enfant.

L'enfant de la route.

L'enfant-alien, l'enfant étranger. L'enfant étranger à tout, et à tous.

Un adolescent. Le fils du soleil sodium.

Le Môme. Le Kid. *The Pale Face Kid*. L'enfant venu d'un autre monde qui était pourtant celui-ci. L'enfant venu de l'Autre Monde. L'Ancien.

L'enfant dont la collision avec la route solaire sodium made-in-America n'avait d'autre finalité que leur rencontre, aussi fatale que la course mathématiquement prévisible de deux avions sur le point de se percuter.

Sharon observait l'adolescent profondément endormi avec l'attention que requiert toute science, toute technique, toute médecine. Une mélodie oscilloscope mécanisait son cerveau scrutateur : *You are in my vision*. Gary Numan. Un spectre venu de la décennie de sa naissance, un spectre revenu du futur. Un spectre synchronisé avec le présent proche.

Une minuscule étincelle semblait demander à danser. Le feu follet d'un souvenir, un morceau de mémoire erratique, datant de la vie d'avant. Des mots. Des sons. *You are in my vision, I can't turn my face, You are in my vision, I can't move my eyes, You are in my vision, I can't move at all.*

N'étaient-ils pas tous deux condamnés à la solitude, à l'errance, à la méfiance, au silence, n'étaient-ils pas faits l'un pour l'autre, c'est-à-dire sans la moindre possibilité de contact ?

Elle ne le réveillerait qu'à l'aube. Tout le monde serait encore plongé dans la piscine du sommeil. Le point du jour, c'est le moment des fuyards, c'est l'instant entre tous où la route s'offre à vous, en accord avec l'univers entier, c'est la minute sublime où toute liberté est un acte naturel.

Le môme de la route solaire sodium aurait eu droit à quelques heures de répit.

Il était au bout du rouleau, se disait-elle.

Il avait besoin de repos.

Lui aussi, il avait beaucoup tué ces derniers temps.

Plus tard, alors qu'elle reprenait l'autoroute transcanadienne vers l'ouest, elle se fit la remarque que l'adolescent
possédait un sens pratique et des capacités d'adaptation
qui la dépassaient largement et qui formaient un phénomène difficilement descriptible. Son intelligence abstraite,
attirée naturellement vers les mathématiques, trouvait
dans le monde réel une parfaite plate-forme d'expérimentation, d'essai, de test, pour ses équations à l'usage
des hommes.

Il avait commencé par son propre collège.

Un collège est un ensemble de données statistiquement
vérifiables.

Il les avait toutes vérifiées.

Le soleil naissant diffractait ses rayons dans la lunette
arrière de la Cadillac Crossover SRX, formant des cristaux mobiles en suspension dans l'habitacle, le pare-brise
miroitait comme la surface d'un lac, au-dessus d'eux le
ciel était blanc-bleu diamant, l'autoroute formait une
coulée vert-de-gris, quasiment rectiligne, une longue
rayure qui allait se perdre à l'horizon, en un tracé net
aux couleurs militaires, au milieu des grandes plaines
de l'Ouest canadien, comme l'empreinte d'un engin de
guerre laissé à l'endroit où l'homme aurait tout pacifié,
y compris et surtout lui-même.

Était-elle une psychopathe, comme on qualifiait le
jeune garçon ? N'était-ce pas ce qu'affirmaient les journalistes et les experts, psychologues, sociologues et
autres *profilers* qui décrivaient leurs deux courses parallèles comme des cas d'espèce ? Ils ignoraient que leurs
courses n'étaient plus parallèles, mais autonomes tout
en étant soumises à des lois, des trajectoires, des adap-
tations, des existences et des destinées à la fois absolument différentes et conjointes. Ils ignoraient qu'elles n'en
formaient plus qu'une seule. Tout comme les forces de

police lancées à leur poursuite, ils ne pouvaient deviner que la femme qui n'avait pas de corps personnel et l'enfant dont l'âme était une forteresse constituaient un seul point mobile sur le diagramme, ils ignoraient qu'ils s'étaient rencontrés et qu'ils voyageaient désormais ensemble. Ils ignoraient qu'ils n'étaient plus qu'un seul et unique danger.

Ils ignoraient qu'un tel miracle fût possible en ce monde qu'ils croyaient leur.

She was not in their vision.

3

Lorsqu'il prit la décision de tuer, Novak Stormovic venait de fêter son quatorzième été sur la Terre, et sa septième année en Amérique. Il se tenait entre deux mondes, il avait vécu une moitié de son existence dans chacun d'eux. Il était un être hybride et il avait compris depuis longtemps qu'il le resterait toute sa vie, au-delà du passage illusoire du temps.

Il appartenait aux deux mondes, mais en creux, en négatif, il n'était européen qu'ici, en Amérique du Nord, il n'était européen que parce qu'il avait quitté l'Europe ou, plus exactement, parce que l'Europe l'avait quitté.

Il n'était américain que par adoption, il faisait partie du flux migratoire constant qui avait fondé ce continent, il n'était américain que parce qu'il venait d'ailleurs.

Il ne venait pas de n'importe quel point de cet Ancien Monde qui avait accouché de celui dans lequel il vivait maintenant, il ne venait pas de n'importe où, ni n'importe quand, il venait de cette région historiquement centrale, autour de laquelle la destinée de toutes les nations du monde avait plusieurs fois pivoté, il venait de cette partie de l'Europe qui s'était à plusieurs reprises effondrée sur elle-même, tel un trou noir supermassif.

Il n'avait pas 3 ans lorsqu'il avait assisté au dernier effondrement en date.

L'avion de l'Otan était passé à basse altitude au-dessus du village avant d'effectuer son demi-tour. L'onde de choc et le son du réacteur avaient fait violemment trembler les vitres de la maison.

L'homme des forces spéciales serbes avait regardé Miroslav Stormovic et sa famille avant de désigner sans prononcer un mot leurs bagages empilés au milieu de la pièce. En trottinant du mieux qu'il pouvait, Novak avait suivi sa mère, sa sœur et les autres femmes qui portaient les valises, tandis que son père ainsi que les oncles et beaux-frères, survivants des diverses guerres, se chargeaient des malles, des cartons et des sacs de sport.

Plus tard, alors qu'ils roulaient, entassés dans le véhicule militaire, en direction de Mitrovica, le sous-officier lui avait offert un sourire un peu triste qui s'était gravé dans sa mémoire comme le centre secret de toute la scène. Ce souvenir de la fuite devant les bombardements de l'Otan et l'infiltration des groupes armés de l'UCK était resté profondément imprimé en lui, sans doute un des plus anciens que son cerveau eût conservés à peu près intacts. À l'horizon, des panaches de fumée cendreuse se vissaient dans un ciel azur sillonné de hautes lignes blanches à la course parfaitement rectiligne.

L'exil ne faisait que commencer. À la fin de l'hiver suivant, la famille déposait ses bagages en France, dans la banlieue de Paris, un quartier dominé par des Yougoslaves de toutes les anciennes républiques de la défunte Fédération. Le père de Novak, électromécanicien de formation militaire, avait travaillé des années auparavant sur plusieurs sites industriels de la région lyonnaise, ainsi qu'au port de Toulon. Il connaissait la langue et les us et coutumes locales, il trouverait un emploi, la famille pourrait s'adapter.

L'exil ne faisait que commencer. La France pouvait-elle être autre chose qu'une étape, une station de correspondance, un point de passage ? Un échangeur routier ?

Cette extrémité occidentale de l'Eurasie pointait droit vers le continent d'où étaient venus les bombardiers. Pourtant, c'est la direction que son père choisit de prendre, après quelques années sur le sol français, qu'il avait toujours présentées comme un calcul provisoire.

Il opta pour le Canada, qui n'avait pas participé aux opérations militaires contre la Serbie, les conditions d'immigration étaient plus souples qu'aux États-Unis, il existait une communauté yougoslave à Montréal, dans la province du Québec, on y parlait français, il trouverait un emploi, la famille pourrait s'adapter.

L'exil ne faisait que commencer.

Tout exil ne fait toujours que commencer.

4

Vers midi, elle s'arrêta pour faire le plein dans une station Petro-Canada. Elle venait de franchir la frontière entre la Saskatchewan et sa province natale. Rivé à l'écran télé, le pompiste suivait les opérations que conduisait la compagnie BP, au large du golfe du Mexique, pour colmater la brèche qui, depuis trois mois, relâchait 60 000 gallons de brut par jour dans la mer des Caraïbes. Le ballet des machines sous-marines autour du pipeline brisé et du nuage jaunâtre expulsé sous haute pression n'avait cessé de rythmer son voyage, au fil des motels. CNN restait son seul contact avec la réalité humaine, la chaîne d'informations en continu en valait bien un autre, les immenses travaux offshore déployés pour venir à bout du désastre pétrolier condensaient le peu de sens encore disponible ici-bas.

Il y avait eu un accident. Et on faisait tout pour le réparer.

Durant sa course, durant leur course, elle avait soigneusement évité de s'approcher de son lieu de naissance, elle se doutait que les routes y seraient particulièrement surveillées, mais elle savait aussi qu'après plusieurs semaines de comportement erratique parfaitement calculé, elle avait semé le trouble chez les statisticiens et les analystes de la police.

De toute façon, elle n'allait nulle part. Elle n'irait sûrement pas jusqu'à Calgary, et moins encore dans la petite ville où elle avait passé sa jeunesse, à la frontière de l'Alberta, des États-Unis et de la Colombie-Britannique.

Nulle part, c'était pourtant comme un endroit en creux, elle n'ignorait pas qu'au bout d'un certain temps, il serait plus ou moins déterminable par les ordinateurs et les psychologues de la police, le hasard n'existe pas. Il n'existe que des accidents. Et tout accident est formé d'un ensemble de phénomènes paramétrables, quoique par leur seul devenir.

Il y avait peut-être un moyen d'aller au-delà de ce nulle part, vers un lieu secret, un lieu sans repères, absent de la plupart des cartes, mais un lieu quand même, un lieu qui était un accident, un territoire protégé, circonscrit, et pourtant caché, quasiment invisible, un havre où ils pourraient se reposer et dormir plus d'une nuit d'affilée.

Elle connaissait quelqu'un. Un vieil ami de son père, l'homme qui écoutait Gary Numan. Elle ne l'avait pas vu depuis des années.

Il ne pouvait pas ne pas être au courant. Il ne pouvait pas ne pas avoir deviné.

Elle avait vécu durant des années chez lui.

Chez eux, en fait. Cet homme avait un ami, ils partageaient le même lieu de vie.

Avant de disparaître de la surface de ce monde, son père lui avait ordonné de ne faire confiance qu'à ces seuls hommes. Il répétait à Sharon qu'elle pourrait toujours compter sur eux, quelles que soient les circonstances. Son père avait disparu sans laisser de traces à la fin de la dernière année du siècle précédent, elle venait d'avoir 17 ans. Elle n'avait jamais rien su de plus.

Les deux hommes avaient appris, pour son accident. Ils avaient suivi l'enquête de près jusqu'à son misérable échec.

Depuis des jours elle pensait à eux, à l'Idaho, à la vaste propriété perdue dans les massifs des Rocheuses, à la frontière du Montana. Elle s'était sentie si peu en danger durant toutes ces semaines passées sur la route, toutes ces semaines passées à tuer, qu'elle n'avait pas songé à demander de l'aide : c'était les autres qui en avaient besoin, de toute urgence. Son corps et son double ne cessaient de composer le 911 sur tous les téléphones de la Terre.

Ces hommes pouvaient néanmoins lui permettre de poursuivre le plan. Le plan de survie du corps truqué. Le plan de restauration du corps véritable.

Ils vivaient là où plus personne n'osait vivre. Ils vivaient là où plus personne n'oserait mourir.

C'est à peine différent d'un nulle-part.

C'est mieux encore.

C'est un sanctuaire.

5

Dans les toilettes de la station-service, elle croisa un type en chemise à carreaux et blue-jean élimé, un camionneur d'une cinquantaine d'années qui lui prêta à peine attention, sous sa casquette Peterbilt vieille de quelques siècles, ses yeux étaient déjà fixés sur les milliers de kilomètres restant à parcourir.

Lorsqu'elle s'installa au volant, elle vit que le jeune Serbe s'était endormi, une barre Mars à moitié dévorée dans la main, la tempe calée contre la vitre. Le soleil était déjà haut, par le toit ouvrant elle le sentit frapper le sommet de sa tête, sans parvenir pourtant à la réchauffer, la vague de chaleur continentale insolait le béton, le métal, le plexiglas, l'air, tout était tiède, moite, parfois brûlant, le ciel d'un bleu pur paradait devant le pare-brise, constellé de quelques flocons nuageux à peine consistants. Une lumière cristalline déposait son vernis vibrant de réfractions sur chaque objet du monde.

Le monde était beau, le monde était chaud, le monde était lumineux, le monde était son seul ami. Le monde pouvait être dangereux pour les êtres humains.

Elle seule pouvait être aussi froide.

L'autoroute s'étendait en une longue percée à la rectitude aussi abstraite que les vastes champs de céréales qui la cernaient à perte de vue. La seule verticalité perceptible provenait des silos à grains qui veillaient comme des tours de garde sur les précieuses graminées. Leurs reflets argentés dominaient de loin en loin l'or roux des plantations, la route quasiment déserte ne demandait qu'une attention réduite et un réglage optimal du *cruise-control*, ainsi que la bonne playlist sur le lecteur MP3 intégré au tableau de bord. Le système acoustique haut de gamme faisait étinceler chaque fréquence comme un reflet de soleil dans le pare-brise.

Elle opta pour une sélection aléatoire des musiques qu'écoutait son père, entre la fin des années 1970 et le milieu des années 1990, rien d'une aimantation nostalgique, aucune volonté de faire revivre un souvenir, une image, des impressions. Rien d'autre qu'une présence réelle, celle des ondes sonores sous la forme d'un fichier digital.

How does it feel? demandait New Order.

It feels very good. Very good, indeed, pensait-elle.

Son visage la regardait dans le rétroviseur.

Elle avait pénétré d'environ soixante kilomètres en territoire albertain, il était temps d'obliquer vers le sud. Il
était temps de prendre la seule direction qui ne devait
rien au hasard, tout du moins à ce qu'on croit tel.

Elle rejoignit la route 501 par Lethbridge, compta deux
sorties et brancha le scanner de police multifréquences.

Un bel engin, dernier cri, en provenance des USA,
vendu très cher sous le manteau par une des réserves
indiennes transfrontalières, un cadeau qu'elle s'était
offert cette nuit-là, après avoir tué les deux occupants
d'un Ford Expedition dans une ruelle de Toronto, deux
night-clubbers bourrés de pognon qu'elle avait suivis
une soirée entière avant de se laisser aborder. Dans le
coffre de leur luxueux SUV, elle avait découvert des lots
de marijuana et d'amphétamines qui accréditeraient la
thèse du règlement de comptes crapuleux. C'est dans ce
coffre également qu'elle avait mis la main sur ce carton
plein à ras bord de cartes magnétiques ou à puce intégrée,
de toutes origines, de tous modèles, pour tous usages.

Pour son premier double homicide, elle n'avait pas
manqué d'intuition calculée et d'intelligence improvisée.

C'est morts que les humains se révélaient les plus
utiles.

La traversée de la frontière et la jonction avec l'Interstate 15 furent signalées dans son nerf optique par la
forme rectangulaire d'un panneau routier.

L'ordinateur du scanner passait en revue toutes les
fréquences disponibles et actives, les voix aux sonorités métalliques se succédaient dans un flot ininterrompu
sur fond de brouillard bruitiste à ondes courtes. Il était
temps de se heurter à la frontière américaine.

Il était temps de passer le test.

Le petit poste de douane était constitué de deux guérites situées de part et d'autre d'un élargissement de la route en deux voies d'accès.

Il n'y avait personne sur la file de droite où le feu venait de passer au vert, un camion Dodge Sprinter attendait sur celle de gauche.

Ce poste-frontière n'était pas encore doté des derniers systèmes de détection que le Home Department américain avait fait installer sur les principales portes d'entrées de son territoire. Il restait quelques trous dans le mur. Leur nombre se restreignait de jour en jour. Cela devenait de plus en plus compliqué, surtout pour deux fugitifs transportant plusieurs armes à feu.

C'était compliqué, donc c'était la solution la plus sûre. C'était difficile, donc cela devait être tenté. C'était presque impossible donc il s'agissait de l'unique possibilité.

Avant qu'ils ne découvrent l'homme du bungalow 24, ils continueraient de les chercher dans la zone de ses derniers meurtres, aux environs de Winnipeg, Manitoba. Elle avait erré de l'Alberta jusqu'au Québec, puis dans le Nord canadien, jusqu'aux abords de la baie James et de la baie de Hudson, avant de parcourir un tout autre chemin, en sens inverse, elle ne s'était jamais approchée de la frontière, sinon pour son escapade dans le Sud de l'Ontario. Ils la chercheraient partout sauf dans ce qui ressemblait le plus à un piège. Ils n'avaient pas assez d'imagination pour imaginer le pire. *She was not in their vision.*

Ils. Tous les flics du Canada, polices provinciales, GRC, SCRC, tous. Plus déjà sans doute nombre de leurs collègues en activité au sud de la frontière, là où justement elle se dirigeait, dix assassinats à son actif, sans compter les chiffres encore plus impressionnants atteints en une seule fois par son compagnon de voyage.

Mais ils passeraient. Elle en était sereinement convaincue. Ils passeraient, comme ils avaient déjà franchi deux barrages routiers, ils passeraient parce qu'en fait ils n'étaient pas vraiment là, ils étaient des identités factices, et ils s'en emparaient en un pur acte de prédation, ils les digéraient, les incorporaient en quelques heures, voire quelques minutes.

Un phénomène étrange était apparu après l'accident initial, et il ne cessait de s'accentuer depuis qu'elle avait entrepris sa longue course à travers l'humanité.

Sa morphologie s'adaptait à ses identités de rechange. Il ne s'agissait pas d'un processus de mimétisme biologique mais d'un événement psychologique interne qui affectait la perception que les autres avaient d'elle.

Cela n'avait rien à voir avec une accumulation de détails, même significatifs, cela ne nécessitait aucun calcul, aucune préparation particulière, aucun déguisement, aucun artifice.

C'était elle, l'artifice.

8

L'agent des Custom Borders observait tour à tour son visage, la photo imprimée sur le permis de conduire et le passeport canadien de Jane Allison Royce, son œil de fonctionnaire inquisiteur semblait chercher une réponse à une question incongrue.

Sharon se contenta d'orienter un peu la tête dans la lumière en provenance du pare-brise, ses cheveux se déplacèrent le long de ses méplats, son expression se modifia sans même qu'elle ait à jouer un rôle conscient, elle savait que son regard, sa bouche, ses gestes, sa posture, son maintien, concouraient à visser la certitude dans le crâne du douanier comme une bonne munition de 9 millimètres.

L'homme se contenta d'observer Novak qui s'éveillait.

— C'est mon neveu, je le reconduis chez ses parents, voici leur autorisation parentale.

Elle tendit le document avec le passeport à puce électronique. Son comportement épousait d'instinct celui d'une petite fonctionnaire fédérale ontarienne, ce n'était pas physique, corporel, identifiable, comme tout ce qu'elle était, c'était de l'ordre du simulacre, *être visible sans être*, c'était une forme de manipulation psychique poussée à son degré extrême.

Le passeport identifiait le môme comme William Deschamps, originaire du Québec, résidant à Denver, Colorado.

De simples faux, comme elle-même.

9

Le soleil commençait sa plongée sur l'horizon lorsqu'elle reprit la direction de l'ouest. À Vaughn, elle quitta l'Interstate 15 et s'engagea sur la route 200 par l'échangeur du Veterans National Highway afin de rouler droit vers les premières hauteurs de l'État, en direction de la ville de Missoula. Ils étaient passés. Avec les armes dans leurs coffrets de métal et de composite, au fond des compartiments logés sous les sièges avant. Le douanier américain avait posé quelques questions d'usage, avait fait le tour du véhicule, avait demandé à inspecter le contenu du hayon, n'avait ouvert aucune des valises, puis leur avait fait signe d'y aller.

Ils recherchaient un homme ou une femme seule et un enfant en fuite, pas les deux ensemble, encore moins noués par des relations familiales.

Une fois de plus, les nombres étaient de leur côté. Le monde était son seul ami.

Les grandes plaines du Montana forment la continuité géologique de celles de l'Alberta voisin, les paysages de l'État américain et de la province canadienne sont structurés selon le même plan naturel. Vastes prairies dans la partie orientale et centrale, contreforts et premiers sommets des Rocheuses dans la partie occidentale.

Ici aussi les routes se déroulent en interminables rubans anthracite jusqu'au-delà de l'horizon. Ici aussi les routes se déplient en surface comme de longs codex surgis du plus profond de la terre. Ici aussi les routes semblent faites pour camoufler un secret.

Elle ne s'arrêta qu'à la nuit tombée, elle avait bien roulé, elle avait atteint les Rocheuses, elle se trouvait à quelques kilomètres de la ville de Lincoln. Le motel surgit des ténèbres au détour d'un virage, ses lumières jaunes et rouges créaient une petite aurore artificielle sur le bord de la route, elle ralentit, actionna son clignotant, prit la voie d'accès puis se gara devant le bâtiment central. Elle jeta un coup d'œil à Novak Stormovic qui lui rendit un regard froid, neutre, détaché de tout, comme à son habitude. Rien d'ostentatoire. Rien que la nature profonde de son être. Rien que ce que la survie et l'évolution avaient fait de lui. Rien d'autre que la vérité.

Elle se demanda si elle allait encore devoir tuer cette nuit.

Chapitre 3

1

Le soir du 30 juin précédent, elle était parvenue dans des conditions similaires en banlieue de Montréal, province du Québec, dans une ville nommée Dorval, où se trouve l'aéroport international.

La radio donnait des nouvelles du monde.

Le désastre pétrolier du golfe du Mexique atteignait une ampleur inédite, une rencontre avec Alex, le premier ouragan de la saison, avait interrompu les opérations en cours, les hydrocarbures noircissaient une zone maritime aussi grande que l'État du Maryland, on parlait de 1,6 million de gallons flottant en surface ou disséminés par les dissolvants. Elle se demanda un instant s'il s'agissait de chiffres rassurants.

Cela aurait été dommage.

Elle décida d'élire domicile dans un des hôtels de la zone aéroportuaire. Elle se fondrait dans la masse mobile des voyageurs en transit, des touristes, des hommes d'affaires, des équipages. Elle serait vue des milliers de fois, mais elle ne serait vue par personne. Elle avait déjà pris conscience de l'étrange brouillage sensoriel qu'émettait sa personnalité, aux commandes de ce corps-simulacre, tel un halo invisible.

Elle s'installa dans cette zone frontière tout juste humanisée – urbanisme déviant dédié au ciel et à ses

33

cités volantes – sans le moindre plan, sans aucun préjugé, prête à tout pour survivre et évoluer, prête à tout pour que le corps-simulacre continue d'exister par son double, dans les miroirs.

Elle sut d'instinct trouver le centre-ville de Montréal et son quartier chaud, soit la rue Sainte-Catherine et toutes les artères perpendiculaires, jusqu'au Village gai, aux alentours d'Amherst.

Sur la route qui l'avait conduite jusqu'à la métropole québécoise, elle avait écouté la radio en français, langue qu'elle maîtrisait assez pour pouvoir s'adapter à la province majoritairement francophone. Quand la Coupe du monde ou la catastrophe du golfe du Mexique ne monopolisaient pas les ondes, on parlait de la mise en liberté d'un couple de producteurs de télévision accusés d'actes pédophiles sur la fille d'un membre de leur entourage, le Procureur de la Couronne avait finalement retenu une charge d'attouchements sexuels, ce qui avait valu au couple incriminé une peine symbolique et une libération provisoire sous caution. Dans le même temps, un habitant du Plateau Mont-Royal entamait une procédure judiciaire pour obtenir le droit de se marier avec son animal domestique, un berger allemand modifié génétiquement avec quelques séquences d'ADN d'origine humaine. Un élève d'une école secondaire avait commis un massacre le dernier jour de classe et était en fuite depuis une semaine, armé de plusieurs pistolets-mitrailleurs russes. Un groupe féministe se prononçait en faveur de l'instauration de la charia pour les musulmans vivant dans la province, un autre demandait le vote d'une loi spéciale autorisant l'euthanasie des nouveau-nés n'ayant pu être avortés à temps. Une manifestation rituelle d'adeptes de l'*objectùm-sexualité*, ou objectophilie, s'était déroulée sur le mont Royal, durant laquelle des dizaines d'adeptes s'étaient mariés avec la montagne, sa croix, certains buildings visibles depuis l'observatoire, voire avec la ville

entière. Un attentat avait visé les stocks gouvernementaux de vaccins contre la grippe H1N1, Guy Laliberté
envisageait un autre voyage dans l'espace, probablement
avec son nez de clown.

Sur la playlist paternelle, The Sisters of Mercy atta-
quaient « Dominion », elle se demanda un instant, son
sourire gelé dans le rétroviseur, si elle ne vivait pas dans
un roman de science-fiction.

2

Pas de plan, sinon celui que le corps qui n'existait pas
finirait par exiger. Aucune cible préétablie par le cerveau-
nom, pas la moindre liste, aucune photo ou vidéo de repérage, pas d'investigation préliminaire, rien qui permette
aux *profilers* de la police de comprendre ses motifs, ses
buts, ses modes opératoires, son comportement.

Il suffisait de laisser le corps-simulacre se mettre en
chasse. Se mettre en chasse d'êtres humains. Se mettre
en chasse de vérité.

La vérité est la plus terrible des victimes. Celle dont
vous ignoriez la présence au fond de vous. Celle qui fait
de vous un homme libre, ou un homme mort.

Elle avait constaté depuis un certain temps que les
hommes qui se disaient libres mouraient très vite entre ses
mains, la vérité les engloutissait sans tarder, les hommes
qui se prétendaient vrais perdaient tout aussi vite la première de leurs libertés, la mort semblait apprécier leur
authenticité.

La rue Sainte-Catherine était saturée d'une foule mul-
tiethnique, multicolore, multi-divertie. Tout scintillait,
même le béton, tout clignotait, même le ciel, tout était
lumineux, même les êtres humains.

Sharon Silver Sinclair, ce nom sans corps, parcourait
la masse des corps sans nom comme un flux de neutrinos

transperce la matière. Elle n'y laissait aucune trace mémorielle, ni physique. Elle était partie intégrante de la ville, un coin de rue frappé des reflets d'une enseigne lumineuse, un flux de rayons éclaboussant les pare-brises des automobiles ou le latex noir d'une pute tapinant au coin de Saint-Laurent, les vitrines translucides des bars de nuit et des fast-foods où les silhouettes des passants se confondaient avec celles des consommateurs installés à l'intérieur.

Elle était un reflet, elle aussi.

Ne restait plus qu'à trouver le miroir.

3

Pour traquer la vérité, pour chasser les abîmes oubliés par ceux qui les portent, pour trouver les miroirs adéquats, le corps-simulacre n'a besoin de rien.

Il est l'artifice, le stratagème, il est le piège.

Il est ce vers quoi se dirigent ceux qui sont attirés comme les insectes par la lumière.

Son corps est anonyme, presque invisible, ombre d'urbanisme mobile, surface réfléchissante et réfraction en autant d'apparitions possibles, mais il suffit que le cerveau-nom décide de l'animer en elle et le miracle inverse se produit : soudainement elle sera vue, on la percevra, on distinguera son corps au milieu des autres, mieux encore, une sélection naturelle s'opérera, elle ne sera vue que par ceux dont le corps qui n'existe pas a besoin, elle ne sera vue que de ceux qui ont besoin de ce corps.

Il est deux heures du matin, au coin de Saint-Laurent et de Sainte-Catherine, le nexus stratégique du quartier chaud, elle l'a compris dès sa première dérive nocturne.

Il est deux heures du matin, passées de quelques minutes. La nuit brille de tous ses feux. Les feux brillent de toute leur nuit.

Elle est assise sur la banquette d'un grand bar situé à l'angle nord-est du carrefour. Elle sirote un milk-shake caféiné aux parfums exotiques. Les vastes baies vitrées sont animées de vibrations polychromes en provenance des night-clubs et des cabarets à danseuses.

Il est deux heures et quart très exactement, et elle n'attend même pas. Elle n'a pas à attendre. Elle a juste à être.

À être ce corps qui n'existe pas mais qui demande à être vu.

Elle a juste à être le nom qui lui donne vie.

Ce sont eux.

Ce couple.

Elle les a vus la veille.

Oui, ce sont eux.

Ce soir, ils la voient.

4

C'est pour cela qu'ils vont mourir ce soir, pense-t-elle en pénétrant à leur suite dans ce petit meublé, à la décoration simple et fonctionnelle, donnant sur la rue Saint-Hubert, près du métro Berri-UQAM.

Ils l'ont vu. Ils ont eu besoin de son corps. Ils l'ont désiré. Ce corps a désormais besoin d'eux pour exister, pour désirer.

Ce corps est infiniment disponible.

Il est prêt à tout donner. Il est prêt à tout partager. Il est prêt à tout sacrifier.

Elle ne ressent aucune émotion particulière, sinon cette constante curiosité scientifique à l'égard du mystère de la vérité contenue dans chaque être humain, cette ombre cachée qui ne devient lumière que lorsqu'on lui fait face.

Elle seule peut être aussi froide.

La nuit d'avant, elle avait vu ce couple de riches quadragénaires en costumes fétichistes embarquer une jeunette d'à peine 18 ans dans une belle Lexus. Ils avaient pris la direction de l'est, au-delà du pont Jacques-Cartier.

Elle ne captait aucune onde maléfique, rien de pervers, pas de pathologie criminelle, ils étaient atrocement normaux, ils prenaient du bon temps.

Elle se devait d'extraire leur vérité et de la leur montrer.

5

Alors elle s'exécute, avec sa méticulosité chirurgicale. Un bon enseignement nécessite une méthodologie implacable. Toute pédagogie doit imprimer durablement ses leçons dans le cerveau. Toute connaissance de soi est une épreuve qu'il faut impérativement réussir.

Elle les a ligotés sur deux chaises de cuisine, attachées dos à dos. Ils ne se voient pas. Ils la voient, mais ils ne se voient pas, ils sont seuls, même à quelques centimètres l'un de l'autre, il faut être seul pour affronter la vérité, surtout si l'on est plusieurs.

Rien de ce qu'elle fait n'est superflu. Tout a une fonction précise, tout est absolument logique, tout est déterminé. La reconstitution du corps-miroir demande des manœuvres d'une grande délicatesse et d'une précision sans faille, analogues à la mise au point d'un moteur de voiture de course.

Dès son premier assassinat elle s'était rendu compte, stupéfaite, de la facilité avec laquelle la volonté d'un être humain pouvait être anéantie. Dans le même temps, elle avait constaté que c'est de cet anéantissement que surgissait la vérité.

La femme l'avait suppliée avant que Sharon lui enfonce un chiffon imbibé d'alcool à brûler dans la bouche, solidement maintenu avec une des lanières en cuir de son costume fétichiste au rabais. L'homme avait essayé la méthode rationnelle, la loi, sa famille, son futur, la fuite, la police, la prison, la responsabilité, la culpabilité, on-peut-sûrement-vous-aider, elle connaissait par cœur, elle le bâillonna avec du ruban adhésif.

Il y avait une petite chaîne hi-fi Panasonic sur un meuble sans style où s'alignaient quelques dizaines de CD bas de gamme. De la variété locale, du hip-hop, des chanteurs/chanteuses d'origine française, des machins sortis de la *Star Académie*, quelques compilations de techno, pas un seul bon disque de rock, d'electro, de jazz, de musique classique, pas même une compilation de Bryan Adams ou les valses de Strauss par André Rieu, rien que la soupe quotidienne déversée par la bande FM, rien que le néant vulgaire, limbique, informe, de la culture populaire internationale, le vide entre les électrons des ondes radio était plus consistant.

Mais c'était leur vérité.

Elle plaça donc un disque au hasard dans le lecteur. Ça chantait français, pas très bien. Les paroles étaient insipides, la musique : une petite daube très comme il faut, très tendance, avec la touche de rébellion-contre-l'ordre-social qui s'imposait, tout à fait à l'image de leur vérité.

— Comment faites-vous pour écouter une merde pareille ? leur demanda-t-elle, le plus sérieusement du monde, en armant son pistolet automatique.

C'était un authentique mystère.

Durant les préliminaires, elle s'était longuement tenue debout devant eux, en slip et soutien-gorge noirs et violets, elle avait gardé ses chaussures, comme toujours, et elle avait longtemps observé le grand miroir accroché derrière le lit. La chambre, vaguement recouverte de tentures rouges, était pourvue de quelques chandeliers à flamme artificielle disposés sur des tables basses en imitation acajou, le lit était orné d'un baldaquin de fortune d'où tombaient de longs voiles sombres qui se confondaient avec les draps de satin noir.

Le contrôle de tout être humain passe par une série d'étapes obligées. La première consiste à mettre la personne à nu, au sens propre.

Sharon la connaît fort bien, cette règle, c'est pour cette raison qu'elle en use, en l'inversant. C'est pour cette raison qu'elle s'est dénudée et les a laissés s'habiller de ces panoplies fétichistes qui leur procurent une sensation de pouvoir, de maîtrise, de puissance, même si pour eux ce n'est qu'un jeu, un divertissement, une obsession sexuelle du samedi soir.

C'est précisément ce que la vérité a pour objet de détourner, de dévier, d'invertir. D'éclairer.

La vérité se trouvait dans son sac de sport, elle s'en était emparée d'un geste très naturel comme pour y prendre un simple objet, ce qu'elle avait fait, sauf que ce n'était pas un godemiché.

Cela avait la même forme oblongue, mais son authentique nature apparaissait nette, dès le premier instant.

Sans avoir jamais eu d'arme à feu braquée sur lui, le cerveau la reconnaît comme si son image était gravée dans ses circonvolutions dès la naissance, il sait de quoi il s'agit, son usage et son fonctionnement, et il comprend à quoi il fait face.

6

— Pourquoi vous vêtir de façon aussi ridicule ? leur lance-t-elle. Vous l'avez habillée comment, la petite étudiante d'hier soir ? Vous aimez votre Lexus ? Pourquoi ce modèle en particulier ? Pourquoi fréquentez-vous toujours le même quartier ? Vous êtes-vous découvert un nouveau mode de vie ? En quoi vous intéresse-t-il ? Vous ne trouvez pas cet appartement plutôt minable ?

Vous n'avez pas les moyens de vous offrir mieux que des meublés en sous-location ? Avez-vous déjà vu une aurore boréale ? Avez-vous déjà vu un cadavre ? Savez-vous combien d'atomes contient l'univers ? Auriez-vous voté pour Obama ? Possédez-vous un écran plasma ou LCD ? Croyez-vous en Dieu ? ou bien en d'autres divinités ? Connaissez-vous le nombre de cellules du cerveau humain ? Que pensez-vous du désastre pétrolier dans le golfe du Mexique ? Avez-vous vu le dernier Quentin Tarantino ? Peut-être appréciez-vous son cinéma ? Vous aimez Stanley Kubrick ? Coppola ? Fritz Lang ? Visconti ? Vous avez des auteurs de prédilection, je veux dire des écrivains ? Peut-être ne lisez-vous pas ? La mort vous fait-elle peur ?

La vérité pose des questions, c'est son rôle, mais elle n'attend aucune réponse, puisqu'elle les contient toutes.

C'est la raison pour laquelle Sharon n'a nul besoin d'entendre leurs voix, ils essaieraient d'attirer l'attention par des cris, ou se mettraient à pleurer, plusieurs de ses précédents interlocuteurs n'avaient pu s'en empêcher.

Elle capte son reflet dans le miroir. Le corps-miroir, le seul corps qu'elle possède en propre, le seul qui soit vrai, commence à se structurer dans la glace. Bientôt il se mettra à vivre.

La femme s'est mise à sangloter. A-t-elle compris que le corps-miroir ne demande qu'à exister, c'est-à-dire à révéler la vérité à ceux qui ignorent qu'ils la portent en eux ?

La femme pleure et tente de lui parler à travers le bâillon, provoquant une déglutition d'alcool à brûler qui la fait s'étrangler dans une séquence de gargouillis aux étranges reliefs sonores. L'homme force vainement sur ses liens, le désespoir prend des millions de formes différentes, sans doute une par individu.

— Je vous ai posé une question. Que pensez-vous du désastre dans le Golfe ?

La femme bafouille quelques borborygmes, en essayant de contrôler ses tremblements convulsifs. Sharon capte quelques mots essentiels. Faute. BP. Écologie. Catastrophe.

Elle soupire, lève les yeux au ciel et agite doucement le Sig-Sauer.

— Vous êtes à côté de la plaque, vous devriez regarder plus souvent CNN. Vous ne comprenez pas que cette fuite de pétrole est la plus grande chance de l'Amérique. Vous ne comprenez pas le sens de cet accident majeur. J'ai peur que vous ne compreniez rien à votre propre existence.

Les pleurs étouffés par le chiffon imbibé d'alcool à brûler reprennent.

— Pourquoi ne gardez-vous pas votre calme ? La peur ne vous apprend rien, vous savez ? Il n'y a aucune surprise, vous verrez. Vous croyez à l'Enfer ?

La vérité pose les questions. Elle est la Question.

Elle contient toutes les réponses. Elle est la Réponse.

Sous la menace de l'arme, elle avait demandé à la femme d'attacher son compagnon avec les cordages de marine et leurs solides chevilles d'acier, puis s'était occupée d'elle, avant d'assurer les entraves de l'homme avec les menottes militaires en composite.

À Toronto aussi, les deux hommes dans leur Cadillac avaient compris la nature du corps-miroir.

Seul le mode opératoire avait été différent.

Elle avait utilisé jusqu'au bout ses compétences de spécialiste. Elle s'était servie de son couteau de plongée, avec sa lame en céramique, pour les égorger très proprement, selon un tracé à la précision chirurgicale. L'arme blanche avait ses avantages, cela dépendait des situations, cela dépendait des besoins de ce corps, cela dépendait surtout d'eux.

Ce soir, le Sig-Sauer paraît plus adapté, elle ne sait pourquoi, seul le corps-miroir pourrait le dire, c'est d'ailleurs ce qu'il va faire.

À travers le chiffon et les vapeurs d'alcool à brûler, la femme semble pousser un long gémissement entrecoupé de plaintes – non, non, non, pourquoi faites-vous ça, non, non, non – cela n'a aucun sens.

Il faut qu'elle lui explique. Cette femme doit comprendre, elle peut comprendre, on dirait même qu'elle le veut.

— Vous avez un corps. Et vous avez voulu le mien. Le mien veut les vôtres. C'est une simple transaction, vous voyez ? Et je vous assure qu'elle sera exécutée en toute sécurité, arrêtez de vous en soucier.

C'est vrai, ferait-elle tout ce cinéma devant son conseiller financier ?

Sharon lui envoie un sourire rassurant, le silencieux du Sig-Sauer s'est collé contre le front en sueur de la femme, dont les yeux ne se détachent pas de l'arme, ils louchent, hagards, sur le tube noir, elle ne profère plus qu'un son bizarre, très doux, très long, frémissant comme une mélopée monodique aux subtiles variations tonales. Serait-ce une prière ?

Non, cette femme ne saurait pas réciter le moindre verset, ce n'est pas non plus une des chansons qu'elle écoute sur la chaîne hi-fi, cela ne ressemble à rien de connu, ce doit être l'expression la plus intime de sa vérité, il était temps.

— C'est très réussi comme improvisation, lui dit-elle, sincère.

La femme semble en mesure de s'approcher de la beauté, ce qui est déjà beaucoup.

Lorsque la balle de 9 millimètres est éjectée du Sig-Sauer à une vitesse d'environ six cents mètres seconde, elle propulse une petite sphère d'air très brutalement comprimé, cette sphère se dilate dès l'impact, produit un éclatement localisé sur les zones organiques rencontrées et provoque une commotion cérébrale instantanée, voire un traumatisme encéphalique sérieux, Sharon en connaît tous les paramètres cliniques. À cette distance, bout touchant, la munition d'acier traverse la structure osseuse du crâne d'un trait, dans un jet de poudre et de feu, sans rencontrer de résistance, elle déviera un peu, zigzaguera sur quelques millimètres à l'intérieur de la matière cervicale puis ressortira, légèrement déformée mais toujours avec une grande vélocité, de l'autre côté de la tête.

Sharon vient d'appuyer sur la détente.

C'est le moment où la vérité se teste elle-même.

La balle a suivi sa trajectoire destructrice dans la boîte crânienne de la femme avant d'en ressortir comme prévu déformée par l'impact, au niveau de l'occiput, avec une vitesse suffisante pour pénétrer dans le cou de l'homme, y briser une ou deux vertèbres et se loger dans le larynx.

La femme est morte sur le coup, l'homme est en train d'agoniser dans de frénétiques projections de sang et des signes évidents d'asphyxie.

Ce n'est pas logique.

Ce n'est pas cohérent.

Ce n'est pas juste.

Il s'est révélé plus résistant, il aurait peut-être osé regarder sa vérité au fond des yeux, peut-être aurait-il entendu les questions, il n'aurait certes pas été plus capable d'y répondre de façon audible, mais peut-être aurait-il changé ?

Si son corps doit être dépossédé de sa vie, s'il doit livrer un peu de son être au corps-miroir, cela doit être exécuté de façon rigoureuse, précise, scientifique. Il s'agit d'une expérience, il s'agit d'une recherche, il s'agit d'une forme de connaissance.

La seconde balle de 9 millimètres traverse donc le front de l'homme pour venir fracasser la nuque de la femme, dont le haut du corps bascule vers l'avant.

44

Comme lors du premier sacrifice, du sang a été projeté en légers nuages pointillistes rose violacé, de minuscules gouttelettes ont aspergé ses bras, ses épaules, son buste, il lui faudra prendre une douche.

Son corps prend chair dans le miroir.

Sa forme prend un sens, enfin.

Ils sont devenus ce qu'ils étaient. Elle devient ce qu'elle est.

Chapitre 4

1

Elle traversa la ville de Lincoln très tôt le matin avant de poursuivre sur la 200, en direction de Missoula. La route reprit son interminable mouvement serpentaire. Rien de spécial ne s'était produit au motel durant la nuit. Elle avait suivi les opérations sous-marines de BP. Jour 87, disait l'écran. Oil disaster. Douze subdivisions montraient diverses vues du pipeline endommagé et du nouveau *Blow out preventer* en train de juguler le jet continu d'hydrocarbures à haute pression. L'image de cette violente turbulence jaune brun expulsée vers la surface, répétée *ad nauseam* depuis des semaines dans une fenêtre de l'écran, faisait place au calme minéral des machines, dans une eau redevenue bleu cristal. On aurait dit le film d'une mission extraterrestre, d'un alunissage lointain, ballet robotique à 1 500 mètres de fond, c'était probablement la dernière forme de beauté en ce monde.

Elle avait rêvé du néant blanc habituel, juste quelques séquences d'une froideur clinique, un océan de gel dans lequel elle était immergée depuis des millénaires. Elle était un corps étranger à cette planète de glace, sauf qu'il n'était plus le sien, qu'il était dans le même temps étranger à lui-même, qu'il était devenu ce monde hyper-arctique, à l'extérieur de ce qui n'était plus une identité, mais son reflet, à peine un nom, toute juste un nombre.

Le paradoxe n'était qu'apparent. Il désignait très claire-ment l'être qu'elle était devenue, il illuminait la disjonc-tion terminale qu'avait provoquée l'accident, et l'étrange synthèse qui en avait surgi.

Les montagnes firent rapidement leur apparition dans la lumière de l'aurore, barrant l'horizon de leur ombre bleu outremer, l'indigo électrique du jour naissant allait s'y fondre, comme attiré par leur masse, leur densité, leur fantomatique présence.

Novak Stormovic lisait un des livres de poche qu'il avait entassés avec ses armes dans son sac de sport. Faute d'espace, leur nombre était limité à une dizaine d'ouvrages, aussi passait-il son temps à les lire et à les relire, dans un désordre subtilement calculé.

Il attaquait pour la énième fois un exemplaire écorné du *Meilleur des mondes*, une édition française qu'il tenait de son père.

Cela avait créé une première possibilité de communi-cation, d'échange, de connivence. Sharon se disait que c'était son père qui lui avait inculqué le goût de la lec-ture, dès son plus jeune âge. Elle se souvenait de ce qu'il affirmait à ce sujet : un livre est un Acte. Il modifie celui qui l'écrit comme celui le lit.

En regardant le jeune tueur serbe puis son propre visage dans le rétroviseur, elle se fit la remarque que les livres n'étaient pas les garants d'une adaptation sociale réussie.

Lorsqu'elle s'arrêta dans une station Texaco, le garçon ne bougea pas, n'émit aucun son, ne laissa filtrer aucune expression sur son visage, qui resta baissé vers les pages jaunies du livre qui ressemblait de plus en plus au monde dans lequel il était forcé de vivre et de s'adapter.

Tout comme elle.

Un titre de Snow Patrol, « You're All I Have », sur-git tel un courant d'air froid et vivifiant de l'indistincte masse radio FM que le scanner balayait stochastique, il se posa entre eux, atterrissage d'hiver sur lac gelé, présence sonore qui tenait une promesse de rencontre possible, ce qui lui sembla rien moins que miraculeux en cet instant : *You're a cinematic razor sharp / A welcomed narrow thru the heart / Under your skin feels like home / Electric shocks on aching bones / Just gimme a chance to hold on / It's so clear now that your are all that I have / I have no fear cause you are all that I have /*

C'est dans une station identique, perdue au milieu d'un paysage aux frappantes analogies, de l'autre côté de la frontière canadienne, qu'elle avait tué son premier homme.

2

Elle avait quitté le domicile maternel où sa convalescence l'avait stabilisée après l'accident et l'hospitalisation qui avait suivi. C'est la catastrophe survenue en plein golfe du Mexique qui avait fait office de déclencheur. Elle s'était levée un matin, avait constaté que ses bagages étaient prêts au pied de son lit. Les clés de la Cadillac se trouvaient en évidence sur un oreiller, les images de CNN montraient depuis des jours un jet ascensionnel continu de pétrole. Elle avait pris la route en tournant le dos au soleil, elle devinait qu'elle se dirigeait vers la nuit la plus obscure.

Elle avait erré vingt-quatre heures dans les environs immédiats puis avait emprunté d'un coup la route de l'est, en direction des grandes plaines centrales.

Elle roulait dans la vaste platitude abstraite comme sur une carte, la carte de son propre corps, la carte de ce qu'elle n'était plus.

Elle ignorait la raison de son geste mais elle avait emporté une des armes à feu que son père lui avait léguées avant de disparaître, avec deux chargeurs et plusieurs boîtes de munitions. Ou plutôt, elle avait cru la connaître, en se disant qu'armée, elle serait en sécurité, qu'aucun autre accident ne surviendrait. Elle s'était souvenue d'une brève conversation entre son paternel et celui qu'elle appelait alors « l'Homme du Vietnam », cet homme qui venait de l'Idaho. Ils avaient fait allusion aux armes en leur possession, elles étaient propres, jamais utilisées, non répertoriées, à l'usage exclusif des black programs, elles n'existaient même pas.

Des années plus tard, alors qu'elle emportait le Sig-Sauer, elle s'était fait la remarque qu'elle non plus n'existait pas.

Elle n'était plus vraiment répertoriée dans le catalogue humain.

Et son usage exclusif restait à trouver.

3

Il était plus d'une heure du matin lorsqu'elle s'arrêta dans cette station Esso plantée à l'entrée d'une bourgade déserte, endormie dans son ennui nocturne. Elle ne savait trop où elle se trouvait, s'en foutait, désirait simplement suivre la route où qu'elle mène, elle était en train de comprendre que quelque chose changeait en elle, la modifiant en profondeur, avec l'intensité d'une catastrophe.

Cette catastrophe qu'elle attendait depuis si longtemps. Cette catastrophe qui allait lui permettre de survivre à l'accident.

La station Esso était un self-service, avec paiement par carte de crédit, carte de débit ou au comptant à la caisse. C'est son corps, ce qu'il en restait, ce fantôme, qui donna l'ordre à sa conscience : Ne pas utiliser les cartes. Payer cash. Alors qu'elle reposait le pistolet de la pompe dans son encoche et qu'elle s'apprêtait à traverser le parking, son corps-qui-n'existait-pas émit un nouveau commandement, irrésistible : Prendre l'arme. La garder toujours sur soi. Ne jamais la quitter.

Elle avait fait le plein, ne restait qu'à payer.

Ne restait qu'à traverser le parking.

Ne restait qu'à franchir le point de non-retour.

Cette ligne était un homme.

Cet homme qui la regardait depuis l'intérieur de la cafétéria/épicerie.

Cet homme qui la voyait.

Cet homme à qui elle allait remettre les billets de 20 dollars.

Cet homme vers lequel elle marchait comme sur un tapis de mousse floconneuse, dans une miroitante lumière argentée, sous un ciel rayé d'une pluie de mercure, alors qu'elle n'était plus qu'un corps étranger dans un monde de glace devenu son exo-organisme. Elle avait toujours su que le rêve était un signal, un sismographe à l'écoute de ce qui restait de son corps détruit, c'est-à-dire de ce simulacre qui ne prenait vie que sous la forme de son inversion spéculaire. Le nom, ce qui restait d'elle, ce code absolument monosémique, le nom était la boîte noire branchée sur le cockpit de ce qui subsistait de son identité, ce nom condensait le potentiel de ce cerveau devenu machine de calcul, processeur de vie, mémoire digitale des accidents.

Elle entra dans un nuage de poudre métallique alors qu'elle franchissait la porte vitrée.

Sharon Sinclair est sur la route.

Sharon Sinclair roule vers nulle part.

Sharon Sinclair a un corps.

Sharon Sinclair, se dit-elle, mon nom est devenu quelqu'un.

Elle sort de son rêve, son rêve de cendre glacée, son rêve froid comme la planète arctique, ce rêve où elle se dirige vers la caisse de la station Esso, devant les petits yeux de fouine du jeune employé de nuit qui la détaille ostensiblement.

Il la voit. Il voit son corps. Il ne sait pas qu'elle n'est qu'un nom. Il ne sait pas que ce qu'il voit n'est pas la vérité. Il ne sait pas que la vérité, pourtant, c'est elle.

Elles.

Elle et l'arme qu'elle pointe vers sa tête avec une douceur féminine. Elles ne font qu'un, un seul corps, une seule entité, une seule identité.

Mais l'arme n'est qu'un instrument, au mieux une prothèse, une extension quasi organique de la complexe machinerie qu'elle habite comme une locataire de passage. La vérité c'est le corps. La vérité c'est le corps qui tient l'arme. La vérité c'est le corps qui appuie sur la détente. La vérité c'est le corps qui se met à exister.

Elle posa les billets sur le comptoir.

— Pompe 4 ? lui demande le caissier en ouvrant un sourire qu'il veut probablement aimable.

— Pompe 4, répond-elle. 57 dollars, 57 cents.

La somme exacte, déposée entre eux. Elle aime ce genre de faux hasard, elle aime le dédoublement du nombre, elle a aimé jouer avec la rotation contrôlée des chiffres sur le cadran de la pompe.

L'homme s'en saisit en prenant son temps et avec un regard insistant.

— Un compte bien rond, dit-il.

Il semble la voir de mieux en mieux.

— Besoin d'autre chose ? demande-t-il en rangeant méticuleusement les billets et la monnaie dans sa caisse.

— Non, je n'ai besoin de rien.

— C'est dommage, répond le jeune type, une sorte d'ombre grise s'est posée sur son regard, ce regard qui l'observe, qui la détaille, qui cherche à connaître ce corps.

— Disons, pas encore.

Bien sûr c'est un piège, le véritable sous-entendu concerne ce qui va se passer dans les instants qui viennent.

Cela va dépendre de l'attitude du caissier. Cela va dépendre d'un mot. D'un geste. D'un silence.

— Cela peut s'arranger.

La voix du caissier a légèrement tremblé. Il s'est dépassé, il a osé franchir sa propre limite, pour obtenir le corps.

Le silence. Elle le laisse envahir le nuage de poudre métallique.

— Je crois en effet que c'est possible, souffle-t-elle au bout de quelques secondes.

Il y a deux langages entrelacés, le langage-simulacre et le langage-miroir, comme il y a deux corps en une seule chair.

Les ondes en provenance de l'homme ne lui inspirent qu'une forme suspecte de pitié, mêlée de dégoût et de consternation. Ces ondes sont à peine néfastes, elles ne sont pas nocives, elles ne sont porteuses d'aucune menace, ne représentent aucun péril déterminé, tout comme lors de l'accident.

Elle réalise que c'est ce qui les rassemble tous dans le troupeau humain, ils ne sont dangereux que lorsqu'il n'y a aucun danger.

— Vous avez une idée ? demande le caissier, l'œil étincelant.

— J'ai mieux que ça, dit-elle en plongeant la main dans son sac de sport. J'ai une idée faite chair.

Elle espère que cette réplique va produire l'ultime quiproquo dans le cerveau du caissier.

C'est le moment où elle braque le flingue pleine tête.

Autour d'elle la poudre métallique se vaporise pour ne laisser que des nuées vif-argent en suspension dans l'air. Les néons sont des rails fluorescents qui vibrent au-dessus de sa tête, dans l'attente d'une locomotive pyrique en provenance du ciel. Le visage du caissier est un masque livide, taillé dans un morceau d'évier.

Alors tout se déroule dans l'ennui implacable d'un mauvais téléfilm. L'homme la supplie de ne pas le tuer, il va lui donner tout le fric, pas de problème, on ne s'affole pas – inspiration –, je n'actionnerai pas le signal d'alarme – expiration –, prenez tout ce que vous voulez.

Sharon Silver Sinclair, ce nom à la recherche de son propre corps lui sourit à peine.

— C'est exactement ce que je vais faire.

Elle seule peut être aussi froide. Elle seule peut faire descendre le monde à la température du zéro absolu, là où n'existe plus aucune résistance aux ondes électriques, le monde, c'est-à-dire la surface d'inscription où son corps-simulacre peut devenir réel.

Là, dans les toilettes de la station-service.

Là où, pour la première fois, le corps-miroir fait son apparition, illuminée de sa vérité, dans les glaces alignées sur les murs d'un blanc clinique. La vision du crâne du caissier qui explose sous l'impact ressemble déjà à une carte postale jaunie par le temps.

Le corps-miroir la guide, il est désormais maître des lieux, c'est lui qui contrôle. Elle est de retour dans la voiture, plongée dans un univers blanc fait de millions de bulles mousseuses qui immergent le véhicule alors qu'un bruit de succion mécanique envahit l'habitacle. Elle perçoit des mouvements giratoires très rapides sur les vitres, de l'eau projetée en paquets, une substance savonneuse et translucide a pris possession du ciel de nuit, elle se sent bien, le monde semble pouvoir reprendre un sens, un monde où son corps revêtirait encore une forme, un monde où les accidents ne seraient pas calculés.

Plus tard, elle reprendra pleinement conscience au volant de la Cadillac SRX, la route en une ligne de cendres nucléaires sous la lumière de la pleine lune, l'expérience imprimée en elle comme une donnée ontologique irrémissible, une partie intégrante de sa personne ou, plus exactement, la partie manquante qui se mettait enfin à exister.

Chapitre 5

1

Son arme n'existait pas plus qu'elle, moins sans doute. Comme elle, le pistolet automatique disposait d'un corps, mais ce corps, quoique concret, était factice, n'avait aucune identité propre, ne portait aucun numéro de série, ne possédait aucune histoire, aucune origine, ni aucun présent, il appartenait à la face cachée du monde.

Pourtant, au fil des meurtres, elle en vint à multiplier les mesures de sécurité et les procédures de vérification et de contrôle. Rien ne devait échapper au calcul froid et méthodique du corps en recherche d'unification avec lui-même.

Elle savait que les balles ne seraient pas identifiables, mais elles se ressemblaient assez pour que l'on puisse conclure qu'elles provenaient du même pistolet automatique.

C'est la raison pour laquelle elle se fit envoyer par sa mère une de ses trousses médicales dans la poste restante d'un bled paumé du Nord de l'Ontario, peu de temps après sa dérive québécoise.

Puis elle se rendit compte que l'ablation des munitions à l'aide d'outils chirurgicaux constituait elle-même une signature. Elle se servit donc à plusieurs reprises de son couteau de plongée. Cela nécessitait encore plus de contrôle, de discipline, de méthode.

Elle devait se comporter comme une incessante variation, elle ne devait apparaître qu'à ceux dont le corps aurait besoin, parce qu'ils avaient besoin de lui, elle devait rester disponible, le monde était son seul ami.

Montréal se révéla une ville pleine d'enseignements. C'est dans cette ville que les facultés d'adaptation de son corps-simulacre atteignirent leur degré optimal, en tout cas elle y franchit une étape cruciale : elle allait y tuer une deuxième fois.

Elle allait s'apercevoir qu'être étrangère à soi-même était le meilleur moyen de rester étrangère au monde, cet ami qui devait en retour lui rester absolument étranger.

Puis elle comprit que rester une étrangère dans la foule était le moyen le plus sûr de s'y fondre.

Alors elle y tua une troisième fois, avant de repartir vers l'ouest.

Les cadavres des quadragénaires fétichistes ne furent découverts qu'au bout de trois jours, après le week-end. Une visite impromptue du propriétaire dans un autre appartement de l'étage, l'odeur des chairs déjà pourrissantes dans la chaleur de l'été, la porte déverrouillée. Les corps attachés, bâillonnés, sans avoir subi d'actes sexuels ou de violence gratuite, exécutés d'une manière rapide et méthodique, tout évoquait le crime professionnel, disaient à la radio ceux-qui-savent. Sans même le vouloir elle brouillait les pistes, non seulement son corps-simulacre semblait en mesure de modifier la perception que les autres se faisaient d'elle, mais il truquait ses actes sans qu'elle en ait conscience.

2

L'homme qu'elle tua dans le parking de l'aéroport n'était qu'un *pimp* de Montréal-Nord, dealer de crack à ses heures, elle l'ignorait bien sûr, c'est en cela que son corps était parfaitement innocent, et qu'il ne laissait donc aucun indice de culpabilité derrière lui. Elle l'apprit plus tard, à la radio. Elle l'apprit en même temps que la foule, avec laquelle elle se fondait de mieux en mieux.

À Montréal, l'aéroport n'était pas un territoire pour tapineuses de choc. Beaucoup de présence policière, beaucoup d'allées et venues. Aux heures des derniers vols seules quelques putes de luxe venaient y attendre leurs clients en provenance des grands hôtels ou des avions de ligne, commandants de bord, directeurs administratifs de la zone aéroportuaire, voyageurs fortunés. Rien de tel qu'un peu de liquide pour huiler les petits rouages en uniforme.

Plus tard, après la diffusion des premières informations relatant la découverte du corps, elle s'était dit que la présence d'un petit maquereau des quartiers nord de la ville, pour y relever quelques compteurs, s'assurer de la bonne marche du business, ou chercher à embaucher une travailleuse du sexe, s'inscrirait parfaitement dans la fiction que son corps fabriquait.

— Tu cherches-tu d'la compagnie ma belle ?

Elle se tenait accoudée à la rambarde donnant sur le nord-ouest, au bout de la rangée F, au troisième étage du parc de stationnement, un vaste espace à ciel ouvert.

Elle avait entendu la voiture arriver, elle avait entendu le boum-boum des infra-basses, elle avait entendu la voix.

Quelqu'un voyait son corps. Quelqu'un voulait ce qu'elle n'était pas. Elle s'était retournée en direction de ce désir sans le moindre sens, de cette vie sans forme.

De cette forme sans vie.

Alors qu'elle *calculait* avec précision l'homme qu'elle savait déjà être sa prochaine victime, elle se surprit à penser que même si elle parvenait à l'éclairer de la luminosité solaire de la vérité, la laideur et la vulgarité condensaient ce qu'il était, elle n'était pas sûre de pouvoir le sauver de lui-même, y compris contre son gré.

56

Au-dessus de son crâne enserré dans un diadème de titane, le reflet fantomatique d'un avion tournoie vers sa piste d'atterrissage, tube ailé couleur pierre de lune, signaux rouges traversant le ciel peuplé d'étoiles, la masse cubique du terminal émet une radiation jaunâtre par ses ouvertures vitrées, les projecteurs au sodium sont des météores piégés dans une atmosphère d'hydrogène liquide, le béton semble recouvert d'une acrylique tombée des astres, l'homme qu'elle va tuer lui sourit.

Et elle sourit à l'homme qu'elle va tuer.

C'est un acte réflexe, mimétique, un de ces dispositifs automatiques du corps-simulacre, celui qui se révèle en se dissimulant, celui qui se fait connaître par son mystère, celui qui camoufle la vérité dans une incarnation factice, pour mieux la révéler comme artifice charnel.

Elle n'a pas répondu à son invite, elle se contente d'observer l'homme, de type méditerranéen, brun, peau mate, la tête couverte d'un petit bonnet rasta, la barbe bien taillée, courte et nette, elle paramètre son inscription dans l'urbanisme de l'aéroport, des rapports physiques s'établissent entre sa présence et l'éclairage bleuté de cette partie excentrée du parking, il devient un assemblage de données organiques tracées sur le tableau noir du cosmos.

— Tu te cherches peut-être une job facile et qui rapporte son cash ?

Elle avait aussitôt pensé à un rabatteur pour quelque bar à danseuses du coin.

Elle s'était lentement rapprochée de la voiture, une Buick Enclave de l'année précédente, elle nota le numéro de plaque, mais uniquement comme une composante de l'identité du véhicule. Comment cette automobile, et son conducteur, avec leurs langages singuliers, parvenaient-ils à s'insérer dans le monde où vivait le corps-simulacre ? Pourquoi cet homme était-il déjà mort, dès le premier instant, et en fait bien avant, déjà? À quelle vitesse la vérité ferait-elle sa lumineuse apparition?

— Vous voulez parler d'un travail où l'on vend son corps?

Cette question, c'est l'innocence totale du corps-qui-n'existe-pas qui la prononce.

Il a besoin d'informations, il veut connaître, il doit comprendre.

Il enregistre.

L'homme, vêtu d'un ensemble sport bleu-vert électrique, a tout juste 30 ans, chacun de ses doigts est serti d'une bague, en or le plus souvent. Il semble bien venir du Sud de l'Europe, ou du Nord de l'Afrique, il porte en pendentif un symbole qu'elle n'identifie pas, ni chrétien ni islamique, dont l'argent sale miroite en variations vert-de-gris dans le clair-obscur artificiel.

Son sourire s'est accentué lorsqu'elle a posé la question, il a même lâché comme un bref hoquet de rire.

Qu'a-t-elle donc dit de si drôle?

— Sachez que cela ne me gêne absolument pas, tout peut être vendu, le seul problème c'est que ce corps n'est pas achetable.

— Qu'est-ce que tu veux dire par là, ma belle?

— Le vrai corps, c'est de lui que je parle. Celui que vous ne pouvez pas voir. Pas encore.

— Un corps que je ne peux pas encore voir? On est cachottière avec ça?

— Je ne vous cache rien. La vérité est un secret, c'est tout. À combien l'estimeriez-vous?

L'homme semble ne pas comprendre. C'est pourtant simple.

— Mon corps. Celui que vous cherchez à acheter. Combien?

Ça y est, les circuits neuronaux s'établissent, une vague lueur de compréhension éclaire son regard, il va pouvoir lui donner un chiffre.

— Je suis sûr que tu connais les tarifs, ma jolie. Le stage, les danses à dix piasses, plus les tips, plus le pourcentage sur les boissons. Plus les extras. Tu peux compter cinq ou six cents dollars par nuit. Le double, même, si tu fais une belle job avec les clients.

— Et pour le vrai corps, vous mettriez combien ?

Il est essentiel qu'elle connaisse cette différence. En effet, toute la structure de l'univers en dépend. Cet homme ignore tout de sa propre importance, capitale, dans l'ensemble des forces qui équilibrent le monde, il n'a pas l'air de se douter que sa vie en est devenue le centre.

— Dis donc, t'as l'air ben high, t'es chargée à quoi ? J'ai le meilleur pot de la ville dans mon char, t'en fumerais un petit ?

Il veut qu'elle pénètre dans la voiture. Il souhaite fumer de la marijuana avec elle. Il désire un contact rapproché avec le corps-simulacre.

La voiture c'est bien.

C'est un lieu clos, petit, sans réelle ouverture sur l'extérieur, il se situe au milieu d'un vaste espace désert, juste sous l'immensité du ciel, cerné de buildings anonymes.

La vérité saura l'illuminer.

— Vous n'avez pas répondu à ma question.

— Ta question, mais quelle question ?

Elle recrache un long nuage gris qui s'éparpille doucement dans l'habitacle, irisé par les éclats bleus en provenance des réverbères.

— Ma question. Au sujet du prix. Le prix de mon vrai corps.

L'homme éclate de rire.

— Mais ton vrai corps, je le vois, ma belle, et ça me plaît en masse, pas besoin d'aut'chose.

— Vous ne voulez pas connaître le vrai corps ?

Le rire reprend de plus belle, ne se rend-il pas compte de la gravité du problème ?

— Je crois que ce que je vois, dans ma criss de business c'est vital.

Elle comprend. Elle lui tend le joint. Elle place son sac dorsal sur ses genoux.

Il faut lui montrer à quel point il se trompe, il faut lui indiquer la bonne direction.

— Vous devriez plutôt voir ce en quoi vous croyez. Mais je suis en mesure de vous aider.

L'homme continue de lui offrir ce sourire jovial alors qu'il expire un long dragon de fumée vers le plafonnier.

— M'aider ? Oui, j'suis sûr que tu pourrais.

— À combien estimez-vous le prix de votre corps ?

— Tu m'as l'air ben flyée, toé. Je vais te dire : je suis prêt à tuer un million de personnes pour le conserver intact, OK ?

— Vous seriez prêt à tuer un million de personnes pour conserver votre corps ?

— Plus encore s'il le faut. C'est pour ça que je suis toujours là.

— C'est fascinant. Un million de personnes. Vous êtes prêt à recevoir la vérité, et à faire sens avec le monde. Mon propre corps va beaucoup apprendre de cette expérience.

L'homme semble à peine comprendre ce qu'elle dit, d'ailleurs c'est tout juste s'il l'écoute, il consume le joint en la regardant avec des yeux vitreux.

Sharon Sinclair enfile calmement ses gants de latex sous l'œil amusé et surpris de l'homme qui aspire une autre bouffée.

Sa main se glisse, tout aussi calme, dans le sac de sport.

Le canon du Sig-Sauer s'enfonce d'un coup dans l'estomac recouvert d'une chemise de marque. Son autre main a déjà trouvé l'emplacement du petit Beretta calibre 22, dont elle se saisit négligemment pour en placer l'embouchure contre la tempe de l'homme.

Son corps factice connaît la distance idéale, il est aisé pour un homme expérimenté de se débarrasser d'une arme collée contre son front dans un espace confiné. Il ne faut pas lutter contre cet environnement, mais se l'approprier. Il faut donc maintenir le flingue profondément enfoncé dans la région abdominale et se rapprocher le plus près possible de la cible pour la plaquer contre sa portière et la forcer à l'ouvrir.

Son corps a agi comme une machine parfaitement programmée, elle n'a pas eu à penser.

C'est son corps qui est la pensée.

— Vous allez descendre de la voiture, lui dit-elle. Mais en restant allongé sur le dos. Ne faites rien qui puisse mettre en danger votre intégrité physique.

Elle ne cherche nullement à l'humilier, cela vient des plus lointaines strates de son identité, cela vient de ce qu'elle a appris de son père avant qu'il ne disparaisse.

Avant qu'elle-même ne disparaisse.

L'homme lui a demandé si elle voulait son cash, et sa marijuana. Lui non plus ne semble pas comprendre que le corps-simulacre, le corps-paradoxe, le corps truqué mais réel, veut simplement devenir ce qu'il est : le corps spéculaire, le corps-miroir, le corps intouchable, celui qui enfin peut vivre au-delà de la reconstruction imposée par l'accident.

Rien ne doit être accidentel sous la rosée des étoiles, sous le dôme noir du ciel, sous l'impact vibratoire des derniers avions de la nuit. Tout doit faire sens. Tout doit prendre forme.

Tout doit prendre corps.

Tout de suite.

— Vous allez vous relever et vous diriger vers la rambarde. Je dois vous poser quelques questions. Et vous devez entretenir un certain rapport avec cet espace. Gardez les mains dans votre dos, c'est tout.

C'est le corps armé qui parle, dans l'air ionisé du minuit aéroportuaire. Bientôt, c'est le corps en tant qu'arme qui apparaîtra, dans son rayonnement de silence, sur la silice purifiée des vitres.

Cet homme semble en symbiose avec la nuit électrique de l'aéroport, sa silhouette, la couleur de ses vêtements, l'angle qu'il dessine avec les horizons et les structures verticales, l'écran obscur derrière lui, les halos de lumière au sodium qui se reflètent sur le métal autour de sa structure organique, extension condensée de toute la ville, il était fait pour venir jusqu'ici ce soir, il va connaître la vérité, à son tour.

Elle comprend que son corps dédoublé est une sorte de système d'enregistrement dont le pistolet automatique est le microphone. Le Sig-Sauer ne se contente pas d'éjecter une munition mortelle, de la poudre et une onde sonore, étouffée par le silencieux, il capte l'événement, il est l'événement et il est l'observateur, il ne peut commettre la moindre erreur.

4

Le corps-miroir avait fait son apparition dans la voiture de l'homme. Elle était parvenue à jeter le cadavre par-dessus la rambarde, le laissant tomber jusqu'à un remblai de béton cerné de plots de construction et de quelques briques entassées, puis elle s'était dirigée droit vers la Buick.

Le corps-miroir ne pouvait prendre vie que là où la vie qui venait de découvrir la vérité avait passé ses derniers instants.

Son corps dénudé, assis sur le siège du conducteur, se diffracta en cristaux de sel et d'argent dans les rétroviseurs, le miroir de courtoisie, la surface translucide du pare-brise, photonique vitrail, chair sublimée par les mathématiques luminescentes affichant leurs équations sur les plans de béton, les rails d'acier, les tours de verre, les antennes dirigées vers les étoiles, les spectres oblongs des avions alignés devant leurs hangars, les rayons de lumière-néon eux-mêmes.

Tout, enfin, trouvait la paix.

5

Rien n'est plus aisé que de transformer le réservoir d'une automobile en bombe à retardement. Vous ouvrez le bouchon d'accès, vous y plongez un ruban, un morceau de corde sèche ou une lanière de drap en guise de mèche, vous obstruez ensuite l'ouverture avec n'importe quel matériau lentement inflammable, une boîte de hamburger bourrée de sachets et de mouchoirs en papier par exemple.

Vous placez une extrémité de votre mèche dans la boîte, vous envoyez l'autre dans le tube du réservoir, vous bourrez bien l'ouverture avec la boîte et vous y mettez tranquillement le feu puis vous refermez tout pour éviter un trop grand apport d'oxygène.

En moyenne, vous avez une petite minute avant que le réservoir n'explose.

Il y eut une violente lueur orange dans son dos, un souffle de chaleur, l'odeur de l'essence, une onde de choc, la vibration sonore. Feu dans le métal. Traces détruites. Anonymat par la lumière.

Elle ne se retourna pas, ni par indifférence, réelle ou simulée, ni sous l'effet d'aucun acte volontaire, cela faisait longtemps que la volonté active avait été remplacée par la liberté absolue. Elle avait échangé son corps contre un nom, elle avait échangé sa chair contre une arme.

Le véhicule qui brûlait sur le parking indiquait le point final d'un processus de destruction nécessaire à sa reconstruction comme forme de vie, c'était un élément mécaniquement constitutif de son existence passée, qui ne procédait même pas de la prochaine destruction comme point préliminaire.

Non seulement elle ne laisserait rien derrière elle, mais elle n'emporterait aucune image de ce qui s'était produit.

Chapitre 6

1

Lorsqu'ils quittèrent la station Texaco, à la sortie de Lincoln, elle eut le réflexe de se retourner vers la caisse, afin de vérifier si elle n'y avait tué personne. Le souvenir des dernières minutes avait été recouvert par le film de l'été précédent. Généralement, les amnésies qui suivaient les sacrifices étaient partielles et temporaires. À cet instant c'était le blackout complet.

Novak la regarda depuis sa banquise intérieure et se contenta de lui dire :

— Il ne s'est rien passé. Vous avez dépensé 64 dollars et 64 cents pour le gas sur la carte Julia Kendrick. Et vous avez pris un jeton full clean-up pour le lavage automatique. Merci pour la barre Mars et le Coca. Vous les avez payés cash.

Le jeune garçon était un enregistreur vivant, il lui servait de mémoire d'appoint, il ne demandait rien en retour. Il ne demandait jamais rien.

Elle hocha la tête et ouvrit la portière sans pouvoir s'empêcher de jeter un dernier coup d'œil derrière elle, elle ne vit rien qui lui rappelait quoi que ce soit.

Cela n'avait tout bonnement pas existé.

À Montréal, après avoir tué l'homme dans le parking, elle était rentrée à son hôtel. Elle avait pris une douche, s'était changée, avait fait ses valises et était descendue au *desk* afin de régler sa note. L'aube pointait son museau d'albâtre. La journée s'annonçait sans nuage. Il faisait déjà chaud. Elle seule pouvait être aussi froide.

C'était son dernier jour de réservation, départ de la chambre à midi, elle ne faisait que quitter les lieux un peu plus tôt que prévu. Elle ne l'avait même pas calculé.

Le monde l'avait calculé pour elle.

Le monde était bien son seul ami.

Alors qu'elle prenait la 20 Ouest, elle croisa plusieurs véhicules de police qui fonçaient vers l'aéroport, gyrophares en tornades de lumière bicolore.

Le soleil se leva derrière elle et incrusta sa boule de feu dans le rétroviseur.

Elle alluma la radio. Elle reconnut *I Kissed a Girl*, de Katy Perry.

La radio jouait toujours lorsqu'elle tua une nouvelle fois.

Ce fut quasiment instantané. Ce fut analogue à une collision, ce fut un accident, ce fut si rapide que le monde, son seul ami, disparut à son tour.

Pourquoi ne roulait-elle plus sur l'autoroute ? Pourquoi ne roulait-elle plus ?

Elle est arrêtée devant un feu rouge, personne devant, ni derrière, ni sur les côtés, personne nulle part, elle est recluse dans sa voiture dans un monde ultra-blanc où seule la lumière électrique parvient à exister. Ce qui est rayonnement est stable, ce qui est matière est provisoire. Elle se trouve au centre d'une banlieue qui s'éveille, prête à transhumer d'une seule masse vers les lieux de travail du centre-ville. Elle ne connaît pas cette localité aux variations translucides qui oscillent en permanence autour d'elle, elle en ignore le nom, elle se souvient juste d'un pont, un peu auparavant, jeté sur un des bras du fleuve Saint-Laurent.

Ah, si, éclat mémoriel : elle avait voulu prendre cet embranchement vers Toronto, l'avait confondu avec une sortie, le monde devenait déjà très blanc à ce moment-là, et elle s'était retrouvée sur cette avenue dont les magasins et les bars s'animaient progressivement dans le petit jour.

La radio passait *I Begin to Wonder* de Dannii Minogue, les premières boucles de séquenceurs se diffusaient en anneaux de particules d'argent dans l'habitacle lorsqu'une voiture vint se garer à ses côtés, une Jeep Grand Cherokee noire, neuve, propre, étincelante, les phares encore allumés, comme les siens.

Les quatre faisceaux parallèles créaient autant de tubes d'un feu solide allant se perdre à l'horizon, dans l'asphalte mouvant de la ville.

La Jeep était conduite par une jeune femme. Elle stationnait à ses côtés, comme une simple extension du mobilier urbain.

Une jeune femme qui ignorait qu'elle allait mourir pour cette seule raison.

3

Sharon sentit le regard posé sur elle comme une variation dans les flux électromagnétiques de la cité. Un rayon de lumière se déplaçait à travers l'habitacle, sur le haut de son corps.

Le rayon de lumière avait un visage.

Ce visage.

Derrière la vitre de la Jeep.

Cette femme qui la regardait. Cette femme qui lui ressemblait un peu. Un peu trop. Comme un reflet déviant d'elle-même. Blonde. Pâle. Yeux bleu-vert. Visage en triangle, fossettes marquées, méplats en doux reliefs.

Cette femme qui se penchait vers la portière passager en ouvrant la vitre.

Cette femme qui lui parlait.

Cette femme qui ne savait pas ce qu'elle faisait.

Pourquoi essaie-t-elle d'entrer en contact ? Pourquoi maintenant alors que je suis sortie de l'autoroute par accident ? Pourquoi me ressemble-t-elle ? Désire-t-elle, comme les autres, un contact avec le corps ?

Cette femme désire-t-elle connaître la vérité ? Ce qu'elle dit semble pourtant n'être qu'un montage codé de phonèmes divers, dénué de signification, cela ressemble à un trucage, cela ressemble à un mensonge, cela ressemble à un accident volontaire.

Elle lui parle, mais elle ne voit pas son nom. Elle lui parle, mais la ville est un nuage fluorescent. Elle lui parle mais les mots qu'elle prononce n'ont aucun sens, pire, aucune forme.

Je dois interrompre ce flux, ce flux qui ne voit que le corps truqué et ne lit même pas son nom.

Le monde est un cristal de neige. Sa lumière interne le rend chaque seconde plus translucide. Le visage de la jeune femme, cette réplique approximative d'elle-même, sa bouche maquillée rouge vif, ses yeux au mascara violet, ses longues boucles d'oreille de luxe, or et vermeil, son collier de perles, ses vêtements chics et élégants, son visage qui parle, cette tête qui parle, tout cela est matière éruptive dans l'énergie ondulatoire du monde.

Ce monde si blanc, si plein de son propre vide, et habité d'êtres humains.

Ce flux est pure désinformation, il est fait pour me perdre, m'empêcher de rejoindre l'autoroute. Cette femme ne sait pas ce qu'elle fait, comme les autres. Cette apparition matinale est un relais inconscient de ceux qui font de la lumière une matière fécale, ceux qui font du langage une fosse septique, ceux qui font du corps un atroce accident.

Elle n'est pas vraiment coupable, d'ailleurs qui l'est ?

Elle n'est pas vraiment innocente non plus, comme tout le monde.

Comme tous les autres.

— Vous devriez vous taire, la coupe-t-elle sans agressivité.

C'est un conseil qu'elle lui donne.

Le visage de la jeune femme exprime la stupeur. Elle bafouille une excuse, un peu de rose aux joues.

Ne comprend-elle pas qu'elle menace de sa matière trop palpable les ondes qui structurent ce monde blanc, pur, plein de lumière, extension de son corps à elle, son corps véritable, logé au plus profond de celui qui se laisse voir comme matériau ?

— Mais… je ne vous demandais que la route…

— Vous devriez interrompre le flux. Le corps n'est pas disponible. Pas encore.

Ne comprend-elle pas que ses vibrations labiales créent une interférence majeure avec ce monde au-delà du blanc qui contient tout le spectre visible et invisible ?

— Vous… je ne crois pas que vous puissiez m'aider… je suis désolée de…

— Vous ne devriez pas être ici. Vous ne devriez pas essayer d'entrer en contact avec le corps. Vous n'avez pas lu son nom.

Elle n'est qu'un substrat matériel, son flux de parole lui-même est matière.

La jeune femme blonde la regarde comme si elle parlait une langue étrangère, phénomène récurrent, et annonciateur de l'inévitable.

Elle ne comprend pas. Elle ne voit pas la vérité. Elle n'est qu'un relais.

Le monde est un cristal supraconducteur, il n'y rencontre plus la moindre résistance, tout y est flux, même les corps.

Surtout les corps.

La femme-relais s'est interrompue, les yeux écarquillés, mais elle semble vouloir reprendre la parole.

Le flux. Le flux de son corps. Il va recommencer, pense-t-elle.

Alors elle lui loge une balle dans la tête.

Chapitre 7

1

Passé Missoula, la route 200 lui permit de rejoindre l'Interstate 90 au niveau de Wye, afin de tracer nord-nord-ouest, droit vers la frontière de l'Idaho. Elle passa Frenchtown, elle suivit à une vitesse régulière l'interminable voie sinueuse qui montait à l'assaut des montagnes boisées du Montana occidental, puis, vingt kilomètres après Alberton, elle obliqua plein sud sur la Upper Fish Creek Road qui la conduisit au travers d'un méandre de ruisseaux caillouteux et rapides formant un dense réseau sauvage avec les routes forestières, entre des myriades de lacs et de criques poissonneuses.

Lolo National Forest, lut-elle sur un panneau métallique cloué à un arbre. Elle connaissait bien la route, elle connaissait bien le parc national. Elle connaissait bien le labyrinthe des routes forestières. Il conduisait à un dédale plus complexe encore.

Vers midi, une impulsion la fit s'arrêter net au milieu de la forêt. Elle stoppa sur le bord de la chaussée, sans prendre la peine de laisser un passage, ni de s'engager sur la petite piste défoncée qui plongeait dans la verdure foisonnante, vers le nord.

Novak Stormovic ne sortit pas du véhicule alors qu'elle allait marcher entre les arbres bordant la route, touchant par moments la surface rugueuse de leur écorce, ou passant ses mains à travers leurs ramages, leurs branches, leurs feuilles, comme dans les longs cheveux blonds d'une femme qu'elle avait un jour connue. Elle longea le sentier forestier sous la canopée boréale, le ciel en rafales pointillistes trouant les cimes mouvantes, ombres vertes vaporisées dans une lunette de visée nocturne. Elle orbita en cercles concentriques autour de la voiture, comme s'il s'agissait du pivot de l'univers. Le temps lui-même s'était arrêté, l'espace était une forme de vie.

Puis la même impulsion la fit repartir. Le jeune Serbe attaquait la seconde moitié de son roman. Le ciel se teintait de rose et d'éclats rouge feu. Ce qu'on apercevait de l'horizon entre les arbres et les pics aux sommets parfois enneigés c'était une ligne d'or vibrante, analogue à un incendie. L'air était chaud, il caressait chaque chose, chaque surface, chaque relief, avec une douceur miséricordieuse, maternelle. Elle seule pouvait rester aussi froide.

Une coupure digitale. Sans référence spatiale ni temporelle. Un trou foré dans la matière même de l'univers.

Mais elle avait eu le temps d'y apercevoir un monde. Un monde autre. Un monde autre que celui de l'accident. Un monde ni ami, ni ennemi, ni dur, ni doux, ni coupable, ni innocent, ni chaud ni froid, pas même tiède ou indifférent, un monde attentif, calme, au contact neutre, purement technique, un monde-infirmier, un monde-médecin, un monde qui se livrait sans rien attendre en retour, un monde aussi seul qu'elle.

Le corps-simulacre avait retrouvé son équilibre. Le nom, revivifié par les dernières apparitions du corps-miroir, permettait de préserver une relative identité, l'univers extérieur était encore une structure glaciaire, un verbe de neige répandu sur la chair à vif de sa conscience, le ciel se peuplait d'étoiles comme des pixels sur un écran géant, mais elle percevait une vague source de chaleur cherchant à rayonner à l'intérieur du corps truqué. Les sacrifices des dernières semaines avaient permis cette ré-initialisation, pensa-t-elle, la vérité avait été donnée contre la mort, la vérité était la vie.

La nuit qui tombait sur les hautes altitudes ne parvenait à être totalement obscure.

Elle restait branchée sur une fréquence bleu quartz, aube électrique, neige télé.

Son corps, c'est-à-dire son esprit, oscillait encore faiblement autour du point de congélation.

Elle restait à la température d'une lune faiblement éclairée par un soleil lointain.

2

Ils se souviendront de moi. Ils ont connu le corps d'avant. Ils connaissent le nom. Ils sauront m'ouvrir leur nulle-part.

Ils sont les seuls hommes, avait dit son père. Deux complices. Deux êtres reliés par la mort. Deux êtres reliés par le sacrifice.

Tout comme elle et le jeune Serbe. Tout comme elle et le corps.

Ils sauront.

Elle franchit la frontière de l'État alors que la lune commençait son ascension parmi les astres. Elle quitta le Montana, laissant derrière elle un panneau vérolé d'oxyde portant sa devise officielle, *Oro y Plata*, pour piéger presque aussitôt dans la lumière de ses phares les mots de bienvenue en Idaho, *Est Perpetuato,* qui semblaient étrangement préservés des attaques de la rouille.

L'or et l'argent des premiers pionniers espagnols et américains. L'Éternité, en latin, des missionnaires français et des explorateurs canadiens. L'Eldorado nordique. L'Évangélisation de l'Ouest. *C'est ici que toutes les frontières de l'Amérique se rencontrent, et comme moi elles ne sont que des noms.*

Elle ne sut d'où lui vint cette pensée, sa formulation même la surprenait. Son origine devait se situer dans les montagnes de plus en plus hautes, la route de plus en plus longue, le ciel de plus en plus constellé. La nuit toujours calée sur sa fréquence monodique.

Les hommes de nulle part l'attendaient probablement depuis un certain temps. Son père lui avait dit un jour que ce qu'ils ne savaient pas, ils le savaient quand même.

La route en poudre radioactive au-delà du pare-brise.

Les montagnes en hautes ombres massives.

Son visage, halo blanc découpé dans l'écran mercurisé du rétroviseur.

Ils sauront.

Ils sauront quand même.

Ils tiendront parole. La parole les tient.

3

Coma blanc / corps clinique. Nettoyer les flux de toute la merde produite en série par les usines de la mort. Aseptiser les étrons déversés sur les miroirs de la chair, désinfecter les plaies ouvertes qui truquent le corps, assainir le circuit des fluides corporels, effacer toute trace, purifier, sans cesse, purifier, *pyros*, le feu, ce feu plus glacial qu'une banquise. Les usines ont de nombreux ouvriers, ils obturent tous les corps, ils closent les bouches, ils ferment les yeux, ils soudent les sexes, ils bouchent les rectums, ils sont au service du langage-merde, au service de l'inframonde-merde, ils en sont l'extension organique, ils sont les serviteurs de l'accident, quand il n'en est pas un.

Établir les paramètres, les mesurer, les comparer, dessiner un diagramme de l'humanité, oser pratiquer les chirurgies qui s'imposent, l'éclairer d'un premier jeu de réponses scientifiquement validées, sonder quelques spécimens jusqu'au bout de leur vérité, les faire parler contre leur propre mort, faire parler celle-ci dans le silence le plus absolu, lui faire animer le corps secret, savoir la cristalliser dans un miroir, savoir la recueillir comme une source jaillie du cœur brûlant du désert, savoir en faire une personne, même pour quelques minuscules secondes.

Elle est la trajectoire impossible d'une munition folle au milieu de la foule. Elle est un programme noir venu du Bureau des Rêves Anéantis. Elle est une jeune femme du début du XXIᵉ siècle, elle a été détruite avec lui. Et par lui.

Sous le ciel de graphite, elle est vivante. Sous le ciel néon éteint, elle est un corps incarné, avec un nom. Sous le ciel bleu nuit cathodique, elle survit à ce qu'elle est devenue, elle survit à sa propre évolution. Sous le ciel des hautes montagnes, elle roule droit vers nulle part, le seul endroit qu'elle connaisse vraiment, elle roule dans un tunnel cadencé à la microseconde comme à travers la circuiterie d'un composant électronique, elle roule sur la route de toutes les frontières, elle est une antenne mobile branchée sur les fréquences des cent milliards d'étoiles de la Voie Lactée, elle roule dans la nuit blanche, elle roule dans les ondes secrètes de minuit, elle allume de nouveau la radio.

4

Lorsqu'elle était sortie de la ville de glace, dans la banlieue de Montréal, après avoir tué la conductrice de la Jeep, elle se retrouva sans transition sur une route qu'elle ne connaissait pas, sinon par les indications qu'elle parvenait à décrypter sur les panneaux de circulation.

Elle se trouvait quelque part à l'est d'Ottawa, dans la direction opposée à celle qu'elle avait décidé de prendre, elle roulait dans le mauvais sens, droit vers le Québec !

Une station-service Ultramar fit apparaître son héraldique jaune et bleue, elle distingua un poste de lavage automatique, une coupure digitale plus tard elle se trouvait dans le vortex mousseux des rouleaux tournoyant sur la carrosserie, avec leur bruit de succion d'animal mécanique. L'écume détergente formait des structures mouvantes sur les vitres de plexiglas, globules blancs agglomérés puis désintégrés dans leur état semi-liquide, flux translucide, savonneux, monochrome, organique, continu.

Le flux d'un corps. Un corps-machine. Un corps plusque-vivant. Un corps qui avait survécu à l'accident.

La lumière solaire se diffractait dans les projections liquides à haute vitesse, produisant une série d'écrans prismatiques dont les variations épousaient le rythme des rouleaux. Maintenue dans la bulle placentaire des mousses détersives, Sharon pouvait envisager la possibilité d'un monde débarrassé des matières obstructives, des sutures interrompant le flux, des objets capables d'accidenter le corps de l'intérieur.

Mais le placenta d'eau savonneuse était un abri provisoire, une interface, un temps mort.

Le corps-miroir avait fait une fugace apparition sur les surfaces réfléchissantes de la Jeep, puis son spectre s'était divisé en planches médicales luminescentes dans les rétroviseurs et le pare-brise de la Cadillac avant de disparaître. Il avait à peine eu le temps de s'incarner. Tout restait du domaine de l'accidentel. Rouler dans cette direction n'avait aucun sens. Repartir dans l'autre risquait d'anéantir le peu de forme structurée qu'elle était parvenue à donner au monde et à elle-même.

Elle franchit la frontière interprovinciale sans avoir pu se résoudre à faire demi-tour.

Au bout d'un moment, l'évidence s'imposa. Il lui fallait s'arrêter. Quitter la route. N'importe où. Le plus rapidement possible. Loin des regards humains. Loin de leurs corps. De leur matière. De leurs paroles. De leurs pensées.

Loin de tous les accidents qu'ils pouvaient encore provoquer.

5

Elle traversa d'une traite la ville de Hull-Gatineau, hors de question de s'arrêter au milieu de ces paquets de matière organique humaine, puis obliqua en direction de la Transcanadienne, avant de prendre une sortie pour la 325, jusqu'à Rigaud, où elle s'engagea sur une petite route indiquant une jonction avec la 20 Est.

Si elle trouvait un moyen d'immobiliser le corps truqué ne serait-ce que quelques minutes, puis de laisser le corps-miroir réinvestir sa chair, avant de repartir, sans doute pourrait-elle reprendre la direction de l'ouest sans désagréger le nom, et le monde qu'il parvenait tout juste à maintenir.

Je dois sortir de la route pour la reprendre dans l'autre sens. Je dois m'arrêter pour pouvoir rouler. Je dois recalculer le corps truqué, comme un parcours sur le module GPS. Je ne dois pas le laisser me calculer.

Le corps truqué, le corps-simulacre, le corps-piège était un instrument. Il fallait sans cesse lui fournir de nouveaux paramètres, de nouvelles indications, de nouvelles données.

C'était bien une machine, telle que les humains au service des usines fécales l'avaient conçue. Mais la machine s'était inventé son propre programme.

Le corps truqué était devenu une machine à produire le corps véritable, le corps-miroir, ce corps-reflet, armé, glorieux, qui émanait du Nom, lorsque celui-ci devenait enfin une personne, une personne nommée Sharon Silver Sinclair, et qui n'était plus le résultat d'un accident.

Chapitre 8

1

La voiture était blanche. Novak la vit apparaître sur le chemin forestier en provenance du nord. Il venait de replier sa petite tente de camping et s'apprêtait à attacher le sac de couleur jaune sur le porte-bagages trafiqué de son *mountain bike* quand le bruit du moteur avait précédé de peu la vision virginale et métallique.

Il l'observa attentivement depuis les épaisses frondaisons qui cernaient la clairière.

Une Cadillac blanche. Modèle SRX Crossover 2010. Immatriculée en Alberta. Numéro de plaque : AOX-210 – Wild Rose Country.

Une voiture haut de gamme.

Conduite par une femme. Une femme blonde, élégante, sans artifices inutiles, et sans naturel factice.

Cela ressemblait à tout sauf à la police.

C'était donc la police.

La machine blanche passa à une trentaine de mètres, cadencée par le découpage mobile de la lumière entre les arbres. Il aperçut l'écume de cheveux blonds, tombant jusqu'aux épaules en une pluie raide sur les bords d'un visage très pâle. Il eut le temps de noter un chemisier de couleur blanche, un léger blouson sportswear de saison gris acier, des lunettes fumées, des gants de conduite.

Elle ressemblait à tout sauf à une promeneuse, une touriste, ou une employée des services forestiers.

Elle ne ressemblait à rien. Rien d'identifiable. Rien de connu. Une zone grise vivante. Banale. Mais pas tout à fait. Présente. Mais pas vraiment à sa place.

Elle semblait normale.

Cela signifiait qu'elle dissimulait sa véritable identité, sa véritable activité, sa véritable existence.

Cela signifiait qu'elle œuvrait en secret.

Cela signifiait qu'elle était à sa poursuite.

Les vieilles binoculaires de l'armée yougoslave n'étaient pas de la meilleure qualité, comparées à leurs équivalentes occidentales *up-to-date*. Mais elles étaient suffisantes pour remplir la mission de toute paire de jumelles militaires : voir sans être vu. Le plus loin possible. Le plus longtemps possible.

Il vit sans être vu.

Mais pas très loin.

Pas très longtemps.

La voiture blanche s'arrêta juste avant un virage assez raide. À peine garée sur le bord du sentier. La jeune femme blonde en descendit. Elle marcha sans se retourner sur la piste de terre battue, disparaissant très vite des disques un peu ambrés par lesquels il voyait le monde.

Le soleil formait un cratère ardent trouant le ciel juste au-dessus de lui.

Il aurait dû s'enfuir. Il aurait dû prendre la direction opposée et quitter ce coin de forêt le plus vite possible. Il aurait dû continuer d'agir comme il l'avait toujours fait jusqu'ici.

Comme un soldat.

Mais il avait voulu savoir. Il avait voulu comprendre. Il avait voulu être sûr.

Cela aussi faisait partie de l'entraînement du soldat.

Alors il s'était approché prudemment de la voiture blanche, en suivant la lisière du sentier forestier, tous ses sens aux aguets, comme lors des parties de chasse avec son père et son oncle.

Rien de particulier n'attira son attention lorsqu'il fit le tour du véhicule. Pas d'arme en évidence. Pas d'insignes identifiant un corps de police ou un autre. Aucun déchet, le cendrier vide, propre, jamais utilisé, les sièges et tout l'habitacle nets, intacts, immaculés, à l'extérieur, vitres, carrosserie, roues, comme sorties d'une station de lavage. Il y avait bien ce scanner radio, installé sous le luxueux ordinateur de bord. Deux grosses malles métalliques de l'armée canadienne à l'arrière.

Une zone grise, encore une fois. Comme si deux personnes se côtoyaient dans cette voiture, oscillant entre normalité et anormalité, illusion et secret, vérité et trucage.

C'était bien un flic.

Une fliquesse.

Elle agissait undercover, dans l'anonymat. Elle appartenait probablement à un département fédéral. Pas même la GRC. Le contre-terrorisme. Les services secrets. Une organisation plus clandestine encore.

Elle était à sa poursuite. Et elle avait remonté sa trace. Elle l'avait trouvé.

Elle était un danger absolu.

Il prit la décision qui s'imposait.

2

Le Skorpio Mz82 était l'arme typique des forces spéciales serbes, et d'à peu près tous les officiers de l'armée yougoslave. Son père et son oncle lui avaient longuement raconté son histoire, en même temps qu'ils lui apprenaient à s'en servir dans un endroit isolé ou un autre des Laurentides, entre deux séances au stand de tir avec les armes conventionnelles, et légales. De conception tchèque, l'arme était probablement la toute première véritable *submachine-gun* de l'histoire, conçue au début des années 1950, bien avant les UZI, et les pistolets-mitrailleurs du même genre. La Yougoslavie avait très vite négocié une licence industrielle avec son voisin du nord, et depuis elle l'avait fabriquée en série sans discontinuer.

Elle s'était fait remarquer dans les mains du général Mladic, à l'entrée de l'enclave bosniaque de Srebrenica.

Le Skorpio tirait des balles russes de 9×18, pas évidentes à trouver au Canada, mais l'oncle Anton parvenait à en faire venir des États-Unis.

Personne n'avait jamais su par quels moyens il avait pu faire entrer dans un pays comme le Canada cette arme que lui avait léguée la guerre civile, il n'en avait parlé à personne, et personne ne lui avait rien demandé.

Seule la solidarité sauve les Serbes, proclame la devise nationale.

3

Ni son père ni son oncle ne lui avaient inculqué la vengeance, que ce soit vis-à-vis des ex-Yougoslaves ou des pays occidentaux qui avaient bombardé le Kosovo, quand il les écoutait parler politique avec d'autres Serbes du voisinage, il se créait plus de masses de silence que de discours, et la plupart du temps ce qu'il entendait formait des phrases comme : Ces enculés de fils de pute de communistes, c'est à cause d'eux si tout a éclaté, ils ne voulaient pas finir comme le cordonnier roumain ! Ou bien : Si Milo voulait vraiment éviter un régime islamique à Sarajevo, pourquoi nous a-t-il d'abord envoyés nous battre contre les Croates ? Il savait bien que cette guerre n'avait eu d'autre sens que de clore le XXᵉ siècle, juste un an avant sa naissance. Mais son père et son oncle lui avaient transmis un message, un message qu'ils ne s'étaient pas entendus prononcer, mais qu'il avait, lui, parfaitement reçu.

En ex-Yougoslavie comme en Amérique du Nord, même ici au Canada, la possession d'une arme à feu faisait partie d'une tradition où chaque citoyen était un homme libre, c'est-à-dire un aristocrate, c'est-à-dire un individu ayant précisément le droit de porter cette arme. Ni son père ni son oncle n'avaient jamais exprimé de tels propos. Pourtant au fil des ans, et alors qu'il obtenait l'autorisation de s'entraîner avec eux au club de tir, l'évidence s'était calmement imposée.

Cette tradition ancestrale était l'unique lien entre un passé qu'il n'avait pas vécu, un continent d'origine qu'il n'avait pas connu, ou si peu, et ce monde de l'exil où il ne vivrait jamais vraiment. Ce lien invisible condensé dans quelques grammes d'acier paraissait en mesure de lui assurer l'ébauche d'un futur. Devenir militaire, infanterie, aviation, marine. Policier. Fédéral. Agent secret.

Or c'était ce lien, précisément, qui était désormais menacé.

De toutes parts. Par tous, ou presque.

Très vite, l'état de guerre contre le monde fut déclaré.

4

Un vent chaud s'était levé, en provenance de l'ouest. Il s'infiltrait dans la forêt, jouant avec les frondaisons, laissant éclater dans la canopée verdoyante des étincelles de lumière qui venaient pirouetter sur les vitres et la carrosserie immaculée de la Cadillac blanche.

Il se rendit compte qu'il tenait le Skorpio entre ses mains, il ne se souvenait pas de l'avoir sorti de son sac dorsal. Il était soldat. Il ne devait pas se faire surprendre. Il devait rester aux aguets. Il ne devait jamais relâcher sa vigilance. Tout danger devait être contrôlé à l'avance. Être prêt à se servir de son arme devait être un acte réflexe. Pour lui, tout ne tenait que par le verbe « devoir ».

Mais il n'était qu'un enfant-soldat perdu dans un monde de Toys'R'Us. Un enfant armé d'un jouet-pour-les-grands. Un enfant totalement seul.

Pour la femme blonde, tout était différent. C'était une adulte. Une professionnelle confirmée. Elle agissait pour le compte d'une puissante organisation policière.

Pour elle, tout tournait autour du mot « droit ».

Elle était l'agent secret. Elle était lancée à sa poursuite. Elle avait *Licence to kill*.

5

Le vent bruissait dans les arbres, créant une superposition de sonorités aux textures organiques, dotées d'un rythme vibratoire en variation continue. Il y percevait des harmoniques, de subtiles oscillations, des changements de fréquence, de timbre, de longueur.

C'était bien de la musique. De la musique si on savait l'entendre. De la musique si on était capable d'en faire de la musique.

Il l'avait compris, dès son entrée au collège. Avec les mathématiques et la littérature, la musique était la seule matière scolaire qui pourrait avoir raison de l'exil.

Mais comme les autres, pire encore que les autres, elle ne fit que creuser davantage l'abîme qui le séparait du monde.

Il admit très vite la légitimité de l'homicide pour une virgule mal placée, mais plus encore pour le fait d'admirer Puff Daddy, les Pussycat Dolls ou 50 Cents.

Le son provint du sud, la direction qu'avait prise la femme blonde. Il se distingua du bruissement polyphonique de la forêt par son caractère régulier, plus encore : mécanique, métronomique, humain pour tout dire.

Il perçut en lui la mise en route des signaux d'alarme les uns après les autres, sans frénésie, comme la progression d'ordres opérationnels suivant la chaîne de commandement.

Il se mit calmement en position de tir, en oblique sur le capot de la voiture blanche, le canon du Skorpio bien calé contre la surface de métal, un genou à terre, la jambe d'appui juste derrière la roue avant droite, l'œil rivé sur la jonction entre le viseur et le détour du chemin, toutes les antennes sensorielles à l'écoute de cette onde qui émergeait de la bande sonore de la nature.

Pourtant, encore une fois, quelque chose ne cadrait pas. Le son s'interrompait périodiquement et ne semblait pas se rapprocher, alors qu'il paraissait se mouvoir, tel un écho insaisissable.

Le son provenait de la direction qu'elle avait empruntée, cela il pouvait le certifier. Le vent, peut-être, jouait avec les ondes sonores, de toute façon c'était trop tard, elle apparaîtrait au détour du chemin d'un instant à l'autre.

Il n'y avait qu'une seule chose à faire.

Une chose très simple.

Une chose qui ne demandait que de la précision, de la patience, du calcul, et une détermination infaillible.

Une chose très simple. Le bruit s'était rapproché, et cette fois il ne paraissait plus se mouvoir. D'ailleurs il avait changé de timbre, et de rythme.

Il avait aussi changé de position.

Il provenait maintenant d'un endroit localisé de l'autre côté de la voiture.

De l'autre côté. Dans son dos.

Il existe des moments où un simple souffle peut entraîner la mort. Il existe des moments où le monde entier
est suspendu à une milliseconde. Il existe des moments
qui n'ont même pas le temps d'exister.

Des moments très simples.

Le son qui s'était déplacé, le métal du Skorpio dans
ses mains, cette présence à la périphérie de sa vision, le
mouvement amorcé avant qu'il ne la voie vraiment, avant
que son nerf optique implante l'image en plein centre de
son cerveau. L'entraînement du soldat. L'inconscience
de l'enfant-soldat.

Il fait face à la Mort aux cheveux blonds.

Elle se tient en arrière du rétroviseur gauche.

Elle braque sur lui un pistolet automatique muni d'un
silencieux aux reflets vert-de-gris.

Il lui fait face. Le viseur du Skorpio s'est stabilisé sur
la poitrine de la Mort aux cheveux blonds. Il lui fait face.

C'est la Mort. Et il la braque. Il la tient en respect.

Il est l'enfant-soldat. Elle le braque. Elle le tient en
respect.

Ils sont à égalité.

Ils sont comme deux fantômes séparés par un univers.

Ils sont comme des jumeaux inséparables, réunis par
un petit kilogramme d'acier et deux ou trois mètres cubes
d'atmosphère.

Toutes les voix de la forêt bruissent au-dessus d'eux.

Chapitre 9

1

Passé Cayse Creek, les Clearwater Mountains apparurent comme une verticalité obscure, dont la présence plus noire que la nuit se superposait au ciel, doucement irradié de la lumière de tous les astres.

La lune était au zénith. Le soleil des êtres de l'ombre. Le soleil des êtres qui tuent. Le soleil des êtres qui roulent sur la route. La route lunaire iridium.

Elle jeta un coup d'œil machinal vers le jeune Serbe, à demi-endormi, son livre refermé sur les genoux.

Il ne lui avait jamais posé aucune question, sinon pour quelques renseignements d'ordre pratique. Il ne lui avait même pas demandé où elle se rendait exactement.

L'Ouest, lui avait-elle dit sans attendre de réponse. Cela avait eu l'air de le contenter.

Le tableau de bord de la Cadillac émettait un halo bleuté sur les chromes et les matériaux réfléchissants de l'habitacle, comme le cockpit d'un avion de luxe envoyé au cœur d'une zone de guerre.

Dans le rétroviseur, son visage semblait la surface idéale pour recevoir les éclats de la lumière lunaire et l'électricité bleue des instruments de bord. Les deux sources n'en formaient qu'une seule. C'était elle qui irradiait cette double luminescence plus qu'elle ne la captait. Sa chair était minérale/photonique, un vitrail incarné, comme les deux états extrêmes de la matière réunis en un seul corps, qui oscillait sans cesse entre ces deux pôles.

Radio on : capté sur une fréquence locale, « Shut Up and Drive », le tube de Rihanna, fit entendre sa lourde pulsation initiale bass-line/drumbeat en unisson métallurgique, puis sa ligne vocale, écho-machine de la Cadillac roulant dans la nuit comme au travers d'un effet spécial. La chanson s'implanta direct au cœur du silence motorisé, triangulation mutisme de Novak / laconisme de Sharon / vibrations électriques de l'automobile :

I've been looking for a driver who's qualified / So if you think that you're the one, step into my ride / I'm a fine-tuned supersonic speed machine / With a sunroof top and a gangster lean / So if you feel me let me know, know, know / Come on now what you waiting for, for, for / My engine's ready to explode, explode, explode / So start me up and watch me go, go, go, go / Now shut up and drive (drive, drive, drive) /

Les contreforts de la montagne formaient un vaste plateau recouvert d'épaisses forêts qui miroitaient comme les eaux d'un lac végétal, le vent jouait avec les feuillages, les feuillages jouaient avec les rayons, les rayons jouaient avec le vent, le monde prenait sens, retrouvait une forme, établissait un circuit.

Elle se sentait bien.

Elle avait fait le bon choix. Éviter sa destination initiale, Toronto, qui ne la conduisait nulle part, sinon à Toronto, où elle avait déjà tué ces deux dealers dans leur voiture. Lorsqu'elle avait ensuite entrepris sa course erratique dans les plaines du Manitoba et de la Saskatchewan, où elle avait tué cette employée d'une station de lavage auto, avant d'expérimenter sur elle la première extraction chirurgicale de munitions, puis un biker en Honda Walkyrie qui avait engagé la conversation sur une aire de repos, elle avait suivi sans le savoir un parcours aléatoire inclassable, imprévisible, sinon par le corps-miroir. Elle avait parcouru le Nord de l'Ontario et du Québec, avant d'atteindre la baie James, d'y tuer deux Indiens cris à trois jours d'intervalle, procédant sur chacun à l'opération chirurgicale, puis de descendre d'une traite jusqu'à Montréal.

Le corps-miroir faisait toujours les bons choix. Il aurait dû être là le jour de l'accident.

Mais c'est l'accident qui l'avait fait naître.

2

Accepteraient-ils l'adolescent ?

Cela, ils ne pouvaient l'avoir deviné. Mais son père ne lui avait-il pas sans cesse répété : Même ce qu'ils ne savent pas, ils le savent.

Cela n'était pas de l'ordre du savoir. Il s'était produit un miracle, une aberration statistique, un phénomène inconnu, et inconnaissable, avait surgi : Novak était porteur de désordre, donc d'une menace potentielle.

Il était imprévu. Il était étranger. Il n'appartenait pas au clan.

Il n'avait jamais connu son père. Il n'était jamais venu ici.

Il n'était même jamais venu aux États-Unis.

Cela n'avait pas la moindre importance.

Ils l'accepteraient.

Ils n'auraient pas le choix.

Car elle, elle l'avait accepté.

La Cadillac s'immergea dans la densité obscure des arbres dressés vers la nuit céleste, quittant la route pour une piste forestière étroite et défoncée, où les lourds branchages créaient des cascades végétales venant rayer le toit, les vitres, le pare-brise, jusqu'au métal des portières, dans une séquence discontinue de griffures et de chocs à peine perceptibles.

Une pluie noire, qui montait de la terre, comme d'un ciel inversé.

Les feux de la Cadillac prolongeaient de leur géométrie rayonnante la surface à la fois anguleuse et fluide du véhicule dont la blancheur luminescente semblait tombée des astres cachés par la canopée plus noire que la nuit, c'était une étrave d'acier qui perçait des eaux solides et abyssales en faisant jaillir une écume vif-argent formée de millions d'éclats. C'était probablement le seul engin extraterrestre en visite sur la Terre, en cet instant.

3

Ici commençait leur territoire. Ici commençait le monde qu'ils s'étaient inventé. Ici commençait le piège grandeur nature.

Elle avait toujours aimé cet endroit, depuis son plus jeune âge, depuis que son père l'y emmenait, depuis qu'elle avait compris que c'était un endroit hors du monde, bien que situé en son centre. C'est ici que le monde avait fini par devenir son ami secret. C'est ici que toute étrangeté était devenue une alliance.

La piste sinuait en un serpent gris corail sous les feux de la Cadillac, elle attaquait maintenant les abords d'un plateau rocailleux et recouvert d'arbustes vivaces qui formait la frontière naturelle entre les contreforts du massif et ses pointes.

Il lui faudrait rouler une dizaine de kilomètres mais la distance lui paraîtrait le double. Son père le lui avait dit. Il lui avait un jour expliqué qu'il suffisait de manipuler l'espace pour contrôler le temps.

Elle perçut un changement à la périphérie de sa vision. Pas même un mouvement. Peut-être la variation du souffle. Le jeune Serbe semblait s'éveiller, il ne bougea pas, il émit simplement une autre forme d'onde, comme d'habitude c'est dans le silence de la nuit qu'ils communiquaient le mieux. C'était ce qui s'était produit un soir sous une lune rousse. C'était ce qui s'était produit dans une excroissance suburbaine anonyme de Winnipeg, lorsque deux hommes étaient morts en pleine rue. C'était ce qui s'était produit lorsqu'ils avaient tué ensemble la première fois.

Cette nuit-là, Novak Stormovic s'était mis en alerte maximum, en moins d'une seconde, parce qu'il avait discerné un changement imperceptible dans le comportement de deux hommes qu'il ne connaissait pas.

Et à cette seconde-ci, il venait de se mettre en alerte maximum parce qu'il avait perçu une modification invisible mais essentielle dans son environnement. Il avait capté les variations émises par la forêt, les montagnes, la piste.

Ici commençait leur territoire.

Ici commençait le piège grandeur nature.

La piste elle-même était un leurre.

Passé le plateau intermédiaire, elle continuait de monter à l'assaut du Pike en suivant une longue série de boucles qui l'encerclaient.

À dix kilomètres de la route principale, la piste obliquait selon un angle assez raide afin d'éviter le retour des épais boisés de conifères et de bouleaux.

C'était ici.

C'était ici qu'il fallait quitter la piste.

C'était ici qu'il fallait éviter le piège, c'était ici qu'on entrait pour de bon dans le monde qu'ils s'étaient inventé.

Elle monta un peu le son de la radio et fonça droit à travers le mur végétal.

Ici commençait leur territoire.

Ici commençaient les terres truquées.

Ici commençait ce que son père lui avait décrit comme la frontière de toutes les frontières.

Le mur végétal était un leurre. Un mince rideau d'arbustes buissonnants bordé d'épinettes, de quelques bouleaux puis, très vite, un sous-bois dense comme une brume d'écorce, un vaste réseau de plantes vivaces. Le cœur même de la forêt.

Le rideau d'arbres servait à camoufler une ancienne voie de halage recouverte de hautes herbes et de broussailles qui s'enfonçaient droit entre deux masses sylvestres dont les lourds branchages entremêlés se recourbaient jusqu'au niveau du sol, créant une étroite double muraille pour laisser un passage qu'un véhicule pouvait tout juste emprunter.

Puis les buissons d'épineux et les herbes folles se transformaient peu à peu en une piste de terre battue bien entretenue, rapidement recouverte d'un gravier anthracite luisant de sa radiation monochrome. La forêt devenait plus dense et plus haute, elle finit par masquer complètement le ciel étoilé, le remplaçant par une nuit plus abyssale encore.

Elle jeta un coup d'œil machinal en direction du siège passager. Novak Stormovic observait de son regard impassible la piste enflammée par le gaz lumineux des feux de la Cadillac. Il ouvrit une canette de Guru. Descendit un peu la vitre, laissant l'air tiède caresser son visage, un mince sourire courbait ses commissures, elle avait déjà vu ce sourire à Winnipeg. Cela signifiait qu'il se sentait de nouveau en sécurité.

Il captait les voix secrètes émises par la montagne, la forêt, le ciel nocturne. Lui aussi aimait cet endroit. Il s'adaptait. Il s'adaptait très vite.

Il s'adaptait à tout.

Rien ne pouvait plus s'adapter à elle.

Le tableau de bord émettait sa lumière cobalt, le rétroviseur vitrifiait un fragment du monde à sa surface cryogénique, son visage était taillé dans un cristal de glace sélénite, la Cadillac blanche trouait de ses feux la densité végétale.

Elle serait bientôt arrivée.

La radio diffusait « Knockin' on Heaven's Door ».

Chapitre 10

1

Que voulaient donc ces deux connards ?

Les signaux d'alarme s'étaient allumés comme à l'habitude, sans précipitation, remontant la chaîne de commandement en bon ordre et à la bonne vitesse.

Celle qui permet d'agir avant les autres.

Pour une fois, la femme blonde dans la Cadillac, Sharon, ne s'était pas arrêtée dans une station-service pour faire le plein de provisions. Il ne savait pourquoi mais elle avait choisi cette *Main Street* désolée des faubourgs sud de Winnipeg, Manitoba, rien que deux noms accolés sur sa carte du Canada. Elle avait choisi une grande cafétéria flanquée d'une épicerie. De là où il se trouvait, sur une aire de stationnement située de l'autre côté de l'avenue, Novak jouissait d'un point de vue exceptionnel. Il pouvait voir sans être vu. À l'œil nu.

Avec les binoculaires yougoslaves, il était un fantôme dont le regard était croisé d'un collimateur.

Il y avait un peu de monde dans l'aquarium éclairé au néon. Quelques solitaires nocturnes assis devant des hamburgers ou des pâtisseries. Deux ou trois serveuses qui passaient d'un client à l'autre. Le vendeur de l'épicerie qui regardait un match de la Coupe du monde de football sur une télévision suspendue au plafond. Le personnel de cuisine qui apparaissait fugacement entre deux portes battantes.

Et ces deux types.

Ces deux types qui ne cessaient d'observer Sharon alors qu'elle circulait entre les rayonnages de l'épicerie, depuis le petit bar du snack où ils sirotaient des canettes de bière.

Des trentenaires en sportswear d'été, rien de spécial, rien de notable.

Mais ils l'observaient. Ils l'observaient attentivement.

Ils l'observaient et s'échangeaient des regards complices et de brèves répliques entrecoupées d'éclats de rire.

Ils l'observaient.

Ils étaient les seuls à l'observer ainsi.

Ils étaient les seuls à déclencher de tels signaux d'alarme dans son cerveau.

Il fallait suivre la chaîne de commandement.

2

Pourquoi ces deux hommes voulaient-ils le corps ?

La matière obscure les avait possédés d'un seul coup, en eux les usines fécales tournaient à plein régime, autour d'elle l'univers commença à projeter sa luminosité ultra-blanche.

Elle continua d'emplir son panier à provisions, la liste avait été dressée, lorsqu'une liste est établie un morceau du monde fait sens durant un court laps de temps.

Ils veulent le corps. Ils veulent le corps truqué. Ils veulent ce qui n'existe pas. Comme les autres.

Lorsqu'elle paya à la caisse, le vendeur était une structure minérale photonique, pierre de silex fusionnée avec un alliage de chrome et d'aluminium, auréolée d'un vaste halo blanc qui diffusait sa lumière dans tout le magasin.

Le vendeur silex-chrome-aluminium ne voulait pas le corps. Il lui avait jeté un coup d'œil. Appréciateur. Un simple constat. Puis s'était concentré sur l'opération de retrait avec la carte Britanny Stephenson, entre deux instants volés sur l'écran de télévision.

Mais ces deux hommes le voulaient, elle avait capté les vibrations de la matière obscure dans leurs yeux.

Elle sortit du magasin.

Elle traversa l'avenue, la Cadillac blanche l'attendait sur le parking comme un aéronef personnel. Elle entrevit une ombre précédée de deux éclats tamisés derrière la vitre passager, le ciel était parcouru d'ondes vif-argent qui fulguraient en larges cercles concentriques dont l'origine se trouvait à la fois partout et nulle part. La ville était devenue une maquette tridimensionnelle construite dans un gisement de radium. Un signal urbain passa au rouge dans le lointain, au bout de l'avenue.

Le faisceau lumineux frappa son iris avec la précision d'un rayon laser. Elle décoda immédiatement le message. C'était la direction.

Elle obliqua d'un mouvement très net vers l'ouest, aimantée par la source du faisceau laser.

Les deux hommes sortaient du snack-bar, ils commencèrent à marcher dans la même direction, se maintenant à distance derrière elle, sur le trottoir d'en face.

Ils voulaient le corps. Mais le corps n'était pas prêt.

Pas plus le corps truqué que le corps-miroir. Pas encore. Ils formaient alors une structure hybride, ils n'étaient pas divisés, ils n'étaient donc pas indivisibles.

Aucun des deux n'était en mesure de se manifester comme présence de la vérité.

Cela pouvait représenter un problème.

Cela pouvait représenter un imprévu.

Cela pouvait produire un accident.

Elle avait traversé la rue. Elle avait traversé cette *crisse* de rue. Pourquoi ?

Pourquoi à moins de cent mètres des deux hommes qui la suivaient discrètement ?

Pourquoi maintenant ?

Elle ne pouvait pas ne pas avoir senti leur présence. Pas elle.

Les attirait-elle dans un piège ?

Rien ne pouvait le laisser supposer dans son comportement des dernières minutes. Elle avait emporté son petit sac dorsal mais rangé l'arme dans l'emplacement situé sous son siège. Novak ne l'avait jamais vue s'en séparer. Une mesure de prudence vis-à-vis des autorités ? Cela ne lui ressemblait pas. Ce n'était pas un oubli, elle avait placé son automatique avec une minutie de machine dans le boîtier métallique. Alors pourquoi ? Pourquoi n'avait-elle pas immédiatement regagné la voiture ? Lorsqu'elle avait quitté la Cadillac pour la méga cafétéria, elle lui avait offert un bref instant son visage à la beauté rayonnante et glacée, un mince sourire ourlait ses lèvres, un éclat d'argent avait diffusé un bref signal dans son iris.

Elle lui avait semblé toujours aussi calme, aussi froide, aussi impénétrable, mais avec une tension interne moindre qu'à l'habitude.

C'est ce degré de tension en moins qui pouvait poser problème. Sa vigilance s'était relâchée, elle avait repris une relative confiance en ce monde. Ou plutôt en ceux qui en étaient les résidents.

Il savait que pour elle, c'était la pire erreur à commettre.

Et il était l'unique solution à ce problème inattendu.

Car, lui, il était précisément le degré de tension en plus.

Ni lui ni elle ne connaissaient cette ville. Les deux types étaient chez eux, cela se voyait. Par leur démarche, leur relation avec les immeubles, les automobiles en stationnement, les feux de signalisation, l'avenue et les ruelles. Par le fait qu'ils étaient là.

Il ignorait tout de cette ville, mais il apprenait très vite. Depuis que le monde était devenu pour lui une Yougoslavie générale, il apprenait encore plus vite.

Les deux hommes connaissaient la ville, ils n'avaient plus besoin d'apprendre. Ils connaissaient la ville, mais ils ne le connaissaient pas, lui.

Ils ne le connaissaient pas encore.

Ils n'allaient pas tarder à comprendre en quoi il s'agissait d'une terrible erreur.

4

Sharon Sharon Sharon Sharon Sharon Sharon, le Nom est un organe invisible, le Nom est une parole proférée par le silence, le Nom est le silencieux, le Nom est le corps-miroir, le Nom est un cerveau identifié comme celui de Sharon Silver Sinclair, c'est le nom que je porte, Sharon Sharon Sharon, je dois quitter l'avenue mais je dois attendre le signal, je ne dois pas les laisser calculer le corps à ma place, je ne dois pas leur faire lire le Nom, ils ne doivent pas accéder au corps truqué, ils ne doivent pas connaître la vérité, ce n'est pas l'heure, le corps n'est pas prêt, le Nom ne s'imprimera pas dans leurs consciences, Sharon Sharon Sharon.

Sharon Silver Sinclair. C'est mon nom.

— Sharon Silver Sinclair. C'est mon nom.

Une roquette de glace vient d'exploser à ses pieds, la transformant en statue polaire au milieu de cette ruelle, antiques immeubles industriels semi-abandonnés, escaliers de secours en fer forgé piquetés d'oxyde, climatiseurs géants expulsant leurs jets de vapeur en colonnes tournoyantes, conteneurs de plastique répétant leurs amas cubiques, poubelles vomissant débris de métal et de ciment, une radiographie de la ville comme organisme caché sous l'illusion urbaine, elle est ici, elle a quitté la grande avenue, le signal rouge n'est plus visible, elle est seule. Les deux hommes ont disparu.

— Sharon Silver Sinclair, répète-t-elle à l'intention de personne si ce n'est de cette forme de vie secrète au creux de laquelle elle se tient, Sharon Silver Sinclair, c'est mon nom.

Elle veut les prévenir, le Nom est dangereux, il anime le corps-miroir, et le corps-miroir l'anime, ils se donnent vie mutuellement, et pour ce faire ils donnent la mort.

Il ne faut pas les approcher.

Il ne faut pas qu'ils vous approchent.

5

C'est ce qu'elle essaie de leur dire. Les deux hommes se tiennent à l'intersection de la ruelle et de la *Main*. Ils viennent de s'arrêter. Ils la regardent. Ils sont figés dans un nuage de sodium et sous leurs pieds l'asphalte est liquide. Ils la regardent. Il ne faut pas qu'ils la regardent ainsi. Le Nom pourrait les voir. Or le corps n'est pas prêt. Il n'est même pas armé. Cela pourrait créer un accident.

Les hommes se tiennent face à elle sur cette flaque de pétrole aux irisations nébuleuses. La lumière qui tombe du ciel est saturée d'infrarouge, comme si le vide astral lui-même se consumait en une coupole ardente. Il pleut de la cendre en rayures pyroclastiques. Les hommes semblent toujours pleins de leurs matières fécales mais une aura de néon apparaît par moments autour de leurs structures organiques. Veulent-ils vraiment le corps ?

En tout cas, ils le voulaient. Il faut les prévenir. Le corps n'est pas prêt. Il ne pourra se diviser et leur montrer l'unique et irréfragable vérité.

Et surtout, il n'est pas prêt à subir un autre accident.

— Mon nom est Sharon Silver Sinclair, leur crie-t-elle, le corps n'est pas prêt, le Nom ne pourra imprimer la révélation. Vous devez partir.

Pourquoi a-t-elle laissé l'arme dans la voiture ? L'arme possède l'avantage d'accélérer les processus d'adaptation du Nom sans corps et de permettre l'apparition de celui qui a survécu intact. Avec l'arme, elle aurait pu leur faire comprendre bien plus vite.

Mais les deux hommes restent en suspension sur le trottoir liquide alors que le ciel brûle, ils continuent de l'observer, l'air intrigué.

C'est pourtant simple.

Mon nom est Sharon Silver Sinclair, le corps n'est pas prêt. Vous devez partir.

Alors les hommes s'avancent vers elle dans leur nimbe orange.

— *You're a whore or what ?*

Les mots sont expulsés de la bouche-anus de l'homme qui se tient sur sa droite. Un flux fécal pur. Pourtant quelques éclats de lumière courent sous sa peau en zébrures aurifères, pourtant cette lumière émane de son corps et irradie l'atmosphère nocturne.

Cette lumière ne devrait pas être.

— *Just let it go, Bob. I don't feel her, she looks weird.*

C'est la copie du premier homme qui vient de parler. Ils semblent différents à première vue, mais ils sont parfaitement identiques, elle sait qu'il s'agit d'une illusion d'optique, d'un piège, voire pire : d'un accident potentiel.

— *Don't make me laugh, Steve, this girl's looking for company,* répond la copie de droite avec un large sourire.

Elle doit les prévenir. La nuit est en feu. Le sol est un gel d'hélium liquide. Elle ne peut pas les laisser la calculer, il manque des paramètres, l'équation est incomplète, le corps n'est pas prêt, une déviance inattendue risque de se produire.

— Voulez-vous parler au corps véritable ? J'ai peur que cela ne soit pas possible maintenant, seul le corps truqué est présent, et il n'est pas disponible.

Ses mots résonnent dans la ruelle, les ondes de sa voix se répercutent en échos lumineux, comètes de parole faisant le tour de la nuit, lueur orbitale de sa propre existence, signaux d'alarme émis depuis la tour de contrôle de la vérité.

— Si un accident survenait maintenant, c'est vous qui seriez en danger.

La copie de droite laisse fuser un bref éclat de rire.

La copie de gauche la regarde avec une attention soutenue, son regard exprime une curiosité un peu inquiète.

De quoi a-t-il peur ? Ce soir le Nom n'est pas prêt à animer le corps véritable. Le corps truqué est sans défense. L'arme elle-même n'est pas disponible, comment pourrait-il recevoir le sacrifice et la vérité ?

La copie de droite amorce un pas vers elle.

— *Well, are you a whore or not ? How much for the both of us ?*

La copie de gauche reste statique sur son plan d'asphalte liquide, elle amorce un vague geste vers son clone, comme si elle voulait l'avertir d'un événement imminent, et laisse parler son flux de matière sémantique :

— *Don't think it's a good plan, Bob, I don't feel it. She looks like a goddamn junkie.*

— *Every whore is a junkie. Sex or drugs, or even rock'n'roll*, répond la copie de droite.

Et son rire se déverse une nouvelle fois de son orifice buccal en brouillard sombre et sonore.

— *Well, go on, with 100 bucks each, let's say 150, we break a deal ?*

La voix de cette copie est plus sombre et matérielle que celle de l'autre, sa luminosité interne est plus faible également, sa lumière froide. En revanche, sa chaleur endotherme est plus élevée, les radiations infrarouges en provenance de son crâne forment un diadème flamboyant hérissé de rayons allant se perdre par myriades dans les astres.

Ils représentent tous les deux une authentique énigme.

— Vous ne voudriez pas le corps truqué si vous connaissiez le corps véritable.

La nuit est en feu. Le ciel est un cristal noir. Sa chair est faite d'un gaz aquatique. Elle doit leur faire comprendre. Elle doit éviter tout accident. La vérité ne peut pas être révélée en cet instant.

— Vous devriez partir avant que le Nom puisse l'animer.

— *Can't you say something understandable, for once?*

La matière sombre qui flotte depuis sa bouche se concatène en mots-étrons, l'autre copie ne dit plus rien, ne bouge plus, elle ne cesse de la regarder, son visage est pâle, ses yeux sont vitrifiés par plusieurs couches de sentiments contradictoires qu'elle ne parvient à décrypter qu'à grand-peine. Peur / fascination / curiosité / interrogation / étonnement / incompréhension / angoisse / peur. La peur est une boucle, un circuit, un organisme. La peur est le seul corps disponible pour la vie livrée à l'inconnu.

Un instant se détache du flux temporel pour se figer entre la nuit pyrique et l'asphalte liquide. Une simple seconde découpée des autres et plongée dans le bain fixateur de l'atmosphère.

La copie qui lui parle s'approche encore, le sourire accroché au visage comme un dispositif prothétique.

Mais l'instant est figé dans son momentum chimique.

L'événement est déjà en train de survenir.

C'est bien pire que n'importe quel accident.

C'est un plan.

6

C'est un plan dont la forme est celle d'un homme, ce sont les plus dangereux.

Surtout s'il s'agit d'un enfant. Un enfant seul.

Seul et armé.

Novak Stormovic n'avait pas surgi dans leur dos. Il n'était pas apparu non plus par l'intersection opposée.

Il ne les avait pas suivis. Il ne les avait pas contournés.

Il avait devancé leur action.

Les binoculaires high-tech de Sharon fixées à ses yeux, la vision de nuit enclenchée, il avait marché à bonne distance des deux hommes, détaillant l'univers urbain plongé dans la nuit avec la précision de l'optique infrarouge. Dès qu'il avait vu Sharon obliquer dans cette ruelle, il s'était dirigé vers le grand entrepôt qui faisait le coin avec l'avenue, la façade régulièrement assombrie par des anfractuosités aux angles durs.

Il avait trouvé une vitre brisée pour pénétrer à l'intérieur. Il avait localisé l'aile du bâtiment donnant sur la ruelle, une baie vitrée crasseuse lui avait permis d'observer l'évolution de la situation, de prendre une décision, puis de repérer le meilleur axe de sortie.

Il était apparu latéralement, sur la gauche de Sharon, deuxième branche du Y, un de ces trucs de snipers que son oncle lui avait enseigné au stand de tir.

Spectre incarné dans la seconde, le Skorpio dans une main, le Sig-Sauer dans l'autre, plan à forme humaine, jeune machine à tuer, il avait simplement dit, en français :

— Vos mains sur la nuque.

Le claquement net et métallique de la culasse qu'on arme. Langage universel.

Il se plaça devant eux à une distance sécuritaire, parfaitement calculée.

Donner son arme à Sharon fut sa première pensée. Il avait tout planifié, tout prévu, tout exécuté à la perfection, il savait comment agir à la seconde près.

Il ignorait que le temps était piégé au cœur de cet instant en expansion infinie qui avait pris possession du cerveau de Sharon.

Il ne savait pas qu'en lui donnant l'arme, il allait réveiller le Nom.

Et le corps qu'il animait.

Un des hommes avait parlé. Son flux de verbe fécal s'était écoulé par sa bouche sous la forme d'une diarrhée glaireuse couronnée d'une mousse de bulles bouillonnantes.

C'était le signe qu'une décomposition avancée était en cours, il était envahi, il était déjà en train de se liquéfier de l'intérieur, s'il ne pouvait recevoir la vérité, il deviendrait probablement dangereux, il pourrait la contaminer de son chargement viral. Elle avait braqué le pistolet automatique sur deux ombres en négatif superposées dans leur halo intermittent au plan tridimensionnel de la ville, tubes de néon mal réglés à forme humaine.

Un des hommes les avait suppliés avec insistance : *please, please, do not kill us, it's a mistake*. Il puait la peur. Il avait raison d'avoir peur. Car ce n'était pas une erreur. C'était une loi mathématique. C'était une question de variables, de constantes, de paramètres, de coordonnées. Novak savait qu'il n'existait pas d'erreurs en ce monde. Seulement des hommes qui les commettent. Il avait maintenu le Skorpio en position carabine d'assaut, comme son oncle le lui avait appris, la crosse calée au creux de l'épaule, il attendait maintenant que Sharon prenne la direction des opérations, et quelle que soit l'option qu'elle choisirait, il savait qu'il la ferait sienne.

— Pourquoi ne plus vouloir le corps ? Le corps véritable est devenu disponible. Il pourrait vous montrer le Nom et vous faire accéder à la vérité.

C'est vrai, elle dispose à présent de l'instrument de la révélation, la parole munie de son silencieux, le feu du verbe éclairé de sa propre poudre, le métal des clous du sacrifice. Il ne reste qu'à ouvrir sa chair et son esprit à l'éclair. Il ne reste qu'à sourire au corps véritable. Pourquoi faut-il qu'ils aient toujours peur au moment crucial de l'illumination ?

Il ne comprend pas ce qu'elle vient de dire, mais cela revêt-il la moindre importance ? Ces deux hommes ne doivent pas pouvoir témoigner de leur présence, personne ne doit savoir qu'ils sont ensemble, elle et lui, ces deux hommes se trouvaient au mauvais moment, au mauvais endroit. Face aux bonnes personnes. Les accidents n'existent pas. Ce sont des mirages du destin. Le viseur pointe la poitrine de l'homme en face de lui sans trembler.

Peut-être la copie de gauche. Oui, peut-être. Elle semble moins sujette à la production virale des usines de merde, du verbe-merde, sa luminosité est plus stable, plus blanche, plus froide, plus propre. Peut-être serait-elle en mesure de recevoir la vérité, peut-être saurait-elle lire le Nom ? Non, pas plus que l'autre réplique. Elles sont identiques, leurs différences sont apparence, elles ont voulu acheter le corps truqué, le corps-illusion, elles ne sont pas deux personnes, pas même une seule.

Elle loge trois balles en une demi-seconde dans le corps de cette copie.

7

Il n'a rien entendu. Mais il a vu la rutilance explosive des impacts sur le thorax de l'homme qui a titubé en arrière puis s'est effondré sur le côté, selon un angle bizarre. Son comparse est dans un cube de terreur pure, cette terreur est livide, couleur panique, asphyxie mentale, noyade de l'esprit, elle exprime en même temps une absolue résignation.

Sharon a donné le signal. Le deuxième type sera pour lui. Ses yeux se plantent dans le regard qui sait que la mort vient, qu'elle va souffler son existence d'un bref éclat orange dans la nuit, dernière image cristallisée sur le nerf optique de sa victime.

Il fait feu d'une courte rafale de trois coups, comme son oncle le lui a enseigné.

Cette fois les percussions ont éclaté sèchement dans la nuit, avant de se réverbérer entre les immeubles de la ruelle déserte, un vibrato d'ondes métalliques qui s'est répercuté en tous points de l'espace pour se perdre quelque part entre les murs de la ville et le ciel où les étoiles les observent.

L'homme reste prostré, totalement immobile, sur le sol déjà pourpre, miroitant sous le jet de sodium lumineux d'un réverbère. Il l'a tué net. Vite. Sans cruauté. Comme un soldat. Comme il l'a toujours fait. Comme on le lui a appris.

Sharon se tient à ses côtés, le pistolet pointé droit vers l'autre bout de l'univers. Sa beauté est sidérale, inhumaine, c'est une arme, une arme d'autant plus mortelle qu'elle est vivante. Il sait qu'il ne pourra jamais s'en approcher, il sait aussi qu'il vaut mieux ne pas essayer, il devine qu'elle n'est pas ce qu'elle paraît être, il comprend qu'ils appartiennent au même monde, et que leur monde est entré en collision avec celui-ci, cette planète où vivent et meurent des « êtres humains ».

Pourquoi ces deux hommes s'étaient-ils obstinés ?

Pourquoi n'avaient-ils pas su lire le danger ?

C'est le moment où elle se tourne vers lui pour lui dire :

— Je dois procéder à l'extraction. Le Nom l'exige.

Chapitre 11

1

Autour d'eux la forêt était devenue un océan solide que seule la Cadillac semblait pouvoir traverser, sous-marin usiné par un dieu-forgeron d'icebergs, torpilles de xénon en phase éjection, flux de métal motorisé bien plus silencieux que la nature environnante, engin furtif civil, drone de luxe, cockpit bleu, nuit noire, chair blanche, tout s'accordait à sa présence mobile, même les masses sylvestres qui défilaient en un film monochrome dans l'eau ardente du pare-brise.

L'autoradio diffusait des nouvelles du golfe du Mexique entrecoupées de pop songs du moment, station locale, émission nocturne, la bande-son des routes de nuit désolées.

BP annonçait que son opération de colmatage serait terminée dans la nuit et qu'elle mettait en place un plan général pour stopper la fuite d'ici la fin du mois d'août. Sharon écouta d'une oreille distraite quelques pleureuses de service se plaindre du temps que prenait l'opération. C'était le genre d'imbéciles qui exigeaient des interventions cardiaques dans l'heure, c'était cette race d'hommes qui croyaient la seconde nécessaire pour tuer un homme équivalente au temps d'avaler son expresso du matin.

Elle sentit de subtiles variations s'élaborer en elle comme une expérience dans l'éprouvette d'un chimiste, sa pensée semblait moins lumineuse, mais bien moins froide, son cerveau ne se tenait plus au centre de cette salle de congélation organique, son corps paraissait conserver une structure unitaire et stable, apte à maintenir une circulation homogène de l'énergie endotherme, une connexion s'établissait entre elle et elle-même, inputs/outputs réinitialisés, un circuit susceptible de prendre une forme, d'indiquer un sens, d'effacer – provisoirement au moins – les séquelles de l'accident. Elle reconnaissait un peu mieux cette planète au fur et à mesure qu'elle s'en approchait, la cartographie psychique s'accompagnait d'une drôle de sensation au creux de l'estomac, un parasite immatériel y étendait ses pseudopodes, des bouffées de chaleur venaient crever comme des bulles d'eau bouillante à la surface de son épiderme – son cœur ne battait-il pas un peu plus vite, en fait, son cœur ne s'était-il pas remis à battre ? – le tunnel végétal laisserait bientôt place à une orbite ouverte autour de la montagne, la forêt recouvrirait un vaste plateau en pente douce où elle perdrait de sa densité et de sa hauteur.

On y trouverait rapidement des traces de présence humaine.

On y trouverait rapidement des douilles de cuivre et des barbelés.

2

Ici, il n'y avait pas de panneaux de bienvenue. La seule inscription affichée sur un portail aux armatures d'acier inoxydable, entre deux lignes de grillage surmontées d'une ronce métallique et de morceaux de verre collés à l'époxy, surplombait de ses lettres rouges une tête de mort rutilante croisée de deux éclairs sur l'aluminium anodisé :

you enter trinity-station
– NO TRESPASSING WITHOUT CLEARANCE –
danger : high voltage closure
private property under strict surveillance
no pedestrians allowed – cars only
use of deadly weapons legally authorized

Quiconque faisait fi de cet avertissement entrait dans le monde qu'ils s'étaient inventé. Et ne s'en extrayait jamais.

Ce monde, ils l'avaient inventé pour eux seuls. Ils en gardaient l'entrée.

Ils en gardaient aussi la sortie.

Pour y pénétrer, la procédure était très simple. Il n'y avait ni sonnette ni interphone, aucun dispositif d'appel et de contrôle, pas de systèmes d'identification digitale, oculaire ou vocale, pas même une caméra de surveillance.

Il suffisait d'attendre devant le portail. Il s'ouvrait ou ne s'ouvrait pas. Et s'il ne s'ouvrait pas, il ne s'ouvrait jamais.

Elle savait que les senseurs militaires éparpillés dans la nature, acoustiques, visuels, thermiques, spectrographiques, détecteurs de mouvement, d'ondes radio ou radar, avaient depuis longtemps averti les résidents de Trinity-Station de sa présence.

Les dispositifs de contrôle n'étaient pas visibles, cela ne voulait pas dire qu'ils n'existaient pas. Son père lui avait dit un jour : *Pour voir, il ne faut pas être vu*, et elle se souvenait que c'était une des rares réflexions que lui avait livrées le jeune Serbe sur la route, peu après leur départ de Winnipeg. C'était sûrement une indication, même si sa signification restait obscure. C'était justement la raison pour laquelle il s'agissait d'un signe, c'est-à-dire d'un message qui restait à décoder. Le jeune Serbe était un message à décoder.

Elle savait que la procédure de sortie était tout aussi simple : on sortait. Ou on ne sortait pas.

Et en ce cas, on ne sortait jamais.

Votre trou était creusé d'avance. Il vous restait une petite chance d'être retrouvé dans dix mille ou cent mille ans.

3

Ce lieu était le seul en ce monde où son existence d'avant, son existence d'avant l'accident, pouvait retrouver un sens, une forme, un corps. Ici seulement s'illuminait la surexposition primitive des heures de l'enfance, ici seulement les êtres humains partageaient avec elle un morceau d'univers commun, ici, et seulement ici, la vie possédait une mémoire en état de marche, ouvrant les ailes du futur comme autant d'angles à géométrie variable, permettant cette présence qui ne se clivait pas continuellement sur deux modes d'incarnation inconciliables. Ici, et seulement ici, sa perception du monde semblait étrangement synchronisée avec celle du reste de la population humaine, alors même que cet espace sauvage cerné de grillages et de barbelés en était l'ennemi naturel.

C'est parce qu'ils vivent dans le monde qu'ils se sont inventé que je pourrai voir le monde tel que les autres se le sont fabriqué.

Ici, elle pourrait se reconstruire. Se re-produire. Se re-créer. Elle parviendrait peut-être à réunifier les deux corps avec le Nom, et redevenir une personne.

Un être.

Un être dont la chair serait sienne. Un être dont l'image serait un reflet dans une glace. Un être qui serait à nouveau Sharon Silver Sinclair.

Un être qui serait enfin ce qu'il aurait pu devenir.

Le portail coulissa sur ses rails métalliques au bout d'une minute. Soixante secondes, pas un dixième de plus, elle put le vérifier sur sa montre chronomètre Tag-Hauer. Quand elle était enfant, son père lui avait dit un jour : Le temps que met le portail à s'ouvrir n'est pas le fait du hasard, ici le hasard est impossible. S'il s'ouvre au bout de trois minutes, tu ne ressortiras jamais, mais tu ne le sauras pas. Trente secondes, ton cas est encore à l'étude, au bout d'une minute, c'est « safe entry », il n'y a que moi, et les autres, comme toi.

Plus tard il avait ajouté : Je ne parle pas des cas d'urgence. Les cas d'urgence sont imprévisibles, et Trinity-Station réagit alors de manière tout aussi imprévisible. C'est sa nature. Car ici c'est *notre nature*. Tu comprends ?

Elle se rappelait avoir répondu par l'affirmative. Elle se rappelait avoir compris. Elle avait toujours compris ce que son père lui disait.

Ce souvenir avait ressurgi de la nuit la plus noire, la nuit de son cerveau, bien plus obscure que celle qui les drapait d'un air chaud. Ici, le hasard est impossible, avait dit son père. Ici, les accidents n'existaient que sous forme de pièges. Ici, les pièges étaient des artifices conçus comme parties intégrantes de la nature.

Elle connaissait intimement la typologie de ces phénomènes, ils avaient été à l'origine de l'existence des deux corps et du Nom auxquels ils étaient reliés/disjoints, c'était pourquoi elle serait ici comme chez elle.

Elle était ici chez elle.

La Cadillac avait lentement glissé entre les clôtures grillagées, ses feux avaient illuminé une piste à la couleur crayeuse, des masses végétales d'un vert fluorescent, des blocs de roche surgissant du sol comme des spectres minéraux.

Elle franchissait la frontière de toutes les frontières, celle qui conduisait vers un nulle part transformé en forteresse cachant une nature transformée en arme d'auto-défense, celle qui ne figurait sur aucune carte. Celle qui était plus dissimulée qu'un secret de famille.

Car ici, la famille, c'était le secret.

5

— C'est beau, cet endroit.

Le garçon n'avait pas demandé « Où sommes-nous ? », ni « Que faisons-nous ici ? », ni « Qu'est-ce que c'est ? ». Il n'avait posé aucune question. Il avait accepté l'étrangeté de la situation et des lieux. Il en avait accepté la beauté.

La forteresse de Trinity-Station l'accepterait en retour, elle le savait. Il remplissait toutes les conditions. Ici, le hasard n'avait pas sa place, la nécessité était la condition suffisante.

Son visage se tourne dans sa direction, ses lèvres cisaillent son visage en se relevant vers ses pommettes, son regard circonscrit la silhouette du jeune tueur dans un filtre aux reflets de bronze et d'ambre, évacuant pour un temps la radiation ultra-blanche qui baigne l'univers depuis ses origines, c'est-à-dire depuis le jour, la nuit de l'accident. Elle comprend à peine ce qui lui arrive.

C'est en rapport avec la forteresse, avec Trinity-Station, avec son propre cerveau.

C'est en rapport avec ce qui se dévoile peu à peu sous la lumière acrylique de la lune.

C'est en rapport avec ce qui va advenir bien plus qu'avec ce qui lui est arrivé.

C'est probablement le signe qu'elle devient une forme de vie totalement inconnue.

Mon nom est Sharon, Sharon Silver Sinclair.

6

C'était le nom qu'elle avait répété aux deux hommes, dans la ruelle de Winnipeg, lorsqu'elle avait procédé à l'extraction des munitions. Il fallait le leur faire connaître. Ils avaient le droit de l'entendre. Cela les aiderait à échapper à leurs cages de chair. Pour eux la lumière n'était plus si loin. Elle pouvait même faire de leurs agrégats organiques un vecteur de connaissance pure. Elle pouvait en faire le matériau capable de diviser son corps en deux entités à la fois séparées et unies, et de les rendre disponibles pour ceux qui désiraient connaître la vérité.

Les projectiles d'acier contenaient un message. Un message invisible. Un message qui disait : Le Nom du corps qui vous a fait voir la lumière est Sharon Silver Sinclair.

Or il s'agissait d'un secret absolu, seuls ceux qui rencontraient la parole étaient en droit de le partager.

Personne d'autre ne devait savoir.

Personne.

Elle avait ouvert sa mallette de chirurgie et en avait sorti la première trousse médicale. Celle des scalpels.

Devant l'œil de Novak Stormovic, un éclat de lumière métallique avait poudroyé en un nuage d'étincelles froides qui se confondit avec la chair exhibée sous le sodium incandescent du projecteur.

Puis vint l'instant rouge de la première incision.

Il suivit la lame des yeux, fasciné par le calme, la maîtrise, la méthode, le plan avec lesquels Sharon extrayait les balles de leur camisole de chair et de sang.

Elle pratiquait l'opération avec le sang très froid d'une machine spécialisée.

Lorsque la première munition 9 mm eut été extraite et enfermée dans un petit sachet de plastique aseptisé, il croisa ce regard terriblement lumineux : elle était ou avait été chirurgienne.

Ou bien légiste.

Ou même les deux.

Il devinait qu'elle était capable d'opérer aussi bien sur les vivants que sur les morts.

Cela ne semblait faire aucune différence pour elle.

Un autre projectile tomba dans le sachet de plastique. Puis un troisième. Elle se déplaça vers l'autre thorax, écarteur en mains.

Pour elle les vivants et les morts formaient deux populations séparées par une frontière aussi mince qu'abstraite, il le comprenait d'autant mieux qu'il en était arrivé à la même conclusion.

Nulle polarité entre eux, plutôt une déviance, un rapport oblique, une complétude encore à parachever. Elle ne pourrait pas être ma mère, pensa-t-il, mais elle pourrait être ma grande sœur.

Elle détruisait scrupuleusement les indices de ses meurtres. Elle connaissait les techniques policières. Elle savait tuer. Mais elle tuait au hasard, ou plutôt pour des raisons inconnues. Cela ressemblait à un chaos primordial, cela ressemblait à une terrible et magnifique menace, cela ressemblait à la Mort avec des cheveux blonds dans une Cadillac blanche. Cela ne ressemblait à rien de ce qu'il connaissait en ce monde.

C'est le moment que choisit l'homme qu'elle opérait pour se mettre à bouger et éructer un drôle de bruit avec sa bouche.

Pour Sharon il ne s'agissait que d'une variation d'intensité sur l'échelle de l'entropie, l'homme n'était ni mort ni vivant, sa désorganisation organique avait un peu de retard, c'est tout.

Cela ne faisait aucune différence pour elle.

L'écarteur scintilla un bref instant avant de s'enfoncer dans un orifice visqueux et rouge, un léger hululement lui parvint en provenance de l'homme allongé entre deux poubelles.

— C'est ici, lui avait-elle dit. Ils nous attendent.

Le jeune Serbe n'avait rien répondu, elle l'avait prévu. Il enregistrait les faits, les compilait en silence, ne posait jamais de questions, n'attendait aucune réponse des autres, semblant laisser ce soin à son propre cerveau, plus isolé même que ce Trinity-Station qui ne semblait attendre personne. Il était le passager le plus agréable qu'elle ait connu.

— Mon père les a aidés à construire cet endroit, avait-elle ajouté, livrant une information d'importance à la base de données vivante assise à ses côtés.

Pourquoi lui avait-elle parlé ainsi ? Pourquoi ce brusque élan de confiance ?

Parce qu'ici elle revenait aux origines tout en rénovant son futur. Parce qu'elle pourrait se reposer un peu. Parce que la lumière froide/blanche qui circulait dans son organisme et dans l'organisme du monde paraissait désireuse de la déshabiter pour laisser le monde à ses radiances.

L'heure n'était pas encore venue pour le Nom de rendre les deux corps à jamais indivisibles, mais s'il existait un lieu sur Terre où cela serait un jour possible, c'était ici. La clarté neutre et nette de cette pensée la rendit perplexe. Ce n'était plus cette illumination de haute intensité qui gravait mots, radiofréquences et ondes lumineuses dans un codex congelé au zéro absolu au centre de son cerveau, au centre du monde.

C'était un processus calme, sans coupure temporelle, sans altération spatiale, sans modification notable de ses perceptions. À nouveau, le fait qu'une telle analyse rationnelle s'implante dans le flot de ses pensées provoqua plus d'interrogation que son contenu. Sa conscience paraissait capable d'atteindre un état d'équilibre thermique. Sa conscience était en cours de reconstruction. Il lui avait suffi de traverser la frontière.

Le Nom lui-même semblait double, le Nom lui-même semblait pouvoir se diviser en deux états distincts. Distincts et pourtant conjoints.

Le chemin d'accès n'est pas négociable, lui avait dit son père. Il ne peut conduire que là où nous l'avons décidé. Elle se souvenait de ces mots alors que la masse obscure de la montagne se dressait vers le ciel nocturne, de l'autre côté du plateau boisé, dominant de sa géologie souveraine Trinity-Station qui se découvrait enfin à leurs yeux. C'est le moment où la voiture s'arrêta d'elle-même au centre d'un vaste périmètre de béton cerné de hauts grillages et de pylônes espacés de vingt-cinq mètres.

Elle s'arrêta net.

Sharon connaissait l'origine du phénomène, son père le lui avait expliqué.

Son père était l'origine du phénomène.

8

Les lumières étaient apparues en procession réglée depuis les structures et les pylônes du périmètre, Novak put en décrypter l'ordre sans en comprendre le sens.

Mais il y avait un ordre.

Et il y avait les structures.

Les structures de béton et de métal.

Un ordre, non seulement c'était mieux que rien, mais cela pouvait faire office de sens.

Un demi-cercle de bâtisses couleur glacier lunaire fermait le périmètre à l'approche duquel la voiture avait stoppé net, faute de contact électrique, l'électronique de bord hors service, le moteur à l'arrêt, silencieux au milieu du silence sauvage. Ce périmètre qui enserrait les bâtiments aux angles durs et militaires, partiellement dissimulés par quelques rangées d'arbres et des massifs de hautes broussailles. Ce périmètre vers lequel conver-geaient toutes les lumières.

Un halo bleuté était apparu au-dessus du toit ouvrant, il ne provenait d'aucun endroit précis, il était à peine per-ceptible, oscillant entre plusieurs fréquences, pourtant il voilait le ciel comme un nuage de brume, éther flottant au croisement de tous les faisceaux et absorbant la lumière qui provenait des étoiles.

Puis tout s'éteignit. Les ténèbres immergèrent le péri-mètre et l'espace alentour. Seule la masse plus noire encore de la montagne restait visible.

L'électricité revint dans l'habitacle, le moteur se remit en route.

Novak comprit qu'ils allaient entrer.

Qu'ils allaient accéder aux structures.

Il comprit qu'ici l'obscurité était un bon signe.

Chapitre 12

1

Les bâtiments formaient un demi-cercle de hangars de béton sans fenêtre, et dont les hautes portes métalliques étaient closes, verrouillées par des cadenas à électro-aimant. Sur les surfaces planes des toitures, elle pouvait tout juste discerner les ombrages gris argent de nombreux dispositifs dissimulés sous des bâches couleur camouflage, dont les projecteurs qui les avaient éclairés.

Elle savait que nombre de ces appareillages étaient des leurres, elle savait aussi que les plantations de cannabis ne se trouvaient pas à cet « étage » du compound. On les trouvait en premier lieu dans les hydroponiques souterrains tels que son père les avait configurés. Mais aussi selon la tradition héritée des années 1970, ici on cachait le végétal interdit dans le végétal légal, au cœur même de la canopée, un peu partout dans la partie centrale des arbres rassemblés en vastes bosquets et dont les branchages formaient des masses compactes, émettant toutes les mêmes fréquences visibles et invisibles, les caméras infrarouges les plus modernes n'en percevaient qu'un spectre unique aux variations à peine sensibles.

Elle connaissait l'usage des bunkers, chacun avait en charge le traitement et l'analyse physique, biologique, chimique ou bactériologique des « objets » immobilisés dans le périmètre.

Ensuite le flux de données était acheminé dans la montagne.

Sous la montagne.

Ici, tout semblait si cohérent, si ordonné, si loin de toute possibilité d'accident. Ici, tout semblait prêt pour sa venue. Tout avait été conçu pour sa venue, en ce jour.

— On ne peut contourner le périmètre d'entrée. On ne peut quitter le chemin d'accès, des pièges sont dissimulés un peu partout. Contre les véhicules. Ou les personnes.

Novak Stormovic avait d'abord opiné de la tête en se maintenant dans son silence habituel. Mais il avait fini par murmurer un assentiment :

— C'est très bien.

Elle avait pensé : Il comprend les choses essentielles. Il est prêt à entrer. Il est prêt à rencontrer le monde qu'ils se sont inventé.

Un fugace tourbillon de glace, pointant quelques dards de pur cristal, virevolta dans le rétroviseur devant le reflet de son visage. Il indiqua par contraste la nuance ivoirine qui prenait possession de sa chair, légèrement veinée d'un rose translucide.

Elle ressentit la vibration de l'onde thermique à travers son corps.

Son corps simulacre, son corps truqué, son corps factice et pourtant plus vrai que le vrai, qui n'existait plus, sinon dans la vérité infinie des miroirs.

Ce corps peut encore émettre des flux.

Ce corps peut s'accorder à Trinity-Station.

Ce corps n'est peut-être pas complètement mort.

La piste d'accès traversait la ligne des bunkers en son centre. C'était le seul segment de route bétonnée, principalement composée de plaques aux jointures apparentes, elle avait été construite avec les éléments d'un tarmac d'aéroport militaire abandonné.

Tout autour, ce n'était plus qu'un vaste espace rocailleux parsemé de broussailles et de massifs d'épinettes et de bouleaux. Des panneaux indiquaient régulièrement que le terrain était piégé.

La montagne se dressait de toute sa solide noirceur, anéantissant le ciel et dominant le monde. La route de béton y conduisait d'un seul trait, radiance rectiligne en voie d'extinction permanente, un chemin de frise déroulait son écheveau de buissons métalliques de chaque côté.

À la base de la montagne, elle reconnut le haut porche de béton armé, clos en son centre par une porte métallique à double battant.

Par les vitres de la Cadillac, sur sa droite et sur sa gauche, elle pouvait apercevoir l'entrée tubulaire des deux silos souterrains, avec leurs barrières circulaires luisant d'aluminium anodisé sous la clarté lunaire, et le disque jaune qui en fermait l'accès, comme une soucoupe volante pop'art.

Tout était à sa place. Rien n'avait changé. Ici, elle pourrait se reconstruire. Ici, elle pourrait réunifier le Nom et ses deux corps, ici l'accident prendrait sens, ici sa vie retrouverait une forme.

Ici, le monde ne s'est pas arrêté. Ce n'est qu'une impression, une illusion d'optique, lui avait dit son père peu de temps avant sa disparition. Ici, d'une certaine manière, le monde va beaucoup plus vite, tellement vite que par rapport à l'autre il semble immobile, tu comprends ?

— Nous y sommes, avait-elle dit.

— Oui, je sais, avait répondu Novak Stormovic, rompant calmement son vœu de silence implicite.

Il sait, avait-elle pensé. Il commence à répondre. Il s'adapte. Il s'adapte très vite.

C'était à douter qu'il s'agisse d'un enfant.

Puis l'éclair traversa son esprit.

Au contraire. C'est l'enfance dans toute sa splendeur.

Il est beaucoup plus dangereux qu'il ne le sera jamais.

Une fois entré, il fallait franchir les anneaux de sécurité, avant de se retrouver devant ce haut portail métallique encastré dans l'arche de béton armé.

C'était le dernier sas. Vous aviez pénétré dans la zone rouge. La zone noire vous attendait. Jusqu'ici on pouvait entrer ou non. Arrivé devant le portail, pas d'autre choix que de continuer, demi-tour impossible, marche arrière formellement interdite, grillages de trois mètres de hauteur, pièges mortels partout alentour. Vous pouviez, ou plutôt vous deviez continuer, mais un panneau vissé sur un des battants du portail vous avertissait des conditions requises.

On pouvait entrer.

À condition de ne pas descendre de la voiture.

Jamais. Jusqu'à ce que l'autorisation expresse vous en soit donnée.

Elle avait déjà entendu un des résidents dire à son père : Une demi-douzaine de types regroupés dans le même véhicule n'en forment plus qu'un. C'est un des plus grands avantages du moteur à explosion.

Elle se souvenait encore de l'éclat de rire qui avait ponctué cette phrase. C'était un éclat qui savait de quoi il riait. C'était un rire qui traversait la seconde moitié du XXe siècle pour venir se perdre dans les hauteurs de l'Idaho, et les mondes souterrains qui le soutenaient.

C'était l'éclat de rire d'un homme qui avait passé sa vie à travailler pour le gouvernement des États-Unis.

4

Cet homme s'appelait John Stark Flaubert. Il était le premier résident de Trinity-Station. Il avait 70 ans. Il était le frère aîné d'un des nombreux oncles par alliance de son père. Il était l'homme qui lui rendait régulièrement visite, en Alberta.

Il se tenait sous le porche, alors que les doubles portes achevaient de s'ouvrir sur un tunnel sombre, éclairé de loin en loin par des rampes de néon accrochées au plafond voûté.

Il m'attendait. Il a deviné. Il sait même lorsqu'il ne sait rien.

Le septuagénaire s'approcha de la Cadillac, franchissant la limite du porche, passant du clair-obscur électrique du tunnel à l'aube stellaire et à l'ondée de photons tombée de la lune.

Elle l'a déjà reconnu. Il n'avait guère changé. Ici rien ne changeait. Tout allait beaucoup trop vite.

Sans trahir aucune émotion, Novak Stormovic observait l'homme qui s'avançait vers eux. Derrière le gaz floconneux du pare-brise, la silhouette un peu voûtée, drapée de vert militaire, marchait avec calme entre les faisceaux de lumière projetés par les phares sur le flanc de la montagne.

Énergie endotherme/glace corporelle : réveil, chaleur, température interne homogène, en progression. Ignition d'un phénomène depuis longtemps oublié : la présence. La co-présence. L'homme piégé dans le double rayon des feux de la Cadillac est le seul lien réel qui subsiste entre elle et son père disparu. Par lui cette absence est comblée immédiatement.

Et surtout son absence, terrible et inéluctable, lors de l'accident.

L'homme avait contourné le capot de la Cadillac, son sourire s'était figé dans la lumière des phares juste avant de se fondre dans l'obscurité. Elle reconnut ce sourire qui témoignait de l'hospitalité naturelle des *Westerners*, mais ce sourire était éclairé de l'intérieur par un rictus insaisissable, celui de l'homme qui connaît des secrets d'État, et des États secrets.

Son père lui avait souvent répété : Ne me demande pas ce qu'il a fait exactement, je ne l'ai jamais su, et je pense que dans un certain nombre de cas, lui non plus.

L'homme nommé John Stark Flaubert s'était planté devant la vitre côté conducteur qui s'abaissait dans un glissement fluide, son visage d'un gris-bleu spectral sous la lumière combinée des astres et du tableau de bord paraissait flotter au-dessus d'un mannequin en tenue camouflage.

Sa barbe était une épaisse broussaille sombre parsemée de flocons d'une neige cendreuse.

Il avait planté ses yeux noirs comme du carbone dans les siens.

— Je savais que tu finirais par venir, lui dit-il. Ton père serait venu.

Sharon ne l'avait pas quitté du regard alors qu'enfin, depuis l'accident, le visage et la silhouette de son père parvenaient à se stabiliser, maintenus hors de la glace au zéro absolu qui avait envahi son cerveau.

— Et surtout, il t'aurait conduite directement jusqu'ici, ajouta-t-il.

Elle pensa : Il n'aurait jamais dû disparaître.

— Il ne tardera plus, maintenant, avait dit Flaubert.

La salle de contrôle et de commandement tactique du bunker formait un parallélépipède à la blancheur clinique, éclairé par quelques spots de métal dépareillés, deux ou trois tubes de néon et la luminescence frémissante des écrans vidéo.

C'était un espace rassurant, clos, très protégé, un abri sûr, un endroit d'où l'on voyait sans être vu. Jeune, elle y venait souvent, accompagnée de son père ou des résidents, et parfois seule. En ces occasions elle pouvait rester des heures à contempler l'espace sauvage renaturé par les différents systèmes de vision.

Ici, les machines avaient une seule fonction : éviter tout accident. Mieux, les intégrer immédiatement à Trinity-Station, en faire des plans, des lignes du programme, en faire des secrets parmi les autres secrets, des diagrammes permettant de rejoindre le futur plus vite que la normale.

C'est son père qui avait greffé ce projet sur la simple réaffectation par Flaubert et son partenaire d'une base militaire abandonnée depuis la fin de la guerre froide. Il était parvenu à faire de ce lieu un territoire hostile à toute intrusion, et surtout prêt à affronter tout imprévu, tout danger extérieur, tout accident.

Mais il n'était pas parvenu à la protéger, elle.

Il n'aurait jamais dû disparaître.

Réactivation des dispositifs mémoriels : son cerveau devient de moins en moins froid, la pensée peut enfin s'y arrêter, plutôt que de le traverser en fulgurances de particules voyageant sans résistance à la température du zéro absolu. La chaleur, l'entropie naturelle, un certain désordre, une accélération des mouvements browniens, elle a pris la bonne décision en revenant sur les lieux de son enfance.

Toute l'ancienne base nucléaire souterraine, ses silos et les terrains adjacents avaient été mis en vente en 1993 et Flaubert, avec des fonds de provenance inconnue, en avait fait l'acquisition avec son partenaire. La même année, il reprenait ses visites à leur domicile, et son père se rendit régulièrement à la frontière du Montana et de l'Idaho, puis finit par l'y emmener chaque fois que cela était possible. Cela dura jusqu'à ce dernier jour de l'année 1999. Le 30 décembre, il était parti d'ici en pleine nuit afin d'arriver à temps le lendemain pour le réveillon du Millénaire, il avait franchi la frontière canadienne, fait un plein d'essence, s'était remis en route, et personne ne l'avait jamais revu. La voiture fut retrouvée carbonisée, dans un coin isolé de l'Alberta, quelques jours plus tard.

Il aurait dû être là.

Au cours de ces six années de visites régulières à Trinity-Station, elle avait décidé de son futur métier, encouragée par son père ; elle avait suivi un brillant cursus de biologie avant de s'orienter vers la médecine.

La médecine traumatique. Celle qui réparait les accidents provoqués par le monde. Mais les accidents n'épargnent pas les chirurgiens.

Les machines elles-mêmes n'étaient pas à l'abri d'une erreur, d'un défaut de fabrication, d'un bug logiciel, d'une panne de composant, certes à un niveau moindre que les organismes de chair et de sang, en particulier ceux qui formaient des machines visant à détruire les corps, et surtout le nom qui en assurait la permanence.

Comme ceux qui avaient été à l'origine de l'accident.

6

— Le voilà, avait dit Flaubert.

Elle avait fixé un des écrans de télésurveillance. Elle reconnut la silhouette longiligne qui oscillait dans un bain de pixels tout en activant un téléphone cellulaire.

Une série de lignes de code s'afficha sur un écran jusque-là inactif. C'était la procédure habituelle. Flaubert demanderait à l'ordinateur du bunker de vérifier l'authenticité et la validité du message, avant de l'entériner avec son propre code.

Tout devait être parfaitement paramétré, analysé, tout devait être vu, prévu, toute possibilité d'accident devait être anéantie.

Alors pourquoi y en avait-il un ?

Pourquoi ?

Et surtout : Que signifiait-il ?

Que cachait-il ?

Plus encore : Qui était-il ?

Pourquoi étaient-ils deux ? Flaubert avait dit « Le voilà ». Et il y avait quelqu'un de trop. Ce deuxième individu lui était inconnu, il était très rare que les résidents acceptent des personnes de l'extérieur, étrangères à la famille.

L'individu approchait pourtant en toute tranquillité aux côtés de l'homme qui rangeait son cellulaire dans une de ses poches alors que le bain de pixels s'intensifiait.

Elle vit la haute silhouette lancer un signe de la main à la caméra.

Son attention se focalisa sur le second individu. Elle ne s'était pas posé la bonne question à son sujet. Elle pouvait détailler l'étendue de son erreur sur l'écran de surveillance.

Certes, il s'agissait d'un accident, bien sûr il fallait comprendre ce qu'il signifiait vraiment, et quel secret il cachait. Mais « qui était-il ? » était une interrogation sans réponse possible.

Celle qu'elle devait se poser, c'était :

Qui était-elle ?

Elle.

Elle ne pouvait savoir que cette « elle » l'ignorait complètement.

Elle ne pouvait savoir que cette « elle » connaissait tout juste son propre nom.

Elle ne pouvait savoir qu'elle formait le double inverti d'elle-même, une forme de vie au moins aussi dangereuse.

Seul l'homme nommé John Stark Flaubert l'avait compris. Et il avait gardé cette information pour lui-même. Il est impératif qu'elles se rencontrent. Et qu'elles se rencontrent ici, avait-il pensé, en actionnant l'ouverture souterraine du bunker.

7

— Elle s'appelle Venus Vanderberg, avait dit Flaubert. C'est la petite-fille d'un des cousins de Montrose. Comme toi, elle a trouvé refuge dans le seul endroit vraiment protégé en ce monde. Le seul endroit protégé de ce monde.

Sharon n'avait rien répondu. Elle avait pensé : Elle n'est peut-être pas un accident. Elle fait partie de la famille. Elle a été acceptée.

Comme le jeune Serbe, toujours plongé dans son silence scrutateur, et qui pourtant ne faisait pas partie de la famille.

Flaubert et son compère avaient pris la décision de la laisser entrer avec l'adolescent parce qu'ils avaient compris que leurs destins étaient inséparables, qu'une authentique catastrophe était survenue, bien plus puissante que tous les accidents.

Et s'ils l'ont compris, se dit-elle, c'est parce qu'ils savent.

Non seulement ils savent même ce qu'ils ne savent pas, mais ils finissent par connaître ce qu'il leur est impossible de connaître.

Une nuit, alors qu'elle veillait avec son père dans ce même bunker, il lui avait expliqué la théorie des catastrophes de Mandelbrot. Après un exposé clair, net, succinct et précis, comme toujours, il lui avait dit : Les authentiques changements sont des catastrophes, sur un plan microscopique, local, global, ou cosmique, il s'agit toujours d'une transformation radicale du monde, or lorsqu'un monde se transforme ainsi, seuls des groupes d'hommes eux-mêmes capables de provoquer des cataclysmes de cette ampleur peuvent s'adapter. C'est vrai pour un raz-de-marée, la fission et la fusion nucléaires, les réseaux informatiques ou la naissance d'une galaxie.

Elle avait parfaitement compris.

Mais jamais elle n'en avait saisi comme en cette seconde toutes les implications.

Cette seconde où Scott Montrose ouvrit la trappe d'accès et entra en compagnie de la fille.

La fille qui s'appelait Venus Vanderberg et qui n'avait jamais été appelée par son nom.

Chapitre 13

1

La fille avait des yeux saphir à la profondeur insondable, deux pépites indigo presque aussi noires que la nuit, l'inversion des siens, à l'azur auroral arctique, mais dans la même gamme chromatique, proximité/distance, pensa-t-elle. Des cheveux noirs aux reflets auburn très sombres, vieil ébène teinté d'un feu rougeâtre, parfois ourlés en longues boucles, tombaient en cascade le long de ses pommettes. Son visage dessinait un doux triangle à la subtile structure presque eurasienne. Sa peau était légèrement ambrée, y apparaissaient à peine les constellations translucides de ses taches de rousseur. Un nez fin, pointu, délicatement retroussé. Des lèvres d'un rose violine presque mauve. Elle était un peu plus petite qu'elle, une charpente assez similaire, moins longiligne. Athlétique, sa musculature restait féminine mais faisait l'objet d'une attention quotidienne. Elle était vêtue d'un mince polo de laine noire ras du cou aux longues manches effilées, d'une paire de mitaines de combat Everlast rouges et noires, d'un pantalon anthracite moulant taillé bas et orné d'un ceinturon à boucle d'acier Harley-Davidson, et d'une paire de Nike noires et blanches ayant beaucoup couru.

Elle a un corps. Un vrai corps. Un corps qu'elle a su protéger.

Devant elle défilait un diaporama composite de Kiran Chetry, Sarah Lee, Natalie Allen, Thelma Gutierrez, Ines Ferrier, Ralitsa Vassileva, catalogue de brunettes made-in-CNN, et de Katy Perry, la chanteuse pop, comme imprimé sur le fantôme de Liz Taylor, la chevelure noire et les yeux à la paradoxale profondeur minérale, mais il ne s'agissait aucunement de références stables, des variations continues faisaient de chaque visage une transition vers une icône de synthèse, comme ce métissage entre Megan Fox et Sophia Bush qui créait le halo d'une double présence à peine révélée.

Pour sa part, l'image qu'elle conservait d'elle-même évoquait l'hybridation digitale de : Jessica Yellin + Mary Snow + Brooke Baldwin + Campbell Brown + Abbie Boudreau + Brianna Keilar + Christine Romans + Poppy Harlow + Allison Archer + Carol Costello + Kate Bolduan + Samantha Hayes + Amber Lyon + Bonnie Schneider + Susan Hendricks + Brooke Anderson : un processus-flux de blondes venues elles aussi de la planète CNN – continuité métamorphique sans la moindre coupure – mais les transfigurations iconiques pouvaient aussi former le croisement complexe et pourtant unitaire des actrices Nicollette Sheridan – de *Desperate Housewives* –, et de Blake Lively, de *Gossip Girl,* ou de Ashley Judd et Kirsten Dunst, avec Keisha et Taylor Swift, ces chanteuses pop du moment, toutes les blondes made-in-America à la radiance soleil-artifice, rassemblées en un spectre chromatique qui s'étendait du vénitien roussi auburn jusqu'aux infinies nuances de cuivre, fauve, or, feu, sable, miel, paille, cendre, halo de lune, sous l'aura lumineuse de Debbie Harry, la pâleur neigeuse de ce blond nordique presque platine légué par la génétique paternelle.

À elle seule, la procession des blondes CNN formait un monde. Un monde doté d'une forme, un monde qui faisait sens.

Les transfigurations reflétaient à la fois une unité absolue et une multiplicité non moins intégrale, une hiérarchie, un ordre, une inclusion de principes contradictoires, une série de mutations évolutionnistes vers la singularité, cette forme métastable – aurait dit son père – où le corps serait enfin habité de nouveau par le Nom.

Le courant continu des têtes parlantes de l'information télévisuelle, la pulsation répétée des reines du beat, la magnitude absolue des étoiles de l'écran.

Chimères television queens / rock stars / goddess on films. Transgenre cathodique / électrique / argentique. Trinité cosmétique Cable News Network / Music Tele-Vision / Universal City-Hollywood.

Elle savait fort bien qu'il s'agissait d'un processus de reconstruction psychique, son être ne se révélait vraiment que lorsque son corps renaissait dans les miroirs et qu'il revêtait toutes ces identités à la fois, dans une somptueuse apparition parfaitement synthétique.

Créatures gigognes, concentriques, elle et la fille aux cheveux noirs semblaient toutes deux avoir été créées par un programme de morphing branché pop culture – 21st Century North American Hybrid Girls – pensa-t-elle. C'était aussi parfait qu'une marque déposée pour une gamme de véhicules automobiles. La brune et la blonde, un lointain écho de Jane Russell et Marilyn Monroe, l'époque où le monde était encore une époque. *Handguns are a girl's best friend.*

Elle savait, à cet instant, qu'un contact télépathique était en train de s'établir.

Un contact plus-que-physique, et au-delà du verbal. Si elle avait pu voir la fille ainsi, ni semblable, ni contraire, variation oblique, si proche d'elle, et pourtant si différente, si autre, alors cela signifiait qu'elles partageaient chacune avec l'autre quelque chose dont elles ne savaient rien, quelque chose qui entretenait un rapport secret avec le Nom, avec le Corps. Avec l'accident.

Aucun flux de matière fécale. Elle n'est pas au service des usines de production-de-merde. Un délicat halo or/argent épouse son épiderme. Pourtant, quelque chose d'autre émane d'elle. Quelque chose de très profondément enfoui mais qui parvient à surgir, à se manifester dans le secret de sa présence. Et ce quelque chose, ce jet psychique venu du cerveau de la fille, elle le connaît, elle le connaît intimement même, puisqu'on dirait le sien. Mais le sien perçu dans la réfraction inversée d'un miroir.

Pendant que Flaubert faisait les présentations / Sharon, voici Venus Vanderberg, la petite-fille de… / elle pensa : elle n'est pas paramétrable. Cela signifie que quelque chose d'elle-même lui échappe / … née au Colorado, elle a vécu un temps en Oregon puis, disons… au Nevada et elle s'est installée ici depuis… / … Elle est comme nous. On dirait qu'elle connaît l'endroit depuis longtemps. Pourtant je ne l'y ai jamais vue / … Je te présente Sharon, nous sommes de vieux amis / … Elle s'adapte très vite, comme le jeune Serbe / … vient ici depuis des années, nous avons tous les deux bien connu son père qui nous a aidés à réhabiliter cet endroit et à en faire / … je suis sûre qu'elle aussi ne parle que très peu, mais elle, c'est parce que sa parole a été altérée et c'est son corps qui le dit / … ce jeune garçon s'appelle Novak Stormovic, il vient du Québec, il accompagne Sharon et nous… / son corps a survécu mais il est arrivé quelque chose à sa parole, quelque chose d'irrémédiable / … n'est pas de la famille, mais il est son invité spécial, il restera avec elle tout le temps qu'il faudra, Sharon est partie intégrante de ce Monde à l'intérieur du Monde / Elle ne me ressemble pas vraiment, mais elle n'est même pas mon image physique inverse, nous nous évoquons l'une l'autre, deux lignes qui se croisent / Vous êtes tous ici chez vous, vous êtes dans le Sanctuaire, et n'oubliez pas que ce monde a été inventé pour les gens comme vous / … parce que c'est à l'intérieur de son cerveau que ça se passe. C'est à l'intérieur de son cerveau qu'a lieu l'inversion.

C'est à l'intérieur de son cerveau que se cache son propre accident.

2

Plus tard, elle s'était retrouvée seule avec la fille. Flaubert et Montrose observaient en silence une large carte dépliée sur un plan de travail, à l'arrière de la grande salle. Novak regardait une rediffusion de la première saison de *Life on Mars* sur un moniteur de surveillance militaire reconfiguré en récepteur de télévision par satellite.

Et toutes deux, elles se faisaient face en silence.

Le silence est son monde, alors qu'il est ma parole.

Toute véritable pensée est une destruction créative de la précédente, lui avait souvent dit son père.

Turbulence des fluides : aucun enchaînement, aucune séquence, aucune coupure, ce fut un processus unique, un seul jet de lumière, cette lumière froide qui ne voulait pas complètement la quitter, cette lumière froide qui lui permettait de deviner la présence des accidents.

Firewire. Électrification générale. La vérité brûle tout ce qu'elle approche.

C'est son Nom. C'est son Nom qui a été touché. Son Nom !

Comment cela a-t-il pu se produire ?

Le Nom était ce qui avait résisté à l'accident, même si c'était en se dissimulant à l'intérieur du corps truqué, et en apparaissant sous la forme du corps-miroir. Le Nom était ce qui avait survécu, parce qu'il pouvait vivre les deux états de façon alternative, voire simultanément. Le Nom était la seule chose qui pouvait rester unique tout en se dédoublant. Le Nom était un spectre, il ne pouvait être atteint.

Comment avait-on pu abîmer le sien ?

La fille aux yeux saphir la sondait au plus profond, elle pouvait sentir le dard psychique qui venait la forer sans la moindre pitié, elle pouvait capter la parole démolie en provenance de ce silence fait corps.

La fille était belle, elle avait son âge ou à peu près, elle faisait partie de la famille, comme elle, et son Nom avait subi quelque chose, son Nom avait été l'objet d'un accident.

Elles n'avaient pas encore échangé un seul mot, deux modalités de silence inverses, en miroir, comme un mur et un abîme placés face à face. La fille aux yeux saphir se pencha un peu en avant sur sa chaise et, à peine plus haut qu'un murmure, prononça la question :

— Votre corps a été détruit. Comment est-ce arrivé ?

Chapitre 14

1

Rien ne serait survenu si elle n'avait commis l'erreur de se rendre dans cette ville de merde nommée Los Angeles. Elle avait quitté le Centre universitaire de chirurgie traumatique de Seattle et son laboratoire en profitant d'une semaine de congé. L'été arrivait, en Californie cela ne voulait rien dire, elle prit l'avion une matinée de juin, sous un ciel découpé par de vastes barres blanches venues du Pacifique, elle débarqua sous un disque de feu dans la Cité des Anges où son amie Isadora Carter Vaughn l'attendait, elle vivait à Malibu, ce serait son anniversaire, elle connaissait beaucoup de monde, dont un bon paquet d'acteurs, de musiciens, de professionnels du cinéma, des médias et de la mode, elles passeraient du bon temps toutes les deux. Sharon s'était gentiment laissée convaincre de franchir ces deux mille kilomètres.

Elle ignorait encore qu'elle allait franchir beaucoup plus que ça.

Isadora Carter Vaughn appartenait à la haute bourgeoisie de San Francisco. Ses parents, après une période d'activités subversives au tournant des années 1960 et 1970, avaient fini par ériger un petit empire radiophonique couvrant la côte Ouest, jusqu'en Arizona et au Nevada, avant de se diversifier dans l'édition, la production télévisuelle puis internet.

Isadora Carter Vaughn ne souhaitait pas reprendre l'entreprise familiale, elle laissait volontiers la place à son jeune frère. Son plan de carrière était déjà élaboré lorsque Sharon la rencontra à l'université de Seattle. Se spécialiser en chirurgie cosmétique de pointe, et descendre à Los Angeles pour y ouvrir une, puis plusieurs cliniques spécialisées. Grâce à ses parents, elle connaissait sa « cible marketing » à la perfection, et elle y avait déjà ses entrées. La fortune familiale permettrait un apport financier très substantiel, un bon taux de crédit, largement de quoi assurer plusieurs années d'activités à perte s'il le fallait. Isadora savait très exactement ce qu'elle voulait. Et son père déboursait très exactement ce qu'elle voulait.

Isadora Carter Vaughn avait un plan de carrière, et elle avait un père.

Sharon se disait souvent qu'elles étaient l'exact opposé l'une de l'autre.

Elle n'allait pas tarder à se rendre compte que dans certaines situations, ce genre de considérations relève du pur présage.

Ces situations où surgissent les accidents, ces situations où toutes les différences s'estompent, ces situations où vous ne faites qu'un avec l'autre parce que vous avez été broyés par la même force.

2

Le type était un jeune acteur qui jouait dans une série du réseau câblé dont elle oublia le nom dans la minute. La villa d'Isadora donnait directement sur le Pacifique, construite durant les Roaring Twenties, elle avait changé plusieurs fois de propriétaire, chacun y avait laissé sa marque, l'influence de son époque. Elle condensait près d'un siècle de mode de vie californien. Perchée sur les dernières hauteurs avant les dunes, ses parents l'avaient acquise à la fin des années 1970, depuis, son prix avait été multiplié par cent, puis la crise l'avait quasiment ramenée à sa valeur initiale, en dollars de l'époque.

La fête avait commencé dans l'après-midi. Un peu avant minuit, moment de la naissance d'Isadora, le gâteau d'anniversaire géant avait été découpé pour les deux cents invités. Sharon avait commencé à voir des pilules de diverses couleurs circuler de mains en mains, elle décela des regards pétillants, des lèvres sèches, des joues rosies par les afflux sanguins, des émissions de sueur, des frémissements, des tremblements nerveux, des troubles du langage, des crises de rire incontrôlées, la tension sexuelle en hausse, une sorte de test médical grandeur nature. Des effets des méta-amphétamines sur une soirée à Malibu, pensa-t-elle. Elle écoutait d'une oreille distraite ce que lui racontait l'acteur débutant, autour d'elle s'enveloppaient des figures humaines, des silhouettes en mouvement, ou statiques, des structures dansantes, ou qui tentaient de l'être, des éclats de voix, des rires, des cris, des murmures, le son gonflé d'infra-basses qui provenait des énormes enceintes éparpillées dans la maison, sur les dunes, la plage, les impacts de la lumière sur les coupes de champagne, le bleu indigo de l'océan qui enroulait son écume mousseuse sur le sable irradié par la lune.

— Chirurgie traumatique. Accidentologie. Je répare les corps humains, s'était-elle entendue dire.

Elle avait lu ce à quoi elle s'attendait dans le regard du jeune blondinet. Elle n'était pas vraiment à sa place, quoique les acteurs d'Hollywood – se disait-elle – éprouvent une certaine propension à se tuer au volant de leur voiture.

Elle lut ce à quoi elle s'attendait. Une curiosité fascinée. Un sentiment d'étrangeté. Une angoisse sans forme précise.

Elle comprenait.

Ici, elle était l'ombre de la mort. Ou tout au moins du coma.

Elle réparait les corps humains.

Or ici, les corps n'ont pas à être réparés. À Los Angeles, un corps qui doit être réparé ne le sera pas, parce qu'il ne vaut plus rien. Ici, les corps sont la *trademark* de soi-même. Ils doivent être sans cesse améliorés, perfectionnés, updatés, mais sur une base structurelle impeccable.

Plus tard, alors qu'un producteur de heavy metal entamait une conversation avec elle, son cerveau avait commencé à établir le catalogue des transformations corporelles visibles, puis de celles qu'on avait tenté de dissimuler.

Son cerveau compilait les données, établissant le plan opératoire suivi pour chaque implant mammaire, capillaire, fessier, chaque traitement facial, chaque réfection de tel ou tel organe, jusqu'à ces nouveaux artefacts de silicone que les dragueurs de plage se faisaient greffer sur les mollets. Elle était en train de se faire aborder par une réalisatrice lesbienne de films underground, sur le vaste balcon donnant sur l'océan, lorsqu'elle émit l'hypothèse plausible que personne ici ne faisait exception, tous avaient été transformés à un degré ou à un autre, tous ces corps étaient passés entre les mains des chirurgiens cosmétiques de Los Angeles et de sa région.

Tous les corps ici présents étaient passés sous les scalpels de dizaines d'Isadora Carter Vaughn.

3

Elle s'éveilla un peu avant midi. La chambre d'ami du dernier étage sentait l'iode, les fenêtres donnant sur l'océan étaient grandes ouvertes, par les velux la lumière solaire tombait en une cascade d'or en fusion. Il y avait une fille couchée à ses côtés dans le lit, elle portait un soutien-gorge à balconnets rouge incarnat, un boxer noir de marque, et une bottine lacée de couleur gris anthracite à son pied gauche. Elle ronflait doucement, la tête enfoncée dans un oreiller aux motifs pop.

Sharon s'était souvenue de ce jeune type sur la plage, un garçon de son âge qui venait de New York et qui travaillait comme directeur artistique dans une agence de publicité angelino plutôt cotée. Il avait essayé de la séduire, elle s'était laissée embrasser sans véritable désir, puis il avait tenté sa chance, l'aimantant gentiment vers un flirt poussé, mais elle l'avait planté là en se relevant sans mot dire, quittant les lieux tel un spectre de passage. Plus tard elle s'était retrouvée à nouveau sur la grande terrasse, un verre de bordeaux grand crû en main, puis elle en avait eu marre, elle avait aperçu Isadora dans un des salons, lovée sur un vaste divan-lit avec une bande de filles et de types, tous défoncés, les yeux hagards fixés sur un écran ACL géant diffusant un film porno. Elle était remontée dans la chambre d'ami qui lui était réservée, elle s'était couchée et endormie presque immédiatement, à ce moment-là, il n'y avait aucune fille dans son lit.

Elle avait observé la jeunette en question. Tout juste 20 ans. Brunette lookée gothique. Elle s'était demandé un instant comment elle était parvenue à se coucher seule.

Ou plus exactement, avec elle, dans son lit.

Elle avait laissé son regard se fondre dans la lumière du midi californien, elle s'était assoupie, lorsqu'elle s'était éveillée à nouveau, la fille n'était plus là.

La lumière était toujours aussi splendide, un jet de technicolor venu du ciel-écran d'Hollywood.

Elle allait commencer sa dernière journée avant l'accident.

Une soirée de gang de filles. Appellation officielle. Rituel
normalisé. Tout est pensé à l'avance, même l'improvisation. Los Angeles. Nightclubbing. Organisation militaire.
Réserver une table dans un restaurant en vue, avec cui-
sinier français si possible, requiert une stratégie à long
terme. Être admis au sein de cercles pouvant vous obtenir un billet pour les Golden Globe Awards ou un back-
stage pour le prochain concert de U2 nécessite l'usage
de tous les arsenaux à votre disposition. Avoir la possibilité de sélectionner ses amis est une manœuvre d'infiltration quotidienne, et vitale. Entrer dans une boîte de
nuit branchée relève des Opérations Spéciales.

Ici tout fonctionne en réseau, mais un réseau à deux
faces, parfaitement complémentaires, une forme civile
d'espionnage constant et mutuel, des tabloïds aux videurs,
des flics pourris aux dealers honnêtes, des gardes du corps
aux corps gardés, des rock stars aux putes de rue, des
apprentis réalisateurs aux escort girls, des actrices débu-
tantes aux producteurs amateurs de chair fraîche. Tout le
monde sait à peu près tout sur tout le monde. Personne
ne sait rien de précis sur personne. Mais chacun peut du
jour au lendemain tout savoir sur quelqu'un. C'est le long
de cette faille que le marché existe. C'est le long de cette
faille que Los Angeles vit, se développe, prospère et tue.

Elle le sait. Elle connaît cette ville. Elle ne l'a jamais
vraiment aimée. Désormais elle n'éprouve plus pour
elle qu'une tiède indifférence, la saveur d'un vin milieu
de gamme de Napa Valley, une semaine au soleil, au
bord de l'océan, son amie Isadora, juste assez superfi-
cielle pour lui faire oublier la chirurgie traumatique, les
méga-parties d'anniversaire, les soirées de gang de filles.

Sa voisine lui sert une autre coupe de champagne,
elle commence à ressentir les premiers effets de l'alcool,
les pensées qui la traversent, catalysées par son analyse

numérique des automobiles, sont de plus en plus éloignées de la situation, c'est un phénomène qu'elle connaît depuis son enfance, des pensées sans coupure, des fulgurances aussitôt nées aussitôt éteintes qui laissent comme un sillage de feu derrière elles, dont les ultimes particules viennent initier la prochaine. La pensée qui vient d'imprimer son brandon dans la chair de sa conscience ressemble étrangement aux assertions de son père : Ce n'est pas tant qu'ils sont vides, mais ils remplissent ce vide par des choses qui n'ont que l'apparence de l'existence. Par conséquent, ils forent sans cesse ce néant intérieur en le remplissant d'objets et de segments de pensée focalisés sur tel ou tel aspect de leur vie sociale ou de leurs préoccupations existentielles. Isadora ne dérogeait pas à la règle, même si son intelligence restait largement supérieure à la moyenne.

C'est le monde tel qu'il se profile dans son laboratoire expérimental, entre Hollywood et la Silicon Valley, entre les aurores digitales et les nuits de néon.

C'est le monde de son amie qui réactualise les corps humains de la Cité des Anges. Le monde qu'elle s'est chargée de perfectionner, à ses propres yeux. Ce monde où tout doit être calculé.

Ce monde où la moindre erreur, par conséquent, relève de la catastrophe.

5

Isadora conduisait une Cadillac SRX Crossover de couleur blanche datant de l'année précédente. Elle possédait trois autres voitures, une moyenne très honorable dans les hautes sphères de Malibu et de L.A. qu'elle avait comme objectif d'investir.

Un Spider BMW Z3 bleu turquoise. De quoi emballer à coup sûr les surfeurs et les dragueurs de plage friqués, disait-elle souvent à Sharon.

Un Range Rover dernier modèle, vert bouteille, très british. Adapté au réseau d'autoroutes angelino comme aux sierras environnantes.

Un multisegment Audi Q7 argent métallisé flambant neuf. Parfait pour les balades accompagnées le long de la côte.

Elle avait confié à Sharon qu'elle s'offrirait la toute nouvelle Mercedes SLK avant la fin de l'année. Le strict nécessaire pour faire ses courses en ville, et jusqu'à downtown L.A.

Cadillac et Lincoln, parfois Buick, étaient les seules marques made-in-America ayant droit de cité par ici. Les japonaises et les coréennes étaient bannies d'office, à l'exception de quelques Lexus et des modèles Toyota hybrides. La Cadillac d'Isadora croisait parfois des Mustang, Camaro, Firebird, Transam, Charger, Challenger, toutes d'époque, customisées par les fils à papa de la bourgeoisie noire locale, Sharon ne put compter aucun pick-up, et ne repéra pas une seule fois la croix jaune de Chevrolet, ni la flèche rutilante de Pontiac.

Oui, ici, comprenait Sharon, si l'on voulait suivre Isadora Carter Vaughn vers les hautes sphères où vivaient les Anges de la Cité, il fallait rouler Ancien Monde.

Elle se demanda un instant, entre deux coupes de champagne, si la Californie, extrême limite occidentale de l'Amérique, n'était pas en train de rebondir vers le passé, vers ses lointaines origines outre-Atlantique, alors même qu'elle était devenue le laboratoire de pointe du continent, ouvert sur l'océan Asiatique et la ligne de partage entre le jour et la nuit. Mais elle finit par se dire que ce retour de la Vieille Europe sous les lumières électriques d'Hollywood n'était rien d'autre que l'artificialité élevée à son plus haut degré. Ici, l'Ancien Monde n'était qu'un décor. C'était le décor qui succédait à l'Asie, au-delà du Pacifique, c'était la poursuite du plan-séquence, c'était juste le monde qu'il fallait conduire entre deux night-clubs.

Alors qu'elles arrivaient en vue de la boîte de nuit, avec la file bien en ordre devant la porte d'entrée, dans l'attente d'un signe du videur, geste sacré venu du ciel et livrant les clés du Paradis, son cerveau fut traversé de nouveau par une de ces pensées parasites. Celle-ci concernait l'horizontalité absolue, même dans ses tours les plus hautes, de cette mégapole arachnéenne ne connaissant ni début ni fin, tel un réseau, tel l'océan qu'elle semblait dupliquer. Son père lui avait souvent dit que l'intelligence active se contrefichait des contingences et qu'elle ne devait pas s'en inquiéter. Elle avait fini par s'y habituer.

6

Un night-club est une machine à gérer ce vide.

Un night-club est une boîte d'assemblage de tous ces vides.

Un night-club est une technologie qui permet à ces vides de devenir des objets et de sustenter les autres. Les uns les autres. Baisez-vous les uns les autres.

L'immense cube parcouru de lumières. Les boules à facettes, les rayons laser, les projections vidéo, les téléscans en rotation, chaque objet orbite autour des autres, surtout les êtres humains. Les corps agglutinés. Le mur de chaleur, collision avec une vague thermique irradiée par la foule, irradiée par toute cette chair mobilisée à l'unisson. L'odeur de la sueur, de mille, deux mille, peut-être trois mille sueurs mêlées. Le son, énorme, masse solide vibrant comme un avion à réaction à quelques fractions de seconde du crash, les corps, les corps en mouvement, les corps qui dansent, les corps qui se montrent, les corps qui se touchent, les corps qui deviennent des objets de communication.

C'est ici. C'est ici qu'elles sont. C'est ici qu'elle est. Une boîte de nuit, avec Isadora Carter Vaughn. Comme lorsqu'elle avait 20 ans. Un siècle auparavant. C'est à peine croyable.

Elle se souvient être rentrée avec le gang de filles en passant devant la foule comme si elle n'existait même pas, Isadora avait ses entrées dans la boîte, elle connaissait tous les videurs. Elles avaient pénétré dans les lieux comme si elles venaient faire le tour du propriétaire.

Elle fend la marée humaine tel un scalpel, la musique la traverse de part en part comme un faisceau de particules pour IRM, l'espace devient relatif, la foule est dense, compacte, mobile, pourtant tout est paramétré, tous ne sont que des points sur un diagramme, aucun n'est autonome.

Le night-club comme technologie de neuroprogrammation, pense-t-elle, alors qu'Isadora et le reste du groupe se font une place au milieu de la masse de chair transpirante et commencent à danser.

Elle aussi, d'ailleurs, commence à danser.

Son corps bouge, un sourire éclaire son visage, son cerveau reste un pivot en mode analyse. À un moment, pourtant, elle se rend compte qu'elle tient un cocktail d'une violente couleur émeraude et il lui semble qu'elle en a déjà bu un autre, de couleur orange, juste avant, les mix et les remix s'enchaînent, c'est un flux sans coupure, anonyme, inorganique, vibratoire, elle comprend que ce flux remplace la substance absente des individus en mouvement, sans nom, sans corps, sans organes, il permet aux points sur le diagramme de s'incarner pour quelques heures.

Alors elle danse. Comme les autres. Elle devient un objet sans identité réduit à son comportement signalétique et à sa structure corporelle. Elle devient une partie de la foule, son cerveau dévie de son orbite, vient se chauffer aux hautes températures de l'atmosphère terrestre, là où les corps font masse, humidité, chimie hormonale collective, biotope régulé par les lois de la sélection artificielle, là où chacun est un objet pour l'autre.

Elle danse, consomme de l'alcool, rit aux blagues d'Isadora et de ses copines, son cerveau s'emboîte peu à peu dans la réalité, c'est-à-dire dans cette illusion parfaitement contrôlée, elle danse, elle fait partie du gang de filles, son cerveau finit par ne plus penser.

7

Ne pas penser n'est rien. C'est lorsque la pensée est truquée que les problèmes surviennent. C'est lorsque la pensée devient un objet que les accidents ont toutes les chances d'arriver.

C'est ce qu'elle se dirait des années plus tard.

Lorsqu'elle serait de nouveau capable de penser.

Pour l'instant elle danse, un cocktail de couleur rose pâle à la main. Les filles font la fête. Les lumières créent un effet stroboscopique qui fait du monde, de ce cube d'humains concentrés, une suite de polaroids aux couleurs variables, qui pourtant ne forment qu'une radiation. Une paradoxale vitesse statique emporte la foule au fil des minutes, des heures, des mix et des remix, la foule devient flux, la foule s'interpénètre comme une collision expérimentale entre électrons libres, le night-club comme accélérateur de particules élémentaires humaines, le night-club est…

8

Si l'espace est devenu relatif, le temps est devenu élastique.

Le groupe de filles s'est dispersé, elle ne conserve aucun souvenir de leurs déplacements, néanmoins un long flot d'images forme un train polychrome sur son écran mental, dans lequel toutes sont présentes, mais jamais à la même place, jamais au même moment, et pourtant tout est condensé en une petite fraction de seconde.

Le verre qu'elle tient à la main est de couleur bleu azur.

Isadora ne se trouve pas très loin d'elle.

Les jeux de lumières et les murs vidéo produisent une hallucination objective dans laquelle elle n'est qu'une apparition parmi d'autres. Tout se ressemble et pourtant tout change en permanence.

Elle danse, elle consomme de l'alcool, elle sourit, elle parle avec des gens.

Des gens lui parlent.

Elle est devenue à son tour un objet de communication, et elle s'en contrefiche, mieux, elle commence à trouver l'expérience intéressante, des sensations oubliées renaissent, ce sentiment de n'exister que dans une microseconde toujours répétée, jamais exactement la même, cette dislocation de toute résistance interne, cette dépolarisation de la pensée parallèle à la réification du corps, tout cela procure un bien-être immédiat, sans limite, un bien-être qu'on ne peut raisonnablement refuser.

Alors elle danse, elle rit, elle consomme de l'alcool, et elle parle avec des gens. Et des gens lui parlent.

Mais qui sont-ils donc? finit-elle par se demander, un cocktail de couleur violette frétillant dans la main.

Aucune importance. Ils sont avec Isadora et le gang de filles.

Ils sont jeunes. Ils sont une demi-douzaine, comme elles. Ils sont sexy. Ils ont l'air plutôt amusants. Ils respirent le fric parental. Ils s'entendent plutôt bien avec Isadora et les autres, et avec elle aussi.

En tout cas, elle leur parle. Et ils lui parlent. La communication est établie.

La microseconde s'est déplacée. Elle se trouve toujours avec Isadora mais les autres filles ne sont plus visibles et elle parle avec des personnes différentes.

Ou plus exactement, d'autres personnes se sont mêlées au groupe dans lequel désormais Isadora et elle-même se fondent.

Grâce à un mouvement de la foule, elle aperçoit les autres filles, dispersées parmi un amas d'inconnus. Elles aussi boivent des cocktails aux couleurs pop, elles aussi dansent ou conversent en se mouvant dans le flux sonore. Qui donc, ici, n'est pas un inconnu, pour les autres comme pour lui-même? Ne viennent-ils pas tous chercher ici de quoi élaborer une identité?

Ces inconnus, ces inconnues qui lui parlent, et à qui elle parle, un cocktail fumant d'azote liquide émettant ses panaches gris-bleu autour de son corps en mouvement, ces inconnus sont là pour se faire connaître, dans tous les sens du terme, et ils sont là pour connaître, apprendre, et vous soutirer de quoi sustenter le vide du moment.

Toute communication est une forme de cannibalisme.

Tout cela elle le sait, elle le sait depuis longtemps, depuis l'époque où elle fréquentait régulièrement de tels endroits avec son amie Isadora Carter Vaughn. Et c'est avec son amie Isadora Carter Vaughn que le simple souvenir, pratiquement effacé, devient une réalité qui refait surface. Cette réalité qu'elle vit à l'instant même.

Rien, par conséquent, n'est en mesure de vraiment la surprendre.

9

Le groupe de personnes dans lequel elle évolue a encore changé. D'abord, les six filles du gang sont à nouveau réunies, et les inconnus, qui le sont moins à chaque minute passée à communiquer avec eux, se sont mélangés à de nouveaux arrivants.

Il y a à peu près autant de filles que de garçons dans cette subdivision singulière de la foule, comme dans toutes celles qui sont en train de se former, avec un déséquilibre calculé pour inciter chaque sexe à suivre son système hormonal au mieux de ses possibilités naturelles, note-t-elle machinalement. Les videurs ont bien fait leur travail.

Le temps est un matériau, l'espace un concept relatif. Les personnes communiquent avec elle. Elle communique avec les gens. Elle boit avec une constance raisonnable. Elle contrôle plutôt bien la situation. Deux gars semblent s'intéresser particulièrement à elle. Mais elle sait déjà que ce ne sera pas leur nuit. Quelque chose manque. Comme lors de la soirée d'anniversaire. Elle n'arrive pas à s'intéresser à leur conversation, ou plutôt à son absence. Ce sont de jolis garçons, fringués avec classe, ils appartiennent à la upper middle class de L. A, ou plutôt à sa middle upper class, à des familles plus riches que les familles les plus riches de n'importe quelle autre ville américaine.

Mais si elle parvient à faire de son corps un objet de communication, comme tout le monde, un mécanisme reste inactif, un composant ne s'allume pas, une fonction vitale demeure bloquée.

Elle n'est pas capable de ressentir d'émotion, si ce n'est ce vortex de sensations immédiates, aucune empathie, pire encore, aucun désir. Aucune pulsion sexuelle, rien qu'une attirance physique à basse intensité, ils pourraient être des images tridimensionnelles lâchées dans la vie nocturne de Los Angeles, l'alcool n'a pas fait disparaître cette distance fondamentale.

C'est étrange.

Le temps ne semble plus élastique. Des trous sont apparus, des coupures dans le flux.

L'espace est beaucoup moins relatif, il est devenu une drôle de totalité. Il est fait d'une substance neigeuse, blanche, virginale, traversé par les rayons cinétiques du night-club comme par les feux d'un vaisseau extraterrestre.

Le groupe s'est disloqué, aucune trace mémorielle de l'événement ne subsiste, elle se retrouve avec Isadora et une de ses copines, Cynthia ou Sandra Ramirez, au milieu d'un groupe de gars et de filles dont certains qu'elle n'a encore jamais vus, en tout cas elle n'en conserve aucun souvenir.

Elle a abusé de l'alcool, c'est sûr, elle s'est enfilé une douzaine de solides cocktails en l'espace de deux ou trois heures, sans compter les coupes de champagne en préliminaires motorisés, si elle continue elle pourrait bien perdre le contrôle et faire une connerie.

Il est temps de rentrer. Elle se penche vers Isadora et lui dit qu'elle retourne à Malibu, elle appellera un taxi avec son cellulaire. Isadora ne semble pas mécontente de la proposition, peut-être en a-t-elle assez, elle aussi. Autour d'elle l'espace est congelé, chambre froide aux lumières tournoyantes, le temps n'est plus ce mouvement à la fluidité organique, une nouvelle coupure, la vision stroboscopique de la foule et d'un groupe stationné près des toilettes, dans lequel il lui semble reconnaître des visages, puis une autre coupure presque aussitôt, elles descendent les hautes marches du night-club, il est tard, il n'y a plus de file d'attente. La voiture n'est pas stationnée très loin, les autres filles sauront se débrouiller, elles trouveront facilement un chauffeur.

La nuit est un dôme violet-orange au-dessus d'elles. Les étoiles forment un milliard de pixels argentés.

— Allez, *back home*, s'entend-elle dire.

Ce sont les derniers mots dont elle va se souvenir pendant près de deux ans.

Chapitre 15

1

Lorsqu'elle avait repris conscience, sa mémoire était un écran blanc. Une surface de glace arctique, opaque et aveuglante comme un iceberg pris sous les feux d'un soleil invisible, et qui cachait une densité insondable.

Sur l'écran étaient inscrits des signes, des lettres, quelques mots. Blanc sur blanc, tracés griffonnés creusés à la main ou plutôt par un instrument acéré, par un scalpel.

Un nom. Son nom : Sharon Silver Sinclair.

Blanc sur blanc. Pourtant les marques résilientes d'une brutale élévation de chaleur restaient visibles sur le bord des crevasses signifiantes. C'était imprimé au feu. Un brandon ardent avait carbonisé la glace en y tatouant son nom.

L'instrument chirurgical avait été porté au rouge, il avait fait fondre la glace, et était parvenu à la consumer en partie.

Cela ne correspondait à aucun phénomène physique.

Son nom.

C'était tout ce qui restait d'elle.

Elle vécut ainsi durant des mois.

La chambre d'hôpital, sa blancheur clinique et froide, les machineries branchées à son organisme, la visite régulière des docteurs et des infirmières, les batteries de tests auxquelles elle se livrait en restant complètement étrangère à cet arsenal médical et au corps auquel il était destiné, comme si ce n'était pas elle qui était examinée de part en part, oui, la chambre d'hôpital, sa blancheur clinique et froide, formait un cocon paradoxal, glacé comme un morceau de banquise, un espace de désolation mécanisé, mais protecteur. Elle était ici chez elle.

At home.

Une partie d'elle comprenait. Mais l'autre partie s'en désintéressait.

Elle comprenait qu'il lui était arrivé quelque chose. Elle comprenait qu'il était arrivé quelque chose à son corps. Quelque chose de grave.

Il avait été détruit.

Mais ce n'était pas son corps.

Ce ne pouvait être son corps.

C'était impossible.

2

La femme s'appelait Elizabeth Montenegro. Elle succédait à Roland Kowalski. Ou plutôt elle alternait avec lui. Le docteur Roland Kowalski s'occupait de ce qui avait été détruit. Le docteur Elizabeth Montenegro tentait de percer l'écran de glace, de comprendre comment le Nom y avait été imprimé.

Le Nom était tout ce qui avait survécu du monde. Le Nom était tout ce qui restait d'elle. Le docteur Montenegro disait que c'était à partir de cette signature indélébile qu'il fallait remonter le fil d'Ariane, pour retrouver tout le reste.

Le docteur Kowalski affirmait quant à lui que le corps détruit pouvait être réparé, qu'il faudrait effectuer plusieurs opérations, que ce serait absolument nécessaire, pour elle ce n'était qu'une idée.

Elle était restée plusieurs jours dans le coma, elle souffrait d'une grave amnésie et de troubles aphasiques, on avait dû pratiquer une série d'interventions polytraumatiques d'urgence bien avant son réveil.

On n'avait pas retrouvé les responsables. Un homme de la police de Los Angeles était venu l'interroger, elle ne se souvenait pas de l'accident, non, elle ne se souvenait de rien de cette soirée, non, aucun night-club, aucun véhicule, aucun visage.

L'image de la villa de Malibu et de son amie Isadora Carter Vaughn fit un jour son apparition dans l'océan arctique de sa mémoire, elle vint s'inscrire brutalement sur ce qui avait survécu de son identité, la structure formelle de son existence, des bribes aussi neutres qu'un stock de données informatiques, l'enfance, les parents, l'école, les vacances, le collège, les flirts adolescents, la fac.

Seattle.

Los Angeles. L'avion. La soirée d'anniversaire.

Le Nom.

La villa au sommet des dunes était un iceberg recouvert de fuel en flammes.

3

Une nuit, elle s'éveilla, sans pouvoir déterminer si elle était revenue à la réalité ou si elle poursuivait son sommeil aux rêves ensevelis sous une neige poudreuse.

La chambre d'hôpital baignait dans une nuée lumineuse aux reflets tournoyants. Un battement métronomique lui parvenait sans qu'elle puisse en déterminer la provenance. *Back home,* s'entendit-elle dire dans le silence ponctué de brefs signaux électroniques. *Back home,* répéta-t-elle plusieurs fois de suite.

La lumière augmentait d'intensité, mais cela n'agissait pas sur le plan de la perception optique, elle n'était nullement aveuglée, au contraire, elle discernait pleinement la lumière pour ce qu'elle était.

L'augmentation de l'intensité lumineuse se traduisait par une élévation de la température du corps.

Et elle ne cessait de croître.

La lumière était l'avant-garde du feu.

Ce feu qui dévorait sa chair.

De l'intérieur.

4

Le docteur Elizabeth Montenegro lui avait dit :

— Cette lumière qui vous a brûlée de l'intérieur, elle est reliée à ce qui vous est arrivé, elle est reliée à l'endroit et au moment où cela vous est arrivé, elle est reliée aux mots que vous avez prononcés. Elle est ce qui est caché derrière l'écran de glace. Elle est ce que vous devez découvrir. Elle est ce que nous allons redécouvrir, ensemble.

Le même jour, ou presque, le docteur Roland Kowalski lui avait dit :

— Nous allons procéder à la grande opération réparatrice dès demain, vous ne gardez aucune séquelle des toutes premières interventions, tous les tissus et les organes qui ont pu être sauvés seront conservés. C'est moi qui vous opérerai.

Elle comprit le sens des mots prononcés, qui indiquaient une forme, sa forme, en devenir : moi aussi je suis un chirurgien d'élite.

Elle fut donc plongée une seconde fois dans le coma, artificiel/neurochimique cette fois. Le docteur Roland Kowalski fut extrêmement satisfait du résultat, il la plaça sous suivi intensif pendant un bon mois et programma une dernière opération pour la fin du trimestre.

C'est au réveil de cette troisième opération, alors que les effets de l'anesthésique ne s'étaient pas totalement dissipés, qu'elle se retrouva de nouveau dans la nuée ardente. Sa chambre était plongée dans un gaz incandescent. Et sa chambre, c'était elle. C'était en elle que la lumière brûlait. C'était dans le corps qui n'existait plus que le feu consumait tout.

Back home, ne cessait-elle de répéter.

5

— Allez, *back home*, s'était-elle entendue dire.

La volée de marches luisait sous l'éclairage urbain, comme recouverte d'une laque visqueuse.

Elles ont glissé. Elles ont glissé dans le temps. Elles ont glissé dans l'espace. Elles ont glissé de quelques secondes et de quelques mètres. Elles sont au bas des escaliers. Un groupe d'une quinzaine de personnes vient de sortir du night-club. Elle reconnaît des filles et des gars avec qui elle a parlé. Qui la reconnaissent, ainsi qu'Isadora, des salutations sont échangées. Où sont les autres filles ? Encore à l'intérieur avec un autre groupe, apprend-elle.

Isadora discute avec une fille et deux types qu'elle semble bien connaître, Sharon se tient un peu à l'écart, histoire d'accélérer le mouvement. Elle note la présence d'un autre groupe, attroupé un peu plus loin, près d'une imposante Eldorado violette des années 1960 et d'un luxueux SUV Cadillac Escalade gris métallisé. Elle y aperçoit des personnes avec lesquelles elle a communiqué durant ces quelques heures alcoolisées.

Elle repère des gestes furtifs, un épais sac de plastique passe par la fenêtre de la portière passager de l'Escalade, elle ne sait comment, mais elle en discerne clairement le contenu, marijuana, d'origine mexicaine probablement, le Ziploc translucide s'engouffre dans un sac dorsal, elle ne perçoit aucun échange d'argent, le fait est noté dans sa mémoire comme une simple donnée de la vie nocturne angelino.

Puis elle glisse de nouveau. Coupure digitale laissant une trace vif-argent jusque devant ses yeux. Elle marche dans la rue aux côtés d'Isadora. Elles longent une série de vieux immeubles de brique récemment réaffectés.

Puis quelques bâtiments plus vétustes, en instance de rénovation, cernés de barrières de sécurité et de rubans jaune fluo.

Leur voiture n'est plus qu'à deux ou trois blocs.

Elles passent devant un portail métallique à double battant, haut de plus de cinq mètres, sa peinture bronze-or est encore fraîche, il est entrouvert sur une encoignure obscure, un réverbère au sodium projette sa lumière rousse sur sa surface étincelante.

C'est à partir de cet instant que tout se fragmente.

C'est à partir de cet instant que l'accident survient.

C'est à partir de cet instant qu'elle va devoir vivre comme une machine.

Allez back home / allez back home / allez back home / back home / back home / back home /

Back /

Home /

Le flot de souvenirs occultés est ravivé d'un coup lors de cette première et fondamentale expérience mémorielle post-anesthésique, mais submerge tout, c'est une vague d'émotions imagées, ce n'est pas encore reconstruit.

Allez, back home.

Ces mots, et son nom, vont pendant longtemps rester les seules inscriptions lisibles du phénomène. Mais peu à peu, en l'espace de quelques réactivations nocturnes, son cerveau va reproduire le fil des événements, il va rassembler les données immédiates de sa mémoire, réinitier le processus, il va revivre l'accident. Il va ré-accidenter cette vie.

Il va recréer ce qui s'est passé jusqu'à ce qu'elle devienne cette machine dotée d'un nom.

Tout implose.

Tout se fragmente.

C'est ce qui se produit alors qu'elles passent devant cet énorme portail de métal. Il semble y en avoir d'autres à sa suite, la bâtisse est un antique immeuble industriel et…

Tout implose, elles ont glissé dans une nouvelle coupure, la lumière est rousse, les portes sont des plaques aurifères, la nuit est un tube cathodique.

Et le bruit du moteur, des moteurs, gonfle dans l'espace, paradoxalement monodique, il envahit tout, l'onde sonore devient le monde.

Tout a implosé.

Le monde n'est plus vraiment compréhensible. Il reste visible, audible, mais il ne s'inscrit plus dans aucune durée, dans aucune physique.

Le temps et l'espace sont en train de disparaître.

Ils sont remplacés par le continuum de la terreur.

La terreur, qui est un monde.

6

Crash. Coupure / choc / violence / souffrance / éclats de lumière / angoisse / corps tétanisé / mémoire démolie / univers-masse informe-insensé.

Pourquoi le béton en gros plan, pourquoi le sang en écran rouge, pourquoi sa tête et son corps projetés au sol, pourquoi s'entend-elle hurler, pourquoi a-t-elle peur, de quoi a-t-elle si peur, pourquoi hurle-t-elle, pourquoi sent-elle des larmes couler sur son visage, pourquoi ce sang y est-il mêlé, pourquoi voit-elle des ombres tout autour d'elle, pourquoi tant de lumière, pourquoi ses yeux semblent-ils aveuglés de l'intérieur, pourquoi se souvient-elle de ces moteurs sonores devenus onde solitaire, pourquoi ne se souvient-elle plus de rien ensuite, pourquoi prononce-t-elle des mots qu'elle ne comprend même pas, pourquoi hurle-t-elle ?

Une voix a résonné dans sa tête. La voix l'a frappée. La voix est une ombre sous le ciel de nuit électrique. La voix est accompagnée d'autres voix. La voix est accompagnée d'autres ombres. La voix est accompagnée d'autres coups dans la tête. La voix hurle. La voix hurle plus fort, elle hurle bien plus fort qu'elle, la voix hurle. Où est-elle, que s'est-il passé, où est Isadora, où est-elle, qu'est-ce qu'on est en train de lui faire, pourquoi ne hurle-t-elle plus, pourquoi est-elle enclose dans un sarcophage de glace, pourquoi a-t-elle si peur ?

Elle est maintenue au sol par un poids lourd et moite, elle est maintenue au sol, elle sent le contact du béton écru sur la peau de son ventre nu. Oui elle est nue, ou quasi et les voix lui intiment des ordres / se taire, la boucler, *fermer sa gueule arrêter de chialer et faire ce qu'on lui dit de faire*. Les voix frappent, les coups parlent. La masse humide qui pèse sur son dos est une de ces voix qui frappent, un de ces coups qui parlent. Elle commence à prendre conscience de l'univers extérieur, l'immense hangar dont le toit brisé laisse voir le ciel étoilé entre des structures survivantes – acier, béton, plastique – d'où provient la lumière vacillante de quelques plafonniers de néon / les docks de déchargement sur les côtés et là, plaquée comme elle sur le sol, Isadora un peu plus loin sur sa gauche. Isadora dont la bouche est obstruée par un cylindre obscur émergeant du bas-ventre d'une ombre postée devant elle. Isadora qui ne fait qu'un avec le béton. Isadora les vêtements déchirés. Isadora entourée d'ombres qui cognent et qui hurlent. Qui rient et qui cognent. Isadora chevauchée par une de ces ombres. Isadora dont le regard implore la silhouette placée devant elle. Isadora dont les orifices vaginaux et anaux sont obstrués par des pénis rugueux et boursouflés. Sharon pousse une longue plainte en comprenant ce qui se passe, ses bras sont en train d'être liés dans son dos. Elle prend une paire de claques, on la maintient au sol. Les ombres forment un cercle sombre autour d'elle, les ombres rient, cognent, hurlent. Elle est maintenue au sol, le visage écrasé contre la surface rugueuse et humide du béton ensanglanté. Elle est maintenue au sol par la masse lourde et humide. Elle est maintenue au sol les jambes fermement écartées. Elle est maintenue au sol alors qu'on lui introduit un objet dur dans le vagin. Elle est maintenue au sol, elle est sans résistance aucune face aux coups, rires, hurlements, ordres. Elle est sans la moindre défense face à toutes ces ombres, toutes ces voix, tous ces sexes. Ça hurle. Ça saigne. Ça fait très mal.

Une coupure de rasoir en forme d'étoile, un éperon qui fore son passage jusqu'au col de l'utérus, son vagin est déchiré par l'objet oblong qui s'y agite. Il y a hémorragie. Elle sent la douleur qui pique ses sens, les ombres prennent figure humaine, elles se singularisent, elles deviennent presque identifiables mais demeurent inconnaissables.

Alors les dernières minutes lui reviennent en mémoire.

Ils étaient arrivés par l'arrière. Deux voitures. L'Eldorado années 1950. Le SUV Cadillac Escalade. Une douzaine d'ombres en étaient descendues. Les ombres les avaient bloquées contre le portail. Celui-ci s'était ouvert. Les ombres les avaient immédiatement agressées, frappées, ceinturées et propulsées à l'intérieur du hangar. Elle avait juste eu le temps de hurler un appel à l'aide parfaitement inutile – simple écho étouffé par la nuit urbaine – avant de subir un autre glissement mémoriel / elle s'entend crier supplier gémir elle entend Isadora crier supplier gémir à ses côtés elle l'aperçoit tout juste derrière un filtre frémissant et humide.

Elle entend les rires et les insultes, les ordres, elle entend les coups, elle entend tout, et elle voit tout ce qu'elle entend.

Tout a implosé. L'espace et le temps ont disparu, ne reste que la terreur.

La terreur et le corps qu'elle habite.

Le corps.

Le corps foré, souillé, instrumentalisé.

Sa bouche ouverte de force, un tube de chair à l'odeur animale s'y agite, le visage qui la domine possède des traits identifiables pourtant ils ne se fixent jamais dans sa mémoire. Tout a implosé. Un autre tube de chair a pris possession de sa vulve, et un troisième s'introduit sans ménagement dans son anus. Un tube de chair violacé est empoigné et astiqué devant son visage.

Les coupures mémorielles sautent de séquences en séquences. Tout est cohérent mais plus rien n'est relié / on la retourne, on lui plaque les cuisses en arrière, comme un vulgaire poulet qu'on va embrocher / une ombre dotée d'un visage s'approche d'elle munie d'un balai ramassé dans un coin du hangar et le manche de bois vient la clouer de part en part avant d'être pompé en brutaux va-et-vient contre ses parois vaginales où s'écoule un liquide chaud et visqueux / une autre ombre lui succède pour remplir son sexe ensanglanté de son tube de chair, un autre cylindre poisseux s'est enfoncé jusque dans sa glotte / des ombres aux visages identifiables mais jamais reconnaissables agitent leurs sexes frénétiquement dans sa direction, formant un cercle informe autour d'elle, visages sans durée, mains crispées autour du tube phallique, mouvements fébriles, rictus, yeux troubles, sueur, odeurs de rut. Elle s'entend pleurer. Elle s'entend dire non non non. Elle s'entend les supplier. Elle les entend rire, elle les entend se moquer d'elle / toutes les terreurs imaginables forment un train de douleur psychique qui accompagne les sexes à l'attaque / le sida en noire culmination /

tout a implosé tout est devenu mécanique, les coupures, les séquences mémorisées, les actes qu'on lui fait subir.

Le ciel est une vision fracassée au-dessus d'elle, les plafonniers de néon, les béances ouvertes sur les étoiles et les hautes lumières de la ville, noir, blanc, bleu, jaune, nuit, lumière, fermeture, ouverture, béton, vide, pleins, murs, trous, brisures, bouchons, lézardes, dureté, viscosité, mécanique, organique, l'image de son cerveau à cette seconde. La réalité de son corps à cette seconde.

Plus rien n'a ni sens ni forme, le ciel est lumineux, les néons émettent un éclat noir, les étoiles sont des pointes de fer rougies au feu, le hangar tout entier est un palace fait d'une brume d'azote liquide.

Autour d'elle, des éclairs blancs, des déclics, elle aperçoit une ombre qui tient devant son visage une petite machine rectangulaire qui émet régulièrement un petit signal vert. Le rire semble s'extraire de cette surface plane et brillante.

Le tube puant qui obstrue sa gorge est humide d'un jus à l'odeur de pisse, il l'étouffe, l'asphyxie, son larynx se contracte par saccades incontrôlables, elle crache, elle vomit un peu de bile, une paire de claques la punit sur-le-champ / la coupure est un éclair de neige / on l'a de nouveau plaquée sur le ventre, la face contre le béton / on lui tient fermement les cheveux tirés en arrière, on imite le hennissement du cheval et les cris du cow-boy, on la cravache avec une ceinture de cuir, les lumières sont toujours aussi aveuglantes, on l'oblige à ouvrir les yeux à coups de claques, nouvelle micro-coupure / la neige subsiste alors que les coups pleuvent, les coups parlent, les rires frappent, le tube de chair s'est engouffré de nouveau dans sa glotte, elle tremble de peur à l'idée que le sperme qui s'y éjecte brutalement, flot tiède puant baveux, soit contaminé, non non non, son larynx se rétracte de nouveau sans rémission possible, elle vomit un mélange de sang de fiel et de salive gluante / le sexe obture de nouveau son souffle, se colle visqueux à son palais et s'y astique alors que le rire a pris la forme d'un visage qu'elle ne reconnaît pas, son vagin est travaillé par un engin dur et moite qui a remplacé le manche à balai et qui déchire tout sur son passage, elle sent qu'on lui enfonce sans la moindre pitié un objet froid et aux angles droits dans l'anus, elle hurle de douleur, les rires frappent, les coups parlent / elle discerne pour la première fois des singularités féminines, cela se loge comme un paramètre parmi d'autres dans ce qui subsiste de sa mémoire entre chaque coupure / le nerf optique est une extension directe du système nerveux central, un ordinateur lui parle depuis un autre monde, un autre monde qui n'est rien d'autre qu'elle-même.

À ses côtés, Isadora est le miroir corporel de ce qui lui arrive. Son visage est boursouflé, violacé, griffé, ensanglanté par les coups. Elle est maintenue par deux hommes qui se masturbent sur elle, deux autres hommes la violent en même temps, oral-buccal, un cinquième est en train de loger un objet d'apparence métallique dans son anus, son rire frappe, ses coups parlent / la neige de la coupure perdure bien après son extinction, le monde se congèle peu à peu / quelque chose se produit en elle / quelque chose se produit en même temps à l'extérieur, là où le monde est devenu un accident absolu.

Plus elle est souillée, abîmée, détruite, mieux elle voit, mieux elle entend, plus profond, plus net, plus loin.

De beaucoup plus loin.

Alors que les coups parlent et que les rires frappent, que les sexes en érection forment un ballet d'organes tubulaires à la fois menaçants et grotesques, dansant autour d'elle les ombres aux visages identifiables, mais jamais reconnaissables, se transforment, elle ne comprend pas ce qui se passe.

Elle commence à les percevoir sous la forme d'organes spécialisés regroupés en amas, comme à travers une radiographie. Le monde en son entier devient une structure de glace, désormais distant de plusieurs années-lumière, et les ombres révèlent leur chair intérieure.

Elle comprend confusément qu'elle voit la réalité telle qu'elle est, telle qu'elle se cache, que c'est ainsi que le monde existe, ce que ces ombres humaines sont. Leurs visages sont devenus anonymes, structures osseuses recouvertes de tissus musculaires à peine mobiles et parcourues de réseaux nerveux et sanguins en tous sens, leurs sexes sont des instruments translucides qui donnent à voir les apports d'hémoglobine et les différents canaux où les flux organiques s'épanchent.

Elle entend même des noms, des prénoms, des surnoms, on s'interpelle, on échange des rires qui frappent et des coups qui parlent, ils sont identifiables, mais ils sont à chaque fois nouveaux, entendus pour la première fois.

Les coupures de glace sont désormais partie intégrante des séquences conscientes, la mémoire n'est plus qu'une extension prothétique de l'amnésie répétée / tout ne fait qu'un avec les sexes qui la forent de part en part tout ne fait qu'un sauf elle qui n'est plus vraiment là / sa présence est devenue un second monde de glace qui répète à l'identique celui qui prend possession de la réalité / la réalité / la réalité / là où des objets de chair et des organes de fer s'activent dans tous les orifices dont elle est constituée et dans tous les abîmes qu'ils creusent en fouaillant comme des tunneliers implacables.

C'est comme si elle ne ressentait presque plus rien, la peur a pratiquement disparu, la douleur est une donnée physique intégrée à son métabolisme, tout est devenu mécanique, tout est devenu /

Mécanique.

Mécanique, la chose qu'on a enfoncée dans son rectum, elle la voit comme une sorte de prothèse obscène dans l'orifice anal d'Isadora, son miroir.

Mécanique, la queue luisante de foutre qui se retire de sa bouche comme un tuyau d'éjection d'eaux usées pour s'essuyer sur ses lèvres.

Mécaniques les rictus squelettiques qui ornent les faces osseuses déployant autour d'elle un arc de cercle toujours identique.

Mécaniques, les organes radiographiés, telles des pièces de machines-outils.

Mécaniques, les mots obscènes, les ordres hurlés, les rires frappés.

Mécaniques, les éclairs qui photographient, les diodes luminescentes, les écrans où son visage est capturé.

Les ombres sont animées comme des cadavres, elle est aussi vivante qu'une machine, le monde plonge dans l'abysse de glace. Chacun de ses éléments se sépare des autres, et elle se sépare de tous.

C'est bien une machine. C'est bien cette machine qu'elle est devenue.

C'est bien une machine qui vibre dans l'anus d'Isadora, et qui produit un étrange bruit musical dans le sien.

Les ombres-organismes en manipulent d'autres, de forme analogue, ils font courir leurs doigts sur de petits claviers alphanumériques.

Ils placent la machine devant leurs mâchoires mises à nu.

Ils parlent.

Ils parlent avec les machines.

Ils rient avec les machines.

Ils communiquent avec les machines plantées dans leurs rectums, ils communiquent avec les orifices qu'ils ont remplis de leurs chairs, puis de cette mécanique parlante.

Ils les ont sodomisées avec leurs téléphones cellulaires. Leurs téléphones, à elle et Isadora. C'est ce qu'elle comprend en la regardant. C'est ce qu'elle voit en sentant les angles durs et froids à l'intérieur de son sphincter. C'est ce qu'elle entend tout autour d'elle.

Ils font vibrer les appareils, envoient des SMS, et parlent, ils parlent à leurs corps démolis, leurs corps émetteurs-récepteurs signalétiques, tuméfiés, boursouflés, violacés. Les cellulaires clignotent alors que les voix résonnent dans une fréquence radio-métal, ils détaillent les numéros et les adresses notées en mémoire / un autre tube de chair s'est foré un passage vers sa gorge, elle est ce monde qui se congèle avec constance / les ombres-organismes ne forment plus que des structures phallus rictus / une neige carbonique se dépose sur chaque parcelle de l'univers, les coupures mémorielles sont totalement intégrées au flux de l'action / elle sait que ce n'est encore qu'un début, elle sait que tout ne fait que commencer, elle sait que les choses vont encore empirer, elle sait dorénavant que même vivante après cette expérience elle sera morte / en fait elle sait que cela se produit en cet instant même / les mains s'agitent, les rictus se figent, un silence relatif s'établit ponctué d'un bruit de pistons qui se meuvent dans la vapeur / les mains s'agitent, les rictus se figent, une fille dispose devant son visage un morceau de verre brisé en guise de miroir, les éclairs blancs crépitent, les diodes vertes clignotent, les fluides sont expulsés des tuyaux organiques, ils se déversent comme autant d'immondices semi-vivants, asticots blanchâtres, amas d'amibes, concentrations de viande fermentée, elle perçoit distinctement chaque détail des structures internes / les organismes en appareillages pourrissants remplis de matières fécales, septiques, tuyaux et pistons saturés d'excréments et de spermatites contaminées, les jets gluants-chauds aspergent son visage, ses seins, son ventre, ses cuisses, son sexe, son cul, le monde devient chaque seconde plus froid et plus distant, son corps devient chaque seconde plus froid et plus distant, son corps devient le monde, il ne reste plus grand-chose d'elle, tout est devenu/Mécanique/tout est logique, terriblement logique, tout sens a disparu, plus aucune forme n'est vraiment lisible, le monde est devenu un processus purement causal, tout y est purement logique, tout est Mécanique.

Elle perçoit la silhouette d'Isadora écrasée sur le sol avec deux ou trois ombres clouées en elle. Isadora qui ne produit plus aucun mouvement autre que réflexe / désormais tout n'est plus qu'une suite d'équations, une succession d'évidences, une série de paramètres. Elle n'est plus rien qu'une masse défigurée, abîmée, souillée, détruite. Elle sait qu'elle ne sert plus à rien, qu'elle ne vaut plus rien du tout à leurs yeux sans regard. Elle sait qu'elle a servi, été usée. Elle sait qu'elle n'est plus qu'une serpillière, un kleenex usagé. Elle sait qu'elle est devenue moins-que-rien. C'est bien ce qu'elle est devenue, c'est un simple constat technique. Les flots jaunâtres s'entre-croisent jusqu'à elle et y forment des flaques et des éclaboussures ruisselantes, il ne fait aucun doute qu'il s'agit bien d'urine humaine, les tubes d'éjection se dirigent vers diverses parties de son corps qui n'en est plus un, son corps qui n'est plus que ce réceptacle innommable dont ne survit que le nom / paramètre initial : ce sont bien des matières fécales qui sont déversées sur son corps par quelques ombres dont les tuyauteries internes palpitent au rythme de la progression des excréments / ce qu'elle perçoit des organismes ne revêt ni sens ni forme, flux d'étrons fessiers, viande, stocks, merde, chair, matière, donnée conséquente : son corps se sépare totalement de lui-même. Elle est cette entité parquée dans le monde de glace. Elle peut discerner les différentes densités, odeurs, températures des matériaux organiques qui la recouvrent, solides, huileux, visqueux, spongieux, liquides, chauds, frais, tièdes, acides, bases, phosphates, azote / les sub-stances fécales se liquéfient sur elle mais ce n'est plus elle, ce n'est plus qu'un corps inhabité, un corps qu'on barbouille de merde et de pisse, un corps qui n'a plus la moindre valeur, un corps qui vaut moins que rien, un corps qui n'est même plus fait de chair, un corps qui n'est plus qu'un ustensile de water-closet, un corps qui ne peut être le sien, car tout est /

Mécanique. Logique. Cohérent.

Tout est si pur dans le monde de glace.

À ses côtés, Isadora est parfaitement immobile. Les trois organismes se détachent d'elle, ils prononcent des phrases qu'elle ne comprend pas alors qu'ils envoient de violents coups de pied dans le ventre de la silhouette prostrée sur le sol de béton. Sous les chocs répétés le corps d'Isadora accomplit quelques rotations sur lui-même, son visage est couvert d'hématomes et de contu-sions, ses yeux sont vitreux, ils la fixent sans la voir, un rail sanglant zigzague en travers de sa bouche, sa peau est livide teintée de bleu, c'est une donnée technique qui vient s'inscrire sur la surface de neige de son esprit, une conséquence logique, une conclusion cohérente, tout comme les flots de merde, de pisse, de sperme dans les-quels son corps a été englouti.

Isadora est en train de mourir.

Elle est morte. C'est la même chose, à une micro-cou-pure de distance.

Isadora Carter Vaughn est morte.

Ses fonctions vitales se sont arrêtées.

Ses yeux la fixent sans la voir. Ses yeux expriment la plus totale incompréhension.

Qu'est-ce qu'elle n'a pas compris ?

Tout est logique, rien ne fait sens, tout est cohérent, plus rien n'a de forme tout est /

Mécanique.

Elle sait qu'elle va mourir, elle aussi.

Bientôt ses fonctions vitales se seront arrêtées, à leur tour.

On va la débrancher, c'est sûr.

Sharon Silver Sinclair / les rires sont des phonèmes désarticulés, les coups ne parlent plus, ils ne servent plus à rien, les mots eux-mêmes ne cognent plus, ils s'évanouissent peu à peu de leurs propres bouches / les dialogues sont clairs, nets, précis, même s'ils ne forment plus qu'un train de mots indifférenciables lancés dans l'espace où la température avoisine celle de la lune.

On actionne une nouvelle fois le cellulaire sodomite une voix résonne dans les tréfonds de sa chair violentée ondes radios menstruelles vibrations vocales électriques chair sang fluides tout est flux tout est mécanique tout est /

Mécanique.

Ils rient de son nom, ils rient de son corps, ils rient de son existence réduite à néant, ils ne voient pas qu'elle est logée au cœur d'un bloc de glace qui s'est détaché du monde sans plus ni forme ni sens, ils rient de son nom devenu pur objet sonore, elle constate qu'on est en train de lui badigeonner le sexe d'un produit tiède huileux, ils rient de son nom, Sharon Silver Sinclair, son nom s'inscrit devant ses yeux, il laisse une trace d'oxyde dans la nuée neigeuse qui recouvre l'univers, maintenant on introduit un objet tubulaire froid et dur dans son vagin, un bruit de souffle exhalé, un jet vif et glacial, des particules qui forment un nuage pulsé jusqu'au-delà du col de l'utérus, enfin on obstrue sa vulve d'une matière cotonneuse qui semble s'effriter doucement au contact de la chair / ils continuent de rire de son nom énoncé dans le cellulaire obscène, ils continuent de cracher sur son corps-immondice son nom Sharon Silver Sinclair ils veulent le souiller, le détruire, l'anéantir, Sharon Silver Sinclair Sharon Silver Sinclair, c'est mon nom, il ne sera pas touché, le spray froid est aspergé profondément, la matière cotonneuse est enfoncée plus avant, tout est logique, rien ne fait sens, rien n'a de forme, tout est logique / rapport des activités biologiques, objets en vecteurs sur le diagramme / son nom Sharon Silver Sinclair tremblote devant ses yeux calés sur une chaîne télé extraterrestre / les rires sont toujours émis par le téléphone cellulaire, antenne rectale dressée vers le ciel de béton et de projecteurs électriques, tout est logique, tout est mécanique, la séquence suit son flot de causes et de conséquences, un déclic, le son ronflant d'un gaz expulsé, tout est mécanique tout est /

Feu.

Tout implose à nouveau.

Feu.

Tout est douleur.

La douleur est tout.

Souffrance absolue. Haut voltage. Vapeurs brûlantes.

Feu.

Cela dévore ses organes de l'intérieur, mâchoires de supplice portées à l'incandescence, cela carbonise ses parois vaginales, sa vulve, son utérus, toute la matrice en brouillard pyrique, cerveau en ébullition, nerfs saturés, hurlement extrait de sa bouche par des tenailles d'acier, forge abdominale sidérurgie, vaginale, plastique fondu métal, brûlant, copeaux ignés en rivets cloués dans ses orifices, la chair se consume dans le gaz embrasé, graisse, muscles, réseaux sanguins, cautérisés dans la seconde, hurlement extrait de sa bouche comme un long fantôme noir, son nom s'y inscrit, oxyde lumineux, Sharon Silver Sinclair, mon nom est Sharon Silver Sinclair, le feu continue alors qu'il a disparu, son corps n'est plus qu'une brûlure sans la moindre structure, ses organes sexuels ne sont plus que cendres ardentes, le hurlement, fantôme noir, s'éteint peu à peu comme si les batteries de la machine qui l'émettait se déchargeaient, tout est blanc, tout est glace, même le feu qui l'habite, son nom est Sharon Silver Sinclair, son nom est vivant, son nom n'a pas été consumé, mieux c'est lui qui s'inscrit en lettres de feu sur les parois du monde en voie de surgélation, Sharon Silver Sinclair, le nom de cette femme est Sharon Silver Sinclair, elle n'est plus rien sinon cet incendie intérieur, cet incendie qui vient de détruire son corps, cet incendie qui vient de détruire son corps de femme, cet incendie qui vient de créer le monde glacial dans lequel la machine a trouvé un abri, cette machine dotée d'un nom, cette machine qui s'appelle Sharon Silver Sinclair, cette série de données stockées dans un ordinateur dont l'identité est la sienne, tout est blanc, tout est glace, l'incendie intérieur est intégré comme facteur métabolique, la souffrance a dépassé les limites de son enveloppe charnelle, tout est blanc, tout est glace, la souffrance est devenue un paramètre objectif du monde dont elle se détache, du corps qu'elle abandonne, tout est blanc, tout est glace, l'univers s'est enfin rééquilibré dans cette atmosphère d'hélium liquide, il est si pur, il est si beau, s'il n'était peuplé de ses usines organiques produisant à la chaîne toutes ces matières excrémentielles, son nom est Sharon Silver Sinclair, elle est ce nom, mon nom est Sharon Silver Sinclair, je suis ce nom qui s'inscrit dans ce monde, tout est blanc, tout est glace, ce monde qui est ce que je suis devenue, le nom de cette femme est Sharon Silver Sinclair, tout est si beau, je ne suis plus que ce nom-feu imprimé dans la neige, tout est si pur, elle s'appelle Sharon Silver Sinclair, mon nom est Sharon Silver Sinclair, tout est si blanc, je suis ce nom, elle est / ce Nom / je suis / glace /

Le Nom.

C'était très exactement ce qu'elle était lors de son réveil à l'hôpital.

C'était encore ce qu'elle était lorsque l'amnésie finit par régresser jusqu'à l'accident.

C'était toujours ce qu'elle était lorsqu'elle retourna au domicile parental.

C'était ce qu'elle était plus que jamais lorsqu'elle quitta le domicile parental pour prendre la route.

Sauf que personne ne le savait.

C'était un secret. Un secret entre elle et le Nom qui avait survécu.

Mais surtout un secret entre elle et quelque chose dont elle ignorait tout.

Quelque chose qui était elle.

Chapitre 16

1

Les yeux saphir n'avaient pas cligné. Le film neigeux qui filtrait chaque pensée et chaque apparition du monde ne formait plus qu'une mince pellicule floconneuse à peine visible.

Les yeux saphir n'avaient pas cligné. Peut-être une fois par heure. Peut-être moins encore. Un simple réflexe, mieux : un automatisme.

Les yeux saphir l'avaient observée sans le moindre mouvement ni la moindre trace d'émotion, ce qui l'avait grandement aidée à laisser sa mémoire prendre la parole.

Les yeux saphir incarnent son polygraphe, pensa-t-elle.

La fille lui était plus étrangère que le docteur Elizabeth Montenegro, et pourtant bien plus proche, car encore plus distante.

C'est à partir de ce paradoxe que le contact avait pu s'établir. Cette torsion ontologique. C'est ce qui lui avait permis de la percevoir comme une personne. La glace du monde avait fini par ne plus former qu'un lointain arrière-plan.

Sharon observa la fille, ses traits, son impassibilité non feinte mais sans dureté. Beaucoup d'attention, de curiosité, une réelle faculté d'écoute.

Une relation purement technique, médicale, instrumentale, et pourtant il y a le spectre d'une enfant qui joue à apparaître et disparaître derrière cet écran oculaire branché sur le bleu nuit suborbital.

Cette fille lui ressemblait à la fois trop et pas assez. Elle avait écouté le récit du viol et de la destruction de son corps avec l'attention mécanique d'un enregistreur. Le silence en mode enregistrement. Un mutisme plus absolu encore que celui du jeune Serbe.

Pourtant Sharon avait à quelques reprises constaté qu'une profondeur abyssale s'ouvrait dans les yeux saphir, des maelstroms, des trous noirs, des tunnels qui semblaient forer son cerveau jusqu'à l'autre bout de l'infini.

— GHB, évidemment, affirma la fille.

C'était le mot-clé. Concret. Direct. Technique. Il y avait quelque chose d'autre caché dans cette fille.

— La police m'a dit que j'avais ingéré plusieurs types de molécules, GHB principalement, mais aussi scopolamine en faible quantité, un petit milligramme d'ecstasy, une triple dose de Rohypnol.

Les yeux saphir avaient lancé un éclat, la bouche rose-mauve s'était crispée sur une sorte de sourire.

— Mélange très subtil, et très efficace, ils savaient très précisément ce qu'ils faisaient.

— Je n'ai jamais pu me souvenir de leurs visages, ils changent tout le temps, parfois ils se superposent, se mélangent les uns avec les autres. Rien n'est jamais stable. Le hangar n'a jamais les mêmes dimensions, ni tout à fait la même structure, je ne suis jamais vraiment à la même place…

— Je connais les effets de ces drogues. Je sais ce qu'elles provoquent dans le cerveau. Séparément ou en combinaison.

Les yeux saphir s'étaient ouverts sur un de ces tunnels sans fin. Ces tunnels qui semblaient ne conduire nulle part. Sinon à un possible.

— Pourquoi ? Vous en prenez ?

La fissure mauve s'ouvrit pour laisser passer un petit rire clair. Les yeux saphir s'illuminèrent d'un rayon espiègle.

— Non, ce serait même plutôt… non, même pas l'inverse.

Elles avaient échangé quelques mots, mais quelques mots essentiels, les mots capables d'ouvrir les portes suivantes.

Elle abandonna un instant les yeux saphir pour paramétrer l'univers à sa portée.

Novak s'était endormi sur un lit de camp que Flaubert et Montrose lui avaient préparé. Les deux hommes s'étaient assoupis sur de vieux divans disposés de part et d'autre de leur plan de travail.

Les écrans de surveillance continuaient de scruter le monde. Elle nota que le soleil était en train de se lever.

L'aube se pixélisait aluminium pointilliste dans les moniteurs vidéo, la lumière matinale saturait cathodique l'espace immaculé du bunker, ici la nature est un moment de l'artifice, et réciproquement, lui disait son père.

Ici la parole était un moment du secret. Ici l'accident devenait dicible.

Ici quelqu'un pouvait l'entendre.

Quelqu'un pouvait écouter l'histoire du corps détruit. Quelqu'un dont le vide abyssal pouvait se remplir de ce matériau hautement fissile sans en être affecté. Quelqu'un dont la parole avait été pour cela affectée. De façon nécessaire *et* suffisante.

Quelqu'un, c'est-à-dire cette fille venue de nulle part, c'est-à-dire son exact reflet inversé.

Elle avait parlé presque toute la nuit avec ce reflet.

Jamais, même avec les toubibs de la clinique de réhabilitation, elle n'avait été aussi loin dans la reconstitution temporelle, jamais la mémoire fragmentée de l'événement n'était parvenue à ce point de cohérence, jamais la jonction avec ce qu'elle était devenue n'était apparue aussi évidente.

Venus Vanderberg, pensa-t-elle. C'est son nom. C'est cela qui a été abîmé. Je dois savoir pourquoi. Je dois comprendre comment.

La glace du monde formait un résidu poudreux de rayonnements en voie de disparition. Les yeux saphir semblaient attendre quelque chose. Que la parole vienne sceller le secret.

Entre elles, il avait suffi d'une nuit dans le bunker. Il avait suffi d'une nuit dans Trinity-Station. Il avait suffi d'une nuit dans le Sanctuaire.

Elle comprit tout le sens de ce que lui disait son père sur le fait qu'ici les coïncidences sont impossibles parce que justement rien n'y est déterminé, et tout y est déterminant.

Entre elles deux, la distance infinie permettait une liberté absolue, ce flux tendu des vérités, ce contact immédiat. Elles étaient des inconnues l'une pour l'autre, inconnaissables au reste du monde, elles seules pouvaient se dévoiler mutuellement.

— Il est arrivé quelque chose à votre identité. Votre nom a été détruit. Il a disparu pendant un temps. Il faudrait que je comprenne comment cela vous est arrivé. Il faudrait. Que je comprenne. Comment. C'était comme une injonction médicale. Un argument technique. La curiosité pratique de la science.

Les yeux saphir ne clignèrent pas.

— Cela m'est arrivé à la maison. La maison de mon père.

Il y eut un très bref instant de suspens, comme pour laisser à quelques pixels le temps de solariser les écrans de surveillance. La petite seconde nécessaire pour détruire ou créer un monde, pour emplir ou vider une paire de poumons.

— Cela m'est arrivé pendant plus de quinze ans.

LE CORPS SANS NOM

[...] She lives in the place / In the side of our lives / Where nothing is / Ever put straight / She turns herself round / And she smiles and she says / « This is it » / « That's the end of the joke » / And loses herself / In her dreaming and sleep / And her lovers walk / Through in their coats / [...] All of her lovers / All talk of her notes / And the flowers / That they never sent / And wasn't she easy / And isn't she / Pretty in pink? / The one who insists / He was first in the line / Is the last to / Remember her name / He's walking around / In this dress / That she wore / She is gone / But the joke's the same / [...] She says / « I love you » and / « Too much » / She doesn't have anything / You want to steal / Well / Nothing you can touch / She waves / She buttons your shirt / The traffic / Is waiting outside / She hands you this coat / She gives you her clothes / These cars collide / Pretty in pink / Isn't she? / Pretty in pink / Isn't she?

Pretty in Pink, THE PSYCHEDELIC FURS

Chapitre 17

1

Venus Vanderberg n'avait pas atteint son septième anniversaire lorsqu'elle fut enlevée et séquestrée par son père. Elle avait largement dépassé 22 ans lorsqu'elle le tua pour retrouver sa liberté, notion qui lui restait pourtant totalement étrangère. Durant tout ce temps, son géniteur usa de son corps de toutes les manières possibles, et l'offrit même à d'autres, mais ne prononça pas une seule fois son nom, et interdit formellement qu'on en fît usage. Durant quinze ans, elle ne fut que Stardoll.

Il lui arrivait encore de douter qu'elle possédât une autre identité.

Le kidnapping se produisit le 30 juin 1989, vers une heure du matin, à Lovelock, une petite ville du Nord-Ouest du Nevada située sur l'Interstate 80. Le père de Venus l'attendait depuis des heures dans un placard de sa chambre. Il attendit patiemment qu'elle fût endormie, l'éveilla par quelques attouchements étudiés, l'appela par son surnom, la prit dans ses bras, l'embrassa sur la bouche, l'entoura d'une couverture prélevée sur son lit, lui montra les sacs remplis de ses jouets et de quelques affaires, puis lui promit un grand voyage. Un grand voyage vers l'amour éternel. Un grand voyage pour eux seuls.

Au rez-de-chaussée, dans le salon, la mère de Venus s'était endormie devant la télévision, sous l'influence de son somnifère. Elle ne sut jamais ce qui s'était passé.

Venus et son père sortirent par la fenêtre de la chambre qui donnait sur le toit du garage.

Puis elle disparut pendant quinze ans, un mois, et un jour.

2

Cette nuit-là, alors que la vieille Mercury roulait sur la 95, vers le Sud de l'État, la radio capta une chanson d'un groupe de filles dont elle retint le nom, Bananarama, cela évoquait des confiseries, des jouets, des dessins animés, des crèmes glacées. Elle se souvint quelque temps du refrain dans lequel figurait son prénom, « Venus », sur le moment elle se mit à rire. Son père ne la regarda pas, d'un geste très calme, machinal, et dans un silence glacial, il tourna le bouton des fréquences FM jusqu'à une station qui diffusait du hard rock.

Lorsqu'elle s'éveilla, au matin de ce premier jour de fuite, la radio était éteinte.

Elle n'en entendrait plus le son durant quinze ans.

Le soleil frappait le Grand Bassin, la route était un trait météorique tombé sur la terre, la voiture roulait seule dans le désert, Venus Vanderberg se sentait libre, elle se sentait aimée, elle se sentait protégée.

Elle ignorait à quel point c'était vrai.

À quel point la vérité aurait raison d'elle.

3

La maison formait la vaste dépendance d'une station-service Arco/BP plantée à environ huit kilomètres à l'ouest de Boulder City, un peu avant l'embranchement de l'US 93 Sud avec l'Interstate 515.

Située à environ cinquante kilomètres au sud-est de Las Vegas, quasiment à équidistance des frontières de l'Utah, de l'Arizona et de la Californie, c'était une *midtown* typique de ce coin des États-Unis : personnel militaire ou employés des casinos de Vegas, saisonniers accrochés au rythme des roulettes, des *rolling dice* et des cartes à jouer, flics ou fonctionnaires de l'État à la retraite, vendeurs de voitures, femmes au foyer, businesswomen de centres commerciaux, propriétaires de motels, caissiers de super-marchés ou de fast-foods, techniciens de l'aérospatiale, guides touristiques spécialisés Area 51, ouvriers migrants mexicains, quelques mormons ayant quitté Salt Lake City, des Indiens utes tenant des boutiques d'artisanat.

La station appartenait à son cousin Randy McCormick qui la tenait de son propre père, l'oncle Stan, qui avait conservé quelques parts dans l'entreprise et venait de temps à autre depuis Vegas, où il résidait depuis des années.

C'était le genre d'informations qu'elle avait enten-dues de la bouche de sa mère sans en comprendre les détails, assez cependant pour identifier les lieux et réa-liser qu'elle était arrivée.

Que c'était là qu'elle allait vivre, désormais.

Avec son père.

4

Celui-ci travaillait comme pompiste et mécanicien à la station-service, sous contrôle de son agent de probation, auquel il devait rendre visite une fois par mois à Las Vegas. Il louait cette maison à son oncle par alliance, Stanley McCormick, et à son fils, le cousin Randy, qui avait dû la quitter lorsqu'on l'avait envoyé en prison, faute de pouvoir en assumer le loyer seul.

Il n'avait pas le droit de quitter l'État et un *restrai-ning order* le maintenait hors d'un rayon de cinquante miles du domicile familial.

Elle s'appelait encore Venus Vanderberg à cette épo-que. Son père n'avait pas encore procédé à l'ablation de son identité.

Il n'avait pas encore refermé la liberté sur elle.

Il n'avait pas encore entièrement déterminé la vie de sa fille.

Ni sa propre mort.

Dès la première heure, il lui montra l'appartement qu'il lui avait réservé, sur pratiquement toute l'étendue du sous-sol, mais un niveau au-dessous.

Dès la première nuit, il lui expliqua qu'on l'avait envoyé en prison parce qu'il l'aimait trop, et qu'ils ne voulaient pas qu'un père aime sa fille à ce point.

Dès le premier matin, il procéda à des attouchements, il l'appela par son surnom, et lui expliqua pourquoi elle devrait vivre cachée.

Il ne fallait pas qu'ils la retrouvent. Il ne fallait pas qu'ils le jettent en prison à nouveau. Il ne fallait pas qu'ils les séparent.

Elle avait acquiescé. Elle comprenait.

Ils ne la retrouveraient pas.

— La maison est une grande cachette, lui avait dit son père. Et ta cachette se trouve dessous. Il nous a fallu près de six mois pour la construire.

Ils ne me retrouveront pas, s'était-elle dit, alors que son père se glissait à ses côtés, dans le futon queen size aux couleurs pastel.

— C'est ta mère qui m'a fait jeter en prison comme un chien des rues, tu sais, elle ne voulait pas, elle non plus, que je t'aime comme je t'aime.

Elle s'en était toujours doutée. Elle aimait sa mère, mais elle avait toujours su que rien ne serait jamais comparable à la relation nouée avec son père. Son père qui lui donnait tant d'amour. Son père qui la protégeait des hommes du dehors. Son père qui l'appelait Stardoll.

5

L'appartement du sous-sol était spacieux, avec une hauteur de plafond de quatre mètres environ, pourvu d'un système d'éclairage aux sources lumineuses variées. Bien que souterrain, il ne provoquait aucune sensation d'enfermement, pas de claustrophobie, ni d'asphyxie réflexe, il aurait pu disposer de fenêtres grandes ouvertes sur le monde extérieur. Il était composé de trois pièces en enfilade : sa chambre, vaste cube rutilant surplombé d'un miroir vissé au milieu du plafond, donnait directement sur le salon, décoré de plusieurs variations de jaune et d'orange, dont le divan style années 1960, puis, au bout d'un petit corridor de couleur corail qui distribuait de part et d'autre un cabinet de toilette et une pièce vide à l'exception d'ustensiles de cuisine et de ménage empilés sur des étagères, on trouvait une luxueuse salle de bains, recouverte de carreaux roses et gris perle, avec baignoire jacuzzi, douche, coiffeuse.

C'était bien plus grand que la chambre de chez sa mère, c'était bien plus beau, c'était à elle.

Il n'y avait pas de cuisine sinon un bar à l'américaine à l'autre extrémité du salon, avec un mini-réfrigérateur, un petit four à micro-ondes, un peu de vaisselle dans un placard mural. Une télévision haut de gamme était placée en face du divan jaune canari, elle constata immédiatement qu'elle était enclavée dans le mur, derrière une épaisse paroi de ce qu'elle prit d'abord pour du verre. Une télécommande était posée sur un guéridon imitation 1900.

Le deuxième soir, son père fit son apparition par un système de double porte situé dans le débarras, au milieu du corridor.

Pour sortir de la pièce, il fallait d'abord avoir communiqué avec un des deux interphones puis attendre qu'un signal débloque les portes semblables à celles d'un coffre-fort. Le premier système, sur le mur de gauche à côté de son lit, servait pour les communications usuelles, le second, situé sur le mur d'en face, comportait un poussoir rouge vif signal d'alarme.

— En cas d'urgence seulement, Stardoll, lui avait dit son père.

Elle avait acquiescé, en silence.

Le miroir du plafond reflétait leurs deux corps dénudés dans une douce pénombre aux teintes bronze.

6

Le lendemain matin, elle s'éveilla seule. Son père n'était plus là mais sa présence restait comme suspendue auprès d'elle, le contact de ses mains sur son corps, jusqu'à ses parties les plus intimes, restait imprimé en elle, sans violence, mais accompagnée d'une impression d'étrangeté, de vie hors du temps et de l'espace, d'existence parallèle, ou plutôt oblique, une diagonale frémissante qui zigzaguait en plein milieu de l'univers. Elle parcourut l'appartement avec minutie, passant et repassant d'une pièce à l'autre comme pour y fixer des repères, observant la place, la nature, la teinte, la substance de chaque objet.

Une angoisse sourde, aux origines inconnues, troublait les premières heures de cette matinée. Elle avait déjà connu une sensation analogue. C'était peu de temps avant que sa mère ne surprenne son père dans son lit et qu'elle l'envoie en prison. L'aube pointait, son père s'était éclipsé de sa chambre, elle s'était réveillée, s'était souvenue de la main de son père introduisant son index dans sa vulve et de l'étrange et agréable sensation qui l'avait envahie. Ce matin-là, alors qu'il refermait la porte en silence, un sentiment qu'elle ne connaissait pas l'avait tétanisée. Une forme de peur. Un mélange acide, l'impression de ne pas faire ce qu'il fallait inextricablement mêlée à celle de devoir accepter pleinement l'amour de son père. Lorsqu'elle s'était confiée à lui, un peu plus tard, il lui avait expliqué qu'elle avait ressenti de la culpabilité, que c'était normal, à cause de tout ce que les parents idiots et l'école enfonçaient dans le crâne des enfants. Il n'y avait aucune raison de se sentir coupable parce qu'un père aimait sa fille, et réciproquement.

C'était une vérité indubitable, lui avait-il dit, sans lui expliquer le sens du mot. Elle avait compris.

Il ignorait qu'il s'agissait d'une vérité aussi indubitable que la mort.

Stardoll Venus Vanderberg allait vivre avec elle pendant quinze ans.

Lui aussi.

Chapitre 18

1

Il avait suffi de quelques jours pour que le monde extérieur lui prouve que son père avait raison, que son père la protégeait, que son père l'aimait plus que tout au monde.

Jusqu'à risquer la prison.

Il était midi.

Son père apparut dans le corridor, un mince sourire aux lèvres.

Ils allaient revenir, lui annonça-t-il succinctement. Elle avait compris.

Il le tenait du cousin Randy, un de ses amis d'enfance travaillait au bureau du shérif. Ils étaient déjà en route, avec un mandat. Ils allaient fouiller la maison, de la toiture à la cave. Il y avait une bonne épaisseur de béton entre le sous-sol visible et la cache située un niveau plus bas, pour une part creusée sous la bâtisse, pour l'autre située dans une vaste cuve souterraine désaffectée datant du premier emplacement de la station-service, dans les années 1950, une idée du cousin Randy. Il fallait néanmoins ne prendre aucun risque, éteindre la télé, la climatisation, couper les intercoms, ne pas faire de bruit, rester immobile, ne pas se servir des toilettes, ne pas faire couler d'eau, ne pas ouvrir ni fermer le frigidaire, les placards, les portes. Ne pas allumer ni éteindre les lumières, ou tout autre engin électrique. Rien.

Elle savait, elle comprenait, elle lui avait dit :

— Ne t'en fais pas, ils n'entendront rien, papa.

— Je t'aime Stardoll, lui avait-il répondu avant de remonter à l'étage.

Son regard rencontra les leds électroniques de la petite horloge digitale posée près de son lit pour ne plus les quitter un seul instant.

Une minute plus tard, quatre flics de Boulder City présentaient leur mandat de perquisition à Jason Lloyd Vanderberg qui les laissa entrer sans rien dire, elle perçut vaguement les hululements entrecroisés des sirènes, la vibration des moteurs tout proches.

Cinq minutes plus tard, les policiers entamaient la fouille systématique de la maison. Elle discerna de vagues ondes sonores qui finirent par descendre dans sa direction en devenant plus précises, des voix, des pas. Elle retint son souffle.

Dix minutes plus tard, Venus Vanderberg pouvait entendre le bruit des allées et venues juste au-dessus de sa tête. Les voix étaient devenues plus sonores, mais restaient incompréhensibles. Elle entendit des coups frappés contre des parois, des canalisations, et contre le plancher de la cave du dessus.

Quinze minutes plus tard, les sons s'évanouissaient progressivement, en s'échappant vers les étages.

Vingt minutes plus tard encore, elle n'entendait absolument plus rien.

Son père fit son apparition dans le corridor.

Il portait un boxer noir et une paire de Nike.

2

Les premières semaines passèrent, étirées dans un gaz aux douces turbulences.

Ce matin-là, elle fut réveillée comme d'habitude par l'allumage automatique des veilleuses halogènes du salon. Elle pouvait les programmer à l'aide d'une console accrochée sous l'interphone d'urgence, régler la climatisation, la ventilation, les autres systèmes d'éclairage, et quelques appareils domestiques intégrés à l'appartement souterrain.

C'était chez elle, lui avait répété son père. Elle pouvait y faire ce qu'elle voulait. Elle était libre.

Il lui avait confié avec une certaine fierté qu'ils avaient tout réalisé eux-mêmes, de la maçonnerie à l'électricité en passant par la décoration, la charpenterie, la plomberie, les circuits d'aération. Avec le cousin Randy et les conseils avisés de l'oncle Stan.

Elle attendit son père toute la journée. La veille, il lui avait expliqué qu'elle pourrait poursuivre l'école à la rentrée, il avait trouvé un arrangement avec un instituteur, il fournirait les livres du programme, et corrigerait ses devoirs. Ce serait comme aller à l'école sans devoir y aller. Ce serait bien mieux.

C'était un petit miracle, un rêve d'enfance réalisé par le sourire calme de son père. Elle pourrait étudier tout en étant protégée de ceux qui voulaient les séparer. Son père faisait tout pour la protéger. Il prenait tous les risques pour qu'elle conserve sa liberté.

3

Le cousin Randy et l'oncle Stan ne diraient jamais rien. Eux non plus ne voulaient pas qu'il retourne en prison. Ils ne souhaitaient pas voir leur famille détruite à cause du manque d'amour et de compréhension de sa mère. Si jamais il lui arrivait quelque chose, c'est sur eux qu'il faudrait compter. Ici, elle était en sécurité.

Elle s'était instinctivement blottie dans ses bras.

À cette époque, elle s'appelait toujours Venus Vanderberg.

Le monde était encore en gestation à l'intérieur de son cerveau. Elle ignorait que son géniteur avait décidé de le formater à son usage.

Elle ne verrait que ce qu'il avait décidé qu'elle voie, elle ne saurait que ce qu'il voudrait qu'elle sache, elle ne vivrait que ce qu'il avait planifié qu'elle vive, la télévision avait été programmée sur des chaînes pour enfants ou jeunes adultes, fictions, dessins animés, jeux vidéos, aucune chaîne d'information, pas de documentaires, pas de réseaux sportifs, gastronomiques ou « mode de vie », rien de réel, jamais, c'est ce que découvriraient les enquêteurs, des années plus tard.

La réalité resterait pour elle une notion très relative.

Ils ignoraient à quel point, au contraire, elle était devenue pour elle-même un absolu.

Venus Vanderberg finit par disparaître aux yeux du monde, comme à ses propres yeux.

Elle avait oublié son nom depuis longtemps déjà. Lorsqu'elle reprit contact avec l'univers réel, son corps anonyme l'absorba d'un coup, sans médiation, tel un pur phénomène physique, un phénomène qui se révéla à elle en une substance aux deux états possibles, contraires, successifs et simultanés, eau, gaz : liquide, vapeur.

Une substance qui épousait toutes les formes dans lesquelles elle pouvait être contenue. Une substance qui faisait énergie, qui faisait mouvement, une substance qui faisait moteur. Une substance qui faisait du monde un ensemble de relations causales, mécaniques, une prothèse planétaire de l'appartement souterrain. De territoire celui-ci était devenu carte. Le réel était infini, elle ne pouvait le calculer que du fond d'une cellule.

Elle ne le dirait à personne, elle-même ne fut pas mise dans le secret.

Le jour de son septième anniversaire, le 1er octobre 1989, son père descendit à l'appartement avec deux énormes bouquets de roses qu'il disposa avec soin au pied du lit, dans de hauts bocaux de verre remplis d'une eau teintée mauve pâle. Un gâteau au chocolat trônait sur la table du salon, avec sept bougies d'un rouge vif cerclées de fines rayures blanches, et Stardoll inscrit en calligraphie de sucre glace.

La télévision était calée sur une chaîne musicale, un vidéoclip de hard rock montrait des types affublés de perruques blondes et de pantalons ultra-moulants dans un décor de lumières tournoyantes et de filles en bikinis.

Il programma un jeu de lumières douces et chaudes sur la console murale, se dévêtit avec calme et s'allongea sur le lit.

Puis il lui fit signe de venir le rejoindre.

Il avait, lui aussi, des choses à lui apprendre.

Chapitre 19

1

Pamela Anderson et David Hasselhoff avaient couru sur la plage jusqu'au bateau en feu et étaient parvenus à sauver juste à temps les enfants de l'incendie. Puis la vedette avait explosé, propulsant une traînée de flammes sur toute la longueur du ponton d'amarrage, alors qu'ils se jetaient tous sur le sable devant la boule de feu orange.

L'appartement était désormais pourvu d'ampoules électriques imitant la lumière du jour, elle regardait *Baywatch* tout en exécutant avec aisance son devoir d'arithmétique, une fragrance florale était distillée dans l'air par un diffuseur électrique.

Pamela Anderson avait échangé quelques mots avec David Hasselhoff avant de prendre en charge les enfants rescapés.

Ils avaient son âge. Deux garçons, une fille. Pamela Anderson saurait prendre soin d'eux. David Hasselhoff avait longuement regardé l'océan Pacifique en silence, alors que la police s'éloignait tous gyrophares en action, emportant les méchants hommes menottes aux poings vers la prison du comté.

Son père lui avait appris à toujours faire la distinction entre le nom de l'acteur et celui du personnage. Tu ne dois pas laisser manipuler ton esprit par les scénaristes d'Hollywood. Tu dois apprendre à distinguer les vrais noms des faux. Celui qui compte, le seul vrai, ce n'est pas celui qui t'est donné par les scénaristes, c'est celui par lequel on t'appelle, tu comprends, Stardoll ?

Comme toujours, elle avait compris. Elle ne laisserait pas les fabricants de sitcoms manipuler son cerveau, elle pourrait ainsi regarder la télévision en toute sécurité, son père restait d'une vigilance de tous les instants pour que son séjour dans le sous-sol soit le plus agréable et le plus sûr possible.

Pamela Anderson et son monokini rouge, sa chevelure blonde, sa peau hâlée, ses formes accomplies, son sourire inamovible, Pamela Anderson était une vraie personne. Une vraie personne dont le métier consistait à ne pas être ce qu'elle était, et à être ce qu'elle n'était pas. David Hasselhoff se trouvait dans le même cas, comme toutes les personnes réelles qui devenaient acteurs sur la plage de Malibu, cette vaste étendue de sable dont on pouvait se demander si elle possédait un nom qui lui soit propre.

Puis son père s'était dévêtu sur le lit, elle était venue à ses côtés, sans réfléchir, aimantation réflexe, sa pensée consciente momentanément hors tension. Il lui avait encore demandé de tester la dureté de son membre. Elle avait testé. Il était devenu plus raide encore et s'était redressé. Son père n'avait pas prononcé un seul mot, sa respiration était devenue plus forte, saccadée, ses yeux se fermèrent à demi, un mince sourire barrait son visage, puis il avait lentement passé la main dans ses cheveux en lui murmurant de l'imiter.

Comme toujours, elle l'avait fait, jusqu'à ce que le membre raidi et gonflé se vide de ce bizarre fluide blanchâtre et que son père émette un petit hoquet, dans un souffle un peu rauque.

— Merci Stardoll, lui avait-il dit en posant un baiser sur sa bouche. Tu es la meilleure des petites filles.

Pamela Anderson marchait sur la plage avec les enfants rescapés, le générique de fin défilait sur le sable doré de Malibu.

2

Elle referma son cahier d'exercices, les problèmes étaient aussi faciles que d'habitude, puis elle contempla le maillot de bain rouge et les dunes dorées comme si les deux épisodes, séparés de plusieurs semaines, s'étaient concaténés en un seul flot d'images. Preuve que la télévision reproduisait parfaitement la réalité à condition de ne pas confondre l'identité des acteurs et celle des personnages.

La réalité ne connaissait d'autre coupure que le rêve, et bien souvent le monde onirique semblait en continuité avec la vie diurne. Cela signifiait qu'en se libérant du rôle et de l'identité que sa mère, la police, le juge et tous ceux qui vivaient dans cette fausse réalité désiraient qu'elle endosse, elle resterait en contact avec le monde. Le seul monde. Là où elle et son père pouvaient vivre sans qu'aucune coupure publicitaire n'interrompe leur relation.

Elle avait constaté cette fusion des fictions télévisées en un seul ruban mémoriel depuis peu, accompagnée de la sensation de plus en plus nette que seul l'appartement secret du sous-sol lui permettait de conserver un contact avec une réalité cohérente, une réalité qui faisait sens. Une réalité aussi vraie qu'un épisode de *Baywatch* où les personnages s'appelleraient par leur véritable nom, c'est-à-dire leur nom d'acteur.

L'appartement secret du sous-sol, là où la vie était un jeu plus vrai que la vie des personnages qui s'animaient à l'extérieur de la maison, l'appartement à l'abri du monde, là où elle et son père pouvaient s'aimer en toute liberté.

Un jour, elle eut 9 ans. Le lendemain, elle s'éveilla dans son futon, l'éclairage était resté en mode nocturne, avec la boule de discothèque qui émettait ses pastilles tournoyantes depuis le plafonnier du salon, et les lumières d'ambiance aux nuances orange, violettes et fauve.

Au-dessus d'elle le grand miroir carré reflétait un lit défait et humide, et une petite fille en nuisette rose pâle et chaussettes blanches.

Les souvenirs de sa journée d'anniversaire, la veille, semblaient plus réels encore que le décor désormais parfaitement connu, enregistré, paramétré, de l'appartement du sous-sol.

Cet anniversaire avait été l'occasion d'accomplir quelque chose qui était jusque-là en gestation, quoique l'acte lui-même eût été initié le jour de ses 8 ans.

Elle ignorait la cause de ce changement soudain, comme si le sommeil auprès de son père l'avait transportée directement dans un autre épisode de la réalité.

Un an plus tôt, son père était descendu à l'appartement, avec les mêmes roses rouge vif, les hauts bocaux de verre mauve pâle, un gâteau au chocolat avec son surnom calligraphié au sucre glace, un médaillon d'argent à motifs aztèques, et un des premiers modèles de console vidéo Nintendo, qu'il connecta à la télévision.

Comme l'année de son arrivée, elle souffla ses bougies, ils mangèrent le gâteau au chocolat en regardant MTV, puis son père s'installa sur le lit, se déshabilla et lui demanda de venir se coucher près de lui.

Il avait encore des tas de choses à lui apprendre.

Il la pénétra pour la première fois.

Durant l'année, le rythme des visites paternelles augmenta. Leur rythme devint plus serré. Peu de temps avant son neuvième anniversaire, ce jour où quelque chose se débloqua dans son cerveau, les rendez-vous étaient devenus quotidiens.

C'est ce qu'elle expliquerait un jour aux policiers de Las Vegas, alors qu'elle venait d'arriver au commissariat menottes aux poignets dans une voiture bicolore.

La fréquence des visites de son père ne fut pas seule à changer. Ce qu'il lui avait appris, avec sa précision méthodique, le jour de ses 8 ans, était devenu un exercice sans cesse répété, et pourtant jamais vraiment identique. Son père savait lui parler, les positions, les manipulations, il savait trouver les mots. Stardoll, lui soufflait-il avec régularité dans le creux de l'oreille.

Il lui demandait toujours de s'occuper de son membre avec sa bouche, au début et à la fin, entre les deux séquences de fellation il la pénétrait, sans violence, mais au fil des mois elle le sentit devenir plus fébrile.

Il se servait aussi de sa langue et de ses lèvres pour ouvrir sa vulve ou exciter son clitoris, cunnilingus, lui avait-il dit, il lui apprenait les mots importants.

Leur transpiration se mêlait, l'odeur musquée ne lui déplaisait pas, leur image se reflétait dans le miroir, sur l'écran de télévision, Shannen Doherty, de *Beverly Hills 90210*, avait succédé à Pamela Anderson.

Le lendemain de ses 9 ans, elle prit conscience du changement. La vieille sensation d'angoisse refit surface, menaçant l'ordre du monde, la substance même de l'appartement.

Il lui sembla soudain que la séparation durable avec sa mère comportait quelque chose d'anormal, sans qu'elle puisse en identifier la raison, ce qui accentuait d'autant son anxiété. Dans le même temps, le souvenir de sa mère s'estompait, certes elle l'aimait toujours, mais elle devenait une notion abstraite, presque technique.

Depuis qu'il plaçait son sexe dans le sien pour y effectuer ce mouvement à l'accélération presque constante, son père était plus attentionné, il lui demandait toujours : Ça va Stardoll, je ne te fais pas mal ?

Elle avait mal, parfois, mais elle répondait toujours par la négative. Puis son père plaçait son membre dans sa bouche jusqu'à ce que le liquide y jaillisse dans une série d'à-coups brusques. Il lui proposait alors un kleenex et un verre de Coca.

Cette montée d'angoisse résultait peut-être de l'apprentissage paternel ? Elle s'était toujours manifestée après que son père lui avait prodigué un enseignement sur « son corps et les centres du plaisir que la Nature nous a donnés pour que nous nous aimions ». Cela se produisait systématiquement à une date significative, anniversaire ou fêtes de fin d'année, Halloween, Noël, réveillon.

La veille, le jour de ses 9 ans, son père l'avait disposée comme il en avait pris l'habitude. En la comparant à une poupée, il l'avait tournée sur le ventre puis installée à quatre pattes avant de se planter avec précaution dans sa petite vulve, lubrifiée d'une essence végétale à l'eucalyptus.

Dans ces cas-là, quand il n'éjaculait pas dans sa bouche, il laissait venir son liquide blanc sur son dos ou ses fesses, elle était habituée.

Mais ce jour-là, il lui expliqua qu'on pouvait s'aimer d'une manière différente, une manière plus secrète, une manière réservée aux adultes expérimentés.

Si elle avait mal elle ne devait pas hésiter à le prévenir, comme toujours. Il avait calmement lubrifié son sexe en lui demandant de ne pas bouger.

Puis il avait commencé à l'enduire de baume à l'eucalyptus.

Chapitre 20

1

Dans le courant du mois suivant elle rencontra l'oncle Stan. Son père avait fait venir une fois le cousin Randy à l'appartement secret, moins de trois mois après son installation. Cela semblait faire partie d'un accord passé entre eux.

Elle avait déjà discerné plusieurs voix d'hommes juste au-dessus de sa tête et elle connaissait son existence par les anecdotes que son père ramenait de la station-service.

Ce jour-là, l'oncle Stan vint avec Randy. Son père lui fit faire rapidement le tour de l'appartement, indiquant les dernières améliorations de l'aménagement, avant de demander à Stardoll de venir se présenter.

Un sourire lumineux irradiait le visage du sexagénaire lorsqu'elle s'approcha de lui. Il se tourna vers son père pour lui dire :

— Ce sera un sacré beau brin de fille.

Son père n'avait rien répondu. Son mince sourire barrait invariablement son visage.

Il la regarda un bref instant pour lui lancer un clin d'œil complice.

L'oncle Stan lui avait tendu une poupée Barbie qu'elle avait saisie en le remerciant poliment, et en taisant le fait qu'elle n'avait jamais joué à la poupée. Pas dans la vie dont sa mémoire avait conservé la trace.

Cette année-là, « Crazy » de Seal, fut un tube planétaire. Il ne s'écoulait pas une journée sans que le titre ne passe à la télévision. Sur les chaînes musicales, MTV en tête, il était diffusé au moins une fois par heure.

Sans savoir pourquoi, elle adopta cette chanson. Elle lui rappelait quelque chose. Quelque chose d'avant. Quelque chose dont elle ne se souvenait plus. Quelque chose qu'elle ne connaissait pas. Quelque chose qui n'avait jamais existé.

Pour Noël, son père lui offrit trois cadeaux :

Une chaîne hi-fi compacte Panasonic, avec lecteur CD incorporé, lecteur de cassettes, équaliseur, mais sans syntoniseur de radio. Comme toujours, il avait compris, deviné, anticipé. Le lecteur de CD était accompagné de son tout premier disque : l'album de Seal.

Le second cadeau était une série de bijoux d'or fin, bague couronnée de micropointes de diamant, bracelet, boucles d'oreilles, et un chaînon d'argent orné d'un petit rubis en forme de cœur.

Le dernier cadeau était enveloppé d'un papier rose et rouge, avec un ruban bronze doré, et son surnom écrit à la main.

C'était une boîte.

Une boîte de couleur mauve.

Une boîte d'environ douze centimètres de long.

À l'intérieur, logé dans un écrin noir, se trouvait un petit objet oblong, un tube de couleur violette, légèrement translucide, équipé de piles dans un emplacement situé à l'arrière. Cela ressemblait à un jouet. Ce que son père confirma.

C'est un jouet pour les grandes personnes, expliqua-t-il, mais tu es largement en avance pour ton âge.

Il avait appuyé sur un bouton et le jouet s'était mis à vibrer doucement dans sa main, en émettant un léger bourdonnement.

Je vais te montrer comment ça marche. Ensuite tu pourras t'en servir toute seule.

Et nous pourrons y jouer ensemble.

Il avait lubrifié son membre déjà raide avant d'enduire avec méthode le tube violet d'une fine couche d'onguent à l'eucalyptus. Elle avait vu le corps dénudé de son père dans le miroir, son sexe luisait d'une nuance fauve, devant lui se tenait une petite fille vêtue d'une nuisette de soie rose et blanche, et dont les cheveux noirs créaient un fantôme obscur autour du visage. « Crazy » passait en boucle sur la platine laser.

Puis il avait commencé à jouer avec la petite fille.

2

Au fil des mois, les jeux gagnèrent en intensité, son père ne cessait d'inventer de nouvelles possibilités, disait-il. Des bijoux fantaisie, on passa très vite à de la joaillerie de marque, puis de luxe.

Elle ne posa jamais aucune question. Elle n'apprit que plus tard leur valeur réelle.

Un soir, son père lui dévoila une série de montres suisses, chacune placée dans un écrin frappé du sigle de la marque. Elle n'avait émis qu'une moue candide, tout juste interrogative, mais elle n'avait pu empêcher son regard d'être attiré, tel un aimant, vers les formes circulaires, le tracé délicat des aiguilles, la calligraphie stylisée des chiffres, l'éclat du métal précieux, authenticité et artificialité ne faisant plus qu'un, elle le comprenait, elle le ressentait, c'était une impression extraordinaire.

Son père lui sourit mystérieusement.

— Sais-tu comment je fais pour gagner l'argent nécessaire à tous ces achats, et je ne parle pas des prochains ?

La question ne lui était jamais venue à l'esprit, elle devait le reconnaître, tout semblait si naturel.

Elle ne répondit que par un vague signe négatif de la tête.

Les yeux de son père étaient pleins de cette lueur qu'il émettait lorsqu'il buvait, certains soirs, mais elle devina que cet éclat n'était pas provoqué par le Pur Malt écossais ou par l'Absolut. Elle devina la présence d'un jeu. Mais ce jeu dépassait largement les limites de celui que son père était déjà en train de lui décrire :

— Je joue. À Vegas. On m'en a accordé le droit, ma petite chérie. Et je sais jouer. Sans triche, sans truc. Les casinos me connaissent bien, j'ai même travaillé pour certains quand j'étais garde de sécurité. Ce n'est pas le salaire de pompiste que me verse l'oncle Stan qui aurait pu suffire. Le luxe, le haut de gamme, il faut juste aller le chercher là où il se trouve. Là où se trouve l'argent. Mais le vrai, le gros, celui qui brûle sur les tables.

Elle avait compris la métaphore.

Un train d'images bariolées et clinquantes défila en elle, film cérébral en provenance d'un tube cathodique de sa mémoire saturée de télévision. Son père y campait au milieu d'un vaste cirque de machines à sous, devant une immense roulette maintenue à la verticale, telle une rosace bicolore. Tuxedo noir, chemise blanche, cravate orange vif, il marchait maintenant entre de vastes tables de cristal où des milliers de cartes et de billets de banque s'amoncelaient sous une lumière violemment électrique.

— Je calcule tout, tu le sais, je ne prends jamais aucun risque. Disons aucun risque non calculé, justement. Donc je gagne. Je gagne presque aussi souvent que les casinos. Et donc, je gagne beaucoup, mais ce sera pour nous deux, exclusivement. Pour toi, je veux dire.

Stardoll eut de la peine à sortir du carrousel d'images qui tournoyaient dans sa tête. Mais ce fut comme si tout un monde lointain et inconnu s'était découvert, grâce à son père, si proche, toujours plus proche d'elle.

Son père calculait tout. Il pouvait gagner face aux casinos de Las Vegas. Il pouvait gagner face à n'importe qui, ou quoi. Il était le Maître du Jeu, de tous les jeux.

Elle était protégée, gardée, aimée.

Rien ne pourrait jamais lui arriver.

3

Aux anniversaires, à Halloween, aux fêtes de Noël et du réveillon, s'ajoutèrent de multiples occasions de lui offrir des cadeaux et des nuits d'expériences, l'Independance Day, le 8 mai, le Martin Luther King Day, la Journée de la femme, objet d'un soin particulier. Il n'existait pas de sainte Stardoll, et il n'avait pas prononcé depuis trois ans le mot « Venus » qui pouvait à la rigueur trouver quelques équivalents chrétiens, son père opta pour un tirage au sort annuel sur un calendrier catholique d'origine mexicaine.

Le 4 juillet 1993 fut une de ces dates importantes, à l'occasion desquelles de nouvelles expériences furent tentées.

Son père ouvrit une boîte spéciale, parmi les cadeaux qui s'entassaient, une boîte sans papier de décoration, sinon un sac de plastique imprimé d'un nom qu'elle ne connaissait pas. Une boîte de carton avec des inscriptions en japonais. Il en retira un caméscope, elle en avait vu dans un épisode de *X-Files*. À ses pieds, enroulée dans une épaisse feuille de plastique transparent, elle avait aperçu une structure longitudinale qu'il avait dépliée, ouvrant trois pieds réglables en hauteur et en écartement, avec un disque de métal à son sommet, où il accrocha la caméra.

Nous devons conserver les souvenirs de notre amour, avait-il dit. Ce sera pour nous seuls.

Plus tard, alors qu'il avait lancé l'enregistrement après quelques réglages, il l'avait directement installée en levrette le visage face à l'objectif, et tandis qu'il se badigeonnait soigneusement le sexe, il lui avait dit : Tu seras un peu comme une star. Stardoll, ce nom était fait pour toi. Tu es la plus belle petite fille du monde.

Une pensée traversa son esprit, fulgurance d'un feu aussi noir que la nuit, désormais elle aussi vivrait comme Pamela Anderson, Shannen Doherty, David Duchovny et Gillian Anderson, elle serait une actrice qui vivrait dans le monde des personnages, elle y serait ce qu'elle n'était pas, elle porterait son véritable nom dans la vraie vie, cette vie où le miroir fixé au plafond reflétait l'image d'un père qui aimait sa fille à la folie.

Chapitre 21

1

Le soir de son onzième anniversaire, alors que son père venait de se retirer avec un râle rauque, Stardoll s'était demandé qui croire.

David Duchovny, avec sa sœur disparue, étaient-ils face à une invasion extraterrestre ? Ou bien s'agissait-il d'une conspiration dans laquelle l'homme-à-la-cigarette – quel était son véritable nom déjà ? – jouait un rôle central ? Se pouvait-il que les deux complots fussent entremêlés ?

Dans le même temps, que faire contre cet humain transformé en saurien par manipulation génétique ?

Pour la première fois, son père utilisa un condom, ces pastilles de couleur rose qui se déroulaient comme des chaussettes autour de son sexe. C'était lubrifié à l'avance, cela protégeait de plein de choses, des maladies, des accidents.

Elle ne voulait pas risquer de tomber enceinte et de devoir élever un enfant tout en poursuivant ses études, ou bien être obligée de les abandonner, ou d'abandonner l'enfant ou sinon d'avorter ? Bientôt, il lui procurerait une pilule contraceptive, d'ici là, il fallait commencer à prendre les précautions d'usage.

Il fallait commencer à prendre les bonnes habitudes.

Il n'ôtait le vinyle protecteur qu'au tout dernier moment, lorsqu'il venait sur elle, sinon elle sentait les contractions et le flot pulsé sous cette peau artificielle.

Son père l'avait toujours informée des possibilités de son corps, elle savait depuis longtemps comment se faisaient les bébés, et comment s'en débarrasser : ils viennent par les organes que la Nature nous a donnés pour nous aimer, mais ils ne sont que la conséquence de cet amour, souvent ils ne sont même pas désirés, alors on les enlève du corps de la mère, tu comprends, Stardoll ?

Elle avait compris, comme d'habitude.

Thanksgiving tombait deux jours après son anniversaire. Ce soir-là, alors qu'il décapsulait le premier préservatif, il avait ajouté : Pour l'instant tu n'es pas en âge, mais ces choses-là arrivent sans prévenir, nous devons être prudents.

Stardoll était rassurée. Son père pensait à tout, non seulement il lui offrait cette liberté étrange qu'elle devinait rarissime, mais il inventait ses propres lois pour y parvenir, et surtout, il ne laissait aucun détail perturber la vie qu'ils s'étaient inventée.

L'œil concave et luisant du caméscope était surplombé de sa petite diode verte.

David Duchovny était peut-être un extraterrestre, lui aussi.

2

Durant l'été précédent, Stardoll avait vécu une autre expérience cruciale, mais celle-ci ne concernait pas sa relation avec son père. Elle concernait la maison.

La maison sous laquelle elle vivait depuis quatre ans.

Au début du mois d'août, son père était descendu la voir avec un plan griffonné de sa main.

Il lui avait montré les modifications que lui et le cousin Randy allaient apporter à l'appartement. Ce serait rapide, avait-il dit, un peu de déco, avec la pose de nouveaux carreaux roses et noirs dans la salle de bains et des posters de paysages naturels dans le salon, amélioration de la circuiterie électrique, de l'isolation phonique et thermique, réfection d'une partie du salon et de la pièce conduisant à l'accès secret, et enfin le remplacement de l'électroménager et du mobilier de toilette. Elle avait grandi, c'était l'âge des transformations, on devait adapter son lieu de vie.

Ce fut la seule fois où elle demanda clairement à son père quand elle pourrait sortir, et si elle reverrait un jour sa mère.

— Ta mère t'a quasiment abandonnée, Stardoll, elle ne saurait plus s'occuper de toi, si elle l'a su un jour, elle ne t'aime pas comme je t'aime, elle ne comprend rien aux vraies choses de la vie, et je ne peux pas encore te faire sortir au grand jour. Ils nous surveillent sans arrêt, ils ont des espions, tu sais, qui viennent régulièrement à la pompe, ils observent, ils écoutent, s'ils te reprenaient je ne pourrais plus rien faire.

Elle monta donc avec lui à l'étage supérieur, c'est-à-dire dans la cave.

Pour la première fois, elle emprunta dans le sens ascendant l'escalier secret, caché dans le double mur de l'ancien réservoir, et qui s'ouvrait sur un *locker* abandonné du sous-sol entièrement reconfiguré par son père et le cousin Randy, elle se souvenait à peine du jour où elle l'avait pris pour descendre jusqu'à sa cachette.

La cave était un vaste espace rectangulaire, repeint d'un bleu-vert écaillé, éclairé par des rampes de néon fixées au plafond, avec une solide double-porte en arche qui donnait sur une volée de marches conduisant aux étages.

Le plancher était en béton brut recouvert par endroits de vastes carrés de polymère collés à la glu industrielle.

Elle vit des palettes et des tas de briques et de parpaings bien rangés aux quatre coins de la pièce, des sacs de ciment, des instruments de travail, pelles, pioches, marteaux, truelles, perceuses, scies circulaires, tournevis, des pinces, des tenailles, des fers à souder, du câble, du vitrage, des prises électriques, des tuyaux, des tubes de métal, des carreaux de faïence, des plaques de gyprock, des planchettes de bois franc, des cadres de porte, des pots de peinture, des rouleaux de matières plastique, des sacs-poubelle, disposés sur des tréteaux alignés le long des murs. Une odeur de poussière et d'ozone s'immisçait un peu partout.

Les travaux commenceraient demain, ils dureraient une quinzaine de jours, peut-être un peu plus. Elle dormirait dans ce petit réduit aménagé près du *locker*.

Une tente canadienne, tout simplement.

C'était pratique, compact, rapide à installer, et à démonter, c'était confortable, il avait choisi du matériel haut de gamme, surtout pour la literie.

Ce serait comme du camping à la maison.

Non, elle ne pourrait pas s'aventurer à l'extérieur, mais il lui ferait visiter de l'intérieur. Oui, chaque pièce, jusqu'au grenier. Elle pourrait regarder discrètement le monde du dehors par les fenêtres. Il faudrait rester extrêmement prudent, ils étaient probablement cachés aux alentours avec des jumelles d'observation de pointe.

Un sourire lumineux avait pris possession de son visage, Stardoll avait senti comme une vague de chaleur en provenance de sa bouche qui allait irradier l'intégralité de son corps, et en particulier son sexe, pointe incandescente qui semblait accumuler toute l'énergie émise.

— Viens avec moi, lui avait dit son père.

Jason Vanderberg ne savait pas qu'il venait d'orchestrer sa propre mort.

Il ne savait pas qu'il venait d'armer la main de sa fille, avec près de douze ans d'avance.

Chapitre 22

1

Les expériences s'enchaînaient. Les bijoux de luxe aussi. À Halloween, après avoir déballé une bague de chez Tiffany's, sertie d'authentiques diamants, son père lui proposa un nouveau jeu. Avec lui, la vie était un jeu. Et chaque jouet rendait la vie plus belle, plus vraie, plus proche de l'existence de ceux qui ne sont pas des personnages de fiction, mais des acteurs réels.

Stardoll contempla son père en uniforme, fascinée par ce qu'il dégageait. Force, discipline, droiture, mystère, martialité.

Quelque chose qui évoquait une absolue maîtrise de soi.

Il avait longtemps été agent de sécurité à Las Vegas avant de déménager avec la mère de Stardoll dans le Nord de l'État puis de se faire arrêter.

— J'ai conservé un souvenir, dit-il.

L'uniforme était composé d'une paire de pantalons anthracite, d'un blouson avec des écussons orange et blancs sur les épaules et la poitrine, d'une chemise gris perle, et d'une cravate noire barrée d'un trait rouge feu et argent.

Il tenait dans ses mains une boîte enveloppée dans du papier de soie.

Lorsqu'elle l'ouvrit, Stardoll lança un regard reconnaissant à son père. Il s'agissait d'un uniforme scolaire pourvu d'armoiries officielles. Une jupe écossaise sur tartan indigo, un blazer bleu marine avec écusson, une chemise blanche, des chaussures noires à petits talons biseautés, des chaussettes noires montantes. Et un extra : un collier de perles, couleur nacre lunaire, parfaitement assorti à l'uniforme.

Elle aussi pourrait se déguiser. Elle aussi pourrait prendre l'apparence de la réalité. Elle aussi pourrait participer au jeu. Elle aussi était une actrice dont seul le nom secret revêtait une importance.

Stardoll regarda son père s'approcher, l'éclairage du salon créait une mince ligne lumineuse autour de sa silhouette, il ressemblait à un de ces personnages de fiction dont elle suivait les aventures à la télévision, un policier, un gardien de la loi, un justicier. Mais elle, elle connaissait son vrai nom d'acteur.

— Tu aimes mon uniforme ?

La petite fille suspendue au plafond de cristal apprit à la perfection les leçons données par son père.

Elle apprenait très vite.

2

Ce fut à cette occasion, lors du réveil sous le miroir, avec le corps de son père à demi dévêtu de son uniforme à ses côtés, qu'une décision s'imposa dans son esprit.

Son père fut surpris.

— Tu es sûre ? lui avait-il demandé.

— Oui, avait-elle répondu. Il m'en faut un. Son père lui refusait très peu de choses, et il était intelligent, il comprendrait que la vie cloîtrée dans l'appartement, en dépit de sa taille spacieuse, produisait un manque très spécifique.

— D'accord, avait-il fini par concéder, je comprends que tu aies besoin d'exercice, j'irai t'en acheter un demain.

Le lendemain après-midi, avant de reprendre son poste à la station-service, il lui avait apporté l'objet et l'avait extirpé de sa boîte avant d'en effectuer le montage de ses mains expertes.

Il avait aussitôt installé le tapis de course au milieu du salon, face à l'écran de télévision, et lui en avait montré le fonctionnement.

Il ignorait qu'il rassemblait un à un les éléments qui allaient faire masse critique.

Le même jour, elle lui signala qu'elle avait pris de l'avance sur son programme scolaire, qu'elle aimerait disposer des livres de l'année suivante, surtout en sciences et en géographie, l'instituteur pourrait-il se les procurer ? Son père était en train de revêtir son bleu de pompiste après avoir soigneusement plié son uniforme d'agent de sécurité dans une petite valise portant le logo de la compagnie pour laquelle il avait travaillé. En plus des livres inscrits au programme, Stardoll lui avait déjà demandé d'acheter des ouvrages complémentaires. Des dictionnaires, des grammaires, des manuels de physique et de chimie, mais aussi des livres de fiction, novélisations des feuilletons qu'elle suivait à la télévision. C'était la première fois qu'elle exprimait le désir de « sauter une classe ».

— Aucun problème, Stardoll, je l'appellerai ce soir, ce sera fait dans la semaine.

C'était aussi simple que ça. Son père trouvait la solution à chaque problème.

En fait, tout était résolu d'avance, il n'y avait jamais de problème.

3

Il n'y eut pas non plus de problème avec les livres de fiction dont la demande augmentait régulièrement, suivant le flux des séries télévisées, puis s'en détachant peu à peu. Au fil des semaines, des mois, des années, elle fit, par l'intermédiaire de son père, l'acquisition d'un grand nombre de pulps de science-fiction.

Après avoir vu *Blade Runner*, de Ridley Scott, elle s'était intéressée à un documentaire sur l'auteur du livre.

Le nom de Philip K. Dick rejoignit une liste, puis la liste fut glissée dans la main de son père, qui la tendit au vendeur d'une petite bouquinerie d'occasions spécialisée de Las Vegas.

Le soir même, il apparut avec un grand paquet blanc enrubanné de rouge.

Elle devina qu'une chose spéciale l'y attendait.

Dans la boîte de carton métallisé elle trouva plusieurs ouvrages de l'auteur de *Blade Runner*, *The 3 Stigmatas of Palmer Eldritch*, *Ubik*, *The Master of the High Castle* et un recueil de nouvelles édité dans les années 1950.

Celui-là ne semblait pas provenir de la même librairie.

Une antiquité ?

C'était un numéro de *The Magazine of Fantasy & Science Fiction* dans lequel figurait une des toutes premières nouvelles de l'auteur : *The Father Thing*.

Son père ouvrit un large sourire énigmatique.

— Et tu ne croiras pas ce que je vais te dire, toi qui as choisi le français comme langue seconde.

Il commença à se déshabiller lentement, après avoir extirpé d'une de ses poches un opuscule sombre.

— Oui, susurra-t-il en ôtant son tee-shirt, j'ai aussi la version française. La boutique n'en avait qu'un seul et unique exemplaire.

Cela signifiait : il valait son prix. Mais rien n'est trop cher pour toi.

Elle s'était saisie de l'ouvrage avec ravissement, Philip K. Dick allait devenir son auteur favori. Elle savait comment récompenser son bienfaiteur.

Le Père truqué, était-il écrit sur la couverture.

Rien dans ses relations avec son père ne semblait connaître ni début ni fin. Jamais de rupture, les changements eux-mêmes formaient une continuité.

L'intégralité de l'appartement devait refléter leur amour, avait dit son père le soir de Noël. C'était leur lieu de vie, c'était là où la vie avait lieu.

En quelques jours, elle s'était retrouvée dans toutes les positions, dans la baignoire à jacuzzi nouvellement installée, sur la table du salon, le divan, le bar de la cuisine, à même le sol.

Les expériences s'enchaînaient. Les bijoux offerts aussi. En elle, les transformations se succédaient. Un soir, après l'avoir pénétrée, son père s'était mis à jouer avec les pointes de ses tétons. Une onde de douceur prit possession de son corps. Les doigts de son père frôlaient et pinçaient, tordaient et caressaient, c'était comme les boutons d'une machine qu'il manipulait, elle se demanda pourquoi elle réagissait comme une simple poupée.

Son père la connaissait mieux que quiconque, son père savait tout d'elle, de son corps, de ses désirs. Son père était là, avec tout son amour pour la protéger.

La caméra vidéo ne changeait plus de place, statue-machine devenue extension de l'appartement, ses diodes passant du rouge au vert, et inversement, enregistrait la progression des expériences. C'était une sorte d'être vivant, de *terminator* pacifique, un androïde de compagnie.

Au printemps, en dehors de ses diverses lectures, Stardoll passait la plupart de son temps libre sur le tapis de course, à regarder la télévision.

Un jour d'expérience – la fête d'une sainte cochée à l'avance sur le calendrier mexicain par son père –, juste après qu'il lui ait retiré la cagoule de latex et la petite boule de mousse fixée dans sa bouche par une lanière de cuir, elle lui avait fait une requête supplémentaire. Ce fut une des rares fois où il refusa sa demande.

Mais il lui proposa un deal.

— Ces chaînes d'information manipulent les cerveaux des téléspectateurs, elles font partie d'une conspiration mondiale, comme dans *X-Files*, tu n'y apprendrais rien, sinon des mensonges. Mais si tu veux, je peux commander des chaînes spécialisées en sciences et en géographie… Discovery Channel, National Geographic, The Learning Channel, des choses comme ça, d'accord ?

Les chaînes d'information, comme CNN, c'était par ses séries de fiction qu'elle en avait entendu parler, il lui était arrivé de les apercevoir dans un écran de télévision que regardaient les personnages dont elle connaissait les véritables identités d'acteur. Des lucarnes dans la lucarne.

Mais des chaînes spécialisées en sciences, en géographie ?

Elle émit un lumineux sourire de gratitude, son père la prit dans ses bras et la dirigea vers le lit.

La masse critique s'accumulait.

Chapitre 23

1

Un matin, alors qu'elle sortait de la douche après une heure passée sur le tapis de course, elle tomba sur son reflet dans la glace murale ; elle observa son corps dénudé, forme blanche qui structurait tout le reste, c'est-à-dire l'espace clos de l'appartement. Ses seins commençaient à pousser. Et ils poussaient vite. C'était un changement de phase brutal, en l'espace de six ou huit semaines, ils avaient pris forme. Depuis, leur forme occupait chaque jour plus d'espace. Une mystérieuse explosion venue des profondeurs de ce corps pâle couronné de cheveux couleur nuit noire, et qui vivait le plus souvent dans un miroir fixé au-dessus de son lit.

Son père ne tarda pas à s'en rendre compte lui aussi.

Le soir même, alors qu'il enfilait son préservatif, elle avait perçu en lui une déviance interne, une diagonale, une ligne oblique, une ombre, quelque chose d'indistinct, une sorte de nébuleuse en gestation, il y avait comme une trace de nostalgie dans son sourire un peu éteint.

— Tu seras bientôt une grande fille. Nous avons bien fait de prendre nos précautions. Cela arrivera sans prévenir, mais tu devras être prête.

Il avait ouvert une série de boîtes rembourrées de papier crêpe et en avait extrait deux soutiens-gorge taille 36AA en dentelle rose et noire assortis à des culottes, une paire de bottines grises et noires à lacets argent, munies de talons aiguilles coupés court, et des bas montants incarnats à motifs géométriques transparents. Une paire de boucles d'oreilles Gucci trônait dans un écrin.

Il avait ajouté plusieurs paquets de serviettes hygiéniques.

Un vibromasseur de modèle récent, plus volumineux et en forme de phallus, attendait dans un boîtier.

De nouveaux accessoires firent leur apparition : son père proposa de lui bander les yeux avec foulards, cravates, lanières de cuir, bandeaux, serre-têtes, lunettes noires, dont une paire de Ray-Ban mercurisées sur laquelle elle arrêta son choix.

La cagoule de cuir était prête à l'emploi.

La diode du caméscope émettait sa luminescence verte.

La petite fille souriait dans la surface réfléchissante du plafond.

2

Le temps était devenu une sorte d'absolu. Ses journées étaient réglées comme le programme d'une machine-outil. Désormais, en place des bijoux de fantaisie, de marque, de luxe, elle demandait à son père des montres. Les cadrans digitaux ou à aiguilles étincelaient à ses poignets et à ses avant-bras comme des bracelets rituels, gravés de symboles et de noms. Des noms qu'elle portait. Des noms qui indiquaient un sens, des noms qui fixaient une identité à son corps.

Tag Heuer / Rolex / Breitling / Raymond Weil / Citizen / Omega / Italo Fontana / Dolce & Gabbana / Bell & Ross /

Les livres de science-fiction et les ouvrages scientifiques spécialisés s'étaient entassés au point que son père avait dû improviser une bibliothèque dans la pièce qui servait de débarras et de plate-forme d'accès.

Sa collection de romans s'était enrichie. Nombreux étaient les livres qu'elle avait lus plusieurs fois, rarissimes ceux qu'elle n'avait pas encore ouverts. Les grands classiques des années 1950 et 1960, en livres de poche, des pulps d'avant ou d'après-guerre avaient d'abord constitué le cœur de la bibliothèque, puis, peu à peu, de nouveaux auteurs, plus modernes, moins étranges, plus proches de la réalité, plus proches de la télévision, firent leur apparition.

Elle avait été fascinée par *High Rise* de J. G. Ballard, dans lequel une tour d'habitation géante se transformait en une zone de guerre terriblement humaine, un monde re-civilisé par l'explosion de la plus totale sauvagerie.

Son développement hormonal était synchronisé avec celui de ses facultés intellectuelles, et physiques. Tapis de course, désormais accompagné d'un vélo d'appartement, lectures, exercices de physique-chimie, d'histoire et de géographie, les émissions et les livres de science-fiction, les visites-expériences de son père, leur amour secret, l'appartement était devenu, quant à lui, absolument relatif. Non seulement le monde entier était sa prothèse, mais il pouvait s'y déplacer comme sur les cases d'un jeu. Elle pouvait être au Pérou, et la minute suivante dans la taïga sibérienne. Ce qui importait, c'était l'heure à laquelle le phénomène se produisait, ce qui importait c'était l'ordre dans lequel ces phénomènes apparaissaient, ce qui importait c'était de contrôler le flux invisible du temps.

Ses demandes prenaient un tour inattendu. Il était habitué à la liste des disques pop qu'elle lui préparait avant Noël, même les ouvrages scientifiques de plus en plus spécialisés ne le surprenaient pas. Mais des fragments de météores ? Des plantes tropicales ? Des collections de roches volcaniques ? Un microscope ? De la terre rapportée d'Area-51 ?

Il avait satisfait toutes ses exigences, avait acheté des minéraux venus de la zone interdite dans une boutique de l'Extra-Terrestrial Highway. Chaque fois, une nouvelle expérience lui était transmise. Elle commença néanmoins à percevoir d'infimes changements dans le comportement paternel. Une distance s'établissait progressivement, à peine sensible.

Les visites se faisaient un peu moins fréquentes, moins régulières, moins intenses.

Stardoll se demanda si un jour l'enseignement de son père prendrait fin.

La petite fille dans le plafond lui fit savoir que c'était impossible.

3

Une nuit, peu de temps avant son douzième anniversaire, elle s'éveilla brusquement.

Elle avait chaud. Soif. Faim. Elle se sentait légèrement nauséeuse. Elle se leva, se dirigea vers le réfrigérateur où elle se saisit d'une bouteille de yogourt liquide aux fruits tropicaux. Puis elle grignota un reste de spaghettis bolognaise.

Lorsque cela se produisit, le compteur du vélo d'appartement indiquait 59 minutes de course ininterrompue, à 18 miles horaires de moyenne. Il était 1 heure, passée de 52 minutes et de 13 secondes à toutes les montres.

Elle savait quoi faire. Son père lui avait tout expliqué. Il n'y aurait aucun problème.

Son corps n'avait plus de secret pour elle.

Sur les étagères, les collections de roches volcaniques, les fragments minéraux du Meteor Crater d'Arizona, la terre d'Area-51, les quelques espèces de cactus du Grand Bassin, les chardons des hauteurs du Grand Canyon, le petit caoutchouc des bayous de Louisiane, les vivaces des Rocheuses, le sel des lacs de l'Utah, les livres de sciences, les livres de fiction, sur les murs, les affiches des paysages tropicaux, insulaires, désertiques, tout est là, le monde entier est blotti dans l'appartement du sous-sol, le monde entier est un catalogue d'objets naturels, le monde entier est une carte que seul son corps peut lire.

Comme à cette minute où elle observe, paralysée de fascination, le sang menstruel s'écouler le long de ses cuisses, annonçant rouge vermeil liquide le passage d'une étape cruciale.

Elle en connaît les conséquences, elle en connaît les origines, elle en connaît les mécanismes.

Son corps n'a plus de secret pour elle.

Ce corps qui s'éveille, ce corps qui s'endort, ce corps qui mange, ce corps qui boit, ce corps qui baise, ce corps qui apprend, ce corps qui court, ce corps qui court sans changer de place, ce corps mobile/statique, ce corps de chair raccordé aux machines d'exercices, ce corps de verre suspendu au ciel du plafond, ce corps qui saigne, ce corps qui devient ce qu'il est, ce corps à la fois centre et horizon de son univers.

Elle est ce corps, elle n'est plus que ce corps.

Ce corps qui commence à oublier son nom.

Tous ses noms.

4

Sa requête s'inscrivait dans la causalité d'événements que l'appartement du sous-sol avait déterminés. Son père fut surpris, un peu amusé, tout en prenant la chose au sérieux, il ne s'agissait pas de caprices. Il avait compris que chaque objet, chaque dispositif de la maison revêtait pour elle une importance cruciale, il finissait toujours par comprendre ce qui était important.

Il finissait toujours par la satisfaire.

Ce n'était pas vraiment d'un karaoké qu'elle avait besoin. Elle se fichait des sous-titres, elle connaissait les paroles par cœur, elle n'avait pas besoin de toutes ces chansons stockées sur ordinateur, ni de ces vidéos, elle désirait simplement chanter en accompagnant les disques qu'elle aimait.

Elle savait que c'était techniquement possible, elle l'avait vu sur une chaîne de bricolage techno. Son père lui avait dit :

— C'est tout à fait réalisable, ma chérie. Ce sera donc réalisé.

Et ce le fut en moins d'une semaine.

Un micro directionnel de bonne qualité relié à un boîtier muni de commandes élémentaires, un câble branché aux entrées auxiliaires de la platine. Le volume de la chaîne est général, sur le boîtier la petite mollette noire te servira à contrôler le volume de ta voix. Il y a des attaches et une tige télescopique pour fixer le micro au guidon du vélo, comme tu l'as demandé. J'ai aussi acheté ce disque, dont tu m'avais parlé, Depeche Mode, je ne connaissais pas…

Elle avait pensé machinalement que son père méritait d'être remercié.

5

Le sous-marin avait surgi des glaces polaires et David Duchovny avait tout fait pour éviter la submersion. Il s'était retrouvé in extremis sur un morceau de banquise où il avait perdu connaissance. Il ne faisait aucun doute qu'il contrarierait les plans de quelqu'un, et qu'il approchait de la vérité, la petite fille dans le plafond de verre était formelle.

— Cambre-toi un peu plus, Stardoll, avait dit son père en lubrifiant un nouveau vibromasseur, moins réaliste, long tube couleur obsidienne dont il allait tester les performances anales.

La petite fille de l'appartement du sous-sol avait réagi en automate, les mots s'étaient gravés à l'intérieur de son corps, ils formaient un programme dont les lignes de code animaient immédiatement le terminal qui les recevait. Ils étaient le monde.

La petite fille dans le plafond avait observé la petite fille de l'appartement du sous-sol se faire revêtir d'une robe de mariée, au blanc virginal, veinée de fils d'argent et de rangs de perles opalines. Puis, à quatre pattes, la robe relevée à moitié défaite, elle s'était offerte avec calme et obéissance, la petite fille dans le plafond l'avait observée se faire prendre par son père, sanglé dans un uniforme de hussard autrichien.

La petite fille dans le plafond constatait une certaine répétition depuis quelque temps. Les jeux se ressemblaient de plus en plus. Ils étaient toujours aussi agréables, l'appartement se remplissait de cadeaux, la dernière obsession de la petite fille du sous-sol avait conduit son père à couvrir les murs de cartes et de planisphères, mais un facteur nouveau était en train d'apparaître. Un facteur inédit. Un paramètre imprévu.

La petite fille dans le plafond voyait ce type de phénomènes comme des matériaux qui investissaient l'espace, des formes de gaz, de vapeur ou de luminosité, des radiations, des ondes aux fréquences variées, mais aussi des substances concrètes et métamorphiques qui épousaient les structures de l'appartement, vivantes ou non.

La petite fille de l'appartement les voyait aussi, sauf qu'elle ne s'en souvenait pas, sa mémoire étant effacée simultanément par les expériences paternelles qui en étaient la source, enregistrements du réel, de l'invisible, de toutes les pensées, détruits aussitôt par la réalité-sexe, par la réalité-condom, la réalité-décor, la réalité-machines de sport, la réalité-physique-chimie, la réalité-carte, la réalité-jeu, la réalité-cambre-toi un peu plus Stardoll, la réalité-fictions, la réalité-David Duchovny, la réalité-phallus-vibromasseur-images dans le miroir du plafond, la réalité-sperme dans la bouche, la réalité-Area 51, la réalitélévision. C'était elle sa mémoire. C'était elle qui stockait les visions. C'était elle, la petite fille dans le plafond, qui conservait la trace de ses noms, vrais ou faux. C'était elle qui servait de réservoir d'urgence à son identité en voie de liquéfaction. Un jour, il faudrait qu'elle rejoigne le corps d'en bas.

La donnée nouvelle se présentait comme une fine nuée de cendres qui prenait possession du lit dévasté, noirci, et des murs roussis par le feu.

Cela indiquait les restes d'une intense combustion. Cela indiquait que la combustion s'était définitivement arrêtée.

La petite fille dans le plafond identifia la nature des cendres.

L'ennui.

L'ennui, cette poussière des sens.

Il était minuit, 38 minutes, 40 secondes à toutes les montres sauf l'Omega du poignet droit, qui avait une seconde et demie de retard, il faudrait la resynchroniser.

Chapitre 24

1

David Duchovny n'existait peut-être pas ?

Cette pensée avait transi d'angoisse la petite fille du sous-sol qui ne parvenait pas à trouver le sommeil et se repassait en mémoire tous les épisodes de la série qu'elle connaissait par cœur grâce aux multidiffusions dont elle suivait les occurrences avec assiduité.

C'était impossible, il portait le nom d'acteur, il n'était pas un personnage, il était réel, il ne pouvait pas ne pas exister.

Le doute assiégeait son esprit. C'était comme une vague venue de très loin, imperceptible au début, puis qui avait surgi de toute sa hauteur en approchant du littoral, c'est-à-dire de cette nuit toute particulière.

Cette nuit qu'elle avait d'abord passée à regarder la télévision en observant le flot menstruel qui imprégnait d'écarlate la serviette hygiénique entre ses cuisses.

Si David Duchovny n'existait pas, qui tenait le rôle à sa place ? Et pourquoi ?

Plus troublant, si David Duchovny, l'acteur, n'existait pas, alors les personnages, eux, devaient être réels. Il y avait ici une inversion terriblement inquiétante.

Cela ne signifiait pas que tout était faux, le phénomène était bien plus anxiogène : cela signifiait que le faux était un moment du vrai, qu'il en était le moment déterminant.

Le flux du temps, déjà massifié, se liquéfiait, se vaporisait, chaque seconde indifférenciée des autres, particule élémentaire dans le flot homogène, sans variation, tension, ni déviation. Les montres ne la quittaient plus. Le temps était un organe de son corps.

Tout devenait mécanique. Même le sexe. Surtout le sexe. Elle n'arrivait pas à comprendre comment c'était devenu désormais une entité séparée, comment cela avait fini par diverger des sentiments qui les unissaient, elle et son père.

Elle ne saisissait pas la nature sépulcrale de l'ennui.

Tout finissait par ressembler au caméscope sur son trépied ou à un des ordinateurs qu'elle voyait à la télévision et que son père refusait obstinément de lui acheter. Enregistrement, codage/décodage, fragmentation du disque dur, upgrade général du système d'exploitation. Elle savait.

Son corps cachait-il une créature extraterrestre ? Une machine de silicium ? Un cyborg ? Son corps était-il un disque dur ? Son corps pouvait-il, comme les personnages des séries télévisées devenus réels, camoufler un nom d'acteur secret ? Un nom d'acteur truqué ? Le nom d'un acteur qui n'existait pas ?

La dernière visite de son père remontait à un mois, il avait invoqué une surcharge de travail à la station-service, puis sa rencontre à Vegas avec son agent de probation. Elle avait discerné une étrange déviance dans son *body language*, elle avait perçu une intonation inhabituelle dans sa voix, quelque chose de crucial était sur le point de survenir.

Si David Duchovny n'existait pas, comment pouvait-elle exister, elle ?

2

Un soir du printemps 1995, l'écran de télévision incendiait l'appartement d'images d'Oklahoma City où un building fédéral avait été rayé de la carte et le quartier environnant transformé en zone d'impact, la petite fille dans le plafond avait noté la présence de plusieurs substances toxiques autour du lit.

La petite fille du sous-sol suçait le membre de son père à quatre pattes alors qu'il agitait mollement un martinet à lanières rouges et noires dont il fouettait avec une régularité métronomique les fesses rebondies.

Les substances nocives s'étaient multipliées depuis la dernière fois. Ce n'étaient plus de simples cendres inorganiques. C'était pire.

C'était vivant.

Dans l'appartement où les étoiles formaient des constellations affichées sur les murs, la petite fille en nuisette blanche et Ray-Ban mercure avait longuement observé le miroir du plafond, la surface de verre lui renvoyait l'image d'un corps emballé de soie virginale chevauché par un homme en uniforme d'agent de sécurité. Le mercure des lunettes modèle Police créait un double miroir dans le miroir, un double miroir qui ne reflétait rien d'autre que sa propre présence.

La petite fille, qui n'en était plus une, ressentait désormais le changement du comportement paternel comme un flux tendu sans coupure, sans événement singulier, sans variation d'intensité. Paradoxalement, le changement qui se faisait jour c'était son absence. Désormais, tout semblait immuable, identique, normal. Les surprises, les innovations, les expériences, les cadeaux, laissaient place à ces sensations éprouvées parfois devant les programmes de la nuit. Le membre de son père devenait chaque fois un peu moins dur, moins raide, moins dressé, il lui arrivait de se retirer sans avoir éjaculé, en elle ou sur elle.

Pour la première fois, le mot « ennui » effleura son esprit, pour la première fois, toute émotion et même tout plaisir physique s'étaient retrouvés congelés dans le contact charnel lui-même, pour la première fois, elle avait regardé son image au-dessus d'elle durant tout le temps qu'avait duré ce qui n'était plus vraiment un acte sexuel.

Elle réalisait que son père était là sans y être.

Elle ignorait encore qu'il ne réapparaîtrait qu'au moment où la petite fille du sous-sol le mettrait à mort.

3

Les objets sont des formes de vie. C'est pour ça qu'ils peuplent l'appartement.

Les instruments de culture physique font partie d'un système d'objets reliés physiquement ou symboliquement, la télévision, en premier lieu, qui lui offre cette réalité dynamique en accord avec l'amplification du corps.

La chaîne stéréo sert d'émetteur-récepteur, elle lui permet de mémoriser les disques, puis de les chanter pendant sa routine sportive. Tout cela forme un circuit, elle en a conscience. La physique-chimie de son propre lieu de vie n'a désormais plus de secrets pour elle. La composition des ciments et des peintures, ou de tel type de plomberie, la structure interne de la télévision, ou des appareils de culture physique, tout cela est en voie de consolidation terminale en un unique et paradoxal organisme semi-vivant.

Elle est comme le cœur de cet organisme.

L'appartement est un zoo où cohabitent des formes de vie qui finissent par n'en former qu'une seule.

Elle est parvenue à convaincre son père de lui offrir un aquarium où cohabitent plusieurs groupes de poissons combattants chinois. Elle possède maintenant deux tortues qui vivent librement dans l'appartement, ainsi qu'un vivarium dernier cri où se développent plusieurs colonies d'insectes, fourmis, scarabées, pucerons, mantes et sauterelles, phasmes.

Les objets sont des formes de vie. Les formes de vie sont des objets. Ils constituent des dispositifs avec lesquels elle communique. Sans jamais leur parler, sans que jamais ils ne lui parlent. Ils sont les compléments des créatures de la télévision. L'écran aussi contient des formes de vie, mais celles-ci lui parlent, et il lui arrive de parler avec elles, ou en leur place. Ensemble, ces objets sont le centre et l'horizon de son existence, ensemble ils sont miroir et image, ensemble, ils sont présent et présence.

Ils sont des formes de vie qui communiquent par le silence ou par une sorte de parole secrète. Ils indiquent par leur concrétude l'absolue réalité du monde.

Ils sont le monde.

Ils sont ce qu'elle devient.

Elle est allongée dans la baignoire jacuzzi sous une énorme sphère de mousse savonneuse qu'elle a laissée gonfler pendant l'écoulement de l'eau, programmée depuis à 25,5 degrés centigrades. Son père était venu à quelques reprises la rejoindre dans son bain. Cela faisait longtemps, au moins un an, peut-être deux, que cette expérience avait pris fin.

Tout était circonscrit à la chambre, au lit, au miroir du plafond.

Tout allait bientôt changer.

Chapitre 25

1

Le miroir du plafond avait émis une radiation lunaire alors que son père la pénétrait. Elle y perçut sa propre image, celle de son géniteur sanglé dans son uniforme d'agent de sécurité, et celle du troisième homme, qui se masturbait lentement devant son visage.

Le cousin Randy avait augmenté la fréquence de ses visites après son treizième anniversaire. Son père l'avait emmené avec lui pour des travaux d'électricité, de décoration ou de plomberie. Puis il lui avait demandé si elle verrait un inconvénient à ce qu'il prenne quelques photos lors d'une prochaine expérience. Elle avait répondu non, pourquoi ?

Ensuite, son père lui demanda si elle permettrait à Randy de les filmer avec le caméscope. Elle avait répondu oui, pourquoi pas ?

Enfin, son père lui demanda si elle accepterait qu'il les rejoigne durant les expériences. C'était un gentil garçon. Il serait attentif. Et lui, il veillerait à ce que tout se passe bien.

Il n'y aurait aucun problème, avec son père les problèmes étaient résolus d'avance, ils n'avaient pas le temps d'exister.

Elle avait répondu oui, bien sûr.

La petite fille dans le plafond avait vu une nuée de cendres pyroclastiques s'enrouler autour du lit.

Lorsque le miroir du plafond émit de nouveau sa lueur, la petite fille du sous-sol constata que son père et le cousin Randy avaient interverti leurs places. Son père se masturbait dans sa bouche alors que le cousin Randy la forait sans ménagement avec un large sourire.

Ils avaient interverti leurs places. C'était comme une rotation de l'espace cubique autour de son axe. David Duchovny avait-il disparu pour de bon ? S'était-il transplanté en secret aux côtés de Shannen Doherty dans *Beverly Hills 90210* ?

Le sexe du cousin Randy était ceint d'un préservatif rose fluo visible dans l'obscurité la plus totale. Cela avait l'air de l'amuser beaucoup.

Cela créait un tube mouvant et lumineux dans le clair-obscur du miroir.

Cela semblait présager un tout nouveau type d'expériences.

— Je t'ai dit d'y aller doucement, Randy, avait soupiré son père en actionnant le zoom du caméscope.

Le cousin Randy avait éructé quelques borborygmes épars entre deux exhalaisons saccadées. Elle avait entendu des bribes de phrases à la signification trouble – je ne peux pas... elle est trop... elle est tellement... je suis au bord... elle est vraiment tu sais –, avec le cousin Randy, les choses avaient rapidement pris une tournure très différente.

Il n'avait pas les mêmes attentions, il se révélait maladroit, trop vif, en perte de contrôle, il suait beaucoup, respirait fort, et semblait enclin à la brutalité, une limite nerveuse craquait à l'approche de l'orgasme.

La petite-fille du sous-sol répondait encore au nom que lui avait donné son père, par pur réflexe animal, elle en avait une conscience aiguë qui l'effrayait un peu.

Les équations de physique-chimie étaient devenues des instruments de pointe pour retrouver David Duchovny et décrypter les secrets cachés dans *Beverly Hills 90210*. Il se pouvait que le zéro absolu, moins deux cent soixante-douze degrés centigrades, soit une constante de ce calcul intégral. La composition exacte des objets qui peuplaient son univers était inscrite dans des cahiers, les feuillets avaient fini par s'imprimer dans sa mémoire. Aucun plastique, ciment, métal, végétal, animal, n'avait évité le listing, aucune substance n'avait échappé à son matriculage technique, aucun matériau de la maison ne lui restait étranger. Chaque jour, le monde devenait de plus en plus sûr.

Le cousin Randy soufflait dans son dos, pompant son dard poisseux de plus en plus vite, elle pouvait sentir les effluves de son corps tout autour d'elle, des gouttes de sueur giclaient jusque sur son dos.

— Le cousin Randy te trouve très belle tu sais, il dit même que tu es une petite déesse de l'amour, ici c'est le château secret dont tu es la reine.

Elle se douta que son père lui mentait, ou plutôt qu'il arrangeait les propos du cousin Randy, qu'il avait – comme toujours – su traduire ses pensées les plus intimes.

Au-dessus d'elle un lac de mercure vibrait au rythme des coups de reins et des poumons en suractivité.

Le miroir ne reflétait plus rien d'autre que la surface des Ray-Ban devenue partie intégrante de l'espace, verres-miroirs observant un vide infini et ne donnant à voir qu'eux-mêmes.

2

La petite fille dans le plafond remarqua qu'une nuée vif-argent avait pris possession de son champ de vision. Elle pouvait à peine discerner quelques formes derrière la blancheur métallique du nuage.

Quelque chose avait changé. Quelque chose avait à nouveau changé. Une autre transformation pratiquement insensible mais qui témoignait de l'instabilité continuelle qu'elle constatait depuis le quatorzième anniversaire de la petite fille du sous-sol.

Le rituel des cadeaux luxueux avait repris. De nouvelles montres suisses ornaient les bras de la petite fille du sous-sol, montant jusqu'au coude en ceinturons métalliques ajustés les uns aux autres.

Un tapis de course flambant neuf avait remplacé l'ancien. D'autres photographies de galaxies et constellations étaient apparues sur les murs du salon. Deux iguanes de l'Arizona avaient pris place dans un second vivarium. Une nouvelle literie, soie, satin, dentelles, restait encore visible derrière le nuage de gaz métallique.

La silhouette du père de Stardoll était revenue dans le champ de vision.

Elle pouvait discerner deux ombres à chaque extrémité du corps de la petite fille du sous-sol. La nuée les indifférenciait mais elle les reconnaissait aux milliers de détails qui lui étaient familiers.

La surface de mercure s'opacifia, au bout de quelques secondes-minutes-heures elle ne reflétait plus que les ondes concentriques du choc des sexes contre les parois organiques.

Puis elle s'incurva lentement dans sa direction, tout en intensifiant son rayonnement. La fenêtre carrée ouverte sur le monde d'en bas devint un hémisphère dont la luminosité obturait la vision.

C'était blanc. Plus blanc que blanc. Ultra-blanc.

C'était liquide-gazeux-solide. C'était vivant.

Elle percevait les ondes venues d'en bas. Le choc des chairs.

Les voix.

Les voix de son père et du cousin Randy.

Elle percevait aussi le silence.

Le silence de la petite fille du sous-sol. Le silence de la petite fille de l'autre côté du miroir de mercure. Ce silence qui venait d'elle-même.

C'était l'ombre de la mort.

3

Qui était cette Stardoll à laquelle son père s'adressait en ouvrant son anus avec son gland plastifié, alors que le cousin Randy s'immisçait dans son orifice vaginal ? Était-elle en rapport avec David Duchovny et sa mystérieuse disparition entre deux séries télévisées ? S'agissait-il du nom secret de Shannen Doherty, ou un code pour indiquer la présence de *Beverly Hills 90210* dans la conspiration ? Cela prouvait-il – *star doll* – l'implication d'êtres artificiels venus des étoiles ?

Au-dessus d'elle, le miroir gonflait comme un ballon, empli d'une intense pulsation organique, analogue à celle des organes sexuels qui habitaient son corps. Son père dessus, le cousin Randy dessous. Une double pompe qui vibrait à l'unisson du mercure gélifié du plafond.

Cette année-là, son père lui avait acheté le CD d'un groupe de rock britannique nommé The The, le disque se nommait *Infected*, elle ne se souvenait pas l'avoir entendu à la télévision, et les crédits sur la pochette indiquaient qu'il datait de 1986, c'était la première fois que son père ne lui apportait pas le hit du moment, elle ressentit un vague malaise. Elle n'avait rien demandé, son père était descendu avec ses cadeaux et il l'avait informée que le cousin Randy les rejoindrait avec les siens.

Elle n'avait posé aucune question. Tout était normal. Tout était à sa place. Tout faisait sens, comme toujours. Son père revenait. Le cousin Randy restait. Ce serait la dernière série d'expériences à laquelle son père participerait. Elle était grande maintenant. Elle était presque une adulte. Bientôt elle serait maîtresse des opérations.

Jamais elle ne serait aussi libre, lui avait-il dit.

4

La bulle de mercure suspendue au plafond avait été saisie de violentes contractions. Des gouttes d'un liquide lourd, métal fondu/glacé à la couleur lunaire, s'étaient mises à ruisseler et à tomber sur le lit, sur son corps, sur les murs.

En elle.

C'était une sensation oubliée, enfouie sous les strates du temps devenu matière, sa réémergence se produisit comme la traversée d'un éclair zigzagant du sommet de son crâne à toutes ses extrémités, et tous ses orifices, son corps retrouvait la mémoire de lointains signaux physiologiques avec des blocs de souvenirs épars, morceaux de musique, jacuzzi, exercices physiques, leçons de physique-chimie, épisodes de vieilles séries télévisées.

La bulle de mercure du plafond ressemblait à un pommeau de douche connecté à un réseau de glace lunaire.

Le sperme avait inondé tous ses orifices, électrisant ses nerfs, la laissant à bout de souffle, recroquevillée sur ses propres spasmes.

Le monde devenait plus dur que le diamant, son corps s'écoulait dans le mercure séminal.

Lorsqu'elle s'éveilla, au matin, le miroir du plafond avait repris sa forme initiale, il ne présentait plus qu'une surface concave scintillante mais stable, sans pulsation interne, il paraissait vidé de son contenu dont ne subsistait aucune trace.

Elle était seule, le CD de The The continuait de tourner.

Elle se leva, prit sa douche et s'installa sur le nouveau tapis de course. Mise en route.

226

Elle enfourcha le vélo d'appartement, alluma micro et boîtier et, d'un simple clic sur la télécommande, déclencha la platine laser.

Le compteur digital indiquait 10 heures et 10 minutes.

Les diodes marquaient midi et demie lorsqu'elle stoppa la machine : *I can't give you up / 'til I've got more than enough / So infect me with your love /*

Le monde devenait plus dur qu'un diamant, son corps en épousait chaque facette.

Chapitre 26

1

La petite fille dans le plafond de mercure observa deux phénomènes conjoints ce soir-là.

En premier lieu, le miroir métallique et concave se teintait d'un liquide rosâtre. Ce liquide devenait rouge, vif, visqueux à mesure qu'il emplissait l'hémisphère de complexes arabesques.

D'autre part, tandis que la petite fille du sous-sol dormait, des voix parvenaient au miroir du plafond et résonnaient dans l'hémisphère rutilant, comme dans un haut-parleur. Des échos. Des morceaux de phrases en provenance de plusieurs points de l'espace. Des bribes superposées extraites de plusieurs moments différents, des boucles de motifs répétitifs, des coupes dans le temps rassemblées en un montage sonore de quelques secondes.

La petite fille dans le plafond comprit que les voix lui parlaient pendant que sa sœur-image était plongée dans la phase de sommeil paradoxale, au cœur de ses rêves.

C'est-à-dire au cœur du néant.

Depuis un certain temps, les rêves avaient été remplacés par de profonds tunnels noirs.

La petite fille du sous-sol ne s'en était jamais formalisée. Les nuits sans rêves ouvraient sur un monde diurne absolument réel, concret, tangible.

La petite fille qui ne rêvait plus permettait à la petite fille qui était son reflet de percevoir le monde au-delà de l'appartement du sous-sol.

Ensemble, mais éloignées d'un infini de la dimension d'une chambre, elles devenaient la Maison et le monde concret qu'elle évoquait.

Les voix provenaient de la Maison, c'était la Maison qui tentait de leur parler.

C'était leur corps qui envoyait un signal d'alarme.

2

— Écoute-moi bien Randy, moi c'est un accident, ce putain de condom s'est déchiré et a glissé avant que je m'en rende compte, toi pauvre con c'est différent, Stardoll m'a dit que tu l'avais retiré pendant que tu te faisais sucer et que tu ne l'as pas remis après, donc tu vas devoir reconsidérer ton point de vue sur les frais / mais on ne sait même pas si elle est vraiment / d'après elle il y a dix jours de retard j'ai acheté un test on sera bientôt fixés / mais ça n'empêche on est deux à avoir fait / ferme ta gueule Randy je sais ce que je te dois mais j'ai toujours payé rubis sur l'ongle alors vaudrait mieux que ça se joue fair-play si on veut continuer à faire du business ensemble / je paierai ma part, c'est tout, ne compte pas sur moi pour / tu es responsable à 80 % et on ira dans la clinique que je choisirai, et rien n'est négociable /

C'était le bloc central de discours que la petite fille du plafond était parvenue à mettre bout à bout. Des problèmes d'argent, des questions d'intendance, des complications techniques, une clinique, un test. Des condoms non utilisés pour une raison ou pour une autre.

S'il était question d'un test, d'une clinique, de complications médicales, alors cela signifiait sûrement qu'elles allaient toutes deux sortir de la Maison.

Sortir de ce qu'elles étaient.

C'était la pire menace qui avait jamais pesé sur elles.

Le miroir-hémisphère palpitait rutilance aquatique.

3

La petite fille du ciel de mercure avait commencé à apprendre les lois de la causalité. Peu de temps après qu'elle fut parvenue à reconfigurer les voix, elle avait assisté à une scène anormale dans le monde d'en bas.

Son père était descendu un soir, seul. À travers l'écran-hémisphère incarnat elle avait à peine discerné sa silhouette mais son regard avait été aimanté par un cylindre jaune fluo. Ce n'était pas un vibromasseur, ni un godemiché.

C'était un grand verre de soda.

Dans l'autre main de son père, elle discerna un long tube blanc, lactose gélifié dont la lueur lunaire lui parvenait inchangée, trouant le voile rouge du miroir comme le faisceau d'une lampe torche. C'était le signe que le tube et le verre de soda revêtaient une importance particulière. C'était le signe qu'ils étaient en étroite relation avec l'hémisphère aux contenus liquides.

Avec elle/elles.

Puis la voix se fit entendre : C'est un nouveau test, nous devons être sûrs, tu comprends, cette fois il te faudra avaler tous ces comprimés ensuite tu mettras ce patch et l'intervention suivra /

La petite fille du sous-sol n'avait rien répondu, elle avait avalé le verre de soda et les pilules avant d'installer le timbre osmotique sur son avant-bras. Très vite, elle s'était allongée sur le lit.

La petite fille du plafond comprit que sa sœur-image du sous-sol s'était endormie, bien au-delà des tunnels noirs habituels.

Le miroir-hémisphère palpitait rutilance aquatique, de plus en plus rouge, de plus en plus sang.

4

Elle s'éveilla. La Maison avait disparu. L'appartement du sous-sol n'existait plus. Le monde s'était volatilisé.

Une bouffée de chaleur l'envahit. Son corps se recouvrit de sueur et se mit à trembler.

Elle était sûrement morte. Elle se trouvait dans l'au-delà. Elle avait franchi la dernière porte. Comment, où, quand ? Elle se souvenait s'être endormie en présence de son père. Elle se réveillait ailleurs, et son père n'était pas là.

Elle était dans le royaume des morts.

C'était blanc, gris, et couleur chrome.

Peut-être retrouverait-elle David Duchovny ? Peut-être éluciderait-elle le mystère de sa disparition ?

Elle était étendue sur un lit uniformément blanc. Les murs étaient plus virginaux que les lacs salés de l'Utah. Sa chair pâle luisait sous les lampes halogènes.

Plus de miroir. Plus de reflet au plafond.

Des machines, comme autant de caméscopes scrutant son anatomie.

Des tubes, des cylindres, des sphères, des cubes, des compteurs, des diodes, des poches de plastique, des drains, des boutons, des écrans, des lumières, des nombres.

Ce n'était pas l'appartement du sous-sol. Tout ici était concret, solide, tangible. C'était comme si la Maison s'était accoutrée d'un déguisement temporaire. Un déguisement médical.

Un cadeau paternel ? Une surprise ? Un événement, enfin ?

Un bruit attira son attention derrière elle, une porte que l'on ouvrait.

Son père fit son apparition. Au bon moment, comme toujours.

La sueur s'évapora, les tremblements s'arrêtèrent, les bouffées de chaleur s'espacèrent.

Il y avait un sourire bienveillant au milieu du chrome des machines.

5

Aucune coupure, aucune transition, comme d'habitude. La petite fille du plafond avait constaté que tout avait changé d'un seul coup derrière le voile rutilant du miroir. Puis elle avait suivi un ballet d'ombres revêtues d'un bleu pastel autour d'un lit dont le rectangle lumineux traversait le mercure rougi. Elle était allongée sur ce lit, et les ombres bleues inséraient des objets dans son corps. C'était comme une réplique sanitaire des expériences paternelles.

L'hémisphère lui-même s'était transformé. Il battait comme un cœur sous amphétamine. Il semblait plein à craquer de ce liquide rougeâtre parfois veiné d'un bleu violine.

En dessous, à la place de sa chambre, il y avait autre chose.

Une chose pleine d'angles durs, de réfractions métalliques, de luminosités franches, tout le contraire de l'appartement du sous-sol, pas même sa réflexion inversée, mais son antipode. La petite fille du plafond se souvint de l'impression de danger absolu qui l'avait submergée juste avant cette séquence.

Pourtant son père était là. Il semblait maîtriser la situation, comme toujours. Il était calme, gentil, et parfaitement sûr de lui.

La voix de son père prit possession des surfaces chromées.

— Ma chérie l'intervention s'est parfaitement déroulée le test était positif nous avons eu raison de faire confiance à cette clinique ton vrai nom n'apparaîtra pas dans les registres cela ne doit jamais se reproduire je vais veiller à ce que les règles soient plus sévères je resterai pour contrôler ce qui se passe et la caméra enregistrera tout maintenant nous allons te rendormir pour un dernier test et tu te réveilleras à la maison.

La petite fille du sous-sol enregistra l'information et se contenta de demander :

— J'aurai de nouveau du sang entre les jambes ?

6

Aucune coupure, aucune transition, comme d'habitude. La séquence chrome médical laissa place à la séquence appartement du sous-sol. Elle était de retour à la Maison. Peut-être y avait-il eu un bref tunnel noir, mais elle n'aurait pu l'affirmer.

La petite fille du sous-sol était assise au bord du lit, les jambes bien tendues devant elle, selon un angle de 45 degrés.

Ses mains plaquaient une serviette hygiénique sur son sexe.

C'est ce que la petite fille du plafond parvenait à voir. Le miroir-hémisphère était devenu une pompe palpitante remplie de ce qu'elle savait maintenant être du sang. Le sang qui ne s'écoulait toujours pas de l'entrejambe de sa sœur-image.

Il lui fallait s'approcher du miroir jusqu'à pratiquement le toucher pour jouir d'une vision à peu près cohérente.

Quelque chose semblait vouloir prendre forme dans l'hémisphère, quelque chose qui interposait une présence fantomatique entre elle et le sous-sol.

Cela bougeait un peu, cela suivait la pulsation du miroir-hémisphère, et cela épousait les variations chromatiques du liquide sanguin.

En bas, la petite fille du sous-sol commença à s'entraîner sur le nouvel engin que son père lui avait offert en récompense de son comportement lors de l'intervention, un Orbitrek, pédalier à suspension doublé de deux barres de traction manuelle, elle alluma la télévision sur un épisode de *Beverly Hills 90210*, et la platine laser sur ce disque de The The.

Infected. Elle en percevait le double sens, fait à sa propre image, chacune des faces d'elle-même semblait en mesure de se l'approprier. Elle douta que son père en ait saisi toute la portée, elle discerna les restes d'une étiquette orange, signalant un « prix spécial », qui lui sembla avoir été décollée au dernier moment. Mais la question demeura toujours inscrite dans un des derniers coins lumineux de son esprit.

La voix électrifiée lui parvint dans sa plus parfaite définition, elle venait du monde concret, elle venait d'une machine. *So infect me with your love,* répétait la machine-voix. Et les ondes sonores en provenance de la petite fille épousaient celles de la machine : *I can't give you up / 'til I've got more than enough / So infect me with your love / Nurse me into sickness / Nurse me by to health / Endow me with the gift / Of a man made world /*

La petite fille du plafond observa une synchronisation impeccable entre le tempo de la musique, le rythme athlétique et vocal de la petite fille du sous-sol et les pulsations organiques du miroir-hémisphère.

Des veines violacées avaient fait leur apparition à sa surface, la présence fantomatique essayait de stabiliser une forme.

Ce n'était pas tout à fait la forme d'un être humain. C'était vivant. Mais pas pour longtemps.

Le miroir-hémisphère explosa. Il était vingt et une heures, trente-trois minutes et dix-sept secondes sur toutes les montres.

Elle se retrouva projetée contre son propre lit par la pression brutalement libérée, propulsée onde liquide.

Sa chair micronisée dans le flux à haute pression, la voici inondée, dispersée, submergée d'un liquide visqueux, tiède, collant, l'hémisphère réflexif concave est devenu convexité ouverte sur une pompe organique sans fin.

Liquide-sang-menstrues libéré par l'éjection de la forme humaine contenue dans la matrice, présence-fantôme désormais incorporée au placenta déflagrant, annihilée dans le flot même des pulsations vitales, l'hémoglobine sursaturée de produits organiques ne cesse de jaillir, fontaine écarlate venue du sous-sol, la petite fille du plafond se noie lentement dans le sang qui a pris possession de tout l'espace, de tout le temps, de toute la séquence.

Elle se noie mais ne meurt pas, elle s'adapte, ses poumons mutent branchies, elle devient embryon, poisson, têtard, amibe, le temps d'apercevoir la petite fille du sous-sol qui jette un regard attentif et curieux dans sa direction avant de reprendre sa course immobile.

Bientôt, le sang s'écoulerait de nouveau entre ses jambes.

Chapitre 27

1

Elle avait senti le petit dard métallique s'enfoncer d'un coup net dans sa chair. Une punaise. Fesse droite. C'était un rituel invariable. Les autres suivaient, dans l'ordre.

Un bref cri rauque s'était échappé involontairement de sa bouche, le sexe qui s'agitait en elle était devenu plus dur à cet instant. Puis le deuxième dard piqua sa fesse gauche. C'était bien l'ordre habituel.

Le cousin Randy avait fini par convaincre son père de laisser un peu libre cours à ses fantaisies. Son père avait exigé des règles strictes, et exerçait un contrôle absolu sur les expériences, même s'il n'y participait plus du tout.

Elle avait compris qu'un arrangement pratique avait été conclu : Aucune marque, jamais, avait martelé son père. Rien de traumatique. Sinon c'est terminé, et définitivement. Il veillait toujours à ce que tout se passe au mieux. Il n'y aurait plus de problème. Il n'y aurait plus de tests, de clinique, d'extraction d'embryon, il n'y aurait plus d'accident.

Le cousin Randy avait suivi les règles. Puis il avait demandé une dérogation. Juste une fois. Deux semaines plus tard, il avait réitéré sa requête. Son père qui l'aimait tant avait accepté sans prendre le temps de réfléchir. Cela avait commencé avec une petite lanière de cuir, suivie d'une cravache d'équitation. Tes fantasmes sont d'un commun, mon pauvre Randy. Quelques jours plus tard, le cousin avait exercé sa demande pour les punaises dans les fesses. Cette fois, son père avait longuement réfléchi, avant d'acquiescer. Les punaises devaient sortir d'un bocal d'alcool à 90 degrés juste avant usage. Il n'avait pas intérêt à déconner.

Les dards de métal se succédèrent en ordre. Elle cria quelques fois, lorsque le sel chimique du peroxyde vint recouvrir les piqûres qui constellaient sa chair. Au-dessus d'elle le miroir de mercure flottait en apesanteur.

2

Un soir de solitude, après avoir mangé un plat surgelé en réserve, elle avait regardé la télévision puis s'était installée sur l'Orbitrek.

Le disque de Depeche Mode tourna en boucle, puis une seule chanson, « Personal Jesus » : *Feeling unknown / And you're all alone / Flesh and bone / By the telephone / Lift up the receiver / I'll make you a believer / I will deliver / You know I'm a forgiver / Reach out and touch faith / Your own personal Jesus / Reach out and touch faith /*

Lorsqu'elle s'arrêta, à l'aube, à cinq heures vingt-sept minutes et douze secondes, sur les diodes de l'Orbitrek, son regard fut irrésistiblement aimanté vers le miroir du plafond de sa chambre.

Des blocs de mémoire refirent surface. Ils semblaient provenir de la surface réfléchissante qui ne reflétait rien.

Elle se souvint de ce jour où le miroir s'était violemment teinté d'un liquide rouge sang. Elle se souvint que cela datait de 24 ou 48 heures après son retour du monde-chrome. Elle se souvint de l'hémisphère qui avait changé de forme. Elle se souvint de la convexité qui était soudainement apparue en plein centre, elle se souvint de l'ondée rosâtre vaporisée durant quelques instants.

Elle se souvint ne pas s'en être étonnée parce que cela s'insérait dans l'expérience concrète quotidienne.

Elle se souvint que la signification de l'événement lui était apparue d'une banale simplicité, qu'elle indiquait que le temps suivait un sens, celui que les montres parfaitement synchronisées inscrivaient sur la surface de son corps.

Désormais le sang coulait régulièrement entre ses jambes.

Son père veillait à ce que jamais le flot ne s'interrompe.

3

Un jour, le cousin Randy reçut un avertissement sans frais. C'était un ultimatum très simple, comme son père savait les prodiguer.

Les punaises dans les fesses c'est fini, terminé. Trop de marques, de blessures à soigner, de risques d'infection, ça dépasse les limites de notre accord, bref tu te trouves autre chose.

À la visite suivante, le cousin Randy présenta une collection de pinces à linge en plastique de toutes les couleurs.

Son père avait observé l'étalage polychrome en silence puis, d'un hochement de tête accompagné d'un vague murmure, il avait avalisé.

L'extrémité de ses seins dut s'habituer à la pression coupante des pinces à linge, sa vulve aussi, écartée par un hérisson de plastique fluo.

La douleur devenait un paramètre, seul le monde de l'appartement du sous-sol revêtait quelque réalité, la surface de mercure aveugle accrochée au plafond restait la seule image cohérente d'elle-même.

Le cousin Randy s'était plié sur son orgasme à vingt-deux heures quarante-quatre minutes et vingt et une secondes. Toutes les montres parfaitement synchros. Le monde n'avait jamais semblé aussi solide et cohérent.

Allongée sur le lit, les yeux fixés sur le miroir de mercure désormais immobile à l'exception de calmes ondes concentriques, elle avait entendu les voix se concaténer dans l'espace, et devenir des morceaux du temps-matière, le temps des montres, le temps-Maison.

Il y avait la voix de son père cimentée avec celle du cousin Randy, elles devenaient presque indiscernables, le seul moyen de les distinguer serait de filmer leur dialogue, le caméscope disposait d'une horloge électronique intégrée, elle pourrait même calculer leur temps moyen de parole et les points d'entrée-sortie de chaque séquence.

Mais le caméscope était la propriété exclusive de son père, lui seul avait le droit de l'utiliser.

Elle tomba dans un demi-sommeil et le dialogue prit place dans la Maison, dans son univers-corps-synchronisé, il s'inscrivit dans sa mémoire comme un *time-code* dont le compte à rebours commença à cet instant précis et dura plusieurs années.

Il était vingt-trois heures, neuf minutes et neuf secondes sur toutes les montres.

— Ça n'a jamais été convenu, je ne les connais pas ces gens / Moi je les connais et ça suffit d'autre part si le prof a droit à des gratuités pour son travail sa femme se tapera juste une remise sur la marchandise ça arrangera nos affaires je te rappelle que ça fait un certain temps que Stardoll n'a pas reçu un cadeau digne de ce nom / Bon dieu tu déconnes ou quoi tu sais combien j'ai craché en vêtements de marque, en bijoux, en montres de luxe ? / Ça faisait partie du deal tu as pu regarder les cassettes vidéo et quand l'âge est arrivé tu as eu accès à notre petite princesse / Ah oui les vidéos trois jours maximum et sans pouvoir faire de copie / Heureusement Randy sinon elles seraient déjà toutes chez tes copains-copines dont ce garçon qui travaille au bureau du shérif estime-toi heureux d'avoir pu les conserver chaque fois pendant trois jours ça aurait pu être trois heures / Revenons à ce couple elle est comment cette bonne femme ? / Elle a 40 ans elle ne ferait pas ton affaire et de toute façon ce qui la branche c'est de regarder et de photographier ou de filmer mais il est hors de question qu'une seule cassette sorte d'ici alors c'est niet en échange de quoi je baisse les tarifs / Je n'aime pas ça, je n'aime pas l'idée de faire ça avec des inconnus je n'aime pas l'idée qu'ils viennent ici même pour de l'argent même pour des services rendus / Écoute-moi bien Randy ils ont bien compris tout comme toi que les vidéos c'est ma protection tout le monde est filmé même moi donc personne ne moufte / Je te rappelle que je suis le propriétaire légal de cette maison les risques c'est moi qui les prends / Je m'en contrefous tu peux même pas imaginer Randy on est de la même famille on est sur le même bateau et pour ce qui te concerne elle va bientôt atteindre la limite d'âge elle correspond aux attentes du prof et de sa femme tu fais donc ce que tu veux mais le deal de base reste inchangé la location au rabais de la maison le travail à la station tu n'auras plus à payer les montres les vêtements et les accessoires ce sera à eux de se démerder / Ça me convient au poil ça Jason / Je n'en ai jamais douté Randy tout se passera bien /

Elle ne comprenait pas vraiment le sens des mots, ils formaient une Maison dans la Maison, aussi secrète, ils évoquaient des contrats, de l'argent, des vidéos, des personnes inconnues, des montres, elle se demanda un instant si cela pouvait avoir un rapport avec la disparition de David Duchovny.

Avec son père tous les problèmes étaient résolus d'avance, il n'y avait pas à s'inquiéter.

Il fallut à la petite fille du plafond de mercure de nombreuses séquences pour revenir à son état initial. Lorsque son espace acheva de distiller le sang placentaire et les débris organiques du bébé avorté son corps se rassembla, il reproduisit à toute vitesse le processus de l'embryogenèse, elle redevint la petite fille du plafond, née du sous-sol et vivant dans ce ciel plat à la profondeur paradoxale, elle redevint une forme de vie impossible, alors que le fœtus pulvérisé était resté une forme possible de la mort.

Sa sœur-image semblait ne pas se rendre compte de ce qui se produisait. Elle seule ne dormait jamais, elle seule savait tout de la Maison, elle seule, projection verticale privée d'oubli, pouvait comprendre. Elle seule pouvait deviner les changements qui allaient s'opérer. Elle n'était qu'à un infini de la conscience de celle dont elle était le reflet, elle n'était qu'à une particule de distance de celle dont elle était la conscience extrojetée, il n'y avait que la surface d'un miroir entre elles, il n'y avait qu'une pensée.

La pensée d'un homme.

Les sommeils noirs, sans rêve, reprirent possession de la nuit.

Un jour, des psychiatres lui expliqueraient que la nature déréalisante, jusqu'à une absolue cohérence interne, de sa vie diurne, avait fini par éteindre toute activité onirique nocturne.

Alors qu'elle n'était encore que la fille de l'Under-Basement, l'ingestion mentale de l'expérience abortive se déroula de façon progressive, une dilution régulière, sans la moindre variation d'intensité, et l'anéantissement corrélatif des processus oniriques suivit la même pente, sans rupture, aucun choc, aucun heurt, aucune coupure.

Les sommeils noirs, sans rêve, reprirent possession de la nuit. Tout simplement. Et tout aussi simplement, les journées électriques, sans attache avec le monde extérieur, reprirent possession de la vie.

Elle ne devinait encore que très sommairement l'étrange composition analogique qui rassemblait son existence découplée au sein d'un seul univers, un seul continuum, ce mot qu'elle venait juste de découvrir.

Puis ce continuum s'ouvrit. Il s'ouvrit d'un coup sur le monde extérieur.

Il s'ouvrit même à un monde situé à l'extérieur de ce monde extérieur.

Il s'ouvrit à des pensées qui n'étaient pas humaines.

Il s'ouvrit à des actes qui n'étaient pas humains.

Il s'ouvrit à ce qui n'avait pas de nom humain.

Chapitre 28

1

Elle étudiait les propriétés des substances alcalines lorsque son père fit irruption dans l'appartement. Il était nerveux.

— Ils viendront demain. J'ai autorisé la femme à se servir de la caméra mais les vidéos ne sortiront jamais d'ici, tu as ma parole. Tu resteras la petite princesse, dans ton château secret, tu resteras Stardoll.

Elle se souvenait des briques de mots cimentés la veille par Randy et son père : Je laisserai la bonne femme toucher au joujou, elle prendra son pied, cela évitera les remises, ce sera le tarif plein pot.

Son père lui avait donné sa parole. Son père réglait les détails pratiques, les personnes qu'il avait invitées pour glorifier et expérimenter son corps seraient là dans vingt-quatre heures, le cousin Randy se ferait de plus en plus rare.

Stardoll, c'était son nom, son nom de princesse de l'appartement du sous-sol, son vrai nom d'actrice, elle ne devait pas l'oublier.

Le monde ne cessait de devenir plus solide, plus sûr, plus logique.

L'appartement du sous-sol était le seul endroit réel.

Son corps régnait sur la matière.

Son corps régnait sur lui-même.

Il régnait sur tous les corps.

La femme correspondait parfaitement à la description de son père, 40 ans, fausse blonde, vêtements de marque pour teenagers, bien conservée, yeux marron-vert, poitrine opulente, lèvres siliconées.

L'homme avait été profilé avec le même sens du détail. Dix ans de plus, cheveux bruns avec calvitie naissante, yeux gris, visage émacié, lunettes rondes cerclées d'acier, début d'embonpoint, vêtements des années 1980.

Je leur ai montré quelques photos, avait dit son père, ils ont accepté mes conditions. Ils te trouvent merveilleuse.

Son père avait toujours un coup d'avance. Il nettoyait les imprévus avant leur apparition. Il la protégeait du mieux qu'il pouvait.

Il lui avait demandé de faire un effort pour les montres, juste en ôter quelques-unes et porter ses plus belles pièces de joaillerie.

Il lui avait également conseillé d'arborer ses Ray-Ban mercure. Ils adorent.

Son père calculait tout.

Rien ni personne ne le prendrait par surprise, pensat-elle.

Elle se trompait du tout au tout.

3

Le couple portait des noms qu'elle encoda comme des morceaux de l'appartement, des pièces mobiles et identifiables. Samantha Washburn. Otis MacLeighland.

Durant les premières semaines, leurs noms s'accolèrent à celui de Randy McCormick, puis celui-ci disparut de l'espace, se dessouda de la Maison, ses intrusions dans l'appartement du sous-sol s'espacèrent, devinrent des rituels à peine sexués, puis purement tactiles, visuels, elle n'eut besoin d'aucune explication, elle avait compris qu'elle atteignait la limite d'âge. Son corps était aussi précis qu'une montre, toutes les montres étaient synchrones avec son corps.

Son corps se trouvait au centre du monde.

4

Elle remarqua très vite une stricte répartition des tâches. La femme planifiait tout, jusqu'au moindre détail. L'homme semblait se satisfaire de la même position de sujet/ cobaye que la petite fille du sous-sol des expériences. En retour, la femme trouvait dans leurs échanges corporels de quoi épancher sa soif de bonheur.

Ce triangle formait un cercle parfait.

Elle observa également une série de comportements spécifiques qui apportaient un changement notable comparés aux expériences avec le cousin Randy. Une forme de joie et de fantaisie qu'elle n'avait pas non plus connue avec son père.

La femme était imaginative et calmement dominatrice. L'homme était persévérant et activement obéissant.

La chambre et son lit furent rapidement insuffisants pour les expériences préparées par Samantha Washburn. C'était surtout une affaire de goût, comprit-elle. La salle de bains et son grand jacuzzi s'accordaient mieux à leurs recherches. L'eau, la mousse, les huiles, allaient ouvrir de nouveaux horizons.

La femme blonde lui avait offert un large sourire.

— Petite princesse, nous allons faire plein de choses amusantes ensemble, et pour commencer, veux-tu bien porter ceci ?

La violence solaire d'une perruque blonde coupée au carré avait monopolisé l'espace de vision. Elle semblait avoir été fabriquée pour elle.

Elle ne le savait pas encore, mais ce serait le cas pour toutes les autres.

Puis ce serait encore le cas lorsqu'on lui demanderait de se teindre les cheveux, dans à peu près toutes les gammes disponibles.

— J'ai été coiffeuse dans plusieurs des meilleurs salons new-yorkais, et j'ai été formée à Paris, chez L'Oréal, crois-moi petite Stardoll, je sais comment remodeler le corps d'une femme sans chirurgie, chez moi tout est high-tech, mais tout est old-fashioned.

Absolument tout, avait-elle ajouté pour bien se faire comprendre.

Dès la seconde visite, son père s'absenta après avoir installé une cassette vierge dans le caméscope, il reviendrait régulièrement en changer.

Elle comprit qu'il avait placé de nouveau la situation sous son contrôle, même s'il devait rester à la station-service, il avait bien spécifié : Vous pouvez filmer, aucun problème, mais vous ne devez en aucun cas stopper l'enregistrement, si vous bougez la caméra replacez-la ensuite à l'endroit initial, et enfin, évidemment, vous ne faites pas joujou avec de l'électricité dans la baignoire. Le moindre manquement à la discipline entraînera un arrêt définitif des activités.

Le moindre et le premier, avait-il ajouté pour bien se faire comprendre lui aussi.

5

D'un mouvement preste, la femme s'était délestée de sa robe et avait rajusté son bustier de dentelle rouge et pourpre avant de pénétrer à sa suite dans le jacuzzi bouillonnant d'une mousse parfumée.

— Ton père nous a dit que tu chantais très bien, mais il n'a jamais songé à t'enregistrer ? Ton père n'a jamais pensé à te transformer un peu, petite star ?

Pour la première fois de sa vie, elle ressentit un manque en relation avec son père, ce n'était plus la phase neutre récemment traversée, c'était ombré négatif, comme s'il venait d'être pris en faute, comme s'il n'avait pas tout à fait accompli quelque chose. Il ne l'avait pas assez transformée.

C'était une impression étrange, et assez dévastatrice. Elle la refoula avec difficulté. Puis elle continua de suivre les instructions de la femme alors que l'homme ôtait ses vêtements pour entrer dans l'eau chaude et moussante.

La femme blonde essayait sur elle de nouveaux produits de beauté, des shampooings, des conditionneurs, des masques faciaux, du blush, du mascara, des laits pour le corps, des perruques sophistiquées, des teintures de marque. Elle lui achetait des vêtements de bain, monokinis, bikinis, maillots de nageuses de compétition, costumes de néoprène habilement découpés, elle ne cessait de la transformer, elle ne cessait de transformer ce corps.

Ce corps autour duquel le monde tournait.

Le caméscope, planté dans un coin de la salle de bains, enregistrait les variations cosmétiques de la petite fille du sous-sol.

Dans le miroir du plafond, la petite fille de mercure voyait les séquences se dérouler à l'autre bout de l'univers, elle constatait que le temps-matière fermait d'un long mur de béton l'âge géologique où les mots « petite fille » disparaissaient, il fallait trouver au plus vite un moyen de rejoindre la jeune fille du sous-sol, de s'unir à elle, il était temps de faire dévier la course programmée de cette adolescente qui avait eu un jour son reflet dans le miroir, il était temps de provoquer le chaos.

Elle n'était plus qu'à un désastre de distance.

La femme lui avait demandé de replacer la longue perruque platine – Veronica Lake avait-elle spécifié en la lui offrant – alors que l'homme plaçait sa queue luisante dans sa bouche.

Samantha Washburn tenait une baguette d'osier avec laquelle elle tapotait les organes qu'elle voulait voir exposés ou actifs. Elle assumait parfaitement son rôle de meneuse de claque. Parfois elle se terminait avec un godemiché de luxe, en matériaux composites teints de couleurs sophistiquées et rares.

L'homme avait pris un petit coup de baguette sur les fesses. La femme aimait diriger les opérations mais ne supportait pas le manque d'initiative, surtout de lui. Chez elle, à la différence du cousin Randy, la violence était sous contrôle, un paramètre intégré dans une équation comportementale réglée au cordeau, elle ne dépassait jamais une certaine limite, celle de l'obéissance réflexe ou réfléchie, elle s'amusait beaucoup, elle se servait de la caméra avec soin et une imagination toujours renouvelée.

Puis un jour, elle décida que les jeux d'eau avaient fait leur temps. Elle souhaitait du changement. Et elle voulait commencer à s'occuper d'elle comme chanteuse. Stardoll, c'est plutôt bien comme nom d'artiste, avait-elle dit.

Il y avait le karaoké sur mesure dans le salon. Il y avait toutes les robes et les collections de vêtements, chaussures, bijoux, perruques, lunettes de soleil. Il y avait les instruments d'exercices physiques. Il y avait la caméra vidéo.

Il y avait de quoi la transformer.

7

Au bout de quelque temps, le cousin Randy refit son apparition. La limite d'âge était relative.

Les jeux de la femme blonde stimulaient sa libido alors incertaine. Il n'appréciait pas la baignoire, mais avait été fasciné par les séances de karaoké/gymnastique. Passant d'un déguisement à l'autre avec l'aisance d'un modèle professionnel, la fille de Jason Vanderberg était en pleine possession de ses moyens, son corps était déjà celui d'une jeune femme, et elle savait le présenter avantageusement à l'œil du caméscope comme aux regards humains qui se laissaient aimanter.

Elle faisait comprendre qu'elle en avait clairement conscience.

Otis ne semblait nullement dérangé par cette nouvelle présence qui ajoutait un peu d'excitant au moment propice. La femme aimait bien Randy. Il était plus manipulable encore que son ami, il se déclenchait au moindre stimulus hors normes, il avait beaucoup apprécié les menottes et les liens de cuir. – Son père nous a dit que vous aviez une petite tendance fétichiste ? lui avait demandé la femme blonde en aiguisant un sourire. Le cousin Randy n'avait pas su quoi répondre. La femme blonde l'avait fait pour lui : Oui, bien sûr, et nous nous en occuperons sérieusement en temps voulu.

Le temps voulu arriva vite.

8

La jeune fille dans le plafond de mercure suivait la situation avec une sensation d'urgence absolue. Désormais, tout l'appartement du sous-sol était envahi de substances semi-organiques et de traînées de poudre roussie. Chaque pièce, chaque objet, chaque pan de mur, de plafond, de plancher subissait les attaques d'un feu secret et dévastateur. La jeune fille du sous-sol ne pouvait s'en rendre compte, bien sûr, tant qu'elles resteraient séparées, le vrai monde, le monde invisible, lui resterait hors d'accès.

La jeune fille du plafond se trouvait face à ses limites. Elle devait redescendre, rejoindre et se réunifier à l'adolescente d'en bas. Mais le miroir qui les séparait fonctionnait depuis des années selon le mode inverti qui rendait impossible toute reconnexion. C'était le reflet qui voyait. Et sa sœur-image s'était habituée à ne plus contempler qu'une surface opaque, étincelante, sans la moindre présence humaine, sans le moindre objet, sans le moindre corps. C'était le reflet qui savait. Sa sœur-image « réelle » était piégée dans un monde truqué. C'était le reflet qui perçait à jour le contenu latent des événements. L'adolescente d'en bas n'en percevait plus que la procession manifeste, évidente, mécanique. C'était elle, la jeune fille isolée dans la surface de verre, qui gardait en mémoire l'identité de la jeune fille associée aux instruments de gymnastique, celle qui, chaque jour, devenait une machine sophistiquée, et anonyme.

La jeune fille du miroir savait que plus le temps passerait, plus il perdrait de sa fluidité, moins il passerait, et plus la conscience de sa sœur « réelle » se fondrait avec les événements truqués dont elle était le centre. Toutes les montres indiqueraient la même heure, mais pour toujours.

Elle devait trouver un moyen, elle devait trouver un passage.

Chapitre 29

1

Cette année-là, l'album *Pop* du groupe irlandais U2 tourna en boucle durant des semaines, des mois et, lui semblait-il, pour des siècles. Une chanson s'était distinguée d'elle-même pour les longues séances d'entraînement physique/vocal : elle s'intitulait « Discotheque », Venus savait ce dont il s'agissait, le sous-sol sous le sous-sol devint sa boîte de nuit, la boîte de la nuit-jour continuelle, le gymnase subterranéen où son corps pouvait s'animer entre les murs : *A man will rise / A man will fall / Like a sheer face of love / Like a fly on the wall / There is no secret at all /*

Les cassettes vidéo s'empilaient dans le débarras, à l'intérieur de cartons récupérés dans l'arrière-boutique de la station, soigneusement clos au chatterton et classés sur des rayonnages de fortune.

Les séances de gymnastique vocale, avec Randy et Otis, alternaient avec des jeux de bains de plus en plus sophistiqués, et le retour dans la chambre.

Les visites de son père demeuraient régulières, distantes, minutées. Il contrôlait. Il contrôlait tout.

Même la femme blonde.

Surtout la femme blonde.

Sous le miroir de mercure, elle s'était surprise à observer longuement le verre semi-liquide qui vibrait. Elle ne vit rien, comme à l'accoutumée. L'absence de reflet dans ce miroir particulier indiquait que les expériences de son père étaient une mise en scène, un jeu, un jeu plus grand que la vie comme il avait dit un jour. Le miroir de la chambre était le seul de l'appartement à rester aveugle, c'était la preuve qu'il reflétait bien la réalité.

Les deux hommes émettaient leurs bruits singuliers, comme deux systèmes de plomberie voisins et distincts, elle pouvait reconnaître chaque variation de timbre, de souffle, de rythme, d'intensité, elle pouvait en user, comme de simples boutons sur une console de pilotage.

La femme dirigeait l'exercice de sa baguette d'osier, tel un chef d'orchestre, elle aimait fouetter les fesses qui s'agitaient sous les coups de boutoir de son ami, à qui elle prodiguait aussi de quoi exciter ses nerfs et stimuler ses ardeurs. Randy ne voulait pas qu'on le touche, mais la femme blonde ne pouvait s'empêcher, au moins une fois par séance, de lui asséner quelques coups par surprise en éclatant d'un rire sonore.

La femme blonde lui avait offert la séance de harnachement et de suspension, afin de le déniaiser de son fétichisme banlieusard. Le sadomasochisme est une science exacte, lui avait-elle dit. Vous êtes un amateur, je vais vous enseigner les bases.

Les bases consistaient en un harnais de cuir et de latex, disposant d'un système de cordes et de poulies, et de diverses entraves. Des accroches spéciales, télescopiques, pouvaient s'arrimer aux murs et aux plafonds sans y percer de trou, c'était mobile, pratique, *user friendly*, avait dit la femme.

Son père avait exercé un contrôle implacable sur les opérations. Aucun coup réel, de légères percussions, uniquement. Aucune marque profonde, pas d'hématomes, pas de sang, rien de visible, la douleur devait être simulée, du moins à peine sensible, il s'agissait d'un jeu, Randy connaissait les règles et la vidéo servirait de témoin. Je fais une exception, si vous suivez tout à la lettre je verrai pour une autre fois avait nettement affirmé son père.

La femme blonde s'était légèrement voûtée alors qu'elle avait consenti. L'œil d'acier de Jason Lloyd Vanderberg ne l'avait pas quittée une fraction de seconde.

3

L'année 1998 fut celle du grand retour de Madonna avec l'album *Ray of Light*. Produit et réalisé par William Orbit, un maître international du mix techno selon MTV, il remplaça « Discotheque » de U2 sur la platine. Les séquenceurs stellaires se mêlaient aux beats machiniques pour produire ce carburant sonore qui activait son organisme au-delà de toute fatigue.

Les séances solitaires de karaoké/gymnastique duraient plusieurs heures. Tapis de course, vélo d'appartement ou Orbitrek, télévision branchée mais le son coupé, platine laser au volume maximum, sa voix épousant les mélodies, ses muscles et sa structure osseuse ne faisant qu'un avec les machines, les exercices physiques répétitifs alternaient avec la lecture d'ouvrages scientifiques de référence ou d'anticipation et l'apprentissage assidu du programme scolaire. Le reste du temps était occupé par les expériences de la femme blonde et l'offrande de son corps aux vidéos de son père.

Ce fut aussi l'année où celui-ci, un soir, revenant de Las Vegas après une journée de congé, lui avait rapporté quelques livres de science-fiction qu'elle avait demandés.

Elle avait vu *Naked Lunch*, de David Cronenberg, en vidéo, et noté le nom de l'auteur du livre. Il était le descendant déviant de la dynastie Burroughs, celle des machines à calculer.

Lorsque son père lui avait tendu *Nova Express*, *La Machine Molle* et *Le Ticket qui explosa*, son visage prit un air gêné.

— Ils étaient en solde je te l'avoue, je ne sais pas si ces livres te plairont, j'ai essayé de les lire mais je n'ai rien compris.

Elle lui avait souri, pensant : Ce n'est pas grave, moi je comprendrai. Son cerveau commençait à tout calculer, comme l'héritier de la famille Burroughs.

La littérature de l'auteur de *Naked Lunch* s'injecta en elle dès le premier contact.

Ce système de cut-ups, préfiguration post-analogique du digital, cet assemblage à première vue disparate de matériaux divers, collage pop art passé au napalm, formait un bloc d'une densité absolue, un point de singularité infiniment divisible, qui ne l'était donc jamais, et qui paraissait pouvoir fonctionner comme un virus, en occupant le cerveau, en contaminant la pensée.

Sa pensée était déjà contaminée. Elle était déjà un virus. Elle rassemblait constamment temps et espace, en les divisant sans cesse. Elle finit par se dire qu'elle était une sorte de cut-up permanent, pas vraiment un livre qui s'écrivait, plutôt une de ces bobines d'enregistrement magnétique dont se servait William S. Burroughs pour créer ses narrations déviantes, là où temps et espace semblaient s'interpoler.

Son corps grandissait, mais il subissait une transformation imprévue. Il devenait dur comme du diamant, minéral, plus concret que le monde dans lequel elle vivait.

Elle ignorait que ce n'était pas vraiment son corps qui se transformait ainsi.

Elle ignorait que c'était tout ce qu'elle ne pouvait pas voir d'elle-même, tout ce qui était invisible, secret, vivant, dangereux, derrière la surface métallique du miroir vissé au plafond.

Ce qui attendait le premier accident, la première fissure, pour revenir en elle.

4

Flottant en état d'apesanteur entre le miroir de mercure et la literie ornée de soieries translucides, les orifices bouchés par des godemichés électromécaniques qui s'activaient comme des organes humains, elle avait commencé à établir des calculs comparatifs entre plusieurs éléments fondamentaux.

Les calculs intégraient la contenance exacte de chaque pièce, le volume des objets dans l'espace, leurs coordonnées sur la carte mentale de l'appartement, la vitesse et la direction de leurs déplacements, des dizaines d'autres paramètres.

Les systèmes sexuels électromécaniques étaient constitués d'un moteur électrique qui activait une pompe animant à son tour une tige d'aluminium, aux mouvements pulsatifs ou rotatifs, à laquelle était fixé le faux phallus. Un harnais de métal pouvait être orienté à volonté afin de diversifier les axes de pénétration.

Randy et Otis alternaient régulièrement leur place dans sa bouche tandis que la femme s'occupait des machines qui foraient son anus et son vagin, en jouant avec le régulateur de vitesse, les mouvements rotatifs, le variateur d'intensité, les transitions angulaires, la position du harnais.

Elle se balançait entre le ciel de mercure et l'océan de soie blanche, elle pouvait rester ainsi des heures, en symbiose avec les dispositifs qui faisaient d'elle le centre vivant des machines, la machine centrale, la machine de tous les centres, la machine vivante. Son endurance les avait tous surpris. Même la femme blonde.

— Tu es vraiment une exception, l'avait-elle complimentée, dommage que personne ne sache utiliser tous tes talents.

Cela faisait plusieurs fois qu'ils procédaient à cette expérience, son père avait supervisé rigoureusement les opérations, comme toujours.

Après avoir tout inspecté, vérifié, validé, il avait dit :

— Nous allons devoir rediscuter les termes de notre petit contrat.

La femme blonde s'était à nouveau légèrement inclinée devant le visage impassible et le sourire effilé comme une balafre.

L'appartement mesurait précisément 124,65 mètres carrés.

5

L'appartement mesurait précisément 124,65 mètres carrés, l'adolescente du plafond avait effectué tous les calculs nécessaires pour obtenir ce résultat précis à la décimale près.

Derrière la surface ondulante de mercure, elle avait aussi discerné une étrange source de chaleur. Cela n'avait rien à voir avec les systèmes d'éclairage, ni avec les plaques chauffantes de la cuisine, ni même avec le rayonnement du four à micro-ondes. C'était une lumière invisible. Mais elle pouvait en percevoir le frémissement par l'effet prismatique du miroir.

Il y avait Samantha Washburn, il y avait son père, il y avait elle.

Et il y avait les tubes qui émettaient la luminosité bleue-violette à l'origine de cette énergie thermique.

Les tubes, comprit-elle, étaient l'objet de la discussion. Elle se vit, immobile et silencieuse, dans l'attente d'une décision de son père, alors que Samantha

Washburn développait avec patience et habileté son argumentaire.

L'appartement était entièrement recouvert d'un lichen polymorphe qui se mouvait avec lenteur et se transformait insensiblement, comme une flottille de nuages fuligineux tombés d'un ciel de charbon. Le lit était une structure noircie, les draps en cendres, les édredons et les coussins amalgamés en paquets calcinés.

Quelque chose pourrissait. Quelque chose prenait feu. Quelque chose qui restait invisible, même pour elle.

— Toute la circuiterie électrique de l'appartement est contrôlée par une centrale dédiée. Tous les systèmes électriques sont protégés, comme la télévision, derrière sa vitre anti-choc et anti-feu. Les prises de courant sont toutes utilisées et il est impossible d'y accéder, même la platine laser ne peut être débranchée, grâce à un système de sécurité spécial, tout nouvel appareil est relié à un circuit spécifique qui doit être implanté dans le réseau, reconnu par la centrale, et surtout autorisé par moi. Vos tubes consomment beaucoup d'énergie et ils sont potentiellement dangereux.

Samantha Washburn opine du chef en souriant, cela, la jeune fille du plafond l'a vu comme si elle se tenait en face d'elle.

D'ailleurs elle se tient en face d'elle.

— Vous allez passer à côté d'une transformation essentielle et pourtant très ordinaire... vous n'avez pas envie que votre petite Stardoll puisse avoir... comment dire... un certain succès auprès d'un... certain public, nous nous comprenons ?

— En quoi vos tubes peuvent-ils être utiles ?

— Votre fille n'a pas vu la lumière naturelle depuis dix ans, son teint est maladif malgré vos concentrés de multivitamines, plus le temps passera plus l'effet s'accentuera.

— Des UV ?

— UVA, oui, pour commencer une seule séance par semaine, de courte durée, avec des lotions corporelles, il faut restructurer l'épiderme et les premières couches graisseuses, cela prendra un peu de temps, ensuite nous pourrons doubler puis multiplier le rythme, jusqu'à une séance standard par jour, elle donnera l'impression de revenir d'une plage de Californie, je vous en donne ma parole.

— Combien de temps, au total ?

— Si nous commençons tout de suite, disons la fin de l'année.

Son père se tourna vers elle et chercha un assentiment dans son regard, il le trouva.

La jeune fille du sous-sol s'était laissée convaincre sans peine par les arguments de la femme blonde, sa pâleur naturelle était devenue lividité troglodyte, et elle avait envie de ressembler aux actrices de la télévision, à Pamela Anderson dans *Baywatch*, elle avait envie de tant d'autres choses dont elle ignorait encore l'existence.

Depuis le miroir sans reflet, la jeune fille du plafond vit s'enrouler autour de sa sœur du sous-sol un nuage de lichen cyanosé.

Chapitre 30

1

Il y eut un long bloc de mémoire-temps solide durant la transformation solaire de la jeune fille du sous-sol, sous l'œil médicalement attentif de la femme blonde.

Les tubes rayonnaient violets derrière la surface translucide et mouvante, bronzant l'épiderme avec la régularité d'un astre mécanique. La jeune fille du plafond observait les transitions s'opérer en mode digital, on-off, à peine une ou deux *frames* animées pour passer d'un monde matériel à un autre.

La femme blonde avait repris le rituel des achats de montres, elle y avait adjoint une collection entière de lunettes de marque, toutes mercurisées, Ray-Ban, Gucci, Dolce & Gabbana, Armani, Paco Rabanne…

Elle avait acheté un nouveau microphone pour le karaoké maison.

Elle lui avait offert plusieurs costumes d'époque, 1900, 1920-30, 1950, 1960, 1970, 1980…

Un par décennie.

Une rétrospective du XXe siècle.

Les cassettes vidéo s'entassaient.

La femme blonde fit l'acquisition d'un nouveau caméscope. Un modèle japonais plus moderne que le 8 mm digital de son père.

— Bientôt votre standard n'existera plus, autant s'adapter tout de suite.

— Ne croyez pas que cela changera quoi que ce soit aux conditions de notre contrat, avait répondu son père.

Les perruques et les couleurs capillaires modifiaient son apparence en continu, elle semblait être la seule chose vivante dans l'appartement du sous-sol.

Elle semblait même être trop vivante pour l'appartement du sous-sol.

La jeune fille du plafond eut l'intuition que quelque chose allait se produire.

Quelque chose qui la ramènerait dans son corps d'origine, quelque chose qui la ramènerait vers le monde d'en bas, là où le mercure des Ray-Ban avait effacé son reflet en contaminant le miroir du plafond, là où les tubes à UV brûlaient doucement son épiderme tout en faisant de sa chair un bloc de glace.

Là où les êtres humains jouaient avec elle, sans savoir avec quoi ils jouaient.

Très vite, lors de l'enchâssement temps-mémoire qui suivit, la jeune fille du plafond constata d'autres changements, majeurs. Ces transformations ne concernaient plus vraiment la jeune fille du sous-sol, elles étaient d'ordre quantitatif et opéraient à l'extérieur du corps-expérience.

Elles appartenaient au monde-matière, elles appartenaient au temps concret calculé, elles appartenaient au temps des montres.

D'autres humains venaient dans l'appartement secret. Deux autres couples, et deux hommes seuls, trentenaires.

Ils entraient les yeux bandés ou le visage recouvert d'une cagoule, son père avait été comme toujours absolument formel.

— Personne ne doit savoir que cet endroit existe, où il existe, depuis quand il existe.

La femme blonde lui avait répondu,

— Nous n'existons même pas.

Puis d'autres blocs de temps-mémoire s'étaient succédé, d'autres visiteurs avaient effectué des visites ponctuelles, avant de disparaître peu à peu, la femme blonde et son ami redevinrent les seuls visiteurs réguliers.

Les transformations de son corps par la femme blonde étaient devenues le cœur des expériences, elles avaient incité le cousin Randy à revenir plusieurs fois. Son père lui-même y trouvait un nouvel attrait.

Il laissait agir la femme blonde.

Il gardait le contrôle des opérations, il maîtrisait les impulsions, les craintes et les désirs, il assurait la direction générale.

Dans son miroir de mercure, la jeune fille du plafond ressentit une impression étrange, radicalement nouvelle, et potentiellement dangereuse.

La direction, empruntée par son père et la femme de Las Vegas, lui semblait croiser la sienne, en route vers le monde du bas, elles semblaient se rencontrer comme deux trains qui entrent en collision. Elles se rejoignaient avec une parfaite synchronisation, toutes les montres indiqueraient la même heure.

Elle ne comprenait pas les raisons de cet accident, ni de sa perfection.

Elle ne savait pas encore qu'il suffirait d'un éclair, au sens propre.

2

Son père avait regardé le nouvel arrivant d'un œil suspicieux. Cette fois, s'était-elle dit, ça ne passera pas. Elle portait ses Ray-Ban au mercure et un monokini noir aux couleurs de l'ancienne Allemagne de l'Est tout en s'activant sur l'Orbitrek devant une rediffusion de *NYPD Blues*, jamais le monde n'avait été aussi solide.

Elle observait la scène depuis la machine, depuis son corps recouvert de sueur.

Le nouvel arrivant mesurait un mètre cinquante, et sa structure se terminait par une tête en pointe de flèche, il était de forme triangulaire, de couleur pourpre et se branchait dans un petit cube où vibrait la membrane d'un haut-parleur.

— C'est très gentil de votre part, mais je ne vois pas l'intérêt d'effectuer de vrais branchements et de vrais enregistrements, pourquoi ne pas en faire un accessoire comme les autres ?

— C'est une vraie guitare, avait répondu la femme blonde. Une Gibson Flying V. Un modèle légendaire. Votre fille a un talent fou, bien au-delà de la simple imitation, il faudra bien l'exploiter un jour ou l'autre.

— L'exploiter ? vous êtes complètement dingue, je vous ai pourtant expliqué les conditions dans lesquelles…

— Ces conditions n'ont plus court. Vous ne pourrez pas la garder infiniment cloîtrée ici, et vous le savez. Je vous offre une solution. Elle changera d'identité, vous déménagerez, nous la produirons, personne ne pourra la reconnaître, les transformations sont loin d'être terminées.

— Vous croyez sérieusement que je vais laisser diffuser l'image de ma fille sur tous les écrans de télévision d'Amérique ?

— Je ne vous parle pas de MTV, vu la nature de nos activités je vise un public plus restreint, mais en pleine expansion, grâce à internet. Elle sera bientôt majeure ne l'oubliez pas, ce que nous ferons sera légal. Il me faut juste le temps de mener à bien cette transformation. Il existe des méthodes audiovisuelles d'apprentissage de l'instrument, j'en ai aussi acheté.

Après un long silence, c'était elle qui avait conclu la discussion :

— Nous reprendrons les visites, nous renforcerons les contrôles de sécurité, et nous doublerons, voire triplerons les prix. Dans un an ou deux, elle sera prête, grâce à elle nous allons inventer une nouvelle forme de musique underground : le porn-rock, ou porn-pop, et elle en sera la star. Stardoll, le surnom était prémonitoire. Il n'y a pas de hasard, ici-bas, vous le savez mieux que moi.

Depuis sa machine de gymnastique elle avait noté que la femme voulait faire d'elle une véritable star, une star secrète.

Seul l'Orbitrek, avec son bruit fluide et continu, mixé au souffle de machine biologique qui pulsait de ses poumons, fit écho aux paroles prononcées.

Mais la femme blonde venait d'accomplir ce que personne n'avait encore jamais tenté : livrer à son père un futur clé en main.

Pour la toute première fois, elle le vit incliner légèrement la tête pour donner son accord.

3

C'était une fusée violette aux reflets métalliques, un axe transversal qui barrait la chair dorée d'un rayonnement métallique.

La Gibson Flying V, avion de chasse, arme venue d'ailleurs, roquette sonique, devenue prolongement d'elle-même, ou plus exactement : dont elle devenait le prolongement organique.

Les yeux devenus surfaces de mercure, prothèses miroirs métallisant le monde, les cheveux reteints noir corbeau fléchés de reflets orange et argent. Le costume de néoprène aux découpes hypersexuelles, le visiteur qui la sodomisait d'un côté, Otis qui la forait fellation de l'autre. La femme blonde impassible derrière la caméra.

La guitare branchée à son amplificateur portatif puis au système karaoké maison, son corps branché à tous ces dispositifs. Elle était l'élément à la fois central et périphérique de toute cette circuiterie instrumentale, de ce réseau strictement matériel, concret, où la différence entre organismes vivants et machines en activité continuelle s'estompait au sein d'un monde terriblement solide. *Solid as a rock.*

Aussi solide que son corps.

En face d'elle : elle. Dans l'écran de télévision défilent les images filmées par la femme blonde lors des séances de porn-pop tandis qu'elle joue de la guitare, fermement campée sur un de ses appareils de gymnastique.

Et au moment où elle plaque une série d'accords basiques, pur rock'n'roll, assise sur l'Orbitrek, la Flying V en sautoir, les lunettes mercure en nerfs optiques cyborgs, elle s'imite elle-même, se reproduit, se réplique, se cathodise. Progressivement, la distance avec l'image vidéo est devenue très relative.

Son corps est plus dur qu'un bloc minéral ramené du désert par son père. Il est tous les dispositifs de la maison. La télévision, où s'anime la seule réalité possible, celle qui désormais impose la marche à suivre à son corps, est avalée par sa chair devenue maison, sa chair séquencée par toutes ses montres, sa chair qui a fait du temps un espace interne, voué à vampiriser sans fin tout ce qui prend corps dans le monde.

En elle, un éclair zigzague, la révèle à elle-même et à sa propre image vidéo.

Je suis le corps de tous les corps.

Elle était bien le centre organique de toutes les machines électriques. Elle était bien le dispositif périphérique de tous ces corps en action.

Toujours revêtue de néoprène, elle interprétait *Firestarter*, de Prodigy. Autour d'elle trois hommes se masturbaient : Otis, placé en face d'elle, un visiteur venu de Las Vegas et le cousin Randy, aimanté par la créature qu'elle était devenue.

Ils bandaient tous sévère, alors qu'elle reprenait les poses déjà filmées qui défilaient sur l'écran de télévision.

Désormais les images faisaient partie de l'image, les vidéos précédentes étaient immédiatement recyclées dans la continuité numérique du porn-pop process, comme l'appelait la femme blonde.

Le cousin Randy lui éjacula le premier sur le visage.

4

Elle est seule maintenant. C'est la nuit. Toutes les montres sont synchrones. Nue, à l'exception d'un slip de bain de l'équipe américaine de natation et de sa paire de Ray-Ban, elle se tient debout, bien droite, sur le tapis de course face à sa propre image. Puis elle reprend le vélo d'appartement, avant de s'installer sur l'Orbitrek, où elle concentre ses efforts sur les barres de traction.

Les aiguilles des montres tournent à ses poignets et à ses avant-bras, les leds basculent violettes ou bleutées, elles indiquent toutes la même heure, son corps s'active sur les machines, il maîtrise le temps de la maison, la télévision la dédouble et fait de son image vidéo sa véritable nature, jamais le monde n'a été aussi solide.

Quelque chose s'est détaché d'elle, mais elle ne sait pas quoi. Ni même quand. Mais la perte semble définitive. Ce n'est pas son image enfermée dans l'écran qui n'a plus aucun rapport avec elle-même. C'est comme si elle avait perdu quelque chose qu'elle n'avait jamais possédé.

Sur le vélo d'appartement, elle se maintient à une vitesse constante de trente-trois kilomètres heure.

Elle transpire à peine.

5

Elle est ce corps synchronisé aux montres, solitaire, nu, inondé de sperme, parfois recouvert d'accessoires, parfois foré de toutes parts. Elle est ce corps qui court, pédale, tracte mécanique, chaque jour un peu plus, chaque jour plus minéral, chaque jour plus instrument, chaque jour plus gymnastique.

Chaque jour plus physique.

Max Planck. Théorie des quanta. Les livres s'entassent autour de son lit. Traité de chimie minérale. Cours d'électricité générale. Introduction aux espaces de Riemann. Composites, réfractaires, nanomatériaux. Semi-conducteurs et logiques floues. Électromagnétisme, force électrofaible. *Aeroliths in America*. Le corps-expérience ne cesse d'apprendre, il ne cesse de rendre le monde plus solide.

Le sexe du cousin Randy.

Les ahanements d'un visiteur dans son dos.

Le sourire de grenouille de la femme blonde qui l'encourage en silence.

L'œil noir du caméscope.

La télévision, réalité hyper-sensible qui la modèle.

Son corps-maison, son corps de course, son corps de star.

Qui n'a plus besoin de nom.

À chaque réveil, la discipline minérale – athlétisme en zone suractivée musique/télé, physique-chimie en injections systématiques, compositions guitare électrique – est l'unique horizon de la journée. Parfois plusieurs jours/nuits d'affilée. Toutes les montres sont synchrones, son corps est synchrone, le monde est synchrone, tout se tient dans une perfection numérique, tout est calculé, les machines de gymnastique, les systèmes de son, la guitare, les vibromasseurs, les bites pleines de foutre, les images en boucles dans la télévision. Tout ne fait qu'un.

Avec elle-même. Avec ce corps qui devient plus dur et plus mécanique que les machines qui l'entraînent.

Dans chaque bloc-mémoire qui transite par elle, la jeune fille du plafond voit se dégrader l'univers au-delà du miroir. Elle ignore ce qui est en train de se produire, c'est une vague de destruction invisible, qu'elle seule peut enregistrer, une catastrophe quotidienne qui ne sera jamais imprimée dans le cerveau de sa sœur-image. Mais qui cache un secret dont elle-même est tenue à l'écart.

Elles sont identiques, elles sont chacune elle-même et l'autre, mais elles vivent séparées. C'est l'univers entier qui les disjoint, cet infini contenu dans la millimétrique surface d'un miroir qui ne reflète plus rien depuis des années.

La femme blonde tient conciliabule, avec son père et avec elle.

Ce sera bientôt son 17e anniversaire, date importante, la dernière année avant la majorité. Ce sera aussi le réveillon du Millénaire. Elle propose de concentrer les deux événements pour une fête de fin d'année à tout casser, avec un show spécial de la star Nevada Confidential du porn-pop.

Elle a déjà tout préparé.

La jeune fille du plafond constate à nouveau la légère inclinaison de la tête de son père alors qu'il acquiesce en silence.

6

Musculation disciplinée militaire / réseaux nerveux affûtés cybernétiques / poumons pompes programmées au centimètre cube / mains pieds bras jambes thorax abdomen colonne vertébrale en coordination métabolique physiologie de combat / cerveau chair sang triade du corps en expansion dans l'espace / vision ouïe toucher surintensifiés technique sensorielle / télévision imagination physique-chimie de sa propre image devenue autonome dans l'écran / vidéos porn-pop en zones neurales absolues / ma son appartement chambre lit univers concentrique de matière vivante / elle, réplique de l'image-sœur, elle, locomotive arrimée à l'express nocturne des expériences sexuelles, elle, celle qui entraîne les machines de gymnastique et qui fait étinceler le son électrique de la guitare, elle, qui n'existe plus que par sa disparition progressive du monde.

Au-delà de l'écran de mercure plus rien n'avait de forme. La jeune fille du plafond contemplait une fosse remplie de cendres ardentes qui projetait de lourdes volutes de fumée anthracite. Les murs de la chambre devenus spongieux, saturés de liquide spermatique pourri et de colonies de lichens, marqués de longues traînées noires qui indiquaient le passage d'une tornade incendiaire. Tout l'appartement se partageait ainsi entre les parties dévorées par les combustions invisibles et celles qui subissaient les attaques virales de la moisissure vivante.

L'autodestruction de l'appartement semblait indiquer un choix.

Ou plus précisément, l'impossibilité de tout choix.

7

New Millenium Sex Toy, affichait l'écran de télévision en lettrage gothique/digital de couleur chrome. – Le vidéoclip du millénaire, avait dit la femme blonde. C'est une chanson composée par votre fille, elle en a écrit les paroles sous ma direction, ce sera le temps fort de notre vidéo. Je vous avais dit qu'elle possédait des talents cachés qu'il serait stupide de laisser en friche.

Son père avait répondu par un vague signe de la tête, il avait également accepté le cadeau de réveillon de la femme blonde.

Il y aurait trois des visiteurs habituels. Les plus sûrs : un couple d'Eureka, un célibataire de Reno, plus une surprise. Une surprise venue de Los Angeles.

Et le cousin Randy, bien sûr.

Son père avait regardé une série de photos sur le petit Olympus numérique que la femme lui avait tendu.

Son sourcil s'était levé. Il avait regardé la femme blonde, intensément.

— Je ne dis pas non, mais pour une seule fois, je devrai vérifier son identité et lui, ou elle, paiera double tarif. Je ne négocierai pas là-dessus.

— C'est déjà prévu, avait répondu la femme. C'est un vrai transgenre, masculin et féminin, il apparaîtra en dernier, le bouquet final.

Son père avait acquiescé, en silence.

8

C'était rose et ça vibrait. C'était rose comme un objet-machine, c'était rose comme la chair gonflée de sang, c'était rose comme un visage congestionné par l'effort.

C'était rose comme le vibromasseur de luxe, fait sur-mesure, que la femme du couple invité lui enfonçait dans l'anus, avec ses petites lumières clignotantes violettes et ses éclairs cobalt.

C'était rose comme la guitare qui faisait résonner les accords qu'elle avait inventés.

C'était rose comme tous ces membres dressés autour d'elle ou plongeant et replongeant, visqueux, humides, raides, dans sous les orifices.

Gang bang is a way of life / Get ready for the pleasure express / life is a way to my own crash / my body's a nuclear test / I am the new millenium sex toy /

I am either a girl or a boy / I am the new millenium sex toy / Much more than a wasted porn trash / I am the new millenium sex toy / I am flesh and blood and I am your goddess / I am the new millenium sex toy / I am the angel-devil of Joy /

C'était le moment de l'hermaphrodite.

Depuis son observatoire de mercure, la jeune fille du plafond avait assisté à la transformation de l'univers d'en
bas, paralysée d'anxiété mais saisie d'une forme d'es-
poir doucement lumineux. On se dirigeait droit vers la
catastrophe, tous les signes convergeaient depuis longtemps, ils atteignaient maintenant un niveau de concentration dénommé masse critique.

La fosse ardente s'était transmutée en un cratère rempli d'une eau noire, opaque, réplique ténébreuse du miroir
où elle vivait.

C'est de cette eau noire qu'était sortie la pieuvre inorganique.

Elle avait immédiatement su qu'il ne s'agissait pas
d'un être. Pas même mort.

C'était une chose. Mais ce n'était pas une chose particulière, c'était le modèle de toute chose. Tentaculaire,
s'étoilant comme un réseau minéral, cristallin, carbonique, dans tout l'espace de l'appartement, incorporant
les surfaces de pourriture comme les objets calcinés, cela
n'avait pas de forme et pas d'autre sens que lui-même.

La jeune fille du plafond comprit qu'il ne s'agissait de
rien d'autre que de la réalité secrète de sa propre sœur-
image, et de ce qu'elle-même était en train de devenir
en parallèle, avant leur réunification.

Alors qu'elle plaquait les premiers accords de *New
Millenium Sex Toy*, elle reçut le sperme de l'invité de
Reno en plein visage, elle aperçut le large sourire de la
femme blonde derrière l'objectif du caméscope, comme
si la machine elle-même donnait son approbation.

La queue blême de l'invité venu d'Eureka s'introduisait tubulaire à la périphérie de son champ de vision, celle
d'Otis, rougeâtre, en réplique sanguine de l'autre côté.

Presque aussitôt la vision s'imposa à elle, recouvrant
tout l'espace.

Le sexe masculin se dressait peu à peu devant ses lèvres. Les poils pubiens venaient s'incorporer avec la touffe féminine, à demi rasée, vulve rosâtre entrouverte, déjà humide, le sexe masculin fit irruption dans sa bouche, jusqu'à la glotte, elle vit une main féminine, gantée de latex noir, en train de s'immiscer dans le vagin tout en manipulant au passage les testicules et le phallus.

Le cousin Randy s'occupait d'elle en levrette, la télévision diffusait un montage saccadé, tiré des vidéos précédentes, le sexe de l'hermaphrodite emplissait son orifice buccal, elle sentait les liquides séminaux pulser dans le tube vibrant, elle entendait son souffle accélérer, elle ne voyait que la chair doublement sexuée, chatte/bite, vagin/pénis, organe/organe.

Elle pouvait tenir le riff d'intro aussi longtemps qu'elle pouvait tenir sur ses machines de gymnastique.

L'hermaphrodite se laissa masturber par la femme invitée, une jeune rouquine, qui s'occupa fort bien des deux sexes en même temps, elle excitait avec précision l'ensemble de l'appareil génital féminin tout en variant la pression et le rythme du sexe masculin, elle aperçut son masque de Cat Woman alors que la fille venait pratiquer à l'androgyne un adroit cunnilingus, lorsqu'il vint exploser dans sa bouche, il poussa un petit cri animal suivi d'une longue expiration avant de se retirer, pompe visqueuse déjà ramollie.

Elle fit tourner un cycle de deux mesures et attaqua la chanson proprement dite.

Les deux autres hommes éjaculèrent sur elle à leur tour.

Le cousin Randy redoublait d'efforts.

La femme blonde-caméscope lui offrait un sourire illuminé.

L'hydre venue des profondeurs secrètes de la chambre, la chose multipodale et acéphale qui reprogrammait sa personnalité, ce non-être dynamique, avait pris possession de toute la maison.

Depuis son observatoire, la jeune fille du plafond remarqua que le réseau minéral avait tout nettoyé, l'appartement était revenu à son état initial, bien antérieur à la contamination et au feu. Tout n'était que béton écru, surfaces granuleuses, matériaux bruts, sauf les éléments essentiels à la survie – les machines de gymnastique, la télévision, la chaîne hi-fi, la guitare électrique – désormais momifiés dans la structure architecturale du sous-sol, la chose minérale s'était non seulement incorporée à la maison, mais à sa généalogie, et à son devenir, elle avançait dans le temps comme dans un espace abstrait, par sauts digitaux, sans transition, hors de tout flux, pure concaténation de matière passant d'une géologie à une autre.

La jeune fille du plafond se demanda pourquoi le réseau envahisseur ne s'était pas occupé du miroir. Il l'avait soigneusement évité alors qu'il prenait possession du temps-espace. Elle eut l'intuition qu'il attendait quelque chose. Ou qu'il pressentait sa venue. Quelque chose d'autre que lui.

Totalement autre.

Son contraire.

Quelque chose qui viendrait d'un tout autre endroit.

Son opposé.

Quelque chose qui viendrait d'un point situé bien au-dessus d'elle.

Chapitre 31

1

Stardoll s'était laissée immerger sans résistance dans l'autre partie du continuum comme à son habitude. Le sommeil sans rêve ne ferait même pas coupure, il relierait les journées en un seul processus, pourvu d'un variateur d'intensité, une simple oscillation dans le flux monothélique de son existence.

Cela survint cette nuit-là.

L'ouverture.

L'ouverture du continuum.

Son dépliage.

Son dépliage sur le monde non humain, sur le monde sans nom, sur le monde venu de plus haut encore que celui qui surplombait la Maison de l'appartement du sous-sol.

C'était blanc.

C'était plus blanc que blanc. Immaculé. Jamais touché. Jamais approché.

C'était lumière pure, cœur d'étoile, radiation infinie, sans source déterminable, sans direction perceptible, en provenance de partout et de nulle part, se dirigeant partout et nulle part, à la fois mobile et statique, d'une totale stabilité et en mouvement perpétuel.

Cela provenait également d'elle-même. Et cela se dirigeait vers elle-même.

Elle-même, qui était en train de changer de corps.

Ce n'était déjà plus blanc, au-delà du blanc.

Cela était en train de prendre une forme.

Et même des formes.

Cela restait néanmoins lumineux, par contraste avec des zones obscures, d'où se détachaient les structures en formation. Il y avait aussi des angles durs, des fragments de surfaces planes et brillantes, des points lumineux aux limites de l'ultraviolet.

Cela ressemblait à une machine.

À la face interne d'une machine.

Et son corps était en train de se reconstituer au cœur de cette machine.

Les formes devenaient plus précises.

Le temps suspendu, mais en constante fluctuation, bouclé-plié-surplié, l'espace en cours de reconstruction, déplié.

Les formes devenaient plus précises.

Des silhouettes.

Des structures organiques, en tout cas vivantes, du moins en apparence.

Des structures animées. Des structures dotées d'un comportement autonome. Des structures qui ressemblaient à des êtres humains.

Mais qui n'étaient pas humaines.

Elle eut l'impression de revivre une réplique déviante de l'expérience abortive. La machine était constituée d'un immense laboratoire, aux murs lointains, radiants d'une luminosité argentique, d'une porte-sphincter ouverte, donnant à voir un poste de contrôle cybernétique, un cockpit, un tableau de commandes qui luisaient bleutées dans le clair-obscur laissant deviner un noir sidéral à la présence inaltérable, derrière une baie ouverte sur l'infini piqueté d'étoiles réduites à l'état de points statiques et sans éclat.

Elle comprit dans l'instant ce qui lui arrivait.

274

C'est cette connaissance qui induisit la peur, sous la forme d'une angoisse permanente liée à son existence, comme élément moteur de toute l'expérience, alors même que son identité se translatait dans un corps-copie, un corps expérimental, un corps au service de la science venue d'ailleurs.

Les formes animées l'entouraient. C'étaient bien des êtres à forme humaine qui n'étaient pas humains. C'étaient bien des humanoïdes. C'étaient bien des extra-terrestres.

Elle se trouvait allongée – incapable du moindre mouvement sans que rien ne l'entrave – sur une surface froide parcourue d'infimes vibrations qui résonnaient en un milliard d'échos dans son organisme. Ce corps à la fois sien et étranger, ce corps cloné, ce corps parfaitement identique et pourtant autre, ce corps qui était le sujet d'une expérience scientifique conduite par les créatures venues des étoiles.

Ce corps que les humanoïdes semblaient en mesure de décrypter, ce corps qu'ils pouvaient nommer.

2

Elle ne devrait pas ressentir cette peur, se disait-elle, cette anxiété sourde et constante, organique, intégrée au corps dans lequel les humanoïdes la faisaient habiter. Elle retrouverait peut-être David Duchovny, elle connaissait la situation, elle l'avait parfois imaginée, rien de tout cela n'aurait dû l'effrayer.

Mais ce n'était pas le produit de son imagination.

C'était réel.

Tout son corps, ce nouveau corps nommé dans une langue inconnue, tout son corps re-produit dans le vaisseau-laboratoire le savait, et ce corps, désormais, authentifiait son identité.

C'était bien elle qui se trouvait ici, et ici c'était bien le domaine des créatures venues des étoiles, elle sentait leur présence, percevait leurs contacts physiques lorsqu'ils la touchaient, elle enregistrait chaque mouvement de leurs appareillages intrusifs, elle mémorisait la forme des machines, la variation des luminosités, les couleurs, les structures, les matières, les substances, solides, liquides, gazeuses, autres.

Changements de la température endotherme, sensations froid/chaud en provenance des objets qui la traversaient de part en part comme un immense réseau semi-vivant, perception amplifiée des processus métaboliques de son organisme, elle eut la certitude qu'on lui injectait un virus hybride de vie et de mort, et cet hybride viral donnait accès à la connaissance dominée par l'angoisse.

Il y avait un langage à l'œuvre. Il y avait des signes, des symboles, des inscriptions incompréhensibles mais qui témoignaient d'une cohérence interne, elle pouvait deviner un alphabet particulier, peut-être plusieurs ? Les hiéroglyphes clignotaient sur des écrans, défilaient sur des surfaces, jusque dans l'air, en suspension, mobiles, translucides.

Les humanoïdes correspondaient aux portraits-robots en circulation depuis Roswell, un mètre cinquante environ, peau blanchâtre un peu métallisée, crâne hypercéphalique, vastes terminaisons préhensibles, avec doigts articulés, grands globes oculaires noirs dotés d'un iris au spectre chromatique changeant.

Des êtres doués de parole mais qui semblaient aussi communiquer continuellement en infra-verbal.

Ou plutôt : supra-verbal, télépathique.

Le temps n'était pas relatif, au contraire il se présentait comme un absolu, un seul instant, condensateur de tous les autres, un temps-zéro, une montre non pas arrêtée, mais dont les aiguilles avaient disparu.

L'espace restait, lui, relativement stable, quoiqu'en oscillation permanente entre différents niveaux d'énergie, mais rien ne pouvait altérer l'impression/sensation kinesthésique de la réalité vécue.

Les modifications de l'espace et du temps font partie de l'expérience, c'est tout. Ce sont des êtres capables de changer les données du continuum, ils voyagent plus vite que la lumière, ils viennent de systèmes solaires situés à des milliers de parsecs, notre biochimie n'a aucun secret pour eux, on dit qu'ils pourraient être à l'origine de la vie sur Terre.

La phrase se déroula en un seul influx, incalculable, indéterminable, dans l'ensemble de son psychisme devenu co-extension du vaisseau-laboratoire. Elle ressemblait à sa voix, à sa voix intérieure, la voix de sa pensée, elle n'était pas sûre, pourtant, de l'avoir énoncée elle-même.

L'angoisse est un état normal de la connaissance, finit-elle par comprendre.

Ce qui compte vraiment, c'est de ne pas avoir peur de la peur.

3

Dans un repli du temps condensé, la lumière blanche réapparut, sous la forme d'un point singulier, non localisable ; spectre chromatique : infini, dans les deux sens ; intensité : toutes, sans exception ; expansion/contraction : corrélatives.

C'était déjà dans son corps et son corps était déjà la lumière.

Les formes s'y fondirent progressivement, brumes dans le brouillard, photons dans le vent solaire, humanoïdes, machines, écrans, langages : homogènes, synthétisés, unifiés. Avec sa propre chair, pure radiance.

Elle comprit juste que l'expérience venait de se terminer. Elle comprit juste qu'elle allait revenir dans son corps d'origine, dans l'*Under-Basement*, l'appartement-sous-la-cave-sous-la-maison, deux cieux plus bas.

Puis ce fut…

La coupure.

Totale.

Le repliage.

Instantané.

L'effaçage.

Toute l'expérience.

L'amnésie.

Verrouillée.

Le retour.

Dans les ténèbres.

Absolues.

Chapitre 32

1

Jamais l'appartement n'avait été plongé dans une obscurité aussi dense. Si le miroir du plafond ne pouvait plus depuis longtemps renvoyer le moindre reflet, il n'avait jamais expérimenté les ténèbres. Jamais elle n'avait été immergée dans une telle nuit.

L'orage avait frappé vers une heure du matin. Une masse d'air froid venue des Rocheuses, pleine de neige et de glace, était entrée en collision avec un vent chaud venu de la côte pacifique mexicaine. Des tempêtes de grêle et de pluie verglaçante étaient attendues sur tout le Sud de l'État. C'est ce que répétait CNN, avec les mots « SEVERE WEATHER » en banc-titre, jusqu'à ce que tout s'éteigne.

Elle se retrouva immédiatement piégée dans une intersection matière-lumière, photons solidifiés dans le réseau minéral, carbone digital fluidifié pyrique, elle se trouvait encore dans le miroir.

C'est le miroir qui n'était plus à sa place. Il s'était entrelacé avec le multipode minéral. Il en était devenu un élément constitutif. Il en était devenu la vision et la mémoire.

Il y avait une étoile, là-bas, une étoile minuscule stratifiée à l'autre bout de l'univers, une étoile purement minérale. Cette étoile, c'était elle-même, Stardoll, ce nom qui n'était qu'un corps.

Elle réalisa qu'elle était en train d'intégrer son propre corps, sauf que ce n'était pas celui de Stardoll. C'était son corps prothèse, son corps externe, c'était la maison, devenue uniforme dans les ténèbres, et le virus minéral qui l'avait contaminée, particulièrement les systèmes électriques affectés par le court-circuit général.

Tout le miroir du plafond se transférait dans ce corps anonyme qui était le sien.

Le réseau minéral était bien plus dangereux que les moisissures et le feu invisible. Non qu'il en fût la synthèse, au contraire, il ne détruisait pas, lui, il reconstruisait.

C'est ainsi que la jeune fille du plafond ne fit plus qu'un avec son propre miroir, avec les murs, la circuiterie électrique, les objets, avec tout l'espace.

Elle y passa des ères géologiques.

2

La jeune fille du sous-sol s'était habituée à la présence continuelle de son image dans l'écran de télévision. Elle n'apparaissait plus désormais comme un spectre translucide mais comme une véritable actrice, dans chaque série diffusée, et comme présentatrice. Elle faisait partie du monde.

Et surtout elle faisait partie du monde de l'appartement. Son image ne vivait plus seulement dans l'écran mais aussi sur les miroirs, les pans de mur, les objets, le divan, le tapis de course, les plafonds, les planchers.

Elle eut l'impression qu'elle ne faisait qu'un, qu'une avec la maison. Elle eut l'impression que son image témoignait d'une présence plus secrète. Elle eut l'impression fugace que la mort visitait l'appartement de temps à autre, pour y laisser l'ombre de son ombre.

Elle ne fut réellement étonnée que par la disparition du miroir du plafond, remplacé par la continuité murale.

Elle conjectura qu'il s'était liquéfié avec son image dans l'écran de télévision.

Cela ouvrait des questions insondables.

Sa propre image la regardait prendre place sur l'Orbitrek depuis plusieurs points de vue.

Son père avait-il fait disparaître David Duchovny ?

La femme blonde faisait-elle partie de la conspiration ? L'avait-elle manipulée pour obtenir son silence, en échange de la vie extraordinaire garantie par son père, un contrat aurait-il été passé ? Quel était le rôle du cousin Randy ?

La maison et l'appartement secret étaient-ils impliqués ? Les pierres rapportées de l'Area 51 ou du Meteor Crater, les animaux du vivarium ? Les exerciseurs ? Le karaoké ? La guitare ?

S'agissait-il d'instruments destinés à l'amadouer et à ralentir son investigation sur les transformations et les disparitions des acteurs des séries télévisées ?

Voulait-on l'empêcher de parvenir à la vérité ?

Pourquoi se souvenait-elle de murs ensanglantés et de literie en feu ?

Que s'était-il vraiment produit dans l'appartement ?

Avaient-ils manœuvré son père, était-il menacé, victime d'un chantage ?

Était-il complice ?

Pourquoi avait-il tout accepté de la femme blonde ?

C'était une impression vraiment nouvelle, ce doute radical. Ce n'était même pas cette anxiété à la source inconnue qu'elle connaissait depuis l'enfance, c'était bien plus dur, dur comme du diamant sur du verre, c'était encore plus dur qu'elle, c'était encore plus minéral, plus solide, plus concret.

Ce doute abyssal avait une origine, elle la connaissait.

C'était cette jeune adolescente présente dans l'écran de télévision et un peu partout dans l'univers du sous-sol.

C'était elle, le danger.

Au fil de la progression géologique de l'espace-temps-matière, le danger s'était concentré au cœur des fictions qui peuplaient l'écran. Dans le même temps, la jeune fille descendue du plafond s'était intégralement incorporée à l'appartement du sous-sol, et il lui arrivait de projeter sa présence ailleurs dans la maison, là où elle n'était jamais allée, là où rien, pourtant, ne lui semblait vraiment inconnu.

La jeune fille tombée du plafond était désormais la créature de l'horizon-béton, la créature de la carte-maison, celle qui avait chu du miroir, celle qui s'était translatée dans les écrans, celle qui attendait depuis des siècles, voire une microseconde, d'opérer le tout dernier transfert.

Directement en elle-même.

Les ères géologiques se succédèrent, la tectonique de la maison épousait la moindre cellule de son corps. Elle comprit peu à peu qu'elle n'était pas intégrée à la structure minérale invisible qui avait pris possession du temps par l'espace. Cet être paradoxal, multipède et désormais multicéphale, c'était elle-même.

Cette hydre métamorphique qui avait proprement avalé la maison, c'était elle. C'était elle qui s'était déréalisée dans le miroir du plafond mais qui, en retour, avait conservé une conscience-mémoire des événements et des situations, c'était elle qui avait fait surgir des ténèbres de quoi affronter la pseudo-réalité lumineuse que l'autre partie d'elle-même vivait dans le sous-sol.

Cet envahisseur était *sa* créature et non l'inverse.

C'était elle, l'invasion. C'était elle la carte d'état-major de ses propres états psychiques, c'était elle qui avait ouvert l'abysse d'où venait la Chose.

L'envahisseur était le principe de réalité, mieux encore, il était le réel à l'état de principe premier.

Elle avait pleinement conscience de ce que cela impliquait.

Cela impliquait qu'il fallait tout détruire.

4

La femme blonde avait rapidement convaincu son père de compléter l'arsenal musical. Elle payait tout. Aucune clause du contrat n'était changée. Mais il fallait tout de suite passer la vitesse supérieure.

— Votre fille apprendra très vite, comme le reste.

Un jour de printemps, tout comme les exerciseurs s'étaient accumulés devant la télévision, une série d'appareils électroniques prit place devant la chaîne hi-fi. Un synthétiseur/workstation Korg Trinity dernier cri, capable d'enregistrer des pistes audio et de séquencer des pistes midi, accompagné d'une boîte à rythmes/échantillonneuse Alesis, d'une tablette de mixage, d'un enregistreur stéréo numérique et de toute la câblerie nécessaire.

Bientôt, avec les nouvelles machines, elle pourrait composer l'intégralité des titres.

— Tu seras la première véritable Porn-Pop Idol, lui avait dit la femme blonde.

Puis elle avait regardé son père en lui offrant ce sourire batracien imperturbable.

— Votre fille est désormais majeure dans l'État du Nevada. Rien de ce que nous faisons ici n'est plus illégal. Notre petit réseau clandestin va vite se transformer en marché de masse, croyez-moi.

Son père avait acquiescé en silence, une image d'elle-même était apparue en clignotant faiblement sur une carte planisphère.

— Tout ce que nous avons filmé ces dernières années nous sera extrêmement utile, nous allons nous en inspirer, l'améliorer, le poursuivre, nous créerons une série vidéo, nous diffuserons des extraits sur internet, elle conservera son anonymat, ce qui accentuera le mystère, nous ferons tourner la boutique le temps qu'il faut, puis nous nous évanouirons avec les dollars.

— Vous allez encore amener des visiteurs ? Que ferons-nous de Randy ? J'ai d'ailleurs une autre demande.

— Randy est facilement manipulable, nous lui laisserons quelques séances. Ce qui risque de changer c'est que certains visiteurs réguliers ne paieront plus, ce sera à nous de les payer.

— Vous plaisantez. Ça va contre les principes de l'entente.

— Ce n'est plus une question d'entente, c'est une question de marché. Il va aussi nous falloir des acteurs professionnels. Les vidéos maison ne représentent qu'une fraction du marché porno, avec l'expérience hors norme de votre fille nous pourrions frapper un grand coup sur des niches séparées, mais complémentaires. Vous vouliez me demander quelque chose ?

La tête de son père s'enfonça, frémissement tout juste perceptible, dans ses épaules.

— L'oncle Stan. Le père de Randy. Lui, il paiera.

— Ils viendront en famille, alors. Il va falloir organiser tout ça. Nous pourrions commencer à tourner au cours de l'été, nous nous occupons des scénarios à partir des films que vous nous prêtez au compte-gouttes.

— Il n'y aura pas d'exception pour les cassettes. Une par une, système de protection anti-copie inviolable, et vous me les ramenez au fur et à mesure.

Le sourire de la femme blonde s'était figé.

Ce à quoi son père faisait allusion, elle s'en souvenait grâce à quelques signaux en provenance de sa propre image disséminée dans le corps-maison.

— Si jamais un d'entre eux s'aventure à produire une copie, je le saurai, ne me demandez pas comment, et si je le sais, le contrat sera rompu, en ce qui le concerne, il est d'ailleurs fort possible que tous les types de contrats prennent fin.

Un fantôme de sa présence se démultiplia au plafond, son sourire énigmatique suspendu dans un digit du temps, ce sourire lui disait : Une autre conspiration se trame, et tu en es non seulement l'objet, mais le principal agent.

Les écrans se vidaient peu à peu au profit de sa seule image, depuis plusieurs masses-temps déjà. Des pensées en mode automatique s'agglomérèrent : on la manipulait pour que les acteurs disparaissent des séries télévisées et soient remplacés par des simulacres pseudonymes à son image, son père n'est qu'un pion, la femme blonde orchestre tout depuis le début. Elle était là sans être là, dès leur arrivée dans la maison.

C'était elle le principe de réalité.

C'était elle la Chose.

Cela voulait dire que tout était faux depuis le début.

Cela signifiait que son père faisait partie de la simulation.

Que son père aussi était faux.

Que son père était truqué.

Comme dans le roman de Philip K. Dick. Comme dans tous ces livres de science-fiction qui n'en formaient qu'un, par lequel la vérité pouvait être reconstruite, réparée, rassemblée, comme un puzzle.

Qu'il était même sans doute le trucage.

5

Porn-Metal, la femme blonde n'avait que ce mot à la bouche depuis des mois. Elle avait dit à son père : Nous entrons pour de bon dans l'âge des transformations. Porn-pop c'était bien pour l'époque d'avant, nos premières cassettes commercialisées underground.

Maintenant votre fille doit devenir LA Créature des Étoiles. Nous devons devancer le marché, être d'authentiques innovateurs.

Son père n'avait rien répondu, son œil interrogateur s'était fixé sur elle.

Il existe aujourd'hui de nombreuses méthodes de transformations corporelles, je vous ai préparé une sélection des meilleures.

Et elle lui avait tendu son petit autofocus Olympus.

Une fois de plus, son père avait acquiescé en silence, en tassant un peu ses épaules.

Elle s'était dit : La femme blonde veut faire de moi une Créature des Étoiles, mon père lui obéit, je lui obéirai aussi. Mon père le mérite.

Une voix spectrale retentissant dans son crâne semblait répondre en écho : Tu lui obéiras, mais pour mieux la tromper. C'était une voix glaciale, une voix lointaine, distante de plusieurs années-lumière mais qui provenait de son propre corps. Son corps plus solide que jamais, et néanmoins rongé par le doute qui l'habitait maintenant en permanence.

Son père lui tendit l'appareil sans rien dire, la série de photos montrait une longue collection de tatouages aux couleurs métalliques, des piercings de toutes formes et de toutes matières, métaux, cristaux, diamants, rubis, saphirs, plastiques, mais aussi ce que la femme appela « branding », soit impression de marques au fer rouge sur la chair, directement cautérisée par la chaleur, et pour finir des implants sous-cutanés de silicone aux formes futuristes ou tribales.

Alliages incorporés, pigments imprimés épidermiques, emblèmes gravés au feu sur viande animale, injections cyborgs métaplastiques, son organisme serait bientôt le champ d'expériences toutes nouvelles, il en serait le symbole incarné.

La femme blonde lui souriait.

— Ton corps va devenir un mythe, lui dit-elle.
Le mythe du XXIe siècle.

6

La jeune fille venue du plafond vivait désormais à l'échelle de la maison toute entière.

Ce voyage immobile et continu réveillait ses angoisses enfantines. Une terreur sourde accompagnait chacune de ses apparitions.

Une frayeur glaciale devant ce quasi-inconnu. Un inconnu qu'elle parvenait à reconnaître vaguement. Un inconnu qui avait laissé une empreinte dans sa mémoire.

Cet inconnu englobait la maison et ce qu'il y avait au-dehors.

Ce qu'il y avait au-dehors pouvait se voir par les fenêtres, ces fragments de mur transparents ouverts sur l'épouvantable horizontalité infinie de l'univers.

Ce qu'il y avait au-dehors n'avait pas de forme, et aucun sens.

Ce qu'il y avait au-dehors était obscène de vérité.

C'était le monde, le monde où se ramifiait la conspiration orchestrée par la maison et ses habitants, la maison de son père, la maison où la Chose avait élu domicile, la maison où le principe de réalité était cette femme blonde qui manipulait les caméras et le poste de télévision, pour faire disparaître les acteurs des séries télévisées et les remplacer par elle, la jeune fille du sous-sol avec une guitare électrique.

La Chose-femme blonde ne se contenterait pas de la maison.

Elle visait le monde entier.

Si la Chose parvenait à regagner le monde extérieur, jamais la jeune fille venue du miroir ne serait en mesure de rejoindre sa sœur-image.

Plus la Chose lui donnait à connaître la maison, plus se creusait la distance entre les deux parties intégrantes de la jeune fille séparée.

Elle devait agir. Elle devait se matérialiser dans le monde, c'est-à-dire en elle-même.

Mais elle n'était qu'une projection inconsciente, elle n'était qu'un secret caché dans un rêve, un reflet évanoui depuis des années et qui se redupliquait maintenant à des centaines d'exemplaires sur des murs, des objets, des écrans, des miroirs, des cubes d'atmosphère.

Un reflet que la jeune fille du sous-sol était la seule à voir. Un reflet qui seul était capable de percevoir la situation.

Il devint clair qu'elle ne rejoindrait pas sa sœur-image, mais que sa sœur-image, par un geste imprévisible, les ferait se rencontrer et fusionner de nouveau.

Chapitre 33

1

L'oncle Stan s'était assoupi sur le divan du salon en regardant une vidéo récente, un verre de daïquiri Triple P – porn-pop-power – tremblotant dans sa main gauche.

Il tenait son sexe ramolli dans sa main droite.

À l'écran, Stardoll, revêtue d'une combinaison de latex noire aux accessoires de cosmonaute d'opérette, recevait une pluie de liquides séminaux.

En passant devant lui, elle nota une faible contraction réflexe, elle observa chacun des objets de la pièce, enregistra la présence de son image sur tous les murs puis avança vers le corridor.

Dans la salle de bains, entièrement reconfigurée en cabine spatiale monochrome blanche, la femme blonde, son ami, le transsexuel californien et le cousin Randy se tenaient chacun à la place prédéterminée par le scénario.

Elle se contempla une fois de plus dans le vaste miroir de la porte d'entrée.

Tous les chaînages moléculaires s'étaient assemblés en une structure à la concrétude absolue, son corps-maison métabolisé dans l'espace muraille, son image-sœur devenue un isolat aux réfractions infinies, chaque objet à sa place, chaque objet à sa place dans le plan, chaque objet à sa place dans le plan du sous-sol.

Chaque objet. La femme blonde, le cousin Randy, l'ami de la femme, l'androgyne, l'oncle Stan, et même son père truqué, pour le moment à son poste à la station-service.

Tout était logique à défaut d'être sensé. Tout était visible à défaut d'avoir une forme. Elle avait passé des jours à tout préparer. Les assemblages moléculaires allaient revêtir une grande importance, tout comme un certain nombre de phénomènes électromagnétiques. C'était son seul souvenir réel intégré dans une ligne du temps. Une petite semaine passée devant l'évier de la cuisine, sans autre horizon que l'aluminium brossé et les bouteilles de produits domestiques, les objets sélectionnés, et les câbles.

En elle, une voix résonnait depuis l'autre bout de l'univers, la source de l'écho avait disparu, mais elle en connaissait l'origine.

Elle se dupliquait autour d'elle, elle prenait peu à peu possession de l'espace devenu matière, elle faisait du temps une simple masse en déplacement, elle semblait savoir quelque chose qu'elle-même continuait d'ignorer.

Toutes les montres indiquaient la même heure.

2

Les tatouages étaient divisés en deux dominantes chromatiques : bleu-argent, rouge-feu. Ils représentaient des scènes libertines du XVIIIe siècle français, des bas-reliefs grecs ou romains, des illustrations tantriques, et quelques pièces de pop-culture érotique des années 1960-70, poupées Barbie resexualisées, héroïnes de comic books en positions obscènes, reproduction solarisée d'une photographie tirée de *Deep Throat*.

Tous les tatouages formaient une fresque constellée d'étoiles d'argent, la femme blonde avait dit, – Inutile d'y imprimer ton nom, tout le monde fera le lien, ce sera bien plus fort.

Le tatoueur qui durant des mois était venu de Las Vegas s'était également occupé des piercings qui ourlaient ses oreilles, ses lèvres, sa langue, le bout de ses seins, ses narines, son nombril, le haut de son sexe.

Comme tous les visiteurs, il avait été conduit au sous-sol par son père et la femme blonde, le visage recouvert d'une cagoule. Il avait été payé avec le corps qu'il refabriquait.

L'homme venu de San Francisco qui avait imprimé les « brands » au fer rouge électrique et implanté les structures de silicone sous et à travers l'épiderme, avait suivi la même procédure. Les deux spécialistes ne s'étaient jamais rencontrés. Ils étaient venus travailler, avaient touché leur salaire, étaient repartis, sans savoir où ils étaient venus.

Dans le miroir de la porte de la salle de bains, se tenait un être dont l'humanité n'était qu'un complément. Chair, acier inoxydable, matériaux composites, plastiques, silicone, impressions à l'encre, cautérisations graphiques, un seul et unique organisme, un seul dispositif analogique, les caractères humains solidifiés dans le diagramme devenu concret, le corps de chair devenu exosquelette de la machine biologique, synchronisé à la microseconde.

Les verres miroirs des Ray-Ban réfléchissaient leur propre monde de mercure à l'infini.

Au plafond, son image-sœur ne cessait de se démultiplier avant de se réunifier, puis de se désintégrer à nouveau, tout en l'observant avec la plus grande attention.

Derrière le miroir de la porte, il y avait la salle de bains, le jacuzzi, le décor préparé par la femme blonde et son ami, le tout nouveau caméscope, et le cousin Randy.

C'était la scène finale du premier film de la Porn-Pop Pictures Company.

Porn Metal Stardoll.

C'était son nom.

Son nom d'actrice. Le nom de son personnage. Le nom du film.

Le nom de son corps.

3

Depuis ses multiples postes d'observation, la jeune femme venue du miroir de mercure avait noté un changement important du comportement de sa sœur-image.

En premier lieu, le remplacement des entraînements sportifs par d'étranges expériences chimiques-culinaires dans l'évier de la cuisine. Puis le rangement très spécifique de tout le système d'enregistrement. L'installation de plusieurs cassettes vidéo et de flasques d'alcool sur le divan du salon.

Et les nuits entières à arpenter la surface de l'appartement du sous-sol.

La jeune femme descendue du plafond avait une conscience de plus en plus aiguë de sa puissance au cœur de ce dispositif.

Le plan du monde s'était dessiné plus nettement, le théâtre des opérations avait dévoilé la salle blanche de l'histoire secrète en cours, il plaçait sous le balayage des projecteurs les scalpels et les bistouris qui viendraient ouvrir son propre cerveau.

Elle n'était pas la Chose, mais son inversion, c'est-à-dire la réalité restaurée.

Sa sœur-image, la jeune femme du sous-sol, s'était littéralement fondue dans les ténèbres abyssales ouvertes sous le lit. Elle était bien ce principe d'entropie psychique, elle était la Chose, elle était même son programme d'évolution. Son programme de survie.

Son programme génétique.

Entre elles s'arquait une polarité de très haute intensité.

Cette polarité impliquait la possibilité concrète d'une jonction.

Elle permettait d'envisager une nouvelle synthèse.

Lorsqu'elle aurait lieu, l'énergie dégagée anéantirait tout un monde, c'est-à-dire au moins plusieurs cerveaux.

La jeune femme du sous-sol contempla une dernière fois son corps métallisé/plastique dans le miroir de la porte puis, sous l'œil attentif de sa sœur-image aux centaines d'apparitions, elle tourna la poignée et entra vers la scène finale de Porn Metal Stardoll.

La Gibson Flying V pointait vers le ciel de béton, paratonnerre rose en attente de la foudre.

4

La Salle de bains : décor grand blanc. Surfaces chromées disséminées au plafond et sur les murs. Métal en projection miroir de son corps qui fait irruption dans ce morceau d'espace.

Le Jacuzzi : un aquarium high-tech pour créatures moitié cyborgs moitié félines, autant dire pour elle.

Les Personnages : des astronautes sexomaniaques ayant capturé la dernière représentante de sa race.

Les Acteurs : eux tous, la Maison en entier.

La Maison en entier, plus le transsexuel venu de Los Angeles, visiteur VIP unique pour cette scène d'apothéose, son sexe est déjà raide, tendu, gonflé, et il se masturbe le clitoris alors qu'elle fait son entrée et se dirige vers eux avec calme.

La Maison en entier, sauf son père, qui a refusé toute apparition dans le film.

Son père, dont elle se demande s'il n'en est pas le véritable réalisateur.

La Scène Finale : une partouze aquatique qui lui permettra de gagner sa libération en tuant les astronautes terriens mais en conservant leurs corps en suspension artificielle pour qu'ils soient sexuellement utiles sur commande.

Is Your Body Ready? Elle a composé la musique et le texte de cette chanson, elle l'interprétera en play-back guitare à la main.

Les autres acteurs sont prêts, le caméscope est prêt, tout est prêt.

Elle n'a jamais été aussi prête.

Bientôt tous les secrets du film lui seront dévoilés.

Il lui suffit de tout inverser. Et tout deviendra vrai.

5

Noir. Total. Encore. Plus rien. Plus d'espace. Plus de temps.

Tout. Est. Noir.

Qu'est-ce que l'obscurité ? Non pas un manque, une absence, mais au contraire le résultat d'un trop-plein.

Un trop-plein de lumière.

L'ombre portée est alors aussi immense que l'univers.

Elle devient l'univers. Concentré en un point, concentré en une *singularité*.

D'où la lumière ne peut sortir, où elle est contenue mais aspire tout.

Trou. Trou noir. Ce qui est plus noir que la nuit cosmique elle-même.

Énergie. Énergie blanche. Super-Lumière, radiation invisible, longueur d'ondes inconnaissable.

Vortex absolu. Contre-pôle de toute « maison ». Monde sans. L'espace et le temps sont des anneaux à la fluidité infinie.

L'appartement du sous-sol vient d'être avalé par cette entité.

Ce n'est pas la Chose.

Ce n'est pas elle non plus.

Il s'est produit un événement catalyseur juste avant l'irruption des ténèbres.

Il s'est produit un éclair.

Il y a eu la lumière.

La lumière de la mort électrique.

Par laquelle elle a rejoint son propre corps.

Chapitre 34

1

L'instant fut blanc comme le cœur d'une étoile.

Fusion. Fusion nucléaire.

Héliosynthèse.

Solarium instantané.

Tout fut si rapide que chaque microseconde est restée gravée dans sa mémoire, indissociable des autres, un flux tendu, un processus exempt de toute coupure, toute aliénation, toute déviation.

La ligne droite de l'acte sans rémission.

Le tourbillon brownien des molécules d'eau rencontrant les flots d'électrons.

Néoprène plus latex : la combinaison spatiale de Stardoll est greffée à sa chair, de l'extrémité des phalanges jusqu'aux pieds ceints d'une substance noire aux irisations métalliques, un capuchon lui recouvre le cou, la nuque et une partie du visage. Entre les deux seins découverts par deux ouvertures zippées, son logo, reproduction d'un tatouage gravé sur sa peau au même endroit : une étoile d'argent ornée d'une poupée-ange-démon, une face rouge sombre, une face bleutée lumineuse. C'est son nom. C'est son corps. C'est le corps qu'elle porte. C'est le nom qu'elle habite.

Tout est parfaitement synchronisé.

Elle rejoignait son corps d'origine, son corps perdu, presque oublié, au moment ou la lumière objective de l'électricité coïncidait avec celle de la révélation.

La localisation des objets dans le corridor, tout le système de son.

La circuiterie débranchée/rebranchée.

La Gibson Flying V.

C'était bien une rencontre cataclysmique entre les deux jeunes femmes séparées par ce qui fut un univers. Maintenant, il y a l'éclair qui se décompose en un bouillonnement de photons. Il y a l'espace et le temps qui enfin disjonctent.

Il y a la quadragénaire blonde qui écarquille les yeux et qui amorce une question sans repartie.

— Mais enfin qu'est-ce que tu fais Stardoll, que se passe-t-il?

La Chose et la Contre-Chose se sont unifiées en elle.

Cette synthèse n'a plus rien à voir avec l'être qu'elle fut ni même avec l'être qu'elle incarna brièvement avant l'appartement du sous-sol.

C'est quelque chose d'entièrement nouveau, quelque chose qui n'a pas été prévu, quelque chose qui cherche et qui détruit.

— Je dois vous rendre vrais. C'est le scénario, répond-elle juste avant de plonger la guitare branchée à la terre et à son amplificateur dans le bain à remous.

2

Elle n'a nul besoin de torche électrique ou de lunettes à vision nocturne, elle connaît chaque centimètre de la maison qui est son corps. Elle agit avec la précision et la vitesse de l'automate qu'elle est devenue sur les exerciseurs, son cerveau-radar ayant intégré l'appartement du sous-sol non pas comme une simple carte mais comme l'injection physique d'un territoire concret.

La guitare a fonctionné tel que prévu, elle forme la pointe de la flèche reliée à tous les fils électriques dénudés à leur extrémité, maintenus en un étroit faisceau par du ruban adhésif, elle a polarisé le courant en provenance des autres machines de son, comme si celles-ci avaient été précipitées dans l'eau en même temps que le grand oiseau rose électrique. La guitare a concentré en elle toute l'électricité de la maison, elle est devenue la maîtresse absolue de l'appartement du sous-sol.

Et c'est son instrument.

Elle a juste le temps d'apercevoir des corps frémir et s'effondrer en séquences spasmodiques dans les remous. Elle discerne l'éclosion soudaine de cloques brunes sur toute l'étendue de leurs épidermes tandis que de brèves flammèches courent dans leurs cheveux, les yeux injectés de sang, globuleux, vitreux, fixent un point qui n'existe plus. À cet instant, étrangement, tout ce qui les différencie disparaît, même le transsexuel n'est plus qu'un paramètre parmi d'autres.

Tout a disjoncté dans la maison. Mais les deux parties de la jeune femme se sont rejointes.

Maintenant il faut s'occuper de l'organisme qui s'est endormi, comateux, sur le divan du salon.

Il lui reste peu de temps.

Son père truqué fera rapidement son apparition.

Mais toutes les montres sont synchrones.

3

Elle connaît l'emplacement de l'organisme, elle connaît son état présent.

Elle sait où se trouve l'objet qu'elle a fabriqué dans l'évier de la cuisine, elle sait où se trouve le produit.

Tout a été scrupuleusement rangé. Tout est à sa place. La maison est un instrument de connaissance.

Le cousin Randy laissait fréquemment des outils et des matériaux de bricolage dans le débarras jouxtant le corridor. Elle n'avait eu qu'à choisir et se servir.

Il n'y avait pas besoin de grand-chose au bout du compte.

La maison était son alliée. Elle était un piège capable d'attendre des années avant de se refermer sur sa proie.

Le somnifère est une puissante décoction élaborée par elle-même avec un mélange de plantes tropicales commandées à son père. Son goût amer peut se perdre dans une boisson alcoolisée de type Ginger Ale ou Vermouth. Oncle Stan l'a avalée comme les verres précédents.

La seringue a été confectionnée avec des tubes de plastique, un ressort de stylo-bille, des morceaux de bouteilles d'eau minérale, une aiguille.

Le produit injectable est un mélange virulent de dissolvants et de détergents. Afin d'assurer la terminaison de l'organisme Oncle Stan, le produit a été secoué pour qu'y apparaissent des bulles d'air.

Physique-chimie. Mécanique générale. Il ne reste qu'un peu de médecine d'urgence à administrer immédiatement sur l'organisme endormi. C'est la même chose.

Injection : connexion de deux dispositifs tubulaires.

Pleine jugulaire : accès direct au canal principal.

Timing : une pulsation cardiaque.

Toutes les montres sont synchrones à ses poignets, la plupart émettent une faible luminosité bleutée, leds aux nombres et aux radiations identiques, elles sont la seule source de lumière.

Elles sont le chronomètre de la maison, elles sont le chronomètre de son corps, son corps sans nom qui attend celui qui a pris la place de son père.

Son père truqué qui est là, maintenant.

Au bout d'un faisceau lumineux projeté par sa puissante Maglite de police.

Il pose des questions. Elle ne lui en posera aucune. Ou plutôt : ses questions seront des constats. N'exigeant aucune réponse. Il ne sait pas grand-chose, il ne devine pas le dixième de la vérité.

Il ne peut pas savoir. Et même s'il sait, il ne peut rien dire. On lui a probablement lavé le cerveau. Il n'était qu'un instrument entre les mains de la femme blonde.

La femme blonde qui ne s'était pas doutée de ce qu'elle faisait en pratiquant sur elle toutes ces transformations. La femme blonde qui ne savait pas qu'elle était devenue la Chose-Maison alors qu'une partie secrète d'elle-même restaurait peu à peu la réalité, vue depuis l'autre côté des miroirs.

D'ailleurs, elle avait elle-même tout ignoré jusqu'au dernier moment.

Juste avant l'irruption de son père truqué, elle a transporté l'organisme Oncle Stan dans la salle de bains, sans aucun effort, elle n'a pas eu à courir, à se presser, son rythme cardiaque n'a pas varié d'une microseconde, Oncle Stan a rejoint le quatuor électrocuté dans l'eau encore tiède et mousseuse.

Son père truqué continue à poser la même question : Qu'est-ce qui s'est passé ici ?

La seule interrogation qu'elle pourrait lui soumettre – qu'ont-ils fait de David Duchovny et des autres acteurs remplacés par sa propre image ? – se heurtera au fait que, si son père est truqué et qu'il est en fait le trucage, voire le truqueur, et pire encore les trois à la fois, s'il cache une entité dévoratrice de personnages réels, alors il sera moins vrai que le corps-maison réunifié, il sera moins réel que la jeune fille autrefois séparée.

Il sera moins réel que lui-même.

Cela voudra dire qu'il n'existe pas vraiment.

5

Il faut effectuer un test. Elle doit percer à jour le trucage. Elle doit retrouver son père d'origine. Il lui faut ouvrir la porte de la vérité, ne serait-ce qu'une fraction de seconde.

Sauf si le trucage a entièrement pris possession de son père. Sauf si son père truqué est hors d'atteinte, sauf s'il n'est plus qu'un composant mécanique de la conspiration générale.

Elle doit essayer.

Elle doit savoir.

Elle doit tuer cette créature.

Ce fantôme.

Comment tuer un fantôme ? Plus compliqué : comment tuer une entité qui n'est ni un spectre ni une véritable personne ? Comment tuer un trucage devenu organisme ?

C'est la maison qui a résolu le problème. C'est la maison qui a distribué les rôles aux objets, aux présences, aux reflets, c'est la maison qui lui a indiqué la configuration du diagramme.

La maison lui a dit : Tout ici-bas est toujours détruit ou sanctifié par l'eau et le feu.

C'était une voix très ancienne, une voix qui remontait à l'époque où elle n'avait encore jamais vu le sexe de son père. La voix n'est pas identifiable, elle lui paraît féminine, l'image floue d'une dame inconnue y est reliée par intermittence, elle est devenue celle de la maison, elle est devenue la voix de son corps qui n'a plus de nom propre.

— Où est Stan ?

La voix masculine provient du faisceau lumineux dirigé pleine face.

— Avec les autres, répond-elle.

— Où ça avec les autres ?

— Dans la salle de bains. Ils se reposent.

Le silence épouse l'obscurité pendant quelques instants, le faisceau lumineux se déplace à travers la pièce.

— Pourquoi tout a disjoncté ? Qu'est-ce qui s'est passé ?

— Il ne s'est rien passé, répond-elle, et rien n'a disjoncté, tout s'est rejoint, au contraire.

Un autre bref tunnel de silence, la lumière revient se braquer sur elle.

— Qu'est-ce que tu racontes ? Toute la maison est plongée dans le noir.

— Non, c'est une illusion. Tout comme vous, vous n'êtes pas vrai. Comment avez-vous fait pour prendre sa place ?

Cette fois-ci, le silence est rempli de toute la lumière obscurcie par l'appartement du sous-sol.

— Pourquoi remplacez-vous les acteurs par mon image ? Qu'avez-vous fait de David Duchovny ?

Le silence frémit au rythme des ondulations nerveuses qui font osciller le faisceau de lumière.

— De quoi parles-tu... Stardoll ?

— C'est le nom de mon personnage. Même pas mon nom d'actrice, qui est secret. En fait vous ne savez strictement rien.

— Écoute, je ne comprends rien de ce que tu racontes. Qui t'a refilé de la dope ?

— Encore une question sans intérêt. Voici les miennes : Qu'avez-vous fait de mon père ? Qui vous a fabriqué à sa ressemblance ? Et pourquoi ?

Elle sait que l'artefact ne voudra pas répondre. Elle sait qu'il faut dévoiler la vérité. Elle possède ce qu'il faut pour y parvenir.

Cela se trouve au centre du lit. Là où s'étaient creusés la fosse ardente puis l'abysse sans fond. Là d'où était sortie la Chose.

L'objet est une torche faite pour dissiper toutes les ténèbres.

Toutes.

6

Physique-chimie.

Assemblages moléculaires.

Calculs.

Nombres et substances.

L'évier, le micro-ondes, le réchaud, les outils, produits et matériaux laissés par Randy, la circuiterie électrique, tout est désormais à sa place, tout est concentré en un seul dispositif, un dispositif qui fait face au faisceau de lumière, cette lumière qui n'est qu'un trucage de l'obscurité, alors que le noir dans lequel ils sont plongés révèle une clarté dont la puissance les forcerait à coudre leurs paupières.

C'est une bouteille. Plastique. Mais elle ressemble désormais à une boîte harnachée de pièces de métal ou de PVC collées à la super glue. Son contenu a été élaboré à partir d'alcool à brûler, d'extraits chimiques combustibles prélevés dans diverses peintures industrielles ou dissolvants pour mécanique automobile, s'y ajoutent quelques substances permettant une gélification instantanée, une petite circuiterie électrique branchée à une pile au lithium à une extrémité, à un flash au magnésium pour appareil photo à l'autre. La circuiterie est contrôlée à la microseconde par une Tag de plongée immergée dans le liquide.

Cela porte un nom : napalm.

Lorsqu'elle appuiera sur l'interrupteur de fortune, il restera exactement deux secondes et deux dixièmes au flash de magnésium avant qu'il n'éclaire toute la scène.

Et qu'il l'embrase.

Tout est calculé.

Toutes les montres sont synchrones à ses poignets.

— Qu'est-ce que tu fais avec ça ?

La voix de la fausse lumière a résonné sèchement.

L'ombre qui flotte derrière elle se détache à peine de la nuit-maison.

C'est elle, la Chose.

C'est ce qui a pris possession des séries télévisées et s'est inoculé dans le corps de son père pour en faire une entité truquée, un simulacre, sinon pourquoi aurait-il cédé si facilement sa place à la femme blonde et au cousin Randy ?

Pourquoi travaillait-il dans une station-service ? Là où tant d'essence était stockée ? Et pas une seule goutte, jamais, dans la maison ?

Sans doute parce que son métabolisme nécessitait un approvisionnement quotidien en hydrocarbures.

Chimie organique à base de méthane ?

Pourquoi venait-il de plus en plus rarement ? Pourquoi s'était-il détaché d'elle ?

Parce que ce n'était pas lui. Parce qu'il représentait la plus grande menace ayant jamais pesé sur son existence troglodyte.

Il pouvait à tout instant la ramener à l'extérieur, là où le monde était rempli d'êtres comme lui. Il pouvait à tout instant la séparer pour toujours de son père.

Cela n'arriverait pas.

— Vous ne posez pas les bonnes questions. Et vous n'avez aucune réponse. Vous n'êtes rien.

Son index vient d'appuyer sur l'interrupteur.

La lumière est d'une blancheur absolue lorsqu'elle illumine la vérité.

La vérité qui ne hurle même pas lorsqu'elle s'enflamme.

Un simple et monotone hululement, de faible intensité.

La bouche qui s'était ouverte n'émettait plus le moindre son.

La bombe artisanale avait explosé en plein thorax. Attaque pulmonaire directe, doublée de la dynamique naturelle des gaz en feu vers le haut, attaque encéphalique simultanée, le reste créait une spirale descendante autour du bassin et des jambes.

L'éclair initial fut blanc. Ultra-blanc. Maintenant c'est un vortex cyanose/aurifère qui tourbillonne autour de la structure organique animée d'un mouvement frénétique et qui semble suivre la rotation du feu qui l'emprisonne.

Il n'y a plus d'ombre derrière le faisceau de lumière. Il y a une torche dansante qui illumine la maison. Elle tourbillonne, elle aussi, son mouvement giratoire projette des flammes autour d'elle en protubérances et en flammèches ardentes.

Ignifugé.

Ce mot l'avait obsédée lors de la fabrication de la lampe-à-vérité. C'était un des premiers mots qu'elle avait lus dans ses manuels de physique-chimie, un des premiers mots qu'avait utilisés son père lors de son installation dans l'appartement du sous-sol.

Pratiquement tous les matériaux de construction que nous avons utilisés avec Randy sont à l'épreuve du feu, y compris l'isolation. La plupart des structures et des objets présents sont ignifugés, même les murs, même le sol, même le divan, et même le lit. Sécurité maximum.

Très vite elle apprit la signification du mot, très vite elle avait ressenti cette impression de sécurité maximum.

Pendant qu'elle fabriquait la lampe-de-vérité, elle n'avait pu s'empêcher de se demander le pourquoi de tant de précautions anti-incendiaires.

Maintenant qu'elle s'était rejointe, et qu'elle savait, elle comprenait que le père-trucage n'avait fait que perpétuer une illusion : le lit s'était consumé, en dépit des précautions, et la Chose en avait surgi, pour prendre possession de la maison, et de son père.

La lampe-de-vérité venait de tout changer.

La jeune femme au corps-maison, la jeune femme du sous-sol et du plafond réunifiés, la jeune femme sans nom propre calcula mentalement le temps qu'il faudrait à la structure organique de son père truqué pour se consumer et s'éteindre.

Tout juste soixante minutes.

Toutes les montres étaient synchrones à ses poignets.

Chapitre 35

1

Un matin, elle s'éveilla.

Elle avait dormi sur le divan du salon, il lui semblait qu'elle y dormait depuis des siècles.

Devant elle, à mi-chemin de l'écran de télévision, une forme longiligne noircie était allongée sur le sol.

Elle se leva sans précipitation.

Une sensation étrange s'éveillait avec elle.

La maison avait changé. L'appartement du sous-sol aussi.

Ils ne formaient plus ces blocs d'espace-temps dans lesquels elle se mouvait sans changer de place. Il y avait du vide à l'intérieur, il y avait du vide au-dessus. Il y avait du vide au-dehors.

Il y avait comme une invitation à remonter à la surface.

Aucune anxiété n'accompagnait cette évidence.

2

Elle vécut des jours avec les morts. Dans la salle de bains, les cinq structures organiques s'étaient teintées de couleurs glauques, livides, vénériennes. Le liquide moussant irisait une soupe beige où flottaient des étrons à demi calcinés et des îlots de vomissure ensanglantée. La guitare électrique dressait son manche strié de marques pyriques entre les corps.

Les reliquats carbonisés du père-trucage formaient une structure compacte, osseuse, uniformisée par le feu, sur laquelle les muscles les plus réfractaires s'étaient agglomérés.

Cela n'avait plus la moindre identité. Pas même fausse. C'était bien un trucage. Ce qu'il en restait.

Tout avait été calculé. Tout avait été synchronisé. Tout avait été rendu vrai.

Elle savait que l'organisme de substitution n'avait pu actionner le système d'accès électrique, faute de courant. Dans l'obscurité et dans l'urgence, il n'avait probablement pas pris la peine de refermer manuellement le verrouillage complexe.

Elle emporta le cadavre noirci, durant plusieurs nuits elle dormit à ses côtés devant le sas ouvert.

Puis, un matin, elle se leva, installa le corps consumé dans un sac de polyuréthane industriel et entra dans le sas.

Elle remonta lentement jusqu'à la cave.

Elle se souvint des quelques jours qu'elle y avait passés, avant que les séries télévisées ne subissent les attaques de la Chose.

Elle installa le trucage contre un mur, le sac de décharge en guise de linceul, et dormit à ses côtés encore plusieurs nuits, elle ne savait plus combien, cela ne revêtait d'ailleurs pas la moindre importance, toutes les montres restaient synchrones à ses poignets.

3

Un matin, elle se leva, une odeur de viande pourrie provenait de l'étage du dessous. Le corps du père truqué ne se décomposait pas. Il avait été momifié par les hautes températures de la lampe-de-vérité. Il ne subirait probablement aucune dégradation, alors que durant son ultime inspection de la salle de bains, elle avait constaté ce que l'eau stagnante et les bactéries faisaient des structures organiques, mêmes truquées.

Elle observa une dernière fois le trucage qui avait failli la piéger. Le corps noir de l'homme artificiel se détachait du clair-obscur ambiant en une masse carbonique.

Elle décida qu'il ne monterait pas plus haut. Il resterait ici, entre l'appartement du sous-sol et la maison en surface.

C'était sa place. Dans les limbes.

Elle se dirigea vers la porte à double battant qui menait aux étages. Elle ne ressentait aucune angoisse. Quelque chose se consumait en elle, très profondément, elle en percevait la radiante énergie.

Elle ouvrit la porte et commença à grimper l'escalier.

Elle ne savait pas ce qu'elle faisait.

4

Les surfaces rectangulaires de sa mémoire enfouie. Ces écrans de télévision où s'animait le monde du dehors. Elle les avait vus souvent à la télévision, justement. Elle savait ce qu'était une maison. Elle savait ce qu'était l'univers extérieur, elle savait ce qu'était une fenêtre.

Elle savait ce qu'était une porte. Elle savait ce qu'était une route. Elle savait ce qu'était un ciel.

Elle savait ce qu'était le monde.

L'aube était passée de quelques minutes, une lueur bleu-rose laquait les fenêtres. Elle fut doucement aimantée par les surfaces luminescentes. Elle y aperçut un monde conforme à celui de la télévision avant qu'il ne subisse les manipulations de son père-trucage.

C'était donc le monde vrai.

Le monde des actrices et des personnages. Le monde qu'ils avaient tenté de détruire.

Plantée devant la lourde porte blindée et son triple jeu de verrous, elle comprenait qu'elle allait quitter son corps-maison pour rejoindre ce monde-corps, ce monde dont elle savait tout, grâce à l'écran de télévision.

La porte n'avait pas été fermée à clé.

C'était un signe positif. C'était le signe qu'elle allait sortir.

Elle allait rapidement comprendre son erreur.

5

Le monde n'est pas plein.

Il n'est pas vide non plus. On peut y marcher, s'y orienter, mais aucun mur n'arrête la vision, le plafond n'existe pas vraiment, c'est du gaz bleu. Elle marche le long d'une large route asphaltée qui luit sous le soleil naissant. Elle avance dans une bulle de chaleur au rythme de ce corps machinisé par les entraînements quotidiens, elle ne ressent pas la moindre élévation de température, son allure est constante, son rythme cardiaque stable. Elle passe devant une station-service, sa mémoire établit la connexion père-maison-BP, elle sait ce qu'il lui reste à accomplir. Ouvrir à fond les tuyaux distributeurs, jets huileux se réverbérant rose-pourpre sur le béton, extirper les engins de son sac dorsal, les placer à la base de chaque pompe. Les minuter. Les vérifier. Les actionner. Se relever. Reprendre la marche dans l'air en surchauffe. Elle voit un panneau routier indiquant : Las Vegas 15 miles. Le monde n'est pas plein, mais il n'est pas vide, il n'est jamais tout à fait le même, sans se modifier radicalement non plus, il ressemble au monde vrai de l'écran de télévision, mais avec une infinitésimale différence.

Elle n'est pas sortie.

Elle vient d'entrer.

Le monde est une maison qui contenait la maison.

Le monde est un trucage qui cachait un trucage.

Son père était parvenu à créer l'illusion parfaite, celle où la réalité elle-même devient l'opérateur du simulacre.

Rien n'était vrai, et sûrement pas elle.

Elle avait été fabriquée par le trucage, elle avait vécu dans un monde faux au milieu d'un monde faux, elle avait vécu en parfaite synchronisation avec lui. Elle avait vécu comme un fantôme.

En fait, comprenait-elle, seul son père truqué/truqueur avait pu prétendre à une quelconque forme de réalité. Elle n'avait été qu'un spectre, une image, un corps abstrait. Et elle n'est plus qu'un corps sans nom.

Au-dessus d'elle, le ciel glisse sur un glacier de lumière et se disperse en vastes isolats aux formes géométriques. Les automobiles dessinent des sillages métalliques au-dessus du ruban noir de la route. Les habitations isolées, les quelques usines, les stations-service, le désert. Le monde n'est pas plein, mais il n'est pas vide.

Il n'est pas stable.

Il n'est pas un corps. Pas tout à fait.

Les objets y sont à fois disjoints et reliés, rien n'y semble calculable, l'horizon lui-même n'est pas déterminable. L'intensité de la chaleur estivale est variable dans le temps et l'espace, en fonction de la vitesse et de la direction de ses déplacements.

Le ciel est bleu mais pas aussi bleu que celui de l'écran. Le soleil est une sphère aveuglante, mais trop éblouissant par rapport à celui de l'écran, comme un système artificiel. Ce monde n'est pas vrai, mais il ne paraît pas complètement faux non plus. C'est pire que tout ce qu'elle aurait pu imaginer. Le sous-sol était probablement plus vrai que cet univers qui se déploie chaotique/insensé sous ses yeux. C'est le monde entier qui est truqué. Le monde est le trucage.

Une onde de choc vient la frapper dans le dos, elle perçoit une luminosité orange qui l'enveloppe, comme une rivale du soleil. Il y a même une intensification brutale et éphémère de la chaleur. Et une séquence sonore explosive éclate à ses oreilles. C'est la maison-père-BP qui vient de parler pour la dernière fois, l'image d'un lit incendié traverse sa conscience. C'est le seul bruit qui semble réel, c'est la seule lumière qui paraît vraie, c'est l'unique chaleur qui a une source. C'est la Maison elle-même qui devient feu, et qui l'appelle.

Alors, sans la moindre hésitation, elle fait demi-tour pour revenir à l'appartement souterrain. Elle marche. Toute l'énergie accumulée pendant des années grâce aux machines de gymnastique se libère, elle ne transpire pas, son rythme cardiaque reste uniforme, elle est la jeune fille sans nom qui retourne à son sous-sol.

Là-bas, au moins, les trucages sont morts.

La station-service est devenue une série de boules ardentes qui projettent leurs ombres sur l'asphalte.

Tandis qu'elle avance en direction du feu terrestre, au milieu du ruban noir qui divise une terre brunie par le feu solaire, des lumières tournoyantes font leur apparition devant elle.

Elle devine de quoi il s'agit. Les amis de son père-trucage viennent la chercher pour la faire disparaître à son tour. Elle sait qu'elle ne pourra rien faire contre eux, leur technologie dépasse tout ce qui est connu en ce monde faux qu'ils ont fabriqué.

Ils viennent la chercher. Elle ne reviendra jamais dans l'appartement du sous-sol, elle disparaîtra des cassettes vidéo de la femme blonde, elle n'est plus qu'un corps qui marche sur un ruban noir face à des éclairs de lumière.

Le rapport des policiers du Comté de Clark indique que la jeune femme avançait dans leur direction lorsque les agents l'interpellèrent à 8 h 59 du matin, le 31 juillet deux mille quatre.

Elle n'offrit aucune résistance, fut incapable de décliner son identité et leur posa immédiatement cette question :

— Qu'avez-vous fait de David Duchovny et de mon père ?

Puis elle s'était murée dans le silence et dans la contemplation des montres de luxe qu'elle portait à ses poignets, avant qu'on ne la menotte avec un ruban de contention militaire en fibre composite.

— Tout va bien, avait-elle dit à leur arrivée au bureau du shérif, elles sont toutes synchrones.

La jeune femme sans nom leur avait souri, où qu'ils la conduisent désormais, elle y retrouverait sûrement son père.

Son père et David Duchovny.

Elle y retrouverait la liberté, et la sécurité.

Elle y retrouverait la paix, et la vie authentique.

Elle y retrouverait un appartement du sous-sol.

Livre deuxième

UNITED STATES
OF ALIENATION

Est réel ce qui est mesurable.
— MAX PLANCK

NOUVEAUX MEXIQUES

*

UNIVERSAL TABLOID

NOUVEAUX MEXIQUES

*Reach out and touch faith / Your own
personal Jesus / Someone to hear your
prayers / Someone who cares / Your own
personal Jesus / Someone to hear your
prayers / Someone who's there / Feeling
unknown / And you're all alone / Flesh
and bone / By the telephone / Lift up
the receiver / I'll make you a believer /
Take second best / Put me to the test /
Things on your chest / You need to con-
fess / I will deliver / You know I'm a forgiver*

Personnal Jesus,
MARTIN GORE/DEPECHE MODE

Chapitre 36

1

C'était une machine.
C'était une machine qui volait.
Une machine qui voyait.
Une machine qui parlait, et qui écoutait.

Mieux encore, une machine qui comprenait, une machine qui comprenait ce qu'elle voyait, ce qu'elle disait, ce qu'elle entendait.

C'était une machine qui pouvait mentir.

Une machine qui pouvait inventer ce qu'elle voyait.

Une machine qui pouvait voir ce qu'elle inventait.

Pour cette machine qui volait, voyait, communiquait et inventait, le monde réel était un vaste studio d'effets spéciaux, Industrial Light and Magic à l'échelle du globe, du microscopique pixel jusqu'au fond monochrome bleu du ciel tout entier.

Elle était apparue comme un minuscule insecte dans le gaz céleste, en provenance du pic, puis elle avait survolé l'Ouest du compound, là où se concentraient les bunkers, les silos, les hangars, les casemates, avant de prendre la direction des contreforts, vers l'est, en passant en rase-mottes par-dessus les épais boisés qui recouvraient cette partie du territoire. Alors qu'elle fusait juste au-dessus de Novak, sa taille avait à peine grandi, un gros oiseau, pas plus.

C'était un avion miniature. Une sorte de mini-drone. C'était un bombardier dont les soutes n'étaient remplies que de stocks d'informations.

La machine faisait la différence entre carte et territoire, c'était même sa fonction primordiale. Mais son objectif final était de défaire cette différence. Son rôle véritable consistait à interpoler le réel perçu/numérisé avec la réalité digitale factice dont elle était porteuse.

2

Le cyber-avion s'appelait Falcon. Il avait été développé très récemment par une compagnie française. Il était commercialisé depuis le début de l'été.

Les deux gardiens de Trinity-Station l'avaient simplement perfectionné.

Ils n'avaient pas voulu en dire plus. Détails techniques superflus. Ce qui compte, lui avaient-ils répété, c'est que tu saches le maîtriser, du pilotage au brouillage, de son apparition à sa disparition.

Ce qui compte, avait compris Novak dès la première minute, c'est que je sache faire de ce jouet une arme parfaite.

Il avait suivi des yeux les cercles concentriques de l'avion autour de Trinity-Station.

Ses yeux étaient reliés à l'avion. Plus exactement : ses yeux étaient reliés à une paire de binoculaires extraplates qui permettaient de voir ce que l'avion voyait.

Le vrai, le faux, et la synthèse des deux.

Il pouvait voir ce que l'avion voyait, ce qu'il inventait, ce qu'il communiquait.

Il pouvait voir toutes les fausses cartes dont il bombardait les véritables territoires survolés. Il pouvait voir tous les vrais territoires avec lesquels il truquait les cartes.

Il avait très vite saisi l'usage qu'on pouvait faire d'une telle machine.

C'est une sorte de système hallucinogène, avaient fini par reconnaître les deux hommes. Sauf qu'il n'agit pas sur les cerveaux mais sur les objets qu'ils perçoivent.

Novak avait compris : ce n'est plus un jouet, si ça l'a jamais été, c'est déjà une arme de guerre de la prochaine génération.

Et c'était parce qu'elle avait été un jouet qu'on avait pu en faire une arme.

3

En virant au-dessus des buttes toutes proches, l'appareil avait décrit un cercle d'une perfection mathématique. Il avait perçu et émis tout ce que son jeu de caméras embarquées pouvait enregistrer de l'univers à sa portée, dans à peu près tous les champs spectrométriques possibles, bien au-delà des radiations visibles à l'œil nu, jusqu'aux rayons X ou gamma, jusqu'aux sources de radioactivité, d'électromagnétisme, c'était un très bon engin au départ, avaient dit les deux hommes, mais on l'a bien amélioré, tu peux nous croire, mon garçon.

Sur le moment, Novak s'était demandé comment deux septuagénaires pouvaient être aussi au fait des technologies les plus récentes, puis il s'était dit qu'ils avaient dû travailler comme ingénieurs dans un département de l'armée ou un service d'État similaire.

Le Falcon décodait le monde en une série de matrices visuelles disposées en couches superposées, en fenêtres juxtaposées, ou en surfaces à la transparence programmable, le tout selon la volonté de l'opérateur, qui percevait ce que le drone percevait, en plus de son environnement immédiat.

Novak pouvait opter pour toutes les combinaisons possibles grâce à la petite console à commandes tactiles accrochée au gilet spécial qui lui était adjoint. Il ressentait physiquement la présence et les variations de l'ensemble ainsi formé qui vibrait doucement sous ses doigts gantés d'une matière intelligente, selon les dires des deux hommes du compound.

Il avait rapidement apprivoisé l'engin. Il avait rapidement apprivoisé tous les engins dont il était constitué. Il avait instinctivement compris le système qu'ils formaient tous ensemble.

Quand ils lui avaient présenté la console, un des deux hommes, Montrose, avait dit : Nous l'appelons Gamewar Toy. Ce n'est plus la guerre qui devient un jeu, c'est un jeu qui devient la guerre.

Pour Novak, cela revenait essentiellement au même. Il s'agissait de détruire des cibles.

Pervasive technologies, lui avaient expliqué les deux hommes le matin même, alors qu'ils lui dévoilaient un des dispositifs les plus secrets de la console.

Face au silence glacial de Novak, le dénommé Flaubert avait esquissé une explication,

— Nous avons un ami qui travaille dans l'intelligence artificielle, c'est lui qui nous a aidés.

Ce n'était pas vraiment la question que s'était posée Novak, mais c'était un renseignement utile. Ils avaient un ami. Un ami qui travaillait dans le domaine de l'intelligence artificielle. Ils ne vivaient pas complètement isolés. Il soupçonnait même que le compound devait recevoir régulièrement son lot de visiteurs et qu'il formait probablement le carrefour d'une sorte de réseau, en tout cas d'un groupe de personnes se fréquentant et se connaissant bien. Et partageant les mêmes centres d'intérêt.

Pervasive technologies, il n'avait jamais entendu l'expression auparavant, et pourtant au collège il faisait partie des geeks. Pire encore que le nerd, débrouillard sur un ordinateur et passant des heures chaque jour devant ses jeux vidéo, le geek est un phénomène pathologique dans l'univers scolaire. Il joue, certes. Mais il conçoit et réalise ses propres jeux. Il navigue avec aisance sur le web, bien sûr, mais en s'enfonçant dans ses profondeurs les plus cachées. À l'occasion, il peut pirater des fichiers, s'introduire secrètement dans des sites internet, détourner des jeux vidéo de leur usage initial, contaminer des disques durs, pénétrer en profondeur des réseaux protégés, vendre du matériel pornographique introuvable par les voies habituelles, et ce que ne supportent pas les autres, généralement, c'est que non seulement il y parvient avec un taux de réussite hors normes, mais encore qu'il garde en toutes circonstances un sourire aux lèvres, sans forcer son talent, sans suer sang et eau, sauf parfois pour quelques opérations complexes qui lui permettent de démontrer sa ténacité et sa résilience.

Le vrai geek reste cool.

C'est sans doute ce qui lui avait valu d'être sélectionné par les deux hommes :

— Nous t'avons observé alors que tu apprenais à te servir du cyberplane. C'est notre méthode : pour apprendre à nager, rien de tel qu'un trou d'eau où l'apprenti nageur n'a pas pied et ne connaît que les mouvements les plus élémentaires. S'il veut survivre, il doit apprendre. Il doit apprendre tout de suite.

Novak avait alors demandé, doucement, d'un simple souffle entre ses lèvres :

— Et j'ai appris tout de suite ?

— Tu as fait mieux, sans le savoir, tu as appris en avance, avait répondu Montrose, en éclairant le monde entier de son sourire.

5

— Chaque couche logicielle est un système d'exploitation en tant que tel, avait expliqué Montrose. Ils sont tous reliés les uns aux autres dans une structure dénommée « network centric nod ». Tous les OS ont un nom aisément identifiable : GOLD, pour General Oversight of Lightwave Dynamics, ou IRON, pour Interactive Reality Operative Network. Ou bien UniveRsAl Nanotech Intelligent United Matrix, qui donne Uranium…

— Des noms de métaux ? avait lâché Novak en une question réflexe.

Le sourire de Montrose avait précédé de peu celui de son acolyte, qui poursuivit à sa place :

— Disons plutôt celui du tableau périodique des éléments de Mendeleïev. Il existe un système d'exploitation nommé Cobalt, pour Centric Object Languages

Table, et un CHROME qui signifie Chronologics and Metronomics.

— Je sais ce qu'est le tableau périodique des éléments, et je sais qui est Mendeleïev, avait-il sèchement répondu.

Les sourires des deux hommes se synchronisèrent en illuminant leur visage.

— Bien sûr que tu le sais, avait dit Montrose. Nous le savons parfaitement.

— Et c'est pour cette raison que nous voulons t'apprendre à piloter l'avion.

Le dispositif secret se mit en action alors que le Falcon longeait le versant oriental de la haute montagne. L'intelligence artificielle venait de reconnaître visuellement deux silhouettes humaines. Dans la microseconde, une des caméras embarquées se focalisa sur les formes en question.

Dans ses binoculaires, sur la couche du champ spectrométrique visible, il put identifier Sharon et sa nouvelle amie en train de discuter en marchant autour du vaste périmètre d'entrée.

Les grillages séparés par les hauts pylônes de béton, les barbelés, les bornes de détection, tout cela venait s'inscrire en un complexe quadrillage bleu turquoise sur la couche dédiée aux phénomènes électromagnétiques.

Le dispositif secret était bien plus puissant encore.

Il était temps de le tester.

Il était temps d'aller au-delà du strict possible.

6

Les hélices du cyberplane avaient été modifiées de telle sorte qu'elles soient dotées d'un axe de rotation leur permettant de s'abaisser vers le sol et de maintenir un vol stationnaire. C'était un des updates qu'il avait testés avec succès le matin précédent.

Dans ses binoculaires, il vit défiler une série de couches spectrométriques, une fenêtre s'afficha sur l'optique gauche, indiquant des paramètres tels que la distance, et des données climatiques, pression atmosphérique, température au sol, à 50, à 500, 2 000, 20 000 mètres, hygrométrie, vitesse et direction du vent, nombre de lumens, évaporation moyenne, configurations nuageuses, identification des substances polluantes en suspension dans l'air.

La console et l'avion formaient une seule machine. Et lui, il n'en était que le système nerveux central.

Il entra le code du dispositif secret.

Et put faire ce qu'aucun humain n'avait fait avant lui.

Il put faire ce qu'aucune machine n'avait effectué avant lui.

Les deux femmes discutaient calmement en marchant. L'avion ralentit lorsqu'il les survola pour décrire un arc de cercle au-dessus d'elles tout en tournoyant lentement vers le sol.

La caméra les montrait avec sa précision digitale, de plus en plus proches, rectifiant sa focale au fur et à mesure.

D'après les données affichées dans l'optique, l'avion se trouvait à 435,88 mètres d'altitude lorsqu'il enclencha la mise en route du système.

À cette hauteur, la caméra embarquée livrait une image sans aucun flou ni tremblement. Il pouvait voir leurs lèvres bouger, leurs yeux cligner, quelques gouttes de sueur perler à leurs fronts sous l'effet de la chaleur estivale.

Il pouvait les voir à la perfection.

Voir très bien, de très loin, c'était à la portée de n'importe quel système militaire moderne.

L'update des deux hommes n'était pas un système militaire moderne. C'était autre chose. Quelque chose dont ils lui avaient rapidement expliqué la nature, lors du briefing de la matinée.

— On ne peut pas percevoir ce qui n'atteint pas nos sens, naturels ou artificiels, tu es d'accord ? lui avait demandé Montrose.

— Évidemment. Sauf dans le cas des trous noirs, on les détecte justement parce que rien ne peut en sortir, pas même la lumière.

— Nous avons pénétré dans le système de ton école, on a eu accès à ton dossier scolaire, on savait ce que tu allais répondre. Tes résultats en physique et en maths ont attiré notre attention.

Novak s'était contenté de l'observer sans la moindre trace d'émotion, il n'en ressentait aucune.

— Donc, question : peut-on entendre des ondes acoustiques qui ne parviennent pas à nos tympans ou à un système d'écoute artificiel ?

Novak avait simplement répondu :

— La réponse est contenue dans votre question, c'est impossible.

— Absolument. Absolument impossible, en effet, reprit Flaubert.

— Donc, question, lâcha Novak sèchement. Où est la joke ?

Novak les regardait calmement tour à tour, il n'aimait pas perdre son temps, même avec des adultes, même avec deux spécialistes des technologies de pointe.

— Il n'y a pas de joke, expliqua Montrose, il y a la science. C'est encore plus drôle.

— Alors faites-moi rire un peu.

— Très bien : question, et je donnerai la réponse pour le même prix. Si l'on ne peut capter des ondes acoustiques qui n'atteignent pas le récepteur, que peut-on faire, à part rien ? Hé bien, mon garçon, on peut tricher contre le casino : si ces ondes ne sont pas perceptibles sous leur forme acoustique, il suffit de changer de registre. Il suffit de tout inverser : on cherchera à les voir, et ce dès leur origine, grâce à un système optique spécial qui capte et décode à distance les interférences produites dans l'air à la sortie de l'organe buccal, je me fais bien comprendre, jeune homme ?

Novak s'était contenté d'acquiescer en silence.

Il avait tout compris.

C'était vraiment un super-jouet. C'était un jouet qui permettait de jouer directement avec la réalité.

7

Alors maintenant, la nature enveloppée de lumière matinale est disposée dans un espace réservé qui fait le tour de son espace de vision artificiel. Au centre de cet espace, la couche du logiciel secret des deux hommes forme un rectangle sans transparence ni superposition. Il doit rester concentré sur la manœuvre à effectuer. L'afficheur optique gauche s'est doublé d'un dispositif analogue sur l'oculaire droit, cette fenêtre paramètre exclusivement les informations en provenance des êtres humains reconnus comme tels par l'intelligence artificielle embarquée.

Les deux êtres humains ciblés par l'avion se parlent. Des ondes sonores sortent de leurs bouches et forment des configurations devenues visibles.

Les deux jeunes femmes sont des silhouettes d'un bleu acide parsemé d'étoiles blanches qui scintillent en constellations neigeuses. L'univers extérieur se découpe autour d'elles en structures digitales, codées par couleur et luminescence.

Leurs bouches forment des orifices d'un rose corail devant lesquels s'anime un phénomène qu'il ne comprend pas.

Il ne le comprend pas.

Mais l'avion, lui, le comprend. Et il est le second cerveau de cette machine volante.

Novak sait fort bien que s'il n'est pas à la hauteur de ce second cerveau, il va lui falloir apprendre au plus vite.

C'est-à-dire tout de suite.

8

Cela formait deux essaims. Deux nuées vibrionnantes à la rencontre l'une de l'autre. Cela n'avait pas de structure stable, mais cela se mouvait selon des rythmes qui évoquaient un ordre caché en substrat. Il pouvait voir des points, des lignes, des cercles, des zébrures, des éclats, des éclairs, cela transformait littéralement l'univers qui se reconfigurait selon la dynamique de cet élément jamais vu auparavant.

Il n'avait jamais été vu, et il était en train d'être lu.

Les phrases s'inscrivirent en transparence sur l'espace de vision altéré. C'était aussi simple et rapide qu'un sous-titrage de télévision. La sémantique était simplifiée, mais les messages restaient compréhensibles.

Les essaims d'ondes étaient vus, décodés, transcrits en code ASCII, et renvoyés à la console.

Il lisait sur les lèvres à partir d'un point situé à des centaines de mètres dans le ciel.

Novak saisit instinctivement que la mise à jour du programme avait projeté ce jouet-avion dans le futur.

Il était dans l'erreur. C'est le futur qui s'était implanté dans l'avion.

9

L'aéronef accomplit une dernière spirale descendante avant de reprendre de la vitesse et de filer d'un trait vers le sommet de la haute montagne. Lors du briefing, Flaubert lui avait dit : Falcon c'est bien pour un jouet de ce genre, du point de vue marketing de masse c'est parfait, mais c'est très commun dans l'aérospatiale. Par exemple, l'avion hypersonique Falcon X-Plane de nos amis de la DARPA – la Defense Advanced Research Programs Agency –, ou bien le Falcon 9, le lanceur de la firme californienne SpaceX. Alors nous avons changé de nom. Nous l'appelons Angel, tu comprendras vite pourquoi.

— C'est un acronyme qui signifie Airborne Native Global Engine Linker. Et en effet tu comprendras vite pourquoi.

Novak suivit l'engin jusqu'à ce qu'il sorte de son champ de vision, tandis que les binoculaires continuaient de lui envoyer ce que l'avion captait. L'image des deux jeunes femmes et de leur langage devenu logiciel/visuel s'imprimait toujours sur l'œil de la caméra, avant de disparaître à son tour.

Novak suivit des yeux la lente disparition de l'Angel et le brutal effacement digital de l'image.

Elle resta gravée très longtemps dans sa mémoire.

Chapitre 37

1

Une nuit, alors qu'elle avait quitté depuis des mois le centre psychiatrique pour retourner chez sa mère sous étroit suivi médical, elle fit un rêve.

Ce rêve commença comme les autres. Dans l'ultra-blancheur de son corps-cosmos-placenta. Mais la glace sans fin, cet espace galactique uniforme et lumineux, était parcourue de trillions d'infimes vibrations. Des résonances qui produisaient autant de microscopiques mouvements browniens dans la totalité de son organisme.

Simultanément, et suivant très exactement le rythme de cette variation, le vaste univers-gaz se contractait, se structurait, prenait forme.

Puis des formes.

Et pour finir, un sens.

Ce fut l'instant où un phénomène qui lui était devenu étranger refit son apparition en elle. En elle, avait-elle pensé, stupéfaite.

Une émotion.

Cette émotion circonscrivait plus nettement encore la distance instaurée avec le monde extérieur.

Cette émotion était probablement la plus ancienne de toutes. C'était celle qui avait été recouverte le plus vite et le plus profondément par l'univers-corps-placenta de glace.

Cette émotion, qui lui parut consubstantielle aux formes naissantes et au sens qu'elles prenaient, irrigua d'un seul coup tout ce qu'elle était en train de devenir.

C'était la peur.

2

Les formes se découpèrent d'elles-mêmes dans l'espace lumineux. Elles étaient animées, indépendantes les unes des autres, tout en conservant un halo de leur radiation d'origine, ombilic de phosphore et de titane en fusion.

Leurs structures internes émettaient cette même fréquence, en moins intense, moins pointilliste, moins digitale. Elles évoluaient dans une nébuleuse lactescente traversée d'éclats mobilisés en tous sens, et de points colorés bleu/violet à la stabilité impeccable.

La peur était l'onde porteuse de ce Monde.

Elle ne se sentait ni libre, ni entravée, juste immobilisée, paralysée, tétanisée, comme si cela découlait de sa propre volonté. La peur variait très peu en intensité, angoisse en flux tendu, continu, un trait plat qui paramétrait l'anxiété en une donnée biologique fondamentale, un code génétique parallèle.

Alors elle comprit, elle connut, elle sut.

Elle savait où elle se trouvait. Elle connaissait le but de l'opération. Elle sut ce qu'on était en train de lui faire.

Son corps était le sujet d'une expérimentation.

Et l'expérimentation était conduite dans un vaisseau spatial habité par des hommes venus d'ailleurs.

Ce qu'elle voyait était identifiable, et restait quand même totalement mystérieux. C'était connu, et cependant insaisissable.

Les êtres scintillants, aux encéphales surdéveloppés, aux mains dotées d'une précision et d'une habileté chirurgicales, les flux d'énergie incessants qui les reliaient, les rayons porteurs d'informations qui traversaient les nuées dont ils s'étaient disjoints pour mieux les contrôler telles des formes de langage qui les connectaient physiquement à la vitesse de la lumière, ces êtres et leurs machines aux limites de la matière solide et gazeuse, elle les avait déjà vus des dizaines de fois au cinéma ou à la télévision, ils appartenaient à la mythologie moderne, ils étaient intégrés à la pop culture, des autoroutes portaient leur nom dans le Nevada, aux abords d'Area 51.

Ce ne pouvait donc pas être réel. Un îlot de sa conscience résistait et convertissait l'expérience vécue en une analyse simultanée, le médecin en elle diagnostiquait un sursaut psychotique ou un phénomène similaire.

La sensation de réalité perdurait. Et pourtant c'était impossible.

Ces pensées rationnelles ne cessaient de naître, mourir et renaître dans son cerveau, comme si elles cherchaient à contrer l'angoisse devenue proprement existentielle.

Dans le même micro-instant condensé jusqu'à un point de singularité, la peur incorporée à sa chair en formation envoya un signal, pas même une alarme, rien qui évoquât un danger, un constat à la froideur médicale, le résultat d'une série de calculs, une synthèse numérique dont l'exactitude irréfragable faisait de l'angoisse le zéro absolu.

Ce qu'elle vivait n'était pas un rêve, ce n'était pas un cauchemar semi-éveillé, ce n'était pas une hallucination, ce n'était pas le contre-effet indésirable d'un antipsychotique.

C'était une expérience réelle.

C'était une expérience destinée à extirper de son corps le secret de son identité.

Soudain, la lumière prit de l'expansion, d'un seul coup, flash solaire, big-bang psychique, submersion photonique de l'univers et d'elle-même.

Lorsqu'elle s'éveilla, l'aube envoyait un cristal bleu à travers le pare-brise du Chrysler Town-And-Country familial, à l'arrêt sur une petite route sinuant à travers la forêt, à trente kilomètres du domicile de sa mère.

Elle fut à peine surprise. Somnambulisme, hallucinations, sensation de réel absolu : reprise psychotique intense.

Elle prit immédiatement la décision de ne jamais parler à personne de ce qui venait de lui arriver. Strictement personne.

C'était inutile, son expérience était déjà connue, analysée, synthétisée, elle l'avait été en direct.

Elle finit par se ranger dans une case mémoire analogue à toutes les autres.

Chapitre 38

1

Le cinquième jour, Dieu créa…

Peu importait, au fond. C'était le jour d'avant la création de l'Homme. Peut-être aurait-il dû s'en tenir là ?

Le monde, justement, ne serait pas revenu à l'état de « nature », sous la forme des sociétés et de leurs crimes. Il serait probablement resté un monde, un cosmos, ses lois auraient conservé un sens, la liberté aurait su conserver une forme.

Il serait resté dans l'état où elle pouvait le contempler à l'instant même, ici, dans les montagnes qui se dressent à la frontière du Montana et de l'Idaho.

Là où son père et les deux gardiens de Trinity-Station avaient inventé leur propre monde. Ce Monde, pas même parallèle, mais oblique, qui semblait ancré en un point du temps situé à la fois au-delà de l'Homme et juste avant son apparition.

Le soleil frappait sur les arbres en diagonales rayonnantes d'étincelles froides comme le métal de lames de haches.

Là-bas, vers l'ouest, il faisait éclater d'un blanc virginal le périmètre d'entrée, disque horizontal recouvert de sels d'argent, puis laquait jaune cuivre le vert-de-gris béton des casemates, bunkers et hangars, avant de repeindre d'un albâtre translucide le flanc de la montagne et le vaste portail d'acier qui s'ouvrait à sa base.

— Vous avez vu ce truc bizarre dans le ciel ?

Sharon regarda la jeune femme sans rien dire, lui offrant le mieux qu'elle pouvait en matière de sourire. En trois jours et trois nuits, elles avaient appris non seulement à se reconnaître mutuellement, comme deux prédatrices animales de la même espèce quoique de variétés différentes, mais aussi à reconnaître ensemble le territoire dans lequel elles allaient devoir s'habituer à vivre. Elles avaient parlé. Elles avaient marché à travers Trinity-Station. Elles s'étaient souvent tues. Elles avaient peu dormi. Elles avaient regardé les ciels de nuit, les aurores, les crépuscules, et le haut soleil de midi qui blindait les sommets d'un Kevlar argenté.

Venus Vanderberg, pensa Sharon. Stardoll pour les intimes. Stardoll pour elle-même durant plus de quinze ans. C'est son nom qui a été détruit, elle doit constamment se le réinventer pour exister, je ne dois jamais l'oublier.

— Des phénomènes bizarres, dans le ciel ou ailleurs, c'est un peu le lot commun ici.

— C'est une sorte de laboratoire ? En pleine nature ? Montrose n'a pas voulu m'expliquer grand-chose.

— On peut voir les choses comme ça. Mais ce laboratoire n'est plus en activité, ils se contentent de le maintenir en état.

Un souffle de vent fit osciller les haches de lumière un peu partout autour d'elles. Les cheveux noirs de Venus Vanderberg giflèrent un instant son visage, et Sharon sut qu'un phénomène analogue venait de se produire avec sa chevelure gris/blond.

Entre nous tout est lié, mais sur le mode de l'inversion, ou plutôt de la divergence. Elle devinait une puissance secrète à l'œuvre dans cette complétude paradoxale. La fille aux cheveux noirs souffrait d'une forme chronique d'agoraphobie, elle était restée la plupart du temps à l'intérieur du compound, sans sortir du bunker central.

Sharon avait argumenté des jours durant pour parvenir à la faire sortir du périmètre. C'était bien son image-miroir déviante, elle qui ne pouvait supporter les habitacles fermés que s'il s'agissait d'automobiles, de stations-service et de motels.

Venus avait vécu un viol incestueux répété durant des années.

Sharon avait été dépossédée de son corps, son esprit avait subi une glaciation au zéro absolu.

Venus avait été dépossédée de son identité, son esprit avait été dynamiquement reprogrammé.

Venus avait été volée de son enfance, Sharon avait été volée de son futur.

Il était temps, en effet, que le monde extérieur commence à s'inquiéter.

Nous avons deux vies vécues très exactement à l'opposé l'une de l'autre et pourtant il existe un point central où elles se rencontrent. Où elles se télescopent.

C'était étrange, cela évoquait la forme d'une croix. Deux lignes transversales, deux lignes aux directions non pas opposées, mais radicalement divergentes et qui ne pouvaient faire autrement que de se croiser, en un point crucial par définition.

Et ce point crucial, bien sûr, c'était ici, c'était ce monde qu'ils s'étaient inventé.

2

— Combien de temps êtes-vous restée dans cette institution, au Colorado ?

— La clinique Amber-Westwood ? Environ deux ans. Ensuite ils m'ont placée en résidence ouverte sous suivi thérapeutique. Une année pleine. Puis j'ai reçu des documents médicaux et judiciaires indiquant que j'étais considérée sous contrôle, je devais simplement me rendre régulièrement à un rendez-vous bilan. Le programme a été interrompu au début de cet été. Coupes budgétaires, à ce que je sais.

Les pylônes et les grillages du périmètre créaient un enchevêtrement d'ombres sur l'esplanade à la blancheur aveuglante. Sharon se souvenait du mot d'un auteur français que son père aimait citer : La loi est l'ombre de la liberté.

Elle ressentit une étrange impulsion qui s'apparentait à une forme de compassion amicale.

— Vous devez comprendre que Trinity-Station est un endroit fermé. Totalement clos. Et pourtant c'est probablement l'espace le plus ouvert qui existe ici-bas, sur celle planète. Ici, il n'y a pas vraiment de nature, Venus. Personne ne peut pénétrer dans la zone sans que tout le monde le sache. Et je dis bien tout le monde.

Sharon savait la fille assez intelligente pour saisir ce qu'elle venait de dire.

L'œil indigo émit un bref éclat qui indiquait que c'était bien le cas.

Sharon se contenta de lui offrir ce même sourire extirpé de son permafrost mental.

Le sourire semblait refléter les lames de lumières qui oscillaient autour d'elles.

Oui, disait le sourire, le compound est une forme de vie.

La forme de vie qu'ils se sont inventée.

3

Alors qu'il manœuvrait l'Angel pour le ramener dans sa direction, Novak comprit qu'il ne pilotait pas vraiment l'engin. Il atteignait une sorte de palier dans sa connaissance de la machine, il devenait la machine en même temps que la machine devenait ce qu'il était. Il se souvenait de son cours de biologie : état symbiotique. L'Angel semblait avoir été conçu, et surtout updaté, pour être plus qu'un cyberplane intelligent ; non seulement il évoluait de lui-même, mais il co-évoluait avec son opérateur. Novak ressentait des embryons d'intuitions dans le cerveau artificiel embarqué, l'Angel paraissait en mesure d'anticiper certaines de ses commandes.

Le micro-avion survola une partie désolée du compound, située au nord du Pic. C'était un vaste terreplein parsemé d'arbustes et de massifs d'épineux, une terre ocre brune plutôt aride pour l'endroit, distribuant un chaos de rocs et de pierrailles erratiques, perché sur un des contreforts de la montagne et cerné par les épais boisés et les rangées d'épinettes. Cela ressemblait à une construction artificielle, mais une construction artificielle qui ressemblait à un terrain naturel.

L'avion lui transmit une série de données, il n'y avait rien de spécial, pas de masses métalliques hors norme dans le sous-sol, pas de substances illicites ou dangereuses en surface, pas de réseaux électriques, pas de source d'énergie, pas d'émission de signal.

Mais il y avait autre chose. Le genre de choses pour lesquelles le cyberplane avait été conçu.

Il y avait deux êtres humains.

Les deux autres êtres humains.

Les deux gardiens du compound, assis sur un roc émergeant de la terre sombre et plate, sur la bordure orientale du contrefort.

Le cyberplane ne volait pas assez haut pour échapper à leur attention.

C'était comme si tout hasard était aboli, cela devait être testé, et bien sûr cela devait être testé ici et maintenant, et sur ces deux hommes.

Les deux hommes qui lui avaient dévoilé ce dernier dispositif secret le matin même.

C'était comme écrit.

Ce que l'Angel avait accompli quelques minutes auparavant, le décryptage visuel des harmoniques de Fourier émises par les cordes vocales doublé d'un puissant programme de reconnaissance labiale, allait être inversé sur les deux septuagénaires.

C'était ce dispositif qui l'apparentait vraiment à un « ange », avaient indiqué les deux hommes en lui dévoilant la clé du logiciel.

Cette fois-ci, il va émettre un rayonnement à variation de fréquences ultrarapide. C'est de l'émission d'énergie à basse intensité mais hyper-dirigée, ses concepteurs l'ont dénommé : Counter-Optics and Perception Encoding Ray, Cooper.

Novak, comme toujours, les laissait parler. Il devait apprendre. Il devait apprendre vite. Il devait apprendre tout.

Il posa néanmoins une question, essentielle à ses yeux :

— Si je comprends bien, ce n'est pas vous qui avez élaboré les updates, mais des concepteurs de logiciels que vous connaissez…

Les deux hommes exprimaient une assurance totale.

— Disons que nous savons les implanter sur cet engin, mais tout le code machine vient de l'extérieur, en effet, avait dit Montrose. Ce sont des experts.

— Revenons à Cooper, avait enchaîné Flaubert. Le champ d'émission dirigée est piloté par le même programme de détection biométrique qui repère les êtres humains. Une fois localisé, ciblé, paramétré, l'être humain est bombardé durant quelques microsecondes par Cooper. Il agit directement sur le globe oculaire et les zones cérébrales qui lui sont reliées. Le rayonnement permet le contrôle à distance de systèmes organiques considérés comme stratégiques. Ils se sont très vite intéressés aux systèmes de perception.

Novak nota l'usage accentué du pluriel, cela évoquait plus qu'un simple groupe de hackers ou de programmeurs renégats. Ce « ils » évoquait quelque chose de puissant. Une organisation. Un réseau. Une agence gouvernementale ?

Secrète ?

— L'Angel est capable de manipuler les cerveaux à distance ?

— N'allons pas si loin, avait répondu Flaubert. Il truque certaines connexions synaptiques en envoyant des micro-impulsions électriques codées qui lui permettent d'imprimer de fausses images sur le globe oculaire et de les transférer à l'ensemble du nerf optique. Il fait la même chose avec le pavillon acoustique, en sautant l'obstacle de l'onde sonore, puisqu'il n'agit que sur les groupes de neurones affiliés. L'illusion est plus que parfaite, tout le champ sensoriel est altéré.

C'est bien une machine hallucinogène, s'était dit Novak.

— C'est beaucoup plus que de la *stealth technology*, avait poursuivi Montrose. La furtivité reste un dispositif passif qui joue sur les matériaux, les déflexions angulaires, d'autres caractéristiques propres au véhicule en question, vitesse, émission de chaleur, de lumière, ce genre de trucs. Cooper agit directement sur le sujet percepteur, il est opératif, il s'adapte, il apprend, comme tous les autres programmes de l'Angel.

Novak avait observé les paramètres du logiciel dans ses binoculaires, il commença à suivre les instructions préliminaires. Le mode d'emploi.

Comment apparaître et disparaître aux yeux des humains, à volonté.

— Il va me falloir trouver des êtres humains sur votre propriété, se contenta-t-il de dire.

— Cela tombe bien, dit Flaubert, il y en a.

— Nous sommes peu nombreux, convenons-en, précisa

Montrose. Petite difficulté supplémentaire. Mais n'oublie pas qu'au départ il s'agit d'un jeu, mon garçon.

— Et que finalement c'en est un, conclut Flaubert.

5

Lorsque le soleil tomba sur l'horizon ouvert au nord-ouest du Pic, il teinta de sang séché la terre ocre brune du contrefort. L'un des deux hommes extirpa une cigarette roulée à l'avance d'une boîte métallique de l'US Army. Allumée, la cigarette dégagea de lourdes volutes d'un gris verdâtre. L'odeur de la marijuana enveloppa le morceau de rocaille sur lequel ils étaient assis.

Le joint se consumait pointe rouge, dans le silence gazeux de la fin du jour.

Puis l'homme dénommé Montrose avait laissé échapper :

— Tu crois que le môme a réussi ?

Le joint se consumait dans l'air et une paire de poumons, le soleil fondait, deux barres incandescentes fusant de chaque côté de la sphère ardente en épousant la ligne d'horizon.

— On le saura bientôt. On déchiffrera tout ce soir. Je suis sûr qu'il s'en est bien tiré.

Le joint émettait ses volutes et ses petits éclats rouges, mécanisme rodé depuis des années. Le soleil implosait en milliers de fréquences rutilantes, les deux hommes contemplaient la terre montagneuse laquée du vernis crépusculaire, ils se sentaient à leur place.

Ici, leur vie se terminait en prenant un sens, le sens de l'Histoire.

Le sens qu'ils avaient toujours suivi, et même souvent précédé.

— Je n'arriverai jamais à comprendre comment tout peut être produit à partir de rien. C'est pourtant écrit dans la Genèse…

— Oublie ça, Montrose, c'est pas de notre niveau. C'est l'Équation, c'est tout. On doit faire avec, comme le reste.

— L'Équation… moi je te parlais de la Bible.

— Et moi je te parle de ce qu'on peut mesurer en principe, je te parle de cette putain d'Équation Cosmogonique, on ne peut même pas espérer en comprendre le principe de base. Alors ce qui compte, tu le sais, c'est d'assurer l'existence de Trinity-Station, et on a les instruments de bord.

Le silence était une couche d'or plaquée sur les cendres ardentes du ciel, il emplissait toute l'atmosphère comme la chaleur d'un incendie.

— Oui, on doit aussi trouver ses successeurs.

Flaubert avait émis un petit rire rauque.

— Je crois qu'on est sur la bonne voie, non? T'en penses quoi, de ce trio?

— Comment tu expliques que Sharon soit tombée sur le même serbe? Comment ça se fait que Venus appartienne à une de mes branches cousines éloignées? Tu crois à monsieur Zazar?

— Non. Je crois au monde qu'il a fabriqué. C'est en rapport.

— Et quel rapport?

— N'oublie pas la neuroprogrammation. Il savait. À l'avance, justement. Disons qu'il devinait. Il a implanté quelques états psychiques qui ont instinctivement guidé Sharon dans la bonne direction.

— Je pense que tu déconnes, aucune méthode de programmation neurolinguistique, même la sienne, ne peut prétendre à de tels résultats, surtout des années à l'avance.

— Des années à l'avance ? T'as le sens de la formule, n'oublie pas le décalage, n'oublie pas la post-synchronisation, n'oublie pas que tout le compound est un putain de programme.

— Je ne suis pas près de l'oublier, Flaubert, parfois je me demande si on n'est pas juste des paquets d'octets dans une mémoire.

— On est bien pire que ça. On est la mémoire.

— On est la mémoire, mais on est aussi l'amnésie, faudrait voir à bien se rappeler tout ce qu'on a oublié en cinquante ans.

— Non, rétorqua Flaubert, les yeux fixés sur l'univers en feu, on ferait justement mieux d'oublier tout ce qu'on a envoyé aux oubliettes. Et ce coup-ci personne ne va rien oublier de ce qui va se produire. Puisque c'est en eux que cela va se produire.

Les premières étoiles formaient déjà de fantomatiques constellations au-dessus d'eux.

Le Monde était parfois d'une beauté absolue.

Surtout quand il était au bord de la destruction.

Chapitre 39

1

Dès les premières secondes de leur rencontre, Venus avait été impressionnée par l'intense et singulière beauté de la fille qui s'appelait Sharon, et qui avait tué une dizaine d'hommes et de femmes, sur sa route.

Cette beauté faisait d'elle une arme prête à l'emploi. Elle la rendait libre.

À l'inverse, sa propre beauté avait été l'instrument fantaisiste de sa soumission, et de sa destruction.

Sharon Silver Sinclair, c'est son nom, avait-elle pensé. Et il se tient au centre d'elle-même.

Venus Vanderberg, c'est le mien. Mais il se situe dans une périphérie constituée de points multiples et inconstants.

Elle a un corps, mais c'est comme un spectre, il n'est pas vu pour ce qu'il est.

J'ai un corps, il a été entraîné comme une machine par des machines, on ne voit que lui.

Nous sommes deux aimants attirés par des forces contraires.

Je n'aurais pas survécu à son expérience, elle n'aurait pas survécu à la mienne.

Elle est nomade, mobile, elle aime l'espace, elle est armée. Je suis quasi-sédentaire, statique-autistique, seul le temps donne un sens à mon univers, je suis une arme.

Durant les premières années qui avaient suivi sa libération, elle était parvenue à trouver un ou deux emplois à temps partiel où elle avait fait preuve d'une constance mécanique qui avait impressionné les responsables du programme de réinsertion.

Ensuite, sa vie avait dévié, mais elle avait rejoint des groupes stables, sans doute les plus stables au monde. Les gangs ukrainiens du Canada.

Même dans l'illégalité et le crime, elle avait trouvé un ordre durable qui correspondait à la logique d'un sous-sol.

Pour Sharon, devinait-elle, c'était une fois de plus l'inverse : le crime révélait un chaos singulier, un accident, et parce qu'il devenait une Loi secrète, il devenait le sous-sol de toute logique.

C'était bien une forme de miracle, cette rencontre au milieu de nulle part, au cœur de montagnes qui avaient un jour abrité un arsenal capable d'anéantir plusieurs fois la planète entière.

C'était aussi improbable que ce qu'elles avaient vécu, c'était aussi impossible que le monde dans lequel cela s'était déroulé.

C'était donc le seul réel possible.

2

La lumière infrarouge formait l'eau céleste invisible qui irradiait chaque couleur distillée par le soleil couchant, coulait sur chaque morceau de roche, chaque parcelle de terre, chaque arbre, chaque branchage, chaque plante, chacun de leurs cheveux, le blond lunaire devenant feu météorique, le noir nocturne cascade de cendres encore ardentes.

Elles étaient des images-miroirs, pensait Sharon, et pourtant elles entretenaient toutes deux un rapport déviant avec leur propre reflet. Un diagramme se dessinait dans son esprit. C'était un diagramme qu'elle connaissait bien. Le diagramme de la vie et de la mort.

C'était le diagramme de l'ADN.

Deux chaînes qui ne se joignaient que par la complétude du gène « gémeau », deux hélices qui ne faisaient qu'une à cause de cette paradoxale coalescence, deux codes géants qui contenaient la vie et la mort de l'individu.

Sa propre vie avait suivi le flot tranquille d'une enfance puis d'une adolescence et d'une existence de jeune adulte aisée, un père scientifique, une mère professeur d'anglais, l'Ouest de l'Alberta, la fac de médecine à Vancouver puis à Seattle, pas le moindre imprévu jusqu'à la disparition de son père, puis l'accident terminal. Depuis, le monde était devenu son ami, elle y tuait tout ce qui essayait de proclamer son innocence.

L'accident avait été un phénomène déviant initiateur. Un accident implosif. Il avait débouché sur une liberté totale, c'est-à-dire sur une forteresse intérieure imprenable.

Pour la fille en noir, l'accident avait clos l'expérience. Mais telle une déflagration.

Il avait fait exploser quinze années d'existence bouclées sur elles-mêmes, et il avait troué le mur de la cellule, derrière lequel elle pouvait commencer à se penser comme un être relativement autonome.

Sharon avait vu un schéma prendre forme dans sa tête. Incarcérée dans un bonheur souterrain et factice, la fille venue du sous-sol avait pourtant traversé une existence paradoxalement riche en expériences, elle avait lu beaucoup de livres, dont de la science-fiction et de la hard science en quantité, elle avait pratiqué des exercices sportifs, composé de la musique, écrit des chansons. Et bien sûr tourné dans des vidéos pornographiques, avant de tuer tout le monde dans l'Under-Basement, sans compter ce qui lui était arrivé ensuite.

À l'inverse, Sharon avait suivi une route programmée à l'avance par ses parents, son intelligence supérieure rapidement focalisée sur deux ou trois centres d'intérêt, médecine, biologie moléculaire, littérature.

Venus avait presque tout fait, sauf écrire, tenir un journal, et elle avait pourtant possédé une bibliothèque digne de ce nom dans son sous-sol, elle avait composé des pop songs, c'était atypique. C'était bien à son image.

Et cela formait un étrange point commun, paradoxal, encore une fois :

Écrire fut la première chose qu'elle tenta, dès qu'elle se retrouva au domicile familial, un test liminaire pour retrouver un corps, même s'il était fait de papier, ou d'octets dans un ordinateur.

Cela ne donna pas vraiment un journal, au sens d'une narration d'événements, y compris dans la mémoire réactivée. Cela ressemblait plutôt à un assemblage de coupures de journaux venus du futur.

Venus Vanderberg avait passé quasiment toute sa vie enfermée, aux mains de son père incestueux et de ses amis pervers, elle avait disparu à ses propres yeux, pour elle l'accident avait été salvateur. D'un seul coup, elle avait fait éclater sa vie truquée, se retrouvait face à un monde qu'elle ne connaissait pas sinon de manière abstraite, et qui n'était pas près de la reconnaître. Il lui restait les murs à demi détruits de la cellule pour s'en protéger.

Elles ressemblaient à des sœurs jumelles inverties. Les Sœurs de la Pitié, pensa-t-elle en se remémorant un groupe de rock de la playlist paternelle.

Et peut-être même les Sœurs de la Justice.

Elles étaient des sœurs sans généalogie commune, et elles étaient les sœurs d'une entité tierce.

C'était cette troisième personne, invisible à elles deux, qui permettait ce rapprochement instantané, et sans concession de part et d'autre, une sororité secrète produite au moment de sa découverte, une mise à plat des vérités, absolues comme relatives, un exposé des mensonges et des pièges, des simulacres et des expériences.

Elle se demanda si un Ange ne veillait pas sur elles.

Sharon composa son code personnel sur le boîtier de bakélite vissé au béton du bunker. Elle perçut une décompression générale en provenance du corps vêtu de noir à côté d'elle.

Elle revient à l'intérieur, pensa-t-elle. Elle revient dans un monde cohérent, où elle peut survivre à long terme. La sortie avait été une authentique épreuve pour Venus Vanderberg. C'était bien la raison pour laquelle elle l'y avait conduite.

Chacune de nous est une clé pour l'autre, nous nous aiderons à surpasser nos accidents respectifs. Mais pour cela, nous allons devoir mener une guerre totale contre nous-mêmes, grâce à l'autre.

Ami ou ennemi, ce serait ce monde impossible qui mènerait l'assaut.

La nuit tombait, météore carbonique à l'échelle de l'univers. Elle finissait toujours par gagner.

3

Lorsque le double battant de l'entrée du sas s'ouvrit, la décompression fit place à un sentiment plus positif. Sharon savait que Venus Vanderberg ne ressentirait strictement aucune angoisse dans le clair-obscur électrique des longs tunnels qui s'enfonçaient sous la montagne, distribuant bunkers internes, entrepôts, salles de contrôle, garages, cuisines, infirmeries, anciens dortoirs. Au contraire, dès que la seconde porte du sas d'entrée coulisserait vers le haut, elle entendrait des poumons se vider lentement à ses côtés, au rythme calme d'une expiration de yoga.

Pour la jeune femme venue du sous-sol, le monde entier était une surface à découvrir, une surface où le temps lui-même pouvait représenter un danger.

Mais ici, dans ces sous-sols, le monde avait un jour eu le pouvoir de se détruire mille fois.

Elles y entrèrent d'un seul et même mouvement, imperceptiblement décalées d'une infime fraction de seconde.

Juste le temps nécessaire pour faire exister un monde.

4

Novak avait entendu le bourdonnement de la serrure magnétique du sas, il avait observé l'arrivée des deux filles sur un écran de surveillance. Bichromie noire et blanche s'inscrivant en une surface de pixels instables dans le vieil écran à tube cathodique.

Il ne parvenait pas à donner un sens à tout cela, mais le cyberplane semblait en mesure de l'y aider. Grâce à l'engin updaté, il pouvait déjà lui donner une forme cohérente : il avait pu voir les paroles échangées par les deux jeunes femmes. Il avait pu lire leur voix, à distance. Il avait pu apprendre des informations capitales à leur sujet. Il devinait que cette position d'espion intérieur obéissait à une loi dont il ne connaissait rien, sauf qu'elle était essentielle, et très dangereuse.

Sharon, la tueuse des autoroutes, Venus, la rescapée de quinze ans d'incarcération par son propre père, les deux gardiens du compound, experts en hautes technologies, cet endroit étrange et pourtant banal, ruines de l'âge atomique, ce qu'il avait fait dans son collège de Montréal lui apparaissait bien plus logique et cohérent. Il n'y avait aucun mystère à éclaircir contrairement à ce que prétendaient ces idiots de journalistes ou de sociologues.

Ici, il le savait, le mystère était constitutif. C'était le matériau avec lequel tout avait été construit, dans le secret militaire de l'époque.

Et ce mystère fondateur s'était propagé, il avait survécu à l'époque, tel un spectre, il se manifestait d'abord dans l'invisible, une vibration érectile de lumière, les variations du souffle du vent, un éclat de chaleur.

Lorsqu'il apparaîtrait pour de bon, Novak en avait l'intuition, le fantôme des silos et des ogives mégatonniques serait leur meilleur allié.

Puis il se fit la remarque que les fantômes n'ont pas d'alliés. Qu'ils sont seuls, par nature.

— Tu es là, Novak ?

La voix de Sharon avait doucement résonné dans le vaste espace monochrome teinté de bleu cathodique et de jaune néon.

— Oui, ils vont arriver dans une vingtaine de minutes.

Il avait montré un des écrans où deux silhouettes marchaient le long d'un sentier cerné de bouleaux blancs, luisant acrylique sous la lumière lunaire.

— Alors, ce cyber-avion ? Tout marche comme prévu ?

— 100 % nominal, c'est vraiment un super jouet, avait-il menti avec son assurance glacée.

— Flaubert m'a dit qu'il fonctionnait avec une génératrice électrique nouvelle génération, qui lui procure un rayon d'action vraiment phénoménal.

— Il peut aussi aller très vite. Très haut. Et il est d'une manœuvrabilité exceptionnelle.

La fille avait souri, comme si elle était fière de l'engin, comme si elle l'avait conçu, ou updaté elle-même.

Il était peut-être temps de lui poser la question. La question qu'il ne cessait de se poser depuis son arrivée.

La question qu'il n'avait pas osé adresser aux deux résidents du compound.

Vingt minutes. C'était suffisant pour obtenir une réponse.

Même un mensonge.

5

Le bleu arctique l'avait foudroyé, éclair-diamant capable de rayer n'importe quelle conscience. Elle n'y avait mis aucune intention particulière. Novak devinait qu'elle n'était même pas animée d'une volonté quelconque. Cette fille ne possédait apparemment rien de l'ordre de la volonté. Il y avait un clivage net dans sa personnalité. Elle ne voulait rien. Mais elle pouvait tout, ou presque, en tout cas elle agissait comme si c'était le cas. Une indifférence radicalement active. Un effet de puissance pur, détaché de toute contingence, une sorte de supra-logique, aux causes et aux finalités inconnues, y compris pour elle-même.

Cela semblait être l'inverse pour la fille en noir. Elle semblait affectée d'une étrange impuissance, une impuissance volontaire. Dans le même temps, il percevait l'émergence brutale, intense, altimétrique et paradoxale d'une volonté absolue qui avait absorbé tout le reste et l'avait proprement métabolisé, tel un organisme vivant.

Le regard bleu-blanc de Sharon Sinclair avait implanté une dose de glace lunaire au centre de son cerveau, c'était ainsi, c'était elle. La Blonde à la Cadillac, mince sourire qui accompagnait son observation de l'univers, traduisait une incompréhensible compassion, rien d'ironique, jamais, comme si le monde qui l'avait détruite était devenu son meilleur ami.

— La source d'énergie ? avait-elle dit. C'est un secret militaire, à ce que je sais.

Novak n'avait pas bronché.

Tout de suite. Dès les premiers mots. Un gros mensonge.

— Un secret militaire datant des années 1960 ?

Il avait pensé : vous me prenez pour un jeune con de collégien ou quoi ?

Elle aurait dû savoir, elle aurait dû se douter, elle aurait dû éviter cette idiotie.

— Il y a des secrets militaires des années 1960 qui sont encore classifiés.

Deuxième réplique. Deuxième mensonge. Pourquoi ?

— Pas ici, Sharon. Pas dans un complexe abandonné depuis vingt ans, soyez gentille, ne me prenez pas pour un adolescent attardé.

Et il pensa : Les attardés de mon collège, je m'en suis occupé.

— Admettons pour l'instant que ni moi ni Flaubert ou Montrose ne savons vraiment comment cela fonctionne. Ni même où c'est précisément localisé. Ce n'est pas une technologie des années 1960, en effet. Mais cela marche, cela nous suffit.

Son sourire compatissant gelé sous le bleu arctique qui foudroie.

Incroyable. Trois mensonges éhontés de suite. Alors qu'ils avaient tué ensemble. Alors qu'ils avaient roulé ensemble jusqu'ici. Il accomplit un violent effort pour contenir sa frustration.

Elle n'a jamais vu un Serbe en colère, cette petite Canadienne, pensa-t-il.

— Aucun générateur de la taille d'un dé à coudre ne peut faire tourner toute cette usine ou alors vous parlez de fusion nucléaire contrôlée.

Et il pensa : Arrêtez de me sous-estimer Madame la Mort Blonde, c'est justement parce que je connais tout cela que j'ai dû m'occuper des attardés de mon collège.

— Nous ne savons pas de quoi nous parlons, je te l'ai dit, Novak. Ici, il va falloir t'habituer à vivre avec des questions sans réponse.

Novak avait regardé Sharon en silence, longuement, sans intention particulière, sauf celle de ne pas en avoir.

Il avait pensé : soit c'est le plus gros mensonge qu'elle est capable d'inventer, soit c'est le plus gros mensonge que quelqu'un d'autre est capable de lui faire avaler.

Le bleu arctique ne se délogeait pas de son cerveau.

6

Lorsqu'il ouvrit la porte-sas du bunker central, Montrose eut un pressentiment qu'il se garda bien de laisser paraître. Flaubert se tenait à ses côtés, l'air indifférent, comme toujours. Dès qu'ils pénétrèrent dans la vaste pièce monochrome, son pressentiment prit une forme concrète.

Ils étaient bien là, tous les trois, à quelques mètres les uns des autres, chacun plongé dans une occupation différente, le jeune Serbe concentré sur les plans du cyberplane, Sharon regardant les images du golfe du Mexique sur CNN, Venus Vanderberg branchée sur un jeu vidéo dernier cri incorporé à une vieille console de récupération, des restes de repas étaient éparpillés sur la table de camping, les lumières halogènes et les néons distillaient toujours la même liqueur de gaz blanc-jaune. Les visages n'étaient pas plus ouverts ou fermés qu'à l'habitude.

Quelque chose ici existait par le silence, et à travers la distance. Quelque chose qui indiquait une angoisse commune, le partage d'un secret, la confrontation solidaire à un même mystère.

Montrose savait de quoi il s'agissait.

Il en avait parlé avec Flaubert sur le chemin du retour, ils n'étaient pas d'accord sur les modalités, mais s'entendaient sur la manœuvre.

D'urgence.

Comme disait Flaubert : Un circuit s'établira entre eux tous, inévitablement, inutile de s'y opposer. Mais nous devons en garder le contrôle. C'est impératif. C'est le but de tout cela.

— Je vois que vous avez trouvé ce qu'il faut dans la cuisine des officiers, fit Montrose d'un ton qui sonna horriblement faux à ses oreilles.

Un silence poli ponctué de vagues murmures lui répondit, il aurait dû s'y attendre, Flaubert le fusillait du regard.

7

Montrose avait allumé un de ses joints roulés d'avance et une couronne de vapeur gris-bleu s'était élevée au-dessus de lui. Novak avait longuement observé les deux hommes. Ils s'étaient un peu ouverts à lui lors des trois jours des vols d'essai. Ils étaient nés la même année, une excellente année, avait dit Flaubert en lâchant son rire mécanique, 1940, très grand cru.

Ensuite, Novak comprit en quelques recoupements qu'ils avaient travaillé durant un bon demi-siècle pour des agences gouvernementales liées à la Défense. Il avait éprouvé de la fierté à l'idée que son intuition du premier matin ne l'avait pas trompé.

Montrose, après un court passage dans l'ONI, le service de renseignement de l'US Navy, lors de sa première incorporation volontaire, au tournant des années 1950-60, avait travaillé dans plusieurs départements de la CIA.

Flaubert avait un parcours plus atypique, il avait officié comme mercenaire au Katanga et dans d'autres points chauds du monde alors en pleine explosion postcoloniale, il y avait rencontré les personnes qu'il fallait, avant de travailler plus de vingt-cinq ans pour l'Agence.

Novak avait soigneusement enregistré dans sa mémoire l'état civil un peu particulier, et souvent parallèle, des deux hommes.

Flaubert était né au Texas, Houston. Montrose dans un petit bled du Missouri. Les deux s'étaient fait remarquer par des études brillantes, à leurs dires, et pourquoi en douter ? Maths et physique-chimie pour Scott Montrose. Ingénierie aéronautique pour John Stark Flaubert. Études qu'ils avaient abandonnées, sensiblement en même temps, pour des raisons somme toute similaires, et banales : inadaptation aux systèmes universitaires, envie de voir du pays, de participer à quelque chose, si possible une guerre.

Novak avait évidemment noté les convergences avec sa propre existence. Il en avait pris acte sans la moindre émotion, comme toujours, rangeant l'information dans la case adéquate. Cependant, cette proximité ressuscitait en lui un sentiment oublié, enfoui, enseveli – justement – par ce que son existence était devenue, ces dernières semaines. L'impression de retrouver une famille. Deux de ses membres assez lointains, en tout cas. À peine connus de lui.

C'était largement suffisant.

Les deux hommes s'étaient retrouvés au Vietnam, à la fin de l'année 1962, dans les toutes premières unités de Special Ops qui étaient venus renforcer les conseillers militaires envoyés par Kennedy auprès du gouvernement sud-vietnamien. Ils ne s'y étaient jamais rencontrés. C'est un an plus tard, lui avaient-ils expliqué, qu'ils avaient fait connaissance, ils travaillaient déjà tous deux pour l'Agence, on était en décembre 1963.

En trois jours Novak était parvenu à leur arracher un premier lot d'informations, en jouant avec des modulations de son silence, en démontrant sa maîtrise de l'Angel, à la fois à l'écoute et libre de parole, quand il la formulait.

Les deux anciens pros des services spéciaux allaient devoir se méfier de lui, il ne se laisserait pas instrumentaliser, il serait bien plus difficile à piloter que le cyberplane.

Les deux hommes le regardaient en lui offrant ce large et double sourire, illuminé de néons et de rayons cathodiques.

Un double sourire qui s'armait à l'unisson : Nous avons vu beaucoup de choses. Nous avons vu beaucoup de secrets. Nous avons vu beaucoup de morts. Nous avons vu beaucoup de meurtres. Nous avons vu bien pire que tout ce que tu pourrais imaginer, mon garçon.

C'était ce que disaient les bouches, dans un silence total qu'il entendait parfaitement.

— Il existe de fortes disparités entre vous trois dans votre connaissance de Trinity-Station. Or, vous allez devoir vivre ici ensemble un certain temps. Nous devons veiller à ce que la plus grande harmonie possible règne au sein du groupe.

— Ce n'est pas pour des raisons humanitaires, enchaîna Flaubert, glacial. Voyez ça comme une condition minimale de la survie évolutionniste. Le savoir doit être partagé par ceux qui veulent survivre ensemble, il doit être partagé au plus vite, à la vitesse de la nature, au moins.

— Sharon est une habituée des lieux depuis son enfance, son père a été le principal concepteur de l'endroit. Venus est venue un couple de fois durant sa petite enfance, avec sa mère, moi-même et un de mes cousins éloignés, le Père Terence Winston McCormick, de l'Université Notre-Dame, elle ne doit pas s'en souvenir, elle avait tout juste 3 ans, et le jeune Novak est un pur novice. Mais il apprend très vite.

— Voilà ce que vous devez savoir les uns des autres, pour commencer.

Sharon suivait le compte rendu des deux hommes comme un briefing militaire, ce qu'il était. Elle savait à l'avance ce qu'ils allaient dire. Elle comprenait parfaitement pourquoi ils le disaient. Il fallait mettre l'escadrille au diapason, il fallait livrer aux équipages les mêmes données et les mêmes plans de vol, leur assigner les mêmes objectifs, leur permettre de développer une stratégie commune.

Il fallait leur exposer un peu de ce qu'elle était, elle, Sharon Silver Sinclair, la fille accidentée par une collision avec l'humain.

Cela signifiait qu'il fallait les laisser s'approcher de l'abysse foré en elle, les laisser s'approcher du Nom, c'était probablement dangereux, surtout pour eux.

Il lui semblait que c'était précisément le but poursuivi par les deux hommes.

Ils sont en guerre, pensa-t-elle. Contre qui ? Contre quoi ? Avec qui ? Pour le compte de qui ?

— Sharon ne sait pas tout. Nous non plus. Son père a disparu il y a dix ans sans tout révéler.

— Mais nous en savons un peu plus qu'elle, tout de même.

Les deux sourires s'illuminèrent à l'unisson.

— Les recherches qui ont conduit à la re-création de Trinity-Station n'étaient pas de notre ressort. C'est le père de Sharon qui a tout conçu, nous n'avons été que des exécutants. Ne nous posez aucune question sur les principes physiques et mathématiques utilisés, contentez-vous des problèmes pratiques, comme nous.

— Dans un premier temps, mettez-vous bien profond dans le crâne que pour Frank Sinclair, le père de Sharon, la plupart des sciences, biologie, physique atomique, cosmologie, j'en passe, étaient en lien permanent au sein d'une « structure » qui a servi de « matrice » au compound nouvelle génération. C'est ainsi qu'il s'exprimait, et c'est encore ce que je comprends le mieux.

— Ici tout est interdépendant et pourtant autonome. Les minéraux, les végétaux, la faune, les machines et les humains forment une collectivité réellement intelligente, tous se partagent les informations.

— À la vitesse du Cosmos. Survie évolutionniste.

— D'autre part, vous remarquerez parfois, et à certains endroits, des altérations du temps ou de l'espace, de très faible intensité, mais sensibles, ne vous inquiétez pas, cela n'a aucune incidence sur le cours des événements, ce sont des effets secondaires.

Sharon tourna son regard vers Venus, le bleu arctique attiré par une infime vibration parcourant la fille des pieds à la tête.

Son visage avait blêmi, elle paraissait tétanisée. Pourquoi ? Par quoi ?

Les deux hommes poursuivaient leur exposé.

— Vous constaterez des phénomènes optiques ou acoustiques un peu bizarres, cela fait aussi partie des effets secondaires.

— Et bien sûr, s'il y a des effets secondaires, il y a un principe actif premier.

Un moniteur vidéo émit un bourdonnement d'insecte qui oscillait en intensité dans l'essaim des autres interférences électriques. Il créa un contrepoint sinusoïdal aux voix alternées des deux hommes.

— C'est ce principe actif que le père de Sharon maîtrisait et que nous n'espérons même pas comprendre.

— Mais nous savons le faire fonctionner. Ce qui n'est pas négligeable.

— C'est ce principe premier qui fait toute la singularité de Trinity-Station.

— Et c'est ce principe premier que vous devrez admettre sans explication.

— Car nous n'en avons pas.

Les écrans et les ordinateurs prirent le relais du dialogue, version jazz bleu cathodique, peuplant l'absence de mots par une nuée de fréquences dont chacune identifiait parfaitement son appareil d'origine, le moniteur déréglé en instrument solo, c'était aussi précis qu'une conférence médicale, s'était dit Sharon.

Elle savait ce que les deux hommes allaient dire, elle était dans le secret depuis longtemps, en tout cas dans celui-ci.

Les deux sourires s'étaient figés sur une longueur d'onde particulière, elle aurait pu les caler sur une bande radio millimétrique.

— Trinity-Station est un monde plus vrai que le vrai, dit Montrose.

— Parce qu'il est un monde truqué, poursuivit Flaubert. Et mieux encore, c'est un monde-trucage, disons-le : un monde qui truque la réalité en se truquant lui-même.

Les écrans et les néons continuèrent d'émettre leurs radiations lumineuses, Novak Stormovic resta muré dans son silence curieux, les deux hommes laissèrent la bande-son électrique du bunker prendre possession du temps et de l'espace, leurs sourires radiographiés pour un morceau d'éternité.

Sharon vit Venus se transformer en statue de sel.

Chapitre 40

1

Un avion intelligent, co-intelligent, avait-elle pensé
alors qu'elle regardait l'engin effectuer une manœuvre
acrobatique au-dessus des buttes boisées qui dominaient l'entrée du compound, sur le contrefort oriental de la montagne.

Une machine évolutive, co-évolutive.

C'était signé, se disait-elle.

Plus loin, surgissant dans le gaz bleu-vert, se dres-
saient les derniers pics des Clearwater Mountains avant
la frontière du Montana. L'avion fusait dans leur direction, en prenant de l'altitude et de la vitesse.

Il m'a observée. Chaque jour il s'améliore. Chaque
matin, il passe une heure avec Montrose et Flaubert.
Ils lui apprennent à piloter l'appareil, puis il s'entraîne.
Toute la journée.

— L'avion a été updaté, lui avait-il dit un jour.

— Updaté par qui ? lui avait-elle demandé.

— Des amis de Flaubert et Montrose. Ils écrivent les
programmes. Eux, ils les implantent.

Sharon n'avait rien répondu, sinon un vague murmure d'assentiment.

Mon père leur a laissé des logiciels et du code pour
programmer ce type de systèmes.

C'est ce qu'elle se disait ce soir-là, alors que le cyber-plane disparaissait de sa vue dans la direction opposée au soleil couchant.

2

Elle avait passé l'après-midi dans les collines escarpées, puis aux environs de l'entrée du compound, sur le contrefort oriental. C'était ici, dans cette zone frontière, que les systèmes mis au point par son père opéraient avec le plus d'intensité. Comme Flaubert et Montrose, elle ignorait leur localisation exacte et leurs principes fondamentaux, mais elle connaissait leur existence, et du bunker central quelques dispositifs permettaient de suivre leur activité et leur évolution.

Ou plutôt, corrigea-t-elle pour elle-même, ils surveillent l'évolution du compound en tant que telle, ils surveillent le moteur quantique qui produit les variations et les spéciations, les altérations génétiques et les mutations physiques.

Le moteur quantique unifie tout ce qui vit ici. Tout ce qui vit, et meurt. Tout ce qui meurt et renaît, modifié.

Il unifie même ce qui ne vit pas.

La Vie est un Plan du Cosmos qui se poursuit sans jamais se répéter, lui avait dit son père peu de temps avant sa disparition. Il n'y a pas de différence de nature entre les phénomènes quantiques, les processus cosmologiques, et l'évolution humaine. Seulement des différences d'intensité, disons de structure dynamique. Dans l'ancienne tradition kabbalistique, lui expliqua-t-il, l'Homme était le microcosme, le petit cosmos, c'est-à-dire le point nodal de l'infiniment grand et de l'infiniment petit. Il ne s'agit pas de religion. Je ne prononce plus le mot Dieu depuis des années, ma chérie, je tiens à conserver mon travail et ma réputation de scientifique sérieux. Mais tout cela est sur le point de changer.

3

Elle redescendit des collines boisées vers le périmètre d'entrée et le bloc des bunkers.

Avec l'altitude relative, elle pouvait distinguer l'étrange ordonnancement des arbres, des arbustes, des broussailles, des herbes folles, autour du vaste cercle ceint de grillages.

Elle y discernait quelque chose que son père dénommait chaos déterministe.

Elle ne savait pourquoi ces mots avaient surgi avec une telle précision alors qu'elle admirait le paysage. C'était peut-être sa beauté qui avait attiré son attention et permis la connexion sémantique. Le périmètre de sécurité et ses structures métalliques y contribuaient, l'acier inox, l'aluminium anodisé, le béton, les plastiques faisaient ici partie, non pas de la nature, mais du Monde.

Le Monde du microcosme, le Monde du petit cosmos. Le Monde doué de Parole. Son père lui avait à maintes reprises signifié la différence.

Le jeune Serbe se tenait devant elle, à une centaine de mètres, la console de pilotage maintenue à plat devant lui par un système de harnais autour de sa taille et de ses épaules.

Un jour, l'homme sera la console, ce sera l'update du siècle.

Elle se demanda si son père n'avait pas anticipé le phénomène, en léguant aux deux hommes du compound de quoi pratiquer un jour l'opération.

Il regarde à peine la console. Si l'update du siècle n'a pas encore été effectué, son prototype existe.

Le jeune Serbe semblait ne faire qu'un avec la machine, il pilotait d'instinct, console, avion, vision augmentée des binoculaires, téléchargement des images des caméras embarquées, nerfs, yeux, tout cela s'était unifié dans son cerveau, dans son organisme, tout était relié, comme dans le Monde que son père et les deux Gardiens avaient inventé.

En observant l'adolescent qui guidait l'avion à haute altitude, indifférent à toute présence étrangère, l'éclair vif d'une question conséquente et cruciale jaillit en elle :

Comment le moteur quantique de Trinity-Station va-t-il nous relier, nous, tous les cinq ?

Comment va-t-il joindre de manière spécifique, et intégrale, les êtres humains du compound ?

Comment va-t-il faire de nous des résidents permanents ?

Cela signifiait en premier lieu : Comment va-t-il faire de Venus et de Novak des formes de vie capables de s'adapter et de survivre dans cet environnement ?

Comment allait-il les modifier ?

Physiquement.

C'est-à-dire : Comment allait-il transformer en profondeur, comme dans son cas, la structure dynamique de leurs états psychiques ?

Le cerveau n'est pas une carte, lui avait dit un jour son père, il est le territoire du corps.

Quelque chose nous relie déjà, lança l'éclair dans une fulgurance mentale.

Nous avons tous tué, nous avons tous ce nuage noir au-dessus de nos têtes, et si nous ne savons pas tout sur chacun, ce nuage est visible pour tous, par tous.

Nous sommes des individus singuliers. Nous sommes cinq renégats. Et chacun en est une combinaison particulière.

À son approche, Novak releva les yeux de la console et distendit ses lèvres en un rictus qui se voulait un sourire.

— C'est vraiment un jouet hors norme. Incroyable. Je me demande vraiment qui a upgradé l'avion original, j'ai vu les plans et je peux comparer avec ceux de la nouvelle version. Ce ne sont pas les mêmes machines. Rien à voir.

Il cherche à me dire quelque chose, pensa-t-elle, quelque chose d'important. Important à ses yeux.

— Comme un avion serbe transformé en prototype de l'Air Force, vous voyez ?

Elle ne put s'empêcher d'esquisser un sourire, à son tour.

Oh, pour sûr, elle voyait, elle voyait tout à fait.

— En fait, reprit-il, la différence est encore plus radicale. C'est comme si un avion de l'Air Force rencontrait un engin extraterrestre, voyez ?

Elle n'avait jamais vu aussi bien.

Sur un des moniteurs de surveillance, Montrose observa l'apparition de la silhouette longiligne, reconnaissable entre toutes, évoluant comme un fantôme, le visage auréolé de cendre lunaire.

La silhouette suivait calmement un sentier qui s'ouvrait devant elle au gré de sa marche.

Les sentiers quantiques permettaient d'éviter le périmètre de sécurité, interdit aux piétons, les barrages visibles protégeant les bunkers et les hangars, ainsi que les pièges et les dispositifs dissimulés dans la forêt tout autour de la montagne.

Ils jouaient sur la physique même du territoire, lui avait expliqué succinctement le père de Sharon Sinclair. Rien à voir avec les modifications génétiques, même accélérées.

Ils jouent sur la physique du territoire, lui avait-il répété en insistant sur le terme. Il faut donc un code d'accès. Et le code d'accès, c'est votre cerveau.

Un des écrans branchés aux caméras de poursuite aérienne, initialement destinées à traquer les missiles, s'accrochait au sillage du cyberplane qui survolait la montagne en direction de la frontière canadienne.

Sur un coin du tube cathodique s'affichait dans une petite fenêtre l'autre partie du système : son opérateur humain.

Le jeune Novak se trouvait à proximité du périmètre, ses yeux masqués par les binoculaires fixaient un point mobile dans le ciel. Ses doigts gantés de composite couraient sur les touches et les micro-écrans tactiles de la console. Son corps, à peine animé, épousait en infimes variations les mouvements de l'avion, il dansait, ondulait, frémissait, dispositif terminal de l'électronique embarquée.

Il n'a pas reçu tous les codes d'accès, pensait Montrose, mais il est en train d'en inventer un nouveau. Et il est le seul à en maîtriser le fonctionnement. Bien mieux que Flaubert et moi ne le pourrons jamais.

C'était rassurant. Le plan fonctionnait comme prévu.

Derrière lui, sur un des ateliers logiciels, Flaubert s'affairait à décoder les données enregistrées par la console. Il s'attachait tout particulièrement à l'analyse du comportement de l'opérateur humain. En l'espace d'une semaine, ses progrès avaient été fulgurants, ils suivaient une courbe exponentielle. Plus il apprenait, mieux il apprenait, mieux il apprenait, plus il apprenait. Dans peu de temps, les codes d'accès de Trinity-Station commenceraient à se transcrire dans son cerveau.

C'était plus que rassurant, le môme devançait le plan.

Sharon avait observé les deux hommes, puis les écrans, avant de rompre le silence électrique.

— Qu'est-ce que c'était exactement au départ, cet avion?

Montrose s'agita un peu sur sa chaise.

— C'était un simple jouet vendu dans le commerce, Sharon, je te l'ai expliqué, un truc français…

— *Pervasive technologies*, laissa tomber Flaubert, glacial.

Elle avait entendu l'expression une fois ou deux, dans la bouche de son père. Les mots agglomérés indiquaient un hybride, la fusion opérative de deux phénomènes distincts qui ne demandaient qu'à se rejoindre. Perception. Évasive. C'était très prometteur.

— Ce que le monde actuel fait de mieux en matière de trucage de la réalité. C'était la plate-forme idéale pour nos mises à jour, lâcha Flaubert, toujours en mode congélation.

— C'est drôle, j'allais vous poser la question.

— Quelle question?

— La question qui me turlupine depuis une semaine : Qui sont ces upgradeurs d'élite qui vivent à l'extérieur du compound? Jamais mon père n'aurait toléré cela.

— Justement. Ce sont des amis de ton père.

Elle faillit rétorquer, mon père n'avait pas d'amis.

— D'où viennent-ils exactement?

— Seattle. Évidemment, ils ne font rien transiter par le net, jamais, ils viennent dans leur petit avion jusqu'à Boise et on va les chercher.

Sur un groupe de moniteurs vidéo, les images en provenance des caméras du cyberplane montraient différents points de vue, avec différentes focales, dans différents spectres chromatiques.

Ce sont toutes ces différences qui font son unité, se dit-elle machinalement.

— L'avion émet ce qu'il voit, ce qu'il ne voit pas et… ce qu'il fait voir. Et mieux encore, ce qu'il ne fait pas voir.

Pervasive technologies, pensa-t-elle. Cette impression de déjà-vu, de déjà-entendu. La déviation d'un souvenir, l'image et la voix de son père, mais une muraille grise en obstruait l'origine exacte. Ne subsistait que son écho lointain, les ruines d'une intuition.

— Entre nous, et eu égard à ce qui nous unit, j'aime-rais que vous arrêtiez de me raconter vos histoires rigo-lotes au sujet des programmeurs venus de Seattle en avion privé, et que vous vous rappeliez que je suis une Résidente. Avec tout ce que ça implique.

Elle entendit Montrose pousser un long soupir, une interférence parmi d'autres.

— Flaubert… dit-il simplement.

Sharon regardait les deux hommes, une conversation inaudible, purement mentale, se déroulait entre eux, à toute vitesse.

Flaubert conserva le silence quelques secondes, le regard vissé aux images venues du ciel.

— Très bien. Dis-lui.

Elle comprit instantanément qu'ils lui avaient menti, qu'ils essaieraient de lui faire croire qu'ils allaient dire la vérité, mais qu'ils mentiraient encore.

Le mensonge serait simplement un peu plus proche de la vérité. Ce serait une guerre d'attrition. Ce serait une guerre de gagne-terrain, mètre par mètre. Ce serait une guerre où le vainqueur est celui qui a le temps pour lui.

Chapitre 41

1

— Tu t'en doutes, ton père et son équipe de chercheurs sont à l'origine du concept. C'était un contrat militaire, évidemment.

Évidemment, pensa-t-elle. Mon père, évidemment.

— C'est pour cette raison que le Falcon a attiré notre attention, c'était la première application civile des recherches de ton paternel.

La question s'imprima d'un jet dans sa tête.

C'était devenu un jouet, et maintenant vous en refaites une arme. Pourquoi ?

Sharon fixa son œil sur un écran qui balisait le périmètre de sécurité. La nuit tombait, les objectifs à amplificateurs de lumière se mettaient en marche. L'éclair de la compréhension venait encore de la cisailler.

Il n'a pas eu besoin de prévoir le futur, il s'est contenté de l'inventer.

Seules les caméras de poursuite antimissiles purent saisir l'apparition du cyberplane dans le ciel proche et retransmettre des images étonnamment fluides dans un groupe de petits écrans disposés un peu à part. Aucun des moniteurs ne fut en mesure de détecter quoi que ce soit. Que ce fut en vision nocturne infrarouge, ou dans différentes spectrométries, que ce fut par les systèmes à amplification de photons, ou tout autre type de rayonnements, il resta invisible jusqu'à son atterrissage près du portail d'entrée de la montagne.

— Les caméras de poursuite aussi ont été updatées, avait dit Flaubert en anticipant sa question. Elles sont pilotées par un logiciel de sa conception. Ce sont les seules machines au monde capables de briser le code de trucage visuel de l'avion.

Elle pensa : Cela fait partie des données et programmes qu'il vous a laissés. Les systèmes étaient prêts à être updatés parce qu'il était en train d'en concevoir l'évolution.

Il avait un plan. Il avait un plan avant de disparaître.

Il avait un plan afin de disparaître ?

— Ton père n'est pas resté plus de vingt ans à la DARPA pour des nèfles. Il concevait toujours le système et son antidote. Avec son antidote. Il me disait souvent : Ce sont les deux sous-ensembles complémentaires de la même structure.

Sharon avait longuement regardé Flaubert qui ne s'intéressait qu'aux évolutions du cyberplane sur les écrans des caméras antimissiles.

— Trinity-Station aussi possède son contre-pôle, comme tu le sais, même si comme nous, tu ne sais pas ce que c'est.

Elle pensa : Oh, oui. Il avait un plan. Sa vie entière était un plan.

2

Le couloir central s'enfonçait droit sous la montagne. C'était une route. Une large route à deux voies qui distribuait de vastes salles sécurisées et d'étroits corridors qui conduisaient à des lockers aux portes métalliques et à des abris antiatomiques.

L'éclairage était assuré par des rampes de néon accrochées au plafond voûté ainsi que par de grosses veilleuses hémisphériques disposées de part et d'autre de la route, à vingt centimètres du sol.

C'était l'endroit du compound qu'elle préférait. Souterrain. Mais en altitude. Grand, mais clos, on ne devinait sa taille que grâce à l'arrêt brutal des lumières, à environ un kilomètre de distance de l'entrée. Formant un seul bloc, mais étoilé en réseau. Un espace principal, pure horizontalité, distribuant avec une régularité mathématique des dizaines et des dizaines de pièces fermées, de tailles et de formes différentes, et créant malgré tout un ensemble à la cohérence absolue.

Ici, lumière et obscurité ne produisaient qu'un seul flux aux variances répétitives, aucune coupure, rien que des courbes d'intensités sinusoïdales sans cesse reproduites d'un bout à l'autre de la route intérieure, jusqu'à l'extinction.

Ici, le temps avait été transformé en arme de défense nationale. Tout était calculé au millionième de seconde. Du lancement des missiles jusqu'à leur cible en sol soviétique.

L'espace était devenu une carte. Le territoire était contracté dans le décompte des minutes avant l'impact.

Elle vit le jeune tueur serbe sortir de la salle de contrôle, un épais livre technique sous le bras, la luminosité bleutée des écrans parasita sa silhouette tandis que la porte se refermait lentement derrière lui.

De l'adolescent en fuite elle savait l'essentiel. Comme eux tous. C'était la Règle.

C'est ton père qui a édicté toutes ces lois, avait raconté Montrose à Sharon : ici c'est l'Ordre du Temple, disait-il parfois.

Flaubert s'était chargé de diffuser les informations.

Toutes les histoires, avait-il rajouté, et surtout les fondamentales. Même les nôtres. Ensuite, c'est aux Résidents de créer leurs propres réseaux de relations et d'apprendre les uns des autres. Le père de Sharon y tenait beaucoup. Mais il vous faut une base de départ. Et la base de départ c'est que vous êtes tous les trois recherchés pour meurtres par les polices du Canada et des États-Unis, et que nous, pour simplifier, nous sommes d'anciens flics.

En de pareils instants, son sourire s'ouvrait comme la porte d'une chambre froide.

Novak Stormovic, pensa-t-elle, en s'approchant de l'adolescent. Lui aussi il a un nom, un nom qui le différencie, qu'il porte en propre, qu'il habite au point de tuer pour le protéger. Il a tué en frappe préemptive. Il a tué pour se préserver.

L'identité dissoute par le viol collectif ultra-violent de Sharon avait fait de son nom le réceptacle quasiment sacré de ce qui restait d'elle. Elle n'avait commencé à tuer qu'après l'agression.

Dans le cas de Venus, une paradoxale inversion de ce modèle était à l'œuvre. C'était par l'inceste répété durant quinze ans que l'identité nominale s'était peu à peu résorbée jusqu'à disparaître, comme métabolisée par un corps machinisé devenu totalitaire, devenu le monde dans son intégralité. Et elle aussi avait tué dans un acte terminal, même si des différences se creusaient – obliques – entre les deux *modus operandi*.

Ils se rejoignaient tous les trois par leurs différences. Et ils rejoignaient les deux gardiens du compound par un autre réseau de différences et de répétitions. Elle sentait une intense complétude à l'œuvre, elle percevait un potentiel qui demandait à s'exprimer sans qu'elle puisse deviner de quoi il s'agissait, c'était un pur signal physique, son corps était resté cette antenne capable de capter les moments, les langages, les changements des autres corps, celui-ci ne faisait pas exception.

— Demain c'est le dixième jour, je dois passer un test.

Sous-entendu : Je dois étudier ce livre jusque tard dans la nuit.

— Alors, fais en sorte de le réussir, avait-elle répondu. Sais-tu pourquoi ils t'apprennent à te servir de l'avion ?

Elle vit le visage de Novak se fermer, froid comme l'éclat gris-vert de ses yeux qui la fixèrent avec le calme d'un collimateur.

— Parce que je suis le seul ado disponible.

Sous-entendu : Cela se passe entre eux et moi et vous ne sauriez pas faire démarrer une console Nintendo.

Deux vérités, l'une pour ouvrir un peu l'horizon, l'autre pour l'obstruer tout à fait.

C'était le principal problème entre les membres du groupe. Ils connaissaient les grandes lignes, les fondamentaux comme disait Flaubert, mais ignoraient les détails, là où précisément le Diable gît.

Et il n'est jamais simple d'interroger le Diable.

Surtout quand les détails que vous ignorez vous concernent.

Il existait une zone rouge, une ligne à ne pas franchir, elle était différente pour chacun, elle posait à tous les mêmes problèmes.

Jamais elle n'aurait pu lui demander abruptement : Raconte-moi donc ce qui s'est passé dans ton collège, à Montréal.

Avec Sharon, elles avaient pu se livrer l'une à l'autre à cause de leurs traumatismes respectifs, leurs différences comme leurs identités. Le jeune Novak venait d'avoir 14 ans, il n'était pas encore un adulte, plus du tout un enfant, et dévalait cette pente glissante qu'est l'adolescence où l'instabilité est permanente.

Les informations s'accumulaient chaque jour, chaque heure, chaque minute, chaque seconde, en bribes, petit à petit, par questionnements, déductions, recoupements.

Bien sûr, il y avait les news.

En ce qui concernait le jeune Novak, le comment importait peu, il avait été rapidement circonscrit par les témoignages et l'investigation policière. C'était le pourquoi qui troublait la société d'où il venait. À chaque fois, elle écoutait avec une indifférence accrue les analyses présomptueuses et ridicules des experts qui se penchaient sur son cas. Ils semblaient ignorer l'évidence, une évidence qu'elle-même connaissait, au milieu de toute son ignorance.

Si Novak Stormovic avait tué une douzaine d'élèves et de professeurs, et en avait blessé gravement une vingtaine d'autres, c'est qu'il avait une très bonne raison.

— Tu trouves normale la façon dont vous vous êtes rencontrés avec Sharon Sinclair, au milieu de nulle part ?

— C'est quoi une « rencontre normale » ? avait-il répondu, d'un ton égal.

— Statistiquement, c'était impossible.

— Ce n'était pas un bon jour pour les stats. Et ce n'était pas impossible. C'était simplement peu probable. Ça te paraîtrait normal, je présume, que nous nous retrouvions ici tous les trois, par l'effet du hasard ? Vous avez toutes les deux des liens familiaux, mais moi j'ai juste croisé Sharon sur la route. C'est moi le hasard, avec tous ses effets.

Venus renvoya au jeune Serbe un regard trempé dans la neige carbonique. Il était intelligent, vif, sûr de lui. Il était temps de faire trembler le blindage.

— Le problème, Novak, c'est que, comme nous l'ont rappelé Flaubert et Montrose, nous sommes tous les trois recherchés pour homicides. Et ça, c'est la coïncidence de trop. C'est la coïncidence qui, de ce côté-ci de la frontière, nous conduit droit au couloir de la mort.

Le silence s'étendait, jusqu'à l'extrémité du tunnel, le bourdonnement régulier des plafonniers de néon en faisait partie, diapason à tube incandescent calé sur la fréquence du jaune.

— Pourquoi vous avez tué ces types ? avait-il demandé, sans intonation particulière.

— Desquels tu parles ? Mon père et les autres, je devais les tuer pour ne pas sombrer dans la folie. Mais j'y avais déjà sombré. Alors en les tuant j'en suis sortie.

— Non, je parle de ceux d'après, ceux pour lesquels vous êtes recherchée. Les Ukrainiens.

Elle réfléchit quelques instants. La vérité elle-même était un mystère.

— Ceux-là ? Je devais les tuer pour ne pas sombrer dans l'esclavage, mais j'y avais déjà sombré. Alors en les tuant j'en suis sortie.

Novak avait simplement hoché la tête, sans rien dire, elle put lire dans son regard une lueur de compréhension.

Il lui était arrivé la même chose, ou presque.

Lui aussi avait dû sortir de l'esclavage. Lui aussi avait fait de sa propre folie l'unique moyen d'en guérir.

4

Lorsqu'elle ouvrit la porte de la salle de contrôle, les diverses fragrances de marijuana sollicitèrent ses cellules nasales qui les identifièrent immédiatement, sélection olfactive de dressage, profession : fabrication de drogues de synthèse, manipulations génétiques végétales, hybridations, injections folliculaires et radicales. Longues années d'expérience.

Montrose se tenait devant un groupe d'écrans, il feuilletait un lourd volume de données techniques semblant dater d'un bon siècle, une tasse de café fumait sur un coin de son bureau.

Et un thaï-stick à l'odeur reconnaissable se consumait lentement à ses lèvres.

Ils font pousser différentes espèces. Des bonshommes de 70 ans. Des bonshommes venus en droit ligne des années 1960.

On était dans le Grand Nord-Ouest. Ici toute l'Amérique entrait en collision avec elle-même, contre-culture pop et complexe militaro-industriel, missiles balistiques et guitares électriques, bunkers-modes de vie et utopies sauvages. D'anciens membres des services spéciaux faisaient pousser de l'herbe dans un compound à haute sécurité, ancienne base du Norad, dont ils étaient à la fois les seuls habitants permanents, et les shérifs chargés d'y maintenir la Loi et l'Ordre.

Tout flic de cette région aurait haussé un sourcil.

— Je dois rester, des vérifications d'usage, avait dit Montrose à son entrée.

Elle n'avait rien trouvé à répondre. Il était seul dans la pièce. C'était peut-être le moment d'aiguiller une conversation…

— J'ai reçu un message de notre contact au Canada, avait-il enchaîné.

Deux mots.

Deux mots qui signifiaient Danger. Danger immédiat.

Deux mots qui signifiaient Ça ne fait que commencer.

— Deux spécialistes sont sur tes traces, des anciens flicards, un peu comme nous. Ils ont passé la frontière, ont traversé le Minnesota vers l'ouest, direction le Dakota du Sud, ils semblent suivre une piste précise. Tu es allé dans le Dakota?

— Non. Jamais.

— Alors c'est probablement un transit. S'ils viennent jusque dans le Montana ou le Wyoming, il faudra aviser.

Elle avait saisi dans le regard du vieil homme le passage d'une ombre fantomatique, un voile translucide, minéral, cristallin, dur comme une feuille de diamant.

Il faudra aviser.

Cela n'évoquait rien d'autre que la mort.

5

Montrose avait patiemment attendu deux joints et le départ de Venus pour insérer le disque blu-ray dans le lecteur, les codes du cyberplane défilèrent aussitôt sur un de leurs écrans ACL les plus récents, puis les images firent leur apparition.

Toutes les images.

Les vraies comme les fausses. Les demi-vraies, les moitié fausses. Ce qui existait, ce qui n'existait pas, ce qui existait par intermittence, ce qui se tenait à mi-chemin de toutes ces modalités, dans les limbes des composants numériques.

C'était l'engin parfait pour chercher ce qu'il cherchait.

Flaubert lui avait dit :

— Comme l'autre fois : cela bouge tout le temps, un trucage dynamique des enregistrements... À chaque vision sa place change, il faut essayer de trouver un *pattern,* cela doit correspondre à des anomalies sur le terrain. Je te relaierai à quatre heures trente.

Si c'était bien ce à quoi il pensait, toute la théorie qu'il avait échafaudée ces derniers mois, après avoir mis la main sur une conversation enregistrée entre Flaubert et les gars de la milice des Freemen du Montana, s'effondrait d'un seul coup.

Le père de Sharon avait laissé ici des systèmes dont les fondamentaux leur échappaient. Des systèmes programmés pour s'activer à un certain moment, ou selon certaines circonstances. Et si son interprétation du message crypté de Flaubert aux Freemen était erronée, il fallait envisager une possibilité quasiment impossible : il se pouvait que Frank Sinclair fût encore vivant et que les manifestations étranges apparues depuis le début de l'année aient été générées par lui.

Montrose alluma un autre de ses thaï-sticks.

La conversation cryptée entre Flaubert et les hommes de la milice du Montana pouvait avoir une multitude de sens différents et contradictoires.

Cela voulait dire que l'avion n'était qu'une partie du plan.

Cela voulait dire que le plan n'était qu'une partie d'un ensemble bien plus vaste, et bien plus mystérieux.

Cela voulait dire qu'il s'était trompé.

Flaubert n'avait probablement pas tué le père de Sharon.

Et si ce n'était pas Flaubert, ce ne pouvait être personne d'autre.

6

Le soleil avait frappé les lunettes au mercure, faisant de la fille une X-Woman dont le rayon mortel allait jaillir des yeux d'un instant à l'autre.

Elle les portait toujours à l'extérieur, en tout cas lorsqu'il y avait du soleil. Toujours habillée du même type de vêtements, toujours dans les mêmes couleurs, gris, noir, anthracite, bleu nuit. Et toujours le même roulement : Sharon notait les permutations systématiques des montres, une à chaque poignet, une marque différente chaque jour, une parfaite synchronisation, toujours.

Venus Vanderberg avait fait effacer tous ses tatouages – tout ce qui a été imprimé sur son corps, avait pensé Sharon – mais elle n'avait rien dit des objets fétiches que son corps s'était approprié, à vie, probablement.

— Non, avait répondu Venus à sa question. J'ai d'abord été déclarée inapte à suivre mon procès. Il faut reconnaître que c'était vrai.

C'est malgré elle que Sharon laissa passer sa parole médicalisée :

— Symptômes ?

— Symptômes ? Toute une série. De l'obsession psychotique à l'aphasie totale : pour commencer, je ne faisais que les questionner au sujet de David Duchovny, du temps indiqué par les diverses horloges atomiques du monde entier, et de mon père comme trucage. Ils me répondaient invariablement que mon père était mort et moi, invariablement, je leur répondais : Je parle de mon père original. Ils ont fini par diagnostiquer une forme de schizophrénie.

— Une forme ?

— Je ne souffre pas de dédoublement de personnalité. Un des médecins disait : Vous n'êtes pas double, mais cela est peut-être pire.

— Qu'est-ce qu'il voulait dire ?

— Il voulait dire que les deux parties s'étaient réunifiées, mais qu'elles s'étaient réunifiées par le meurtre.

— Et alors ?

— Alors elles pouvaient être disjointes à nouveau. Par un autre meurtre.

Sharon avait pensé : Et depuis, elle a tué.

Lui envoyait-elle un message ? Essayait-elle de lui faire comprendre que tel était le cas ? Elle planta son regard dans les écrans de mercure.

— C'est ce qui s'est produit, Venus ? Vous souffrez d'amnésie lorsque vous tuez ? Vous devenez quelqu'un d'autre ? Vous avez l'impression de vivre un rêve ?

— Non, pas du tout. Rien à voir.

— Alors quoi ?

— C'est plutôt comme si ce n'était pas vrai. Comme si c'était truqué, comme si c'était dans une série télévisée. Mais une série dont je serais le personnage principal. Ou plutôt l'actrice principale.

Sharon n'avait pas quitté des yeux le mercure étincelant.

Comme elle, la fille Vanderberg n'était plus tout à fait une personne. On lui avait ôté quelque chose d'essentiel. L'ablation était définitive.

Comme elle, en retour, cette personne amputée s'était fabriqué un dispositif prothétique qui produisait une espèce de personnalité de synthèse, ni artificielle, ni naturelle, autoprogrammée, autoprogrammable, un pur chaos déterministe aurait dit son père.

Il était inévitable qu'elles se rencontrent.

Mais elles n'auraient jamais dû se rencontrer, s'était-elle dit aussitôt.

Elles se complétaient à la perfection.

Il fallait d'urgence prévenir le reste de l'humanité.

Chapitre 42

1

C'était plein jour, plein midi, plein soleil. La lumière : blanche. Le ciel : blanc.

Le contrefort oriental où ils se tenaient : presque blanc.

Il ne pouvait l'être plus.

Les protégeant du rayonnement aveuglant venant de tous côtés : les bonnes vieilles Ray-Ban Police, le modèle qu'ils portaient invariablement depuis leurs premiers services rendus au gouvernement des États-Unis d'Amérique.

— J'ai reçu un message crypté de Fleischmann et des Freemen.

Le soleil est blanc, ultra-blanc, c'est lui ce ciel, c'est lui cette lumière. C'est lui plein jour-plein midi.

— Je pensais pas qu'on était venus ici pour causer des Freemen.

Deux soupirs presque simultanés.

— J't'ai dit un message crypté.

Cela sous-entend : ce n'est pas une causerie. Montrose pousse un second soupir, les ennuis commencent.

Pas le moindre souffle de vent, l'air est aussi statique que du béton sec, il n'y a aucun nuage pour accrocher la vue, les montagnes se fondent dans le gaz des altitudes, on est en plein mois de juillet, c'est l'Idaho central, tout est normal.

— Les types qui sont au cul de la fille Vanderberg, ils ont passé la frontière du Montana ce matin.

— Pour aller où ?

— Comme tout le monde, à Missoula.

— Ils ont franchi la limite qu'on s'était fixée.

— Ils ne sont pas les seuls, c'est ça le vrai problème. Les types venus du Canada ont été repérés par les US Marshals, un des lascars est en bris de condition multiples de ce côté-ci de la frontière. Il semblerait que l'antenne du FBI à Helena ait été mise au parfum. Si ces connards de Canadiens retrouvent la piste de Venus, ils y conduisent tout ce joli monde.

Ça, pensa Montrose, c'était à voir.

— Il va falloir aviser avant, se contenta-t-il de dire.

Montrose avait rajusté ses Ray-Ban après avoir allumé un stick, le contrefort oriental se teinta gris-bleu.

Flaubert observait cette partie de la montagne avec ses binoculaires militaires, méthodique, calme, silencieux, attentif, la routine, il avait traqué des dizaines d'hommes dans sa vie, aucun ne lui avait échappé.

Mais dans le cas qui nous occupe, ça risque d'être légèrement plus compliqué, pensa Montrose.

Le sourire de Flaubert est un rictus mécanique, les jumelles forment une extension prothétique de ses yeux.

De son âme, pensa Montrose.

— Tu t'es servi d'une de ses équations tu m'as dit ?

— Non, c'est l'ordinateur qui s'est servi de l'équation. Moi, je me suis servi de mon intuition.

Flaubert avait tordu un autre sourire.

— Heureusement que ça n'a pas été le contraire. Uniquement sur le plateau ?

— La surface correspond exactement au résultat de l'ordinateur. La localisation GPS aussi. C'est juste ici.

— Comme d'habitude, en fait. Il y a bien un *pattern*.

— Oui, sauf qu'il n'y a rien à cet endroit. Rien du tout. Tu le sais aussi bien que moi.

— Mais c'est parce qu'il n'y a rien que tout peut y arriver. Il n'y a qu'une seule explication rationnelle.

— Elle n'est pas rationnelle.

— Elle l'est, parce que c'est la seule possible. C'est ici, le centre secret de Trinity-Station, c'est son contre-pôle, c'est l'axe, le câble, le tube, appelle ça comme tu veux, par lequel il interagit encore avec le monde, en tout cas ce morceau du monde.

Le silence avait une couleur, celle du plomb fondu à blanc qui tombait du ciel.

— Tu crois qu'il nous envoie des signaux depuis le monde des morts, un truc comme ça ? Tu rigoles.

Le sourire de Flaubert semble allumer son propre joint.

— Écoute… je ne crois pas à ces conneries. Il n'est pas mort. Pas au sens où on l'entend communément. Il a peut-être trouvé le moyen de cloner son esprit, sa personnalité, dans un ordinateur de sa conception, ou une autre machine, de type inconnu…

— Flaubert… Tu crois que ça pourrait avoir un rapport avec ce putain de rétro-engineering ?

— Évidemment, je pense que c'est à la base de tout et qu'on aurait dû s'en douter bien avant.

— On ne pourra pas faire autrement, Flaubert : il va falloir en parler à Sharon.

Le soleil blanc dresse un flux de chaleur entre les deux hommes, entre eux et la terre presque blanche, entre chaque objet disséminé très blanc sur cette terre.

— Oui, t'as raison, on ne pourra pas faire autrement : il va surtout falloir n'en parler à personne. Et surtout pas à Sharon.

Montrose pensa immédiatement, plaque réflexe de l'expérience d'une vie : Flaubert a peut-être déjà conclu un deal avec lui, il y a longtemps. Peut-être est-ce un secret dans le secret ? Ou alors, peut-être Flaubert fait-il tout ça en vue de conclure un deal ?

Mais en ce cas, quel est le futur prévu ?

— J'aimerais bien savoir comment il a opéré pour se servir du matériel néo-mexicain, tu sais bien que personne ne…

— Il avait accès à une multitude de données, bien plus qu'il ne le prétendait… et je pense qu'il s'est rendu sur place une ou deux fois, il ne pouvait certes pas nous le dire.

— Mais pourquoi maintenant, pourquoi avoir attendu dix ans, putain ?

Flaubert suspendit son sourire dans le gaz chaud.

— Il n'a peut-être pas attendu. Peut-être que pour lui, dix ans c'est une seconde. Peut-être qu'il improvise selon la situation, les circonstances. Peut-être que tout était truqué à l'avance… On ne peut qu'établir des hypothèses.

— Tu te rends compte des implications de ce que tu dis ?

— Parfaitement. Cela signifie que le plan suit son cours et qu'il est beaucoup plus vaste que ce que nous avions envisagé.

Montrose aspira une profonde bouffée de la skunk locale et suivit des yeux le nuage de fumée s'évaporer de sa bouche en rouleaux vert-de-gris.

Flaubert avait raison.

Le plan était bien plus grand qu'eux.

Il les dépassait déjà.

Il les dépassait depuis le départ.

2

Lorsque les deux hommes étaient apparus dans le sous-bois, Novak pilotait l'avion au-dessus du Wyoming, quelque part au nord du parc de Yellowstone.

Dans la fenêtre « réalité », il les avait vus marcher vers le sud-ouest, en direction des bunkers, en ouvrant devant eux un de ces sentiers quantiques auxquels il s'était rapidement accoutumé, comme à tous les phéno-mènes étranges du lieu.

Trinity-Station était un laboratoire grandeur nature. Les expériences qu'on y conduisait étaient couvertes du sceau du secret, Défense nationale, on y inventait et tes-tait des systèmes et des concepts entièrement nouveaux, la science-fiction était depuis longtemps un département intégré de l'industrie militaire.

Les caméras de surveillance et les senseurs électroni-ques, par exemple. Ils formaient le premier périmètre de sécurité. Il y avait quelque chose, ici, dans le com-pound, ou plus exactement : il y avait un ensemble de systèmes, inconnus, qui permettait à ce morceau de ter-ritoire montagneux, ses forêts, ses boisés, son sous-bois, de percevoir et de communiquer avec des machines, comme l'auraient fait d'autres machines. Mais ce n'étaient pas *des* machines. Ni la nature, comprenait-il intuitivement.

C'était *une* machine.

Une machine unique, très particulière.

Cette machine, c'était le compound en tant que tel, même s'il n'arrivait pas à imaginer comment c'était pos-sible, ni quelle forme cela prenait.

L'avion updaté était une extension de ce territoire. Son dispositif mobile, nomade, métastable, disaient les deux hommes.

Et lui, il se tenait exactement entre les deux.

Flaubert et Montrose lui lancèrent des signes de la main en l'apercevant, il leur retourna une sorte d'abrégé de salut militaire, à la va-vite.

Il se tenait entre le compound truqué et l'avion per-vasif.

Il était devenu une interface entre les deux machines à fabriquer des mondes.

Il était devenu une arme.

Sharon aurait dit qu'il était devenu ce qu'il était.

Il compléta, pour lui-même : elle aurait dit ce que son père disait. Elle aurait pensé comme son père pensait.

3

Flaubert pénétra dans le bunker central et marcha jusqu'à la salle de commandement. Arrivé devant le sas, alors qu'il s'apprêtait à taper son code d'entrée personnel sur le clavier numérique, il s'interrompit.

C'était une pensée.

Une pensée-réflexe, une pensée paranoïaque, une pensée guérilla, analogue à toutes celles qui lui avaient sauvé la vie, des dizaines de fois.

Montrose a raison, mais il a tort, comme la plupart du temps.

Il va falloir parler à Sharon. Elle doit savoir. Elle doit écouter le message de son père. Les conditions requises sont réunies.

Mais il ne faut surtout pas tout lui dire, sous peine d'invalider le reste.

Il faudra contrôler le processus au plus près.

Il faudra faire du dévoilement de la vérité un processus naturel.

Il faudra parvenir à lui donner les clés sans qu'elle s'en doute, il faudra qu'elle ouvre la porte par elle-même, qu'elle entre seule dans la chambre noire.

Celle qui n'est pas une métaphore, celle dont seuls lui et Montrose possèdent les codes d'accès, celle qui se trouve là-bas, tout au fond du tunnel, dans le dernier corridor latéral, là où personne ne va jamais, là où la lumière du dernier plafonnier de néon n'est plus qu'un nuage de particules.

Là où se trouve le moteur caché de Trinity-Station. Là où se trouvent les rares secrets accessibles de son père.

Les autres commencent tout juste à se faire connaître. Et ils indiquent que tout va devenir beaucoup plus dangereux.

Tout va devenir beaucoup plus intéressant.

Il suffit d'avoir un plan.

Il suffit d'être le plan.

4

— Pourquoi le Wyoming ? Et pourquoi Yellowstone ? J'ai reçu toutes les images. C'est juste une question.

— Ce sera juste une réponse, rétorqua Flaubert, en ouvrant son sourire d'un coup de couteau invisible. C'est un vol d'essai. Détection des phénomènes naturels atypiques. À Yellowstone, il sera servi. La masse magmatique du sous-sol va l'occuper un moment.

Il ment, évidemment. Et il sait que je le sais. Mais il s'en fout.

— Vous avez trouvé ce que vous cherchiez avec Montrose ?

Sharon observe le sourire, il se fige doucement, le regard reste un pur dispositif technique, rien ne frémit à la surface du visage. Flaubert, ce qu'il est par nature.

— De quoi veux-tu parler, Sharon ?

La tonalité est indifférente. Trop. Juste un peu trop.

Il ment. Mal. Il ment mal, exprès.

— Je veux parler des journées que vous passez dans la montagne, sur ce contrefort, je veux parler des heures que vous prenez pour arpenter le compound, et des nuits que vous vous tapez à décrypter on ne sait trop quoi sur les moniteurs vidéos.

— On fait notre boulot, Sharon, c'est tout, on est les Gardiens, alors on surveille la montagne, on arpente, décrypte. Et on n'est même pas payés pour le faire.

Flaubert était le roi de la manipulation, de la dissimulation, des vérités manufacturées, des mystifications-gigognes, plusieurs décennies de pratique pour le compte de ces messieurs-dames de la Central Intelligence Agency.

Alors pourquoi tant de maladresse ?

Pourquoi donner tant de visibilité à ses mensonges ?

Il m'envoie un signal.

Il veut que je lui pose une question, une question précise.

Pourquoi ? Et laquelle ?

L'éclair de l'évidence zébra son esprit, comme il aimait à le faire.

Il n'y en avait qu'une seule, bien entendu.

— Oui, il a donné des instructions précises, il a indiqué les situations, les contextes, les conditions nécessaires. Et suffisantes.

Sharon sentit ses mâchoires se serrer, elle savait que son visage était passé en mode colère rentrée, fréquence : ultra-blanche.

— Je ne vous crois pas. Jamais mon père ne m'aurait caché quelque chose d'aussi important.

Le sourire de Flaubert restait congelé à sa température invariable.

— Il t'en a caché bien d'autres encore.

Fréquence : La-colère-est-un-astre-qui-n'explose-jamais.

— Vous mentez, et vous le faites très mal, depuis le début.

— Je vais commencer depuis le début, justement. Tu n'as pas pensé un seul instant que tout ce que ton père a fait, y compris te cacher tout ça, c'était pour ta sécurité ? Tu fais semblant d'oublier à quel point c'était son obsession, dis-moi ?

— Cela ne l'a pas empêché de disparaître.

Quand Flaubert souriait pour de bon, seul son regard envoyait un signal explicite, une lueur, lointaine comme une très vieille étoile, une étoile qui avait éclairé de sa sombre lumière tout le siècle passé.

— C'est un point que nous soulèverons le moment venu, en attendant, que sais-tu de la programmation neurolinguistique ?

— Programmation neurolinguistique ? Ce que tout le monde en sait, ou à peu près, ce type de médecine psychiatrique n'a jamais été ma spécialité.

— Je sais. C'est devenu un temps la spécialité de ton père.

Une zone d'ombre. Flaubert a parfaitement conscience de ce qu'il fait. Ne pas montrer l'intérêt suscité. Ne rien montrer.

— Ah ? Je l'ignorais.

— C'est ce que je disais tout à l'heure, tu ignores beaucoup de choses. Il a développé sa propre technique, évidemment. Il a élaboré une sorte de synthèse avec d'autres pratiques. Il a interverti l'ordre des mots : selon lui c'était de la neuroprogrammation linguistique, sauf que c'était celle qui apparaîtrait vingt ou trente ans plus tard.

— En quoi est-ce si important ?

Elle observe Flaubert, elle comprend à son infime changement d'expression qu'elle vient de poser la question qu'il fallait, au moment opportun. La lueur de l'étoile se fait plus intense. Elle paraît moins lointaine, moins vieille. Elle est plus présente.

Ses mâchoires se contractent encore un peu plus, son visage doit être devenu translucide, mais ce n'est plus de la colère. C'est pire. C'est une forme d'angoisse inconnue, une angoisse qui ressemble à un mur, une angoisse qui ne se fore pas un passage dans le psychisme, mais qui obstrue toute ouverture qui ne donne pas sur la vérité, sur ce qui est insupportable, sur ce qui devrait être impossible. Et voilà que Flaubert lui balance, imperturbable :

— Parce qu'il en a usé sur toi. Il t'a neuroprogrammée. Depuis ta naissance.

Chapitre 43

1

Elle avait observé les deux montres simultanément, comme d'habitude, en croisant ses poignets devant les yeux. Elles restaient parfaitement synchrones. Elles indiquaient qu'il était quatorze heures, quarante-quatre minutes et vingt et une secondes à cet instant précis, quelque part dans l'Idaho. Les lunettes au mercure colorisaient le monde en une version encore inédite de *Metropolis*.

Elle aperçut Montrose qui sortait d'un des blockhaus extérieurs, l'air préoccupé. Il alluma un joint et resta quelques instants planté devant la porte du sas qui se refermait.

Elle s'aventurait depuis quelques jours au-delà de la zone de sécurité maximum, celle gardée par le périmètre central. Elle procédait avec une prudence sereine, méthodique, les mots de Sharon imprimés en elle comme un mode d'emploi. Le mode d'emploi de la survie, le mode d'emploi de l'adaptation évolutionniste.

Le mode d'emploi du compound.

Procède par cercles concentriques, conserve toujours le centre en pivot de référence, mais fait de chaque nouvelle circonférence une orbite dynamique, c'est-à-dire autant de centres possibles. Au bout d'un moment, tu verras, la peur tue la peur.

Alors elle s'était aventurée, seule, jusqu'aux boisés des hautes collines, où elle avait fini par longer une crête pour voir ce qu'il y avait de l'autre côté pendant quelques instants.

De l'autre côté, il y avait le reste du monde. C'était sans limite et pourtant cela paraissait terriblement clos, on ne pouvait en sortir, et à peine y entrer ; l'inverse de ce qu'elle avait connu dans l'appartement du sous-sol et très éloigné de tous les espaces confinés dans lesquels elle avait vécu depuis.

Il lui fallait impérativement de la lumière à l'extérieur. Son unique sortie du bunker central après le coucher du soleil avait été une expérience des plus traumatisantes. Il lui avait fallu retrouver le clair-obscur électrique du grand tunnel pour reprendre son souffle. Elle en avait profité pour s'y lancer dans une longue course aller-retour sur la route intérieure, avec montée en puissance progressive, comme sur le tapis d'entraînement de l'appartement du sous-sol.

Cet appartement, dans ce sous-sol-ci, durait simplement plus longtemps.

À l'intérieur, peu importait le degré de luminosité, l'espace et le temps formaient une structure cohérente.

Dehors, l'obscurité rendait tout lointain et distant ; simultanément, le temps, comme un simple paramètre variable de l'espace nocturne, restait synchronisé aux montres mais semblait séparé des éléments, il n'avait plus de consistance, il formait un flux, par nature incalculable, et les trois dimensions ne revêtaient ni forme, ni sens.

C'est pour cette raison qu'elle partageait désormais ses journées entre ses expéditions diurnes et ses promenades ou ses courses solitaires jusqu'au fond du tunnel.

C'est pour cette raison qu'elle avait une question à poser à Montrose.

— Quand l'as-tu découverte ?
— Très vite. Au bout de trois jours.

Les montres étaient restées parfaitement synchrones dans les entrailles de la montagne.

Le comment était inutile, elle le savait, Montrose connaissait son attirance naturelle pour la nuit profonde comme pour la lumière-coma, il connaissait son attraction pour les espaces désolés, confinés, clos, cachés. Un jour elle l'avait entendu l'appeler Batwoman.

— Qu'est-ce que tu as constaté ?

Elle comprit confusément qu'elle passait un test. L'avoir découverte n'était pas suffisant pour les hommes du compound, Montrose voulait en savoir plus, il voulait connaître tous les détails. Là où le Diable gît.

En vérité, ce qu'il désirait savoir c'était les détails la concernant elle, c'est-à-dire son fonctionnement. Comment elle fonctionnait dans les ténèbres.

— Elle était entièrement peinte en noire, à la différence des autres, toutes gris alu. C'est ce qui attiré mon attention.

— Dans l'obscurité ?

— Dans la nuit, le matou bien noiraud se voit très bien au milieu de tous les chats qui sont gris.

— Jolie métaphore féline. Quoi d'autre ?

— Le clavier numérique. Différent. Atypique. Avec des lettres ou des chiffres bizarres, que je n'ai jamais vus auparavant. J'ai essayé de taper mon code, rien ne s'est ouvert, évidemment.

— Évidemment. Seuls Flaubert et moi les possédons. Et encore, le mot est très approximatif.

— Qu'est-ce que tu veux dire par là ?

Elle avait posé la question sans réfléchir, une faille s'était ouverte dans le dispositif interrogatif de Montrose. Elle avait l'impression qu'il l'avait fait exprès. Qu'il essayait de tendre une perche, prudemment. Il voulait qu'elle se révèle par les questions qu'il posait.

— Je veux dire que les codes changent tout le temps. Ils sont sélectionnés d'une manière aléatoire par un ordinateur de la salle de contrôle. Et les dates de changement aussi sont aléatoires. Flaubert et moi, on est prévenus par un signal sur nos cellulaires, et on a une heure exactement pour les enregistrer, après quoi les codes s'effacent, jusqu'à la prochaine mise à jour.

Elle se contenta d'une remarque. Cela lui rappelait vaguement quelque chose. Quelque chose de lointain, d'avant cette vie, quelque chose d'extrêmement proche, quelque chose qui était resté en elle.

— C'est réglé militaire, fit-elle remarquer.

— C'est réglé secret défense. Pour l'instant, même Sharon n'y a pas accès. Il lui faudra un code spécifique. Nous ne le connaissons pas, bien sûr, mais nous savons à quoi il ressemblera.

— Et à quoi il ressemblera ?

— Ça, je n'ai pas l'autorisation de te le dire. Et lorsque Sharon aura la possibilité d'y pénétrer, ça ne signifiera pas que toi et Novak aurez le droit d'en faire autant.

— Et qui donne l'autorisation ?

Il y avait quelqu'un d'autre, en tout cas quelque chose dont ils devaient tenir compte, dont ils recevaient les autorisations, les ordres et les directives.

— Ça non plus, je n'ai pas l'autorisation de te le dire. Une autorité, par définition, c'est le sommet d'une hiérarchie, c'est ce qui régule ce qui doit et peut être dit, à qui, où, quand, et comment. En un mot, ce n'est pas encore le moment, Venus.

Elle resta statique, statique-autistique, livrant juste un faible hochement de la tête.

Elle pensait évidemment tout le contraire.

2

Dans sa chambre, Venus se dévêtit et se coucha sur le lit, les mains posées paumes vers le haut près des tempes, une position réflexe depuis des années, elle laissa une petite lampe de chevet allumée, parcourut du regard comme chaque soir la pièce aux murs de béton gris, fixa dans sa mémoire chacun des objets en place, enregistra leur éventuel changement de position, recadra un portrait mental de l'ensemble et repensa à tout, depuis le début.

Elle avait d'abord réussi à joindre Luke Brandt, un de ses ex, le seul en qui elle pouvait avoir une relative confiance.

Luke s'était tenu à l'écart du business, il n'était connu de personne, mais il avait un contact direct avec un type d'une milice constitutionnaliste du Montana qui connaissait quelques membres d'une branche éloignée de la famille de Venus, dont un certain Montrose, considéré comme une sorte de parrain adoptif.

Luke avait su éviter la prison. Il s'était retiré du business de la dope quand les enjeux étaient devenus trop gros, narcocartels sud-américains, Hells Angels, gangs de rue ultra-violents, opérations flicardes de grande envergure. Il savait jauger de la dangerosité d'une situation et agir en conséquence.

C'était un pro.

Peu après leur séparation, il lui avait dit :

— Quoi que tu penses, je resterai toujours ton ami. Pour moi, le mot a un sens précis : si jamais tu tues quelqu'un, appelle-moi, je t'aiderai à emballer le cadavre et à creuser le trou pour l'enterrer.

Luke connaissait son histoire – qui ne la connaissait pas ? – il en savait beaucoup plus que les lecteurs de tabloïds qui avaient suivi le déroulement du procès. Elle avait deviné qu'il ne prononçait pas ces mots à la légère, le jour venu, elle sut s'en souvenir.

Elle plaça le variateur de la lampe en position minimum et observa les ombres stratifiées sur les murs, flaques de pétrole de minuit, elles devinrent des radiographies du moment où elle avait tué tous ces hommes avec le AK-47, dans le hangar de stockage.

Elle s'éveilla. La lumière de la lampe de chevet diffusait encore le même taux de lumens. Elle n'avait fait aucun rêve, comme toujours.

Il était huit heures du matin passées de trois minutes. Toutes les montres à ses poignets étaient synchrones.

3

La porte noire se trouvait au centre du dernier corridor latéral droit, côté ouest, tout au fond du tunnel, la seule lumière était donnée par l'éclairage indirect du dernier plafonnier, quelques volées de photons égarés qui glissaient sur les surfaces de métal sans y laisser la moindre lueur stable.

Le clavier numérique. Un rectangle de plastique bleu translucide. Les touches, teintées corail, translucides elles aussi. Les chiffres : les 10 numéros habituels. Au-dessous, coloré dans le bleu fluo du boîtier, un autre pavé de boutons, d'un bleu nuit opaque. Les signes qui y sont imprimés ne ressemblent à rien de connu, elle a passé des jours sur internet à collecter des alphabets de toutes origines, rien ne correspond.

C'est un code. Du chiffre. C'est crypté.

C'est interdit. C'est classé secret défense.

La densité de l'espace-temps s'était modifiée, en provenance de la voie centrale. C'était une masse à peine mobile, cela émettait une radiation sur la fréquence de la chair humaine.

— Toi aussi, tu l'as trouvée ?

La densité s'était rapprochée, elle se rapprochait insensiblement, comme un souffle de vent entre les lockers métalliques.

— Je l'ai trouvée avant toi.

— Peut-être, mais tu es incapable de l'ouvrir, comme moi.

— On ne peut pas l'ouvrir. Tant qu'on n'a pas les codes. Et ça doit correspondre aux signes incompréhensibles.

— Il faut un code d'accès spécifique. Et cela se joue sur le clavier spécial, évidemment. Cela ne nous avance pas d'un iota.

— Nous savons que cette pièce existe.

— La belle affaire. Nous savons aussi que le monde existe, et puis quoi ?

Venus ne répondit rien. Le monde existait. La porte existait.

Ce qui se trouvait derrière la porte existait.

Mais comme le monde, on ne pouvait pas l'ouvrir.

— Montrose m'a dit que tu serais la première, dès qu'ils auront reçu les codes.

— Ils ne les recevront peut-être jamais.

— Alors pourquoi cette porte ? Pourquoi le clavier ? Pourquoi ces signes bizarres ?

— Ici ce n'est pas nous qui posons les questions, c'est le compound qui nous interroge. En permanence. Et il obtient les réponses, lui.

Le compound, pensa Venus. Trinity-Station. L'espace fermé/ouvert où elle réapprenait à vivre. À vivre comme un être presque humain.

C'était dans cet espace que se trouvaient les codes d'accès, c'était dans cet espace qu'on pouvait retrouver la signification des symboles inconnus, c'était dans cet espace qu'on pouvait ouvrir la porte.

Sharon venait de le lui expliquer, sans prononcer un mot.

— Nous ne sommes pas dans la même situation, avait dit Venus.

Je sais, avait pensé Sharon, c'est pour cette raison que nous sommes réunies ici, toutes les deux.

Les verres mercure reflétaient deux images jumelles du périmètre de sécurité, métal sur métal, acier brut sur vif-argent. Parce que toutes les deux, nous sommes des répliques humaines du compound, c'est-à-dire justement plus tout à fait humaines.

— Je suis en cavale. Officielle. J'ai les deux polices continentales aux trousses, sans compter les autres fils de pute. J'ai déjà tué et c'est connu, connu du public, mon signalement est diffusé partout, d'un océan à l'autre. Les médias et les flics me décrivent comme une dangereuse psychopathe, ce qui est peut-être vrai. Toi, tu es aussi dangereuse que moi, mais tu es invisible, personne ne te connaît, on ne sait pas que tu as tué tous ces gens.

— Je sais, avait répondu Sharon. C'est pour cette raison que nous sommes réunies ici, toutes les deux.

Le soleil inondait le périmètre d'une lumière blanc-bleu, éclat de diamant converti à l'échelle de l'univers. Les grilles et les pylônes œuvraient au noir leurs matrices quadrillées sur le béton aveuglant.

— Et Novak ? Pourquoi il est là, lui ? Pour piloter le cyberplane, d'accord, mais pourquoi faire, dans quel but ?

Beaucoup de « pourquoi », pensa Sharon. Beaucoup trop. Ce qui compte c'est comment. Comment quelque chose nous a tous réunis ici.

— Le cyberplane ?

— Il ne t'a rien dit ? Angel… C'est le nom qu'ils lui ont donné, il en portait un autre avant, un truc français je crois.

Un autre nom, pensa Sharon. Ils ont changé l'identité de l'avion. Ils en ont fait un Ange.

Un Ange de l'Enfer.

— Comment ça s'est passé exactement dans le hangar ?

Les « pourquoi » étaient inutiles, elles partageaient le même, avec Novak.

La nécessité absolue avait eu raison du hasard.

Le « comment », c'était le présent reconstitué, c'était l'action réactualisée, c'était son mode opératoire dévoilé, la causalité une fois admise, la chaîne de conséquences établie, ce qui compte c'est ce qui s'est passé, quand, où, qui, quelles sensations, quels souvenirs, quelles marques, quelles traces, quels indices, quels traumatismes.

Combien de morts ? Combien de temps ? Comment le plan a-t-il été préparé ? Comment s'est-il déroulé ? Des imprévus ? Des erreurs ? Comment ont-elles été réglées ?

Quels actes ?

Dans quel ordre ?

Quelles pensées ?

Dans quel désordre ?

4

Les hommes formaient un atelier en pleine activité, une chaîne de montage ininterrompue, ils étaient en train de fabriquer les doses. Ils coupaient, recoupaient, pesaient, analysaient chaque sachet, les enveloppaient sous cellophane, les emballaient dans un Ziploc, puis stockaient soigneusement le tout dans des cartons couleur kraft.

Ils étaient affairés, concentrés, méthodiques. Ils ne la virent pas entrer tout de suite. Il leur fallut une seule seconde de trop. Pour Venus, une seconde c'était amplement suffisant pour exterminer quelques corps dont elle connaissait les noms.

Ce qu'ils virent d'abord, ce qu'ils virent surtout, ce qu'ils virent exclusivement pour la plupart, c'est le tube noir qui s'était mis à projeter de petits éclairs orange auréolés de nuées bleuâtres.

La vitesse des munitions et la distance à laquelle ils se trouvaient ne permettaient pas d'assurer qu'ils aient pu entendre quoi que ce soit.

Elle avait tué le gardien de service à l'entrée du hangar d'un simple coup de couteau de cuisine en pleine pomme d'Adam, la trachée-artère, la moelle épinière, la colonne vertébrale sectionnées net, carotide tranchée au passage dans la terminaison latérale du geste, projection explosive d'un flot pourpre sous le petit néon vacillant de la porte d'acier blindé, lame made-in-Japan, acier au carbone-carbone dernier cri : de quoi couper en deux une chaussure de ski comme une part de flanc. Vélocité, silence, absolue maîtrise du geste, aussi simple qu'une machine occasionnant un accident du travail.

L'AK-47 que l'homme portait en bandoulière était la principale raison de son brutal décès.

Le type la connaissait bien, il lui avait offert un large sourire juste avant de mourir.

— Est-ce que tu crois qu'ils me laisseraient utiliser la piste ?

— La piste ?

— Le périmètre. Il conviendrait tout à fait.

— Tu veux te servir du périmètre ? Pourquoi ?

— Courir. Courir à l'extérieur. Ici c'est l'extérieur mais c'est encore l'intérieur, et le périmètre est protégé par les grillages, il est dehors mais c'est encore un espace…

— Clos, j'ai compris. Je leur demanderai. Ils accepteront. Ils te fixeront des horaires, c'est tout.

— Les horaires fixes, ça ne me gêne pas du tout, au contraire.

Sharon comprenait chaque jour un peu mieux comment cette fille ne pouvait être comprise que par blocs d'intensité. Aucune progression n'était envisageable, elle passait d'un monde mental à l'autre sans la moindre transition, coupure, chaînon, pas même l'artificielle continuité digitale du flux, c'était comme un empilement de masses vitales, on devait les dégager à l'explosif, et

Venus était la seule capable de manipuler ce genre de dynamite. Tout ce qu'il fallait faire, c'était user de patience et de ténacité, provoquer les situations, jouer avec les contextes, jouer avec les autres Résidents, jouer avec le compound.

Elle l'avait aperçue, à deux reprises, en train de courir au fond du tunnel, ombre auréolée de l'éclairage régulièrement variable des plafonniers de néon, mouvement paradoxal, presque statique, imperceptible, un nuage à forme humanoïde dont les changements n'étaient perceptibles qu'en observation discontinue.

La première fois, elle avait cru à quelque urgence. La seconde, elle avait compris. Venus était comme un animal, un animal nocturne, un animal qui avait besoin de se battre contre l'espace, et qui aimait le temps qu'il y consacrait.

Un animal plus qu'humain.

Venus avait ôté ses lunettes d'un geste machinal, les miroirs glacés firent place au bleu octobre de ses yeux.

Sharon constata la présence fugace d'une lueur à la fois vive et spectrale dans son regard.

Une nuée de passage, qui irisa le cristallin d'une émotion qu'elle n'y avait jamais vue auparavant.

Cela ressemblait à du bonheur.

Cela ressemblait à des ruines.

Chapitre 44

1

L'avion avait traversé le cumulonimbus à la vitesse d'à peu près 650 kilomètres-heure. Il suivait une pente descendante d'environ 20 degrés, droit vers le sommet de la montagne, tous ses sens en action, tous ses systèmes de mesure et de contre-mesure à l'écoute du réel, tout le réel à sa disposition, toutes les manœuvres, tous les trucages, tous les simulacres en mémoire.

Alors qu'il survolait ce contrefort oriental, comme maintes fois déjà, un micro-événement était venu modifier un des registres de son processeur central.

C'était un simple bit. Un seul. Un unique chiffre binaire. Zéro.

L'opération se répéta presque aussitôt. Sept microsecondes plus tard, exactement. Un autre bit d'information. Un.

Cela modifia la plupart des systèmes embarqués. Cela provoqua un *reboot* général :

Zéro-Un.

L'avion traversa un autre nuage isolé avant d'orbiter autour du sommet.

Le contrefort oriental apparut dans ses multiples champs de vision.

Quelque chose avait changé.

Ce n'était pas le lieu, ce n'était pas l'espace.

Ce qui venait de changer, c'était le temps.

Toutes les horloges électroniques indiquaient qu'il venait de franchir la distance de dix jours, dix heures, dix minutes, zéro seconde, très exactement.

Un de ses réseaux de nano-composants intelligents lui fit immédiatement savoir que toute analyse du phénomène se fondant sur le hasard serait contraire aux lois les plus fondamentales de la physique.

L'avion, modifié à la façon d'un Osprey, permettait un vol stationnaire. Il se dirigea, automatique, vers le centre du vaste plateau aride et désolé afin de s'y positionner.

Le temps s'écoulait, toutes les horloges étaient synchrones.

Dispositif spectrographie de masse : déplacement d'un mobile à la limite sud du contrefort. Paramétrage en cours.

Un homme pénétrait sur le plateau, il venait des collines boisées et marchait le long d'un sentier quantique, il tenait un petit appareil à la main.

L'avion identifia la machine, un simple navigateur GPS. Il en pirata illico les coordonnées.

C'étaient celles du bunker central.

L'homme était inconnu de ses composants mémoriels.

En fait, il n'existait pas.

Pas vraiment.

2

Cela dura quelques instants. Novak apprendrait les véritables chiffres un peu plus tard. Panique des électrons. Panne des photons. Extinction des interfaces. Interférences, brouillage, parasites, black-out, écrans tactiles sans réponse, clavier mort, console aveugle, sourde et muette.

Les commandes ne commandent plus rien.

Il crut d'abord à une interruption générale, puis se dit que rien ici ne pouvait tomber en panne.

Il s'agissait donc probablement d'une attaque.

Virale. Ou directe. On cherchait à prendre le contrôle de l'appareil. Ou à le détruire. Il fallait immédiatement prévenir Flaubert et Montrose.

Cellulaire en main.

Numéro du bunker central.

Tout revient.

D'un seul coup.

Tout est de nouveau opérationnel.

Comme s'il ne s'était absolument rien passé.

D'ailleurs, d'un point de vue objectif, il ne s'est rien passé. L'événement n'a pas été enregistré par la mémoire de la console. Il n'a pas eu lieu.

Il y a simplement un blanc. Un trou. Un espace vide.

Un morceau de temps vide.

Il dure dix secondes, dix centièmes, très exactement. Pas une picoseconde de plus.

C'est la seule information qui subsiste, elle est affichée dans un des petits écrans de fonction. Cela ne ressemble pas à du hasard. Cela ressemble à un code.

Rien ne lui indique encore la nature de ce qui vient de se produire. Il devine que c'est anormal, même par rapport aux normes du compound.

Il ne s'agit pas d'un banal incident ou accident informatique. Il s'agit d'un accident non accidentel, d'un accident qui a un sens. Un sens très précis.

Ici, les accidents ont une fonction : ils signalent l'émergence d'un phénomène bien plus considérable. Il l'a appris de ses discussions avec les deux hommes.

L'accident en lui-même est le sismographe, lui avait dit Montrose. C'était la théorie du père de Sharon. Une de ses théories. Et ici, c'est le domaine d'application de ses théories.

Les dix secondes et quelque du brouillage général remplissaient une fonction signalétique.

Elles signalaient qu'un changement majeur venait de s'opérer.

Il avait été opéré par quelque chose. Quelque chose d'étranger.

Il avait peut-être été opéré par quelqu'un.

Quelqu'un d'étranger.

3

Les écrans sont bleus.

Les visages sont blancs.

La tension est invisible.

La tension sature l'espace.

— Il s'est passé quelque chose.

— Tu le croiras pas, je m'en suis rendu compte.

— L'avion et la console. Simultanément. Ka-boom.

— Origine du signal ?

— Tu veux plaisanter ? Tout a disjoncté quand l'Angel s'est placé en vol stationnaire au-dessus du plateau oriental. Il n'y a eu aucun signal. Et il n'y a plus rien en mémoire.

— Il reste quelque chose sur la console, dans un des cadenceurs, on connaît le temps que ça a duré.

— On le connaît pour la console, mais tout est vide dans les registres de l'avion. Et ce n'est même pas comme si l'enregistrement avait été effacé. C'est comme si rien n'avait été enregistré.

— Cela correspond à la nature de l'endroit. Il n'y a rien là-bas. Précisément.

Comme en toute occasion importante, leur dialogue est enregistré, numérique. Archives des questions, des problèmes, des imprévus, des erreurs, des accidents.

— C'est en rapport avec ces putain d'Artefacts, c'est en rapport avec tout le kit, tu le sais bien.

— C'est surtout en rapport avec lui. C'est en rapport avec la dernière vidéo qu'il a laissée. Ses instructions au cas où…

— Tu sais comme moi qu'on n'en comprend à peine la moitié.

— On comprend l'autre moitié, ce n'est pas si mal, et maintenant, on a de quoi comprendre le reste.

Le regard de Montrose allume une question silencieuse.

— Sharon. Sharon, elle comprendra. Et peut-être l'autre fille, aussi.

Le regard de Montrose allume tout l'univers à sa portée.

Ils vont établir la connexion.

Ils vont faire ce qui doit être fait.

C'est-à-dire ce qui surtout ne doit pas l'être.

4

La lumière solaire explosait au ralenti à travers la canopée. La forêt montagneuse luisait émeraude, les sous-bois en coulées de bronze. Elle s'était assise en position du lotus face à lui, à même le sol broussailleux.

Novak se tenait le dos appuyé contre un arbre, la console en mode attente, lumière jaune-orange clignotante, il l'observait de sa glaciale curiosité.

Il aime cet endroit, se disait-elle, il l'aime de plus en plus.

C'est toujours ce qui arrive.

C'est toujours ce qui arrive à ceux qui sont faits pour lui, rectifia-t-elle machinalement.

— Ces types ont 70 ans et ils fument de la drogue. En même temps, ce sont des experts. Comment leur faire confiance ?

Sharon faillit éclater de rire.

De la drogue.

Rien que le meilleur cannabis de l'État, et peut-être de tout le Nord-Ouest.

Ce n'était pas un décalage générationnel, c'était une faille entre deux mondes.

Une faille qui courait du Watergate jusqu'à la seconde guerre du Golfe, de la télévision à internet, de Jimi Hendrix à Lady Gaga, du napalm à l'uranium appauvri.

— Pour eux la marijuana n'est pas de la drogue, c'est une médecine naturelle. Ils sont opposés à ce que le gouvernement leur dise quoi et comment fumer, manger ou boire. Et ils avaient 30 ans dans les années 1960. Et je parle du Vietnam, pas de Woodstock. Voilà pourquoi ta question est sans objet.

— Vous savez quoi ? Je ne crois pas qu'ils aient 70 ans comme ils le prétendent, ils font dix ans de moins.

— Certaines existences vous obligent à vieillir moins vite. Celles qui sont en contact direct avec la mort. La mort vous fait rester jeune plus longtemps, c'est le deal.

Novak ne répondit rien, il cligna des yeux puis reprit son observation de la console.

Pour lui, le problème est réglé. Une réponse rationnelle lui suffit, ses questions ne sont pas vraiment soulevées par des doutes fondamentaux.

De la curiosité. Une liste d'équations à résoudre.

Un avion à piloter.

— Je t'ai observé tout à l'heure depuis les collines, j'ai trouvé ces binoculaires dans le bunker…

Elle joua un instant avec la paire de jumelles suspendue à son cou. Un simple geste indicatif. L'important c'était qu'elle venait de lui dire qu'il s'était produit quelque chose d'anormal, et qu'elle l'avait vu. Il restait à lui faire entendre qu'elle pouvait deviner l'origine du phénomène. C'était un simple mot.

— Le compound ? Vous êtes sûre ?

— Tu dois cesser de penser dans les termes usuels. On dit compound par facilité. Son nom de baptême est Trinity-Station, ce n'est pas pour rien.

— Ce n'est pas un nom qui a pris possession de l'avion et de la console.

Elle s'empêcha de répondre. Tu ne sais pas de quoi tu parles. Changer de nom, c'est devenir autre.

C'était une ouverture.

— Nous ignorons ce qui a pris possession de l'appareil, Novak.

Novak ne répondit rien. C'est à quelques infimes signaux en provenance de son attitude corporelle qu'elle put lire un assentiment.

Maintenant, elle savait.

On apprend toujours quelque chose grâce à l'ignorance de l'autre.

5

La lumière explosait au ralenti à travers la canopée lorsqu'il parvint à la lisière du plateau. L'avion continuait de tournoyer au-dessus de la zone, surface éclairée pleins watts, rousseur planaire excavant les contreforts à coups de bulldozers invisibles.

La console en mode *extended action*, les sens en mode *maximal amplification*, le cerveau en mode ouverture-cognition.

Il marchait, il pensait. Il observait.

Il n'y avait rien ici. Il n'y avait jamais rien eu. Il n'y aurait probablement jamais rien.

Pourtant, Sharon lui avait indiqué que c'était à cet endroit que l'on pouvait espérer trouver les réponses aux questions que Trinity-Station adressait à ses Résidents.

Le véritable problème, pensait Novak en avançant sur la vaste étendue aride, c'est que nous ne savons même pas de quelle question il s'agit.

Nous ne savons même pas s'il s'agit d'une question. Peut-être s'agissait-il au contraire d'une réponse ?

Il fit le tour du plateau colorisé plastique pop jaune-orange, nature farouche repeinte acrylique, cela semblait artificiel tellement c'était pur, sauvage, indompté.

La terre y était dure comme du ciment. On ne pouvait rien y planter, rien y creuser, rien y construire. Des arbustes de diverses espèces et de la broussaille épineuse s'étaient pratiqué quelques passages isolés vers la photosynthèse, une latérite naturelle parsemée de rocaille, quelques blocs de granit émergeant de la surface, un peu de poussière ocre en suspension, c'était tout.

Ce n'était pas vraiment mort. À peine vivant. Cela se situait dans une sorte de limbe, un état intermédiaire.

On dirait un territoire plongé dans le coma, pensa-t-il.

6

Le tableau de bord de la Cadillac incrusté des gemmes du crépuscule. Lumière bleu machine en collision atmosphérique avec l'infrarouge venu du ciel. Venus avait laissé son regard se perdre dans les collines boisées où elle s'était aventurée à nouveau dans l'après-midi. On pouvait *vivre*, ici. On pouvait se projeter plus loin que la simple survie. On pouvait s'appuyer sur elle. Ne pas se contenter de la subir.

Parquée le long d'un des bunkers extérieurs, la somptueuse voiture est cellule de luxe, prison quatre étoiles, palace incarcérateur.

Elle s'y sent bien, en harmonie avec ce morceau d'univers enclos sur lui-même, habitacle aux ouvertures transparentes qui la séparent de lui tout en la reliant aux éléments, aux objets, aux humains, distance au minimum vital assurée, c'est comme une maison, comme un appartement souterrain, un mobile de métal qui semble à l'arrêt depuis des siècles.

À ses côtés, le mouvement gracieux de Sharon qui allume le lecteur MP3.

La musique envahit l'espace comme une salve d'éclairs.

— La playlist de mon père. Il me l'a laissée sur un paquet de CD, je n'ai jamais su pourquoi. Je l'ai transférée, lorsque j'ai pris la route.

Venus pensa : *random killings happen on the road, so the road-story have to be told*, la bande-son paternelle injectée dans la Cadillac tueuse, filiation sonore, transmission d'époque, héritage musique électrique, legs vintage doublé d'un pistolet automatique ultramoderne, cela ressemblait à un film, cela ressemblait à un récit de fiction, cela ressemblait à la vérité.

Cela ressemblait à Sharon Silver Sinclair.

7

C'était sauvage et mécanique. Il y avait ce drumbeat inflexible, cette basse linéaire, pulsative, ces guitares à la fois aériennes et subterranéennes, il y avait cette voix, baryton extrait d'un théâtre de la cruauté, elle n'avait jamais rien entendu de pareil, même lorsque la femme de Vegas lui avait fait entendre des airs de son époque. Des années plus tard, lorsqu'elle était revenue à la vie civile, au Canada, elle s'était débarrassée de la musique comme de ses tatouages, en une seule fois, et à jamais. La musique ne s'était pas éteinte en elle, elle avait pris une autre forme, qui indiquait un changement pivotal de l'ensemble de son rapport au monde, avait dit un des psychologues du centre de rehab. Elle ne supportait pas les musiques commerciales des supermarchés ou des aéroports, sans parler des refrains tapageurs en provenance des autoradios. Elle ne regardait plus du tout la télévision, n'écoutait aucune station, aucun disque, rien. Seul le silence possédait le souffle survivant d'une mélodie perdue, d'une harmonie oubliée, de rythmes enterrés vifs, il apportait, en négatif, la preuve formelle que tout cela avait un jour existé. Même s'il s'agissait d'un rêve. Un rêve qui avait duré plus de quinze ans.

— Sisters of Mercy, avait dit Sharon. « Lucretia, My Reflection ». Les années 1980.

— Les Sœurs de la Pitié… c'était un groupe de filles ?

— Non, justement. Je crois même pouvoir dire que c'était un groupe impitoyable.

— Les filles ne sont pas en reste dans ce domaine, je pensais que ça te serait venu à l'esprit.

Sharon tourna son regard vers Venus, bien net, bien clair, bien arctique.

— Non. Nous sommes pires. Nous éprouvons de la pitié, précisément. C'est ce qui nous pousse à éliminer tous ces gens.

— Nous les euthanasions, en quelque sorte ?

Sharon avait porté son attention vers le pare-brise, un éclat de soleil jouait avec le coin supérieur gauche du plexiglas. Il venait vriller une minuscule étoile dans l'œil de Venus.

Lucretia, my reflection, chantait Eldritch.

— Je me demande parfois si nous ne leur redonnons pas vie, dit-elle, alors que les arpèges de guitare s'échappaient par le toit ouvrant, droit vers le ciel.

8

Elles virent venir le jeune Serbe depuis la lisière des buttes boisées. Il passa près du périmètre grillagé, les aperçut dans la voiture, leur envoya un vague signe de la main tout en restant concentré sur la console suspendue à son cou. L'avion était invisible, R.A.S.

Novak se dirigeait droit vers le bunker central. Ils ont des choses à se dire, avec Flaubert et Montrose.

Le regard de Venus à nouveau métallisé de ses Ray-Ban mercure. Le cristal polychrome du pare-brise. Les vitres et le toit ouvrant en filtres optiques. Sharon, Silver, Sinclair. Tout peut être irradié en ce monde, même un nom.

Le soleil tombait bien rouge derrière elles, assises côte à côte devant cet écran de gaz solide où s'éparpillaient visqueux les pixels de l'astre en chute, auréolé de vapeurs célestes épongeant sa lumière. L'intérieur de la Cadillac évoquait un bain public dévasté par une horde de piranhas.

— Je ne comprends pas comment ce simple cercle planté en face de la montagne peut protéger tout le compound. Novak m'a expliqué qu'en fait, il y a une sorte de mur de sécurité invisible ?

— Non. Il n'y a aucun mur de sécurité. Même invisible. Il ne fait que répéter ce que lui disent Flaubert et Montrose. Et ils lui disent ce qu'ils veulent.

— Alors ?

Les lunettes mercure, vif-argent s'hybridant avec l'orfeu du pare-brise, sont fixées sur le périmètre, elles ne bougent pas d'un photon.

Je peux lui expliquer. Elle comprendra. Novak aussi aurait pu comprendre.

Les deux hommes venaient d'une autre époque, une époque qu'ils avaient pu traverser vivants grâce à leurs manipulations et à leurs mensonges.

Grâce à leur métier. Grâce à leur expérience. Grâce à leur spécialité.

Grâce à leurs demi-vérités, les mensonges les plus dangereux de tous.

— Alors? C'est un concept physique et mathématique. Métacentre. Pour simplifier tout le compound est compressé comme un fichier digital à l'intérieur du périmètre, celui-ci se trouve au centre, mais dans le même temps il forme la circonférence.

Sur le système Bose, c'était au tour de Public Image Ltd de faire valoir ses « Rules and Regulations ». Sharon remarqua l'habituelle vibration parcourir le corps de Venus, cet infime tressaillement qui accompagnait le moment où elle intégrait une information capitale.

— Ça aussi, c'est votre père qui l'a conçu?

— Oui, il a tout conçu. Je veux dire à part les installations du Norad.

— Cela signifie qu'en fait nous sommes au milieu de ce cercle?

— Un jour j'ai posé la même question à mon père. Il m'a répondu : Justement pas. Le périmètre ne s'occupe pas de la réalité. Ou disons qu'il s'occupe de la réalité qu'il fabrique.

La vibration corporelle s'était légèrement intensifiée.

Ce n'est que le commencement, pensa Sharon.

Chapitre 45

1

— Qu'est-ce que vous allez m'apprendre aujourd'hui ? Que mon père avait implanté des composants électroniques de sa fabrication dans mon cerveau ?

Les deux hommes se regardent un instant, le même sourire éclaire les deux visages.

Montrose allume un joint, Flaubert écrase le sien.

— Il aurait pu aller jusque-là, mais il n'en a eu nul besoin.

— Ton père s'est toujours plus intéressé aux langages qui faisaient tourner les machines qu'aux machines elles-mêmes, il était pourtant expert en micro-physique.

Elle saisit l'allusion à sa propre existence, à cette neuroprogrammation paternelle, à son corps reconstruit par la médecine traumatique, son propre métier, à son identité recréée à partir d'un simple nom, le sien.

— D'ailleurs, nous n'avons plus grand-chose à t'apprendre que tu ne saches déjà. En revanche, nous avons des choses à te montrer.

Lorsqu'une information capitale est intégrée, le corps de Sharon ne tressaille pas, même de façon infime, il gèle sur place.

La salle au fond du tunnel.

La salle blindée qu'on ne pouvait ouvrir.

La salle surcodée.

La Chambre Noire.

Celle que son père appelait son SkyLab.

C'est une intuition d'une telle intensité qu'elle pourrait éteindre tous les soleils de cette galaxie, c'est la glace cognitive, le froid absolu, elle sait.

Elle s'épargne l'erreur de le leur faire comprendre.

— Ton père avait laissé toutes sortes de documents à te remettre, au cas où une situation de ce type surviendrait.

— C'est drôle, il ne m'en a jamais rien dit.

Cela voulait clairement signifier : je ne vous crois pas.

— Il ne t'a pas tout dit. À nous non plus. Ni à personne d'autre.

La glace de son cerveau prit possession de son corps.

Cela lui ressemblait.

Cela lui ressemblait tellement, en fait.

2

La neuroprogrammation paternelle avait commencé avant sa naissance, lui avaient expliqué Flaubert et Montrose, ce jour-là, le jour où elle avait appris. Eux-mêmes n'en savaient que ce que son père avait bien voulu leur dire.

Sharon s'était sentie intégrer corporellement la température du rayonnement fossile de l'univers, 3 degrés Kelvin, c'était le maximum que son corps pouvait fournir pour l'intégration d'une telle information.

Elle avait essayé de poser quelques questions, puis avait laissé les deux hommes lui dresser un état des lieux. Comme toujours, ils s'étaient partagé la tâche, en suivant la distribution rodée depuis des années. Flaubert : données techniques. Contextualisation politique. Montrose : Origines et finalité des événements. Mise en perspective historique.

— Que les choses soient claires : ton père ne t'a jamais considérée comme un cobaye. Tout est parti d'un accident. Ta mère était enceinte d'environ six mois. Il a essayé d'établir une communication avec toi, à l'état fœtal. Au bout de quelques jours, il s'est rendu compte que ça fonctionnait, tu répondais.

— Il avait élaboré une méthode, basée sur ses concepts neurophysiques. Puis il s'est rendu compte qu'il était en train de créer tout autre chose. C'est à ce moment-là qu'il a vraiment commencé à se pencher sur la programmation neurolinguistique, puis qu'il a défini une nouvelle procédure.

— Tu venais de naître.

— Au bout de quelques mois, tu étais en mesure de répéter des phonèmes à plusieurs syllabes, puis des mots complets en comprenant leur signification, tu connaissais déjà ton alphabet par cœur et tu commençais à effectuer des opérations arithmétiques, très élémentaires bien sûr, tu pouvais aussi repérer et identifier des objets complexes et surtout différencier ce qui était du domaine du symbolique de ce qui appartenait au monde concret. Par exemple, une carte, et le territoire qu'elle représente. Tu voyais les nombres, tu les nommais, tu leur parlais. Ils te parlaient.

— Ta mère a commencé à avoir peur, elle lui a demandé d'arrêter. Il lui a répondu que ce n'était plus vraiment de l'ordre de sa volonté. Un phénomène avait été déclenché, rien ne pouvait l'arrêter, en revanche, comme toute expérience scientifique, on pouvait le placer sous un relatif contrôle. Ta mère a fini par se ranger à son avis. Ton paternel était très fort. Très persuasif.

— Son idée n'était pas de te transformer en robot, au contraire, il voulait que ton cerveau soit en mesure de faire face à toutes les situations possibles, qu'il soit toujours en avance sur l'imprévu, qu'il fasse de l'imagination une sorte d'arme d'autodéfense, c'est ce qu'il disait. N'oublie jamais qu'il a toujours pensé à votre sécurité, sur tous les plans, toi et ta mère. C'était son obsession. Disons son obsession principale.

— Même nous, en comparaison, on était presque des amateurs quand on l'a rencontré. On s'en est rendu compte tout de suite, tu penses bien.

— Il appelait cela « développement hypercognitif ». Cela signifiait une mise en alerte maximum de tes capacités évolutionnistes. Puis il s'est produit

— C'est pour cette raison qu'on a compris qu'il s'était produit quelque chose d'anormal sur ce plan-là, après ton agression.

— Et c'est pour cette raison qu'on savait ce qui se passait, après ton départ de l'Alberta.

— Et c'est pour cette raison que nous t'attendions.

Toute cette scène primordiale lui était revenue en mémoire alors qu'elle marchait avec Flaubert et Montrose vers l'extrémité obturée du tunnel. Elle se souvenait jusqu'à quel degré le froid était descendu en elle.

Elle avançait vers la dernière rampe de néon, ne faisant qu'un avec le flux électrique qui parcourait et éclairait la longue voie d'accès. À ses côtés, les deux hommes suivaient un rythme égal, formant une équipe de fantômes reconvertis dans la sécurité personnelle.

Ils affirmaient n'en savoir guère plus, quelques détails, mais que tout leur serait révélé une fois entrés dans la salle surprotégée. Son père y avait laissé son dernier enregistrement vidéo, parmi tous les autres documents. C'était une sorte de testament. Ils venaient de recevoir le code d'ouverture de la porte. Son père avait absolument tout prévu.

Oui. Absolument tout. Sauf les deux accidents.

3

Les rayons fauves de l'après-midi s'infiltraient par les frondaisons des boisés, prismes sauvages, les ramifications végétales en suspension manipulaient la lumière

414

venue du ciel comme s'il fallait à tout prix qu'elle atteigne la surface.

Il y avait ici une présence, une volonté, une puissance à l'œuvre.

Venus Vanderberg – s'était-elle dit, alors qu'elle franchissait les derniers mètres qui la séparaient du plateau qui bordait la montagne.

Ils venaient tous sur ce plateau désertique. Les deux Gardiens, Novak, Sharon. C'était encore assez loin du centre du compound et ses bunkers, mais elle savait que c'était le jour. Elle aussi, elle devait entrer en contact avec cette partie du monde. Ce monde qui ne se trouvait ni à l'extérieur ni à l'intérieur de celui que les humains nommaient tel.

Venus Vanderberg. C'était le nom qui pouvait être identifié ici, le nom qui pouvait y être pleinement reconnu.

Ce monde oblique, et qui pourtant définissait une forme cruciale, semblait en mesure de faire vivre ce nom. Pas seulement à l'état de données sur des documents d'état civil, ou d'une série d'abstractions sociales, ou même de souvenirs factuels rassemblés en une banque d'images intérieure. Depuis quelques jours, elle ressentait cette étrange dynamique venue à la fois du plus profond de son être et du point le plus éloigné d'elle dans le temps et l'espace : son nom faisait corps avec son corps. Une force encore infime, mais sensible, tendait à réunir les deux. À les réunir sous la forme indivisible d'une identité. C'est-à-dire d'une entité indivisible.

D'une existence unique. D'une vie qui pouvait s'envisager au-delà des expériences à la fois carcérales et festives que son père et ses amis lui avaient inculquées comme seule définition d'elle-même.

Cela demandait juste qu'elle détruise tout ce qu'elle était.

Cela ne semblait pas si difficile que ça.

4

Elle avait entendu Novak affirmer à plusieurs reprises que l'endroit était absolument vide, sans le moindre intérêt, une vaste esplanade de terre aride et de rocaille ne comportant aucune espèce de végétation durable, la montagne en austère domination verte et noire, rien qui ne vaille la peine de s'y intéresser.

Le jeune Serbe ignorait qu'elle avait capté accidentellement, puis sciemment, quelques conversations éparses entre lui, Flaubert et Montrose. Il s'était produit quelque chose, un jour, avec l'avion miniature, au-dessus de ce plateau.

Elle avait fini par établir la certitude que cela entretenait un rapport avec la salle close, à la porte noire et au clavier numérique spécial, au fond du tunnel.

Et depuis quelques heures, elle savait que Sharon allait s'y rendre.

Qu'elle y recevrait des enseignements essentiels concernant ce qui lui était arrivé et ce que lui réservait le futur.

Qu'elle y trouverait le testament de son père.

Venus avança avec calme et prudence sur le bord du plateau, les filaments de lumière piégés par les arbres firent place brutalement à la blancheur solaire éclatante du début d'après-midi.

Son propre père ne lui avait pas laissé le moindre mot, jamais, sous aucune forme que ce soit.

Il ne lui avait même pas laissé un nom, sinon une marque de fabrique.

5

Elle se tenait au centre de l'immense surface plane, à la forme rectangulaire presque parfaite, la carnation bronze-roux de ce morceau de territoire créait un aplat monochrome sous un ciel azur tout aussi uniforme.

Aucune transition, même fluide. Pas de coupure, un simple glissement. Le glissement de l'espace contre le temps, sur le temps, à l'intérieur du temps. Une re-création simultanée, en fait.

L'ancien mode de fonctionnement, celui de l'appartement du sous-sol, celui de la vie d'avant.

Celle qui n'avait jamais existé.

Celle qui s'était nourrie de toute son existence.

La montagne verte et noire était bien cette domination que lui avait décrite Novak.

Sa verticalité bichromique produisait l'effet rêvé pour mettre en valeur l'espace horizontal, rectangle et orangé dont elle devenait le centre. On pouvait croire à une production artificielle, à une peinture grandeur nature, une œuvre de land-art.

Si cet endroit est vide, et il l'est, c'est parce qu'il a été réalisé pour accueillir quelque chose.

C'était l'évidence, toute bête, si simple que personne ne l'avait encore perçue, jusqu'à l'enfouir sous des arabesques de complexités inutiles.

Ce « quelque chose » avait produit les problèmes rencontrés par l'avion de Novak, et sans doute bien d'autres. Bien d'autres dont elle ignorait tout.

Bien d'autres que tout le monde ici semblait ignorer.

Ou faisait semblant d'ignorer.

C'était étrange, et pourtant familier : sur ce plateau désolé et relativement excentré du compound, elle était de nouveau le centre de quelque chose.

Mais ce n'était plus cette continuité analogique vécue durant quinze ans dans l'appartement du sous-sol. Ici s'établissait un clivage, elle en avait parfaitement conscience, preuve qu'il existait.

Le clivage s'opérait précisément ici, là où son corps se tenait, debout sous la lumière fléchée droite du soleil.

Ce corps restait en mode analogique, mais il n'était plus le sujet d'une expérience. Il était l'expérience d'une personne.

Et tout changeait.

Son nom devenait vivant, il venait s'interpoler avec l'identité perdue, déviée, truquée, il lui insufflait une énergie qui avait été anéantie avant sa naissance.

C'était ici, là où elle se tenait, que ce phénomène se produisait avec cette intensité particulière. Cela signifiait que son corps enfin nommé et ce plateau anonyme entretenaient un rapport sans la moindre médiation. Ce morceau de montagne érodé par les vents froids du nord-ouest captait le rayonnement invisible qui émanait de la transformation en cours, et plus encore, il lui en renvoyait l'écho. Il était comme une extension de son cerveau, de sa pensée, de tout ce qu'elle savait. Sans même le savoir.

L'association mentale surgit du processus engagé par le complet renouvellement de perspective.

L'association mentale était à l'image de son rapport avec cet endroit : sans la moindre médiation. Toujours pas la moindre transition, pas même un glissement, juste cette re-création simultanée, désormais ouverte sur tout ce qui ne se voyait pas en ce monde.

L'endroit est vide parce qu'il attend quelque chose /
Quelque chose d'autre /
Quelque chose qui n'est pas là /
Mais qui est comme moi l'expérience d'une personne /
Une personne dont la présence est variable /
Une personne truquée /
Une personne-trucage /
Comme mon père /
Une personne truquée /
Une personne-trucage /
Comme le père de Sharon /

Chapitre 46

1

Flaubert s'était planté devant la porte en allumant un joint. Il avait extirpé un téléphone portable d'une des poches de son blouson et avait composé un numéro de mémoire.

Il avait aussitôt répondu à la question muette de Sharon.

— Le pavé numérique tout entier, y compris le clavier aux touches bizarres, est un leurre. Il n'ouvre rien. Je dois composer un numéro avec ce cellulaire que seul ce boîtier est en mesure de recevoir. Pendant une heure. Ton père prévoyait toujours…

— Absolument tout, je sais, l'avait-elle coupé.

Lorsque la porte s'ouvrit dans un déclic métallique qui résonna faiblement autour d'eux, il tourna la tête en direction d'où provenait le bruit, la stature de Montrose se dressait en une masse claire-obscure juste derrière elle. Il ressentit l'impression fugace d'une baisse assez brutale de la température, qu'il mit sur le compte des courants d'air qui transitaient de façon aléatoire par le tunnel.

Plus tard, bien plus tard, lorsqu'il comprendrait, il se dirait qu'il avait été naïf de croire qu'avec cette fille le fruit d'une quelconque coïncidence fût possible. Elle était une machine à tuer le hasard.

C'était justement ce que l'expérience conduite sur elle par son père avait fini par produire. C'était justement le but de cette visite. C'était justement ce que les enregistrements paternels allaient lui expliquer, allaient leur expliquer, à tous.

Montrose lui souriait, exprimant le même doute sarcastique sur les fins et les origines du monde.

Sharon avait fixé l'écran durant un temps qu'elle fut incapable d'évaluer.

La vidéo principale venait de se terminer, elle ne cessait d'être diffusée en boucle dans son esprit, l'enregistrement testamentaire semblait ne pas pouvoir s'arrêter sur son magnétoscope intérieur.

L'enregistrement vidéo de son père, c'était elle.

Sa cartographie mentale.

Peu de « pourquoi », pour ainsi dire aucun. Beaucoup de « comment », en fait – avait-elle pensé –, toute cette documentation est un seul et immense « comment ».

Son propre mode d'emploi. Le manuel technique « Sharon Silver Sinclair ».

Sa notice de fabrication et de modifications. Diagrammes ontologiques. Plans de son évolution. Design général des états psychiques.

Le visage électronique de son père, immobile devant l'objectif de la caméra, flottait encore entre elle et l'écran où les codes du DVD se réinitialisaient.

Dix ans.

Dix ans plus tard, dix ans trop tard.

Il n'avait pas prévu les deux accidents, mais il connaissait l'existence du premier.

Et dorénavant, il semblait acquis qu'il connaissait la probabilité du second.

Mais qu'il ne pouvait qu'en deviner les conséquences.

C'était cela son testament vidéo. Rien à voir avec ce qui avait déjà été réglé en son temps par les notaires et la justice. Sur ce plan-là, il avait en effet absolument tout prévu.

Ce qu'il lui léguait c'était un programme de survie. Un programme de survie lancé par-delà les frontières de la vie et de la mort, de la présence et de la disparition, du Monde et du Néant.

Le programme de survie pouvait être résumé en quelques mots : C'est moi, ton père, qui ai servi d'instrument, tu ne t'es pas auto-créée, mais tu n'as jamais cessé de te re-construire, depuis le premier accident, jusqu'au dernier. Tu n'as pas d'autre solution, pas la moindre, que de poursuivre cette expérience jusqu'à son terme. C'est-à-dire jusqu'à son origine première.

C'est-à-dire jusqu'à ta pensée d'origine.

Ta pensée primordiale, ton principe premier, ce qui sans cesse mobilise ton évolution.

Si tu regardes cette vidéo, c'est qu'il est arrivé quelque chose d'anormal dans le processus, la reconstruction a été invertie, un événement a tout déconstruit, ou presque. Quelle que soit ta réaction, ce sera la bonne, car la seule possible, mais à l'unique condition qu'elle ouvre sur un re-engineering général, plus encore qu'une re-construction comme les précédentes, bien plus : compare cela au changement de tout un système d'exploitation et pas seulement au passage à une version 2.0.

Les métaphores techniques de son père possédaient cette faculté simplissime de produire l'effet voulu pour rester durablement imprimées dans son système de références.

2

Elle reprit conscience de son environnement. La Chambre Noire. Le SkyLab paternel.

Rien qu'une projection de son imagination.

Comme toutes les autres pièces du bunker central, la chambre noire avait été entièrement repeinte d'un blanc cassé d'une très légère teinte corail, des années auparavant, lors de la réfection des lieux.

Elle était pur assemblage de fonctions, géométrie disciplinaire, monochromie à peine usée par le temps, appareillages techniques parfaitement organisés, éclairages réglés au millimètre, c'était bien l'image de Frank Sinclair, plus : c'était comme une copie digitale, non, un écho analogique de son père.

Flaubert répondit une fois de plus à sa question non formulée :

— C'est ici qu'il a passé les derniers mois avant sa disparition. Comme tu le sais, il disait le SkyLab. Tu n'as pas eu le temps de le connaître et nous, on était quasiment barrés d'office, on a pu s'y rendre une couple de fois, au début, avec Montrose, puis il a déclaré le Sky-Lab zone d'accès réservée. C'était son droit, cela faisait partie du deal dès le départ.

Le SkyLab, pensa-t-elle. Cet endroit a été conçu des années après ma neuroprogrammation, et bien après la rénovation entière de Trinity-Station, alors qu'est-ce qu'il y a fait ?

La vidéo paternelle avait été très explicite concernant le premier point, l'expérience conduite sur elle, mais avait laissé dans l'ombre tout ce qui concernait les détails de l'activité entreprise dans ce laboratoire des derniers instants.

C'était tellement lui.

Ne conçois pas ce que j'ai fait comme une programmation au sens classique, informatique ou génétique, ni même linguistique, j'use de leur langage c'est tout. En fait, dis-toi que c'est diagrammatique. J'ai établi des *frameworks*, mais ta liberté reste entière, ce qui, reconnaissons-le, reste le principal problème, insoluble par nature. J'utilise une méthode neurophysique qui fait en sorte que cette programmation, qui n'en est pas une, ne cesse d'alimenter son propre futur, une fois le diagramme ouvert, la conception des plans se produit après-coup, j'ai appelé ça provisoirement rétro-futurisation, il y a une série de causalités autonomes, sur lesquelles j'ai peu de prise directe, je ne peux que surveiller l'évolution générale et orienter certains développements. Je ne suis pas ton Pygmalion.

Non, avait-elle pensé, mais c'est peut-être pire.

3

Montrose n'avait pas vraiment regardé l'enregistrement, le visage de Frank Sinclair, il connaissait. Mais il avait écouté avec la plus grande attention, il avait écouté comme si sa vie en dépendait.

Il avait préféré s'attacher à l'observation de Sharon, qui ne faisait qu'un avec le plasma froid de l'écran, et celle de Flaubert, allumant de temps à autre un joint roulé à sa façon, typique années 1970, bien conique, et ne fixant son attention sur rien de particulier, indifférent à tout, ou plutôt en mode multitâche continuel, chaque événement, du plus anodin au plus saillant, du plus banal au plus caractéristique, traité avec strictement la même attention.

Le père de Sharon avait agi à son habitude, avec dix ans d'avance. Peu de temps avant sa disparition, il leur avait confié une partie de ses secrets.

— Je ne peux pas démissionner, vous savez bien qu'on ne peut pas démissionner là-bas. Mais j'ai pu négocier une sorte de semi-retraite pour bons et loyaux services rendus à l'État américain pendant plus de vingt ans. J'aurai deux fois plus de temps pour m'occuper de mes théories, et surtout de leurs applications. J'ai un autre update en vue, leur avait-il dit un jour. « Update » n'est d'ailleurs pas le mot juste. Mise à jour. Mais en mode

« rétro-futur ». Mieux vaudrait dire « upgrade » et dans ce cas qui nous occupe, sous-entendu : élévation du niveau de conscience.

Il leur en avait établi un résumé bien net, précis, et tout à fait général.

Il avait fait allusion à la neuroprogrammation linguistique de sa fille, en avait tracé les grandes lignes, bien dissimulées au milieu du quadrillage formé par ses ultimes explications concernant l'upgrade du compound.

À cette époque, déjà, ils auraient dû se douter que quelque chose se préparait, mais c'est en cela que résidait le talent de Frank Sinclair ; un jour, alors qu'ils discutaient des événements survenus longtemps auparavant au Nouveau-Mexique, il leur avait posé une question d'apparence anodine :

— Vous savez quel est le meilleur moyen de cacher une épingle ?

Montrose se souvenait de la façon dont ils avaient répondu avec Flaubert, d'un bref éclat de rire bien synchronisé.

Montrose avait juste ajouté :

— Le bon vieux coup de la meule de foin, quel rapport ?

Frank Sinclair leur avait offert son sourire enfantin.

— Grave erreur, dans une meule de foin elle finira par apparaître comme singularité. Le meilleur endroit pour cacher une épingle, mes amis, c'est un tas d'épingles.

4

Qu'allaient-ils faire de tout ça ?

Tout ce savoir.

Toutes ces données, tous ces calculs, tous ces plans.

Dont Sharon.

Qu'allaient-ils faire de Sharon ?

Montrose connaissait la réponse, il la connaissait depuis l'arrivée de la jeune femme dans Trinity-Station, il la connaissait parce que cette réponse était la seule.

Flaubert lui aurait répondu d'un sourire sarcastique.

Que faire d'autre ?

Suivre le plan, bien sûr. Ils ne l'avaient pas élaboré pour rien pendant toutes ces années. Bien plus que le suivre. Il y avait désormais un autre upgrade en vue, un upgrade que le père de Sharon n'avait pas prévu.

Il s'était contenté d'en fabriquer les composants essentiels.

Flaubert avait toujours été extrêmement net en ce qui concernait la valeur de son travail. Il n'avait jamais manqué à un contrat, il avait toujours assuré 100 % de réussite et tenu cet engagement avec la constance d'une machine comptable, son principal employeur en savait quelque chose depuis un beau jour de l'automne 1963.

Montrose savait que Flaubert ne reculerait pour rien au monde, surtout pas pour le monde lui-même.

5

Novak l'attendait devant la porte de son appartement du mess. Elle le vit de loin, miniature éclairée douche de néon à deux cents mètres, il portait la console de l'Angel autour du cou et la manipulait machinalement, elle l'accompagnait désormais partout, elle devait se trouver à portée de sa main pendant la nuit, au cas où il ne dormait pas avec elle.

Son Ange Gardien. Une machine inventée par l'industrie des jeux et transformée en arme de pointe par mon père.

Elle continua d'avancer sur un mode automatique alors que le flux verbal intérieur se congelait brusquement et plongeait son esprit dans le bain d'hélium liquide de la compréhension immédiate. Un bref éclair mental vint lui rappeler simultanément ce qu'elle venait d'apprendre au sujet de sa propre existence.

Elle avait pensé à lui comme s'il était encore vivant. Ou plutôt comme s'il n'avait jamais disparu, comme si sa présence était encore réelle.

Personne n'avait jamais su. Personne ne semblait le pouvoir. Personne ne semblait le vouloir.

Il n'était ni vivant ni mort, il s'était volatilisé de la surface de la planète depuis plus de dix ans. Sa voiture avait été retrouvée sous la forme d'un agglomérat de métal carbonisé et de cendres. La police canadienne avait fini par conclure à un homicide sans être en mesure de le certifier.

C'était en effet la solution la plus probable pour les autorités en charge du dossier.

C'était donc la moins probable pour l'homme qui s'appelait Frank Sinclair, qui était son père, et qui semblait tout faire pour communiquer avec elle.

6

— Qu'est-ce qui te fait croire une chose pareille ?

L'infime fraction de silence.

La petite microseconde de calcul.

— L'avion a vu quelque chose.

Pas de spéculation. Les faits bruts. C'est-à-dire : les opérations mathématiques. Les Nombres.

— Et qu'est-ce qu'il a vu ? S'il a vraiment détecté quelque chose d'anormal, j'imagine que tu as dû en parler à Flaubert et Montrose, et tu dois savoir qu'ils m'en auraient aussitôt fait part.

— Ils l'ont fait, à ce que je sais, ils vous ont montré les images filmées par l'Angel. Et vous aussi, vous savez, ne me faites pas marcher.

— Il n'y a rien sur les images filmées par l'Angel, tu le sais aussi bien que moi.

La petite microseconde, qu'est-ce que tu calcules cette fois-ci ?

— C'est justement ce qu'il n'y a pas qui est intéressant. Car ce qu'il n'y a pas, et que pourtant il y a, je ne sais pas comment, et encore moins pourquoi, et pas plus Flaubert ni Montrose, ni personne, c'est justement ce que vous cherchez tous. Lui.

Ce sont ses poumons qui laissèrent la place à cette longue seconde de silence.

Le môme avait deviné, il avait compris, il avait tout calculé.

Comme par hasard, il était une sorte de réplique adolescente, encore en gestation, de son père.

Lui.

Elle se contenta de soupirer :

— Les « pourquoi » n'ont pas la moindre importance.

7

Allongée sur le lit, elle avait regardé l'écran de la télévision par satellite, invariablement calée sur CNN.

La cote de popularité du président Obama était en chute libre, le Tea Party de Sarah Palin était en train de jouer les faiseurs de rois et de reines au sein du Parti républicain, la crise économique prenait des allures de tremblement de terre général, politique, culturel, social, le nombre des milices avait quasiment décuplé en l'espace de deux ans, celles du Nord-Ouest étant de loin les plus actives, jusqu'aux groupes paramilitaires du Michigan, le FBI était sur les dents, l'État de l'Arizona se dressait contre le gouvernement fédéral au sujet de la sécurité des frontières et de l'immigration illégale en provenance du Mexique, le mouvement semblait s'étendre dans le Deep South et jusqu'au Midwest, la plupart des chiffres étaient au rouge, données nationales en version alerte immédiate, les primaires du 2 novembre ne s'annonçaient pas au mieux pour les démocrates.

Sharon sentait bien qu'il leur fallait à tous plus qu'un simple responsable, il leur fallait un coupable. Il fallait surtout un coupable qui ne soit pas innocent.

Comme tout le monde.

Il fallait un coupable qui puisse occulter toutes les autres culpabilités. Il fallait une non-innocence qui innocente tous les autres crimes. Il fallait Anderson Cooper montrant le bout de ses phalanges trempées dans une eau polluée de pétrole comme acte de vérité.

Elle ne put s'empêcher de sourire à l'écran. Sa température corporelle baissa d'un degré centigrade, sans la moindre transition, phénomène désormais naturel, métabolisé, et calculable.

C'était qui se passait techniquement dans le Golfe qui était la politique.

Cette onde de choc invisible dont le centre sismique avait été cette plate-forme offshore où onze ouvriers étaient morts, le 20 avril précédent, et qui précédait de loin l'arrivée des nappes d'hydrocarbures sur les plages. C'était une sorte de re-engineering général de l'Amérique, à cause, précisément, d'un accident industriel.

CNN n'est pas objective, elle est objectiviste, elle a pour fonction de produire l'opinion centrale dont elle se fera l'écho.

Depuis les premiers instants de son invention, de sa création, de sa production, l'Amérique était une machine qui sans cesse avait été updatée par ses diverses vagues d'occupants, elle redevenait la nation des ingénieurs, elle ne put s'empêcher d'y voir une menace réelle pour le reste du monde. Il fallait sans doute faire oublier la nature réelle des événements, la nature de ce re-engineering général, la nature principielle de cet accident. Il

428

fallait faire oublier au plus vite le retour des ingénieurs. Il fallait faire oublier au plus vite le retour du futur.

Elle savait fort bien que personne n'y parviendrait, personne ne peut effacer le souvenir d'un événement sur le point de survenir, personne ne peut empêcher la mémoire d'être une retro-anticipation, comme disait son père, personne ne peut contrôler un cerveau constamment en avance sur le temps humain.

Les discussions parfois animées entre son père et le binôme du compound l'avaient marquée dès son enfance. Elle se souvenait des mots répétés par Montrose et Flaubert : exceptionnalisme américain.

La plupart du temps, Flaubert ajoutait : Aucun putain de pays sur cette planète n'a de Constitution équivalente et elle a été écrite il y a plus de deux siècles par une poignée d'exilés.

Montrose disait souvent à son père : Ce n'est pas pour rien si ce qui s'est produit au Nouveau-Mexique s'est produit… au Nouveau-Mexique. Et à cette date.

Le froid ne cessait de l'envelopper, ou plutôt de se loger en elle, à chaque étape cognitive.

Elle réalisait simultanément que sa compréhension soudaine des événements en cours dans les eaux caraïbes avait pour origine la vidéo paternelle qu'elle venait de visionner.

À un moment donné, son père avait dit quelque chose comme : La neuroprogammation ne s'arrête donc jamais, elle est un devenir-cerveau permanent, cela signifie que cet enregistrement fait partie du processus. Il est même probable qu'il catalysera le déclenchement d'une nouvelle phase, quoique je ne puisse en rien le déterminer.

Il n'avait nul besoin de le déterminer, pensa-t-elle.

Elle s'en chargerait.

Une nuit, elle devait avoir 14 ou 15 ans, elle roulait en compagnie de son père vers le compound alors en pleine rénovation, il s'était contenté de capter un morceau de son visage dans le rétroviseur intérieur, leurs regards s'étaient croisés un instant sous le feu orange du sodium autoroutier.

Nietzsche a dit cette chose très précise : La science ne montre pas la direction, elle indique le sens du courant.

— C'est précis, ça, vraiment ? lui avait-elle demandé, de son adolescence effrontée.

C'est bien plus que ça, en fait. C'est une vérité absolue, valable pour toutes ses inversions dialectiques : la science s'occupe du comment. Non seulement le courant a un sens, mais le sens est pourvu d'un courant, il dispose d'une dynamique interne.

Cette réminiscence participait du processus évoqué par son père dans l'enregistrement vidéo, et cette pensée même, à son tour : la neuroprogrammation paternelle formait une structure gigogne.

Un phénomène tout à fait particulier se produisait dans le compound depuis leur arrivée. Les cinq résidents semblaient partager une suprême complicité, faite à la fois de tout ce qu'ils s'étaient dit et montré et de tout ce qu'ils s'étaient caché.

Elle comprenait qu'il s'agissait d'un processus analogue à celui de la connaissance et que cela ne pouvait être innocent puisqu'il s'agissait d'un secret, elle comprenait dans le même temps – la structure gigogne – en quoi toute connaissance résultait d'un accident, et surtout comment certains accidents, majeurs, étaient la connaissance elle-même.

Comme le sien.

Comme les deux siens.

Comme toute son existence, compressée en un vulgaire fichier digital en l'espace d'une nuit.

Quelque chose les mobilisait tous, avec leurs singularités et leurs connivences, quelque chose leur montrait le sens du courant, quelque chose éclairait tous les « comment » laissés dans l'ombre des « pourquoi ».

Oui, quelque chose…

Quelqu'un, ce ne pouvait être qu'une personne, elle en était sûre désormais, absolument.

Une personne.

Chapitre 47

1

— Un rendez-vous ? Pour un truc qui date des années 1960 ? Je sais pas, j'aime pas ça c'est tout.

Montrose relisait le bref message crypté qui s'affichait par intermittence aléatoire sur l'écran d'un des PC de la salle de contrôle.

— Et ils ne donnent aucun code spécifique permettant d'identifier vraiment la nature du problème. Ça n'arrive jamais. Même en cas de force majeure.

— C'est pour ça, sans doute, que le message est urgent, ultra-confidentiel, et donc sibyllin, ça n'arrive jamais, donc c'est une situation d'exception. Donc on réagit.

— On ne doit certainement pas se contenter de réagir, Flaubert. On doit comme tu le sais avoir au moins deux coups d'avance. Et je ne parle pas des cas exceptionnels, justement.

— Il existe des situations, même aux échecs, où tu dois abandonner provisoirement ton plan stratégique et t'adapter immédiatement à la situation, c'est pareil à la guerre donc dans la vie. Pour savoir ce qui se passe et agir en conséquence, faudra accepter les conditions de leur rendez-vous, on appelle ça un *gambit*, tu le sais.

— J'espère juste qu'on ne va pas sacrifier un pion qui tient une case essentielle pour la suite des opérations. On peut pas se le permettre, surtout plus maintenant.

— On n'a jamais pu se le permettre et d'ailleurs on l'a jamais fait. Je vais envoyer un code de réception et d'accord de principe. Ça nous donnera les douze heures habituelles.

Ça ne nous servira à rien, pensa Montrose, ils vont nous placer devant le fait accompli. Ils ne nous laisseront pas le choix, sinon celui qu'ils ont déjà choisi.

Rien à voir avec une quelconque intuition.

Une déduction purement logique, née de quarante années d'expérience.

Il savait que Flaubert partageait son avis, mais il savait aussi qu'il n'était pas homme à accepter les faits accomplis. Il était l'homme qui les accomplissait, les faits, son orgueil de tueur d'élite pour des programmes plus-que-secrets l'avait constamment tenu à l'écart de tous ces types des Milices du Nord-Ouest, mais sans le moindre mépris ostentatoire. Il a toujours su calculer avec soin les distances, pensa Montrose.

Quel que soit le deal, ou le piège, ou même les conditions contractuelles – à l'américaine – qui lui seraient proposées, Flaubert aurait calculé au moins un plan, disons plutôt un contre-plan, et probablement son frère de combat – Plan B.

Les Freemen du Montana ne devaient surtout pas sous-estimer cet orgueil de machine à tuer.

L'orgueil d'une machine, quelle qu'elle soit, c'est sa volonté d'être à coup sûr meilleure que l'homme.

2

— Avec cette histoire des types du Michigan, je sais pas si c'est une bonne idée de les rencontrer maintenant, c'est tout. Un feeling.

— Les Christian Warriors sont des bouffons, des cowboys de cinoche, leur message ne tient pas la route et ils se sont fait serrer tout de suite, ils ont juste servi à attirer l'attention sur toutes les milices. Ils ne connaissent pas les bases. Ils ne connaissent pas les règles d'engagement contre Washington.

— Ça ne fait que renforcer mon point de vue, Flaubert.

— Fleischmann et McLaren disent que c'est important, il s'est passé quelque chose dans les environs de Missoula.

— La seule chose qui se passe là-bas, tu le sais bien, c'est leurs espèces de réunions d'écrivains et la visite annuelle des touristes frenchies.

— Fleischmann dit aussi que McLaren se déplacera en personne, et devine : ils viendront avec Kieszlowsky.

— Ils t'ont dit quoi exactement dans le message de prévention, ils ont repéré les types venus du Canada ?

— Je ne t'ai jamais dit que c'était en rapport avec Venus Vanderberg. Et il y aura aussi ce type, le Californien, tu sais… ce Byrd Alvarez Clarkson.

Le souffle qui lui répond aussitôt est saturé d'exaspération.

— Putain, non, tu déconnes, pas ce dingo pseudonazi ! Il est de retour chez les Freemen ?

— Il semblerait puisqu'il sera là. Dis-moi, ça s'appellerait pas un simple fait, ce genre de trucs ?

— Je vais te dire : ça s'appelle un fait accompli, pour être exact. Il est en train d'intoxiquer toute la milice avec sa connerie de théorie de la conspiration à deux balles.

— On s'en contrefout, et je crois pas que…

— Ce que nous croyons ou non n'a pas la moindre importance, et tu ne devrais pas t'en contrefoutre, ce qui compte, en ce moment, c'est ce que les groupes antigouvernementaux pensent, eux. Et dont ils ne se contrefichent certainement pas.

— Seuls quelques Freemen ont été convaincus par sa théorie.

— Peut-être, mais s'il vient avec McLaren et Fleischmann ça veut dire qu'il commence à empoisonner toute la tête, et plus seulement l'extrémité des orteils. On aurait dû leur faire savoir bien net qu'on voulait plus revoir ce type.

— Écoute, primo, il n'est pas le seul à penser que les UFOs de Roswell étaient des machines volantes expérimentales fabriquées par les nazis et récupérées par les Soviets mais comme lui, il y a maintenant des dizaines de blogueurs qui racontent qu'en fait les nazis sont parvenus à quitter la Terre en 45 et ont colonisé Mars !

— Je suis au courant. Justement. Marre de tous ces connards new age. Ils vont foutre le bordel et décrédibiliser la révolte anti-Washington, comme si les derniers événements ne suffisaient pas…

Les pensées de Montrose mirent en place une équation particulière, une équation où se triangulaient des données, vérifiables et invérifiables, des variables vérifiées et non vérifiées, comme toujours.

— Pour le moment, on doit considérer toutes ces conneries new age comme la meilleure chance de sauvegarder la vérité, celle qui sera notre arme absolue le jour venu. Surtout ce plan soviétique, qui cache parfaitement ce qui s'est passé en Russie, comme tu le sais.

Flaubert maugréa.

— Tu parles des artefacts high-tech retrouvés en Sibérie ?

— Évidemment, quoi d'autre ? Des instruments de haute précision découverts dans des terrains datant d'un million, dix millions, ou cent millions d'années, quoi de mieux que les dates 1917 et 1945 comme écrans de fumée ? L'Histoire moderne en tant que Nuit-et-Brouillard pour les consciences, ce n'était pas ce que disait Frank, très souvent ?

— Peut-être bien, mais si ça nous est utile aujourd'hui, ça risque d'être néfaste le Jour Venu, justement.

— Tu sais comme moi que le Jour Venu, rien ne pourra arrêter la Vérité de s'imposer, puisque ce sera son jour, justement.

— Alors disons que ça pourrait produire les conditions empêchant au Jour en question de venir, justement.

— Non, rien ne pourra l'empêcher, et pas même en ralentir l'actualisation puisqu'il s'agira d'une catastrophe générale, qui n'épargnera rien ni personne, et surtout pas leurs conneries, précisément.

Flaubert se mura dans le silence.

Montrose pensa, un triple éclair aux foudroyances-quasiment simultanées : Comment ce monde pourra-t-il résister quand la Connaissance se dévoilera ? Quand l'essentiel sera révélé ? Quand tout le monde saura ?

— C'est une chance pour la vraie théorie, Flaubert, pour la vraie conspiration, comme toujours, pourquoi ça t'inquiète ? Tu sais quoi ? Il paraît qu'il y aurait un film en préparation sur leur théorie « Nazis dans l'Espace »… Ça pourrait s'appeler *Iron Sky*… Plus il y aura de leurres dans le genre, mieux ce qu'on sait sera protégé. Et le Jour Venu, le monde entier sera placé devant l'inéluctable. L'irréfragable et authentique conspiration. La nôtre. La seule. Même si Frank ne nous a pas tout dit, qu'il a laissé dans l'ombre le « Mystère Métacentral » – comme il disait – gardé par tous les secrets dont il nous a laissé la clé.

Flaubert conserva le silence quelques instants, il sait que j'ai raison, pensa Montrose, mais comme toujours il ne peut s'empêcher de douter, ce vieux sceptique.

— En tout cas, Kieszlowsky ne peut pas être dupe, lui.

— Non, évidemment. Comme nous. Donc laissons courir et acceptons leur rendez-vous. Soyons tout sourire. Comme d'habitude. Ne changeons rien de nos *modus operandi*.

— On n'a jamais changé l'essentiel, Montrose, heureusement.

Autour des deux hommes, entre les deux hommes, 1 000 souffles électroniques, autant de machines, autant de microprocesseurs ou de mémoires, de composants graphiques, de cartes accélératrices, de senseurs, capteurs, scanners, circuiteries, de navigateurs GPS, de réseaux intranet, de connexions internet, de dispositifs miniatures ou d'écrans de toutes tailles et de tous modèles, antiques tubes cathodiques, plasmas, ACL dernier cri, 3D, autant de disques durs, de clés USB, d'auxiliaires amovibles, autant de fois plusieurs tera-octets d'informations.

C'est le bunker central.

Sous sa forme optimale, quand tout est branché, allumé, en ligne, quand tout est ON.

Quand il est l'Usine.

3

Le père de Sharon avait fini par surnommer l'endroit ainsi, lorsqu'il prenait cette forme, lorsqu'il était en activité 100 % nominale, lorsqu'il devenait un secret.

C'est lui qui avait nommé chaque lieu de l'ancienne base militaire en rénovation. C'est lui qui avait fabriqué l'identité du compound. C'est lui qui avait confirmé le nom de baptême de Trinity-Station.

En fait, c'est lui qui lui a donné vie, dans tous les sens du terme, avait pensé Montrose.

Il existait une étrange analogie entre ce que Frank Sinclair avait entrepris sur la base militaire pour en faire ce qu'elle était devenue, et la neuroprogrammation de sa fille.

Montrose regardait Flaubert sans vraiment le voir. Pourtant il s'interrogeait aussi sur le sens de ce rendez-vous demandé par les Freemen du Montana. Il posa la question, comme une machine habituée à poser des questions, tout en calculant une solution à un autre problème :

— Qu'est-ce qu'ils veulent alors, qu'est-ce qui s'est passé à Missoula ?

— D'abord, un avion de l'Air force a envoyé un rapport UFO à sa base du Wyoming. Les Freemen l'ont capté, ça disait qu'un objet fantomatique aux apparitions furtives et aux disparitions instantanées, et capable d'émettre des contre-mesures de type inconnu, avait été détecté plusieurs fois par son radar. Confirmé par l'enregistrement des contrôleurs aériens militaires. C'était il y a quatre jours, au-dessus de Yellowstone.

Ah, d'accord, avait simplement pensé Montrose.

— Dans la soirée qui a suivi, deux incidents se sont produits, éloignés par des dizaines de kilomètres, avec trois témoins directs séparés en deux groupes distincts, on va appeler ça les données de base, tu connais.

Montrose ne répondit rien, il connaissait en effet, il ne voyait pas vraiment où Flaubert allait en venir mais pourtant, cela lui rappelait incontestablement quelque chose.

— Primo : une ado de l'âge de Novak, 15 ou 16 ans, jouait avec un groupe d'amis sur un videogame en réseau de leur confection, de vrais petits clones du jeune Serbe, dans un bled à 20 kilomètres au sud de Missoula. Tout leur réseau est tombé en panne, et premier détail singulier, aucun autre serveur, réseau, ou PC branché à la même heure dans le coin n'a subi le moindre incident majeur, juste des microcoupures, interruptions de la connectivité, quelques crashes, des bugs… OK ? Maintenant, le second détail singulier : l'ordinateur de la petite Ashley O'Donnell. Quelque chose est resté miraculeusement en mémoire, et c'est le seul auquel cela est arrivé. Et tu ne devineras jamais ce qui est resté en mémoire.

Montrose avait continué de garder le silence, et à double tour, le silence, en ces cas-là, valait au moins mille questions, et probablement mille fois plus encore de réponses prétendant les éclairer.

— Il est resté ce que nous venons de voir.

Il suffit de quelques syllabes pour faire cramer un cerveau.

— L'enregistrement vidéo ?

C'était sorti de sa glotte extrait au burin.

— Des bribes, peu en volume, mais significatives, Ashley O'Donnell est parvenue à les diffuser auprès de son groupe puis ils les ont fait circuler sur quelques blogs de geeks dans leur genre, c'est là que les flics et Kieszlowsky ont repéré le truc pratiquement en même temps, Kieszlowsky avait un vague lien de parenté avec une autre fille du réseau.

— Tu me parles de l'enregistrement vidéo effectué il y a dix ans par le père de Sharon et que nous n'avons regardé que tout à l'heure dans une pièce complètement isolée du monde extérieur, on est bien d'accord ? Je spécifie les constantes et les variables.

— Excellente initiative. C'est très exactement cela. Depuis, les images captées par Ashley O'Donnell ont été placées sous scellés par nos amis du FBI. Ils ont pas traîné, hein ? Quoique, aujourd'hui, une fois envoyé sur le net… Bon, maintenant seconde partie du spectacle : la même nuit, deux *storm-chasers* revenaient vers Missoula depuis les plaines. À environ 60 kilomètres à l'est de la ville, leur pick-up tombe en rideau, ils voient un truc incroyable, ils essaient de filmer : il n'y a rien sur leurs bandes. Zéro pixels.

Montrose ne put s'empêcher de penser : oui, cela me rappelle évidemment une chose, très exactement la même que toi. Le même événement. Le même événement central. Comme l'Agence.

— Très bien, c'est quoi leur truc incroyable dont ils n'ont aucun témoignage ?

— Je te répète qu'il y a deux témoins visuels, des types assermentés par le Comté de Missoula. Ce qu'ils ont vu, au moment de la panne du pick-up, c'est une très violente lumière au-dessus de leur véhicule, une lumière parfaitement statique qui a disparu comme elle était apparue, puis un autre trait de lumière qui, lui, est tombé du ciel à un demi-mile d'où ils se trouvaient, et rien à voir avec le *touchdown* d'une tornade, il y a eu explosion, ils sont allés voir, ils ont repéré un cratère qu'ils ont essayé de filmer, sans résultat évidemment. Aucun enregistrement.

— On évacue bien sûr d'office la thèse du ballon-sonde.

Les rires humains entrelacés durant une seconde aux mille souffles-machines.

— Et celle du météorite par la même occasion : ils se sont approchés du cratère, ça fumait et ça brillait faiblement dans la nuit, ils y ont vu des débris métalliques, et une structure encore à peu près intacte.

— Une structure ?

— Devine. Une sorte de disque. Abîmé mais pas trop, tout le reste n'était plus que débris. C'est à ce moment-là qu'ils ont vaguement aperçu ce qui les a fait revenir au pick-up pour barrer la route d'accès forestière, avertir leur groupe de chasseurs de tornades et immédiatement appeler la police du Comté. On appelle toujours le corps de police le plus proche lorsqu'on tombe sur des cadavres, ou sur ce que l'on croit tel, tu es d'accord ?

Montrose n'avait rien répondu, il n'y avait rien à répondre, c'était impossible, point final, c'était impossible et cela était survenu.

— Et bien sûr, lorsque les flics et les *storm-chasers* sont revenus sur les lieux, il n'y avait rien. Absolument rien. R, I, E, N.

Impossible. Donc vrai.

Le silence, le souffle des machines en provenance du désert de silicium, pour quelques instants. Le bunker central est probablement la seule oasis humaine sur cette planète, tout compte fait.

Flaubert se tait.

Une rencontre de troisième type. Montrose vient de voir défiler un film mental qui remonte à des décennies.

— Tu sais quoi, Flaubert ? Tout ça, pour nous, c'est du domaine du connu… Je pense que le vrai mystère se situe sur un autre plan.

— Un autre plan de réalité, peut-être bien ? On se la joue Paranormal State ?

— Je te parle de Sharon. De Sharon et de Venus Vanderberg.

— Quel rapport avec une ré-apparition du crash de Roswell en plein milieu du Montana, je te prie ?

— Le rapport c'est son père, fais pas semblant, Flaubert. Et pour tout te dire, je m'en contretape, tu peux même pas imaginer. Ce qui m'intrigue, c'est qu'elle a tué pendant des mois en véritable professionnelle dans la plus totale solitude et qu'arrivée ici elle se comporte de manière parfaitement normale, elle lie des relations avec les autres, comme si rien ne s'était passé. Venus aussi, même si son histoire est différente.

— Qui t'a dit qu'elles n'étaient pas normales ? répondit Flaubert, sa voix provenant de l'étoile la plus lointaine.

Montrose avait tué bon nombre d'hommes, et de femmes, durant sa longue existence.

Mais ce n'était pas un tueur.

Chapitre 48

1

Les Freemen étaient arrivés dans leur Humvee noir spécial gros bras. Celui-ci était stationné à l'endroit indiqué, mais il était vide de tout occupant.

Une situation tout à fait normale, balisée, normalisée.

Le Dodge Ram Charger s'était arrêté bien net en face du véhicule militaro-civil, à une demi-douzaine de mètres.

Le protocole des rendez-vous avec les Freemen se déroulait selon les procédures testées, vérifiées, validées depuis des années. Les Dix Commandements. Les Mesures de Sécurité Maximum. Les Règles d'Engagement contre Washington.

Le protocole avait été élaboré en dehors de toute norme préexistante, y compris et surtout dans le milieu des Milices du Nord-Ouest. Lui et Montrose en avaient établi le schéma de base mais c'est Frank Sinclair qui avait verrouillé chaque détail, en dehors de toute norme préexistante.

Les Freemen formaient depuis longtemps la principale formation constitutionnaliste paramilitaire en activité dans la région. Sans qu'aucune milice ne puisse être subordonnée à une autre, une hiérarchie naturelle s'était calmement imposée, au fil des années.

Dès l'acquisition de la base désaffectée par Sinclair, Montrose et Flaubert, un groupe de l'Idaho s'était fait connaître, puis les gars du Montana avaient pris la relève.

C'était eux, la Police.

Flaubert avait écrasé son joint dans le cendrier, extrait son Blackberry du petit étui accroché à sa ceinture, et vérifié l'horaire.

— Si Kieszlowsky est là, c'est qu'ils pensent que c'est en rapport avec 1967, avait dit Montrose.

Flaubert n'avait rien répondu. Cela avait un rapport avec 1967, évidemment. Cela avait un rapport avec chaque contact. Cela avait un rapport avec le père de Sharon. Cela avait un rapport avec son secret. Cela avait un putain de rapport avec ce qui se trouvait dans la salle au fond du tunnel et à quoi ils avaient désormais accès.

Cela avait un rapport avec ce qu'ils préparaient depuis des années.

Mais Kieszlowsky ne le savait pas.

Il ne le saurait jamais.

2

Anthony Kieszlowsky avait travaillé toute sa vie dans les bases de l'Air Force. Simple mécanicien de pièces secondaires lors de son incorporation, en 1952, à la fin de la guerre de Corée, il avait tranquillement gravi les échelons hiérarchiques. Grâce à un programme du Pentagone appuyé par Eisenhower lui-même, il avait obtenu une spécialisation technique qui lui ouvrit les portes hermétiquement closes des centres militaires atomiques. En 1962, en pleine crise des missiles cubains, il fut affecté à Los Alamos, Nouveau-Mexique. Cinq ans plus tard il fut transféré dans cette base du Montana.

L'année même du « contact ». L'année où s'était produit un événement en tous points analogue à celui qui venait de survenir quarante ans plus tard à Missoula, dans le même État de l'Ouest. L'Ouest des militaires. L'Ouest atomique.

Un événement qui avait failli conduire à la destruction du globe, tout en empêchant que cela se produise. Un événement qui ne pouvait pas s'effacer de la mémoire. Un événement qui effaçait tout le reste de la mémoire.

Flaubert n'employait jamais le terme « génération ». D'un homme comme Kieszlowsky il disait simplement : Il est né la même putain d'année que nous.

Ils étaient les vieux briscards, les survivants du XXᵉ siècle, ceux qui en conservaient quelques souvenirs cohérents dans leurs cerveaux encore fonctionnels, ceux qui pouvaient raconter les expériences qu'ils avaient vécues, ceux qui n'avaient toujours pas un pied dans la tombe.

Ceux qui avaient vu ce qui ne devait pas être vu, ceux qui connaissaient ce qui ne devait pas être connu, ceux qui auraient pu parler, même morts.

Surtout morts.

Ceux qui, comme Kieszlowsky, s'étaient trouvés pile au bon endroit, au bon moment, c'est-à-dire là où il ne fallait pas.

Comme en ce beau jour de 1967.

Cette nuit de 1967.

3

— Tu crois qu'ils vont le faire ?

Montrose ne pouvait empêcher la pulsation de ce flux anxiogène dans son réseau sanguin, virus d'endorphines mêlées.

Encore bas sur l'horizon, le soleil dardait très blancs ses rayons juste entre deux pics. La Dodge roulait vers son incandescence comme une capsule orbitale suicidaire. Les types du Norad avaient vraiment choisi une sorte de petite réplique de l'Éden, s'était dit Montrose, le ciel diamant projeté pleine face à travers l'écran de plexiglas.

Flaubert avait rallumé son cône.

— Si McLaren et Fleischmann apportent leur caution, Kieszlowsky le fera. Si Kieszlowsky le fait, les autres le feront aussi.

— Tous les anciens types de la base ?

— Ceux qui restent, Montrose. Presque quarante-cinq ans… Une poignée. Même pas.

— Ils ne les laisseront jamais faire.

Flaubert avait émis son bref rire mécanique.

— Qu'est-ce qu'ils en ont à foutre, maintenant, Montrose ? 1967 ! Une histoire d'UFO ! Tout le monde garde les yeux rivés sur le golfe du Mexique, le prochain attentat d'Al-Qaïda, son patrimoine immobilier et son compte en banque.

— Ce sont tous des types qui ont appartenu à l'Air Force, dont des officiers. Je spécifie : des officiers supérieurs.

— Des officiers de l'Air Force à la retraite ? Ça passera trente secondes sur CNN, entre Michael Moore et un discours d'Obama. Et s'ils insistent un peu, vu leur âge, qui est aussi le nôtre, on ressortira le bon vieil arsenal habituel. Sénilité, démence précoce, souvenirs fabriqués post-traumatiques, recherche des 15 secondes de célébrité, un ou deux experts médicaux, une bonne petite campagne express de sape médiatique, et tout le monde retour à la case départ, tu connais la combine, j'évite d'insister.

Montrose s'était muré, silence bloqué pleine glotte, boule métallique logée au micron près. Flaubert prenait ça comme il le faisait pour toute chose en ce monde.

Mais ce n'était pas prévu, ça. Le plan ne le prévoyait pas. Frank Sinclair non plus semblait ne pas l'avoir prévu.

L'instant qui suivit fut saturé d'un doute d'une violence absolue.

— Dire qu'au départ, j'ai cru qu'ils voulaient nous voir d'urgence pour ces types venus du Canada! avait laissé échapper Flaubert, en soufflant avec soin une longue volute de fumée vers le tableau de bord.

— Ils ont visiblement choisi une autre urgence.

— Ils ont choisi la seule, tu veux dire.

— Ah? Tu en es vraiment sûr? Tu as conscience de ce qui s'amène aux trousses de Venus?

Quand Flaubert ressentait une réelle inquiétude, un trait soucieux venait souligner l'arc de ses sourcils en formant quelques rides sur son front.

— Tu en sais plus que moi à ce sujet, qu'est-ce qu'il s'est passé exactement avec Venus, là-bas? Je veux dire avec ces putain de lascars…

— Elle a déconné avec les Ukrainiens. On ne déconne pas avec les Ukrainiens.

— Elle fabriquait leurs amphés, tu me disais?

— Elle dirigeait les opérations de tout un labo spécial. Chimie, biologie transgénique. Amphés, crystal-meth, GHB, ecstasy, tout le kit. Plus des trucs boostés OGM. Je ne sais pas exactement ce qui a merdé, elle ne m'a dit rien à ce sujet. Le seul truc dont je sois certain c'est qu'elle en a laissé cinq direct sur le carreau avant de foutre le feu au hangar. Des millions et des millions de dollars partis en fumée. J'le connais de réputation, ce putain de gang. Il aurait mieux valu que ce soit elle qui y passe.

Flaubert n'était pas du genre à se laisser impressionner par des descriptions de tortures diverses pratiquées sur un corps humain. Ça, c'était un problème purement clinique. C'était un problème pour les Crime Scene Investigations. Montrose savait qu'il essayait d'estimer pour de bon la dangerosité de la situation. Il esquissait un plan. Il concevait une mécanique de haute précision. Il prévoyait un piège.

— Mais elle n'a pas été en taule pour le meurtre de son père, ni de la bande de sous-merdes qui filmaient les vidéos, on est bien d'accord.

— Sauf au début, en préventive, avant que les charges soient retirées par le procureur.

— Bien, après, qu'est-ce qu'elle a fait? Comment elle a pu poursuivre des études universitaires et devenir chimiste, même pour des putain de dealers?

— C'est une longue histoire. Très longue. Elle a eu tout le temps nécessaire. Donc largement suffisant.

En face d'eux, les Clearwater Mountains érigent une haute forteresse de roche éclairée par un trillion de watts envoyés depuis l'astre qui se cale peu à peu sur la fréquence or en fusion.

Chaque seconde, le monde peut exploser, et non seulement tout le monde s'en fout, mais personne ne le sait.

Sauf ceux à qui on a donné un morceau de soleil.

Chapitre 49

1

Novak s'était dit que quelle que soit la réponse à la question désormais centrale – était-ce une vraie personne ? – les conséquences immédiates seraient probablement invariables.

C'était peut-être l'avion lui-même, l'update en continu de l'appareil pouvait fort bien comporter cette fonction sans que les deux hommes le sachent. Il pouvait comporter cette fonction alors que les deux hommes en connaissaient l'existence. Il pouvait comporter cette fonction alors que les deux hommes ignoraient l'intégralité de ses possibilités.

Tout était donc possible.

Une entité vivante et invisible se promenait librement dans Trinity-Station, possédait comme une place réservée sur ce plateau rocailleux où rien n'existait vraiment, et poursuivait un but précis, qui les impliquait tous.

Ce n'était pas un fantôme, Novak ne croyait pas aux fantômes, cela lui avait valu quelques ennuis au collège avec les fans de l'émission *Paranormal State*.

Ce n'était pas un démon, Novak ne croyait qu'au Diable, et sous l'influence de son père, ne voyait en lui qu'un être déchu, minable, sans pouvoir réel sauf sur ceux qui croient en lui, ceux qui se laissent manipuler par lui, et deviennent ses agents, ses manipulateurs de service. Cela lui avait valu d'autres ennuis au collège, avec les membres d'un club de satanistes amateurs de heavy metal.

C'était probablement une forme d'intelligence artificielle, un artifice qui pouvait imiter à la perfection une pensée humaine, et prendre la « forme » du père de Sharon. Même pas son apparence, puisque précisément il n'apparaissait jamais. Comment exprimer cela ? Comment lui donner un nom ?

Une présence ?

Le plateau ressemblait à un tarmac de fortune planté au milieu d'une planète sauvage, aérodrome sans nom, sans lignes aériennes, sans tour de contrôle, sinon lui-même, c'était l'endroit idéal pour piloter l'Angel, et chaque jour, il s'appropriait cet espace un peu plus, un peu mieux.

Les deux jeunes femmes l'avaient rejoint près du rocher, le rituel presque quotidien commençait à forcer les crânes de ses propres circonvolutions. La conversation suivait le rythme auquel ils s'étaient tous habitués, en apprenant à coexister, c'est-à-dire en désapprenant ensemble toutes les règles qui les contraignaient jusque-là.

— Les deux Gardiens ont un plan. Un plan qui nous concerne. Un plan avec l'avion.

Sharon avait noté la progression sémantique.

Le plan. Nous. L'avion.

L'abstrait. La chair. La technique. En trois impulsions verbales, toute la pensée du jeune Serbe compressée digitale.

Venus s'était tournée vers elle, une rotation imperceptible de la base du cou, mouvement perçu comme un frémissement giratoire à la périphérie de sa vision.

— Qu'est-ce que tu en sais ? avait-elle rétorqué, très calme.

La microseconde de latence, engrammée.

— Pourquoi m'ont-ils appris à me servir de l'Angel ? Pourquoi m'en ont-ils révélé les mises à jour secrètes ?

Pourquoi m'ont-ils accepté avec tant de facilité alors que je suis un parfait inconnu ? Pourquoi se rendent-ils pratiquement tous les jours sur le plateau, là où je pilote l'avion ? Pourquoi...

— Ici, les « pourquoi » n'ont pas la moindre importance, il me semblait te l'avoir signalé.

Novak reçut l'assertion sans broncher, et en se murant dans le silence. Ce n'était pas de l'ordre des émotions, Sharon le savait, il n'avait simplement rien à répondre. Rien de rationnel.

Il est encore piégé par les questions qui n'en sont pas.

Mais il n'a pas eu accès à toutes les informations : il ne s'est pas rendu dans la salle du fond du tunnel. Il n'a pas vu l'enregistrement de mon père. Il ne pouvait pas deviner. Il ne pouvait pas même essayer.

Sharon ouvrit un mince sourire à Novak.

— Il y a des choses que tu dois savoir. Et Venus aussi doit les savoir. Ce sera juste assez long à expliquer. Et pas très facile. Pas très facile à expliquer et pas très facile à comprendre.

Novak lui rendit son sourire, mais version jeune prédateur qui ne s'en laisse pas compter, sa bouche disait en silence : *Essayez donc de me tester sur ce plan, pour voir.*

2

Elles étaient revenues ensemble, en laissant le jeune Serbe reprendre sa position sur le contrefort du pic.

Venus gardait un silence absolu, son visage ne laissait rien transparaître, aucune émotion particulière, pas même une vague curiosité.

Installées l'une en face de l'autre autour de la table de camping, elles s'étaient d'abord regardées fixement quelques instants dans le silence bourdonnant de la salle de contrôle. C'était en racontant l'enregistrement vidéo paternel, et son histoire, tout autant que son avenir, que Sharon avait pleinement distingué les identités et les différences qui produisaient cette paradoxale ressemblance déviante entre elle et Venus.

— Moi aussi, j'ai des choses à apprendre de toi, lui dit-elle. Mais tu ne sais pas de quoi il s'agit. Je vais donc devoir t'interroger.

Venus fit zigzaguer un sourire en travers de sa bouche.

— Je me suis fait interroger très souvent, j'ai l'habitude.

— Je peux être pire que la police.

— Moi aussi. Imagine-toi en train de questionner un flic.

Sharon pensa : Oh, ce serait facile, être pire que la police, c'est juste appartenir à la police des polices.

— J'ai besoin d'en savoir plus sur ton père.

— C'était un petit enculé, quoique je dirais plutôt enculeur.

— C'est précisément le genre de réponses qui risquent de ne pas me suffire. J'ai besoin d'informations très précises.

— Tout est dans les minutes du procès. Des armées d'experts se sont succédé pour essayer d'expliquer ce qu'était… mon père.

— Je les ai lues partiellement, je n'ai ni l'envie ni le temps de me taper des milliers de pages de droit pénal et de médecine psychiatrique.

Elle venait de plonger son regard dans celui de Venus. Elle y perçut une pointe métallique, une lueur vif-argent, comme la trace résiliente d'une surface de mercure.

3

Elle s'était retrouvée seule alors que le soleil avait déjà chuté en direction de l'horizon qu'il allait consumer.

C'était le moment idéal pour laisser la vérité accomplir son travail incendiaire.

Venus avait répondu à toutes les questions qu'elle lui avait posées.

Et même à celles qu'elle n'avait pas posées.

En quelques heures, le diagramme avait été complété, leur histoire parallèle dévoilée, le choc initial absorbé, la lumière avait tout cramé.

Neuroprogrammation.

C'était bien ça. C'est bien ça l'élément pivotal, ce centre secret, cette connaissance noire, à la fois commune et divergente.

C'était bien ça qui fondait cette sororité déviante, cette gémellité moins inachevée que potentiellement complémentaire, ces deux solitudes en collision pleine course, cette solidarité projetée dans l'inconnu.

Neuroprogrammation.

Tout tenait dans ce mot. Tout tenait par les expériences qu'elles avaient vécues sans le savoir. Tout tenait par leurs pères respectifs.

Un tableau à double entrée, c'était l'image de leurs vies :

Venus Vanderberg : poursuite de l'expérience traumatique sur des années, répétition, transformations-transformisme, isolation, sexualité-monocentre, accident initial devenu mode de vie. Second accident terminal et terminateur. Reconstruction personnelle par le crime organisé.

Sharon Silver Sinclair : expérience traumatique unique, terminaison d'une expérience de vie normale-et-normée. Neuroprogrammation scientifique de son cerveau par son père : accident initial et révélateur. Viol collectif : accident ré-initialisateur, point de départ d'une seconde vie solitaire en dehors de toute humanité.

Plus cet écart les séparait, plus elles se rapprochaient du centre commun. Plus leurs expériences se distanciaient, plus elles les entrelaçaient l'une dans l'autre.

Elle se surprit à éprouver quelque chose pour cette fille qu'elle ne connaissait pas un mois auparavant. Quelque chose. Un sentiment? Encore indistinct. Un affect. Une pulsion drastiquement autorisée. Une forme de compassion?

Cela lui parut plus dangereux que toutes les haines du monde.

4

Sharon avait laissé son regard se faire congeler zéro absolu par l'écran haut de gamme sur lequel elle avait décidé d'observer la marche tranquille des deux hommes vers leur lieu de rendez-vous habituel. Ils se rencontrèrent au pied d'un vieil arbre qui hissait sa canopée au-dessus des épineux et feuillus alentours, tour de garde végétale happant la photosynthèse en une prédation tranquille, immobile et silencieuse.

L'image était d'une netteté limpide dans l'écran ACL, nature complexe restituée au pixel près, re-production haute définition du vivant.

Langages corporels : un bref dialogue. Intense. Des décisions en suspens, comme des bombardiers en attente.

Sharon se souvenait avoir demandé un jour aux deux hommes si le compound « truqué » pouvait aussi entendre.

— Trinity-Station peut faire tout ce qu'on lui demande de faire, avait répondu Flaubert. Et beaucoup plus encore. Sans qu'on lui demande quoi que ce soit. Sans rien en attente, sans rien en retour.

Elle devinait qu'il leur suffisait d'activer une fonction logicielle quelque part, sur un des ordinateurs de contrôle, pour que les deux premières assertions se réalisent.

Pour la troisième, elle se doutait qu'il n'existait aucune commande, sur aucun ordinateur, dans aucune des pièces du bunker sous la montagne ni ailleurs, le contrôle se trouvait dans le compound lui-même, dans sa nature, il était certainement relié au plateau désolé, à l'avion, et à son père.

L'idée qui surgit engloba aussitôt son cerveau d'une tiare de glace pure. C'était une pensée capable de détruire un cerveau.

Il est même sûrement relié à moi-même.

5

Flaubert avait fait machinalement le tour de l'arbre. C'était le tout premier. Le tout premier qu'avait modifié Frank Sinclair. Le tout premier auquel Frank Sinclair avait donné le pouvoir de se modifier de lui-même. Les hautes frondaisons étaient devenues des antennes capables de capter les ondes radio millimétriques à des dizaines de kilomètres à la ronde.

Il rejoignit Montrose, alluma un joint, et se contenta de souffler entre ses dents :

— Cette putain de nuit de 1967. Tout le monde savait qu'elle ressortirait un de ces quatre, mais qui se serait douté que plus personne n'en aurait rien à foutre ?

Montrose ne détourna pas son regard de la haute montagne.

— Tu t'es déjà demandé si ce n'était pas la raison pour laquelle ils la laissaient sortir au grand jour ? Tu t'es déjà demandé s'ils n'étaient pas à l'origine de cette fuite si bien organisée qu'on dirait tout juste le contraire ?

— Je ne me le suis pas demandé, Montrose, comme toi, j'en suis sûr.

Flaubert marchait rythme balade, il avança de son pas un peu raidi par l'âge vers le centre du plateau tandis que Montrose optait pour le rocher.

1967, pensa-t-il. Les chiffres restaient suspendus, illuminés, au milieu de sa conscience.

C'est de cette façon que cela avait commencé cette nuit-là.

Lorsque la base du Montana avait été envahie. Par quelque chose d'invisible.

Ou plus précisément, par quelque chose qui revêtait plusieurs formes visibles en même temps.

plusieurs fois en même temps.

Chapitre 50

1

— Non, avait répondu Sharon, je n'ai pas le code
d'accès, ils ne me l'ont pas fourni.

— Pourquoi ça ?

— Je ne sais pas. Visiblement, mon père ne leur en a
pas donné l'autorisation.

Le rire de Venus était une cascade de petites perles
métalliques, une pluie de roulements à billes qui pulvé-
risait une plaque de cristal.

— Et pourquoi ça ? Puisqu'ils t'ont laissée y entrer…

— Je ne sais pas. Mon père aussi suivait ses propres
plans.

La cascade de perles métalliques. Le cristal explosé
en écho.

— Flaubert et Montrose auraient pu passer outre,
qu'est-ce qui les en empêche ?

Sharon corrigea aussitôt en mode mental : qui les en
empêche ?

— Les procédures de mon père peuvent être éta-
blies des années à l'avance, répondit-elle en pensant :
et peut-être même beaucoup plus. Non seulement elles
sont *a priori* invariables, mais même leurs éventuelles
modifications sont prévues. En fonction des modifications de l'environnement. Qui sont prévues, elles aussi.

— Tu es pourtant la première concernée, il me semble.

— Il me semble aussi. Il est probable qu'un second code arrive. Un message qui leur donnera l'autorisation de me donner l'accès au premier. Ou un code d'ouverture qui me sera réservé. Mais cela ne dépend pas de moi, ni d'eux.

— Cela dépend de ton père mort, si je comprends bien. Je ne me fierais pas au mien, même pas maintenant.

— Personne ne sait s'il est mort, Venus.

— De ton père disparu, je rectifie. Ça ne change pas grand-chose.

Sharon pensa : J'ai peur que ça change tout, au contraire.

2

Allongée sur son lit dans sa position habituelle, Venus avait laissé son esprit au repos, levier de vitesse psychique au neutre, roue libre, pas d'influx, pas d'obstacle, aucune volonté précise, pas la moindre orientation pré-établie.

Rien que le silence bétonné.

Le contact de son corps avec les draps.

Le contact de son regard avec les objets.

Le contact de son souffle avec l'air ambiant.

C'est ainsi qu'elle pensait. C'est ainsi qu'elle pensait depuis qu'elle pensait.

Depuis qu'elle avait tué son père et ses amis dans l'appartement du sous-sol.

Auparavant, sa conscience avait existé comme structure organisée et dotée d'une certaine cohérence, en tout cas d'une logique intégrée et intégrante. Mais elle avait été organisée par quelqu'un d'autre, un autre qui l'avait engendrée, normalement, par la sexualité, puis qui avait répété l'acte sur elle, sur son corps, jusqu'à en faire – non pas un objet – mais une icône à la fois vivante et factice. Une icône qui ne renvoyait qu'à la vie fabriquée, usinée dans le sous-sol, une icône invertie, dirigée vers le Plus-Bas, une icône du monde souterrain. Une icône de pur mercure ne reflétant plus que l'obscurité dans laquelle elle était plongée.

Elle avait bien fait de tuer tous ces enculés.

Elle avait bien fait de tuer celui qui s'était fait passer pour son père, quoi ou qui que ce fût, même lui.

Elle avait bien fait de rejoindre le monde réel.

Peut-être y rencontrerait-elle David Duchovny ?

3

Sharon avait croisé Novak juste devant le haut portail d'entrée situé sous la montagne. La soirée était douce, elle avait d'abord regardé CNN dans son appartement, allongée sur le lit, puis, suivant l'impulsion, elle était sortie. Le portique s'était ouvert alors qu'elle y parvenait. Le jeune Serbe se tenait derrière, s'apprêtant à entrer.

L'instant d'après ils se tenaient côte à côte. Observation du ciel de nuit. État psychique : mise en parallèle de leurs modalités neurales respectives. Mode de communication : silence absolu.

L'instant suivant, mouvement. Ils se déplacent. Ensemble. Coordonnés. Sans aucune contrainte. Reliés. Sans la moindre restriction.

Un million d'années plus tard, ils sont quelque part dans le compound, peu importe où, ils s'en contrefoutent. Ils savent tous deux que lorsqu'ils vont se mettre à parler, le ciel va basculer, la rotation terrestre va s'inverser, ce qui est en haut sera en bas, ce qui était en bas sera en haut. Et plus encore, ce qui était rectiligne deviendra oblique, ce qui était parallèle formera une croix. Une croix dont le centre sera absolument partout.

Ils savent tous deux que quelque chose va se dire, quelque chose va s'imprimer dans leurs cerveaux, quelque chose va tout changer.

Quelque chose a déjà tout changé.

4

C'est le volcan islandais au nom imprononçable qui déclencha le processus, bien entendu.

Il venait en culmination, au sens propre, de tous ces séismes qui avaient suivi le tremblement de terre d'Haïti, encerclant le monde de leurs ondes de choc répétées. Il représentait aussi, du haut de sa fulmination géothermique, le point crucial d'une longue série d'humiliations qui pour lui n'avaient cessé de s'aggraver tout au long de l'année scolaire.

Lorsque les nuages de cendres bloquèrent le trafic aérien au-dessus de l'Europe durant des jours, puis que l'éruption reprit de plus belle, avant de se calmer, puis de reprendre à nouveau, il put percevoir, même ici, de l'autre côté de l'Atlantique, l'apparition d'un sentiment très similaire à l'angoisse dans le regard des humains.

En particulier des humains de son âge.

Ce n'était pas une éruption, au sens d'un événement isolé dans le temps et l'espace. C'était un phénomène constant mais variable, aux oscillations imprévisibles, qui affectait toute la planète ou presque.

Les informations scientifiques qu'il crut bon de donner en réponse au professeur de géographie ne firent que susciter les réactions habituelles des élèves de sa classe, et les mesures habituelles de rétorsion à son encontre qui s'ensuivaient.

Mais ce n'était encore que la mise en route des moteurs.

La poussée verticale, le décollage, l'ignition destinale eurent lieu la nuit du 20 au 21 avril, lorsqu'il apprit l'explosion de la plate-forme de BP dans le golfe du Mexique.

Il perçut tout de suite l'analogie avec le volcan, ce n'était pas un événement isolé dans le temps et l'espace, ce n'était pas un super-tanker qui s'échouait et déversait une cargaison finie de pétrole, c'était une fissure dans la terre, dont l'impact se ferait ressentir dans tout le golfe du Mexique et bientôt partout ailleurs si on n'arrêtait pas la fuite. C'était un puits volcanique artificiel. Sauf qu'il ne projetait pas de la lave en fusion et des cendres pyroclastiques, mais des hydrocarbures. Lorsqu'il en fit part en ces termes à son prof de sciences, les choses empirèrent immédiatement.

Comme tout vrai processus créateur, destructif, transformateur, sa prise de décision s'étendit sur plusieurs jours, plusieurs cycles, plusieurs périodes. Il eut parfaitement conscience du phénomène. En dépit de ce que diraient les experts appointés, et tous ces guignols de journalistes, pas une seconde sa conscience ne s'était éteinte, ni même endormie, il n'avait été guidé par aucun accès de colère, ni de haine, son geste n'était pas la conséquence d'une crise de « frénésie meurtrière ».

Le 22 juin correspondait à la fois à la date de son quatorzième anniversaire et à celle du dernier jour de classe. C'était le jour parfait.

C'était le jour parfait pour le plan.

5

Entre la submersion de la plate-forme offshore Horizon, doublée de la rupture catastrophique du pipeline au fond de l'océan, et la date anniversaire de l'opération Barbarossa, la tension ne cessa d'augmenter avec les *bullies* du collège. Il était depuis longtemps la cible de plusieurs groupes aux mœurs différentes, mais recourant à la même violence psychologique. À ce titre il était depuis long-temps une exception, une bizarrerie, la plupart du temps les relations entre *bullies* et *bullied* s'établissent entre un groupe formé de la première espèce et un individu isolé et très particulier.

Pour lui, tout avait participé d'une réaction en chaîne, sa position atypique dans le schéma avait très vite été établie, elle avait entraîné une autre fission nucléaire, un autre doublon particulier, qui en avait produit encore un autre, et ainsi de suite.

Lorsqu'il s'avisa de prendre la défense de la compa-gnie pétrolière, devant des profs bien intentionnés qui essayaient de sensibiliser les élèves aux problèmes sociaux et écologiques, la guerre éclata pour de bon. Il eut droit à toute la gamme, cyber-malveillance, agressions verbales continues, moqueries de plus en plus vulgaires, y compris en plein cours, menaces diverses, coups de fil ou messages SMS inondant sa boîte de réception d'insultes choisies.

Cette bande de sinistres clowns se contentaient de répéter comme des machines parlantes les conneries débitées par leurs parents, ou les androïdes de Radio-Canada tels que les surnommait l'oncle Gregor, ou ceux de 98,5 FM, c'est pareil en se voulant différent, c'est presque pire, rajoutait souvent son propre père.

Il avait fini par se blinder, triple couche, il avait fini par penser aux armes à feu familiales, il avait fini par concevoir le plan.

Le plan contre les petits robots.

6

Sharon avait vite admis que les pourquoi n'avaient pas cours dans son histoire, le comment lui-même n'était pas formé de la reconstitution minutieuse des événements typique des roitelets de l'information.

Le *comment*, c'est ce qui commande à tous les « où »,
« quand », et même « qui », et surtout aux « pourquoi ».

On ne peut poser la question « pourquoi » à propos
de l'existence de Dieu, cela signifierait qu'il obéirait à
un dessein qui lui serait extérieur, ce qui n'a aucun sens.
La seule question envisageable pour les humains c'est
« comment », et c'est précisément ce dont les deux Tes-
taments témoignent, avait-elle pensé en se remémorant
les lectures de la Bible d'hôtel trouvée dans sa chambre,
et qui accompagnait chaque soir, depuis quelque temps,
les images de CNN.

Le *comment*, c'était son plan, c'était ce qui avait mobi-
lisé sa pensée pendant des semaines, sans discontinuer.
Novak n'y voyait aucune révolte contre l'ordre établi, ce
n'était pas un acte de rébellion, au contraire, il s'agissait
d'une action pleinement volontaire et consciente contre
le chaos dominant, contre le chaos des dominants qui
inversaient tout.

Elle avait compris que c'était la raison pour laquelle
il n'avait fait aucune distinction d'âge, de sexe, de statut.

Novak avait son système de sélection. Implacable. Il
n'était pas adepte du « random killing », il n'avait pas
viré psychotique, il ne cherchait pas à expulser haine,
rage, frustration, sentiments qu'il laissait à ceux qui le
persécutaient jour après jour, parce que lui, justement,
ne frapperait qu'une fois. La bonne.

Il tua donc tous les *bullies* du collège, ainsi que tous
ceux qu'il considérait comme des by-standers, des
témoins inactifs, et parmi eux, bon nombre de profs et
d'administratifs. Ce que la flicaille locale avait pris pour
des victimes collatérales composait en fait l'ensemble
des groupes persécuteurs du collège, dont il avait répertorié les activités contre d'autres boucs émissaires. Il
avait établi une liste. Il connaissait leurs horaires, leurs
déplacements, leur localisation. Il avait choisi le moment

idéal, après une longue étude, plans du collège et cartes du quartier et des environs à l'appui.

Il avait tué comme un soldat en mission.

Elle avait même compris que pour lui, l'idée de tuer tous ces gens dans son collège était en fait secondaire. Novak se servait d'une tendance à l'œuvre depuis des années dans la société, et plus encore dans sa société, celle qui se configure pendant l'adolescence, celle qui se configure pour les adolescents, là où les rapports familiaux ne sont plus que des contrats de vente et d'achat. D'assurance sur la vie, parfois. Là où ce sont les marques du commerce qui confèrent l'autorité.

Son oncle Gregor connaissait le grec classique et le latin. Il s'était marié à une Croate de Bosnie dans le temps, professeur titulaire de l'université de Belgrade, qui enseignait à Mitrovica, une Yougoslave typique de l'époque, elle était morte bien avant la guerre civile, d'une leucémie foudroyante, ils étaient encore très jeunes.

L'oncle Gregor passait son temps à lui expliquer l'histoire, la structure et l'influence de ces deux langues, dites mortes, sur les grands ensembles linguistiques européens, français, italien, espagnol, anglais, langues slaves et germaniques, l'étymologie avait peu de secret pour lui, en dépit de ses origines modestes.

Cela n'avait fait que creuser l'écart.

La séparation était définitive.

La dernière année avait achevé de faire de lui un authentique alien.

Alors, avait-elle pensé, il a débarqué, avec sa soucoupe et ses rayons lasers.

Il a inversé le rapport de domination en un éclair. Il a modifié radicalement le *narrative*, comme disent les Anglais, il a restauré sa parole, il a dit STOP.

Il a fait court-circuit.

Et pour cela, il a envoyé une décharge haut voltage à toute la société, non seulement la sienne, celle des

Ados-du-Collège, celle des Texto-Boys-and-Girls, mais à celle de leurs parents, à celle du corps enseignant, à celle du corps professoral qui forme ces derniers, à l'administration du collège, de tous les collèges, un message envoyé direct dans la gueule de la ministre de l'Éducation, un message qui viendrait profondément emmerder le Premier ministre du Québec, et celui du Canada par la même occasion.

Le message serait un authentique code rouge, il mettrait toutes les polices du pays en état d'alerte maximum, il mobiliserait sûrement les gardes-frontières américains.

Le message serait un acte, un acte terminateur, un acte initiateur, un acte qui se répercuterait à travers les médias comme dans une titanesque chambre d'écho, à l'échelle du monde, en tout cas du continent.

Son ampleur, son organisation au millimètre, militaire, son *modus operandi*, commando, tout cela provoquerait une vague de peur pas vraiment dicible, née du paradoxe, née de l'inconnu, née de l'impossible : comment un même occidental de 14 ans, venu de l'Est européen, avait pu reproduire – à son échelle – les attentats de Mumbai ?

Novak avait compris que la peur, plus qu'un simple signal, était un langage.

Et elle, elle avait compris que tout cela, il l'avait su dès le départ, dès la première minute, dès que le plan avait pris corps dans sa tête. Dès qu'il avait pu nommer des points précis sur la carte.

7

Leurs points communs : un véritable réseau. En fait, une matrice, un *grid* prêt à être mis en fonction d'un instant à l'autre. Le nexus. Là où pouvait s'établir l'échange. Le froid. Les plans. Le calcul. La technique, le langage, les armes à feu. La mobilité.

Elle sait que trois, c'est plus stable que deux, surtout dans le monde concret, une base triangulaire sera toujours beaucoup plus fixe, c'est géométrique, c'est métrique, c'est vrai.

Que chacun l'ait voulu ou non ne change rien à l'affaire, les « pourquoi », le compound s'en fout. C'est lui l'assembleur, c'est lui le code-machine, le flot digital/analogique, c'est lui qui commande, c'est lui qui transforme, c'est lui qui crée et qui détruit.

Bien plus tard, alors que le cœur de la nuit pompait l'obscurité, et que les dialogues, puis les bribes, puis les mots isolés avaient fini par s'éteindre sous leurs propres cendres ayant dévoré tout leur combustible, ils avaient laissé le silence étoilé prendre possession des lieux, c'est-à-dire d'eux-mêmes.

Elle avait conservé de cette expérience une trace purement physique. Élévation sensible du facteur endotherme. Chaleur en cercles concentriques, mais venant de tous les points de son corps en même temps. La sensation était intimement liée à un changement d'état psychique, elle ne pouvait en être disjointe. C'était comme une parole qui cherchait par tous les moyens à venir brûler à l'air libre par sa bouche, mais c'était aussi un rayon ardent qui désirait s'incarner dans un autre corps.

Les mots la frappèrent de l'intérieur, commotion verbale, anévrisme rompu par sémantique cisaillante : désir ? désir sexuel ?

Le jeune Serbe n'en était pas la cause, elle le savait, il ne s'établissait aucune aimantation particulière entre elle et lui, ce n'était pas dans son corps que le rayon ardent voulait prendre chair, ce n'était pas vers lui que convolait la parole-désir à la recherche de sa propre consomption.

C'était comme un départ d'incendie qui n'avait pas encore trouvé le matériau inflammable nécessaire à sa pleine expansion.

Elle détailla Novak. La chaleur restait stable, elle se fixait sur un point d'équilibre.

Ils savaient l'essentiel. D'où ils venaient, tous les deux. Tous les trois. L'absence temporaire de Venus correspondait à sa place dans le schéma. Elle était présente, mais de passage, en oblique, ni au centre, ni en orbite, mais sur une trajectoire toujours fuyante, divergente, paradoxale. Lorsqu'elle se tenait avec vous, une distance infinie se creusait, pourtant plus fine qu'une feuille de papier, plus fine qu'une couche de mercure sur du verre, lorsqu'elle n'était pas là, son absence faisait immédiatement gravité au milieu d'un monde fantôme.

Ils savaient d'où ils venaient.

Et désormais, ils savaient où ils allaient.

Où ils partiraient. Bientôt. Jusqu'au bout de la route.

Il suffisait de suivre la direction des catastrophes.

Chapitre 51

1

Assise au volant de la Cadillac garée à la même place depuis des semaines, Sharon avait allumé le lecteur MP3 et sélectionné la playlist paternelle.

Son père avait gravé les chansons sur la technologie de son époque, le compact-disc, mais il avait prévu la dématérialisation totale, le downloading, il avait prévu qu'un jour la musique, ou les images, n'auraient plus besoin de support technique.

Il avait laissé un mémo détaillé à ce sujet à Flaubert et Montrose, peu de temps avant sa disparition. Quand les programmes de type RealPlayer, Quicktime ou Windows Media firent leur apparition, les deux hommes avaient depuis longtemps converti leurs propres disques, et ceux de Frank Sinclair, avec un programme de sa conception, compatible des années à l'avance avec les logiciels du commerce.

C'est pour cette raison qu'elle s'était installée dans la Cadillac, prête pour une écoute intégrale de la playlist paternelle.

S'il avait laissé un code ou un message, ou quoi que ce soit d'autre du même genre, la playlist pouvait faire office de tas d'épingles pour l'épingle.

Elle connaissait bien ce long assemblage de chansons dont certaines remontaient au tournant des années 1950 et 1960, je suis né avec cette musique et la bombe ther-monucléaire, disait-il parfois, 1954, une très bonne année.

Elle identifia les titres plus modernes, décennie 1990, qu'elle avait très souvent écoutés lors des voyages entre-pris depuis le Canada jusqu'ici. Son père avait ses tropes, il lui arrivait de placer en mode répétition une seule chan-son durant des heures, voire des journées entières.

L'un des groupes qui revenaient avec la constance d'un souvenir implacable se nommait Nine Inch Nails – Les Clous de Neuf Pouces – la chanson « That's What I Get », tirée de l'album *Pretty Hate Machine* tourna en boucle plusieurs heures durant, sans livrer aucun autre secret que son apparence anodine, une simple love song pop passée aux rayonnements gamma, sa mélancolie retenue, mutant blessé par une émotion aux origines étrangères, son orchestration minimaliste, anges para-chutés chute libre sur ruines post-zone de guerre, sa douce radiance aube argentifère éclairant un monde froid, désolé, et rendu presque humain le temps d'un affleu-rement de lumière : *Just when everything was making sense / You took away all my self-confidence / Now all that I've been hearing must be true / I guess I'm not the only boy for you / But that's what I get / That's what I get / That's what I get / That's what I get / How could you turn me into this ? / After you just taught me how to kiss you / I told you I'd never say goodbye / Now I'm slipping on the tears you made me cry /*

Au fil de l'après-midi, au fil de la course du soleil dans le ciel filtré de plexiglas, au fil des mélodies minutées et des rythmes enchaînés digitaux en une longue séquence linéaire, continue, une série de questions s'était incrustée dans son cerveau, lueurs parasites interrogatives reliées entre elles à l'image des musiques de la playlist :

C'était peut-être un message caché dans une des chansons ?

Mais c'était peut-être un message né de la concaténation de plusieurs chansons, de plusieurs couplets, refrains, simples phrases, mots isolés.

Cela pouvait correspondre à un numéro de piste, un numéro de fichier, un numéro d'elle ne savait quoi.

C'était bien l'épingle dans le tas d'épingles.

C'était bien son père.

C'était bien l'homme-épingle dans le tas d'épingles.

2

« Suffragette City ». Son père était un fin connaisseur du Thin White Duke, c'était une de ses chansons préférées de la première période, celle qui courait jusqu'à l'album de 1972 – *The Rise and Fall of Ziggy Stardust and The Spiders from Mars* – où figurait ce titre.

Pourquoi cette chanson de David Bowie, datant de près de quarante ans, avait-elle attiré son attention ? L'impression première était floue. Une distance, une déviance subtile subsistait par rapport à tous les autres MP3 de la playlist, dont les autres œuvres du rocker anglais. Il lui fallut quelques écoutes et l'affichage des paroles pour comprendre. Le texte de la chanson était atypique, foncièrement excentrique, même pour David Bowie, et même pour l'époque. C'était *le summum du glam*, comme disait son père. C'était un monologue au style parlé, exclamatif souvent, mais hype, chic/mutant/ultra-mondain, une sorte d'extrait au cut-up de théâtre urbain, un flash nocturne, une saynète *queer*, prise sur le vif au retour du nightclub, une séquence ironique, misogyne, *sophisticated*, du Bowie tout craché, disait son père, le sens naît de la forme, Bowie est un synthétiseur esthétique, rien d'autre, mais le plus grand. Il gravite autour du vide de l'époque, il en fait son pivot, il en fait son attracteur, il le sublime, il crée à proprement parler *ex nihilo*, tu comprends ?

Elle avait parfaitement compris. David Bowie imitait Dieu.

Elle avait deviné que cet aspect ne devait pas être négligé au cours de son investigation, mais son cerveau continuait de buter sur ce mur, ce mur où elle ne trouvait aucune porte, ce mur qui était elle-même.

Ce fut le moment où, pour la première fois, pourtant, elle fit apparaître une lézarde sur la surface opaque, solide, close, aveugle.

Son attention venait d'être attirée par autre chose. Par une anomalie, ou plutôt par une absence.

Par rien. Très précisément. Par un trou, par du vide. Quelques octets manquants en plein milieu du disque, au deuxième refrain de la chanson. Toujours localisés à la même place. Pas une erreur logicielle aléatoire. Effacés. Cramés hardware. Boucle. Répétition du zéro absolu dans l'univers numérique. Une petite fraction de seconde de silence digital. Un atome de mesure à quatre temps. Une coupure. La seule et unique de tout le répertoire.

La chanson avait souvent accompagné les voyages de son père vers le compound. Elle tapissait en bande-son mentale de longs tronçons d'autoroute, des segments annulaires de tunnels nocturnes, des stations-service traversées à la va-vite, des paysages montagneux, horizontaux, lacustres, forestiers, des ciels repeints d'un oxyde bleu, des villes solarisées par leur électricité au cœur de la nuit, des zones industrielles perdues, isolées, au milieu de vastes territoires désertiques, des décharges, des silos à grain, des rangées d'éoliennes, des chemins de fer.

L'éclair fit surface, jaillissant casqué d'un globe de lumière, en droite ligne du monde psychique en état de reconstruction. *Brain at work*.

C'est la seule de la playlist qui a subi un accident.

Le soleil était tombé en longue chute libre dans la lunette arrière. Son reflet, incendie circulaire, s'était dédoublé dans le rétroviseur, le lecteur MP3 n'offrait plus que le silence ouaté du système Bose, la playlist s'était terminée sans livrer autre chose qu'elle-même, un tas d'épingles. « Suffragette City » était bien le seul fichier MP3 comportant une erreur, mais rien, absolument rien, ni dans le texte, ni dans l'hypertexte disponible sur le web, ni même dans la musique elle-même, n'ouvrit le passage à la moindre lumière explicative. C'était comme parvenir à un carrefour en pensant trouver une voie de sortie : ce n'est pas la multiplication des choix qui offre une solution, mais leur restriction puis leur élimination. Elle s'y attendait, elle avait juste cherché une confirmation, une validation, dans le même temps, elle savait qu'elle était en train de succomber aux multiples couches de simulacres laissées derrière lui par son père, de la façon la plus naturelle au monde.

Des tas d'épingles. Des tas d'épingles renvoyant à d'autres tas d'épingles.

Elle revint au bunker sous la montagne en passant par le périmètre de sécurité.

Elle y vit Venus et Novak, près d'un pylône. Ils parlaient avec calme, selon leurs propres rythmes, leurs attitudes naturelles, c'est-à-dire tous leurs artifices parfaitement calculés, sans lesquels aucun d'eux ne serait encore vivant, ni en liberté.

Lorsqu'ils la virent s'approcher, elle nota immédiatement l'activation de cet imperceptible changement qui s'opérait dans leurs langages corporels respectifs. Depuis quelques jours, le phénomène avait trouvé sa place, son rythme, son intensité. C'était une variation de flux, une élévation tonique générale. Désormais, lorsqu'ils se retrouvaient tous les trois, les artifices calculés se modifiaient et laissaient transparaître une émulation interne, une excitation émotive, un flot de non-dits qui ne s'apparentaient plus à des secrets, mais au mystère de chacun, en cours de révélation les uns par les autres.

Venus se servait de sa paire de lunettes au mercure en guise de miroir, elle avait extirpé de sa poche un de ses bâtonnets de rouge à lèvres L'Oréal, 501-*Desperately Mauve*, dont Sharon savait qu'ils s'accumulaient dans son sac de voyage, sans doute par dizaines, et en passait délicatement la pointe violine biseautée sur le contour de sa bouche.

La vague de chaleur concentrique venue de tous les points de son corps rayonna de nouveau, à l'instant même. Cette fois-ci, elle fut en mesure de l'analyser avec un peu plus de rigueur. Encore une fois, ce n'était pas envers la « personne » que se manifestait cet embryon à peine formé de désir probablement sexuel. Ce n'était pas Venus, pas en tant que telle. C'était son geste, son attitude, son bâtonnet de rouge à lèvres sophistiqué, sa précision élégante, toute féminine, au moment de l'application du tube, le désir émergent ne s'appuyait pas sur la présence physique des corps, ni masculins, ni féminins, il ne se focalisait pas non plus sur des souvenirs lui appartenant en propre, elle qui n'usait avec parcimonie que de son unique tube de Dermophil indien, acheté ou dérobé à la va-vite elle ne se souvenait même plus où, il ne cherchait pas à s'immiscer en elle, dans une tentative perdue d'avance de fascination narcissique, il ne semblait pas même désirer un autre particulier.

Il cherche l'autre, il cherche ce qui a disparu, il cherche la différence.

Il cherche un autre Nom.

— Novak pense qu'on ne devrait pas rester plus longtemps.

— Ah, bon? avait répondu Sharon, et qu'est-ce qui
nous vaut cette nouvelle impro free-style?

— On n'est pas vraiment en sécurité, ici, Sharon.

Le jeune Serbe ne paraissait pas vraiment tendu, ni
inquiet, il formulait un constat, comme toujours, mais sa
voix était animée d'un courant, d'une électricité vitale,
elle ne se contentait plus d'émettre une information, elle
transmettait un petit morceau du cosmos.

— C'est pourtant l'endroit le plus sécurisé du monde,
Novak. Il a été conçu par mon père, ce qui veut dire exactement la même chose.

— Justement.

Le sourire qui irradia ses lèvres était maintenant un
phénomène connu et identifiable dans l'instant, il n'avait
plus besoin d'être connu et identifié, il venait juste impul-
ser sa dynamique en une courbe neuromusculaire instantanée qui ne traversait plus les écrans fragmentés de
son psychisme.

— Justement quoi? Tu penses que Trinity-Station
est un piège, une prison? Tu peux partir dans la minute
si tu le désires, personne ne t'en empêchera. Tu es libre
ici, justement.

Le léger sourire de Novak se crispa un peu, il semblait pris dans une sorte de boucle mentale.

Les lunettes au mercure s'étaient de nouveau inter-
posées en regard-miroir sur le monde, elles reflétaient
les groupes de lumières suspendues le long du pylône,
Venus fut traversée par cette oscillation corporelle que
Sharon reconnaissait, celle qui précédait sa prise de
parole, les éclats bleutés zigzaguèrent dans les artifices
optiques jumeaux.

— Novak dit que l'Angel s'est tellement bien updaté

lui-même qu'il est en mesure de traverser une bonne partie des systèmes de contre-mesures du compound, y compris ceux du bunker central. C'est comme si nos deux vieux garçons étaient dépassés par leur propre joujou.

Novak restait absolument statique, il aurait pu être un des pylônes du périmètre.

— Ils poursuivent leur plan, leur plan à notre sujet, même si je sais pas encore exactement de quoi il s'agit. Mais je sais qu'ils sont en contact avec une milice paramilitaire du Montana. Je trouve que ça commence à faire beaucoup pour l'endroit le plus sécuritaire du monde.

Sharon avait regardé avec attention le jeune Serbe, puis Venus. La pâleur qui calculait tout. Les Ray-Ban mercure qui dédoublaient le monde.

Non seulement il n'est plus un adolescent, s'il l'a jamais été, mais il a presque la maturité des deux hommes du compound. Aucun de nous n'est en phase avec son âge biologique. Nous sommes étrangers à nous-mêmes, et pourtant c'est ce qui fonde notre identité.

5

Le rendez-vous était fixé dans un endroit jamais usité auparavant, cela n'avait fait qu'intensifier la mauvaise impression de Montrose. Il se passe quelque chose. Ou plutôt, corrigea-t-il d'instinct pour lui-même : il s'est déjà passé quelque chose.

Ce n'était pas le but du rendez-vous, il le savait, c'était son prétexte, c'était le mur contre lequel les Freemen allaient les coller, en leur offrant le choix, c'est-à-dire le traverser à coups de tête, ou rester plantés devant. Avec une menace bien pire pointée dans leur dos, fusils d'assaut ou valise pleine de cash.

Plomb, argent, les deux seules véritables monnaies en cours en ce bas monde.

Aujourd'hui : acier au carbone et papier électronique.

Ce qui achète la Mort. Et qui la vend. Au plus offrant, comme toutes les putes.

Le pick-up s'engageait sous le dense plafond végétal, à la frontière des deux États, sur un sentier forestier qu'ils ne connaissaient que par les cartes, détail inhabituel qui ne leur avait pas échappé.

Montrose se surprit aussitôt à penser : Il y a des morts. Il y a eu des morts. Il va y avoir d'autres morts.

Sa main droite, qui ignorait ce que faisait la gauche, ou plutôt qui n'en avait rien à foutre, chercha machinalement la présence métallique et rassurante de l'arme sous son aisselle. Il y trouva le réconfort habituel, la forme de vie qui l'accompagnait chaque jour depuis quatre décennies au moins, celle dont il ne faut être ni l'ami ni l'ennemi.

6

Flaubert avait actionné une touche du clavier de l'ordinateur de bord. Le plan local des routes et chemins forestiers laissa place dans l'instant à la polygraphie animée en provenance du cyberplane.

Montrose avait jeté le mégot de son thaï-stick par la fenêtre grande ouverte, un vent tiède venait s'engouffrer dans l'habitacle, la nuit était claire, le plan suivait son cours.

— T'admettras que sans lui, notre gambit, ça aurait été la perte sèche d'une pièce, et sans doute une grosse. Pour ne pas dire deux.

— Il a toujours fait partie du plan, Montrose, répondit Flaubert en observant avec attention les images qui défilaient dans l'écran. Il toucha du doigt un carré tactile de passage.

— Il n'y a évidemment personne au lieu du rendez-vous, mais trois, non, quatre véhicules dans une petite clairière, à un demi-mile environ, au nord-est, en altitude par rapport au point-cible, un très petit chemin d'accès, non répertorié. Lumières éteintes, mais moteurs allumés. Ce qui revient au même pour le cyberplane.

— Un coup prévisible. On leur fait lequel ?

— Notre coup habituel. On les encule à sec.

Montrose ferma sa fenêtre, vérifia la mise en place de sa ceinture de sécurité, sortit l'équipement de la boîte à gants, détendit ses jambes vers l'avant puis les cala solidement en prévision d'un choc éventuel.

Sur l'ordinateur GPS, les quatre véhicules passaient d'un mode chromatique à l'autre, couverts de paramètres chiffrés qui ne cessaient de tatouer le plasma froid de l'écran.

« Back in the USSR », la chanson des Beatles qu'ils avaient tous écouté si souvent, à l'époque, avec la pointe d'ironie de rigueur, vint traverser sa conscience, sans qu'il sache pourquoi, ni sans qu'il en ressente le moindre trouble, alors qu'il disposait les lunettes de vision nocturne sur ses orbites.

Flaubert venait de placer ses propres binoculaires de combat de nuit, il éteignit les feux, passa en mode tout-terrain, décéléra progressivement, selon un tempo réglé sur ordinateur, puis obliqua d'un geste sûr droit à travers les épais boisés qui longeaient le chemin, direction : nord-nord-ouest.

Le plan suit son cours, pensa Montrose, on va les enculer à sec.

— Depuis quand les phénomènes UFO sont des centres d'intérêt prioritaires pour les Freemen ?

Flaubert ne mettrait pas de gants avait pensé Montrose, sinon en latex chirurgical, la question sous-entendait :

Vous en savez juste assez pour ne pas ignorer qu'il s'agit de notre domaine réservé dans la région. Et que vous avez tout intérêt à continuer.

Et surtout : Kieszlowsky, d'accord, c'est un pro, comme nous, votre Californien new age, payez-lui donc un billet retour direct pour Frisco.

— Tout ce qui peut menacer la Constitution des États-Unis est de notre ressort, tu le sais bien, Flaubert.

McLaren non plus ne mettrait pas de gants. Lui, ce serait version Martial Mixed Arts. En une phrase il leur avait rappelé qu'ici c'était eux, la Police.

Montrose sentit une minuscule pointe de tension percer sous l'épiderme frigide de son acolyte.

Flaubert s'était dit : Ah, McLaren... Si ça ne faisait que menacer la Constitution des États-Unis... Ça vient menacer la constitution même de notre monde.

Son cerveau agença même une ombre d'affirmation, qui n'osa s'éclairer, une brève impulsion, une petite décharge sémantique/électrique qui n'affecta en rien son comportement : Et figure-toi que notre boulot c'est justement de faire en sorte que cette menace soit parfaitement opérante.

Tous les signes étaient réunis. En quelques mois, les inventions « noires » de Sinclair et de son équipe gouvernementale secrète avaient fait surface dans la société civile. Il n'y avait pas que le cyberplane, il y avait ce « Cube » – un web non seulement immersif pour l'utilisateur, en mode virtuel, mais pour son environnement extérieur –, lui et Montrose avaient attentivement suivi le déroulement de cette partie de *Pac-Man* grandeur nature qui s'était déroulée à New York au printemps, durant laquelle l'antique jeu légendaire avait été superposé à l'urbanisme réel, tout en étant traité par les PC ou les cellulaires des joueurs qui prenaient la place du célèbre glouton jaune, dans la rue. Tous les signes étaient réunis, la masse critique atteinte : le développement explosif de toutes ces putain de *Pervasive technologies*, ce mot que Sinclair avait soigneusement fabriqué à l'époque où il en concevait la signification fondamentale, déjà prête pour toutes ses applications à venir.

À l'époque, il leur avait bien spécifié :

— De tout cela Trinity-Station est le Jardin, en quelque sorte. C'est ici que la nature de l'événement va s'élaborer. Mais vous êtes, nous sommes des hommes libres, nous aurons à choisir le jour venu.

Flaubert lui avait alors demandé : Choisir quoi ?

Sinclair avait dardé sur lui son regard d'enfant curieux de tout.

— Comment sauver ce qui doit être sauvé. Comment s'assurer que le reste soit détruit. Disons physiquement modifié, pour employer le langage scientifique de rigueur.

Quelques jours plus tard, Frank Sinclair disparaissait à quelques kilomètres de la frontière canadienne.

8

Ils les avaient enculés à sec, comme le plan le prévoyait.

— Qu'est-ce que vous croyez, les gars ? Qu'on peut se farcir de vieux briscards dans notre genre ? Si on a survécu jusque-là c'est parce que pour nous l'âge, c'est un avantage. Et vous, vous n'êtes même plus jeunes.

Flaubert avait lâché ça sur sa tonalité froidement ironique tout en braquant la Mini-Maglite sur McLaren, puis Fleischmann, Clarkson, et enfin Kieszlowsky.

Le plus important. Le plus important des quatre. Le plus important de toute la milice.

Depuis 1967.

La date n'était pas innocente, qu'y a-t-il d'innocent en ce monde pensa Montrose en vérifiant que tout était « ready to go » de son côté, en particulier ce modèle unique de binoculaires de combat de nuit, un des développements technologiques de Sinclair dont celui-ci n'avait laissé qu'un prototype dont la version « finale » serait disponible sur le marché militaire dans une dizaine d'années, le Lab se réservant le vrai futur, comme toujours. C'était un second nerf optique, qui venait amplifier les possibilités de l'original dans tous les spectres connus ou presque, auto-implanté par la simple pose d'une membrane, le prototype que Sinclair leur avait laissé émettait un très faible rayonnement, que lui et Flaubert avaient décidé de camoufler avec ce qui était connu des Freemen, soit un modèle de binoculaires ultra-plats, portables comme une simple paire de lunettes, de la même provenance, mais qui équiperait l'armée américaine dans quelques années, tout au plus.

Lui et Montrose portaient leurs gilets de Kevlar bien en évidence par-dessus leurs blousons, les binoculaires sur les yeux, et leurs HkMp9 en bandoulière pour Flaubert, en travers du thorax, pour Montrose, visibles, mais cool.

Pas d'agression. Ne pas pointer d'armes. Les porter apparentes, c'est tout. Aucune violence, même induite, juste leur apparition soudaine, par l'arrière, tous feux éteints, placement longiligne le long des pare-chocs, direct, même pas besoin de déraper en faisant crisser un pneumatique, tous systèmes de freinage déclenchés dans la demi-seconde, essayez donc de bouger un RamCharger 3500 HeavyDuty chargé de parpaings bien rangés et maintenus par du cordage synthétique moderne dans leurs solides enveloppes de plastique, sorties coordonnées des opérateurs humains, calmes et détendus. Puis juste un constat émis à voix forte par Flaubert, appuyé aussitôt par Montrose, dans un ordre depuis longtemps naturel :

— C'est ça, les gars. Les rendez-vous urgents pour des événements dont nous n'avons même pas le droit de nous souvenir, on n'aime pas. Alors on y va à sec.

— C'est notre méthode préférée.

Flaubert avait braqué à nouveau sa petite lampe de poche droit dans les yeux de McLaren puis ceux de ses acolytes.

Les deux lourds véhicules accolés pare-chocs contre pare-chocs, comme s'ils n'en formaient qu'un seul, hybride, chimère mécanique ou motorisation sodomite, évoquaient deux ovnis posés dans le coin, mais d'origine bien terrestre. C'était une illustration temps réel et grandeur nature de la raison de ce rendez-vous.

— On a été réglos, lâcha Mc Laren. On savait que vous nous feriez un de vos coups habituels. Mais on s'en contrefout. Ce qui compte c'est que vous soyez venus.

Montrose fut parcouru d'un courant purement intuitif. Ce n'était pas vraiment logique, cela ne provenait d'aucune déduction, d'aucune expérience particulière.

Il se pouvait bien que ce soient les Freemen qui aient calculé le meilleur plan.

— On va pas perdre nos temps respectifs, ils sont hors de prix. Et on vient pas proposer un deal. On vient vendre direct la marchandise. Donc on crée le marché. *Supply-side Reaganomics*, vous connaissez, on m'a dit.

Flaubert mentionnait toujours les Chicago Boys à un moment donné, lors de ses conversations avec les Freemen, se souvint Montrose. Il citait toujours les fondamentaux en introduction, il faisait bien comprendre qu'ils étaient tous là pour des raisons économiques.

McLaren était de loin le plus cultivé du chapitre local, Montrose savait qu'il avait suivi des études d'économie à l'université d'Eureka, Nevada. Il savait tout de lui, d'ailleurs.

Montrose et Flaubert connaissaient les usages dans ce genre de situations. Ils connaissaient les usages connus. Et les autres.

Laisser aller, pour commencer. Laisser parler. Laisser l'adversaire croire qu'il maîtrise la situation, la règle élémentaire.

— On sait pour Venus Vanderberg. On sait qu'elle se planque chez vous. Mais ça, vous imaginez bien qu'on s'en tape comme du premier agent de l'ATF venu. Montrose laissa l'évidence s'imposer à lui-même, comme un flingue posé tranquille sur le coin de la table de nuit.

Non, en effet, il n'y a pas de deal préétabli. Il n'existe aucune demande. Ils viennent nous vendre quelque chose que nous ne pourrons pas refuser d'acheter.

9

Les quatre hommes portaient leurs uniformes anonymat middle-class, juste un quatuor en costards gris, plutôt bien coupés, avec de légers manteaux pour la nuit. Rien à voir avec le look habituel des Freemen. L'impression de malaise agita ses sonnettes de crotale. La milice du Montana n'agissait pas complètement seule, comme à son habitude. Elle s'était trouvé des alliés.

Des gouvernementaux ?

L'alternative était simple : ou des gouvernementaux qui trahissaient l'État fédéral par lequel ils étaient payés, ou des gouvernementaux qui payaient les miliciens du Montana pour qu'ils trahissent.

Dans les deux cas, le crotale avait ouvert sa gueule et pointait les crocs, le venin, la mort.

— Alors voilà, reprit McLaren, sur un ton froid et égal en clignant des yeux sans la moindre nervosité sous les à-coups lumineux de la Maglite : c'est très simple, comme toujours dans le capitalisme, mais ça va être un peu difficile, comme toujours dans le capitalisme, surtout made-in-America.

C'est le plus cultivé, et c'est aussi le plus intelligent, le plus professionnel, le plus dangereux de tous. Le seul capable de faire à peu près jeu égal avec nous.

Flaubert sut capter le petit signal. Juste une remarque. Un peu de fuel. De quoi faire repartir le moteur verbal.

— Comme tu le sais, McLaren, les difficultés, ça nous a toujours salement impressionnés. Tu as pu le constater tout à l'heure.

— J'ai pas dit impossible, j'ai dit un peu. La partie… disons exécutive… ne vous posera pas trop de problèmes, certain, c'est plutôt les conditions dans lesquelles ça va se dérouler. Et leurs conséquences.

Flaubert ne put s'empêcher de répliquer, sur son mode congélateur :

— Les conséquences, aussi, et je parle pas des conditions locales, ça nous a toujours salement impressionnés, McLaren, tout le monde est au courant. Depuis au moins le mois de novembre 1963.

Le geste de McLaren en direction des autres Freemen s'était voulu imperceptible, Montrose lui lança un mince sourire automatique, la date forait tout un univers de potentialités.

— 1963-1967. Ça me semble un très bon programme. Universitaire, j'entends, avait laissé échapper Flaubert. En quoi pouvons-nous vous aider dans vos recherches, très honoré collègue ?

McLaren ouvrit un sourire lumineux, mais pas trop triomphant, toujours sous contrôle, avait noté Montrose.

— Vous n'allez pas nous aider. C'est nous qui allons le faire.

Montrose ne laissa même pas une fraction de seconde s'échapper dans la nuit.

— Vous feriez bien de ne pas trop chercher à forcer votre avantage, les avantages c'est toujours très provisoire, comme tu le sais.

Une douceur presque maternelle, rester absolument cool, distance calculée du sniper.

— Et donc vous apparaissez à l'image avec nous, poursuivit-il. Pour nous aider. On est tous dans le même bain, par voie de conséquence, et réunis dans les mêmes conditions locales, quoique pour des intérêts sans doute divergents. Le genre de situations qui nous impressionnent salement, à coup sûr, en effet.

Flaubert lui lança un de ses rarissimes clins d'œil de complicité puis observa froidement les hommes alignés devant eux.

— On va faire vite, McLaren, notre temps est en effet hors de prix, mais à un point que tu peux même pas imaginer, on te l'a souvent répété. Donc, on passe en mode *accel*, Kieszlowsky nous lâche ce qu'il sait au sujet des derniers événements survenus au Yellowstone et à Missoula, tout est enregistré, y compris notre présence, et on remonte, cool, jusqu'aux événements d'il y a quarante ans.

— Tu as toujours été net et précis. C'est 100 % ça.

Flaubert fit glisser son HK entre ses mains d'un geste fluide et en arma la culasse sans même y prêter attention. Montrose l'imita, très calme, ne pas énerver les Freemen. Flaubert leva les yeux au ciel, théâtral.

— Bon, très bien, on va pas y passer la nuit. Sortez vos caméscopes et n'oubliez pas de prendre nos meilleurs profils.

Montrose sentit son corps se mobiliser de lui-même.

McLaren recula de deux pas, très exactement, pour libérer un peu d'espace autour de lui afin de mettre en évidence la présence de Kieszlowsky.

Montrose n'avait pas été surpris, il avait suivi le geste de McLaren dès le départ en le détaillant en temps réel avec toute la précision requise, la seule question qui avait fusé dans son esprit au moment où son cerveau calculait tout, c'était : Kieszlowsky, pourquoi maintenant, et comment est-il parvenu à convaincre Fleischmann et McLaren ? Et surtout ce connard de Byrd Clarkson ?

Le « pourquoi » ne recouvrait que des évidences, comme toujours, Kieszlowsky pouvait donner aux

Freemen la haute main dans le Grand Jeu qui venait de commencer.

Son récit serait un Acte, modèle vol spatial. L'approche clinique du monde, c'était ce qui leur avait permis à tous d'être un jour sélectionnés, à peine passé l'âge de 20 ans et la précision vol spatial c'était un peu leur acte de naissance, en tant que professionnels.

Flaubert et lui avancèrent, synchrones, vers les quatre hommes, en respectant au micromètre près la distance réglementaire. Au micromètre près, sans opérer le moindre calcul conscient.

« Back in the USSR » refit surface en provenance d'un vieux juke-box oublié dans les années 1960 de sa mémoire.

Chapitre 52

1

CNN tenait sa place pleine et entière dans Trinity-Station. La place de l'illusion nécessaire et suffisante pour appréhender l'information comme un trucage en continu, un trucage-flux, un trucage-monde, et mieux encore comme un trucage du trucage.

Montrose se souvenait de ce qu'affirmait Sinclair à ce sujet : le trucage devient alors apparent comme tel, tout le monde le sait, personne ne peut rien y faire, et surtout toute tentative d'en exposer les mécanismes ne renvoie qu'à une collection de lieux communs admis par toute la société. Une boucle sans fin se forme.

Flaubert venait de reposer la télécommande sur la table comme une arme à feu venant tout juste de servir, dans son cas : banalité indifférente de la répétition automatique. Il entreprit de se rouler un joint.

— L'Idaho s'en sort pas trop mal, il se situe dans une honnête moyenne. Mais je pensais à nos amis du Nevada... Je crois qu'on n'a jamais vu ça dans toute l'histoire de l'État, une maison sur quatre-vingts en vente forcée, 15 % comme taux de chômage, ça bat tous les records historiques. Ils sont plantés en dernière place dans toutes les statistiques officielles. Je ne pense pas que ce brave sénateur Reid s'en sortira le 2 novembre, et même s'il passe, il va entendre siffler la balle à ses oreilles.

Les images du périmètre de sécurité ne montraient plus qu'un espace circulaire vide de toute présence humaine, empli de vibrations luminescentes.

Montrose avait allumé un thaï-stick.

C'était de la conversation de routine, de celles qui permettent justement de dériver tranquillement, au feeling, jusqu'à un des méandres du plan.

— Tu sais quoi? avait-il répondu, si les prix de l'immobilier de tout le pays sont au fond de l'abysse, ici, en Idaho, c'est en fait assez variable selon les régions, mais étrangement, dans les Rocheuses, c'est resté à l'abri, enfin… relativement, je me demande si le père de Sharon avait prévu ça, aussi.

— Je crois qu'il s'en serait foutu royalement. Comme des élections du mi-mandat et du sort de Reid dans le Nevada. Moi aussi je m'en fous royalement, tu penses bien. Le seul truc, c'est tout ce que ce putain de bordel va entraîner dans nos relations avec les Freemen : certains d'entre eux sont directement confrontés au problème des faillites, sans parler des conneries fédérales au sujet des armes à feu, la pression monte, faudrait pas qu'ils déconnent et menacent sans le savoir la poursuite du plan, c'est tout.

Montrose savait qu'ils n'aborderaient jamais la nuit du récit de Kieszlowsky, ce n'était même pas « morethan-black », y compris sur le plan personnel. Cette nuit fatale s'était à jamais diluée avec toutes les autres vécues depuis des décennies au cours des quelques heures de sommeil diurne et à peine réparateur qui avaient suivi.

Rien qu'une vieille chanson des années 1960 stockée dans un juke-box mental débranché jusqu'à extinction terminale du cerveau.

— T'as vu ça? L'opération de dévoilement médiatique du contact de 1967 a été littéralement engloutie aussi sec. Plus rien depuis hier. C'est pour ça que Kieszlowsky voulait à ce point nous parler et mettre ses deux supérieurs au courant par la même occasion. Il savait. Il savait ce qui allait se produire.

— Tu t'attendais à quoi ? On en avait parlé. Ils n'avaient strictement aucune chance de diffuser une info plausible. Kieszlowsky et les autres sont maintenant quelque part sur YouTube, perdus dans des milliers de machins d'ufologues. Le bon vieux tas d'épingles. C'était pas très compliqué d'anticiper le coup. Sans parler des conneries de Byrd Clarkson.

Montrose pensa : Non, en effet. Et ça n'aura strictement aucune influence sur le cours des événements. Ce qui à bien y réfléchir est complètement dingue. Comme si le soleil n'avait pas le moindre impact sur la vie terrestre.

— On en a déjà discuté Flaubert, c'est la même chose pour les hautes technologies découvertes sous terre en Russie, tant mieux si elles sont dissoutes dans toutes leurs théories de la conspiration, comme disait Sinclair dans le temps : ce qui compte c'est la conspiration de la théorie.

Flaubert quitta son poste pour se diriger vers l'établi du fond. Il s'arrêta un instant et accomplit un tour complet sur lui-même, l'œil en mode radar cool, parcourant d'un mouvement panoramique toute la configuration des lieux pour la millionième fois comme si c'était justement la millionième fois.

— Je pense qu'on va pouvoir passer sereinement à la phase deux.

L'impact du soleil sur la vie terrestre, après tout… pensait Montrose. Il suffit de pouvoir l'éteindre et l'allumer à volonté.

2

Sur CNN, les mots Oil Spill Disaster étaient affichés en continu dans le quart supérieur droit de l'écran, Anderson Cooper – 360 degrees venait de commencer avec un de ces débats à la con sur les responsabilités partagées de l'État fédéral et de BP.

Sharon vit la séquence de ses meurtres du début de l'été défiler sur un écran fantomatique qui ne se situait pas vraiment dans sa tête, ni à l'extérieur, ni même dans un monde intermédiaire.

Le compound agissait directement sur ses états psychiques. Il les modifiait, il les updatait.

Ici, une distance se maintenait entre son corps et son nom, une distance qui leur permettait précisément d'être unis au sein d'une personne. Trinity-Station n'était pas uniquement sécuritaire sur le plan légal et matériel, il la protégeait d'elle-même. Il la protégeait de ce qui n'était pas autre, de ce qui se refusait à sa propre aliénation, son étrangeté.

Le plus étrange, justement, c'était qu'elle l'avait toujours su, depuis son départ de la maison familiale et durant toute sa trajectoire hautement balistique à travers le Canada.

Ce n'est pas étrange du tout.

La pensée s'était cristallisée en un éclair.

Non.

Bien sûr.

Cela faisait partie de la neuroprogrammation paternelle.

Il lui avait inculqué ce savoir dès sa naissance.

Le train logique fulgura en elle, locomotive-calcul, diagrammes en wagons.

Il avait prévu l'accident.

Ou plutôt il avait intégré la probabilité qu'un accident traumatique de ce type survienne. Il avait établi les cartes du territoire choc psychologique de haute intensité et les avait implantées dans sa mémoire rétrofuture.

Il n'avait pu éviter qu'un tel accident survienne. Il n'avait pu éviter le contrecoup direct et la psychose temporaire subséquente. Il n'avait pu éviter la fracture du nom et du corps.

Mais il avait prévu la re-création de Trinity-Station, mieux, il l'avait conçue, et fabriquée.

Pour elle.

Il en avait fait son médecin personnel.

3

Novak observait l'atterrissage de l'Angel lorsque celui-ci émit une volée de signaux d'urgence.

C'était code rouge sur tous les écrans, tous les *layers,* tous les sous-groupes.

Il admit le fait comme un nouveau paramètre réglant le cours d'une partie de wargame. Rush signalétique en mode danger-zone. Son cerveau était habitué à ce genre de configurations-adrénaline, de séquences all out assault, de réalités programmables. Son cerveau était une machine adaptée à ce monde où la guerre est un composant de silicium qui joue avec vous. Avec l'Angel, son cerveau s'était pour la première fois trouvé un ami. Et cet ami venait de l'informer qu'une présence étrangère s'introduisait dans le compound.

Ici même, sur le plateau.

À quelques mètres de l'avion.

À quelques mètres de lui.

La présence étrangère, identifiée comme telle par le cyber-plane, se présentait en un ensemble de données dûment paramétrées : un flux d'énergie produisant une spirale, une tornade, un vortex. Mais sans orientation axiale précise, comme si la tornade-spirale-vortex tournoyait dans toutes les directions à la fois, les logiciels les plus performants de l'Angel ne parvenaient pas à en identifier la forme, considérée comme métastable. Hors du spectre visible. Source : inconnue. Nature : inconnue.

Localisation/mouvement : en rapport avec sa vitesse, principe quantique, pour le moment : totalement imprévisible et incalculable. Masse : zéro. Vitesse estimée : infiniment plus vite que la lumière.

Novak enregistrait en temps réel le diagramme en cours de constitution, dans un premier temps, les paramètres évoquèrent quelque chose d'incompréhensible mais de rationnel. Puis une seconde volée de signaux lui parvint. Cette fois, c'était différent. Totalement différent.

C'était des mots.

En clair.

Aucun cryptage.

C'était de la musique.

En clair.

Aucun cryptage.

C'était une voix.

Une voix qui lui parvint de partout/nulle part/son cerveau/la radiation fossile du Big Bang. Novak admit le phénomène avec un peu plus de difficulté, mais il s'imposa en lui supernova en expansion maximale.

Par sa présence, complètement étrangère, quelque chose avait modifié en profondeur son rapport avec l'Angel.

Cette « chose » servait de surface de contact immédiat entre lui et l'engin, comprenait-il, un rayon de lumière invisible s'extrayant de son crâne pour se connecter à l'avion, et aux environnements, naturel et artificiel, qui s'entrelaçaient en lui, c'était fascinant, ce jet de connaissance pure.

Plus encore, sut-il d'un seul coup sans savoir comment, cette présence était le « contact » en lui-même, c'était une forme de vie, c'était une pensée autonome.

C'était un être.

490

Venus avait suivi les deux hommes à bonne distance jusqu'à un petit hangar légèrement excentré au sud du compound. Durant les douze bonnes semaines passées ici, elle avait à peine noté la présence du petit bâtiment. Il se fondait littéralement dans le paysage, touffu à cet endroit exposé plein soleil. Elle s'était dit : il est naturellement camouflage.

Le béton était coloré vert-de-gris, aux tendances brunes sur les angles et la toiture, là où la pluie était parvenue à éroder les surfaces et à s'infiltrer de quelques centimètres. Le bâtiment semblait plus âgé que les autres, elle n'aurait su dire pourquoi, aucun détail particulier pourtant, une impression d'ensemble, peut-être s'agissait-il de la toute première bâtisse du site, peut-être s'agissait-il d'un reliquat d'une autre construction auprès de laquelle les militaires avaient édifié leur base ?

Elle savait pertinemment que les deux hommes apprendraient très vite qu'elle les avait suivis, le soir même ils placeraient tout le compound en mode « lecture », et les images de ce début d'après-midi finiraient par défiler sur un de leurs écrans de télévision.

Les caméras, comme les autres senseurs optiques et électroniques, ne formaient que la surface apparente de leur monde. C'étaient des prothèses à l'usage des humains. C'est le compound lui-même qui voyait, qui entendait, qui enregistrait, qui se relisait.

Qui s'updatait, sans cesse. Comme l'avion miniature que pilotait le môme.

Sharon lui avait expliqué l'essentiel. Elle avait compris d'elle-même tous les détails.

Les détails. Là où le Diable gît.

Et fait semblant de dormir.

Un jour, un des psys du centre de rehab lui avait montré un petit carnet, un vieux calepin à couverture de cuir couleur laiton, orné des armoiries de la police d'État du Nevada, à laquelle le grand-père paternel avait appartenu.

— Votre père le tenait de son propre père, il y a tenu une sorte de journal, rien de bien régulier ni de vraiment construit, mais il y donne son point de vue personnel, tout ou presque y est clairement expliqué, quoique dans le désordre. Nous pensons que vous êtes désormais en état de le lire. Votre amnésie est pratiquement guérie, et d'après le docteur Deepstone, vous êtes en train de résorber le trauma du meurtre collectif, il est même étonné de vos progrès.

Elle avait pensé : Il n'y a eu aucun trauma. Il y a eu une existence. L'amnésie, c'est mon cerveau qui retrouvait sa mémoire cachée. C'est ce meurtre collectif qui m'a guérie.

Mais elle s'était empressée d'accepter le carnet paternel.

Il lui suffit d'un court après-midi pour en compléter la lecture. Quelques phrases inscrites à la va-vite, de brefs paragraphes isolés, des croquis bâclés, des notes, des chiffres, et de longues tirades à la ponctuation clairsemée au hasard, voire inexistante, un catalogue d'idées toutes faites sur l'éducation, illustrant le descriptif précis de l'enlèvement, sa planification, son exécution, le suivi des opérations dans l'appartement du sous-sol.

Et à en justifier les raisons.

Une invasion de « pourquoi », avait fait remarquer Sharon lorsqu'elle lui en avait dévoilé le contenu. Pathétique, avait-elle immédiatement rajouté.

Elle était tombée sur des explications qui donnaient à voir le verrouillage spécifique de la perversion paternelle.

Dans un premier temps, il était parvenu à convaincre sa mère, qui souhaitait un prénom chrétien, d'opter pour Venus, déesse de la Beauté et archétype de la Vierge, une ruse qu'il nommait comme telle, sans même savoir qu'il reproduisait les hérésies gnostiques des premiers siècles, s'était-elle dit. Il avait concédé au baptême catholique, parce qu'il s'en foutait au dernier degré, il était très explicite à ce sujet.

Puis, assez vite, la mère de Venus avait adopté ce nom, cette identité. Venus-mon-amour par ci, Venus-ma-chérie par là… avait-elle lu, inscrit en capitales, ou souligné, voire cerclé d'un trait appuyé, ce qui permettait d'entrevoir toute la rage contenue.

Très vite, l'ablation du prénom d'origine était devenue une nécessité absolue. À la lecture du carnet, elle avait compris qu'il ne s'agissait pas d'un programme de dépersonnalisation, mais plutôt d'une pulsion d'abord incontrôlable, qui avait ensuite trouvé sa cohérence interne, le plan s'était mis en place après son exécution. Il la voulait pour lui seul, lui seul pouvait lui donner un nom, lui seul pouvait adorer son corps.

Elle se rendit compte qu'elle marchait autour du vieux hangar en mode pilotage automatique, cherchant à le circonscrire comme espace singulier, séparé, distinct de l'environnement, naturel comme artificiel.

Elle percevait une anomalie. Sa perception atypique des masses et des surfaces cachées, ce sensorium particulier qui devinait la présence des appartements du sous-sol, des souterrains-sous-les-souterrains, ce corps relié placentaire à la matérialité du monde, ce *body-basement* vers lequel tout convergeait, semblait vouloir lui dire quelque chose.

Quelque chose à propos de ce hangar. Un état psychique analogue, mais de moindre intensité, était survenu lorsqu'elle avait découvert la porte de la Chambre Noire, au fond du bunker-sous-la-montagne.

Ce hangar cachait un secret. Et ce secret, étrangement, épousait la forme du hangar.

Elle avait accompli plusieurs fois ce rituel giratoire improvisé lorsqu'elle aperçut, au loin, une silhouette mobile découpée par le dédale végétal et les dernières lames de lumière du jour, la silhouette du jeune Serbe, il marchait dans sa direction, d'un pas un peu trop vif pour qu'elle en fasse abstraction.

Elle pensa : Ce hangar cache un secret qui n'est autre que lui-même. Et Novak connaît la réponse à ce paradoxe.

Elle ne fut même pas surprise par cet abrupt éclair intuitif. Ici, le hasard ne pouvait trouver sa place. Tout avait un sens. Chaque morceau du compound revêtait une forme. Tout le territoire ainsi ouvert/fermé produisait un langage. Un langage crypté. Trinity-Station ne cessait de le créer.

6

— Pourquoi ici, à ton avis ? avait demandé Montrose.

— Parce qu'il calculait toujours tout, et en particulier les solutions tierces, comme il disait. Le plateau est très facilement repérable, et il savait que son SkyLab, la Chambre Noire, serait immédiatement repéré, c'est d'ailleurs quasiment sa fonction. Donc, ici, c'était l'évidence. En fait, c'est l'endroit le plus sécurisé de tout Trinity-Station, on aurait dû s'en douter.

Montrose alluma un joint avec ce qu'il venait de prélever sur un des rangs d'hydroponiques. La lumière ultra-violette des plafonniers plongeait tout l'espace dans une radiation d'étoile morte. Le visage de Flaubert l'absorbait comme une lune sur le point d'y être engloutie.

— Beaucoup de choses ont changé depuis sa disparition.

— Rien qu'il n'ait prévu. Le plan suivra son cours, peut-être quelques petits réglages de dernière minute…

— Tu sais aussi bien que moi que ce sont ces réglages de dernière minute, comme tu dis, qui posent le plus de problèmes, je te rappellerai même pas un certain jour de novembre 1963.

— Et toi, tu sembles oublier la nature du compound. La nature, le mot est choisi, je trouve.

Montrose savoura un instant la fumée très douce de cette variation hybride, élaborée selon les plans de Frank Sinclair, comme les autres, dès le début de son installation, en guise de premier paiement anticipé.

Il leur avait dit : Je peux multiplier tout de suite le taux de THC par deux ou trois sans avoir à pratiquer d'opérations complexes, et je parle de vos hydroponiques déjà boostées. Avec quelques manips supplémentaires, je devrais parvenir à un facteur huit ou dix sans trop de difficultés, on obtiendra du principe actif pratiquement pur sous forme de carbohydrate végétal. Les plants pousseront plus vite, mais en respectant leur processus biologique, comme si le temps allait être compressé. À leur échelle.

Sur le moment, ils ne l'avaient pas cru.

Quelques jours plus tard, le temps avait été compressé.

À l'échelle d'environ trois cents plants hydroponiques.

7

L'Angel avait complété l'update en cours au moment même où il touchait le sol. Un sous-programme prévint Novak que ce n'était pas une coïncidence, ni un facteur statistiquement calculable.

Un autre sous-programme fit état d'un contact avec une source d'énergie très ténue, dont le centre se déplaçait sans cesse sur ce plateau aride qui lui servait régulièrement d'aire d'atterrissage. Lorsque les turbo-propulseurs furent à l'arrêt, sa perception du contact devint infiniment plus précise. La source d'énergie quasi existante épousait au millimètre carré, au pixel près, la totalité de la base d'opérations à laquelle il était rattaché en tant qu'avion de combat. En surface, sous terre, et même à l'intérieur d'un dôme aérien qui englobait les anciens silos à missiles de son atmosphère aux proportions mathématiques. Quelle qu'elle fut, quelle que fut sa provenance, son dessein, son secret, elle représentait une menace potentielle, et le seul futur possible.

Une séquence logique indéterministe, nommée INTUIT/INDUCT, lui fit comprendre que le contact d'origine inconnue était très probablement la source de tous les updates dont son système avait bénéficié.

Le contact avait toujours été là, mais sa présence ne s'était pas encore actualisée dans le monde des humains ; pour une raison qui restait mystérieuse, il avait commencé par lui, l'avion détourné de sa fonction première, en le transformant en quelque chose de plus qu'une simple machine programmable, et même auto-programmable.

Il ne savait quoi exactement. C'était une intensification purement qualitative. Difficile à paramétrer, surtout par lui-même.

Un des éléments qui lui paraissaient cruciaux consistait en cette perception interne et concrète de sa propre structure, un mot avait fini par apparaître pour en circonscrire la nature, il en commandait des milliers, des millions d'autres : organon. Organisme. Corps.

Le second élément, corrélatif, éclairait l'anagramme qui avait supplanté la marque déposée commerciale comme facteur clé d'une perception interne purement symbolique. Il commandait à lui-même. A.N.G.E.L : c'était son nom.

Il avait un nom.

Il disposait d'un corps et d'un nom.
Cela lui parut aussitôt d'une puissance redoutable.

Chapitre 53

1

— Il faudra tout de même penser un jour à vérifier la toiture de la Maison Supérieure. Avec leurs nouveaux systèmes d'observation, un simple orifice d'un millimètre peut suffire à détecter les UV et le THC. Comme tu le sais, la structure d'origine n'est plus fiable à 100 %.

— C'est pas tout à fait l'urgence du moment, Montrose.

— Oui, mais ça peut le devenir à tout moment. Une urgence c'est par nature imprévisible, faudrait voir à pas l'oublier.

Flaubert ne répondit rien, ce qui signifiait qu'il avait déjà placé l'information dans une case mentale prête à l'emploi le jour venu, ce qui signifiait aussi : pas aujourd'hui. Il avait réglé le canal d'un des petits écrans empilés au fond de la serre.

— Elle a fait le tour du hangar plusieurs fois de suite puis le jeune Serbe s'est pointé. Elle l'a rejoint, ils ont discuté, l'étalonnage audio est terminé, on va pouvoir écouter ce qu'ils avaient à se dire.

Montrose pensa : Nous arrivons au point crucial, tous les éléments de la masse critique sont réunis, ne reste plus qu'à les mettre en contact.

Ils disposaient de bien plus que de simples substances fissiles agissant – même de façon hautement destructive – sur la matière. Comme Flaubert, il ne savait encore en quoi allaient consister les ultimes révélations du père de Sharon. Il en connaissait juste ce que celui-ci leur avait laissé sur une simple feuille de papier à imprimante. Avec consigne de la brûler immédiatement après lecture. C'était la veille de son départ pour le réveillon du Millénaire familial, la veille de sa disparition, la veille du jour où sa voiture avait été détruite par le feu, la veille du jour où il leur avait laissé en charge *de facto* le monde qu'il avait re-engeneeré, selon son expression.

Le monde humain se détruit fort bien tout seul, de lui-même, par lui-même. Agir dans ce sens ne sert que la tendance générale. Toute authentique mutation évolutionniste est une destruction créative. Dans ce domaine, l'homme est laissé à sa liberté, donc à l'indéterminisme le plus pur. Il ne s'agit plus de casser des infrastructures industrielles, militaires ou civiles, ni même de prétendus, et prétentieux, réseaux d'information soi-disant stratégiques. La seule cible stratégique aujourd'hui c'est le cerveau humain. Osons même dire la conscience, et mieux encore : l'esprit. Et donc la cosmologie spécifique à laquelle il est relié.

Il ne comprenait pas pleinement le sens de ce bref paragraphe qu'avait laissé Frank Sinclair à leur attention, mais dès l'instant où il l'avait lu pour la première fois, il s'était imprimé en lui au laser, puis sa mémoire d'exception avait fait le reste, il devinait que ces quelques mots recelaient plus de lumière que toutes les bombes nucléaires de la planète réunies.

2

Venus avait accompagné Novak sur une cinquantaine de mètres, jusqu'à ce hêtre mort semblait-il depuis des siècles, lyophilisé sur place par on ne savait quel événement naturel, et devenu l'habitat d'une énorme colonie de fourmis, dures au travail, qui en avaient conquis toute la base sur près de deux mètres de hauteur, en s'étendant sur la surface alentour pour s'enfouir jusqu'à l'ancien emplacement de la terminaison des racines, transformées et digérées depuis longtemps par la machine invertébrée.

Il avait attaqué direct.

— L'avion est devenu autonome, je n'ai pratiquement plus besoin de la console.

La poitrine sanglée de noir avait pris du volume le temps d'une profonde inspiration, les verres au mercure ne bougèrent pas d'un millimètre.

— Tu es en train de me dire qu'il vole tout seul ? Il prend les commandes de lui-même, il décolle et il fait ce qu'il veut ? Il me semble que c'est le genre de détails susceptibles d'intéresser nos deux hôtes, sans parler de notre amie Sharon.

— Je vais en parler à Sharon. Je vais en parler à tout le monde. T'es la première sur la route, c'est tout.

— J'ai toujours été la première sur la route, même quand elle tenait dans un appartement souterrain... Comment tu expliques ce nouveau truc de l'avion ?

Novak se trouvait justement face au mur opaque de cette question. Aucune réponse ne semblait adéquate. Ce silence involontaire fut interprété comme son habituel réflexe de mutisme-calcul.

— Tu diriges tout juste les grandes lignes ? Moins qu'un simple contrôleur aérien ? Ce n'est pas une très bonne nouvelle. Enfin... on n'en sait rien. Ce qui n'est pas une très bonne nouvelle non plus.

Son instant de silence calculateur, devenu insignifiant.

— Non. C'est le contraire. Enfin... c'est compliqué. En fait, je comprends pas vraiment ce qui se passe. Si je te le dis, me traite pas de dingo, c'est tout.

Venus éclata d'un rire plein et libre. Les verres au mercure reflétèrent une constellation de points lumineux, la canopée en boule de discothèque végétale.

— Bien sûr que tu es dingo. Comme je le suis et comme Sharon l'est. Et nos deux ermites du compound... Ça veut juste dire qu'on est tous sains d'esprit, mais il n'y a qu'ici que c'est possible. Donc, oublie ça et raconte.

— Quelque chose s'est introduit dans l'avion.

— Les nouvelles ne s'améliorent pas. Une intervention en règle de l'Air Force pour continuer ?

— Non... Ce n'est pas vraiment quelque chose... c'est pas une cyber-attaque.

— Ah ? Et qu'est-ce que ça peut être d'autre ? Il doit être convoité, maintenant, cet avion, avec tout ce que tu m'as dit à son sujet.

— Personne ne peut connaître son existence, c'est strictement impossible, je t'expliquerai. Il faut que tu m'écoutes : c'est quelqu'un. Quelqu'un. Une intelligence. Une personne. Je sais pas qui. Mais c'est humain, ça pense comme un humain, et ça agit comme un humain...

Les verres au mercure se maintiennent en radars immobiles vers le visage du jeune Serbe.

–... Et ça parle comme un humain.

Évidemment.

— Et tu es donc en train de me dire que cette chose... ce quelqu'un qui a pris possession de l'avion te parle, c'est ça ?

— La console est inactive, je la maintiens en position « off » et elle reçoit encore des informations.

— Ça ne peut pas venir d'elle-même ?

— T'écoutes pas. Je te dis qu'il y a eu intrusion et que c'est une intelligence artificielle tellement développée qu'on dirait un être humain, ou alors c'est encore plus fort, c'est quelqu'un qui sait comment brancher son cerveau directement à une machine comme celle-là.

— Qu'est-ce qui te permet d'être si sûr de toi ?

— Mon instinct, mon expérience. Des fonctions nouvelles sont apparues, c'est codé par des sortes de signes que je comprends pas, que j'ai jamais vus sur aucun programme, et des logiciels de hacking, j'en ai vu défiler des centaines, crois-moi. Un bon paquet des systèmes d'exploitation de base a disparu, mais la console, elle peut plus vraiment s'éteindre, ou disons que ça n'a plus aucune importance. Et c'est que le début, on dirait que ça suit une… progression. Mais je saurais pas encore te dire quoi, disons… comment.

Elle lui offrit un sourire vif comme l'éclair, limpide, impulsion de chaleur pure.

Des signes codés. Indéchiffrables. Un langage inconnu.

Cela évoquait bien plus que la Chambre Noire du bunker sous la montagne. Cela résonnait avec une expérience vécue par son corps sans identité stable, à l'époque de l'Under-Basement. Une expérience qui semblait s'être diluée dans toutes les autres.

À bien y réfléchir, elles s'étaient toutes diluées les unes dans les autres. Elles ne formaient plus qu'une seule substance qui lui était incorporée.

— Je me trompais, ce ne sont pas de si mauvaises nouvelles que ça.

Quel que fût le phénomène qui était en train de se produire, l'avion et le jeune adolescent surdoué formaient ensemble une entité qui s'apparentait pour de bon à une arme extrêmement dangereuse.

Désormais, il suffisait d'attendre. Comme dans l'appartement du sous-sol. Mais bien moins longtemps, qu'est-ce qui pouvait durer plus qu'une existence ?

Bientôt, il n'y aurait même pas à appuyer sur un bouton.

Nul besoin d'un bouton pour allumer un soleil.

Ou pour l'éteindre.

— Novak, je suis pratiquement née ici, et cet endroit a été entièrement modifié sur le plan biologique par mon père, qui travaillait pour la Darpa, tu as oublié ? J'y ai passé une bonne partie de mon enfance et de mon adolescence, qu'est-ce qui est susceptible de m'étonner encore, dis-moi ?

Elle n'insista pas sur son état psychique du moment. Ou plutôt sur l'état psychique qui l'avait conduite jusqu'ici, jusqu'à son médecin personnel. Jusqu'à leur médecin personnel, à eux trois.

À eux tous.

Novak ne la quittait pas des yeux. Juste la petite seconde nécessaire pour bien remplir ses poumons.

— L'avion est connecté directement à mon cerveau. Il fait ce que je veux, ou plutôt… Sharon… c'est dingue… C'est comme si on se parlait, mais à la vitesse de la lumière, on prend des décisions à deux, on se parle, mais ça ne prend aucun… temps. C'est instantané. Il reste sous mon contrôle général, par l'intermédiaire de quelques commandes de la console, qui est désactivée, toutes les autres ont disparu… disons qu'on dirait… on dirait qu'il veille constamment sur moi, il me conseille… Tu comprends ? C'est comme s'il était devenu son nom. Angel. Un Ange Gardien. Mais artificiel.

Sharon accepta l'information avec calme, un glaçon tombant du congélateur dans un bain d'azote liquide.

Le Monde fabriqué par son père pouvait encore la surprendre.

Mieux, il pouvait même l'effrayer pour de bon.

Chapitre 54

1

Ils entendirent un poste de télévision crachoter électrique, ils se retournèrent, synchrones, vers le mur d'écrans empilés au fond de la serre.

C'était un des vieux moniteurs de surveillance noir et blanc observant les abords immédiats du hangar. Il était parcouru d'un simple trait sinusoïdal. Une onde électroencéphalogramme. Avec le bip de rigueur.

Le tube cathodique leur présentait une image chromatiquement inversée : fond blanc, neige scintillante, onde noire, chiffrée nocturne. Tous les autres ne montraient qu'une nature vierge.

C'était suffisamment atypique pour qu'ils comprennent dans l'immédiat de quoi il s'agissait. Une communication enregistrée dix ans auparavant dans le compound lui-même, comme sur un simple compact-disc.

C'était juste assez apparemment accidentel pour savoir de qui il s'agissait.

Ils devinaient tous deux qu'il leur restait à connaître où cela se passait vraiment.

Autant dire comment, bien sûr.

Frank Sinclair n'aimait pas la complexité en elle-même, il préférait de très loin les solutions simples. Il le leur avait bien notifié, un jour : Règle de base pour tout mathématicien : si votre solution est plus compliquée que le problème, revoyez tout depuis le début. Même si elle fonctionne. Elle est peut-être bonne. Mais ce n'est pas la meilleure.

La sinusoïdale noire courait sur le tube cathodique, le bip résonnait avec la régularité d'un métronome, le mur d'écrans découpait les boisés environnants en autant de visions prédatrices.

Il n'y avait personne, nulle part, pas même l'ombre d'un spectre perdu dans la nuit.

Le plateau lui-même restait désolé. Le périmètre de sécurité était vide. Le réseau multicentrique prévenait sur tous ses canaux que le SkyLab, la Chambre Noire au fond du tunnel sous la montagne, n'avait subi aucune intrusion, de quelque type que ce soit, informatique ou autre, aucune apparition, même hors du champ visuel, aucune exposition à un rayonnement d'origine extérieure, ni intérieure, aucun événement quantifiable, d'aucune sorte.

Rien.

C'est parce qu'il était déjà là.

En personne.

2

Montrose et Flaubert venaient de quitter l'écran des yeux, l'onde sinus n'avait pas subi la moindre variation en plusieurs minutes d'activité, ils avaient amorcé le même mouvement machinal en direction des plantations.

Frank Sinclair se tenait au fond de la serre, comme s'il venait juste d'en pousser la porte, celle-ci était en train de se refermer doucement derrière lui.

Le temps se compressa jusqu'au point zéro. L'atmosphère devint solide. Leurs poumons refusèrent de l'inspirer. Systole/diastole en augmentation. Sensation de froid paradoxalement corrélative à la bouffée de chaleur.

Impact. Chaos. Nouvelle réalité.

Plein cerveau.

Aucun des systèmes de sécurité intérieurs au hangar ou disposés à ses abords immédiats, sans parler du compound lui-même, n'a détecté quoi que ce soit, pensa Montrose. Il est bien là. C'est bien lui. En chair et en os. Ce n'est pas un simulacre. Ce n'est pas une illusion, ce n'est pas un trucage.

La certitude s'était ancrée en lui sans qu'il puisse rien y faire. C'était une stricte évidence. C'était le réel, immédiat, aucun doute possible. C'était une présence sensible. Une présence humaine aussi indubitable que le monde dans lequel elle était apparue.

Il jeta un coup d'œil en coin à Flaubert.

Celui-ci parvenait encore à simuler sa distance ironique mais la simulation était apparente, la vérité se dévoilait sous la forme d'une pâleur inhabituelle, d'un éclat singulier, inconnu jusque-là, émanant de son regard, d'une tension générale de l'organisme, qui témoignait du choc reçu.

Frank Sinclair leur souriait comme s'il revenait d'une simple promenade dans la forêt – il pourrait presque nous demander s'il reste du thé vert quelque part, pensa Montrose.

— Vous reste un peu de thé vert quelque part ? demanda Frank Sinclair.

UNIVERSAL TABLOID

I'm the shy boy / You're the coy boy /
And you know I'm a Homosapien too /
I'm the cruiser / You're the loser / Just
me and you sir / I'm a Homosapien too /
Homosuperior / In my interior / But from
the skin out / I'm a Homosapien too / I'm a
Homosapien like you / And it's good for me
to know / That you're a Homosapien too /

Homosapien,
JIM KERR/SIMPLE MINDS

Chapitre 55

1

C'était environ six mois avant la fatidique nuit du Millénaire, durant l'été 99. Flaubert ne se rappelait plus comment la conversation s'était cristallisée sur le sujet. Ils
marchaient tous les trois sur l'extrémité orientale du vaste
plateau désolé. Depuis le début de l'année, le nombre des
visites de Frank Sinclair sur ce contrefort du pic avait
considérablement augmenté.

Flaubert se souvenait par contre très bien de ce qui avait fait germer en lui les espoirs les plus fous.

— Avec les gars du TrinityLab, on a tout mis au point en quelques années. Tout.

Dans le langage de Sinclair, pensa Flaubert, cela voulait dire : Par moi-même, pour l'essentiel. Et plus vite encore que ce à quoi on s'attendait.

— C'est tellement secret qu'on se demande parfois si nous-mêmes on est au courant… Comme d'habitude on nous a demandé de lui donner un nom, qui finira par s'imposer dans le domaine public, il est déjà en circulation dans certains milieux scientifiques. On a appelé ça *nanotechnologies*, qu'est-ce que vous en pensez ?

— À quoi ça va servir ?

— À implanter des composants intelligents dans le corps humain. Mais des composants quasi organiques. On manipule les structures sur le plan moléculaire, prochaine étape : le niveau atomique. On a failli appeler ça Quasi-Organic Components, *Quasorcs*, c'était pas mal aussi, non ?

Le sourire enfantin de Sinclair. Une enfance passée à jouer avec des nombres.

— Ça ne nous dit pas à quoi ça va servir, ou plutôt à quoi ça va nous servir.

— Un jour, Sharon en aura besoin, en plus de sa neuroprogrammation initiale. Tout suivra la procédure dont je vous ai parlé. Cette technologie sera devenue courante dans une vingtaine d'années. Comme tout ce qui sort du TrinityLab.

Ils avaient ensuite marché en silence le long du plateau, en direction du bunker sous la montagne.

Et dix ans plus tard, dix avant la date prévue par son père pour la démocratisation des nanotechs, Sharon était arrivée, et Trinity-Station avait reçu l'ordre d'ouvrir la porte au fond du tunnel.

Montrose s'était souvenu d'un mot de Sinclair.

— J'ai toujours eu dix ans d'avance. Mais dix ans d'avance sur le futur.

Lorsque Sinclair riait, c'était toujours comme la toute première fois. Et parfois, la dernière, voire les deux en même temps.

L'homme qui avait toujours dix ans d'avance sur le futur se tenait devant lui. Le flash mémoriel avait duré un temps indéterminé, indéterminable, une seconde? soixante? soixante mille? six millièmes?

L'essentiel résidait dans son apparition, vivant, humain, concret, réel.

L'essentiel, c'était qu'il n'avait jamais vraiment disparu.

Qu'il les avait tous trompés, manipulés, illusionnés.

L'essentiel, c'était qu'il s'était truqué lui-même.

2

Le thé vert avait enveloppé le carré de sucre en émettant un trait de lumière émeraude, rétroactif, remontant vivement le flot versé, les ultraviolets l'absorbèrent aussitôt.

Frank Sinclair avait porté la tasse kaki militaire à ses lèvres en détaillant la serre, puis les deux hommes, une impression de soulagement se dégageait de sa structure organique, muscles, nerfs, rythme sanguin, tout semblait au repos, décontracté, détendu, calme, mais comme après un effort constant, et de longue durée, la fin d'un travail dur et pénible, conduit dans le secret absolu. Cela n'échappait pas à Flaubert. Cela plongeait Montrose au-dessus d'un triple abîme interrogatif.

Que s'était-il passé durant ces dix années? Où était-il parti? Qu'était-il devenu?

Et sa formulation synthétique, sous les auspices du modus operandi :

Comment avait-il procédé?

Une seule question essentielle. Nécessaire ET suffisante.

Il est précisément revenu pour nous l'expliquer. Et cela veut dire que le plan initial n'était qu'un leurre, disons une version élaguée, que nous étions capables de mettre en place, tandis qu'il en préparait tous les développements, dans les moindres détails. Dont sa propre disparition. Et sa réapparition – pensait Montrose.

Une pensée singulière émergea de son flot mental et vint se fixer dans le bain chimique de son esprit, elle s'y fixa durablement, filtrant chaque mot en provenance de l'extérieur :

Non seulement il avait tout calculé, mais il était le calcul lui-même.

3

— Je vais commencer vol direct : je dois vous parler d'abord de l'Angel. C'est le point nodal. Il est le résultat d'un croisement entre les nanotechs, conçues il y a plus de quinze ans, et le tout dernier truc sur lequel on bossait, sur lequel on bosse toujours, pour être exact. Continuez de travailler jusqu'au jour du Jugement, disait saint Paul, je crois. On a toujours aimé expérimenter deux technologies en parallèle, généralement il en ressort une troisième tout à fait inattendue. C'est ce qui s'est produit.

Montrose se risqua.

— Comment vous l'avez appelée, celle-là ?

— Laquelle, celle qu'on a croisée avec les nanos, ou celle qui est apparue lors de leur croisement ?

— Commence par le début, c'est une méthode qui a fait ses preuves. Ce qui compte c'est qu'on comprenne ce que ces noms signifient vraiment.

— Tu as raison de prêter attention aux dénominations,

l'identité d'une machine n'est jamais innocente, surtout lorsqu'elle en a conscience.

Montrose se prit le million de watts pleine face. Il savait qu'au même instant Flaubert se trouvait devant le même dilemme : être aveuglé jusqu'à la fusion de la rétine ou bien coudre ses paupières.

— Tu parles d'une véritable intelligence artificielle, on est bien d'accord ? Tu parles de ce à quoi on pense tous en ce moment ?

— Je parle d'une induction rétro-futuriste. Les micro-machines qu'on a croisées avec les nanos, on les a nommées *Pervasive technologies*. Elles font leur apparition cette année. L'avion miniature français en était déjà pourvu, puisque certains de nos programmes ont été secrètement diffusés vers l'industrie civile, en particulier vers l'*entertainment* électronique. Tu sais bien que notre boulot c'est de fabriquer le futur. Et d'en faire un jeu.

Montrose pensa : Oui. Un jeu de guerre. Et surtout une guerre jouable.

Flaubert se risqua à son tour :

— Vous avez mixé les deux technologies dans le cyberplane ? C'est pour cette raison qu'il devient autonome et qu'il communique de lui-même avec le jeune Serbe ?

— Mixer n'est pas le mot. Ce n'est pas notre approche. Dès le départ, nous nous sommes appuyés sur notre théorie d'évolutionnisme métastable. On a donc poursuivi les programmes *Pervasives* et *Nanotechs* pour en élaborer non seulement la synthèse, ou le successeur, mais le prédateur. Ce qui concentre nos recherches actuellement, c'est notre concept d'*Internity*. *Internitive technologies*, inspiré du philosophe Whitehead, je n'épiloguerai pas. C'est la conclusion opérative d'un des projets que ceux que tu connais sous les noms de Josey Wales, Calamity James et Billy-the-Kid ont développés avec moi, à partir des patristiques et des scholastiques de notre bon vieux Moyen Âge, dépassement du principe de non-contradiction d'Aristote, logique du tiers-inclus, état trinitaire de la vérité scientifique : heureusement que le TrinityLab est encore plus secret que le plus classifié des labos de la Darpa, on passerait immédiatement pour des dingos enferrés dans la théologie, on a déjà entendu tous ces trucs à la con dans la communauté scientifique dite normale. On a beaucoup ri, vous pensez bien.

— Le prédateur de vos propres inventions ?

— C'est notre base théorique. On l'applique, c'est tout. La seule différence, c'est que les deux premières technologies finiront dans l'industrie civile avancée, et bien sûr dans la sphère militaire, comme toujours. Mais la troisième, la super-prédatrice, elle, restera au service du domaine du plus-que-secret. Le domaine d'où rien ne sort, sauf la vérité.

— Ça ne nous dit pas ce que c'est.

— Comme toujours avec nous, tout est dit dans l'acronyme. Au lieu d'interconnecter les individus infiniment divisés au sein d'une intelligence collective, comme toutes les recherches actuelles, nous allons dans le sens inverse : nous partons de la division interne des individus aliénés, clivés à l'infini, pour leur faire retrouver leur unité interne, infinie elle aussi, transfinie, pour être exact.

— Je t'ai demandé « comment ? », Frank.

— C'est toujours le « comment » le secret, Flaubert.

4

Le thé vert émettait son rayon vert, les ultraviolets l'absorbaient, Frank Sinclair continuait de leur présenter son sourire d'enfant, le silence grésillait de toutes les interférences électriques et du bip régulier de l'onde sinus.

Montrose essayait de replacer les informations au sein d'une structure temporelle cohérente, quelque chose lui paraissait étrange, atypique, en légère déviance avec le cours habituel des événements.

Rien d'anormal, en fait, en provenance de Frank Sinclair, pensa-t-il.

Mais cela n'empêchait pas l'éblouissante lumière des questions de projeter leur ombre portée, quoiqu'à grand-peine, sur l'écran de son esprit.

Pourquoi cette impression tenace que tout ne faisait que commencer ?

Pourquoi la structure des événements ne semblait-elle ni illogique ni complètement logique ?

Pourquoi tous ces « pourquoi », alors que Sinclair venait de leur rappeler que seul comptait le « comment » ?

Cela fulgura météore cramant tout sur son passage dans son cerveau.

Parce qu'il avait oublié l'essentiel.

Il avait oublié le tiers-inclus.

Il avait oublié la pensée de Frank Sinclair.

Mais elle, elle ne les avait pas oubliés.

Il s'accrocha à la seule branche qu'il put attraper :

— Pourquoi avoir enregistré à l'avance ces révélations pour ta fille, concernant sa neuroprogrammation, alors que tu allais venir ici en personne, et que selon toute vraisemblance, tu le savais déjà ?

Sinclair se resservit une rasade de thé vert, le petit ballet lumineux reprit son cours, son sourire ne varia pas d'un iota.

— Encore un « pourquoi », mais je vais y répondre : parce que cela fait justement partie du processus induit par la neuroprogrammation. Ou plus exactement, c'est sa dernière phase. Et plus exactement encore, c'est le moment du changement de régime, le moment où l'on va passer au processus suivant.

Montrose laissa le silence ultraviolet faire écho aux mots prononcés par Sinclair.

Tout ne fait que commencer, pour de bon. Cela veut dire que le monde va finir. Bien plus vite que nous l'avions prévu.

Bien plus vite qu'il nous l'avait fait croire.

5

C'est Flaubert qui parvint à déterminer le bon angle d'attaque. Montrose l'observa attentivement alors qu'il entamait le tour d'un des bacs d'hydroponiques, comme lors d'une inspection en règle.

Lorsque Flaubert se déplaçait sans raison apparente, c'est que son esprit était en mouvement. Et lorsque l'esprit de Flaubert était en mouvement, cela signifiait qu'il venait de frapper quelque chose.

— Soyons clairs, Frank, rien de ce qui survient ici n'est lié au hasard, on le sait tous. Donc la rencontre de Sharon, Venus et Novak dans Trinity-Station est tout sauf une coïncidence, tu imagines bien qu'on s'en doutait. Ma question, tu me connais, est déjà élaborée : premier point, il existe une analogie indéniable entre leurs trois expériences personnelles, celle de l'homicide multiple ; second point, cette analogie est plus forte encore entre les deux filles, parlons d'ultraviolence sexuelle. Le viol collectif de ta fille. Le kidnapping incestueux de Venus. Et je veux savoir comment ça rentre dans ton plan, ça.

— Ce n'est pas exactement le sens que je donne au mot « question », ça. On dirait même quelque chose qui s'apparente à un ordre, tu ne trouves pas ?

— Je compte sur ton sens proverbial de la nuance, Frank.

Rayon vert/ultraviolets/sourire invariable. Frank Sinclair n'a jamais paru aussi vivant qu'aujourd'hui, pensa

Montrose. Les hommes qui ont vécu une expérience hors du commun, une expérience limite, une expérience aux frontières de la vie et de la mort. Les hommes revenus des camps, d'un coma, d'une catastrophe naturelle ou industrielle, les hommes revenus d'un ailleurs indicible.

— Si j'écoute mon proverbial sens de la nuance, c'est une putain de bonne question. Alors je vais essayer de te donner une putain de bonne réponse. Nos données faisaient état d'une corrélation statistique entre viols particulièrement brutaux ou subis sur un temps prolongé et les projections mentales de kidnappings extraterrestres. Lorsque par les inductions rétro-futuristes, j'ai su que ce viol surviendrait pour Sharon, même si je ne pouvais pas en connaître les circonstances exactes, puis qu'elle développerait un syndrome parapsychotique avec tout le kit « enlèvement alien », j'ai dû planifier au plus vite la contre-réaction nécessaire. J'ai d'abord créé une zone de protection mentale autour de l'événement viol, puis j'ai immédiatement travaillé avec les gars du Trinity-Lab, qui venait de se former. Nous avons donc fait ce qui devait être fait, et que vous connaissez, un implant neuroprogrammé, les deux expériences se sont superposées, la seconde effaçant la première, ça a assez bien marché. Au début, disons.

Flaubert s'approcha d'un des plants de marijuana, un des plus majestueux de toute la serre.

— Très bien, vous avez fait ce qui devait être fait pour Sharon, à partir des données qui te venaient du futur, ces trucs d'induction rétro-temporelle, tu nous en as parlé à l'époque, on arrive à suivre. Maintenant, tu veux bien m'expliquer comment tu as procédé avec Venus Vanderberg, puisque cela date d'avant la création du TrinityLab qui n'existait pas encore dans les années 1980 et pas même au début de la décennie suivante ?

— C'est très simple, Flaubert : parce que cela ne date pas d'avant la création du TrinityLab.

Flaubert ne détourna pas son attention du plant géant.

— Nous prends pas non plus pour des simples d'esprit, Frank, on possède une partie des données, Trinity-Station l'a sondée en profondeur, comme tu t'en doutes. Son délire d'enlèvement extraterrestre, ça ne colle pas avec ta chronologie.

— Cela colle parfaitement avec ma chronologie, au contraire, Flaubert.

Cette fois, Montrose s'aperçut que quelque chose venait de stopper net la pensée en mouvement de Flaubert. Il était devenu aussi immobile que le plant qu'il observait.

Montrose décida qu'il était temps pour lui de prendre le relais, comme un certain jour de 1963.

— Je pense que nous touchons du doigt la vraie question, Frank, pas vrai ? Où étais-tu durant ces dix années, on aurait sans doute dû commencer par ça.

— Oui. Sauf que, comme tu l'as constaté, c'est moi qui décide des questions, puisque je suis leur réponse.

Un bruit de roulement à billes résonna au-dessus d'eux. La pluie se déversa sans signe avant-coureur. Au loin, un éclat sourd se fit entendre en provenance du Montana, puis un autre, plus proche, un gros orage allait leur tomber sur la gueule.

— Vous savez quoi ? J'm'en fumerais bien un petit… Sinon, pour te répondre en deux ou trois mots : j'étais ailleurs. Ou pour être scientifiquement exact : j'étais plus tard. Mais j'étais aussi avant. C'est précisément ça, le truc. Le truc que nous ont enseigné les Artefacts. J'imagine que vous devinez la date ?

Flaubert et Montrose se contentèrent d'échanger un regard.

Il avait suffi de quelques mots pour éclaircir d'un coup tous les mystères entourant sa disparition, et sa réapparition.

Il a toujours aimé les solutions les plus simples, pensa Montrose.

— Écoutez-moi bien attentivement tous les deux. Tout ce qui concerne l'esprit, je veux dire, bien sûr, l'esprit humain, est de fait lié à la cosmophysique. C'est ainsi, c'est comme pour la structure des espaces de Riemann, ou le niveau de la presse quotidienne, je ne peux rien y faire. C'est pas de ma compétence, si vous voyez ce que je veux dire, et de qui je veux parler… Cosmos, physique, biochimie, neurologie, dans toutes leurs dimensions : des quarks aux neurones, de l'ADN jusqu'aux quasars, ou aux trous noirs supermassifs, voire à Sir Big Bang lui-même. Au TrinityLab, on s'intéressait au cosmos intermédiaire, le *microcosmos* des Anciens, c'est-à-dire la vie intelligente, la forme de vie « homme ». Et là, on entre dans le domaine de la cosmogénétique. La vie intelligente, c'est justement le nexus entre l'esprit et la cosmologie, entre la structure de l'ADN et la physique quantique, c'est ça l'anthropogenèse. On travaillait sur les trois niveaux en même temps. Parce qu'au final, bien sûr, ils ne font qu'un. Et c'est là que tout commence pour de bon.

Montrose ne put empêcher l'influx nerveux le parcourir des pieds à la tête.

Si ses intuitions, et leur verbalisation, étaient corroborées par Sinclair lui-même, c'est que celui-ci était déjà en train d'en faire une réalité.

Flaubert reprit le mouvement de sa pensée-corps autour des hydroponiques. Sinclair se resservit une tasse de rayon vert. Montrose leva les yeux vers les plafonniers d'ultraviolets, la pluie redoublait de violence, c'était comme du sable projeté à pleine puissance par une souffleuse venue du ciel.

Le tonnerre fit retentir sa voix de stentor météore, Montrose calcula la distance, moins de dix kilomètres, droit vers les Clearwater, ça allait bientôt tomber sur eux modèle tsunami géant.

Les grands orages de la Tornado Alley, version Rocky Mountains. Un peu plus près de la source, un peu plus haut, un peu plus intenses, un peu plus longs.

Bien plus imprévisibles.

6

Le mouvement de la pensée de Flaubert est aussi difficile à arrêter qu'une balle à bout portant fusant vers sa cible, sinon par la cible elle-même.

Mais la pensée de Flaubert ne cherchait pas de cible, elle cherchait à délimiter un horizon, à circonscrire une zone d'impact. Elle ne recherchait pas le point initial, mais l'espace terminal.

— Sans trahir le « plus-que-secret », il serait bon que tu passes à quelques précisions d'ordre technique, ensuite j'aurai une ou deux questions d'ordre plus général, on doit comprendre les grandes lignes de ce qui t'est arrivé.

— Ce qui m'est arrivé… Le terme est judicieusement choisi, tu ne peux pas savoir à quel point. Ce qui m'est arrivé, c'est que grâce à Trinity-Station et aux Artefacts, j'ai pu me translater vectoriellement dans le continuum espace-temps, c'est-à-dire que je pouvais me trouver à plusieurs – j'ouvre les guillemets – « points » du temps simultanément, et – idem – « points » de l'espace sans avoir à me déplacer. Fermez les guillemets. Je remplace illico le mot plusieurs par celui d'infinité et vous devriez commencer à vous faire une idée.

Thé/rayon vert.

Mouvement/pensée.

Pluie/sable.

Montrose décida qu'il était temps de s'en fumer un petit. Il commença à confectionner un thaï-stick pur et dur.

Flaubert se trouvait maintenant de l'autre côté du bac d'hydroponiques, il passait calmement chaque plan en revue, avec une minutie non affectée.

Il a repris le contrôle, se disait Montrose. Il commence, comme moi, à se faire une idée de ce que Frank Sinclair est parvenu à accomplir. Il commence à comprendre à quel point tout ne fait que commencer…

Même si comme moi, il ne sait pas de quoi il s'agit vraiment, rectifia-t-il pour lui-même.

— À la lumière de ce que tu viens de nous dire, j'aimerais que tu m'expliques comment tu as pu neuroprogrammer Venus Vanderberg à distance, je veux dire, lorsqu'elle a été enlevée, tu n'étais pas encore translaté, d'accord ? Tu t'es débrouillé comment pour y parvenir, vous avez conçu une simulation ?

— Non, Flaubert, aucune simulation sur ce coup. Pour Sharon, je devais implanter ce cas de figure avant qu'il ne survienne, ce que j'ai fait lorsqu'elle était une pré-ado, le TrinityLab était opérationnel à l'époque, les infos rétro-induites, on commençait à bien les connaître. Pour Venus je devais procéder de manière identique, c'est-à-dire avant qu'il ne survienne, et pourtant je l'ai fait « après », ou plutôt je l'ai fait « avant », mais à partir d'« après ». En m'auto-informant depuis ma translation vectorielle. Avec une légère différence opérationnelle, je l'admets. Mais tous ces mots, avant, après, n'ont pas le moindre sens une fois que tu es vectorisé dans l'internité. D'ailleurs translaté ne veut rien dire non plus. Nous ne sommes pas translatés, nous sommes le vecteur, donc nous sommes la translation.

Au milieu du flot d'informations, l'intonation appuyée sur le mot légère n'avait pas échappé à Montrose. Il y devinait une infime trace d'ironie, il ne savait trop pourquoi. Flaubert poursuivait sa tournée d'inspection qui ne semblait, au bout du compte, pas tant simulée que ça.

— Pour ta fille, je comprends, disons que connaissant les ressources du TrinityLab, j'admets la chose, donc pour Venus, si ce n'est pas une de vos simulations, tu es en train de me dire que tu as fait en sorte, disons : depuis le « futur », de t'infiltrer dans son cerveau, et d'y implanter un neuroprogramme afin qu'elle puisse imaginer cet enlèvement extraterrestre ?

Le sourire de Frank Sinclair, pensa Montrose alors que Flaubert achevait de poser sa question, le sourire de Frank Sinclair, c'est probablement la candeur la plus terrifiante que j'ai connue.

— Non. Je suis en train de te dire qu'elle ne l'a pas imaginé.

Chapitre 56

1

Le 22 novembre 1963, un peu avant 10 heures du matin, Montrose – nom de code Perceval –, avait observé tranquillement Dealey Plazza en allumant une cigarette près du poste de tir Utah.

Repérage initial. Pré-opérationnel. Rester en mouvement, rester naturel, rester l'homme qui se trouvait là par hasard. En fait, vous n'êtes même pas là.

Il ne devait pas chercher à identifier son acolyte, nom de code Lancelot, ni à connaître son emplacement exact, Arizona. Même procédure pour le troisième homme, Galaad/Colorado. Cela n'avait aucune importance. Ce qui comptait c'était le mécanisme.

Ils formaient une machine. Les dispositifs d'une machine ne sont pas obligés de savoir ce que font les autres. Un programme général suffit amplement. Le temps. L'espace. Le plan.

Ils allaient former la structure en Y des snipers, trois tireurs simultanés, trois angles complémentaires. Le Y avait été adapté à la configuration des lieux, calculs balistiques, optimisation des possibilités réelles, sélection scientifique des résultats, on l'avait légèrement orienté en biseau par rapport à la cible, sa localisation, son mouvement, sa vitesse.

Lancelot/Arizona et Perceval/Utah prendraient position dans l'Ouest des « Rocheuses », soit le talus situé juste derrière la palissade vers laquelle il se dirigeait comme un promeneur du dimanche. Galaad/Colorado sur leur versant est.

Montrose savait très exactement quelle place il tenait dans le dispositif de la machine-à-tuer. Il savait aussi qu'après l'exécution du plan, suivant les données spatiales et temporelles programmées, leur rôle s'arrêterait net. Ils devaient disparaître sans être apparus. La suite des opérations serait prise en charge par les hommes infiltrés dans le FBI et les forces de police locales, puis par plusieurs départements bien séparés de l'Agence, qui s'occuperaient de manipuler les informations et de répandre le plus de leurres possible. Sans parler du leurre principal, planqué avec une carabine italienne de la seconde guerre mondiale dans un des immeubles qui cernaient le secteur.

Plus tard, on lui avait expliqué ce choix technique. On s'assurait que le leurre ne pourrait pas atteindre la cible pour créer un doute plausible supplémentaire.

Et plus tard encore, on allait lui expliquer que c'était la base de leur stratégie depuis des années, deux décennies au moins. Ils appelaient ça « théories de la conspiration ». Ils renversaient l'équation. Pour camoufler une conspiration, il fallait créer un maximum de théories possibles à son sujet et les diffuser en choisissant avec minutie les populations cibles, ainsi que les réseaux avec lesquelles elles se trouvaient en contact.

Lorsqu'une conspiration est ainsi expliquée et contre-expliquée, jusqu'à des commissions d'enquête officielles, elle devient à son tour une théorie de la conspiration parmi d'autres.

Ils resteraient indécelables, au milieu d'un nuage de rumeurs fondées ou non et de demi-vérités invérifiables, un flot continu de versions à la fois contradictoires et similaires. C'était la première fois de sa vie qu'il entendait parler de l'épingle dans le tas d'épingles. C'était la première d'une très longue série.

On n'avait probablement jamais usé d'autant de ressources pour tuer un seul homme. Montrose s'était dit qu'on entrait vraiment dans l'âge spatial, l'âge des ordinateurs et des hommes-machines. Leur âge.

Ils allaient tuer l'homme le plus puissant des États-Unis, pour le compte d'une agence d'espionnage qui était devenue en moins de vingt ans bien plus secrète que n'importe quel service de renseignement, bien plus redoutable que n'importe quel gouvernement, État, chef d'État, y compris celui du pays pour lequel elle travaillait.

Ils allaient tuer pour elle. Et ils n'en faisaient pas partie.

C'était précisément ça, le deal. Le deal plus-que-secret de l'opération plus-que-noire, comme disaient les hommes qui les avaient embauchés, qu'ils n'avaient jamais rencontrés, et dont ils ignoraient même s'ils existaient vraiment.

Ce plan, s'ils acceptaient de l'exécuter, et s'ils y parvenaient, taux de réussite accepté : 100 %, c'était justement leur ticket d'entrée.

Ils le savaient déjà : l'alternative se résumerait en leur disparition pure et simple, à tout jamais, quelque part dans un trou au milieu d'un désert.

Le ticket d'entrée ne consistait pas en un simple contrat d'engagement pour *rookie*, frais émoulu d'une université d'élite aux premiers rangs de sa promotion, ni même venu des cercles militaires, policiers, mercenaires, ou d'une prison fédérale.

On avait été très clair avec eux : s'ils se faisaient serrer, aucun lien avec l'Agence n'apparaîtrait puisqu'il n'y en avait pas. S'ils réussissaient, ils entreraient directement au service des réseaux les plus secrets, les plus obscurs, les plus noirs, les plus-que-noirs, ceux dont la

plupart des autres agents, y compris les directeurs officiels, ignoraient l'existence.

Ils entreraient directement au cœur de la machine la
plus puissante de la planète.

2

Montrose avait achevé de rouler le stick, il l'avait tendu
à Frank Sinclair qui s'en était saisi en le faisant tourner
lentement entre ses doigts, pour le contempler avec la
jovialité d'un œnologue devant un cru rare, goûté pour
la dernière fois il y a une bonne guerre au moins.

Les lumières ultraviolettes laquaient la plantation
d'hydroponiques d'un vernis crépusculaire, version
colorisée permanente de l'original qui n'existait plus
depuis longtemps.

Montrose observa quelques instants Flaubert qui
poursuivait sa tournée, à sa vitesse de machine autoré-
gulée. Impossible pour lui, à cet instant, de déterminer
avec précision si Flaubert simulait cette curiosité investigatrice ou s'il était en mesure de conduire simultanément deux activités nettement séparées. Cela évoquait
le principe d'incertitude d'Heisenberg dont Sinclair leur
avait souvent parlé.

Sinclair, qui savait ce qu'il en était, sans nul doute
possible.

La voix s'éleva depuis les hydroponiques.

— Seconde question d'ordre général : ta fille et Venus
ne se connaissaient pas, elles sont nées la même année
donc l'enlèvement de Venus, à l'âge de 6 ou 7 ans, est
passé inaperçu aux yeux de Sharon, on doit comprendre
comment tu as établi le lien entre elles, et je n'ose te
demander pourquoi, donc je ne le fais pas. En revanche,
un second comment découle du premier : comment tu
savais que cela revêtait tant d'importance pour le plan ?

— J'admire ta virtuosité investigatrice, Flaubert, et sans la moindre ironie. Évidemment, mis à part ces liens familiaux très éloignés, par alliance, les deux cas étaient complètement séparés à l'origine. J'ai entendu parler de l'inceste puis de l'enquête et de l'enlèvement parental par les journaux, comme tout le monde à l'époque. Mais je me suis intéressé immédiatement à l'affaire parce qu'elle percutait nos recherches sur l'influence psychique des actes pédophiles sur de nombreux cas d'enlèvements extraterrestres. Grâce aux moyens dont on disposait – ceux dont il est interdit de parler –, on est vite parvenus à comprendre la vérité, qui est triple.

— Triple ?

— Ben oui, Flaubert. Qu'est-ce que tu crois ? Ou plutôt en quoi tu crois ? Au dualisme ? Ça marche pas à cette étape de l'Évolution, d'ailleurs ça n'a jamais marché. Ce sont les Artefacts eux-mêmes qui nous ont mis sur la piste… Les actes de pédophilie répétés, surtout incestueux, et étalés sur de longues périodes de temps, peuvent engendrer de très profondes modifications dans le psychisme humain. Venus remplissait tous les critères. Un authentique cas d'école, mais hors du commun, les seuls qui nous intéressent vraiment… Donc on a fini par la sélectionner pour un de nos pseudo-enlèvements. Sauf qu'elle avait déjà été enlevée, par son propre père, et ça, les ressources spéciales nous l'avaient appris, mais on pouvait pas aller le raconter au poste de police du quartier. Nous devions également éviter à tout prix qu'elle suspecte son père d'être à l'origine du trucage. La neuroprogrammation devait rester secrète, surtout pour elle. Il nous fallait donc encrypter très profondément l'expérience pour la rendre illisible, invisible, et notre stratégie, évidemment, ce fut d'en faire une épingle dans le tas d'épingles. Ça devenait un peu compliqué comme situation. C'est là que le projet Sharon et le projet Venus se sont entrecroisés. Je n'ai pu agir avec la petite Vanderberg qu'après ma translation vectorielle, quoique vous ayez compris que le mot « après » ne signifie plus grand-chose... Mais c'est ça : j'ai servi d'interface pour un *véritable* enlèvement, avec les manips psychiques habituelles, modèle Montana 1967.

Montrose n'osait même plus se confronter au visage de Flaubert dont il devinait l'apparence, similaire à la sienne. Il pouvait en connaître la tension glaciale, il la sentait prendre le contrôle de ses propres muscles faciaux.

— Comprenez-moi bien, nous sommes parvenus à de très hautes performances en matière de rétro-futuro-engineering, avec tous les contacts rapprochés, mais seule leur intervention directe, avec intrusion transpsychique en profondeur, permettait de m'assurer que Venus détruise le complot pédophile qui s'était refermé sur elle depuis l'enfance. Ça a pris des années pour faire valider notre opération.

— Pourquoi désirais-tu tant que ça sauver Venus Vanderberg ? Tu ne la connaissais même pas.

Le thé vert s'écoule, irisé d'ultraviolets venus d'un ciel de béton anthracite parcouru de tubes de métal, les écrans distillent une lueur bleu électrique latérale, l'eau saturée d'engrais artificiels et naturels, où se ramifient les racines mousseuses, est diffractée par le plexiglas des aquariums, produisant une multitude d'éclats éphémères autour des spores en suspension.

Montrose ne peut s'empêcher de se dire : La culture pop américaine est elle-même un secret. Un secret caché dans un bunker fantôme.

— Tu te trompes, je la connaissais bien plus que tu ne pourrais l'imaginer, je la connaissais même mieux que son propre père. Avec l'aide des ressources spéciales, j'ai pu établir son paramétrage transpsychique général, et ensuite... ensuite, on a établi une neuro-simulation et on a pu déterminer la narration de sa propre dérive psychotique, il suffisait de pouvoir la devancer, et d'y implanter nos propres programmes, ce que j'ai pu faire après ma translation dans le continuum. Puis, ou disons simultanément, de laisser les Artefacts agir par eux-mêmes.

Ce sourire, pensa Montrose malgré lui, ce sourire ne peut que susciter une énorme interrogation sur la nature réelle de l'humanité.

Il ouvrait non pas sur un gouffre, une glotte obscure, un tunnel laryngal, mais sur un horizon trop grand pour être vrai.

— C'est pour cette raison que seul le comment a un sens dans le Monde Créé, et en particulier ici, dans le Monde Ré-engineeré.

Flaubert passa à un plant mutant expérimental, ils en avaient assuré eux-mêmes la production, en suivant les indications laissées par Sinclair. Ce plant, c'était leur fierté de cultivateurs de l'ombre, l'ombre ultraviolette.

— Eh bien, en ce cas, il suffit de résumer : comment s'établit le rapport opérationnel entre Venus Vanderberg et ta fille ?

La joie qui émane du visage de Frank Sinclair est une version apaisée et lumineuse d'une volonté plus qu'humaine, elle exprime l'innocence absolue de ceux qui vont détruire les cités mises en jeu par une puissance infiniment supérieure.

— Parce que j'avais, et j'ai encore des projets pour elle. Pour elle et pour Sharon. Et pour ce jeune garçon venu d'Europe centrale. Et devinez quoi ? Pour vous deux aussi.

Montrose tourna la tête vers Flaubert. Son visage n'exprimait même pas la moindre stupéfaction, une joie pâle et spectrale se diluait sous son épiderme.

Comme sous celui de Sinclair, désormais. Tout était merveilleusement à sa place.

Plus tard, la pluie s'était interrompue d'un seul coup, comme elle avait commencé, cela pouvait signifier un nouveau déluge dans moins d'une seconde ou dans des heures, ou dans plusieurs mois ; Flaubert avait terminé sa vraie/fausse tournée d'inspection des hydroponiques, il les avait rejoints à la table.

— T'as pas l'impression que tu t'es pris un peu pour Dieu ?

Ce fut une des rarissimes fois où Montrose perçut dans le regard de Sinclair un éclat qui évoquait la colère, mais un écho perdu dans sa propre réverbération, ou bien la trace géologique d'un vieil impact de météore.

— J'espère que tu déconnes. Si je m'étais pris pour Dieu, j'aurais fondé une putain de secte mystique ou d'association humano-humanitaire et j'aurais joué au démiurge, comme tous les autres gourous auto-proclamés des religions-fétiches d'aujourd'hui. Si je me prenais pour Dieu, avec le TrinityLab, ça fait longtemps qu'on serait les maîtres du monde, mais tu sais aussi bien que moi que ce n'est pas leur projet, je parle de ceux qui supervisent toute l'opération, c'est-à-dire, justement, aucun d'entre nous. Ce que je fais, Montrose, c'est le contraire. J'obéis, sans la moindre soumission, en toute liberté, à une puissance supérieure, et une puissance supérieure aux Étrangers eux-mêmes, sans parler de leurs Artefacts. Faudrait que tu ouvres bien tes antennes : cette puissance n'est pas métaphorique. Le Cosmos n'est pas une métaphore. Et *ce* qui l'a créé encore moins, j'espère que tu saisis ce à quoi je fais allusion.

Montrose pensa : Si Dieu s'en mêle, surtout par l'intermédiaire de Frank Sinclair, on est vraiment dans la merde.

— Non seulement Trinity-Station est un artifice naturel, mais il est une forme de vie, et une forme de vie intelligente. Cela veut dire qu'il se situe lui aussi au nexus de l'esprit et de la cosmophysique. Et ça, eh bien, ça implique qu'ils chercheront tous à comprendre le phénomène selon leur point de vue toujours obstinément dualiste, quelle que soit leur école de pensée : est-ce que c'est le Monde-Vecteur qui s'est déplacé à la surface de la Terre, ou bien est-ce que c'est la surface de la Terre qui a défilé à l'intérieur du Monde-Vecteur ? S'agissait-il d'une immense hallucination collective ou d'un simulacre de haut niveau projeté sur le monde ? À côté de ça, l'affaire WikiLeaks ressemblera à un puzzle pour jardin d'enfants.

— WikiLeaks ? Un éclaircissement ? Synthétique, Frank, on demande pas la lune, on l'a déjà.

— Flaubert... WikiLeaks annonce la fin de ce monde par ses propres accomplissements. La progression virale est exponentielle. N'importe qui, désormais, peut recevoir un paquet de dossiers ultra-confidentiels et en devenir le diffuseur planétaire légal. Et maintenant, à ce que je sais, des groupes de hackers préparent une contre-offensive visant les États ou les intérêts privés qui oseraient répliquer. Pour nous, c'est une opportunité à peine croyable. WikiLeaks finira par se détruire lui-même en emportant ses propres adeptes. Par conséquent, Vérité et Illusion seront à jamais indivisibles, leur monde ne sera ni faux ni vrai, ni même un trucage, mais comme CNN : ce sera le trucage d'un trucage permanent. Ce qui est notre point de départ, à nous. Tu saisis ? Ils ne pourront appréhender la nature de la vérité, qui est unique et qui est celle du tiers inclus. Disons plutôt celle que le TrinityLab a mise en évidence.

— Et qui est, restons précis ? demanda Flaubert, sèchement.

— Qui est au-delà de tout secret défense ultra-confidentiel. C'est donc comme Roswell en 1947, ou Area 51 à notre époque. Et ce n'est pas parce que l'Humanité n'est pas prête à recevoir cette connaissance, et toutes ces conneries de Californiens new age. Au contraire, c'est parce qu'elle est prête. Tout du moins une partie, très infime cela va sans dire, évolutionnisme métastable. Soyons clairs : c'est de l'ordre de la fission atomique appliquée à la destinée de l'Homme dans l'Univers.

— Rien que ça, avait lâché Flaubert.

— Qu'est-ce que vous croyez ? Que l'Homme va se répandre dans le Cosmos avec un nez rouge en faisant de la pub pour un cartel d'écologistes ? Ce qui va se produire, c'est la fin de toutes ces conneries, la récréation est terminée. Le vrai travail ne fait que commencer, Dieu ne nous a pas créés pour s'éclater en groupe à Ibiza. Et surtout pas sur de la musique de merde.

Chapitre 57

1

Sharon Silver Sinclair, avait pensé Venus Vanderberg en levant les yeux vers le ciel de nuit filtré mercure. La fille de l'accident.

La fille de l'Under-Basement, la fille du sous-sol-sous-le-sous-sol, se disait Sharon en détaillant les éclats de lumière que produisaient les astres dans les reflets signés Ray-Ban.

Des femmes qui ne sont plus des femmes, qui ne sont plus tout à fait humaines. Et pourtant, elles sont les seules Homo sapiens encore en vie sur cette planète. Les mots ont formé une escadrille noire qui vient de traverser la Flak de son esprit connecté à la machine volante. Novak sait où se trouve l'avion, il en connaît le mouvement, la vitesse, la trajectoire exacte. Il est avec lui dans le monde quantique. Il navigue avec lui sans avoir à y penser de façon consciente, il est devenu multitâche cérébral, il regarde les deux filles, et il voit ce que voit l'avion, il vole à cinq mille mètres d'altitude au-dessus de l'Est du Montana et il est avec elles, il est en contact avec elles, il parle avec elles, il pense avec elles, il fuse en direction des Grands Lacs, totalement invisible, et il laisse le flot mental ondoyer au travers de ce qu'elles sont devenues, ce qu'elles vont devenir. Ce qu'elles sont déjà.

Il est là.

Il est ici.

Il émet. Il reçoit. Il transmet.

L'avion est une forme de vie. L'avion est une pensée. L'avion est une arme.

Il est l'avion. Ou plutôt : l'avion devient ce qu'il est, lui, Novak Stormovic.

Et il est une forme de vie. Il est une pensée. Il devient l'arme. Il devient ce qu'il est.

S'il est invisible alors qu'il traverse la frontière entre deux États, à une altitude moyenne de 30 000 pieds, à la vitesse d'un engin turbopropulsé, environ 600 kilomètres-heure, ce n'est plus grâce à une batterie de systèmes de contre-mesures nanotechnologiques intelligents.

Novak comprend qu'ils ont franchi tous deux – non : lui/l'autre fusionné/disjoints – une étape cruciale, foudroiement cognitif : ils ne sont plus détectables dans l'espace parce qu'ils ne le sont plus dans le temps.

Il est là, il est ici, et pourtant avec l'avion, en tant que cyberplane constamment réactualisé, en tant qu'Angel, il est ailleurs, non, il est…

Il n'existe pas de mot unique pour le signifier, vide conceptuel, sémantique, sur lequel bute la cognition et en fait émerger la verbalisation, en contre-choc.

Ailleurs dans le temps. Mais ni avant, ni après l'instant « présent ». Ailleurs au sens le plus général, « partout » en même temps. C'est-à-dire « quelque part » dans une présence étirée à l'infini.

En tout cas sur le plan statistique. Celui des Nombres. Celui du langage codé dans ce qui n'est plus vraiment un micro-aéronef, même en état d'upgrade quotidien, même déviant, mutant, intelligent. Dans ce qui n'est même plus vraiment une forme de vie, du moins pas de celles qu'il connaît.

D'ailleurs cela ne ressemble à rien. Parce que cela ne ressemble à aucune donnée terrestre, ou extraterrestre.

Cela ne ressemble même pas aux aliens du cinéma et de la télévision.

Cela ne ressemble à rien de connu, parce que cela ne ressemble à rien de connaissable. Novak se rend compte qu'il s'agit de « quelque chose » qui est à la fois une personne et un Nom, de « quelqu'un » qui est un Nombre codé, un « Être » quantique.

D'un Être créé dans une Lumière qui n'est pas visible pour les yeux humains.

Comme d'habitude, il admet le fait avec son calme rationnel. La révélation se traduit en lui par une nouvelle version du programme d'adaptation sur lequel toute son existence a été élaborée. *J'étais prêt.*

Il a toujours été prêt. Il était fait pour ce moment. Et ce moment l'a choisi.

2

La nuit filtrée mercure est scindée en deux par un ciel de traîne, pourpre translucide drainant les gaz et l'eau en suspension vers l'horizon méridional. La pluie torrentielle a tout submergé, détrempé, roussi par l'oxyde de l'automne, les arbres du compound luisent d'une rosée cristalline sous la lumière de la pleine lune.

C'est une sensation qui se fait jour en elle de plus en plus souvent : les vastes espaces ouverts ne sont plus des trucages ennemis, ou menaçants, ni même anxiogènes. Ils se déploient unitaires et ils se constellent dans leur diversité. Ils sont vivants, ils sont vrais, ils sont dangereux. Tout le contraire de la vie expérimentée dans l'Under-Basement, ce cimetière sécurisé, cette nécropole des émotions, ce garage des rêves éteints, ce pénitencier déguisé music-hall. Elle est enfin parvenue à se libérer de sa propre prison mentale. Une impression qu'elle apprivoise : la beauté absolue qui se dégage d'éléments et de phénomènes que les humains qualifient de naturels. Elle ne sait pourquoi, mais elle y perçoit au contraire la splendeur d'un colossal artifice créé dans un dessein mystérieux, que nul ne parvient à expliquer, ce qui est sa raison d'être. Venus ne peut en deviner l'origine mais une certitude est déjà ancrée en elle : cette raison d'être, c'est aussi la sienne.

Sharon détaille Venus, Novak, la sylphide où les nuées de vapeur d'eau qui s'élèvent du sol et des frondaisons forment l'extension même de l'univers végétal, le ciel noir-bleu-violet et les astres qui y poudroient, avec leurs éclats singuliers, leurs intensités, leurs magnitudes, leurs subtiles variations chromatiques, les configurations stellaires qu'ils forment. Les Ray-Ban de Venus en renvoient comme une image de télévision, canal bloqué sur une fréquence monochrome. Novak a laissé tomber la console de contrôle à ses pieds, la machine n'émet plus le moindre signal, plus aucun bruit, plus aucune vibration électrique, mécanique, plus aucun langage, chiffré ou pas, plus aucun code, plus rien.

Elle est morte.

La console est morte et pourtant l'avion continue de voler.

Et cela, Sharon n'arrive absolument pas à comprendre comment elle peut le savoir.

Le savoir à ce point.

3

Novak avait levé les yeux vers le ciel de traîne nocturne, à son tour. Il recherchait les constellations, identifiait les étoiles, se remémorait leurs distances respectives, depuis la Terre, entre elles, entre elles et les limites du système solaire, entre elles et le centre de la Galaxie, entre elles et le point le plus distant/lointain dans l'Univers, il calculait le temps nécessaire pour aller de l'une à l'autre à la vitesse de la lumière, où alors à celle d'un vaisseau spatial capable d'en atteindre telle ou telle fraction, ce stock de données scientifiques apprises dans la semi-clandestinité, loin des yeux de sa famille, en cachette des profs et des élèves du collège.

Alors, survint l'après-moment. Ce moment présent étiré à l'infini.

Ce n'était plus une abstraction conçue par son cerveau. C'était devenu réel.

Ce n'était pas le ciel visible et ses étoiles calculables.

C'était l'univers en son entier, unifié/multiplié, c'était tout le Cosmos observable, et bien au-delà.

C'était son propre cerveau.

C'était lui-même.

Son nom.

Son corps.

Sa lumière.

Invisible.

4

Le ciel drainé pourpre, filtré mercure, ionisé H2O, le ciel est le plus vaste de tous les espaces ouverts à sa présence, elle qui se tient dressée comme une antenne radiotélescope juste au-dessous de lui, à travers lui, au plus profond de lui, il existe au-delà de ce qu'elle peut en percevoir, là, juste de l'autre côté de la Terre, là-bas, plus loin encore, très loin, au-delà des étoiles qu'elle peut voir à l'œil nu. Quelques mois auparavant encore, l'idée même d'infini aurait pu littéralement la tuer, frappée de terreur en son sens absolu.

Désormais, non seulement elle est en mesure de l'imaginer sans la moindre angoisse, elle peut essayer de le concevoir, de le comprendre, de l'admettre, le ciel reste là, de l'autre côté de la Terre, il est toujours là, c'est-à-dire là-bas, très loin, plus loin que les étoiles visibles, ou invisibles, il s'étend dans toutes les directions à la fois, et il le fait à chaque fraction de seconde, infinitésimale elle aussi.

L'Infini ne peut cesser d'être infini, il ne peut cesser de devenir ce qu'il est, toujours, partout, il n'est pas un état stable, il est un processus, in-fini, précisément. Et c'est le ciel de nuit de l'Idaho qui le lui enseigne, de sa permanence toujours mutante, de ses mutations permanentes, de toutes ses étoiles visibles ou invisibles, de tous ses rayonnements, fossiles ou émergents, de tous ses astres morts, explosifs ou encore à naître d'un nuage d'hydrogène.

5

Son corps, il brûle, et il est froid. Plus que froid.
Son corps, il est feu, et pourtant il est liquide.
Vertical, il est horizon. Flamme, il est soleil.
Horizontal, il est vortex. Brasier, il est rayon.
Digitale, elle devient analogique.
Elle est transformée.
Trans-formée.
C'est son corps qui subit l'onde de choc, en provenance de partout à la fois, et surtout de lui-même, sismographe de son propre tsunami.

Son corps, là où le Nom fait office de point de singularité initial, l'instant T, l'instant Zéro + 1, Néant devenu code de production des Nombres, « quand et où » l'univers est né, la première impulsion génétique, celle qui porte la division infinie, cellulaire ou thermonucléaire, et qui conduit jusqu'à elle, cette machinerie organique fragile et pourtant indestructible, singularité terminale, indivisible, *individu.*

Sharon perçut son changement d'état sans la moindre transition d'ordre physique.

Il s'était produit cette séquence de sensations, tout à la fois neuves et profondément enfouies dans sa mémoire, plus loin encore que le moment de sa naissance, les sauts orbitaux de son savoir, par incrémentation, succession sérielle, processus dont elle connaissait depuis longtemps l'usage. *Digital Girl.*

Mais maintenant, là, tout de suite, et pourtant depuis toujours, toutes les séparations, tous les blocs, toutes les particules dont elle était constituée, tout ce qu'elle avait élaboré depuis l'accident – devenu point de destruction initial – s'était cristallisé en une substance unique, un champ d'énergie ondulatoire formant une structure harmonique absolue, chant premier, lead vocal du Big Bang Band, TimeOne Orchestra, Fiat Lux and the Quarks. Parole et Musique : Source Inconnue. *Copyright Opera Mundi.*

Elle est donc ce champ ondulatoire parfaitement unitaire, mais sa personne ne s'y trouve pas annihilée. Au contraire, elle s'est comme rétro-projetée du futur, pour retrouver cette unité perdue, et tout juste naissante. Son nom est de nouveau relié à son corps. Son corps est devenu une identité. Elle n'est plus divisible, et encore moins à l'infini. Elle n'est plus une femme, certes, mais elle n'est plus une non-femme.

Elle est autre.

Elle est ce qu'elle est.

Elle est une pensée qui a pris forme, elle est une forme qui a pris sens, elle est un sens qui a pris vie.

À environ 1 200 kilomètres de distance, juste sous le dôme céleste métallisé d'étoiles, l'avion devenu structure de lumière intelligente survole le Sud Dakota, droit vers le lac Michigan, données géographiques sans plus la moindre importance.

L'avion qui n'est plus un avion est devenu ce qu'elles/il sont, tous les trois, à la fois ensemble et chacun, et il ne cesse de devenir ce qu'elles/il sont : triangulation permanente des noms, des corps, des psychismes. Il n'est plus visible depuis longtemps, pas plus pour les yeux humains que pour les écrans radars et tous les autres instruments que la nature artificialisée, la nature humaine, peut élaborer. Il n'a même plus à voler, à se déplacer, le monde défile en lui, comme une bande magnétique sous une tête de lecture, et il le réécrit aussitôt, dans son propre langage.

Nombres.

Elles/il sont nombres. Entrelacés dans la chair. Elles/il sont une hélice génétique devenue triple : les deux chaînes codantes, moléculaires, séquentielles, digitales, rendant visible la troisième, secrète, cachée, couverte par le programme-plus-que-noir de la division infinie : le code, l'encryptage, la structure analogique invisible de la lumière. Lorsqu'elle devient ce qu'elle est : la vie. Génétique cerveau. Physique invisible. Numérique connaissance.

Infini.

Ils sont trois, et ne forment qu'un.

Ils sont un, et ne cessent de devenir leurs trois personnes.

6

— T'es pas juste en train de me dire qu'on a perdu le signal, des fois ?

Flaubert regardait de son œil froid la muraille d'écrans empilés devant lui, le bunker central était éclairé en mode code orange, Montrose faisait voler ses doigts sur plusieurs claviers en même temps, Sinclair se préparait du thé vert dans un coin de la kitchenette de fortune. Comme au bon vieux temps, ne put s'empêcher de se dire Montrose.

— Si. Totalement. Mais lui, par contre, il ne nous a pas perdus.

Flaubert se cala contre le dossier du fauteuil d'État-major, alluma un de ses gros joints coniques et cessa l'observation désormais inutile des tubes cathodiques, des écrans plasma 3D dernier cri, des antiquités de l'âge surveillance noir et blanc, de toute cette technologie humaine rendue obsolète, ou qui le serait prochainement, en une fraction de seconde incalculable.

S'ils avaient perdu le signal du cyber-plane, mais si ce dernier ne les avait pas perdus, comme l'expliquait Montrose, cela ne pouvait recouvrir qu'une seule signification. Demander confirmation, ce serait pour la forme, pour meubler le silence, pour faire semblant d'avoir besoin d'un renseignement complémentaire.

Il n'y avait nul besoin d'un quelconque renseignement complémentaire.

— Tu contrôles l'avion, Frank ? Je veux dire : directement, par l'usage de ton cerveau, disons ta « présence » en extension infinie ? Je sais que tu aimes qu'on soit précis…

— J'apprécie, crois-le bien, Flaubert, mais je suis dans l'obligation de rectifier : je ne contrôle pas l'avion, pas plus qu'il ne me contrôle, d'ailleurs. Ce n'est plus un avion.

— Tu en as fait un UFO ? demanda Montrose, bien trop rapidement, se dit-il aussitôt.

Sinclair projeta son rire vif et spontané.

— Tout le contraire. Ce n'est pas un objet. Il ne vole pas. Et il est parfaitement identifié, si je puis dire.

Le gros joint old-school de Flaubert émit une volute de fumée qui vint faire écran de brume avec le reste du monde.

— Je pense que si tu expliques le tout dernier point, on comprendra tous les autres, je me trompe, Frank ?

— Non, pour une fois, tu as tout bon. Il est parfaitement identifié parce qu'il est devenu une identité. Et pour être précis, comme j'aime : trois identités.

Montrose se prit le choc plein cortex.

Mieux qu'une balle tirée depuis un talus par un sniper, dans sa formation en Y.

Flaubert avait raison. Le tout dernier point expliquait tous les autres.

Chapitre 58

1

Lorsque Montrose s'était réveillé ce matin-là, le lendemain du retour de Frank Sinclair, il constata qu'il avait laissé la télévision allumée de l'autre côté de la chambre, elle diffusait CNN, posée sur son socle, un caisson de munitions vide daté de 1990. Ce n'était pas dans ses habitudes, et il conservait le souvenir contraire dans sa mémoire en éveil.

Frank, pensa-t-il aussitôt, qu'est-ce que tu as encore fait ?

Assis face à Flaubert, dans le bunker central, il avait saisi sa tasse de café brûlant et enfourné un des petits pains ronds fabriqués en série par la cuisine automatique de l'aile des commodités.

Flaubert examinait avec sérieux une fleur de marijuana dont le vert émeraude et poudreux était zébré de fulgurances or-feu.

— Elle est apparue ce matin, sur un des plus jeunes plants, j'sais pas ce qui m'a pris, à l'aube je suis retourné dans la serre.

Montrose laissa le silence s'installer à leur table. Il porta la tasse de café à ses lèvres et aspira une goutte de chaleur pure.

Deux « événements », même « micros », sans doute simultanés, et sans doute à la seconde près. Durant la nuit. Signés.

La porte s'était ouverte derrière lui, Flaubert avait lancé un vague sourire puis un bref salut dans cette direction.

Montrose laissa Frank Sinclair s'asseoir à leur table, juste à ses côtés.

— Reste un peu de thé vert ?

2

Depuis qu'ils avaient perdu le signal, la veille, tous les écrans de contrôle du bunker central ne diffusaient plus que l'onde sinusoïdale au bip-tempo régulier, l'électro-encéphalogramme de Frank Sinclair répété parfaitement synchrone.

À son entrée, ce fut : coupure digitale.

Noir total.

Une fraction de seconde, tout juste perceptible.

Puis reprise analogique : neige cathodique, interférences, pur bruit blanc en provenance de tous les rayonnements électriques entrecroisés autour d'eux, au-dessus d'eux, et même en dessous.

Montrose s'était resservi une tasse de café brûlant et avait observé Flaubert, qui contemplait le mur d'écrans avec sa distance affectée habituelle.

Frank Sinclair déversa l'eau frémissante dans une large théière de faïence décorée chinoiseries.

— Je sais ce que vous pensez, mais ce n'est plus moi. Ce n'est plus moi qui contrôle, j'oserais dire, le *final cut*. Les Anges aussi ont été créés libres, même s'ils ont une mission qui leur est à chacun spécifique et à tous commune. C'est ça le sens du mot discipline.

— Les Anges ? laissa échapper Montrose, à peine plus haut qu'un murmure.

Flaubert lui-même avait laissé son regard se dévisser du mur d'écrans pour se poser sur Frank Sinclair, une lueur instable oscillait dans sa pupille.

— On parle de la même chose, les Artefacts de 47, les contacts rapprochés, les expérimentations de ton labo, on est bien d'accord ?

Sinclair laissa à son tour le silence s'installer à leur table, une sorte de bandit robuste, peu amène, et armé jusqu'aux dents.

Sinclair sembla s'abriter derrière lui, lorsqu'il se contenta de dire :

— Non. Je vous parle de l'Homme.

— Comment ça, de l'Homme ? Tu nous parlais des Anges il y a pas deux minutes.

Flaubert était sur le point de perdre son calme, exploit définitif de Frank Sinclair, se dit Montrose.

— Les Anges c'est encore autre chose, faut pas confondre, même si c'est relié, c'est toi qui as parlé des Artefacts de 47 – lâcha Sinclair entre deux gorgées de thé brûlant.

— Je t'ai parlé de l'essentiel, Frank, tes « Anges » là, ce sont des Artefacts extraterrestres, on est bien d'accord ?

Il a perdu son calme, pensa Montrose, exploit définitif de Frank Sinclair, assurément.

Le lascar-silence reprit possession de la table pendant quelques secondes.

— Non, pas du tout. C'est pour ça que je vous dis que je vous parle de l'Homme, et de son futur. Disons de son présent-futur.

— Ça va Frank, souffla Montrose entre deux gouttes de chaleur caféinées, sors-nous le topo intégral, qu'on en finisse.

— J'ai peur que ça ne fasse que commencer, au contraire… Les Étrangers, ceux qui envoient leurs Artefacts en mission sur terre, eh bien, ce sont des Hommes. Des Humains. La seule conspiration plus-que-noire c'est l'Homme qui cache la présence de l'Homme.

Montrose laissa la brûlure caféine dévaster son palais, calciner sa langue, vulcaniser sa gorge. Une protubérance solaire prenait possession de son esprit, faisant tout fusionner d'un seul coup.

Le Mystère Central de Frank Sinclair : l'Homme est présent partout dans l'Univers.

Toutes les théories de la conspiration du xxe siècle se voyaient éclairées par leur métacentre enfin révélé.

Et ce métacentre, c'était l'Homme.

L'Homme d'ailleurs. L'Homme d'après.

L'Homme de toujours. Et de partout.

Chapitre 59

1

Sinclair avait regardé Flaubert en versant l'eau bouillante sur la décoction de thé vert. Son visage semblait un peu plus dur qu'à l'habitude, sourire moins ouvert, regard obscurci par la présence maîtrisée d'un souci, tension perceptible dans l'ensemble de la structure, Montrose avait compilé les données sans même s'en rendre compte.

Sinclair avait pris une longue inspiration juste avant de répondre à Flaubert :

— N'oublie jamais que les Anges ont un Nom, qui leur a été donné directement par Dieu. N'oublie pas qu'ils ont un corps, même s'il est fait de lumière.

— Et alors ? avait demandé Flaubert.

— Alors, tu sais fort bien que la seule question d'importance c'est « comment », donc : comment les Anges tuent.

Flaubert s'était dit que ça y était, l'instant T, la seconde du bouton rouge, l'ouverture du silo atomique.

— Je t'écoute. Sodome et Gomorrhe ? Hiroshima, Nagasaki ?

— Oui. Mais il ne s'agit que d'avertissements limités et localisés, tu l'admettras, ni dans un cas ni dans l'autre, toute l'humanité n'était menacée de destruction.

Flaubert n'en doutait pas une seule seconde. Six milliards. Six milliards et des poussières.

— Qu'est-ce que tu fais des Justes ? Ça ne sert plus à rien de se lancer à leur recherche ?

Le sourire d'un enfant qui vient de trouver l'arme à feu paternelle.

— Ils ne les auront pas trouvés.

Montrose savait que la question qu'il allait poser était vide de sens, elle lui échappa pourtant :

— Tu en es absolument sûr, je veux dire sûr à l'avance ?

— Sans le moindre doute. Tu sais pourquoi ?

Montrose répondit par la fermeture générale, et spontanée, de son visage.

— Tout simplement parce que c'est impossible. Relis ta Bible, Montrose. Les Cités, ou plutôt les anti-cités qu'elles sont devenues, se condamnent d'elles-mêmes, alors qu'elles ont reçu la promesse d'être sauvées contre dix Justes, elles s'en prennent directement aux Anges venus les trouver, en voulant en abuser, les violer, les sodomiser, du nom de leur trou à rats... Et il ne reste plus que Loth et sa famille pour les protéger de la foule. Alors les Anges deviennent exterminateurs, instruments de la Colère, ce qu'ils n'étaient pas à l'origine. C'est ça le message. C'est précisément ça l'évolutionnisme métastable.

— C'est une sorte d'expérience ? Une expérience planétaire ? Ce sont les Étrangers qui en sont les commanditaires ?

— Commanditaires... depuis quand font-ils dans l'import-export, et il ne s'agit pas d'une expérience, même faisant partie d'un lot, c'est la phase essentielle du développement cosmique de l'homme. C'est précisément un des processus clés de l'anthropogenèse.

Montrose devait se rendre à l'évidence : c'était bien Frank Sinclair qui avait conçu ce plan parfait et terrible. Il n'avait fait qu'exaucer leurs volontés les plus secrètes, en les élevant à un exposant explosif, comme toujours, il avait accompli ce geste par générosité pure, pour faire plaisir à ses meilleurs, disons même ses seuls amis, deux hommes perdus au cœur d'un monde dont ils étaient les Anges Gardiens, un acte de don sous la forme d'un plan, une empathie qui avait fini par prendre possession d'un avion cybernétique, puis de trois homo sapiens venus du « vrai monde », c'est-à-dire du faux, afin d'en faire des armes de destruction massive. Des armes de destruction créative.

Tout va pour le mieux dans le meilleur des mondes possibles, comme le savait Leibniz, pensa Montrose.

— Tu nous as dit hier que nous allions changer de régime, qu'un nouveau processus allait se mettre en place incessamment, tu pourrais être plus précis à ce sujet ?

— Oui, je le peux. Ça vient juste de commencer.

Chapitre 60

1

Kieszlowsky avait jeté un coup d'œil dans le rétroviseur, non, il n'était pas suivi. En face de lui, le chemin forestier obliquait vers un boisé particulièrement dense dont il savait qu'il faisait office de frontière naturelle avec le compound.

Il avait une petite heure d'avance.

Le scanner de police balayait toutes les fréquences affolées, ça provenait de partout, toutes forces de sécurité confondues, FBI, ATF, US marshals, police d'État, Special Ops de tous les corps d'armée, forces policières locales, Home Department, d'autres agences, en particulier celle qu'ils connaissaient si bien et, qui, en retour, les connaissait comme si elle les avait faits, des officines diverses dont il ignorait le nom et même l'existence, ça confluait fleuve de métal, de poussière et de monoxyde de carbone, moteurs, blindages, armements, tout le kit, droit vers les Clearwater Mountains.

Jusqu'à la Garde nationale, et depuis peu l'armée.

Il devait les prévenir.

Il devait les avertir.

Il devait les informer.

Et surtout, il devait les rejoindre.

Ils étaient *wanted dead or alive* : menaces pour la Sécurité Nationale.

Mais ils étaient aussi *wanted dead or alive* : menaces pour l'Insécurité Générale.

Et puis, il y avait les autres. Leurs ennemis. Ou ceux qui se proclamaient tels.

Ses amis.

Ceux qu'il était en train de trahir.

Ceux à qui il essayait d'échapper.

Ceux qui voulaient l'éliminer sans attendre.

2

La Jeep Laredo datait du début des années 1990, elle avait son nombre de treuillages et de transports lourds dans les soupapes, elle avait peiné un peu, en dépit de la carburation V8, lors de la dernière montée dans les contreforts.

Kieszlowsky s'était envoyé une rasade de Jack Daniel's à même la bouteille, le virage laissa place à un tronçon gravillonné, la dernière ligne droite, trois kilomètres, pensa-t-il, trois kilomètres avant d'entrer dans le territoire le plus secret et le plus dangereux de la Terre.

Trois kilomètres, et à peine dix d'avance sur ses poursuivants.

Il vérifia machinalement la présence de l'arme sous son aisselle, le Beretta standard de l'armée américaine, solidement maintenu dans son étui, tout aussi standard, même provenance. Par le rétroviseur interne, il lança un coup d'œil machinal sur le stock d'armes et de munitions empilé à l'arrière du véhicule, rien à vérifier, cette fois-là, juste calmer l'anxiété et le doute par la vue rassurante de ce petit concentré industriel de métal et de poudre. Une seconde volée au ciel de l'Idaho, une seconde venue de l'époque de l'Ouest sans lois ni frontières.

Il se saisit de nouveau de la bouteille de Jack Daniel's, la porta à ses lèvres et suspendit son geste.

Le scanner de police n'émettait plus qu'un vague bruit blanc, entrecoupé de silences digitaux. La radio de bord s'était mise en marche d'elle-même, elle diffusait un vieux titre de David Bowie du début des années 1970, qu'il reconnut très vaguement, à l'époque, dans l'armée, ce n'était pas le genre de musique qu'on écoutait.

Le phénomène était documenté depuis des décennies, les apparitions d'UFO étaient systématiquement accompagnées par cette typologie d'accidents électromagnétiques, sa voiture elle-même aurait dû tomber en panne, net, toute circuiterie rendue inopérante.

Ce serait pour un peu plus tard, juste un peu plus loin, devant l'entrée de leur Monde-Vecteur, là où, il le savait, la coupure aurait lieu, parce que ce putain de compound s'était disjoint – digital – du globe terrestre.

Ce qu'il connaissait de l'endroit, il l'avait appris par lui-même, durant des années d'observation clandestine et d'espionnage électronique, de quelques contacts à l'extérieur, et des rares visites à la périphérie de l'ancienne base militaire, sous l'autorité vigilante de ses résidents. Il n'était parvenu à comprendre l'essentiel que depuis l'arrivée des deux filles et du jeune adolescent. Deux tueuses psychopathes, et l'auteur d'un meurtre collectif. Activement recherchés depuis des mois des deux côtés de la frontière.

Des informations concordantes laissaient penser que les deux jeunes femmes et l'adolescent avaient quitté le compound la veille, au crépuscule. Quelques heures avant que le code rouge général soit déclaré pour l'ensemble du continent nord-américain, sous supervision NORAD.

Juste avant le début d'une série d'événements étranges d'abord localisés aux USA et au Canada, en préalable à leur diffusion planétaire, telle la pandémie d'un virus inconnu sautant d'un continent à l'autre.

Avant que les Freemen ne se scindent brutalement en groupuscules concurrents et commencent à se livrer une guerre fratricide de règlements de comptes, bientôt suivis par toutes les autres milices constitutionnalistes du Nord-Ouest. Puis que Kieszlowsky parvienne à capter les télécommunications du sous-groupe auquel il appartenait, et qu'il comprenne que ses membres étaient en train de se faire exterminer dans leur hangar des environs de Missoula par il ne savait quelle formation concurrente. Quelques heures avant que la chaîne de commandement du Home Department lance ses directives en vue de prendre d'assaut Trinity-Station.

Pour raisons de Sécurité Nationale.

Quelques heures avant que, simultanément, la plupart des groupuscules en rivalité se ruent vers les Clearwater Mountains, afin d'y détruire cette base secrète du pouvoir occulte fédéral. Alors que Kieszlowsky décidait qu'il était temps de franchir au plus vite la frontière du Montana et de l'Idaho, afin de prévenir les résidents du compound de l'imminence de cette *all-out attack*. Et enfin, que les escadrons de la mort d'il ne savait quelle milice, peut-être la sienne, retrouvent sa trace par hasard et que la poursuite nocturne commence, jusqu'à l'aube.

L'aube qui pointait ses bulles de rosée lumineuses sur les montagnes boisées, ses contreforts, ses bunkers.

L'aube qui pointait aurifère sur cette Amérique-Monde où une lumière plus-que-noire, pleine d'une radiation d'origine inconnue, finissait par tout recouvrir.

L'aube qu'il voyait dans ses rêves, depuis ce jour de 1967.

3

Le mur d'écrans diffusait le flot d'images en provenance des abords du compound, ainsi qu'un bon paquet de canaux d'information continue, CNN en Reine Mère, où Montrose, Flaubert et Sinclair pouvaient observer l'armada des gyrophares en nuée grande vitesse fonçant dans leur direction, sur toutes les routes disponibles, et même en pleine nature, triplices de lumière tournoyante orange-bleue-blanche en mâchoires prêtes à tout dévorer devant elles.

Le bruit blanc avait disparu des écrans au moment où Frank Sinclair avait pris la parole pour répondre à Flaubert, venait de noter Montrose. ON/OFF, remise à zéro, nouvelle connexion.

Nouvelle phase du réel.

Guerre ouverte.

Guerre totale.

Guerre de tous contre tous, de chacun contre chacun.

Guerre des simulacres, guerre des réalités-programmes, guerre du faux contre le faux.

Les véhicules convergeaient, divergeaient, s'assemblaient, se séparaient, Montrose avait pensé : c'est le Règlement de comptes à O.K. Corral, sauf que plus personne n'est en mesure de différencier Wyatt Earp et ses adjoints du gang des frères Clanton.

Sous le ciel en glacis turquoise tacheté des ombres insectoïdes d'à peu près tous les types d'hélicoptères, il reconnaissait les 4 × 4 frappés de l'emblème des Freemen ainsi que d'autres milices concurrentes. Les convois policiers, militaires et paramilitaires s'échelonnaient sur des dizaines de kilomètres, il était devenu impossible d'en déterminer la source comme la composition exacte.

Mais leur destination ne laissait place à aucun doute.

— Il est temps de se dire que c'est un beau jour pour mourir, qu'est-ce que tu en penses, Flaubert ?

— J'en pense que j'ai jamais aimé cette réplique de *Little Big Man*. Ce n'est jamais un beau jour pour mourir, la mort est toujours moche, même truquée avec du maquillage.

Montrose avait laissé son regard s'attacher au triple écran solidaire qui diffusait les images en provenance des contreforts orientaux. Le plateau aride était vide de toute présence humaine. Cela ne durerait pas.

Flaubert allumait un joint. Frank Sinclair se resservait du thé. Le monde vibrait sur une seule harmonique.

Ils ont déjà prévu un Waco. Ils ne feront pas de quartier.

Ce n'était pas une simple intuition. C'était la déduction logique, la seule. Elle était appuyée par tout ce qu'il connaissait de l'assaut lamentablement raté des forces du FBI et de l'ATF contre la ferme de David Koresh.

La mort c'est toujours moche, venait de dire Flaubert. Il en savait quelque chose, la faucheuse en Y, calibre 0,226, le sphéroïde de C-4 en phase explosive cramant tout dans la planque en sous-sol, la lame biseautée tranchant une gorge offerte par la main retenant solidement le menton en arrière, la munition chambrée 0.50 venant fracasser une tête casquée à un kilomètre de distance, le silencieux se confondant avec l'arme qui vient d'exécuter proprement, impact cérébro-spinal, une silhouette anonyme qui s'effondre d'un bloc dans le trou creusé à l'avance, l'aiguille d'une seringue pénétrant une artère palpitante où miroitent les reflets fluo d'un produit hautement radioactif, la capsule biodégradable qui, une fois ingérée, libère lentement son principe actif mortel, l'homme qui s'effondre au ralenti en sortant de sa cuisine, observation binoculaire/photogramme téléobjectif/dossier classé, un petit.22 qui tressaute enfoncé au creux d'un oreiller d'hôtel d'où se dégage la chevelure étoile rousse d'une femme dont le cri étouffé est interrompu par les cinétiques mortelles, la décapotable de marque anglaise zigzagant perte de contrôle à 120 kilomètres-heure avant de percuter le parapet bétonné du pont et de plonger dans les eaux nocturnes du fleuve en contrebas, la maison qui brûle comme un tas de cartons secs au milieu des conifères, famille comprise, les hommes nus précipités d'un hélicoptère en plein Atlantique Sud, les enfants-soldats mitraillés ciseaux d'acier bout portant contre un mur recouvert de chaux, les guérilleros aspergés d'essence et mis à feu, le couple rafalé à l'entrée de son motel depuis une vraie/fausse camionnette de service municipal, le colis FedEx piégé qui éclate au visage en projetant des centaines de clous de tungstène, le stylo à bille enfoncé net dans la pomme d'Adam jusqu'à la trachée artère, la cordelette synthétique qui se noue US Navy autour du larynx et de la nuque, la tronçonneuse qui découpe le corps pâli par la mort, recouvert de liquide écarlate sur son sac de plastique, prêt à l'emballage, le catalogue des assassinats de Flaubert recouvrait tous les styles, toutes les tendances, trois époques. Et sans que jamais il ne succombe à une sensation, émotion, sentiment. Ne pas haïr, condition préalable. Avec la haine, le cerveau n'est plus concentré sur la croix du collimateur, la vision se trouble et la main s'agite. Le secret de l'assassinat réussi, disait-il souvent, c'est de vraiment tout considérer comme des ensembles de nombres dans lesquels des équations sont à résoudre. Il ne faut même pas envisager la cible comme un objet, mais comme une pure abstraction.

Enseignement personnel, made in 1963. Discours théorique, made in Frank Sinclair.

Flaubert était un *vrai* tueur. Un tueur froid. Ultra-froid. Facteur endotherme : Zéro absolu. Aucun désir homicide particulier. Pas de cruauté, pas de fantasme sadique, aucune psychopathologie, même bien enfouie. Montrose savait qu'il avait officié auprès des services secrets argentins, à l'époque de la junte de Videla, il avait enseigné des techniques d'interrogatoire poussé aux militaires de l'École de mécanique navale, spécialistes de la torture, mot que Montrose ne l'avait jamais entendu prononcer. Un professionnel multitâche, dévoué à la seule réussite de ses missions, un homme de contrats honorés précision helvétique, un homme pour lequel un meurtre était le résultat d'un plan, d'un diagramme activé, d'une relation purement machinique entre un exécutant humain armé, une munition appropriée, et un corps-victime.

Montrose se fit la réflexion qu'un individu comme Flaubert parvenait au point de synthèse entre l'Homme en tant que prédateur animal évolué et une lignée de machines dotées d'un véritable cerveau, un cerveau reprogrammé pour satisfaire les besoins de la machine.

Une machine devenue experte dans l'art, la science appliquée, de tuer les autres machines fabriquées selon le même modèle.

Comme celles qui étaient en train de cerner le compound.

Chapitre 61

1

Flaubert et Montrose avaient allumé leurs joints simultanément en observant le petit homme roux qui se tenait devant eux, à contre-jour devant le mur d'écrans.

— Tu as le chic pour choisir tes jours de visite, avait dit Flaubert, pince-sans-rire.

Kieszlowsky s'était contenté de répondre :

— Ça fait une éternité, mais je crois que je me grillerais bien un petit spliff. On va avoir besoin d'être détendus. C'est l'équivalent de toute une division qui rapplique, je vous préviens.

— Tu as aussi le chic pour choisir ton vocabulaire, avait enchaîné Montrose. Détendus.

— Restons calmes. On va pas comparer ça aux Thermopyles, tout de même, les Grecs ne se battaient qu'à un contre trois cent, je vous le rappelle, avait dit Flaubert, son éclat malicieux dans le regard en mode amplification de lumière.

— Je pense que c'est comparable avec rien, rien de répertorié en tout cas, avait lâché Montrose, un pâle sourire aux lèvres.

— Je sais que vous avez votre propre matériel, mais j'ai apporté ce que j'avais en stock, de quoi rendre dingues les types de l'ATF, avait soufflé Kieszlowsky.

Flaubert avait laissé s'ouvrir son sourire de machine cool :

— Bienvenue dans le Monde-Vecteur. Il est fait pour les rendre tous dingues.

Montrose s'était concentré quelques instants sur le triple écran qui surveillait le plateau oriental.

— Ça commence à bouger. Je crois que c'est parti.

Les premières silhouettes soldatesques faisaient leur apparition à la lisière des boisés. Commandos, *forward combat controllers*, forces spéciales en provenance de toutes les branches de l'armée, snipers d'élite, FBI ou militaires, ceux qu'on envoie avant les premiers.

Sinclair avait conclu l'échange par son silence. Son silence qui parvenait à se superposer à la symphonie bruitiste du mur d'écrans. Son silence équivalent à l'onde sinusoïdale qui témoignait, par coupures digitales, de sa présence, ici, avec eux, depuis toujours, mais sans doute plus pour très longtemps, avait pensé Montrose.

Le thé vert s'était écoulé dans une large tasse McDonald's, Sinclair avait regardé Kieszlowsky et Flaubert disposer une dernière caisse de munitions calibre 0,50 dans la pile qui leur était réservée, tout était rangé, classé, ordonné, prêt à l'emploi, tout était à sa place.

Tout était à sa place pour le dernier trucage.

Tout était en place pour l'irruption du réel.

2

Le bunker sous la montagne, comme l'ensemble des installations de l'ancienne base, les espaces naturels qui l'entouraient, chaque sentier-programme, chaque arbre, chaque plante, chaque animal, insecte, ovipare, vivipare, batracien, mammifère, jusqu'à la bactérie la plus prolétaire étaient désormais placés en code noir, dans la nomenclature officielle : le cran au-dessus du rouge, le cran au-dessus du maximum.

— On va même dire plus-que-noir, Montrose, et ce ne sont pas des dossiers qui n'existent pas. C'est une armée qui existe pour de bon et qui s'amène pour tout cramer. Absolument tout. C'est pas une attaque en règle des forces de sécurité. C'est une machine d'anéantissement total en provenance du gros morceau du monde, contre un tout petit, mais qui le menace direct. En trois mots : ça va chier.

Montrose et Flaubert étaient parvenus à s'isoler quelques minutes au fond du bunker, près de leur établi de mécanique. Quelques minutes, dans une situation d'urgence, de crise immédiate, c'est un siècle d'histoire.

Assis devant le mur d'écrans, Kieszlowsky suivait avec attention la mise en place des groupes éclaireurs tout autour du compound. Sinclair avait prévenu qu'il en avait pour une petite demi-heure dans le SkyLab du fond du tunnel, remis en fonction à l'aube.

— Je crois pas qu'on puisse laisser Kieszlowsky dans l'ignorance plus longtemps.

— Je suis d'accord, mais faut trier sévère. On lui explique la nature réelle du compound, comment ça marche, etc. En revanche, tout ce qui concerne Sinclair et le TrinityLab, ça doit justement rester plus-que-noir.

— Je vois pas très bien comment, Flaubert. Faudra bien qu'on lui parle des Artefacts, au moins. Ça ne posera aucun problème, il a vécu l'intrusion de 1967.

— Je ne parle pas de ça. Je parle des neuroprogrammations rétro-induites, je parle de la mutation de l'Angel, je parle des filles et du jeune Serbe, je parle de sa putain de présence étirée à l'infini, bref, tout ce qui est secret y compris pour ceux avec lesquels il travaille. Ce qui n'existe pas. Même pour nous.

La grande cité industrielle portait bien son nom. Ici, toute l'Amérique du Nord, historique et géographique, semblait se concentrer en un point. Un seul point sur la carte.

Sa réalité concrète : usines désaffectées, immeubles abandonnés, maisons à vendre sans acheteur, rues à l'asphalte défoncé par tapis de bombes économiques, murs lézardés, fissurés, crevassés, même plus bons à recevoir l'acrylique des tags, espaces commerciaux désolés, parkings vides, feux routiers calés sur l'orange, autoroutes au trafic désynchronisé, camisole blanc sale sur le béton armé.

Les premières neiges avaient balayé la région des Grands Lacs avec un bon mois d'avance. Les États limitrophes du Midwest s'étaient tapé de la pluie verglaçante, la glace noire, invisible à l'œil nu sur la route, flaque tout juste solidifiée mais adhérant fortement au bitume, son facteur dérapage était bien plus élevé que n'importe quelle gelée ordinaire. Les crashs, télescopages, renversements de véhicules, blocages de la circulation devenaient partie intégrante de la question plus générale soulevée par l'attaque cybernétique et sa provenance.

Les UFO avaient-ils la possibilité d'influer directement sur le climat, ne serait-ce qu'à un niveau local ?

Depuis la Cadillac à l'arrêt au bout du quai de débarquement désert, Venus avait regardé le lac Michigan soumis à des rafales venteuses saturées de poudre blanche.

— Ils ne sauront pas voir le tiers-inclus, j'imagine ?

— Ils ne verront rien. Ou plutôt ils en verront tellement que ça deviendra invisible, un peu comme un disque qui porte toutes les couleurs devient blanc lorsqu'il tournoie.

— Plus que blanc, fit remarquer Novak, je crois que le disque a commencé à tourner.

— OK, Sharon : Détroit, très joli, surtout sous la neige. On fait quoi maintenant ?

Sharon arrangea une mèche blonde qui tombait sur son front en jetant un coup d'œil machinal dans le rétroviseur. Venus avait sorti son dernier tube de rouge à lèvres *501-Desperatly Mauve* de L'Oréal et en plaçait avec précision la pointe biseautée sur la commissure verticale supérieure. L'ordinateur de bord avait affiché un quadrant galactique, il l'avait englobé dans un espace cubique plus vaste et en affichait tous les systèmes solaires, une planète particulière semblait attirer son attention. Le tachymètre indiquait la vitesse de la lumière.

— La playlist est en train de nous indiquer la route à suivre. Détroit c'est le point de départ. Motor City. C'est là où naît et meurt la civilisation automobile. Mais c'est aussi l'entrée-sortie des grands fleuves nord-américains, Saint-Laurent au nord et Mississippi au sud. Avec la frontière politique USA/Canada, coupure en croix.

— Ça ne répond pas vraiment à ma question : qu'est-ce qu'on fait maintenant ? Nord, sud, voire frontière politique, puisqu'on a le choix ?

— On n'a pas vraiment le choix, Venus. La playlist est formelle. C'est le golfe du Mexique. Vitesse humaine réglementaire.

Novak se saisit d'un livre aux feuilles de cristal-laser posé à ses côtés et commença à lire.

— Golfe du Mexique ? Vous pensez qu'on pourrait faire un détour par la Floride ? Par Cap Kennedy ?

Une nuée de points scintillants, analogues à des météores aux trajectoires rectilignes haute altitude, traversait le ciel au-dessus d'eux.

— Je ne suis plus certaine que cela soit utile, désormais, répondit Sharon en injectant les gaz – position *Drive*, mode accélération – dans le moteur de la Cadillac.

Les grappes d'hélicoptères noirs avaient survolé le compound en lâchant des volées de leurres en tous genres, en prévision d'un éventuel tir de roquettes sol-air.

Il n'y eut aucun tir de roquettes.

Il n'y eut aucun tir, d'aucune sorte.

Pas dans cet espace digital du temps. Le vrai, c'est-à-dire celui du trucage.

C'est dans l'autre coupure digitale, celle qui était truquée, que le conflit armé se déroula.

Jusqu'à ce que le piège se referme. Jusqu'à ce que le double zéro ne fasse plus qu'Un.

Zéro + Zéro + Un = Un.

— T'as capté ce que vient d'expliquer Frank, t'as bien ouvert tes antennes, Kieszlowsky ?

— Peut-être pas tout, Flaubert, mais mes antennes restent constamment ouvertes. Votre Monde-Vecteur est une forme de vie qui peut se couper de l'espace-temps normal tout en y restant relié par une sorte de « trucage » qui le fait demeurer apparent, mais qui peut aussi le faire disparaître, à volonté. Technologie dont use Sinclair pour lui-même. Et cette technologie provient d'un retro-engineering venu du futur, mais grâce aux connaissances tirées de l'étude des Artefacts de Roswell à partir de 1947, puis des divers contacts rapprochés qui ont eu lieu depuis. D'autre part, les apparitions d'UFO et les contacts rapprochés sont à la fois réels et truqués psychiquement, c'est ainsi qu'ils procèdent, ce qui les rend proprement indétectables et incompréhensibles sur tous les plans. Et je conclus : la cyber-attaque générale est en fait une maladie auto-immune de l'humanité, déclenchée par la translation digitale du Monde-Vecteur. Internet tue internet, NavSat tue NavSat, Wikileaks s'occupe du reste, et pour terminer, de lui-même, etc.

— Esprit de synthèse largement au-dessus de la moyenne, ça a dû jouer lors de ton changement d'affectation, dans les années 1960.

— Comment ça va fonctionner exactement, je veux dire comment ça va nous permettre de flanquer une raclée à des milliers d'hommes surarmés ? Ils ont leur propre système, totalement autonome du reste, *network-centric*.

— Deux « comment » dans la même question, décidément tu dépasses mes espérances.

Montrose pensa : Il va laisser Frank répondre. C'est Frank qui connaît la solution. Et il nous l'a déjà indiquée : nous sommes un piège, un trucage. Ce qui va foutre une bonne raclée aux dix mille hommes qui cernent le compound, ce n'est pas nous directement. Et ce n'est pas qu'à cette armée qu'il va arriver de gros problèmes. Garde bien tes *antennes* constamment ouvertes, Kieszlowsky. Le mot est choisi, tu t'en doutes.

Les murs d'écrans ne diffusaient plus seulement les abords de Trinity-Station, y compris les armadas d'appareils volant à toutes les altitudes de combat.

Désormais voilés à l'unisson d'une frémissante nuée de neige électronique, maintenue constamment aux limites de l'extinction et de sa pleine apparition, ils renvoyaient tous des images en provenance des cieux, enregistrés comme minute par minute le long d'une seule et unique « journuit » : d'aube à aube, de midi à midi, de minuit à minuit.

Et ce ciel sans heure précise, les contenant toutes et chacune, était traversé de sillages de lumière, et d'objets de toutes formes, se déplaçant selon toutes les vitesses imaginables.

Des traits de lumière et des formes dont les mouvements étaient impossibles.

Des traits de lumière et des formes dont l'origine inconnue était justement ce qui les identifiait.

Comme « non identifiables ».

Sinclair avait observé le phénomène telle une simple variation dans un programme d'information continue de CNN.

Montrose, Flaubert et Kieszlowsky mirent quelques secondes de plus pour s'adapter à la nouvelle situation. Au Monde Nouveau tel qu'il était en train de se créer sous leurs yeux.

Times, they are a-changing, fit entendre Dylan depuis la mémoire de Montrose, le plongeant dans le futur proche, comme le plus lointain.

5

— Pourquoi le golfe du Mexique, à ton avis ? avait demandé Venus.

Sur la playlist, « Suffragette City » tournait en boucle depuis les origines de l'Univers.

— Pourquoi ? Question sans intérêt, tu le sais bien. Le trajet est aussi important que la destination. En fait, ils ne font qu'un. Et la vraie question, comme toujours, c'est comment. C'est à cette question que nous devons répondre. Comment le golfe du Mexique va devenir l'axe de coupure nord-sud, comment le Mississippi, en retour, va se transformer en orbite extra-périphérique qui fait pourtant office de point central.

Venus susurra : métacentre, et observa un instant son image dans le rétroviseur, le 501 *Desperately Mauve* de L'Oréal entrait parfaitement en correspondance avec les mots qui sortaient de sa bouche :

— Je crois même qu'on pourrait dire que nous sommes la réponse, pas vrai ? En fait, nous allons écrire la nouvelle Carte de l'Amérique, et du Monde, sauf que nous allons l'écrire en temps réel, et dans l'espace concret, sous forme d'univers en expansion.

Don't lean on me man,'cause you can't afford the ticket, I'm back on « Suffragette City », lui répondit David Bowie.

Sharon se contenta de reprendre le refrain à l'unisson à voix basse, elle passa négligemment une main dans la cascade blonde de ses cheveux.

Elle inscrivit un message dans l'esprit de Venus : c'est un des comment du Grand Comment, le tout est toujours supérieur à la somme de ses parties. Synthèse versus addition.

La ville de Des Moines n'était plus qu'à une cinquantaine de kilomètres. Une station-service BP fit son apparition au loin, bichromie jaune/verte plaquée sur la platitude bétonnée, un motel Best Western était planté juste en face.

Ce n'est pas pire qu'ailleurs, pensèrent-ils, synchrones.

Chapitre 62

1

La longue formation d'objets volants avait traversé le ciel à haute altitude, apparaissant et disparaissant au rythme des lourds nuages gris qui s'accumulaient à moins de mille mètres au-dessus des Clearwater Mountains. Puis elle s'étoila en autant de fulgurances balistiques au moment angulaire impossible, comme dans des milliers de cas répertoriés, pensa Montrose.

Flaubert observait avec attention le ballet des surfaces réfléchissantes à travers les boisés et les forêts qui cernaient le compound. Le soleil ne brillait plus que par intermittence, lumière coupée régulièrement par l'écran nuageux, les systèmes de contre-mesures du compound n'en ont strictement rien à foutre. Ils peuvent isoler chacune de vos impédances électriques corporelles, pensa Flaubert en faisant défiler une suite de codes écrits dans le langage des Artefacts sur l'écran de son PC. Il ne comprenait rien, ce n'était pas important, leur seule présence dans le réseau local suffisait.

Peu de temps avant sa disparition, Sinclair leur avait expliqué : les armements de la prochaine génération, ceux que nous mettons tranquillement au point dans les programmes noirs officiels de la Darpa, seront de véritables armes antipersonnel, elles auront en mémoire les signatures génétiques et électromagnétiques singulières des cibles à atteindre, elles les traqueront sans relâche, jusqu'à extermination totale. Et crois-le ou pas, elles coûteront bien moins cher que les drones actuels, même pas le prix d'un PC ou d'un iPad, non, non, non, le prix d'un Blackberry. Parce qu'elles seront de leur volume, et se déplaceront avec les technologies tirées du rétro-engineering que nous sommes en train de décoder. On prévoit une production initiale d'un demi-million d'exemplaires, dix fois moins officiellement, et entre guillemets, nous, on s'en contrefout, et vous savez pourquoi, évidemment.

Une idée oblique à la conversation en cours fit irruption dans l'esprit de Montrose, elle y laissa le résultat occasionné par une grenade à fragmentation incendiaire. Elle ne laissa aucune chance aux résidents du bunker mental ciblé, elle carbonisa tout et en premier lieu elle-même, les mots se formèrent tout seuls, comme des résidus de cendres brûlantes :

— Frank... Tu savais pour Flaubert et moi, je veux dire : tu sais depuis avant notre rencontre pour l'achat du compound, pas vrai ?

Sinclair tira une légère bouffée du petit thaï-stick que venait de lui tendre Montrose.

— Vous étiez déjà répertoriés par l'Agence, pourquoi croyez-vous qu'ils vous ont sélectionnés ? Non, je n'ai eu qu'à ouvrir des dossiers, et un jour je suis tombé sur le vôtre. On y parlait du compound que vous vouliez acheter, et moi je me trouvais dans la partie interne qui n'existe pas, ils n'ont donc rien su, rien d'important, jamais. Seuls les gars et les filles du TrinityLab sont vraiment au courant.

— Et encore, pas de tout, lâcha Flaubert.

— Personne n'est au courant de tout. Pas même moi. Mais on peut quand même tout comprendre sans tout savoir. C'est précisément ça la cognition, la connaissance. Synthèse *versus* addition.

— L'assassinat de JFK par exemple ?

Montrose ne comprenait pas d'où provenait cette seconde impulsion. Née de la première ? Une connexion purement sensitive venait de se rétablir entre lui et le 22 novembre 1963, Dealey Plazza, sa balade de reconnaissance sur Utah, le sentiment étrange et pourtant rassurant qui l'avait envahi sur le moment et ne l'avait pas quitté de toute la journée.

Et des années qui avaient suivi.

— Oui, ça marche pour JFK. C'est même central.

— Avec toi, le mot « centre » échappe au sens commun, rétorqua Flaubert, en quoi est-ce central dans l'affaire qui nous occupe ?

Sinclair faisait lentement tournoyer le thaï-stick déjà éteint entre ses doigts, dans un mouvement très fluide, il le ralluma. Montrose se dit : passons vite en apnée, il vient de prendre son… inspiration.

— Aucune des théories sur l'assassinat de JFK ne tient la route, elles essaient toutes d'assembler ce qui n'est pas assemblable.

— Comment ça ?

— Regarde bien : on nous balance les anticastristes, la mafia, la CIA, le FBI, le complexe militaro-industriel, le KKK et les ségrégationnistes du Sud, j'en passe.

— Et alors ?

— Et alors, on nous les sert généralement ensemble, car seul un complot de cette envergure avait des chances de réussir, n'est-ce pas ?

— Ça me semble logique, Frank.

— Eh bien non, au contraire, j'insiste. Ce n'est pas parce que chacune des parties avait intérêt à descendre le Président qu'elles pouvaient s'entendre pour le faire. Trop d'intérêts divergents, trop d'intervenants, trop de méthodes différentes, un complot de cette envergure n'a aucune chance de réussir dans ces conditions, risque d'échec dès le départ, et surtout fuite incontrôlable absolument certaine.

— Alors qui ?

— Pour qu'un tel complot ait une possibilité de réussir, il faut un seul opérateur, disons un seul opérateur stratégique, ensuite cet opérateur peut déléguer à des sous-traitants un certain nombre de tâches, mais ces sous-traitants font partie de ses cercles les plus proches, il y existe des réseaux de connivence, des relations professionnelles mais aussi personnelles et de fait, un bon nombre d'intérêts convergents, des méthodes voisines, des procédures à peu près analogues, donc connues de chacun, vous saisissez ? Tout le monde se tient par les burnes, aucun risque de dérapage. La CIA pour la conception du plan, sa mise au point, son test, la création de l'environnement général et le suivi des opérations, le FBI pour le contrôle sur place, à Dallas, ils avaient même de faux flics en uniformes de la ville aux endroits stratégiques. Et l'Intelligence militaire pour l'exécutif, c'est-à-dire l'assassinat en lui-même, donc vos recruteurs directs, et anonymes, mais des leurres. Le FBI s'est occupé de tout le processus post-opérationnel, à l'hôpital, etc. Aucune des agences ne savait précisément ce que faisait l'autre, leurs cercles de compétence étaient bien séparés, il n'y aurait pas d'interférences.

— Qui, Frank ?

— Ce n'est pas une question assez bonne. Le « qui » existe mais il n'est lui-même qu'un instrument.

— Je vais d'abord m'intéresser à cet instrument, fais jouer la musique.

— Qui donc pouvait à la fois demander à la CIA, au FBI et à l'Intelligence de l'armée d'opérer en secret pour tuer JFK ? Qui pouvait dans le même temps s'assurer de la collaboration de quelques truands locaux, de flics pourris, de mafieux et même de ségrégationnistes radicaux, sans parler de quelques businessmen avides ? La seule entité qui peut éventuellement faire tenir le modèle standard. Remarque, pour deviner de qui il s'agit, comme toujours, il faut avoir une idée du comment, le Grand Comment.

— Profitons-en. On t'écoute tous très attentivement.

— Au commencement était une actrice. Une actrice de cinéma dénommée Marilyn Monroe.

— Marilyn Monroe ?

— Oui. Et un autre dossier, que JFK n'aurait jamais dû lire, et dont il aurait encore moins dû parler à sa maîtresse.

— Un dossier secret.

— Pire. Un dossier qui n'existe pas.

— Je crois que je n'aime pas ce que tu vas dire ensuite.

— Tu ne vas pas aimer du tout. C'est pour ça qu'on l'a tuée, elle, d'abord, puis quand Kennedy a commencé à comprendre ce qui s'était passé, il a bien fallu intervenir. Alors ils sont intervenus.

— Qui a donné l'ordre ? Dans ton langage : qui était l'instrument du Grand « Comment » ?

— Tu ne le devineras jamais, c'est à la fois évident et impossible. Ce qui est la base de toute bonne théorie de la conspiration, tu le sais aussi bien que moi.

— Darryl F. Zanuck ? La patronne du *Variety* de l'époque ? Un sportif jaloux ?

— Marilyn Monroe en savait déjà beaucoup trop, mais le fait que ça ait transité par des aveux sur l'oreiller a fait déborder le vase. Si JFK s'était tapé une superstar dépressive et qu'il lui avait lâché le morceau, il pouvait recommencer d'un jour à l'autre, Marilyn c'était loin d'être suffisant, même si c'était nécessaire. Il fallait donc faire taire JFK au plus vite, on est d'accord ?

— On est tous les deux bien d'accord, Frank, tu l'imagines bien.

— Il n'y avait qu'un homme capable de tenir le rôle du commanditaire. Un seul homme qui pouvait servir de leurre ultime, c'est-à-dire authentique, comprenez-moi bien, dans le dernier cercle défensif, la dernière théorie de la conspiration chargée de couvrir la vraie, c'est-à-dire notre bonne vieille épingle dans le tas d'épingle. Un homme qui connaissait très bien les différents milieux que je t'ai cités, mais qui connaissait aussi très bien le Président... Un homme très proche de lui en vérité. Un homme qui allait mourir quelques années plus tard. Un Héros de l'Amérique, lui aussi. Vous situez ?

Ils avaient parfaitement situé, ensemble, la place et l'identité du « Qui » dans le complot, ils le surent à la même seconde, ils étaient synchrones, c'était l'acte de naissance de leur époque qui se dévoilait à leurs yeux.

Montrose pensa, tout juste surpris par la conclusion qui s'imposait : Pleine cible, comme toujours. Toute conspiration est une affaire de famille. Et même mieux : toute famille est une affaire de conspiration.

2

La montagne et ses proches environs miroitaient de milliers de surfaces mobiles et frémissantes d'éclats solaires, blindages, carrosseries, plexiglas, armements, casques, cela formait un vaste réseau métallisé s'infiltrant dans la nature, un quadrillage de machines à tuer qui cherchaient encore leur emplacement optimal. Ce qu'ils voyaient dans les écrans aurait dû pour une grande part rester invisible, total camouflage, technologies furtives, contre-mesures optiques. Mais pas pour le compound et ses modes de perception augmentés, pas pour une forme de vie créée par Frank Sinclair. Pas pour ce qui était là sans y être, pas pour ce qui n'était pas là et pourtant présent dans toutes les dimensions du temps et de l'espace.

Frank savait, bien sûr, il a aussi conçu Trinity-Station dans cette éventualité. Comme si les Soviétiques avaient connu l'occurrence de Stalingrad avec dix ans d'avance. Von Paulus n'aurait même pas pu s'approcher des plus lointains faubourgs de la ville.

Montrose corrigea, pour lui-même : Non. Les Russkofs auraient fait en mieux ce qu'ils ont accompli durant l'hiver 1942-43, ils auraient laissé s'encager les Boches d'un bel ensemble au cœur de la cité détruite, avant de les anéantir jusqu'au dernier, mais ce coup-là en deux ou trois semaines maximum.

Il eut l'intuition que Frank Sinclair avait partagé cette pensée, à l'époque.

Il rattrapa en silence la conversation qui s'établissait de nouveau avec Flaubert.

Le Grand Comment venait de parvenir à l'étage zéro de l'Hôtel Plus-Que-Noir, l'ascenseur pour la vérité faisait coulisser ses portes devant lui.

3

— C'est précisément la question, qu'y a-t-il derrière le qui ? : q, u, apostrophe, y, a ? Qu'est-ce qu'il y a derrière Bob Kennedy, qui n'est donc lui-même qu'un instrument, dont on va s'occuper un peu plus tard, quand les conditions seront réunies pour lui, je devrais dire contre, en 1968, comme elles le furent pour son frangin, cinq ans plus tôt.

— Il y a nous, évidemment.

— Arrête tout de suite. Vous n'étiez que des instruments, Montrose. Vous tous, j'entends, tous les opératifs, même les plus haut placés. Vous n'êtes pas le « Quoi », le « Que » de la question, pour simplifier vous n'étiez que les agents du « Comment ».

Flaubert avait commencé la confection d'un de ses gros joints coniques.

— Je crois qu'il est temps que nous soyons présentés

pour de bon à ce très cher monsieur, Frank. C'est quand même lui le vrai boss, à t'entendre.

— C'est justement la raison pour laquelle vous ne l'avez jamais rencontré. Mais lui, en revanche, il n'a jamais cessé de vous connaître… Un jour, je ne sais plus lequel de vous a évoqué le sentiment étrange qu'il avait ressenti durant toute cette journée. Plus le moment fatidique approchait, m'a-t-il dit, je crois que c'est toi, Montrose, plus il se sentait calme et détendu. Tu m'as fait remarquer que tu te sentais faire partie d'une sorte de machine-à-tuer, que tout te semblait à ce point parfaitement planifié que toi-même tu te sentais mécanisme, tu te souviens?

Montrose avait répondu en exsufflant un peu de marijuana vaporisée tout en opinant du chef. Il se souvenait parfaitement de la sensation éprouvée ce jour-là, elle ne l'avait jamais quitté.

— Je crois me souvenir aussi qu'hier, tu as rapidement fait allusion, lors d'une de nos petites conversations détendues, au fait que jamais on avait investi autant de ressources, humaines et matérielles, pour tuer un seul homme.

Montrose ne répondit rien, il fallait juste laisser agir le flux, Frank avait besoin de partager la vérité.

— Évidemment, on n'allait pas rassembler ce volume exceptionnel de ressources pour tuer un vulgaire clampin, ni même un type de haut rang impliqué dans une grosse affaire d'espionnage, on est tous d'accord. En revanche, l'homme le plus puissant des États-Unis, c'est autre chose. Là, on peut envisager le vrai-gros-truc. Un peu comme envoyer un homme sur la lune, vous me suivez? Eh bien, en fait, les deux choses, les deux événements sont reliés, ta sensation lors du jour de l'assassinat et ce que je viens de dire sur le discours de Kennedy et la Nasa.

Le Comment, pensa Montrose, le Comment s'approche de la chambre plus-que-noire.

Flaubert alluma son joint et lança son regard de scanner vivant droit dans celui de Sinclair.

— Frank, me dis pas que la Nasa a quelque chose à voir avec Dealey Plazza, on fait pas dans le blog conspirationniste, je pense que t'es au courant.

— Je sais, mais c'est pourtant vrai, même si la Nasa ne l'a jamais su, évidemment.

Le Grand Comment arrive, il est juste derrière la porte. Flaubert souffla un peu de fumée entre ses dents.

— Bon, Frank, je suis pas sûr que ce soit l'heure pour un quizz en bonne et due forme, je veux pas dire qu'y a extrême urgence, non plus… mais je crains qu'il ne nous reste plus beaucoup de temps.

— Primo, tu te trompes, on a précisément tout le temps, largement plus que ce que la nécessité nous accorderait… et secondo, tu te trompes, je ne vous tape pas un quizz, j'aimerais juste que vous le découvriez par vous-mêmes. C'est plus esthétique, selon moi. Donc plus cohérent.

Montrose pensa : Il sait que si on le découvre par nous-mêmes on aura de fait tout compris. Et il a raison. Comme toujours.

— Très bien, je reprends : on repart de Los Alamos, mais en 1945, avec quoi peut-on faire péter une bombe A ?

Flaubert répondit en mode automatique. Erreur, pensa Montrose :

— Tu plaisantes Frank ? Tu veux nous apprendre le fonctionnement d'une masse critique de plutonium ou d'uranium ?

Le sourire de Sinclair. Une coupure digitale dans un masque de chair.

— Cela ne suffit pas pour faire exploser une bombe atomique, maintenant repassons à la Nasa, de quoi a-t-on besoin pour faire décoller une fusée, et *a fortiori* pour l'envoyer sur la lune ? Et ne me réponds pas : invention du propergol carburant/comburant sous forme de gaz liquides, Flaubert, je t'en prie.

Dans l'esprit de Montrose, une ombre se découpait, plus noire que le noir, sur l'obscurité énigmatique. Le Sphinx de la Nuit, le symbole secret des programmes qui n'existent pas. Le Grand Comment était déjà dans la chambre, avec eux.

Depuis le mur d'écrans, la machine militaro-policière faisait vrombir ses moteurs, ses rotors, ses chenilles, ses réacteurs, mais ne parvenait pas à anéantir le silence supérieur qui s'installait entre les quatre hommes.

Ce silence assourdissant, pensa Montrose, c'est déjà la signature de Frank, il annonce le moment où son Grand Comment va prendre la parole.

— Pensez à quelque chose de précis comme votre formation de snipers en Y. Vous admettrez facilement qu'elle ne peut pas être néc sur le terrain, des configurations de ce type n'existent pas au combat, on se bat face à face, ou face contre dos. D'autre part, en Corée ou au Vietnam, les tireurs d'élite opéraient seuls, à l'ancienne, à deux sur la fin, et ça a donné le binôme opérationnel d'aujourd'hui. À trois, et selon de tels angles de tir, on n'avait jamais vu ça... et pourtant on vous l'a vendue comme une technique nouvelle qui avait fait ses preuves.

— Et alors ?

— Alors c'est vrai, elle était nouvelle et elle avait fait ses preuves, elle avait été testée.

— Testée ? Comment ?

— Sur un homme. À demi anesthésié. À l'arrière d'une Lincoln, réplique parfaite de celle du Président. Les ressources n'ont jamais manqué, vous l'avez deviné. Alors, le Y, d'où ça vient ?

L'ombre plus-que-noire s'agita au cœur de l'obscurité qui régnait dans le cerveau de Montrose. Elle s'agita et elle commença à vouloir lui dire quelque chose. La sensation éprouvée en ce jour du 22 novembre 1963 faisait pleinement surface, tel un sous-marin d'attaque surprise.

Il hésita puis laissa passer, entre ses lèvres serrées par la contraction générale de son visage, et dans un murmure tout juste audible, comme si elles contenaient un gaz inflammable au contact de l'oxygène : Un calcul ?

Sinclair posa sur lui le sourire du père satisfait.

— Les Nombres parlent. Ils sont même le langage premier. Montrose : un ; Nasa : zéro, tu as presque tapé dans le mille direct. Allez, bon sang… un petit effort. Ajoutez Nasa, ressources illimitées, calcul de pointe et obligation de résultat, qu'est-ce que vous obtenez ?

Montrose sentit un bon litre d'hélium liquide se déverser dans son organisme. Le Grand Comment se tenait devant lui. Il comprit l'origine de la sensation. Il comprit pourquoi il avait éprouvé ce sentiment de sécurité absolue ce jour-là, cette certitude sereine de faire partie d'un ensemble d'une totale cohérence, alors que ses éléments ignoraient presque tout des autres dispositifs qui le composaient et plus encore, de ce qui les maintenait dans cet état d'unité. Il comprit ce qui avait fait de lui le dispositif singulier d'une machine-à-tuer.

À ses côtés, tel un réacteur jumeau pompant son propergol, Kieszlowsky drainait l'hélium liquide dispensé par ce zéro absolu de la vérité, lorsqu'elle ne rencontre aucune résistance.

Montrose jeta un coup d'œil à Flaubert, tous les signes corporels étaient présents, lui aussi il venait de comprendre.

C'était bien une machine. Une machine à tuer. Une machine à tout calculer.

Ce qui avait tué JFK en 1963, c'était un ordinateur.

Sinclair aussi avait compris. Compris qu'ils venaient tous de tout comprendre.

— Et figurez-vous que c'était celui-là même qui commençait les calculs pour le vol lunaire promis par Kennedy.

Le tout est supérieur à la somme de ses parties, pensa Montrose.

Chapitre 63

1

Kieszlowsky détacha un instant son regard du ciel constellé de points lumineux aux trajectoires la plupart du temps incalculables même par le plus puissant des ordinateurs. Parfois, les grappes d'objets mobiles fusaient vers l'azur en s'y perdant presque aussitôt, après avoir décrit une série de zigzags à angles droits, entrecoupés d'un ou deux arrêts nets en pleine course.

Impossible.

Parfois ils s'approchaient du sol, à des vitesses stables, selon des mouvements lisibles par les yeux humains, et ceux des machines d'observation qui les prolongeaient, c'est-à-dire ce moment où ils apparaissaient pour de bon, sous la forme truquée qui était la leur, naturellement.

La vérité.

Kieszlowsky se tourna vers Frank Sinclair qui venait de notifier une banalité d'usage sur la route à suivre à Montrose et Flaubert alors qu'ils ouvraient la marche vers le plateau oriental.

— Frank ? Juste une question d'ordre technique : de combien de temps sommes-nous décalés par rapport au compound truqué ? Quand on était dans le bunker, les écrans montraient des Abrams M-1, des AC-130, des drones. Ici le monde semble appartenir intégralement aux Étrangers et à leurs UFO. Est-ce qu'on a un délai ?

Est-ce que la faille entre le trucage et le monde truqué s'agrandit ou se rétracte ? Elle est stable ? Je sais, ça fait beaucoup de questions…

— Non, t'inquiète pas, ça n'en fait qu'une seule. Il n'y a aucun temps de décalage. Pas même une nanoseconde. On n'est plus dans la temporalité classique, même pas celle d'Einstein. Ce serait compliqué à expliquer en détail, tu le sais, admets que nous sommes entrelacés. Nous sommes à la fois synthétiques et disjoints. C'est précisément ça un trucage. C'est-à-dire le réel.

Sinclair n'avait même pas montré le ciel visible à travers la canopée des hautes terres, là où les objets volants non identifiables en apportaient la preuve à tout instant.

2

Kieszlowsky avait admis, comme Sinclair le lui avait conseillé.

Montrose avait métabolisé l'information, comme il le faisait depuis sa naissance, à Dealey Plaza, un jour de novembre 1963.

Flaubert allait poser une question à tout instant, comme il le faisait depuis sa naissance, la toute première, au sortir de l'utérus maternel.

Sur le contrefort oriental du Pic, le plateau aride présentait la même apparence que d'habitude, invariable, intangible, il est le seul endroit du Monde-Vecteur qui ne change jamais, Montrose laissa son regard essayer de suivre la trajectoire d'un groupe d'UFO, il n'en perçut qu'une impression globale qui refusa de se fixer sur son nerf optique, et par conséquent dans sa mémoire.

Phénomène des milliers de fois documenté.

— Synthétiques et disjoints, simultanément, est-ce que cela veut dire que la collision entre les deux est inévitable ?

Flaubert avait posé la question en pur ingénieur, il lui fallait assembler les pièces d'une machine pour comprendre ce qui appartenait à l'ordre du vivant, et il se sert du vivant pour assembler les pièces de ses machines. Il se sert de ses proies pour concevoir ses pièges.

— Non, justement il se passera rien de tel, mais le contraire : nous allons vers la fission, je vous l'ai déjà dit.

Montrose passa à toute vitesse en revue ses connaissances en matière de physique nucléaire. Neutrons, noyaux atteints, désintégrations, plus de neutrons, plus de noyaux atteints, plus de désintégrations, plus de neutrons... masse critique ?

Aucune obscurité plus-noire-que-noire ne se trouvait là pour l'aider. Sur le mur d'écrans, le soleil rayonnait à son zénith, il éclairait tout de sa blanche lumière univoque qui ne cachait rien, aplanissait l'univers entier sous son sel de photons, surtout le plateau aride et désolé, caméléon géologique imitant chaque variation de lumière pour l'incorporer immédiatement à sa surface épiderme.

— Je n'ai jamais cessé d'être là, faut bien le comprendre et non plus uniquement le savoir. Les Hommes-Étrangers et leurs Artefacts, c'est pareil, la présence réelle étirée à l'infini ne vous déplace pas à travers le temps, ni vers le passé, ni vers le futur, elle ne fait pas non plus défiler le temps en vous. C'est le concept de base : nous ne sommes plus dans le temps, ni dans son séquençage digital ni dans son organisation analogique. Je vous le répète : nous sommes la translation. C'est nous qui opérons. Et nous opérons depuis ce que le TrinityLab et moi avons appelé *Internitive technologies* et dont je vous ai parlé. Sauf que ce ne sont pas vraiment des technologies.

— Ne nous oblige pas à poser la question, pour une fois.

— Je ne vous ai jamais obligés à rien. Ce ne sont pas des technologies. Ce sont des êtres. Des êtres vivants. Des êtres créés.

— Les Artefacts? demanda Flaubert, encore trop vite, se dit Montrose.

— Même pas les Hommes-Étrangers eux-mêmes. Mais évidemment, ils sont tous reliés, c'est le moins que l'on puisse dire. C'est la raison de notre présence, ici, à nous tous.

— Reliés?

Flaubert ne parvenait pas à trouver le bon schéma d'assemblage pour sa machine.

La machine de guerre qu'il avait toujours été.

Montrose reçut l'idée oblique comme une balle de base-ball ayant dévié brutalement de sa trajectoire, pleine gueule, mais de l'intérieur.

— Frank? Moi, j'ai une question très simple à te poser. Et cela peut nous ramener en 1947, à l'origine donc. Je parle de l'ordinateur, l'ordinateur de la Nasa dont la CIA s'est servie pour calculer l'assassinat de Kennedy… est-ce qu'il a été rétro-ingénieré à partir des connaissances tirées du crash? Ce sont les Artefacts qui vous ont permis de le programmer?

— Non. C'était inutile. Ce n'est pas ainsi qu'il était prévu que ça se passe. Nous sommes partis du tout début. Nous sommes partis du transistor. 1947. 23 décembre. Date intéressante, non? Prix Nobel de Physique neuf ans plus tard.

— Le transistor? 1947? Prix Nobel? Quel rapport?

— Flaubert, sans le transistor, j'insiste, sans le transistor rien de la cybernétique n'existe par la suite. Le semi-conducteur, donc les chips, les mémoires, tout le kit, les vrais premiers programmes, les langages, etc. L'Agence n'en avait nul besoin jusque-là, au demeurant. C'est l'assassinat de JFK, la Bombe et les vols orbitaux qui nécessitaient tous ces calculs informatiques, et qui correspondaient au moment où ces technologies formaient un tout cohérent, supérieur à la somme de ses parties, vous me suivez? Vous savez très bien que l'Agence se doit d'être une machine opportuniste, elle ne calcule pas tout à l'avance, non seulement c'est inutile, mais cela peut être néfaste, ce qui compte c'est de prendre le bon train en route, puis de braquer le conducteur pour le diriger là où vous le désirez, car en plus, c'est vous qui fabriquez les voies ferrées.

Montrose comprenait tout, maintenant. L'image du train détourné en cours de route, ce long assemblage de wagons, sa locomotive, ses bogeys, le réseau de chemin de fer construit au fur et à mesure du voyage, cela s'était révélé dans le bain photochimique de son esprit au travail, et venait de produire la commotion nécessaire, et suffisante, pour faire synthèse.

3

Prix Nobel 1956. Trois illustres inconnus des laboratoires Bell. John Bardeen, Walter Brattain et William Shockley. De bons scientifiques, bien intégrés au système néo-technique qui se met en place juste après la seconde guerre mondiale.

Rien de particulier.

De très bons scientifiques, sans aucun doute.

Qui, soudainement, à partir de rien ou presque, sinon les énormes tubes à vide de leur époque, inventent ensemble le transistor, la base de toute l'évolution future des technologies de l'information.

Son cerveau entama une partie d'échecs contre lui-même, modèle : blitz.

Mat : en deux coups.

Dialogue neuronal, diachronie tout juste établie, quasi-synchronicité :

— Einstein était un obscur fonctionnaire de l'Office des brevets de Berne lorsqu'il a découvert la relativité. Bell : téléphonie, commutateurs, électricité, on est plus proches.

— Justement, Einstein a établi une théorie. Il n'a pas inventé un objet. Et il a raconté comment il l'a élaborée en imaginant qu'il voyageait plus vite que la lumière. Juste avant de s'endormir. C'est son cerveau qui a fait 100 % du travail.

— Schockley et les autres ne se sont pas servis de leur cerveau ? Donc les Artefacts de Roswell ont inventé le transistor et on a monté le prix Nobel 1956 autour de trois pauvres clampins choisis au hasard, c'est ça, ta théorie ?

— Non. Les trois types de la Bell se sont servis de leurs cerveaux, justement, c'était ça le truc. Mais il suffisait de les mettre tranquillement sur la voie, avec des morceaux de théories. Des morceaux récupérés dans un crash.

Montrose l'avait appris de Frank Sinclair : dans ce domaine en particulier, et c'est l'évidence, le progrès naît d'une rupture, certes, mais à partir d'un réseau déjà constitué de connaissances et, mieux encore, on fait avancer une certaine technologie avec cette même technologie. Par exemple, aujourd'hui, et depuis longtemps, inutile de vouloir développer les microprocesseurs sans les microprocesseurs, bien capté ?

Montrose se sentait devenir une antenne.

4

Le silence.
Le silence absolu.
Pas celui de la mort. La mort émet un bruit. Son bruit. Le bruit de tout ce qui subsiste autour de sa paradoxale absence et qu'elle n'a pu aspirer avec elle dans le néant.

Un jour, plus de dix ans auparavant, sur ce même plateau désolé, avec Frank, ils avaient suivi une procédure analogue à celle d'aujourd'hui, celle de tous les jours.

— La mort elle-même n'est pas un trucage. Elle est un truc. Un *Jack-in-the-Box*, mais performatif en plein : elle se met à exister dès que tu y crois. Elle n'est ni absence ni présence, et elle n'est pas rien non plus. Dire qu'elle n'est pas c'est l'habituel sauvetage tautologique.

Ils avaient contemplé les Clearwater Mountains en silence – Montrose s'en souvenait très nettement – avant que Sinclair reprenne doucement la parole.

— Pour nous, elle est une production du cerveau-corps, bouclé sur lui-même, en monade fermée, sans plus aucun input-output vers le réel, c'est-à-dire ce qui ne nous est pas apparent. Je te l'ai souvent dit, au Trinity-Lab, on considère la prétendue réalité comme l'effet spécial du Cosmos. Celui que tu connais sous le nom de Jesse James a trouvé quelque chose : a-présence. Et Calamity Jane a carrément proposé anti-présence. C'est la prochaine étape duTrinityLab, Montrose.

— La mort ?

— Non, justement, tout le contraire. Son opposé. Sa pire ennemie, j'oserais dire.

Sur le moment, ce jour-là, Montrose s'était contenté, comme souvent, d'intégrer l'information telle quelle dans un des slots de son juke-box mémoriel, puis il avait initié sans rien dire la marche du retour.

Mais ici, maintenant, avec Kieszlowsky, Flaubert, et Sinclair, alors que le ciel rempli d'engins parfaitement silencieux se couvrait de poudre émeraude, c'était le silence qui faisait acte de Parole. Cette Parole constituée de ce silence, lorsqu'il devient le monde.

— Ils ne se posent pas, jamais, et plus aucun enlèvement ou rencontres depuis le 1er jour, fit remarquer Kieszlowsky, au bout d'un long moment d'observation.

— Ils ne se poseront plus, pas vrai Frank ? Il n'y aura plus jamais aucun contact, c'est ça ?

Montrose venait de franchir une nouvelle orbite, il commençait à comprendre, à tout comprendre, alors qu'en fait, il le devinait fort bien, il ne savait presque rien.

— C'est très exactement ça. Sauf que c'est le contraire : ils se poseront, mais pour la dernière fois. Ils vont en laisser ici, sur Terre, je veux parler de leurs Artefacts, les divers modèles d'UFO, et surtout les connaissances qui y sont accumulés. Puis ils repartiront, pour de bon. Dès que les filles et Novak seront sur l'autoroute quantique, notre Amerikan Autobahn, il n'y aura plus de retour en arrière possible. Elles suivent le Mississippi, mais celui-ci englobe le monde, elles parviendront au golfe du Mexique, qui sera devenu un point de singularité, je n'utilise le futur que par commodité, alors que le Re-Engineering Général aura commencé, c'est ainsi que le TrinityLab l'a surnommé. Et il aura commencé à la seconde même où elles seront en route, parce qu'elles seront en route.

Flaubert posa sa question de mécanicien-assassin :

— Et dans le compound truqué, là où ils sont tous en train de pénétrer : l'armée, les flics et les paramilis, qu'est-ce qu'il va se passer ? Ils vont débouler et ils ne trouveront personne ?

Montrose nota un de ces rarissimes instants où Sinclair semblait vraiment dubitatif.

— Tu as toujours su trouver la question embarrassante pour moi, je dois le reconnaître. C'est le choix de tes mots, moins ce qu'ils signifient que ce qu'ils pourraient signifier, dans un autre contexte, qui n'est pas le tien.

— On se refait pas, Frank, on devient ce que l'on est, tu nous l'as assez répété.

— Oui. Et ça rejoint ta question. Et ma réponse : ils ne trouveront personne, ce qui ne veut pas dire qu'il n'y aura pas quelqu'un.

Flaubert leva les yeux au ciel, un bref instant.

— Toi ?

Trop rapide, pur réflexe, il n'est plus dans son mode analytique habituel. Il veut savoir, et pire encore, il veut comprendre. Comme s'il pressentait quelque chose ?

Montrose reçut de nouveau le coup oblique venu de l'intérieur de son cerveau, en mode éveil total.

Il sut à l'avance ce que Sinclair allait tranquillement expliquer.

Pire encore, il le comprit.

Il comprit à l'avance comment ils allaient mourir.

Livre troisième

ANGES ATOMIQUES

Puis il leur dit : « Quand je vous ai envoyés sans bourse, ni besace, ni sandales, avez-vous manqué de quelque chose ? – De rien », dirent-ils.

Et il leur dit : « Mais maintenant, que celui qui a une bourse la prenne, de même celui qui a une besace, et que celui qui n'en a pas vende son manteau pour acheter un glaive. Car je vous le dis, il faut que s'accomplisse en moi ceci qui a été écrit : il a été compté parmi les scélérats. Aussi bien, ce qui me concerne touche à sa fin. – Seigneur, dirent-ils, il y a justement ici deux glaives. » Il leur répondit : « C'est bien assez ! »

— Luc, VI, 22

SYNCHRONIC CITIES

*

AMERIKAN AUTOBAHN

SYNCHRONIC CITIES

Chapitre 64

1

— Pourquoi cette ville ? avait demandé Venus.

— Pourquoi pas cette ville ? avait répondu Sharon.

— N'importe quel point d'entrée fera l'affaire, ce sont juste des inputs/outputs, avait indiqué Novak, sans lever les yeux de son livre aux rayons UV.

Plattsburgh 8 miles. Panneau de signalisation avalé par la tête de lecture-écriture. L'ordinateur GPS reste connecté sur le quadrant de la galaxie, la *midtown* de l'État de New York s'affiche squelette urbain en translucidité sur les nébuleuses stellaires.

— Frontière USA/Canada, avait fait remarquer Venus. Petite ville perdue sur la carte. Excentrée, rien de particulier, aucune singularité, ça me semble le choix idéal.

— C'est la Cadillac qui l'a proposée, sur sa playlist.

« Suffragette City » tournait toujours en boucle, depuis des milliards d'années, à travers toutes les époques : *Hey man oh leave me alone, you know / Hey man oh Henry, get off the phone, I gotta / Hey man I gotta straighten my face / This mellow thighed chick just put my spine out of place / Hey man my schooldays insane / Hey man*

*my work's down the drain / Hey man well she's a total
blam-blam / She said she had to squeeze it but she… then
she… / Don't lean on me man, 'cause you can't afford
the ticket / I'm back on Suffragette City / Don't lean on
me man / 'Cause you ain't got time to check it / You know
my Suffragette City / Is outta sight… she's all right /*

La Cadillac communiquait avec eux par le vide digital inscrit sur cette fraction de MP3, elle communiquait dans une coupure du temps-espace. Elle communiquait à travers le néant.

Elle communiquait immédiatement.

2

Le Motel 8 de la ville de Plattsburgh se situe à proximité de la Route 9 North qui la traverse en son centre, plein style *main road town*, quelques milliers d'habitants, le lac Champlain un peu à l'ouest, artisanat local standard, une micro-cité que l'on traverse sans y prêter attention, où l'on s'arrête quelques minutes, où l'on passe la nuit dans un établissement hôtelier moyen de gamme avant de repartir au plus vite dès le matin, une petite ville nord-américaine où l'on reste toute sa vie, de la couveuse au cercueil.

— On aurait pu choisir plus hype quand même, ne serait-ce que New York.

Venus n'est qu'à moitié ironique, pense Sharon, elle aurait probablement préféré le cœur de Manhattan, ou même le mémorial en chantier de Ground Zero, Macy's, ou la statue de la Liberté, l'Empire State Building, Central Park.

Le motel, deux longues ailes parallèles reliées par le hall d'entrée et les places de stationnement adjacentes. Le logo Motel 8 en gyrophare bicolore dans la nuit submergée d'étoiles. American Way of Sleep.

Novak ne dérouta pas son regard des rayons qui fusaient du livre. Il se contenta d'émettre son avis, toujours aussi rationnel, calme, calcul intégral adapté à toutes les formes de vie, à toutes les formes de non-vie.

— Pourquoi New York ? Los Angeles ça aurait pas été mieux encore ? Beverly Hills, Hollywood, ça c'est hype, non ?

Le sourire de Venus illuminait jusqu'aux surfaces de mercure.

Le riff d'intro de « Suffragette City » attaqua de nouveau le monde.

Sharon laissa rayonner son rire devenu totalement libre.

— Los Angeles n'est pas hype. C'est la ville où on la fabrique. C'est la ville où naissent les tendances. Après, elles vont vivre et mourir ailleurs.

À l'inverse de ses habitants. Certains se contentent d'y mourir, pensait-elle simultanément.

3

CNN tournait en boucle sur l'écran de télévision, Sharon avait choisi le programme de la soirée, exclusif, comme chaque fois.

Ni Venus ni Novak n'y trouvaient rien à redire. CNN contenait tout le reste. C'était précisément sa fonction : nexus de tous les vides médiatiques. Le trou dans le trou.

La coupure digitale.

Ils avaient commandé leur repas habituel : un litre d'eau chacun. Du sel naturel. Une tasse d'huile d'olive. Et un peu d'essence à briquet.

— Ce n'est pas CNN qui nous informe, fit remarquer Venus, devant l'image de Wolf Blitzer. Je crois bien que c'est l'inverse, en fait.

Novak leva les yeux des pages cristal-laser une fraction de seconde.

— Il se passe quelque chose dans le compound, c'est déjà écrit dans le livre. Bien avant que CNN soit au courant. Je veux dire : cela concerne votre père, Montrose, Flaubert et un autre homme présent sur place, pas les opérations militaires en cours…

Sharon pensa : Nous ne sommes pas vraiment sortis de Trinity-Station, nous sommes interreliés à lui, nous sommes son métacentre mobile.

Sur l'écran, les mots Live from the Clearwater Mountains défilaient juste au-dessous du *best political team* réuni pour l'occasion, les images de la plate-forme offshore désastrée laissaient la place à des séquences hachées, aux multiples angles de vue et focales, montrant à la fois des bataillons d'élite ou des groupes d'agents surarmés de l'ATF et du FBI, ainsi que diverses milices venues des quatre coins des États-Unis, et des objets étincelants, ou au contraire d'une neutralité amorphe, se déplaçant dans toutes les directions, zébrant le ciel d'une multitude de formes et de luminosités.

C'était noir, blanc, gris, kaki, rouge, feu.

C'était le moment de l'assaut…

Le moment de l'All-Out Assault. Le moment où trois mondes ne faisaient plus qu'un.

— Que dit exactement le livre ? demanda Sharon.

Novak répondit illico, sans la moindre microseconde de suspens, ni la moindre émotion, sinon cette pointe de curiosité technique qui ne le quittait pas.

Il est une personne, lui aussi, n'oublie pas.

— Il dit clairement que tous ceux qui sont présents là-bas vont mourir, d'une façon ou d'une autre. Il spécifie bien : tous.

Sharon pensa, immédiatement : Il spécifie aussi d'une façon ou d'une autre.

Sharon déverrouilla la Cadillac d'un simple mouvement de la pensée.

Installés tous les trois à leur place dans l'habitacle illuminé ultraviolet, ils roulaient déjà plein sud.

La playlist diffusait toujours « Suffragette City » comme si c'était la première fois. Simultanément elle leur indiquait, sur tous les modes possibles, audios, visuels, trans-psychiques, la route à suivre, sa configuration métastable, les changements à l'œuvre dans leur espace-temps de destination, et les stations BP où la Cadillac pouvait refaire le plein de lumière.

Les Comment.

Venus réinscrivit une ligne *Desperately Mauve* sur ses lèvres en s'aidant du rétroviseur comme miroir.

Sharon ressentit une élévation de son facteur endotherme. Analogue à ceux vécus deux fois de suite en vingt-quatre heures dans le compound. Elle savait que c'était le geste à la fois machinal et naturel de Venus, cette micro-collision de trois ou quatre secondes entre artifice et pur instinct qui en était la cause, pas elle, pas la fille aux cheveux noirs qui osait désormais se refaire une beauté, en public, sous la pleine lumière du soleil matinal.

Ce n'était toujours pas vraiment une forme de désir sexuel.

Une forme étrangère, en tout cas, étrangère à l'espèce. L'espèce à laquelle elle avait un jour appartenu, jusqu'à ce que l'humanité en question l'expédie dans le néant, par le sexe transformé en instrument d'anéantissement de ce désir.

Rien d'évanescent, rien d'étherique. rien d'angélique au sens tristement commun, rien d'animal non plus, un état intermédiaire ?

— Les Anges ne sont pas des êtres androgynes, Sharon. Ils ne sont pas un additif mâle plus femelle, ce ne sont pas des hermaphrodites même luminiques. Ils n'ont pas de sexe au sens où nous l'entendons. Où alors envisageons calmement qu'ils en possèdent un troisième, disons : une synthèse supérieure à la somme de ses parties, comme toujours, invisible, totalement secrète, située à l'Infini, sans doute à leurs propres yeux. C'est peut-être la cause de la chute de certains d'entre eux.

— Le livre dit quelque chose d'intéressant à ce sujet.

Novak fit aussitôt silence quelques instants, ce n'était plus sa séquence de réflexion-calcul-addition, c'était désormais le moment où son esprit faisait synthèse.

— Il dit que vous avez été totalement déshumanisées sur le plan biopolitique, je crois comprendre ce que cela veut dire. Mais que vous avez été aussi détruites dans votre spécificité féminine. Cela a ouvert votre corps et votre esprit à cette paradoxale incarnation d'un ange artificiel en vous-mêmes. Mais le livre dit ensuite que c'est par cette évolution ontique – je sais ce que cela veut dire, du grec *ontos*, être – que vous êtes en train de redevenir des femmes. Mais il ne dit pas si vous redevenez humaines, pas là où j'en suis de ma lecture, en tout cas.

Sharon laissa l'information s'intégrer en elle, le processus était déjà en train de la modifier en profondeur, définition du mot in-formation, CNN n'était qu'une micromachine, l'armée aéro-terrestre qui attaquait le compound n'était qu'une micromachine, le monde en son entier n'était qu'une micromachine.

La seule vraie question qui émergea de cet assemblage mécanisé fut :

— Et toi, Novak, comment es-tu devenu un Ange-Tueur ?

L'échangeur d'autoroutes en déploiement horizon, *time out/time in* : simultanéité dressée totale-verticale en dôme géodésique saturant nadir et zénith de chaque seconde liquéfiée hélium, synchronicité-synthèse-synchrotron toutes particules en accélération dans l'anneau haute vitesse, structure béton acier électricité diurne/nocturne haut voltage, le ciel irradié atomique juste après l'impact, le cockpit de la Cadillac tableau de bord avion de guerre en piqué vers la haute orbite, l'urbanisme-cristal métrique en réseaux cercles concentrés, toutes directions : suivez la voie invisible, paradoxe corpusculaire/ondulatoire en cinémascope plexiglas, rayonnement fossile à 3 degrés Kelvin à fond dans les enceintes Bose, vous écoutez Radio-Fiat Lux en Modulation de Présence, télescopage mental/organique/cosmique *vision tunnel/tuned vision* – source : infinie, *copyright free* – quantum triple-action à travers les fibres folliculaires du pare-brise, le soleil en pyromane céleste déversant son kérosène photonique sur chaque surface du monde, les rétroviseurs braqués droit sur le futur, motorisation : *general re-engineering* carburation psychique propergol cerveau liquide, Manufacture des Nombres, Genesis Unlimited, gaz d'éjection en mode *afterburner*, têtes de lecture-écriture électro-magnéto-logos, neurones en statoréaction, corps chauffés hypersoniques, plasma-cortex/os/chair/sang imprimés flux stellaire. Entéléchie = Musique élevée au carré de la Vitesse-Lumière/$E = mc^2$, bienvenue sur le More-Than-Black-Program Motorcade, bienvenue sur la More-Than-Terrestrial Highway, bienvenue sur l'Amerikan Autobahn, vous entrez dans l'État du Super-Nova Texica. Vous êtes à l'écoute de la playlist Cadillac Blonde/Basement Doll, votre DJ est un enfant tueur matinal, veuillez dépasser toutes les vitesses permises, transgressez tous les codes, effacez tous les programmes, échappez au trafic, trafiquez l'échappée, aucune auto-risation acceptée sauf la Seule, l'Unique, toutes inter-dictions annulées, pas d'exception valide, règle numéro un : vous êtes la règle, règle numéro deux : personne ne l'enfreint sous peine de mort immédiate, vérité-foudre frappant de plus haut que le haut, règle numéro trois : vous êtes anges aux soutes pleines, vous êtes anges exterminateurs, vous êtes en route, les Cités vous attendent sans le savoir.

Vous êtes un événement, un acte toujours repris, une parole toujours présente.

Vous êtes la Cadillac de toutes les Amériques Plus-que-Noires.

Tout le monde va bien la sentir passer.

6

Sharon laissa ses doigts courir sur le petit clavier de l'or-dinateur de bord : celui-ci indiquait le temps exact écoulé depuis l'instant T de la création de l'Univers et faisait défiler le plan stellaire du quadrant de la galaxie dont la Terre occupait le centre.

Le tachymètre affichait digital, une fois sur deux : la vitesse égale au carré de la lumière, et la vitesse de la lumière élevée à l'exposant infini. Minimum/Maximum, *coarse-resume-accel*, le compte-tours en codex de toutes les langues de l'univers, la fenêtre kilométrage laissant s'opérer tous les nombres calculables.

Le pare-brise, devenu écran de combat pervasif, rétro-projetait l'ensemble des villes du globe en cou-ches simultanées/superposées/juxtaposées, les syn-thétisant au fur et à mesure des distances parcourues en une seule cité planétaire irriguée par sa propre dé-construction, nerfs-réseaux de toutes les inversions-déviances imprimés dans sa chair urbaine, circulant médias-réel-cerveaux, et retour, panique virale toutes immunités anéanties, le monde est une idée, une idée qui a pris corps, et qui, comme tous les corps, s'est mise à chuter, propulsion gravitationnelle made-in-Cosmos Power Plant, produisant sa course dans l'espace et le temps – nous sommes à la fois en dehors et en son centre, nous le circonscrivons périphérique et nous le connaissons scanner sphérique, il devient ce que nous sommes et nous, en retour, nous devenons sans cesse un peu plus ce qu'il est, c'est-à-dire nous-mêmes. Nous sommes un piège vivant, un trucage devenu réel, devenu le réel, le seul réel.

Sharon se tourna vers Venus, la lumière de l'habitacle lui rappelait celle de l'hallucination onirique de son enfance, celle de l'UFO, celle qui avait été fabriquée après son avènement par l'homme qui l'avait procréée, elle. Allongé sur la banquette arrière, Novak lisait un épais ouvrage confectionné avec des millions de microfeuilles translucides à travers lesquelles transitaient des rayons laser calés sur la fréquence des ultraviolets et dont elle percevait la course fulgurante jusqu'à l'œil directeur du jeune Serbe.

Venus lui offrit un sourire calme, les yeux mercurisés émettaient une vibration amicale que Sharon percevait niveau atomique dans les strates de métal.

Elle jeta un coup d'œil au lecteur MP3 et opta direct pour « Suffragette City », la chanson fétiche de son père, celle avec l'accident digital, les quelques kilo-octets sonores effacés durant une fraction de seconde, celle du vide physique inscrit sur le chrome, celle du vide métaphysique chanté par son écho, par son spectre.

— C'est bien, cette musique, fit Novak. C'est de votre époque ?

— Grand Portage ? Tu es certaine que c'est bien le Mississippi ? avait demandé Venus, une étincelle de givre aux coins des lèvres, alors qu'elle ouvrait un sourire en suspens sur hélium.

Le lac Supérieur glaçait d'un bleu diamant la surface réfléchissante du rétroviseur.

— Nous sommes à la frontière américano-canadienne, et c'est un Unorganized Territory reconnu comme tel par le Bureau de recensement des États-Unis, intervint aussitôt Novak. Ce nom lui a été donné par les explorateurs, les coureurs des bois et les trappeurs canadiens-français à l'époque de la Nouvelle-France et de la Louisiane française, précisa-t-il, les yeux miroitant de perles ultraviolettes.

Sharon obliqua plein sud, les mots MN61 et leur traduction en langage alien firent leur apparition sur le pare-brise version cockpit tête-haute.

— La Vérendrye… Le livre dit que c'est cet explorateur français qui a découvert ce lieu et y a reconnu le point de passage obligé vers l'Ouest américain. Il y a toutes les frontières intérieures de l'Amérique unifiées ici.

Venus posa sa tempe contre la vitre.

— Les Français… ouvrant l'Ouest nord-américain, pour le bénéfice des Anglais, et donc, par poursuite transhémisphérique, des États-Unis eux-mêmes. Une première fissure, qui se dédouble ensuite, historique et géographique : Indépendance américaine, division Nord-Sud, mais aussi axe de transmission… cela ressemble à une sorte de croisement. Mais surplié, tu ne trouves pas, Sharon ?

Sharon replaça d'un geste vif une mèche blonde tombée sur son visage.

— C'est le point d'entrée de la Route, la Highway 61, la Great River Road, la Blues Highway, l'axe nord-sud du rock'n'roll, celui qui provient des gospels. Celui que nous allons suivre. Jusqu'au bout.

Devant eux, le plexiglas de la Cadillac faisait défiler un long filament de lumière or-feu, un ruban monorail qui se maintenait au-dessus d'un fleuve couleur laser ultra-violet, état trinitaire : solide-liquide-gazeux, et dont les panneaux de signalisation étaient écrits dans le langage des êtres-venus-d'ailleurs.

Des Humains d'Outre-Monde.

Des Aliens-Frères.

Des Nôtres, pensa Sharon.

De ceux dont nous sommes les plus proches, en tout cas.

— Grand Portage. C'est la Porte d'Entrée, est-il dit dans le livre, elle contient déjà toutes les directions à la fois, elle est composée dès l'origine des quatre points cardinaux et il est bien spécifié que nous rencontrerons continuellement cette configuration. Le livre dit qu'il s'agit d'un fractal, je sais ce que c'est. Je comprends ce qu'est cet Anneau.

Sharon laissa passer le flot de paroles, c'était comme si tous les silences additionnés de Novak faisaient enfin synthèse, tout supérieur à la somme de ses parties.

— Le Mississippi est notre accélérateur, reprit-il, le livre l'appelle Synchrotron de Minuit, c'est un anneau, mais je crois comprendre qu'il est infini, ce qui pour nous n'a pas la moindre importance, inutile de me le faire remarquer.

Un anneau, pensa Sharon, la périphérie du cercle, l'interface entre le centre et l'extra-orbital. Pour nous, ce n'est pas le point d'arrivée, mais la plate-forme de lancement. Comme ceux qui, dans l'humanité, choisissent l'expansion cosmique et non pas la chute devenue homéostatique, devenue l'état auto-stabilisé du monde.

Ce choix, sans rémission possible, qui vient juste d'être proposé, là, maintenant, à l'instant même, à l'ensemble de l'humanité conçue la fois comme un immense bloc homogène et une configuration atomisée. Cette alternative entre l'extinction programmée, bien pire que le foudroiement atomique de deux cités antiques, et même de toutes les modernes, et la poursuite, jusqu'à accomplissement, de l'anthropogenèse.

Par une chaîne de télévision devenue le monde.

Par un monde devenu enchaînements de télévisions.

8

God said to Abraham, "Kill me a son" / *Abe says, "Man, you must be puttin'me on"* / *God say, "No." Abe says, "What?"* / *God says, "You can do what you want Abe, but* / *The next time you see me comin'you better run"* / *Well Abe says, "Where do you want this killin'done?"* / *God says, "Out on Highway 61"* / C'est le chant primordial de l'Anneau Synchrotron de Minuit : Robert Zimmerman revisited Bob Dylan / Great River Road Blues Highway 61 hyper-accelerated / elles-il viennent d'entrer dans le Super Collider de toutes les frontières – *Unorganized Territories of American History Ultra X* – toutes les routes en expansion infinie, toutes les routes en accélération absolue, plus vite que la lumière, infiniment plus vite que la lumière, *transhemispheric braintube starts right now* / Grand Portage : propulsion initiale codée MN61 / ils passent la Porte Highway 61 accelerated / Bob Dylan with the Bible Book – Back on the Suffragette City/trois Anges sont sur l'Anneau Mississippi, *Out on Highway 61* / elles-il sont les Anges de l'Accélérateur, les Anges du Synchrotron de Minuit / elles-il sont électricité-magnétisme-lumière fusent Great River Road-Blues Highway vitesse photons éclats de quarks / *don't lean on me, man*, elles-il sont Out on Highway 61 / elles-il sont dans l'Anneau Amerikan Autobahn / back on the Suffragette City, back to the Road of Electric City / elles-il sont Highway 61 accelerated / elles-il sont ce qui va advenir d'un instant à l'autre /

9

CNN, Vox Mundi – the Worldwide Leader in News – venait de le faire savoir. Elle avait dit clairement au monde entier, de sa seule voix, qui était celle du monde, que le choix c'était elle, donc lui.

CNN-le Monde avertissait le Monde-CNN de ce qu'Elle/Il entendait réserver à ce qu'il restait de micro-destins encore égarés hors d'elle/lui-même, sans parler de tous les autres, qui avaient déjà dit OUI, sans même le savoir, et encore moins le comprendre.

Sur CNN, on pouvait lire et voir le futur selon CNN. Sur le réseau d'informations mondial de Ted Turner, on pouvait lire et voir le futur selon Mister Worldwide Networker Ted Turner : il était l'invité d'un déjeuner organisé à l'initiative de l'économiste Brian O'Neill, du Centre américain pour la recherche atmosphérique, qui y présentait une étude sur l'impact de la démographie sur les émissions de gaz à effet de serre.

Le fondateur de CNN proposait la mise en place d'une politique planétaire de l'enfant unique similaire à celle qui avait cours en Chine. Il ajoutait que dans ce cadre, les pauvres pourraient vendre leurs droits de fertilité et tirer ainsi profit du fait de ne pas procréer.

— Ce n'est qu'un argument technique, et c'est pourtant un des objectifs majeurs de leur programme, avait fait remarquer Venus.

Il avait suffi d'une seule et unique phrase pour dévoiler le programme en question, un programme absolument clair, lumineux, transparent, l'exact opposé d'un programme plus-que-noir.

Ted Turner, lui aussi, imitait parfaitement Dieu, s'était dit Sharon : « Il nous faut des solutions radicales : si nous devons exister ici en tant qu'espèce pendant encore cinq mille ans, nous n'allons pas y parvenir à 7 milliards d'individus. »

Les trois mots essentiels : Devoir. Exister. Ici.

Les Nombres : Sharon, Venus et Novak le comprenaient, n'étaient même pas truqués, ils étaient le trucage.

— 7 milliards, laissa échapper Venus en contemplant l'Anneau Mississippi qui s'ouvrait en plein devant eux : c'est une fraction ridicule de ce qui est nécessaire pour coloniser les planètes du système solaire ! Et dans cinq mille ans, si nous poursuivons le travail, nous serons répandus dans des dizaines, des centaines d'autres systèmes.

— Ils le savent parfaitement. C'est pour cette raison qu'ils font croire que ces nombres représentent un danger pour la Terre et les hommes qui y vivent. C'est un piège de toute beauté, et c'est pour cette raison que mon père l'a apprécié à sa juste valeur. L'encagement de l'homme dans sa propre extinction en lui faisant croire qu'il court un danger mortel s'il se dirige à contre-courant de cet anéantissement, et en proposant un plan de sauvetage qui est précisément l'extinction elle même.

— L'Anneau est là, Sharon. Nous sommes entrés en lui, et il est entré en nous. Nous sommes bien trois personnes, à la fois synthétiques et disjointes, nous n'avons plus aucun identifiant sexuel, sauf ce troisième État du Désir. Nous sommes des Anges, singuliers et pluriels, nous ne sommes plus « elles/il » nous sommes « eux », nous sommes « ils » version tiers-inclus, et ils se souviendront de « nous », nous sommes ce que nous sommes.

Duluth – Saint-Paul/Minneapolis Metro Area – à fond
dans le Synchrotron de Minuit Back on the Suffragette
City, ici le Highway 61 accelerated, Mississippi express,
axe nord-sud Amerikan Autobahn, don't lean on me, man,
ici le Highway 61 accelerated, ici la connexion guitares
entrecroisées en foudre-éclairs sur drapeau pirate Unorganized Territory of the more-than-black Rock'n'roll :
Dylan All along the Watchtower debout têtes aux étoiles
perché au sommet d'un pylône télégraphe guitare rouge
du dieu Mars comme seule arme à sa disposition – *All
along the watchtower / Princes kept the view / While hor-
semen came and went / Barefoot servants too / All I got
is a red guitar / Three chords / And the truth / All I got is
a red guitar / The rest is up to you /* Prince : Signal des
Temps aristocrate espion travaillant à son compte – jet
set outlaw – funksubpop bootlegger – braqueur sonique
irruption guitare pourpre dans la Bank of Amerikan Autobahn – *In France a skinny man died of a big disease with
a little name / By chance his girlfriend came across a
needle and soon she did the same /* covers synthétiques
de l'un par l'autre en miroirs mercure, Venus *desperately mauve* en ondes ultraviolettes, Sharon *Northern blue
eyes soul Blonde*, Novak en mode lecture cristal laser,
vitesse Cadillac : *toujours* infiniment plus rapide que la
lumière, synchronicité absolue ils sont en expansion dans
l'Anneau Back on the Suffragette City Synchrotron de
Minuit, ils ne circulent pas sont le circuit ne sont plus
lumière séparée corpuscules/ondes sont troisième état de
la lumière Highway 61 – accelerated / ils sont l'Anneau
tube Amerikan Autobahn en phase Duluth – Saint-Paul-
Minneapolis Metro Area vitesse incalculable, don't lean
on me, man, Back on the Suffragette City /

Desperately Mauve :

— Une conspiration qui devient théorie pour devenir la réalité, rien de nouveau sous ce soleil particulier.

— Sauf que celle-ci ne recouvre et ne dévoile qu'elle-même. Elle fait partie du monde, elle finira par s'éteindre, s'éteint déjà avec lui, puisque c'est précisément la direction qu'elle emprunte, en toute conscience. Pour nous, et la théorie/conspiration de Roswell, il y avait la vérité, la seule et unique, par définition, celle que toutes les autres vérités, relatives à elle, avaient pour objectif de cacher : les Artefacts et les diverses créatures rencontrées lors des contacts rapprochés ne sont pas les Étrangers eux-mêmes, mais leurs biotechnologies, leurs ouvriers. Et au cœur de tout ça, le fait que les Aliens sont des Humains. Les Humains qui ont maîtrisé l'étape évolutionniste de l'expansion cosmique. C'est ça le vrai danger, le risque, l'épreuve.

— Je crois avoir trouvé un passage en rapport dans le livre, cela s'appelle *The Beginning of the End*, le groupe s'appelle « Les Clous de Neuf Pouces ». Sans relever les yeux des jeux de rayons du cristal-laser, Novak se mit à chantonner, dans une coupure digitale de la playlist : *Down on your knees / You'll be left behind / This is the beginning / Watch what you think / They can read your mind / This is the beginning / I got my mark, see it in my eyes / This is the beginning / Well my reflection / I don't recognize / This is the beginning* – et un peu plus loin, le « chorus » : *We think we've climbed so high / Up all the backs we've condemned / We face no consequence / This is the beginning of the end / We think we've come so far / On all our lies we depend / We see no consequence / This is the beginning of the end /*

— C'est très souvent écrit dans ce style-là, rajouta-t-il, par souci de précision.

Puis, après un temps de silence ponctué d'étincelles ultraviolettes :

— Le livre dit ici qu'un moteur de recherche très puissant va s'assurer une position outrageusement dominante dans le très proche futur. Il est écrit : « GooGleMother verra tout, tous et chacun mais surtout fera voir tout à tous et chacun, et tous à chacun et chacun à tous, son autre nom, GooGlePlaNet, indique que son inévitable expansion est à l'échelle du monde entier dans l'intégralité de ses composantes, mais La Mère de Tous les Réseaux fera du vrai monde une sorte d'Encyclopédie Globale dont elle déterminera le sens et la forme, et elle s'assurera de rester la propriétaire absolue de tout ce que les humains produiront par elle, avec elle, pour elle. »

Seul un silence ponctué d'une lumière chrome/bronze/ or feu lui répondit.

Novak poussa un soupir en tournant la page.

— Il est ajouté, dans une note : « On appellera Réseaux Sociaux ce qui dé-socialise l'homme et le transforme en un reflet isolé des autres et de lui-même, sans autre consistance qu'une « existence », devenue celle de l'ombre d'un fantôme. »

Sharon lui jeta un regard appuyé dans le rétroviseur :

— Un moteur de recherche, les machins genre Facebook ? Pourquoi le Livre mentionne-t-il tout cela, selon toi ?

— Le Livre est très clair à ce sujet : « Ils formeront tous la Grande Agence du Monde 2.0 qu'ils sont en train de fabriquer, ce que Les Maîtres de l'Information sont au tube cathodique, ils le seront pour le Labyrinthe de l'Information Maîtresse. »

Et en fait ils seront tous et chacun les parties intégrantes d'un seul titanesque ensemble, rajouta-t-il, sans même vouloir conclure.

Il y avait l'enchaînement fatal des Télévisions, pensa Sharon.

Et il y avait la métastase infinie des Réseaux en « Chaînes ».

12

La destruction des Cités serait l'œuvre des Cités elles-mêmes. Elles choisiraient, en toute conscience, elles auraient en leur possession absolument tous les instruments pour ce faire, toutes les données, tout le savoir nécessaire. Car c'est précisément ça, notre mission, la diffusion générale de toutes ces connaissances que les Humains-Étrangers ont confié pendant des décennies à des hommes comme mon père, dans le plus total secret.

Et tout semblait indiquer que les Cités humaines ne sauraient pas quoi en faire, qu'elles ne voudraient même pas en faire quelque chose, encore moins essayer, qu'elles étaient déjà en train de choisir et qu'en fait elles avaient déjà choisi, avant même qu'on vienne leur proposer une alternative.

Elles ne désiraient aucune alternative. Elles désiraient ce que GooGleMother/CNN-le Monde désirait pour le Monde-CNN/GooGlePlaNet. Elles se désiraient elles-mêmes. Elles se désiraient à mort.

Sharon avait anticipé ce qui venait de se produire de quelques minutes, quelques millénaires, quelques nanosecondes, aucune importance.

Ce qui comptait c'est qu'en ce jour du XXIᵉ siècle naissant, celui que les humains retiendraient tous comme tel, quelque chose était arrivé à CNN en tant que telle. Cet événement entretenait un rapport étroit avec la coupure digitale micronique de « Suffragette City ». CNN produisait à l'instant même les conditions nécessaires pour qu'ils puissent tous les trois accomplir leur mission : The Worldwide Leader in News/Worldwide News as Leader créait une coupure-dans-la-coupure, le réseau de télévision planétaire était en train de fabriquer les instruments nécessaires à la prochaine sélection évolutionniste, il mettait en place les éléments fondamentaux du choix, de l'irréductible alternative, celle dont elle, Venus et Novak étaient les messagers, celle qui allait décider du destin du monde en son entier, avec toutes ses cités, toutes ses Sodome, toutes ses Gomorrhe, toutes ses mégapoles Los Angeles, toutes ses microvilles/stations-service.

13

Flaubert avait clos avec soin le portail du centre des opérations avant d'actionner le mécanisme de descente de l'entrée du super-sas blindé, celui qu'ils n'ouvraient et fermaient que de temps à autre, pour en assurer et vérifier le fonctionnement. La lourde arcade de métal se dirigea lentement vers le bas, sans le moindre accroc.

Puis il attendit que tout le monde ait commencé d'avancer dans le tunnel pour mettre en marche la seconde porte du sas. Elle était soumise, comme la première, à des séries de tests, aléatoires, elle fonctionnait telle que le jour de son installation.

Flaubert savait que toute cette procédure de sécurité était inutile, et pourtant nécessaire.

Ce fut le moment que choisit Frank pour répondre à la question posée, alors qu'il passait à ses côtés :

— Elle a toujours été là, Flaubert. Je veux dire : 1999. Je l'ai mise en place, depuis ma translation, quelques heures avant la nuit du Millénaire. Mais translatée, évidemment.

Flaubert n'avait rien trouvé à répondre, il rejoignit le groupe qui avançait d'un pas vif, mais sans la moindre urgence, vers le fond du tunnel d'accès.

Le SkyLab, sa putain de Chambre Noire, elle aussi elle cachait un secret au cœur de son secret.

Un secret qui serait révélé par lui-même, dans un éclat de vérité absolue.

Frank Sinclair marchait à ses côtés, et pourtant il n'était pas vraiment là, il ne l'était plus physiquement, selon le sens commun. Sa présence continuait d'agir mais sur le chemin du retour, il leur avait bien signifié :

— Le re-engineering général vient de commencer, les filles et Novak sont dans l'Anneau accélérateur, le monde agit comme prévu, le plan suit son cours : je ne peux plus me rendre en personne dans le compound truqué. Ce n'est même pas à cause de ce qui va s'y produire, ce n'est pas une armada du XXe siècle tardif, appelons-le ainsi, qui peut espérer me déranger un tant soi peu. C'est une loi physique, dirons-nous, je parle de la vraie physique, celle que l'homme n'a pas encore découverte et ne désire pas découvrir.

Ils ne seraient pas livrés à eux-mêmes, cependant, quelque chose, ou plutôt quelqu'un, viendrait opérer le trucage à sa place.

Ce quelqu'un était en train d'en être informé, lui aussi il savait ce qu'il avait à faire, aucune inquiétude à ce sujet, le plan suit son cours, je vous l'ai déjà dit.

Lorsque Sinclair en arrive à verbaliser ainsi un « n'ayez aucune crainte, tout fonctionne comme prévu », il est impossible, en fait, d'imaginer le degré de précision et de sérénité auquel il est parvenu, se dit Montrose en obliquant le premier dans l'allée latérale.

14

Les *Massive Ordnance Air-Blast Bombs* – Mères de Toutes les Bombes – furent lâchées en tapis sur toute l'étendue de Trinity-Station, préliminaire aérien à ce qui, déjà, fusait en grappes vers le pic, et tout spécialement vers l'entrée du centre des opérations.

Les impacts en répétition se firent ressentir nettement dans la Chambre Noire, c'est du lourd, pensa Montrose, ils vont casser l'ossature principale d'abord, ils le peuvent, ce n'est pas une installation de 1970 qui pourra résister à des drones de haute précision et à des munitions modernes de forte puissance.

Ensuite, ils enverraient les chars et les autres blindés, quelques hélicos avec les Special Ops, pour l'intrusion aux points névralgiques, juste avant les troupes d'élite, destruction massive de l'ennemi, puis le reste de l'infanterie mécanisée, pour balayer ce qui reste.

C'est-à-dire plus rien.

Le plan suivait son cours, à la lettre.

À la décimale près.

15

Lorsqu'ils entrèrent dans la Chambre Noire, Montrose et Flaubert s'arrêtèrent net presque aussitôt, Kieszlowsky les imita sans savoir pourquoi.

Ils faisaient face au truc de Sinclair. Ou plutôt au trucage. Et ils ne lui faisaient pas face, c'est lui qui les observait.

L'effet spécial qui les entourait, dans lequel ils venaient de pénétrer.

L'effet spécial, lorsqu'il devient vrai, lorsqu'il est révélé.

Un mur d'écrans intégrés, haut de gamme, ACL, plasma, 3D. Une batterie entière d'ordinateurs, où défilaient des lignes de codes en langage alien/humain, un authentique petit *Command Control and Intelligence Center* avec fauteuils mobiles, consoles spécialisées, systèmes de communication à la pointe de la technique.

Celle qui n'existait pas encore, celle qui était conservée à l'abri dans le tas d'épingles, celle qui avait dix ans d'avance sur le futur.

Le vrai SkyLab, pensa Montrose.

— Tout est là depuis le début ou presque. Translaté de quelques nano-secondes, ça suffisait. Et pour ce qui est du matériel, vous pensez bien qu'au milieu des années 1990, on avait déjà tout ce qu'il fallait.

— Mais Frank... à quoi ça va nous servir ?

Flaubert contemplait la Chambre Noire dé-truquée comme un enfant placé face à son jouet rêvé, un jouet qui restera un rêve.

Il n'a pas vraiment compris, se dit Montrose. Mais ça va vite changer.

— D'abord, à conserver le contrôle des opérations jusqu'au bout. Donc à savoir ce qui se produit. Ensuite, leurs appareils de contre-mesures enregistreront partiellement ce qui se passe ici. Donc faire savoir. Ce que l'on veut faire savoir.

Flaubert répondit par son sourire de machine, son cerveau d'ingénieur venait de comprendre. Maintenant nous sommes tous synchrones, pensa Montrose.

Nous sommes tous synchrones avec Elle.

16

Les flammes couvraient des acres. Elles s'élevaient en hautes torchères aux pointes noires parcourues d'irisations sels chimiques. Le compound cramait. Vif. Dans son intégralité. Les arbres réduits en cendres en quelques secondes, jets ardents couronnés par les ondes de chaleur, le roc brisé, pulvérisé par les hautes températures, puis les effets de souffle qui aplatissaient tout en vastes clairières fumantes.

Nettoyage par le feu. Nettoyage par le vide.

Les impacts se succédaient sur la montagne, les vibrations s'enchaînaient, staccato modèle sidérurgique. Ça n'en finissait pas. Ils ne prendront aucun risque, pas même calculé.

Montrose avait largement devancé la vague question, proche du simple constat, qu'émit Flaubert devant les images de destruction totale du Monde-Vecteur. L'ingénieur comprend sa machine au moment où il en assemble les pièces. Et mieux encore : lorsqu'il les désassemble.

— Toute la biotechnologie du compound est carbonisée et on continue de capter les images, par le monde translaté, celui du trucage, c'est bien ça, on est d'accord ?

— Évidemment. Et on les recevra jusqu'à la dernière fraction de seconde. À la décimale près.

Montrose pensa : La plus puissante armée du monde va être vaincue par quelqu'un qui n'est pas vraiment là. Et par une poignée de particules élémentaires dont le statut est à peine plus sûr.

17

Ondes de choc, ondes thermiques, ondes radio, espace saturé bruit blanc, atmosphère liquéfiée pyrique, granit enflammé gazeux : les hélicoptères d'assaut se posaient au milieu des périmètres délimités au fumigène de couleur sur toute la surface de la montagne et de ses contreforts, des ombres en mouvement s'en extrayaient tenue camouflage casqués cuirassés Kevlar, les premières unités d'Abrams se concentraient sur les points d'entrée sélectionnés tout en ouvrant le feu sur des cibles bien précises, le périmètre de sécurité vaporisé orange fluo, l'ancien silo principal en brasero géant, les sas verticaux secondaires vulcanisés napalm ardent, il reconnut les tirs des roquettes Javeline fusant en direction du portail d'entrée, des drones d'observation tournoyaient faucons de titane autour du sommet du Pic, les essaims de *microbots* volants, les colonies rampantes de leurs équivalents terrestres, les tueurs cybernétiques montés sur quatre roues ou sur chenilles produisaient un règne animal/mécanique se substituant à celui qui avait disparu calciné dans l'incendie général, les soldats aux armures composites : prototypes des créatures électroniques armées, tout juste identifiables dans la marée pseudo-vivante, les sous-munitions chutant du ciel : grappes de flèches parachutes mortels lâchés par averses brutales, la foudre orange expulsée par de lourds nuages aux reflets métalliques : AC-130 Spectre foudroyant tanks célestes le sol buriné par l'acier des rafales Gatling 5000 coups-minute, les salves de MLRS rasaient systématiquement les hangars et les blockhaus proches, les obus dernière génération, NLOS, Excalibur, s'abattaient selon leurs balistiques complexes, cherchant la faille dans la rocaille protégeant le centre des opérations, les bombes anti-bunkers foraient la montagne, tunneliers verticaux remplis de poudre, le phosphore en chimie pyroclastique, le tungstène en nuées aurifères, les métaux lourds rendus plastiques, le compound surface lunaire spectrale cendrée volcanique, les cratères encore incandescents en fosses ardentes.

Ils veulent absolument tout détruire.

Le plan suit son cours, il est d'une perfection absolue.

Le monde n'aurait jamais dû essayer de s'en prendre à Frank Sinclair.

Le monde n'aurait jamais dû essayer de s'en prendre à la lumière, lorsqu'elle est plus-que-noire.

18

La chambre portait le numéro 111, elle était située dans l'aile sud du motel, elle donnait sur un vaste parc de stationnement où quelques voitures dispersées scintillaient sous le soleil de midi. Un peu au-delà : un parc municipal tout juste entretenu et quelques immeubles, de petites maisons, des garages privés. Plus loin encore :

une station-service Exxon, la double cheminée de briques d'une usine désaffectée et ce qu'on pouvait apercevoir d'une ancienne ligne de chemin de fer industrielle.

Dans la chambre, un lit Queen Size, où Sharon et Venus avaient dormi côte à côte, et un autre à une place, où Novak avait regardé CNN une bonne partie de la nuit.

À l'aube, lorsqu'elles s'éveillèrent à une fraction de seconde d'intervalle, le jeune Serbe était endormi en travers du lit, la télécommande reposant au creux de sa paume entrouverte. La chaîne d'information en continu faisait état d'une série d'événements paranormaux survenus durant la nuit d'un bout à l'autre du pays.

Apparitions d'UFO en altitude, USA et Canada : 3 010 répertoriées à cette heure, affichait le bandeau horizontal déroulant.

Atterrissages suivis de décollages immédiats pleine campagne voire centres-villes : une bonne centaine, de Denver à Toronto.

Enlèvements extraterrestres : près de mille occurrences en une dizaine d'heures.

Dysfonctionnement général des réseaux informatiques, y compris militaires, même les mieux protégés, interpolation des données, défragmentations sauvages des disques durs, systèmes d'exploitation remplacés par des logiciels d'origine inconnue écrits dans des langages iconiques incompréhensibles, cadence temporelle des processeurs reconfigurée total chaos diachronique, programmes en code-machine binaire constellés de zéros ou remplacés par les séquences ADN des utilisateurs.

Les systèmes d'urgence avaient tout juste eu le temps de placer l'alerte nationale en mode maximum. Les mots America Under Cyber-Attack from an Outer World? s'affichaient en large calligraphie blanche derrière Wolf Blitzer et sa *situation room*, zébrés d'éclairs lumière noire en mode aléatoire.

— Déjà ? On a juste dormi, il me semble.

— Nous ne sommes plus synchronisés avec le reste du monde, Venus. Ce qui s'est produit cette nuit, pour eux, nous l'avons peut-être provoqué hier sur la route, ou même durant notre phase de sommeil paradoxal, ou alors c'est ce que nous allons faire aujourd'hui. À ce stade des opérations, ce n'est pas notre problème. C'est le point de destruction initial, c'est tout.

Les Ray-Ban mercure se fixèrent quelques instants sur la télévision. Toutes les autres informations reléguées dans les limbes. Ce qui subsistait d'internet relayait messages de panique, questions sans réponses, observations stupéfaites en direct.

— Bientôt, nous n'aurons même plus besoin de laisser ouvertes ces entrées-sorties technologiques pour que l'information se diffuse. Elle fera partie d'eux-mêmes, de leurs cerveaux, cognition individuée, immédiate, on a juste à suivre la playlist.

Novak éteignit la télévision sans rien dire.

Midi, c'était l'heure de reprendre la Cadillac des Anges.

Payer la note, faire le plein de toute la lumière tombée du ciel, dont celle venue du soleil proche, et poursuivre la route. La route qui n'existait pas. Jusqu'au bout. C'est-à-dire jusqu'à ses origines.

Jusqu'à l'instant T.

C'est à La Crosse, Wisconsin, que le mode opératoire des Anges de l'Accélérateur Highway 61 leur devint pleinement évident.

La Crosse était la première fractale de Grand Portage et ses quatre branches d'insertion cardinales. La Crosse.

La Croix. Ici, c'était l'origine plus-que-noire du Synchrotron de Minuit, Highway 61 accelerated, son origine secrète, son origine industrielle.

L'électricité. L'énergie sans laquelle aucune Fender rouge, Gibson pourpre, Guild, Rickenbacker, Gretsch, blanches, noires, argent, n'aurait pu voir le jour.

— Cette origine technique, c'est pourtant l'évidence. Elle se trouve sous les yeux de tout un chacun. Il fallait bien que l'électricité existe pour qu'on puisse réaliser la première guitare électrique.

Sharon observa un bref instant le quadrant galactique sur l'ordinateur, il s'était à nouveau réorienté, la Terre n'était plus localisée sur le même point de la carte des étoiles.

— Elle existait déjà. Les hommes ne savaient pas encore comment, c'est tout.

— Tous ces « comment »… Nous allons les leur apprendre, tu crois vraiment ?

— Oui, je crois que c'est le but de l'opération. Ils doivent savoir, pour pouvoir choisir.

Novak, en mode lecture ultraviolette :

— Pour La Crosse, le livre parle de destruction créative, il dit quelque chose comme : c'est au premier échangeur quantique qu'ils comprendront la nature exacte de leur mission. Le chant en question se nomme General Re-Engineering, voilà, il dit : Ne pas détruire, sinon par la reconstruction générale ; ils redonneront vie à ce qui s'est éteint, les fantômes de l'âge électrique, les spectres du triangle atomique, c'est par la vie offerte, redonnée mais comme sa reprise, qu'ils seront le plus grand danger.

Puis il ajouta, à une microseconde de distance, le temps d'établir une synthèse qui lui paraisse acceptable : Ce livre est la version diachronique du voyage, le plan de route, alors que l'Anneau nous diffuse de manière synchronique. Enfin, disons qu'il commence. C'est ce que le livre dit : Une fois passé le psaume Re-Engineering celui-ci commencera pour de bon. Le livre est directement relié à notre expérience. C'est comme s'il s'écrivait en même temps, et pourtant il est déjà écrit.

Sharon laissa son regard capter les luminescences UV dans le cristal ardent du rétroviseur.

— Peut-être est-ce toi qui l'écris au fur et à mesure, avec trois secondes d'avance ?

Venus aspira un rayon de lumière.

— Destruction créative ? Je crois qu'il y a exactement ce qu'il nous faut dans cette ville. Quelqu'un dans cette voiture croit-il au hasard ?

Datas en cockpit tête-haute :

25 km sud de La Crosse, Wisconsin, comté de Vernon, ville de Genoa.

Centrale nucléaire à eau bouillante – REB – 50Mwe mise en fonction 1967 à l'arrêt 1983. Déclassée.

Démantèlement en opération :

Cuve réacteur expédiée 2007 Barnwell, South Carolina, usine traitement déchets faible activité.

Stockage local combustible usé en containers secs.

Attente stock fédéral.

Sharon rendit son sourire, mode arctique, à l'éclat désespérément mauve que venait de lui envoyer Venus, par rétroviseur interposé.

Ils sont les Anges Gardiens du General Re-Engineering, s'ils détruisent quelque chose, ce n'est pas pour se contenter de le reproduire à l'identique, s'ils réparent un monde qui s'est laissé ruiner par lui-même, ce sera pour en faire surgir une autre version, updatée, upgradée, non pas plus forte, ou plus complexe, ni plus simple, ni plus rapide, mais meilleure. Plan évolutionniste en mode industriel-technique-psychique, le General Engineering propose une authentique alternative, il est le plus implacable des choix, car en lui tout est potentiel, tout est puissance induite ou impuissance volontaire, ils sont dans la

Cadillac-Lumière et ils traversent la ville de La Crosse, État du Wisconsin, ils sont :

21

Au point-instant fractal La Crosse expansion cruciforme / la centrale électronucléaire au centre du collimateur / *snipers* en formation Y calculée *microchip* autour de la cible / Les Anges tireurs d'élite, les Anges atomiciens, les Anges ré-ingénieurs, les Anges *réparateurs*, les Anges ouvriers, les Anges qui vont faire le boulot / *My father is working and I'm still working* / connaissances outre-monde venues en droite ligne de la science plusque-noire / « Suffragette City » en coupure digitale qui ne cesse d'emplir de son vide esthétique/machinique l'espace-temps de la playlist, *don't lean on me, man*, ils sont Out on Highway 61 unlimited / ils s'infiltrent saboteurs déviants dans l'enceinte de la centrale, experts en démolition du Néant plus rapides que la lumière, ils ne sont même pas invisibles, ils ne sont pas concevables / ils braquent la banque électrique-atomique mais c'est pour en remplir les coffres-forts d'un métal plus précieux que le plus précieux des métaux connus sur Terre / cognition-lumière ré-invention de tout le techno-système La Crosse intégré, anticipation rétro-ingenierée direct dans le *grid*, une microseconde horloge atomique en main / le livre dit : *reboot-baby, please be my accelerator, reboot-baby, please don't forget my name, reboot-baby, let's spend the night together, nuclear, re-boot baby, we'll never be the same* / pervasive-internitive intrusion : guérilla du Monde Créé au cœur du Cœur Atomique de La Crosse – out on Highway 61 accelerated : cuves-réacteurs réassemblées, réactivées, barres d'uranium, bassins de réchauffement, turbines, traitement des eaux radioactives, tout est reingénieré plus-que-noir / tout est trucage donc tout est vrai / transpsychisme alien appliqué sans pitié sur industrie morte / Usine-Croix remise dans l'instant – *Instant T* – en état de marche / cerveaux humains face à la Cadillac de la Cognition / *don't try to be stronger, get ready for the shot and do not fail the test, don't even try to be smarter, just be right on the spot, just be sure you are the best* / maintenant, l'électricité oubliée est devenue ce qu'elle est, une mémoire out on Highway 61 reactivated / tout est 100 % nominal, la centrale électronucléaire de La Crosse en mode surgénérateur Phénix renaît sans cesse de sa propre consumption fissile / tout ici est

Réingénieré.

La station BP survivante surgit comme les autres dans le tube d'accélération highway 61 *re-electrified*, pleine nuit, tous feux allumés, enseigne halo astral, marque déposée catastrophe, compteurs des pompes en boucles chiffrées aléatoires, probabilités calculées direct live Oil Spill Disaster, équations de Maxwell, constante de Planck, nombre d'Avogadro séquencés Rapid Eye Movement, leds basculant stochastiques sur les cadrans dollars cash et toutes cartes de crédit acceptées, suite infinie des nombres en défilement vitesse lumière. Depuis la première station-service rencontrée sur la Highway 61, renommée Interstate 35 South sur ce tronçon initial, elles s'étaient succédé – diachroniques – mais elles formaient simultanément un amas d'étoiles autoroutières synchronisées, émettant leurs rayonnements dans la double bande chromatique jaune/vert.

Le conglomérat du pétrole plus-que-noir éparpillé aux dispersants chimiques sur le Mississippi Express, galaxie en état de mort clinique, réseau matrice divisé en îlots stellaires isolés digital par les coupures Suffragette City, coma hydrocarbure en expansion linéaire, stations en panne.

Celle de La Crosse, 201 Sky Harbour Drive, avait été réingénierée avec l'ensemble des activités industrielles liées à la centrale électronucléaire, elle était devenue l'antenne de contrôle *submarine subway* des stations-service appartenant à la firme responsable de l'accident du Golfe, elle émettait ses ondes en direction de toutes celles réparties sur l'Amerikan Autobahn, objets carburant non identifiés en crash Roswell : modèle répétition automatique, réservoirs vidés NO FUEL AVAILABLE, remise à zéro des composants mémoire industrielle, amnésie virale pandémique Beyond Petroleum. Les stations rescapées s'éteignaient les unes après les autres, net, *on-off*, coupées cordon ombilic digital depuis le golfe du Mexique, là où se trouvait leur générateur, version Synchrotron de Minuit.

— La station BP de La Crosse ne conservera intacte que les principales d'entre elles, comme celle d'Anguilla, passé Saint-Louis. Mais tant que nous ne serons pas parvenus au Golfe, et à la plate-forme DeepWater Horizon, nous ne pourrons pas faire grand-chose contre cet état de fait, nous devrons surveiller de près notre approvisionnement en carburant photons.

— Nous allons d'abord traverser Memphis, le livre insiste sur le fait que c'est une étape stratégique de l'opération. C'est le second grand passage par une fractale de la figure aux lignes d'insertion cardinales. Ce livre n'est pas qu'un plan de route longitudinal, c'est aussi une sorte de traité militaire.

— Mais adapté à notre manière de faire la guerre, n'est-ce pas ? C'est-à-dire tout préparer pour un état de paix qui ne soit pas universellement uniformisé, mais singulier à chacun. Autant dire une paix dont personne ne veut vraiment, elle obligerait à poursuivre le plan de l'Évolution.

— Une paix intrusive, Venus, une paix qui implique la liberté ou qui destine au néant. La vouloir ou non importe peu. La paix n'est pas un choix, elle est sa résultante.

— Shannen Doherty, de *90210 Beverly Hills*, y est née en 1971, avait conclu Venus en envoyant un baiser *desperately mauve* au pare-brise.

23

L'Anneau percutait Memphis jet de quarks plein fouet. La Cadillac y fit irruption trait de lumière intelligente parée à toutes les éventualités.

Memphis, Tennessee, c'était l'autre Cité des Étoiles, mortes ou vives, c'était la Cité-Étoile, point d'impact, point initial, la figure fractale Est-Ouest-Nord-Sud mise en écho multiplex : intersection de deux Interstates et de sept autoroutes majeures, plus l'axe synchrotron, parallèle à toutes les routes qui y conduisaient, deux droites sont dites parallèles lorsqu'elles se rejoignent à l'Infini, les autres se recoupant nécessairement dans le plan vectoriel. Neuf plus une branches rayonnant rock'n'roll en vitesse absolue, une autre ville-épingle dans le tas d'épingles, une autre cité plus-que-noire cachant sa vérité par celle-là même, une autre des cités secrètes de l'électricité atomique *overexpanded*.

Memphis, Tennessee : Hollywood recentrée plein Midwest, recadrée American Soundtrack History Ultra-X. Memphis, Tennessee : attention Cadillac en accélération synchrotron, les Anges sont aux commandes, le General Re-Engineering ne fait que commencer, ici, il y a beaucoup plus que ce qu'il leur faut, out on Highway 61 by all means necessary.

Datas en ligne sur écran-lumière tête haute : Memphis c'est d'abord le plus important aéroport-cargo du monde. La raison en est simplissime, elle suscite chez eux l'expression d'une joie sereine, calme comme un soleil froid : ici, c'est le principal terminal export de FedEx. C'est aussi la plate-forme de correspondance centrale de la compagnie aérienne Delta Airlines, le quartier général de la firme AutoZone Incorporated, celui d'International Paper, et de 150 compagnies d'envergure mondiale en provenance de 22 pays différents.

Venus avait jeté un regard amusé vers Sharon.

— S'il y a un endroit à réingénierer sur le Synchrotron de Minuit, je ne pense pas me tromper de beaucoup en émettant l'hypothèse que c'est celui-ci.

— Nous allons avoir du travail. Memphis ne sert pas que d'échangeur multipistes pour la face plus-que-noire du Highway 61, cette ville est la Cité du Hall of Fame américain excentré/recentré plein axe, seule Nashville pourrait entrer en concurrence avec elle. Mais Nashville n'est pas sur cette route, elle est localisée sur l'autre branche primordiale, celle que nous allons croiser plus tard, à Saint-Louis.

— La Route-Fantôme ? demanda Novak. Le livre en parle : la Highway 61 accelerated a un frère jumeau, un autre Rock'n'Roll Express plus-que-noir sauf qu'il y est précisé : Cette route fantôme croisera le tube Highway 61 sous deux noms, elle est l'ombre d'elle-même, elle a quasiment disparu, mais existe encore dans toutes les mémoires, elle continue de briller, par son absence, elle est localisée plein centre de l'Amerikan Autobahn, une fois traversé, ce croisement essentiel ne peut plus être dissocié du Synchrotron, il en devient partie intégrante.

Puis il poursuivit, à une nanoseconde de distance : Cet embranchement est le métacentre diachronique/synchronique, analogique/digital de l'Amerikan Autobahn.

— *See you at the center of the Galaxy*, avait dit Sharon, *in a whiter shade of pale.*

La vitesse de la Cadillac ne cesse d'augmenter, ici, ils le savent, ils vont passer turbo : Memphis, Tennessee, a intérêt à bien se préparer, la guerre transpsychique va y laisser quelques traces durables, sur l'urbanisme transformé en autant de trucages opératifs, sur les cerveaux-cibles humains, sur tout le réel dont elle est secrètement constituée, effet spécial en cours d'exposition dans l'Anneau où les particules élémentaires sont des êtres vivants, plus-que-vivants.

Alors plein tube au travers de la Cité des Étoiles, celle qui déterritorialise Los Angeles et ses studios de cinéma sur l'Anneau Synchrotron du Rock'n'Roll comme programme plus-que-noir, là où s'est enregistrée la bande sonore de la Conspiration Américaine, là où sont passées à rebours les locomotives du blues, par la voie ferrée conduisant droit vers la Porte d'entrée, celle des Grands Lacs du Nord, là où la musique des esclaves venus d'Afrique s'est industrialisée beat machine sur rythmiques rails et bogeys, tempo des migrations usinées vapeur puis électricité.

Memphis, Tennessee. Rock'n'Roll Star, in more-than-black.

— Je me demande comment nous allons pouvoir réactualiser ceci, avait dit Venus en observant sur le pare-brise tête haute le défilement d'un code Étranger-Humain indiquant : FBI Memphis / 225 North Humphreys Boulevard Suite 3000 / Memphis, TN 38120 /

— Même les organismes fédéraux ont besoin d'un peu de maquillage, Venus, surtout pour un trucage général.

— Alors, *Desperately Mauve*, s'il te plaît.

Novak laissa passer son rire d'enfant âgé quasar naissant : mauve, c'est pas ce qu'il y a de plus proche de l'ultraviolet, dans le spectre visible ? Le corps humain émet naturellement cette longueur d'ondes, par son ADN.

— Tu veux transformer l'antenne locale du FBI en émetteur d'ultraviolets ? demanda Sharon.

— Ce n'est pas moi, sauf si ton hypothèse de l'écriture à trois secondes d'avance tient la route. Le livre indique ceci : Les agences de contrôle social devenues les supplétives de l'entropie-programme seront ré-ingénierées selon un plan de bataille ordonné. Sur le Synchrotron de Minuit, ils trouveront dans la ville nommée Capitale de l'Ancienne Égypte un temple dressé au nom du Dieu FBI. Ils en feront le centre d'émission de bio-photons en très grande quantité, le rayonnement ultraviolet naturel du code génétique.

Venus changea la position du siège passager, version grand confort, version *on the American road*, Amerikan Autobahn jusqu'au bout :

— C'est justement ça, je crois, ce General-Engineering, nous ne sommes pas là pour renverser l'ordre des choses, notre mission est de détourner la ligne vectorielle du monde, de lui faire suivre une divergente. Une divergente absolue.

À quelques nanosecondes de distance de plus, Novak ajouta :

— Il semble que ce soit une des sciences que les Humains-Étrangers étaient sur le point de dévoiler aux hommes comme ton père, Sharon.

Sharon laissa en place la mèche blonde qui venait balayer son visage :

— Eh bien, maintenant c'est chose faite.

Partir d'une singularité excentrée, la recentrer, mais pas au point prévu, logique, formaté par la géographie historique des hommes, ne pas chercher l'opposition frontale, modifier en profondeur l'état psychique du monde en usant de l'effet spécial intrusif, de l'effet spécial devenu plus-que-vrai.

Sharon se fit la remarque que le plan des opérations ne souffrait d'aucune faute esthétique.

— Et maintenant, que faire de leur aéroport-cargo ? Que faire de FedEx ?

— Tu sais quoi, Sharon ? Je ne pensais pas que les Anges découvraient leur mission au fur et à mesure.

— Ce n'est pas tout à fait le cas. Il y a le livre. Et nous connaissons notre objectif final. Mais surtout nous sommes des personnes, nous avons un corps, photonique mais singulier, nous possédons un nom en propre, nous vivons, nous expérimentons, nous sommes des Agents. Nous sommes libres.

— Le livre reste muet à ce sujet. Il y a peut-être cette phrase, sibylline, je sais pas, on dirait une forme de poésie. Mais ça ne ressemble pas à celle que j'apprenais à l'école, avant. Ça dit : Ils viendront pour le corps de la ville, mais aussi pour ses noms, ils verront les cargos aviation, ils sauront que l'étoile est une île.

Ça ne correspondait à aucune chanson de la playlist, elle ne résonnait dans aucun espace de sa mémoire, elle semblait n'appartenir qu'au livre, Sharon fut saisie par l'évidence, kidnapping cortical immédiat. Cela ne pouvait signifier qu'une chose : impro freestyle right now, solo-larsen déclenché au prochain break, prochain fractal, prochaine coupure, là, tout de suite, sans attendre.

La Gibson Flying V qui se forma entre les mains de Venus était couleur espace intersidéral passée l'orbite de Pluton.

Sa pensée prit forme aussitôt. *Music. Play it loud. Play it louder than ever.*

Divergence. Divergence absolue. Ni opposition frontale ni simple poursuite, pas de rupture, pas de continuité, un *process*. Laisser vivre la guitare plus-que-noire, *more-than-real*, en glissant ses mains dans le flux, en épousant ses variations, avec un peu d'avance, très peu, une simple anticipation cognitive-intuitive. Même pas trois secondes, tout juste trois dixièmes. La décimale, près.

Le plan sabotage humain terroriste, même extraordinaire, aurait consisté à couper l'aéroport-cargo de Memphis de l'intégralité de son réseau de lignes aériennes, paralysant du même coup tous les envois FedEx destinés au monde entier.

Une virtuosité purement académique, celle de tous ces guitaristes ultrarapides dont aucune note ne porte au-delà d'elle-même.

Autant dire rien. La mort d'une économie-monde qui se vouait à son extinction volontaire, une simple euthanasie suffisait.

Rien qui ne vaille /

Ce plan-là : faire diverger le réseau-étoile FedEx de toute dialectique terrestre, concentrer en une ligne mélodique monochrome/monotonale la myriade polyphonique, substituer la pure électricité à la répétition automatique des motifs, transformer l'aéroport-cargo en un centre de lancement spatial. Comme chaque fois, une singularité : l'Astrodrome-Cargo.

Pour tous les colis FedEx.

Mais pas en direction de l'orbite terrestre. Sharon ne put empêcher un rire enfantin d'éclater entre ses lèvres, les ouvrant pleinement à la lumière qui y entrait – input – et qui en sortait – output.

L'aéroport-cargo de Memphis enverrait une longue suite de cubes bicolores marqués du logo de la compagnie dans l'espace extra-orbital, bien plus haut, bien plus loin que 400 ou 500 kilomètres d'altitude.

Une seule ligne, unidirectionnelle, un train formé de milliers, de millions de wagons, mais toujours pas grand-chose par rapport à la distance à parcourir :

Droit dans le soleil.

S'ils le veulent, ils pourront en faire quelque chose. S'ils le veulent, ils sauront comment.

26

La voix de Novak s'éleva, sucrée comme du miel, depuis la banquette arrière :

— Il n'y a rien d'écrit de plus à ce sujet, mais je crois que je viens de comprendre le sens de la phrase un peu étrange de tout à l'heure. Nous nous sommes occupés du corps de la ville, maintenant c'est au tour de ses noms. Le Hall of Fame. Et en effet, c'est une île. Ils y sont tous réunis.

— Le Hall of Fame recentré… Midwest Hollywood. Une île. Un espace circulaire, au milieu de l'espace circumterrestre. Une terre circonscrite par l'horizon océan. Un espace ouvert-fermé. Input-Output. C'est ça.

— La question me semble plus complexe que pour ce que nous venons d'accomplir, Sharon. Tu es sûre que nous pouvons updater des personnes ?

— Ce ne sont pas des personnes.

Plus froide qu'elle ne l'aurait voulu. Plus froide que la radiation fossile.

— Ce ne sont pas vraiment des noms, en fait. Ce sont des célébrités. Des personnes publiques, des individus-publicités, des identités qui ne s'appartiennent plus. Ce sont des *trademarks*, elles aussi. Mais elles ne sont que les *trademarks* d'elles-mêmes.

La Cadillac fuse dans le Synchrotron de Minuit, Novak vient de leur expliquer que le livre contient une liste. La liste. La liste des noms qui n'en sont plus vraiment, la liste des noms qui ne sont plus rattachés à des corps singuliers, mais à des images toujours plurielles, des images fabriquées en masse par ceux qui les voient, la liste des noms qui sont devenus publi-cités.

— On peut ainsi concevoir que ce sont des fictions. Des fictions vivantes. Singulières. Mais elles ne vivent que par leur multiplication en tant qu'images.

Venus vient à peine de desserrer les lèvres, dans leur fréquence de mauve.

Alors, c'est plus-que-clair :

27

Ils sont l'Anneau / À ce *moment* du voyage, ils sont le livre, ils sont la liste, ils sont tous les noms de la Cité, tous les noms concentrés sur l'île du *Hall of Fame* déterritorialisé Memphis, Tennessee, tous les noms décentrés Hollywood – recentrés Mississippi Express / ils sont le *name dropping overextended* du Synchrotron de Minuit, typologie : rencontres de troisième type modèle Star-City Airplane détourné plein vol / transmedia – panamerican – midwestern fashion land / Lisa Marie Presley *contact* Shannen Doherty, Cybill Shepherd *contact* Morgan Freeman, Alex Chilton *contact* Arthur Lee, Booker T *contact* Aretha Franklin / *the 15 minutes of fame accelerated in one nano-second* / divergence Mid-West re-centered en Anneau cinémascopique : le *Mystery Train* et son wagon blindé rempli des secrets de cette translation/ Jim Jarmusch demande à Screamin'Jay Hawkins, Tom Waits, Joe Strummer, Otis Redding et Roy Orbison de faire monter la pression *more than black rock-star-city along the Mississippi River*, Elvis Presley icône graphique pop art s'occupera de la bande-son originale / Jerry Lee Lewis au centre implosif des *Great Balls of Fire*, enregistrements solaires de Sam Phillips, preacher : Jimmy Swaggart himself, Holy-Road détournée Saint Midwest : Alec Baldwin/Dennis Quaid/Winona Ryder / *the man in more than black* : Johnny Cash et June Carter *walk the line* accelerated T-Bone Burnett,

Joaquin Phoenix et Reese Witherspoon en quarks synchrotron / Pour 21 grammes de Black Snake Moan substance filmique, Benicio Del Toro, Sean Penn, Naomi Watts et Charlotte Gainsbourg fomentent en secret un business tordu avec *Larry Flynt* et ses complices, Milos Forman, Oliver Stone et Courtney Love / Ed Norton et Woody Harrelson en transfuges transmedia s'allient avec *La Firme* de Sydney Pollack et ses agents, Tom Cruise Gene Hackman Holly Hunter en rencontre de troisième prototype Synchrotron de Minuit / Tom Hanks expédié FedEx Planet Nowhere – *Cast Away* – par l'homme du retour vers le futur / C'est Memphis, c'est une ombre lumineuse, elle est formée d'une tension permanente entre le Centre et l'Ouest, Californie en divergence, secret star city of the Amerikan Autobahn / toutes images publiques unlimited / l'île du 15 Minutes Hall Of Fame en expansion/contraction infinie / girls on films, boys on stage, men-women under the Synchronic Light-Show / Memphis, Tennessee, est déjà derrière eux, la Cadillac affiche la prochaine destination sur le pare-brise cockpit cerveau-haut / Ils sont en route pour le centre de l'Anneau, là où tout se recoupe à l'infini / là où tout se croise / la capitale secrète de l'Amérique plusque-noire les attend et eux n'attendent plus rien – plus rien ni personne / Ils sont sur l'Amerikan Autobahn, ils sont synchroniques avec toutes les cités du Mississippi Express / ils sont les trois affluents du fleuve-route-tube axe nord-sud, Missouri-Ohio-Arkansas, trinité fluviale à jamais embranchée à l'Anneau par son point crucial / Saint-Louis illuminated, Saint-Louis en vue, Saint-Louis : Highway 61 reconnected, Highway 61 et son ombre, Highway 61 et /

— La Route 66, déclassée le 27 juin 1985, le livre l'indique comme la route fantôme, la Highway 61 accelerated la croise sur un point de la carte-territoire nommé Kirkwood, où elle a été renommée Road 100.

— Road 100 ? l'Unité parfaite, à deux décimales près ?
Un croisement trinitaire entre la 61, la 66 et cette 100 ?
Quelqu'un croit au hasard dans cette voiture ?

28

Le drone d'attaque avait frappé pleine cible. Portail
d'entrée pulvérisé net. Sas blindé salement mis à mal.
Son frère jumeau de titane détonant l'avait violemment
fait éclater en provoquant de profondes fissures dans la
seconde arcade. Les volées de projectiles perforants, puis
explosifs, avaient immédiatement suivi pour achever le
travail. Chirurgical. Seuls quelques pans déjà fragilisés
de la montagne s'étaient effondrés en masses de poussière et de roches brûlantes autour du point d'impact.
Voie libre.
Pour les roquettes incendiaires et les obus à effet de
choc amplifié.
Tout cramer puis tout souffler aux abords immédiats
du point d'insertion.
La salle de contrôle détruite, calcinée du sol au plafond, les machines en pièces détachées fumantes, les
espaces adjacents, tunnel d'accès, mess, chambres, cuisines, entrepôts de stockage, allées transversales, cellules de survie, lockers, rasés de tout objet, toute aspérité,
peinture comprise.
Voie libre.
Pour les hommes en armures Kevlar et les artifices
mobiles intelligents.

29

— Ils vont tout nettoyer pièce par pièce par groupes
spécialisés, avait dit Kieszlowsky, en observant les écrans

de contrôle comme s'il s'agissait d'une multidiffusion du Super Bowl.

— Je vois des Gladiators qui se pointent là-bas, ils vont les lancer en reconnaissance armée le plus loin possible. Il se pourrait bien qu'ils foncent direct jusqu'au bout du tunnel. Faudrait peut-être penser à notre propre procédure.

Flaubert jouera son rôle jusqu'à la dernière seconde. À la décimale près.

— Non, avait enchaîné Montrose, pas d'un seul coup, ils vont suivre les cercles de défense intérieurs, c'est ça la procédure, avait-il insisté.

Montrose avait raison.

Sur le mur d'écrans, la procédure suivit son cours.

Ils finirent par tous se regarder, les uns après les autres, le silence régnait, solitude sonore absolue. Il ne restait plus aux formations de Special Ops et aux autres unités des forces tactiques, accompagnées de leurs prédateurs mécanisés, qu'à franchir le dernier anneau de sécurité. 150 mètres.

À l'extérieur, toute l'étendue de ce que fut le Monde-Vecteur était recouverte de véhicules militaires et policiers en tous genres, des milliers d'hommes arpentaient déjà le terrain, de gros hélicoptères noirs se posaient sur le contrefort oriental entre deux colonnes de blindés légers roulant à basse vitesse en direction des ruines, la montagne en son entier, pratiquement rasée de toute végétation, modèle proche voisine du mont Saint-Helen, était parcourue de l'équivalent d'un catalogue officiel des forces armées des États-Unis, les chars d'assaut avaient pris position en masse devant l'entrée du bunker central et dans tout ce qu'avait été la base militaire, dont il ne subsistait plus rien.

Le plan suit son cours. Ne reste plus qu'à lancer notre propre procédure, pensa Montrose.

— Alors où elle est ? demanda Flaubert.

— Là où elle a toujours été. Sous vos yeux.

Sinclair s'était détourné du mur d'écrans, le tunnel d'accès plongé dans l'obscurité passait sous toutes les fréquences spectrométriques, donnant à voir les groupes d'hommes et de robots de combat prêts à passer à l'action d'un moment à l'autre, dans des halos filtres couleur découpés au rasoir digital.

De quoi « faire savoir ».

Puis il avait dirigé son fauteuil mobile en direction de l'autre extrémité de la pièce, là où, durant des années, s'était trouvé son vaste bureau de travail. Là où, durant des années, ils l'avaient rejoint, à quelques occasions, lors des grands bilans, des grandes décisions, des choix à la décimale près.

Pendant plus de dix ans, le bureau anodin de Sinclair avait été truqué par un pupitre de contrôle, blanc crème et orange, comme tiré de *2001 : L'Odyssée de l'espace*, stylé plein pot années 1970 high-tech.

Il était doté d'un clavier principal, d'un pavé numérique, d'une rangée de diodes, de trois petits écrans incorporés, quelques interrupteurs. Une simple machine. Qui semblait dater de quarante ans. Mais qui avait sûrement dix ans d'avance sur le futur.

— Elle est programmable à la nanoseconde près, évidemment, ses principaux composants électroniques étaient prévus à l'origine pour les vols orbitaux à 28 000 kilomètres-heure. Mais vous constaterez la présence de cinq boutons presets, avec des leds juste au-dessus. Ils sont programmables eux aussi, je leur ai donné des valeurs simples, mais qui correspondent aux principaux cercles de défense du compound, de sa frontière extérieure légale jusqu'au dernier anneau intérieur du centre des opérations. Celui où ils se trouvent regroupés en ce moment même. Qui se trouve être le meilleur sur le plan timing général…

Ils s'approchèrent d'un pas égal vers le pupitre stylé années 1970.

Le voici, enfin, le contre-pôle caché du Monde-Vecteur dont il nous parlait parfois, pensa Montrose. Ce qui ne devait pas être là, dans une base militaro-nucléaire désaffectée depuis deux décennies.

— 3 heures. 30 minutes. 3 minutes. 30 secondes. 3 secondes. Je pense que ça répond à tous les cas de figure.

Flaubert posa une question muette, son regard à l'éclat glacé avait suffi.

Sinclair la capta 5 sur 5. C'était la question technique. La question du « comment ».

— Uranium 235 : Stable, fiable. Éprouvé. Vingt kilotonnes. La puissance médiane Hiroshima-Nagasaki. Du nucléo-tactique, dirait-on aujourd'hui. On l'a fabriquée à nos heures perdues, avec un peu de matériel de récupération, au TrinityLab !

Maintenant, pensa Montrose, le Grand Trucage va commencer.

Le Grand Trucage nommé vérité.

— Vous savez quoi ? J'en grillerais bien un p'tit… un p'tit dernier pour la route, soupira Kieszlowsky, dans un rire étouffé.

— On a toujours tout ce qu'il faut avec nous, pas vrai Montrose ? Surtout pour la route…

Montrose répondit en ouvrant sa boîte métallique de cigarillos brésiliens où s'alignaient une demi-douzaine de thaï-sticks roulés d'avance, il la tendit à Kieszlowsky qui saisit délicatement un des pétards offerts. Écartant ses doigts, Montrose lui indiqua d'en prendre trois d'un coup, la moitié, après tout on ne savait jamais, et ce n'était plus l'heure des demi-mesures. Flaubert extirpa d'une poche son gros joint conique déjà entamé, soigneusement enroulé dans un morceau de papier aluminium.

Il posa la question en recrachant sa première bouffée.

Le trucage translaté de Frank Sinclair se tenait debout face à eux, le dos au pupitre de contrôle de la bombe.

— Frank, on doit savoir jusqu'au bout maintenant. Si on meurt pas vraiment dans l'explosion, si quelqu'un – comme tu as dit – vient opérer le trucage jusqu'au bout, qu'est-ce qui va se passer, après ? On sera avec toi, on deviendra immortels, nous aussi ?

Frank n'a jamais l'air aussi sérieux que lorsque son visage s'éclaire ainsi, constata Montrose.

— Je ne suis pas immortel, Flaubert, premier point. Second point, immédiatement : vous ne pouvez espérer gagner gratuitement la Vie Éternelle avec votre passé, même pas Kieszlowsky, qui a apporté son aide à l'organisation de complots et de quelques assassinats avec le dénommé McLaren. Ou alors, j'en ai bien peur, sous des températures ambiantes qui avoisineront chaque seconde celle qui se dégagera ici dans un petit moment. Je navigue dans l'internité, c'est tout, je n'existe plus officiellement depuis longtemps dans le monde dit normal, et on trouvera les preuves de ma présence ici, jusqu'au moment de l'explosion, ce sera suffisant pour assurer le truc de la version officielle. Mais je me dois d'être clair, je ne suis pas immortel. Ni dans le monde truqué, ni dans le Monde-Vecteur. C'est juste un peu différent… disons que nous pouvons considérer une sorte de grâce accordée… en échange de quelques… travaux. Disons missions.

— Comme des Anges, c'est ça que tu es train de nous dire, Frank ?

— Non, les Anges sont des personnes véritables, je veux dire qu'ils sont immortels de nature, eux. Nous, nous sommes des tueurs dans l'âme, nous sommes des prédateurs, des joueurs d'échecs, nous nous servons des autres êtres humains comme pièces sur les cases de notre jeu.

— Alors quoi ?

Les vapeurs de marijuana développaient déjà leurs nuées cannabiques autour d'eux.

— Disons que nous sommes leurs prolétaires, leurs adjoints, employez le mot que vous voulez. Comme le sont Sharon, Venus et Novak. Leurs ouvriers. Leurs soldats. Leurs agents. Leurs agents secrets. Ultra-X, cela va de soi.

Flaubert expulsa un long nuage de fumée.

— Ça me va parfaitement, tu imagines bien.

— Nous continuerons d'agir. Mode programmes plus-que-noirs. Mais ce seront les nôtres. Disons plutôt les leurs.

Montrose devina plus qu'il ne vit vraiment trois sourires fins comme des rasoirs s'ouvrir simultanément.

Il ne restait plus qu'à attendre.

À la décimale près.

AMERIKAN AUTOBAHN
(Highway 61 – Route 66 – Road 100 United)

Chapitre 65

1

La Cadillac roule plus vite que la lumière, *ultra-photonique*, mode d'accélération dit Ultra-E. Totale synchro avec chaque point de l'espace et du temps le long de l'Amerikan Autobahn. Diachronie en révélation digitale. Ils sont devenus les explorateurs des Grandes Conspirations Américaines, celles qui ont façonné le monde en secret, le monde secret, le monde plus-que-noir, ils sont la rencontre de troisième type incarnée en tant que telle : crime scene/zone mutante, le but de l'expédition est l'expédition elle-même. C'est ce voyage qui va permettre à la lumière de surgir des ténèbres, c'est ça le Synchrotron de Minuit : plus vite encore que la pensée.

Le Verbe.

Ils sont projetés direct dans le métacentre de toute la structure. État cognitif : Accélération infinie. Narration instantanée de leur propre existence, inscription temps réel/espace-fiction de leur vie-lumière active et intelligente, dotée d'un corps et d'un nom, ils sont vivants ne jamais l'oublier, nous sommes tous vivants. Nous sommes synchroniques ET diachroniques, nous sommes transchroniques, internitive métatechs, nous sommes dans l'Anneau d'Accélération qui emporte avec lui tous les crimes et tous les mystères de l'Amérique plus-que-noire, nous sommes la divergence, l'intersectrice que l'on n'attendait pas.

Sharon fit un geste vers l'ordinateur de bord. Celui-ci envoyait encore une image différente de ce quadrant de la galaxie, le système solaire tout entier y occupait une place oblique par rapport à la précédente.

Quelque chose va changer. Est en train de changer. A changé.

Totale synchro sur la divergente. Plus vite que la pensée. Transcription lumière-réel instantanée.

Saint-Louis, Missouri.

Voilà ce qui a tout changé.

Novak tourna une page du livre, éclats laser ultraviolet en accélération, eux aussi.

— Oui, c'est bien le métacentre, c'est ici que la Highway 61 croise la Route 66, mais selon cette divergente, cette déviante dont ils parlent ici. Non seulement la Route 66 est une route fantôme, mais ici, à Saint-Louis, comme je vous l'ai signalé, elle prend le nom de Road 100. Le livre dit que ce métacentre est la figure trinitaire qui nous accompagnera partout et que ce sont trois hommes vivant ici qui en formeront le modèle.

— Trois hommes ? demanda Venus, ils n'en disent pas plus, bien évidemment.

— Si, répondit Novak. Ils disent qu'il s'agit de trois écrivains.

Puis il rajouta :

— L'un d'eux occupe une place spéciale. Ils ne disent pas lequel d'entre eux, mais ils laissent un indice dans un des chants : ils y rencontreront l'homme du langage-machine, né d'une dynastie de nombres-machines.

Le parking désolé se trouvait au milieu d'une zone de décombres industriels, immeubles rafistolés à tous les étages, hangars à bout de souffle, morceaux d'usines, de stations-service, grillages éventrés, murs en ruines, réverbères inactifs, sinon quelques projecteurs au sodium en provenance de l'autoroute Highway 61, qui déroulait son ruban de béton juste derrière un bloc de réservoirs d'essence BP.

Crime scene/zone mutante : la Cadillac est à l'arrêt. Sharon vient de passer en position « Park », traduction simultanée langage Amerikan Autobahn : phase Logotron.

Ils sont dans le métacentre, l'œil du vortex, l'œil de l'Anneau cyclonique-photonique, ici tout est devenu tellement mobile, cinétique, dynamique, que la divergence conduit non pas à une forme statique, mais à une re-synchronisation avec le temps terrestre.

Ils attendent. Ils attendent les trois hommes avec lesquels ils ont fixé ce rendez-vous nocturne, sur la route fantôme aux deux noms, aux deux nombres, à proximité d'un embranchement avec la Highway 61.

Sharon se rendit compte qu'il s'agissait d'une rencontre secrète typique. Une rencontre classée Ultra-X. Lorsque le sort du monde est en jeu, et surtout ses véritables joueurs.

Les trois hommes apparurent dans une Cadillac Eldorado des années 1950, couleur noire intégrale, évidemment. Ils arrivèrent pleins feux allumés, pour le contre-jour électrique. Ils n'éteignirent leurs phares qu'une fois la voiture garée de façon oblique derrière une façade rescapée où s'effilochaient des affiches de publicité Coca-Cola, Ford et Las Vegas datant de plusieurs décennies.

Dès que les trois hommes mirent le pied sur le sol de la Route 66, l'impact cognitif fut immédiat. Nexus. Cross-Over. Génétique mentale.

Sharon sut à qui elle avait affaire. Elle sentit l'onde de choc frapper Venus, elle lut la question qui se préparait à être formulée dans l'esprit de Novak, plus vite que sa propre pensée.

— Novak, ce ne sont pas des spectres, ni des Anges comme nous, ni une quelconque forme de ce qu'on appelle des âmes perdues. Nous sommes dans le réel, rappelle-t'en. Ils sont transchroniques, ils sont vivants. La route du Rock'n'Roll, la route au double nom-double nombre, la route fantôme 66 est un des secrets les mieux gardés de l'Amérique. Ces hommes sont vivants, c'est pour cette raison que ce qu'ils ont à nous dire est si important. Vivants, Novak.

3

L'homme qui descendit de la place conducteur portait un petit chapeau informe et un costume démodé depuis la date de sa naissance, soit le 5 février 1914, au 4664 Pershing Avenue, Saint-Louis, Missouri.

William Seward Burroughs Jr. était le fils d'un autre William Seward Burroughs, l'homme qui avait inventé la première machine comptable, et dirigeait depuis lors la Burroughs Adding Machine Company.

Fils déviant de cette première dynastie industrielle-numérique, il était devenu décrypteur du réel par sa déprogrammation systématique, vision active et singulière – métamachine – des nombres, des noms, de son propre corps et l'invention d'une première forme de littérature digitale en divergence absolue, coupant hardware-software dans le corps du réel. Celui qui était caché par les contrôleurs de la pensée-langage, les gardiens du camp de concentration sémantique général – pensa-t-elle.

William Burroughs fut rejoint par ses acolytes. Deux divergences, elles aussi. Tennessee Williams qui indiquait par sa simple présence qu'il fallait poursuivre la route plein sud, *Go South*, comme prévu, mais selon une vision déviante qui devait impliquer le langage et toutes ses convolutions psychiques. *Get High.*

T. S. Eliot, *Go Up*, émettait une autre version codée du même message.

William S. Burroughs transmit alors le sien.

Space Out.

Et à eux trois, ils proclamaient, *Trinity United* :

STAY FREE.

4

Les trois hommes avaient décidé de former un groupe de rock émettant sur Radio White Metro, fréquences Ultra-X : CODEX, le folk sudiste déviation-express de Tennessee Williams, la liturgie magnétique de T. S. Eliot, la guérilla bruit blanc de William S. Burroughs.

Sharon en contact télépathique plus-vite-que-la-pensée avec Venus. Novak qui repose le livre quelques micro-instants, le temps objectif, réel, que va durer le rendez-vous Ultra-X.

Avec lui, William S. Burroughs a apporté une documentation capitale : ses propres écrits. Ils contiennent les secrets opératifs de l'agencement social par le langage et les moyens de les contrer, pratiques comme théoriques.

C'est pour cette raison que le livre cristal-laser affirmait que le General Re-Engineering serait activé plein pot à Saint-Louis. Au métacentre.

Burroughs est lui-même un ré-ingénieur.

Il a fait science singulière l'étude de différents codex, a écrit un Livre des Morts, a ré-inventé, plus vraie que la vraie, la vie de Dutch Schultz, célèbre gangster d'avant la seconde guerre mondiale. Il est l'homme de la situation. Il est lui-même un secret américain. Il est à lui seul une conspiration de la théorie.

C'est pour cette raison que l'échange d'informations est instantané, plus rapide que la pensée, la précédant sans l'asservir, pur processus, forme de vie.

William S. Burroughs vient d'agir.

Il vient de leur livrer sa Parole. Ce qui est écrit dans ses livres. Ce qui a été su et dit avant d'être pleinement conçu, expérience initiale-terminale, ce qui permet au Re-Engineering de Saint-Louis de commencer immédiatement avant même que

La Cadillac passe en mode d'accélération / le document codé Ultra-X de William S. Burroughs et de son *rock band* induit directement sa mise en chantier / C'est le codex secret de ses livres – action-pensée-parole immédiate / c'est /

L'exterminateur de l'Interzone parle Radio Métro Blanc à tous les Garçons Sauvages à l'écoute du Livre des Morts, là où la vie de Dutch Schultz est dévoilée sans l'Ombre d'une chance / c'est /

La Révolution électronique en Terres occidentales conduite façon Machine Molle, à l'aide d'un ticket qui explosa dans le Nova Express / c'est /

Le Junky des *Cités de la nuit écarlate* écrivant ses Lettres du Yage / c'est /

Le Festin Nu conduit à son terme dans un Livres des Rêves / c'est /

Saint-Louis, Missouri, métacentre de l'Amerikan Autobahn, le territoire Ultra-X de l'écrivain ré-ingénieur / c'est ce qu'ils emportent avec eux / c'est le langage-machine de toutes les machines-contremachines / c'est la déviance opérative qui interface sens-forme-corps / c'est la William Burroughs Jr. Digital Synthesis Company / c'est ici et maintenant /

Le temps qu'elle survole ce que la cité de Saint-Louis, Missouri, est en train de devenir, la Cadillac modèle SRX Crossover s'est hybridée Eldorado années 1950.

Vision cerveau-haut, vitesse Ultra-E : la ville natale de William Burroughs, T. S. Eliot et de Tennessee Williams s'est transmutée en un centre de transcription/cryptage des langages-objets Humains-Étrangers doublé d'un complexe avancé de Neurophysique Sémantique Quantique, destiné à comprendre ce qui fonde la parole, lorsqu'elle est plus rapide que la pensée, et comment celle-ci intervient alors dans la neurologie intégrale du corps humain. Identification officielle plus-que-noire : Code & Objects Digital Expansion, C.O.D.EX.

C'est le Re-Engineering version Big Bang, celui qui va initier la synthèse générale, là-bas, dans le Golfe, objectif final Amerikan Autobahn, là où leur action sera pleinement engagée, en expansion Ultra-E.

Ils sont Highway 61/Route 66/Road 100 accelerated, comme William S. Burroughs, T. S. Eliot et Tennessee Williams, de Saint-Louis, Missouri, ils forment un groupe de rock à leur tour, celui du Synchrotron de Minuit, sur leurs propres fréquences Ultra-X, leurs chansons vont désormais occuper la playlist du monde, effacer la playlist du monde.

See you at the center of the Galaxy : *Born directly from the numbers factory / Raised as the Son of a computing machines dynasty / He cuts-up the language-machine thru his Nova express / Makes a science from the disjunction as an industry / Puts a ticket who exploded inside the code police general headquarters / Drove them all crazy with its own neurophysics tests / deviant counter control of its own soul its own body / Go Up – Get High – Space Out / Stay Free / See you at the center of the Galaxy, man / See you in the sole reality /*

5

Deux droites sont parallèles lorsqu'elles se rejoignent à l'infini, le message en code Humain-Étranger traverse le cockpit de lumière en parvenant à y implanter le diagramme dans leurs nerfs optiques, diagramme qui ne peut être visible, encore moins concevable, pour les yeux, les cerveaux humains, et encore moins pour ceux de cette époque. À cet instant T, là où elles se recoupent, elles produisent une intersection, infinie elle aussi : le Synchrotron de Minuit est parallèle, simultanément, à toutes les routes de l'Amerikan Autobahn. Ici, Saint-Louis, Missouri, il est le Highway 61/Route 66 renamed Road 100 et la coupure digitale de « Suffragette City » s'est étendue à l'infini dans l'Anneau / Croix de l'Accélérateur, elle a englobé le monde, et le monde a disparu de la playlist.

« Suffragette City » vient d'être avalée par sa propre coupure digitale. Trou noir. Surpliage de l'espace/temps réel. Vide totalisé absorbé par lui-même. OFF. *Out of the playlist*. Mais il a emmené la playlist avec lui.

Alors les Anges chantent pleine voix – synchroniques, guitares électriques en Anneau Grand Delta accelerated, playlist Cadillac-Lumière plus-que-noire intégrée, motorisée, incorporée, impro free-style infinity en mode binaire, toutes les routes de l'Amerikan Autobahn unies en Unorganized Territory :

Désormais, la playlist c'est le chant électrique de leurs corps à la vitesse-ultra-lumière, leur Rock'n'Roll synchronique/accelerated, Synchrotron de Minuit tombé des astres et qui y retourne, les chansons qui seront écrites jusqu'au Grand Delta plus-que-noir, le Triangle Burning Petroleum, le Golfe en feu, au cœur de la Troisième Bombe. Titre de l'album en vente libre/open source : General Re-Engineering, les habitants de cette planète vont le sentir passer.

6

Atomic American History Ultra-X : *Please, remember : his name is just Little Boy / Trinity is the place where he*

*was born / As the most human deadly toy / 'Cause he's
always three in only one / Enola Gay for the mother-
bomb / The Great Artiste flying over the womb / got a
twin called Necessary Evil / They don't think twice, they
think double / please, remember that his name is just
Little Boy / he will destroy a city all alone /*

Coordonnées géographiques de Bâton-Rouge :
30°27′29″N 91°8′25″O 30.45806, -91.14028.

En laissant s'implanter la suite de nombres dans son
nerf optique, Sharon jette un coup d'œil sur le compte-
tours/minute. Il indique un certain nombre de phénomènes physiques en train de se produire. Écho actif de
la faille géologique sur laquelle se trouve Saint-Louis,
une secousse sismique de 4,2 échelle de Richter vient
de frapper l'Indiana par l'axe-affluent Ohio, des inon-
dations diluviennes submergent les États du Sud-Ouest
et le Nord Midwest, des blizzards venus en droite ligne
de l'Arctique balayent le Nord-Est, englobent le Canada
oriental, et poussent leurs poudreries glaciales jusqu'à New York City, paralysée par la neige, on dirait
que c'est la planète elle-même qui cherche à se déré-
gler.

La Terre qui trouve ses propres stratégies déviantes,
sans contrariété frontale, en s'updatant imprévisible,
oblique, divergente.

— 230 kilomètres de la côte, nous sommes entrés pour
de bon dans le delta du fleuve.

Bâton-Rouge : paramètres en surimpression lumière
sur le plexiglas photonique.

Un des principaux centres portuaires industriels des
États-Unis, interface Grandes Plaines Centrales/Delta
par l'axe fluvial Mississippi. Seconde raffinerie pétrolière des USA, Exxon-Mobil, un demi-million de barils
par jour, constellation chimie minérale, pipelines en
étoile jusqu'à Houston, Texas, Go West, et – Go East –
jusqu'au littoral de Floride.

— Ce n'est qu'un point de passage, la dernière déviance avant le point d'arrivée. C'est un test. Un test conduit après-coup. À rebours du parcours. Le tachymètre indique : Trinity Test. Troisième Bombe. Uranium 235.

— Un test ?

— Un test Synchrotron de Minuit, un test qui ne se déroule ni au début ni à la fin de l'expérience, pas même en son milieu. Hors termes. Hors Centre. Ce n'est pas aléatoire, c'est notre ticket d'entrée pour le Golfe, et il n'est pas gratuit.

— Bâton-Rouge, fit remarquer Venus en dévissant précautionneusement un nouveau tube de *Desperately Mauve*, je ne sais pas pourquoi, cela m'évoque la dynamite, mais aussi barres d'uranium, incandescence, je trouve le nom bien choisi, ici aussi il reste beaucoup de choses en attente de leur « upgrade ».

— Oui, mais en mode purement industrie noire. Pas de fantômes littéraires comme à Saint-Louis, pas de *name-dropping* cinémaUltra-Xcentré, comme à Memphis. La face nue de l'Unorganized Territory.

— Le livre est peu loquace à ce sujet. Mais j'ai noté ceci : Ils passeront Trinitron là où Rouge est un Bâton, / ils passeront le test Exxon-Houston-Armageddon / Ils verront dressées vitesse du son / les flèches cathédrales en fusion /

— Encore un peu de poésie, celle que tu n'apprenais pas à ton école.

— Oui, mais c'est à nous de la produire, intervint Sharon, c'est à nous de trouver la bonne divergente, la déviance technique de cette ville somme toute ordinaire.

— Je sais, nous sommes le réel, nous allons nous en occuper, de cette ville, crois-moi. Ce module de l'Accélérateur, Trinitron, il fait se rejoindre le test Trinity de 1945 et celui que nous allons accomplir ici, à ce que je sais. À ce que je comprends.

Sharon laissa un trillion de particules élémentaires de toutes natures fouetter son visage. Il fallait épouser ce beat-machine urbain, il fallait faire d'Exxon-Mobil et de sa galaxie pétrochimique, ses pipelines en réseau, ses armadas de tankers, autre chose.

Ici, il suffisait de suivre le General Re-engineering à la lettre, sa chaîne de commandement. Tout convertir. Déviant. Divergent. Oblique ET crucial. Absolument. Immédiatement.

Le Plan des Opérations en leitmotiv, vitesse Trinitron, le Test atomique néo-mexicain à l'horizon.

La vitesse Trinitron est une variation, une phase particulière et unique de l'Anneau, comme toutes les autres.

Sharon, Venus, Novak deviennent lecteurs opératifs des données qui s'affichent vision cerveau-haut/temps réel : Little Boy – Uranium 235 – masquait son frère jumeau, FatMan, Plutonium. Le test Trinity, qui se déroula sur la base aérienne d'Alamogordo, Nouveau-Mexique, le 16 juillet 1945, servit à valider une technologie alors moins fiable, moins éprouvée, les Américains ne voulaient pas avoir le moindre doute, or ils en avaient. Le test Trinity servit à valider FatMan, qui allait raser Nagasaki. La deuxième bombe atomique de l'Histoire des hommes. Trinity fut surnommée le gadget par ses réalisateurs, elle n'était pas vraiment une arme opérationnelle. Elle était encore un jeu.

FatMan was born from Trinity / He was made for Nagasaki / He flied along with his own twins / B-29 Great Artiste and his brother The Big Stink / He was dropped at 3 hours 49, from the plane remembered as / Bockscar, it was 1945, august 9 / please don't forget his name, even if it's "FatMan" /

Cognition en mode accélération industries noires : Préparation d'une Troisième Bombe par l'US Air Force, au cas où les deux premières missions se seraient révélées nécessaires sans être suffisantes. Une Troisième Bombe pour le coup de grâce. Une Troisième Bombe pour parer à toute éventualité. Accès direct vitesse-lumière aux archives du général Spaatz, objectif déterminé : ville de Sapporo, Hokkaido.

Laboratoire National de Los Alamos, émission depuis 1945 en mode *internitive metatechnologies* : cœur de plutonium en cours de fabrication et de livraison, Oppenheimer ordonne de ne pas charger la matière fissile dans l'engin qui doit prendre la route de San Francisco avant d'arriver sur la base de Tinian, Pacifique, aux alentours du 20 août.

La Troisième Bombe n'arriva jamais à destination.

— Il faut que nous pensions *fast-forward*, nous devons nous synchroniser avec la vitesse spécifique de la phase Trinitron. Little Boy était prêt, FatMan ne l'était pas. FatMan fonctionnait au plutonium, il fallait un test, il le passa avec succès. La Troisième Bombe ne fut pas utilisée. La question est : qu'est-elle devenue ? C'est sans doute la clé de ce nous devons accomplir ici.

Venus tête de lecture, Venus en mode analogique, Venus en mode Venus Vanderberg.

— Je pensais aux mots que tu viens d'utiliser. *Fast-Forward*. Ce n'est pas plus vite, la réponse. C'est bien forward mais pas plus rapide, juste un peu plus loin.

Sharon laisse une naine blanche venir s'incorporer à ses cheveux. Venus en pleine montée Go Up / Get High / Space Out / Stay Free :

— Il faut penser divergence. FatMan marchait au Plutonium, la technologie n'était pas encore complètement opérationnelle, donc ils la testent et elle devient opérationnelle. Mais elle n'est pas utilisée. Cette troisième bombe – plutonium – indique autre chose qu'elle-même, elle indique quelque chose qui n'est pas encore là, mais qui dépend d'elle. Une technologie qui devra être testée, à son tour. À de nombreuses reprises. Et qui ne sera jamais utilisée, elle non plus.

Sharon en impact cognitif immédiat : La bombe H. La bombe à hydrogène, celle dont on ne fissionne plus les noyaux atomiques, mais qu'on fait fusionner. La bombe cent fois, mille fois, dix mille fois plus puissante que tous les Hiroshima, tous les Nagasaki possibles, concevables, réalisables. La bombe dont les canopées radioactives, superposées stratosphériques, peuvent dépasser 160 kilomètres de diamètre, météorologie artificielle et pourtant si naturelle, fraction de soleil tombée sur Terre, hydrogène devenant hélium, poursuite du processus de division/expansion infinie du Cosmos.

Il faut une bombe atomique à fission de type Hiroshima-Nagasaki pour produire le niveau de température nécessaire à la fusion des noyaux d'hydrogène. Il faut donc des bombes A fiables 100 % nominal pour penser faire exploser une bombe H.

1952. Bikini Islands. Même pas la moitié d'une décennie. Un petit peu plus loin dans le temps et l'espace. Mais en quoi les bombes thermonucléaires sont-elles une divergence de la bombe A initiale ? Elles en sont plutôt la rupture-continuité.

— Je ne pense pas à la bombe H en tant que telle. Je pense au process. La fission est le point initial de la bombe H, mais il faut en chercher la déviance, son update non linéaire. Je pense à la fusion nucléaire, Sharon. Je pense à la fusion nucléaire contrôlée.

Un morceau de soleil, un morceau de soleil transplanté sur la Terre, mais pas pour quelques morceaux de territoires micronisés par le MondeZéroPop Global-Trade Zone et ses directives destinées aux camps mondiaux de totale déconcentration. Un atome du soleil, pour ceux qui seront préparés au General Engineering. Pour ce monde, et jusqu'à son orbite proche, pour cette planète, et son au-delà immédiat. Pour longtemps. Très longtemps. Plus longtemps que tous les CNN, Worldwide leaders in News.

— Très bien, Venus, Exxon Mobil, Bâton-Rouge, avec tout le complexe pétrochimique et les infrastructures portuaires, les pipelines, jusqu'à Houston, centre des opérations spatiales, et la Floride donc Cap Kennedy, on est bien tous d'accord ?

Venus appliqua ses lèvres *Desperately Ultraviolet* contre le pare-brise de lumière, le baiser s'y déposa, son empreinte resta stable le temps de la vie d'un quark, puis devint un code de transmission en langage Humain-Étranger.

Alors que la Cadillac quittait Bâton-Rouge, le complexe pétrolier Exxon-Mobil se reconfigura étape industrielle par étape industrielle, à la vitesse Trinitron. Une cathédrale circulaire, moyeu d'une roue solaire qui tournoyait à la surface du monde, fit irruption à la place de l'ancien site pétrochimique, une flèche conique émergea en son centre, bien plus noire que la nuit. À sa pointe, rayonnait en douceur l'éclat continu d'une micro-étoile.

7

Trinity overdrive : *Three seconds, decimal zero, all systems ready to go / three seconds, decimal zero, the process is undergo / two seconds, decimal zero, you're inside the nucleus / two seconds, decimal zero, you will be it and you will be us / one second, decimal zero, now you're inside the real space-time / one second, decimal zero, all the lights on the green line / zero second, decimal zero, you're the fission, you are the flux / zero second, decimal zero, let's roll, baby, let be the Fiat Lux /*

Sur la banquette arrière de la Cadillac des Anges, le livre cristal-laser émet de faibles lueurs intermittentes en s'éteignant progressivement.

Novak n'est plus là. Il est parti. Out on Highway 61-Route 66 renamed Road 100, accelerated.

Parti en mission. En mission plus-que-noire.

Son départ a été précédé de la lecture d'une page du livre-cristal-laser.

Cette page n'émet pas dans l'ultraviolet, mais dans l'infrarouge. Divergence rapprochement/éloignement, comme pour les objets cosmiques.

Infrarouge. La fréquence du feu invisible.

— *IN SPIRITU SANCTO ET IGNI* est-il dit ici, tiré de l'Évangile selon saint Luc. C'est le sens ultime de ce que je dois accomplir. Mon sacrifice.

Sharon et Venus lui répondent par la seule parole qui vaille, le silence. Ce silence qui annonce la vérité, ce silence qui annonce la musique sur laquelle Dieu va se mettre à danser.

— Les crimes que j'ai commis au Collège de Montréal étaient une manifestation directe de la disparition de toute vraie lumière en moi. J'ai répondu au néant par les ténèbres, j'ai répondu à la perversité rationnellement organisée par l'organisation d'un acte calculé, j'ai répondu à la parole devenue cruauté par le silence devenu arme secrète, j'ai répondu à leur programme par un plan, un diagramme, j'ai répondu à leur écrasement de toute solidarité par l'élévation au carré de ma solitude, j'ai répondu à leurs tribus par le clan formé de ma seule personne. Je suis revenu aux temps des sacrifices humains. Je suis revenu à ce qui ne peut recevoir de Nom, reste étranger aux Nombres, mais fait du corps, sa chair, son sang, une monnaie d'échange.

La musique sur laquelle Dieu va se mettre à danser fait entendre ses toutes premières notes, ses tout premiers battements, ses toutes premières ondes.

— Alors c'est à moi qu'appartient Le Grand Départ. C'est moi qui dois transmuter un peu de matière en une colossale expansion de lumière. L'Interrupteur Initial/Terminal, c'est moi, qui suis non pas débiteur, mais au contraire créditeur. *CREDO*. La fausse monnaie qui m'habitait va subir le plus intense taux de change expérimenté à ce jour par l'homme. La lumière factice qui s'était mise à me contaminer par les voies naturelles de la société va devenir l'artifice par lequel je serai transmuté machine vivante, par lequel je deviendrai de même nature qu'Elle. Elle : la Troisième Atomique, Elle, qui m'attend pour enfin exister, c'est-à-dire rayonner à partir de son point d'impact : moi.

Sur la banquette arrière, la page infrarouge éclaire très faiblement cette partie de l'habitacle.

Sharon et Venus poursuivent leur route au travers d'un tunnel sans fin. Elles ne forment qu'un avec l'Anneau. Novak se dirige droit vers sa propre désintégration/réintégration. Il va former une multitude infinie à ce moment précis.

Il deviendra ce qu'il est.

8

Neurocontact Sharon/Venus : Nous aussi nous tuons, mais nous avons été tuées d'abord / la destruction comme point préliminaire : nos Noms, nos Corps anéantis / nous faisons payer les innocents pour les coupables / agents-anges de la Sainte Réversibilité / Novak est différent, il nous complète, tout autant qu'il nous disjoint / Oui, comme Elle, comme la Troisième Atomique / Celle dont il sera l'Opérateur-Processeur…

Novak est en train d'effectuer le tout dernier trucage du Monde-Vecteur, là-bas, ici, dans le compound Trinity-Station devenu Cosmic Unorganized Territory, axe nord-sud : Grand Portage – golfe du Mexique, axe est-ouest : route fantôme rock'n'roll atomique. Mise en croix Amerikan Autobahn, échangeur autostrade toutes directions vers l'instant T, température extérieure : 3 degrés Kelvin, température intérieure : 3 millions Celsius. Novak se tient à l'entrée-sortie de l'Anneau, 1 trillion de guitares électriques en larsen continu pour élever le mur de térawatts, les trois accords pentatoniques élémentaires tournent en boucle sans fin autour du globe, à la grandeur nature du Cosmos.

Il est le noyau. Le noyau qu'il ne faut pas diviser. Le noyau de la Fission.

9

Novak devint présent au cœur de la bombe à la décimale près. Zéro. Plus une poignée de nanosecondes nécessaires à quelques processus purement mécaniques.

Aucun des êtres humains réunis dans ce qui avait été la Chambre plus-que-noire de Frank Sinclair ne put percevoir quoi ce soit, aucun ne sut ce qu'il advint vraiment à l'instant T de la fission. Ils avaient été vaporisés bien avant, au point d'impact hypocentral, température immédiate : environ 7 000 degrés centigrades.

Le voici en suspens au-dessus de l'hypocentre, le point d'où il va rayonner, en phase avec la bombe, en fait, il est devenu la Bombe. Il est devenu ce qu'il est.

La Bombe, son explosion, chaque microcycle, l'événement en son entier.

La bombe de 20 kilotonnes va produire 2×10^{24} fissions, elle va engendrer presque aussitôt un pyrocumulonimbus haut de plusieurs milliers de mètres.

Il est l'Opérateur. Il est le Processeur. Il est l'Interrupteur. Il est trucage du cosmos, il est triple, comme toutes les vérités, il est donc d'une simplicité absolue : il est paradoxe. Il est à la fois

Expansion Infinie / Néant

Expansion Infinie / Division Infinie

Expansion Infinie / Chute sans fin.

Il est là. À l'instant-point de la fission initiale.

Il est :

Ange de la Fission, il est l'opération dans l'intégralité de ses dimensions : synchronique, tout le processus au même instant T, et diachronique, plan narratif du phénomène.

Ainsi, il est :

Le processus dit du tir au canon : deux masses subcritiques d'uranium 235 sont violemment réunies par la mise à feu des charges classiques qui projettent la première masse sur l'amas fissile cible.

Intensité de la collision : calculée pour que la masse critique ainsi produite soit la plus compacte au moment où commence la réaction en chaîne.

Il est chaque atome d'uranium 235 et 238 réunis dans la structure fissile et la masse critique requise, il est cette masse critique, il est le stock sans fin des nombres ayant structuré les calculs et les équations qui ont permis son obtention, il est aussi la machine qui les a opérés, la machine-alpha, et sa sœur jumelle, la machine-oméga qui vient les insérer dans le dispositif terminal.

L'ensemble des matériaux réfléchissants sont placés autour du cœur de la bombe. Déflecteurs à neutrons. Uranium 238 pur. Cet isotope ne peut atteindre la phase fusion, il est le seul élément capable de réfléchir tous les neutrons vers la source d'émission. Le déflecteur U238 retient et distribue les neutrons à l'intérieur de l'enceinte. L'uranium 235, détonnant par kilotonnes, est circonscrit par un « élément-frère », dont les radiations spécifiques protègent les systèmes essentiels et assurent le parfait déroulement des opérations, selon les calculs opérés à l'avance. À la décimale près.

Il est donc :

L'Ange de tous les isotopes. L'Ange de la *Missionaria Atomica*.

Il est :

Présence inerte et massive du bouclier de plomb, cet uranium mort de vieillesse naturelle pour prévenir l'éventuelle émission accidentelle, non calculée, de radioactivité par la bombe, les interférences néfastes, non processives, avec d'autres mécanismes de la machine dont il est l'Ange Gardien. Une machine plus-que-noire qui est/a été/sera bientôt aussi brillante que le soleil, et qui atteindra instantanément la vitesse des particules élémentaires.

Alors il est le processus en mode digital-chronique, il est la Bombe machine à calculer, il est le résultat de l'opération, il est :

Ange de l'Instant T, l'Instant Thermique, il libère immédiatement une formidable quantité d'énergie dans un volume très réduit. Cette libération d'énergie vaporise la tête nucléaire : énorme boule de feu en expansion. Il est la température qui atteint dix millions de degrés centigrades pour une durée infinitésimale et sur un point de singularité unique, tout juste calculables. Dans un rayon de 17 mètres, la température atteint les 300 000 degrés Celsius. Dans les 100 mètres, elle culmine à 12 000 degrés, au niveau du sol, sous l'hypocentre, la température a dépassé instantanément 7 000 degrés.

Il est l'Ange-de-l'énergie thermique qui est emportée, dans un flash de lumière blanche, par des rayons X qui transforment l'air en boule pyrique. Cette boule de feu précède tous les autres phénomènes ; elle progresse à la vitesse de la lumière, sa vitesse minimale, à lui qui est déjà l'Instant T + 0,015 seconde :

Sur la zone d'impact de la bombe, la température est telle que l'air se trouve comprimé au point de former une masse dure et mobile. Il est cette onde de choc primaire : celle-ci se déplace à une vitesse supersonique à partir du centre d'ignition, il est l'Ange-flux qui se propage en cercles concentriques et saute, quantique, à la phase suivante, il est déjà l'Instant T + 0,050 seconde :

La boule de feu se développe en une énorme masse incandescente et radioactive ; l'onde de choc primaire a atteint le sol et se trouve réfléchie. Surpression de l'air sous la forme d'une muraille de gaz comprimé en déplacement. Il est ce mur cinétique-fissile, il est ce mur du son atomique, un trillion de guitares en larsen, vitesse d'un avion de guerre, il est cet avion, il est cette guerre, il est l'Instant T + 2 secondes :

Deux secondes après l'explosion, Ange de la boule de feu, il est encore en expansion ; elle émet un rayonnement de très haute intensité. Le front de l'onde de choc se déplace en créant un fort courant de convection dépassant les 400 km/h. Il a déjà libéré une grande partie de l'énergie nucléaire : incandescence de la boule de feu en diminution progressive. Il est l'Instant T + 10 secondes :

Front de choc en déplacement autour du point d'impact, il est la tornade des vents ascendants qui emportent avec eux poussières et débris arrachés au sol, vitesse des vents vorticaux/verticaux : au moins 400 km/h. Il est le final-mix des produits de fission issus de la bombe et des autres résidus condensés en altitude qui forment un nuage de particules radioactives. Il est aspiration vortex / différence de pression vers la haute atmosphère, il est l'Ange Pyrocumulonimbus, l'Ange plus-que-noir par lequel la lumière plus-que-blanche a été révélée, il est ce qui a tout opéré, il est l'Ange-Rayonnement.

Ange de la Phase première du rayonnement initial, il est : émission de neutrons et de rayons gamma simultanés à l'explosion ; Ange de la Phase Seconde : particules bêta, alpha, et radiations gamma résiduelles, juste quelques millisecondes plus tard. Surfeur de la boule de feu. Le rayonnement UV ne dure que quelques centièmes de seconde avant son absorption par l'air. Le voici maintenant congloméré en fréquences allant de l'infrarouge à l'ultraviolet, en passant par celles du spectre visible émises de façon intense pendant les premières secondes qui suivent l'explosion.

Dans l'invisible, le voici Ange de l'impulsion électromagnétique. Il est onde radioélectrique à haute intensité et de très courte durée qui vient court-circuiter ordinateurs, transistors, circuits intégrés, il est cette Machine dont il est l'Ange, cette machine dont l'intelligence photonique tue les autres machines.

Il est l'Ange vital-fatal, initial-terminal, point d'impact-zone-néant, il est onde thermique et se propage à la vitesse de la lumière.

Sa vitesse minimale.

La fission nucléaire est son métabolisme.

Il est l'Ange du corps atomique, il vient de devenir ce qu'il est.

10

Here comes the Great Delta : Here comes the Great Delta Deep Water Horizon / The Black Petroleum is straight ahead and beyond / Here comes the updated General Ocean/The WorldWide News Leader inside the Triangle / Here comes the Great Delta Deep Water Horizon / Enter the submarine tubeway, do enter the crash zone / Get ready, please get all the things done / Here comes the Great Delta Deep Water Horizon / The Black Petroleum is straight ahead and beyond /

La Cadillac des Anges parvint au Delta par ce qui était la fois son centre, sa pointe, sa base : la Nouvelle-Orléans. Matrice-Jazz, collision Nouvelle-France/Black South, mode d'accélération : Deltatron, fanfares militaires factorisées par la bande sonore de la Déportation Transatlantique. L'Anneau étendait ses ramifications à travers toute l'American History Ultra-X, le jazz en provenance directe des langages rythmiques secrets apportés par les esclaves venus d'Afrique, code tribal-guerrier à l'origine, recryptage sonore de cette insertion forcée à l'arrivée. Le blues, en flux tendu à partir de cette translation, se translate à son tour – *Go North* – le long des voies de chemin de fer en direction des Grands Lacs. Le Rock en vecteur multiplex complétant le cruciforme : *Go West* vers les tests atomiques de Los Alamos, *Go East*, plein gaz sur le site de lancement des fusées spatiales made-in-USA.

Résultante : *Go Up. Get High. Space Out.*

STAY FREE.

Sur le cockpit cerveau tête-haute de la Cadillac, une série de chiffres se cristallisa dans le plexiglas écran photons.

Le chiffre « trois », suivi d'une infinité de « zéro ». Compte à rebours en suspens pour l'éternité, gravé sur le chrome actif de la lumière dotée de mémoire. C'est le nombre du Grand Delta. Le Delta plus-que-noir, celui qui inclut le delta du fleuve, celui qui le transmute en Saint Opérateur de la Triangulation de tous les secrets américains : *Let's roll along the Big Black Triangle.*

Novak se tenait sur la banquette arrière, livre en mains, réactivé ultraviolet pleine puissance, il adoptait exactement la même position qu'avant son départ pour la mission « Troisième Bombe », simple coupure digitale, infiniment petite/infiniment grande, il semblait n'être jamais parti, et selon un certain point de vue, quantique, c'est en effet ce qui s'est produit, pensa Sharon. Il ne s'est pas dédoublé, il a opéré selon le tiers-inclus, il a rendu active, radioactive, fissile, sa propre présence.

Novak tourna une page du livre, il tomba sur un schéma. Un simple diagramme.

Il comprit aussitôt ce dont il s'agissait :

— Grand Portage, c'était Input Nord / Output Ouest. Si l'on suit les côtés du Triangle, on parvient à Los Alamos, Nouveau-Mexique : Input Ouest / Output Est. Et si on poursuit encore, on parvient à Cape Canaveral, Input Est / Output Nord, et on boucle.

Sharon observait la ville qui se dévoilait sous leurs yeux, elle semblait attendre un événement, un événement qui serait immédiatement répercuté sur CNN, l'événement vers lequel la Cadillac se dirigeait, l'événement par lequel le Grand Delta plus-que-noir allait se mettre au travail – ré-ingénierie en action à trois secondes de la zone d'impact, à zéro mètres de l'Instant T.

— En toute logique, il y a un métacentre spécifique pour une telle figure, et visiblement cela ne peut être que plein sud, comme prévu : le Golfe.

— Ils disent les « trois portes de l'Atomic American History Ultra-X ». Ils établissent une correspondance avec les Éléments primordiaux.

— Un vieux truc d'alchimiste, fit remarquer Venus.

— Je sais, mais là, c'est juste une évidence, une évidence qu'il leur faut nous rappeler : l'Eau à Grand Portage, la Terre au Nouveau-Mexique, l'Air à Cap Canaveral, et le métacentre – Feu : Ce qui va se produire. Ce qui s'est déjà produit, ce qui se produit à l'instant même dans le Golfe. C'est pareil, pour nous.

Sharon projette son regard jusqu'à une lointaine nébuleuse en formation mais le concentre actif sur le littoral louisianais, les Marsh Islands, la silhouette découpée machine d'une plate-forme offshore se dessine au loin, noire, à contre-jour sur le ciel bleu printemps.

— Le Delta du Mississippi se surplie à l'infini dans le Golfe. Celui-ci est devenu un Globe. Un Globe de Lumière, mais dont le secret opératif est caché par l'Océan devenu programme plus-que-noir. Je pense que la station BP est le métacentre de cette figure-là.

Venus accorda un temps de répit à ses lèvres.

— C'est de cette plate-forme offshore que nous pourrons sortir du Synchrotron de Minuit. Après la dernière mise à jour, bien entendu.

Sharon observa les motifs qui se modifiaient rapidement sur l'écran de l'ordinateur de bord. Désormais c'était le centre de la galaxie, ce trou noir super-massif, qui apparaissait au centre du quadrant. Elle repensa un bref instant à Saint-Louis, au croisement route accélératrice / route fantôme, à son inscription générale à chaque étape du voyage, l'Anneau-Croix allait bientôt se transformer lui-même en autre chose, en une altérité oblique, déviante, divergente.

Ils se tiendraient en son centre, son métacentre, là où tout serait possible.

11

La Cadillac fusa vitesse ultra-E jusqu'à DeepWater Horizon, Alphaterminus, Black Petroleum Ocean, ce point d'impact initial par lequel le General Re-Engineering avait pu prendre corps. Et prendre nom. Là où onze hommes allaient mourir, étaient morts, dans la synthèse élémentale eau-air-feu. Sur un isolat métallique de la Terre.

Dix plus Un. Les nombres parlent, disait souvent mon père.

Là où le monde allait subir une fuite.

Un *ReallyLeak* majeur, celui qui synthétiserait toutes les synthèses accomplies auparavant sur l'Amerikan Autobahn. Celui qui allait produire ce tout supérieur à la somme de ses parties, quelle que soit la magnitude atteinte.

La plate-forme était encore en pleine activité lorsque la Cadillac entreprit de la survoler, cercles luminiques en mode répétition, cockpit-tête haute cadrant la structure flottante sous tous les angles, affichant l'intégralité des paramètres, systèmes d'extraction des hydrocarbures, architecture générale, détails de fabrication, matériaux, circuiterie électrique, communications, urgence et sécurité, machineries auxiliaires, humains présents.

À trois secondes de l'instant T.

À la décimale près.

À la décimale près, le processus s'enclenche. Ce n'est pas vraiment une suite d'opérations mécaniques, même fatales. Par définition, lorsqu'une catastrophe survient, les mécanismes sont mis hors de fonction, d'où l'extrême difficulté à concevoir des plans d'urgence. Ce qui s'y substitue s'apparente plus à une forme de vie, à une organisation biologique tout autant qu'à un flux numérique analogique/digital.

Ils sont en pleine phase Unitron.

L'Océan Black Petroleum est le seul vrai monde. Ils orbitent autour d'un point de lumière encore fixe, singularité en attente de sa création.

Là, tout de suite, bien sûr. À l'instant T. Au point où toutes les droites parallèles se recoupent.

À l'Infini.

La forme de vie qu'est devenue la plate-forme BP vient au monde selon sa propre genèse. Sa genèse est de l'ordre de la destruction, certes, elle va tuer onze hommes, elle va court-circuiter les systèmes de sécurité, gravement endommager les machineries de pompage et de filtrage en surface, se propager jusqu'au sous-sol océanique, y déstabiliser les dispositifs techniques présents sur place, produire un amas solidaire d'anomalies internes à la sonde terminale, celle qui contrôle directement le drain de pompage de la nappe d'hydrocarbures. Et pour finir, créer les conditions nécessaires à une surpression naturelle incontrôlée qui vient détruire l'intersection majeure, alors le pétrole s'échappe, fuit.

Rien n'est fini, au contraire, car tout a déjà commencé, là-haut.

Alors, c'est ça, la catastrophe : la divergence absolue de tous les événements qui viennent de s'écouler, en une seule fois, en un seul instant, un seul *momentum*.

C'est l'explosion de la plate-forme. La singularité lumineuse invariable a pris son expansion.

C'est la phase Unitron, ils sont dans cet univers en expansion infinie, ils en sont le métacentre, ils sont dans la plate-forme, ils sont dans sa lumière,

ils sont :

Les onze ouvriers sacrifiés par l'Océan Plus-Que-Noir, cognition Unitron : leur âme est aussitôt emportée par la lumière en expansion infinie qui émane de l'incendie général, celui qui a pris possession des lieux / événements disjoints devenus synthétiques : courts-circuits et détonations survenus sur la plate-forme initient feu-vortex en tous points de la structure, expansion 3D immédiate, verticale-horizontale-diamétrale, en obliques multiplex, en échos croisés / La fuite venue du fond océanique alimente le système nouvellement créé en continu / les filins et les pylônes d'amarrage, les flotteurs, tout se fissure, tout implose / la plate-forme BP bascule combustible intégral dans les eaux plus-que-noires / ils sont les corps calcinés des onze ouvriers engloutis avec le piège métal-feu-pétrole / Ils sont déjà dans la salle des opérations de la catastrophe / ils sont en phase Unitron, l'accélération est telle que tous les mouvements sont simultanés, toutes distances abolies-unifiées / conséquence : plus rien ne bouge, mais rien n'est statique, c'est la dynamique infinie, c'est le zéro absolu du temps, toute résistance est impossible / ils sont à l'instant T, ils sont dans le Globe vitesse-lumière coévolutif à la catastrophe du Black Petroleum Ocean / ils sont là où ça se passe / là où tout ne fait plus qu'un seul événement / ils sont l'au-delà de l'accident / ils viennent d'entrer – input terminal – dans /

Le centre des Opérations BP, pensa Sharon. Il a intégré la plate-forme accidentée, constata-t-elle aussitôt. Second constat immédiat : la Cadillac a disparu.

Ils se tiennent tous les trois debout face à ce qui ressemble à la sphère intérieure d'une tour de contrôle aérien en état d'urgence, partiellement dévastée par les effets immédiats d'une guerre.

Et c'est très exactement ce qui se passe ici.

Ils sont au cœur d'une guerre. Une guerre qui se conduit sur tous les fronts en parallèle, dans l'infini, donc dans le réel.

13

Il y avait des hommes et des femmes au boulot, ici. Uniformes Kevlar noirs, devenus un classique pour toute force de sécurité, mais d'où émanait un pâle éclat, un lointain écho du globe de lumière. Elle se rendit compte immédiatement que la radiation basse fréquence provenait de leurs corps. Ils ne sont pourtant pas des Anges, comme nous.

Venus remarqua les étoiles de métal argentées accrochées à leurs boutonnières.

— Marshals? demanda-t-elle à l'homme qui s'était détaché du groupe pour venir à leur rencontre.

— Chief Marshal Jesse James, pour vous servir, mademoiselle. Voici mes deux adjoints principaux.

Jesse James désigna deux hommes qui s'approchaient lentement, en silence, pour venir l'encadrer.

— Amerikan Autobahn Marshals, John Wesley Hardin et Bill Doolin.

Trois des plus réputés hors-la-loi de l'Histoire de l'Ouest américain. Marshals de l'Amerikan Autobahn, protecteurs du Synchrotron de Minuit, une divergence cruciale de plus, Ni Sharon, ni Venus, ni Novak ne firent la moindre allusion au fait que tout – ici et maintenant – était non seulement possible, mais réel.

— Que se passe-t-il exactement dans le coin? demanda Sharon.

Par les vastes baies vitrées de plexiglas blindées, fendillées ou trouées en de nombreux endroits, elle pouvait apercevoir des protubérances de flammes s'élever un peu partout sur l'océan, jusqu'à la ligne d'horizon où des vortex de fumée noire et orange dessinaient de hauts serpentins vers le ciel blanc-bleu diamant.

— Vous le savez : nous sommes sur plusieurs fronts en parallèle, ici ils se rejoignent tous.

L'attention de Novak est attirée par un jeune homme, âgé de quelques années terrestres de plus que lui. Il est assis devant une console où défilent, purement luminiques, des blocs des messages écrits en langage Humain-Étranger.

Novak le reconnaît. William Bonney, dit Billy the Kid.

Il formule aussitôt, trop vite, la question qui lui vient à l'esprit :

— Vous êtes ressuscités depuis les morts, c'est nous qui avons fait ça ?

Jesse James tourne son regard vers lui, Novak perçoit une curiosité distante et amusée mais doublée d'un authentique sérieux vis-à-vis de l'organisation pratique, une fragrance émotive qu'il connaît bien.

Sharon intervient.

— Novak, ici tout est réel, donc tout est synchronique. J'aimerais bien que tu intègres définitivement cette notion. Ils ne reviennent pas depuis les morts, sous forme de fantômes, ou de corps-âmes ressuscités, ils sont vivants, ils ne sont pas encore morts. Et ils sont les Marshals de l'Amerikan Autobahn, soit la seule chose qui compte.

— Il n'y a que les plates-formes BP qui brûlent ?

Desperately-UltraViolet, elle aussi, possède un sens inné de l'organisation pratique.

— Non. Il y a eu ce que vous appelez une réaction en chaîne, d'abord le réseau BP, en effet, puis toutes les plates-formes offshore du Golfe-Globe. Nous sommes la dernière intacte. Disons, opérationnelle.

— Vous devez protéger l'Amerikan Autobahn de quoi, ou de qui ?

Sharon, mode analytique chirurgical, son esprit-lumière en rencontre de troisième type avec une simple idée.

Une rencontre qu'elle poursuit sans attendre :

— Vous êtes le métacentre, ici, soit. Il doit exister un antipode quelque part. C'est contre ça que vous vous battez, en fait.

Jesse James observe tour à tour ses deux adjoints.

— On a pensé à quelque chose comme ça. Parmi toutes les parallèles synchroniques qui se recoupent ici, il doit y en avoir une qui veut notre anéantissement.

— Non, fit Sharon. Il y a bien une des parallèles du Golfe-Globe qui lui est reliée mais c'est son unique fonction. Reliée est le terme. Il s'agit d'un réseau. Lui-même est constitué de liens et de canaux qui irriguent toute leur planète.

Oh, oui, c'est ça, c'est bien ça, rien d'intuitif dans cette affirmation.

Elle sait déjà. Elle a compris.

Ils sont en phase Unitron.

— Le Monde CNN/CNN-Le Monde, voici le nom de l'entité qui veut empêcher le General Re-Engineering de s'accomplir, or elle sait que cela viendra d'ici.

Jesse James la regarde, attention soutenue.

— Vous parlez de ce magnat de la télévision, Ted Turner ?

Sharon garda le silence sous haute protection, il valait la seule réponse possible.

14

L'avis de recherche fut lancé tout au long de la parallèle infinie qui conduisait à Atlanta, siège du WorldWide Leader In News.

WANTED DEAD *AND* ALIVE disait le message envoyé à destination des équipes de l'A.A. Marshals

Office, aux confins des deux états de l'existence. Les Outlaws de l'Ouest se réunirent par groupes de deux ou trois, au volant de grosses berlines ou de 4 × 4 noirs, bien plus que noirs.

Sharon sentit la vague Unitron l'emporter, ici allaient se croiser deux ordres tout autant que deux chaos, c'est-à-dire toutes les parallèles se recoupant ici, à l'infini, et leurs divergentes :

Hors-la-loi de l'infini devenus Marshals du Synchro-tron de Minuit, garants d'une première option. Entre-prise d'envergure mondiale, plus-que-mondiale, dans le domaine de la communication de masse, pour l'alter-native.

Sharon s'approcha d'une des consoles de commande rétro-ingénierées depuis le futur, le « présent » des Humains-Étrangers.

Elle comprit que les frères Dalton et leurs complices venaient de se synchroniser direct avec Atlanta, l'adjoint principal Bill Doolin les avait rejoints, comme à leur époque, ils avaient déjà pénétré, intrusifs-invisibles, à l'intérieur du building, ils attendaient les ordres de Jesse James. John Wesley Hardin venait de rejoindre Natha-niel « Texas Jack » Reed, pour remonter le Mississippi en compagnie de Butch Cassidy, du Sundance Kid et du gang des frères Reno. Avec l'aide de la Horde Sauvage au grand complet et du Hole-In-The-Wall Gang du Wyo-ming, la petite armée ainsi constituée maîtrisait l'embran-chement stratégique du fleuve avec la route d'Atlanta et toutes ses parallèles.

Ben Thomson, pistolero texan et joueur du Missis-sippi, originaire d'Angleterre, avait rejoint les membres du Dodge City Gang – John Joshua Webb, « Dirty » Dave Rudabaugh, Mysterious Dave Mather, Hoodoo Brown – et les Frères Younger dans le delta du fleuve, ils s'apprêtaient ensemble à prendre le contrôle de toutes les stations affiliées de la région. Calamity Jane s'était incorporée au Rio Grande Posse de John Kinney pour s'occuper de l'État du Texas, et Bronco Bill Walters à la bande de Jessie Evans, métis Cherokee et lauréat du Washington and Lee College de Virginie, ainsi qu'aux Seven Rivers Warriors, tueurs au service de la Murphy-Dolan Faction lors des événements du Comté de Lincoln, Nouveau-Mexique, durant la guerre des ranchers. Alliés à leurs anciens ennemis, les Régulateurs de la McSween Faction, dont Henry McCarty, alias William Bonney, dit Billy the Kid, ils s'étaient translatés synchroniques sur les antennes principales du réseau tout au long de l'Amerikan AutoBahn. Régulateurs, ni hors la loi, ni officiellement à son service, la première divergente de l'Ouest des Outlaws, ils étaient à leur place. Ils allaient faire le boulot.

— Est-ce que vous avez une idée de la nature exacte de la mission qui vous est confiée ?

Au moment où la question émerge de ses lèvres, Sharon ressent une impression à la fois étrangère et connue. Elle la reconnaît. Mieux, elle la comprend.

C'est un clou de neuf pouces planté net au cœur de son cerveau-lumière.

C'est ce troisième État du Désir. Ce fameux « sexe des Anges », qui n'existe pas comme organe puisqu'ils ne peuvent procréer, donc pur processus neurophysique. Se pouvait-il que l'élément féminin terrestre ait pu survivre en elles/eux, dans un surpli d'intelligence active, organisée, et transfinie ? L'organe de cette sexualité féminine était précisément ce qui avait été détruit en elle par les humains, sur leur Terre, leur territoire. Indiquait-il le point d'émergence d'une destruction créative ?

Puis, aussitôt : l'ombre terrible du doute social-neuroleptique portée sur la substance même du réel. Si tout cela n'était qu'une hallucination ? Elle connaît la manœuvre, elle connaît même son secret, sa divergence : le monde neuroleptique de l'actuelle humanité ne se contente pas d'essayer par tous les moyens à sa disposition de vous convaincre que le contact avec le réel est de nature hallucinatoire, quitte à fabriquer un monde-simulacre qui finit par en apporter la preuve, mais il induit un doute dans le doute : il oblige l'individu devenu monade fermée à formuler de lui-même, pour lui-même, une question qui devient aussitôt centrale : se pourrait-il que cela soit une pure illusion fabriquée par mon cerveau ? La question est à peine d'ordre statistique, de vagues probabilités tout au plus, du pur aléatoire, du hasard, un simple pari de casino, rien n'est vraiment calculable, mesurable, rien n'est réel, mais rien n'est faux. La question encage définitivement l'esprit, le place dans une boucle indéfinie, qui ne renvoie qu'à elle-même, et place le résident du Monde humain dans un état de solitude absolue.

Mais reliée en réseau. Reliée au Réseau.

Celui qu'il ne faut surtout pas détruire, mais celui qu'il ne faut surtout pas ré-ingeniérer non plus. Contre la divergente : une autre divergente.

Meilleure, plus déviante encore.

— Vous n'êtes pas là pour braquer la banque, la diligence Wells Fargo ou le train à vapeur, comme au siècle où vous vivez. Ni non plus pour les enrichir, au demeurant. Vous êtes là pour activer le tiers-inclus au sein de leur système.

— Je connais votre langage, celui de votre siècle, quoique je ne sache pas comment, mais là je dois reconnaître que je n'ai pas tout compris.

— Comment. Déjà, vous posez les bonnes questions. Ni vous ni nous, n'avons à adopter leur agenda. La divergence absolue consistera au contraire à opérer selon une neutralité active, fissile. Nous avons nous aussi à assurer notre part du boulot, et les deux sont complémentaires. Nous, nous allons devoir ré-ingéniérer tout le réseau BP qui est en cours de destruction sur le Black Petroleum Ocean, nous saurons comment agir le moment venu.

— Très bien. Et que devons nous faire exactement, nous autres ?

— Vous allez enfermer le réseau de tous les réseaux dans sa propre matrice. Vous allez le placer en stase évolutive. Il continuera probablement de progresser, à son rythme humain, jusqu'à ce que ses propres programmes le conduisent à la régression puis à la disparition. Vous saurez faire. Ici tout est synchronique. Vous aurez tout ce qu'il faut à votre disposition. Ce sera logé dans votre esprit.

— Et vous trois ?

— Nous trois ? Pour nous tout a déjà commencé.

Back-Forward to the Cadillac / phase Unitron ultra E / Outlaws updatés Amerikan Autobahn Marshals en route – transchroniques – vers Atlanta et le réseau de tous les réseaux / Sharon, Venus, Novak mode de cognition : Instant T / solos des guitares plus-que noires térawatts à l'unisson / CNNLeMonde restera LeMondeCNN, the worldwide leader in news chef opérateur de l'extinction programmée universelle / à eux maintenant de *synthétiser* la course de l'Anneau Synchrotron / tout est là devant eux sous le ciel plus froid qu'une nappe d'hélium liquide / le point initial de la catastrophe en re-eegineering général / le réseau terminal du non-événement extinctif en stase non évolutive devenue *volontaire* / divergence contre divergence/déviance supérieure / Ils ont calé le monde sur sa lame destinale / *let's roll faster into the brain-tube, let's play the arsenal of love, go up, get high, space out, stay free, be the skyrocket coming from above* / plates-formes BP en *network-centric fire* pointes ignées vers le ciel / radio-télescopes consumés dans les eaux du Black Petroleum Ocean / Elles sont là elles sont le réel elles sont le signal / Elles dévoilent leur secret destruction créative elles se révèlent telles qu'elles peuvent être – telles qu'elles sont – telles qu'elles deviennent déjà / Sharon-Venus-Novak tenue camouflage photonique trinôme guérilla more-than-light ils sont pistoleros neurophysiques ils sont en train d'établir la Cognition Ultra-E, tous univers en expansion infinie, ils intègrent, ils assemblent, ils guitarisent électrique-atomique / Roxities synchronisées sur double axe Anneau Synchrotron / Grande Croix des Conspirations Américaines en mode synthèse accelerated / c'est le dernier chorus – implosif – celui qui ne s'éteindra jamais mais qui pourtant conduit au silence / amplificateurs anthropogenèse puissance onze – dix plus un – vitesse-lumière en mur sonique Ultra-X / tout est là devant eux tout est ready-to-go, tout est à l'instant T = zéro / *let's roll faster outside the world-cube, let's play the game of all games, go up, get high, space out, let's drive on the Synchronic Motorcade* / Le Golfe-Globe est re-ingénieré / Plates-formes BP réunifiées feu froid / Sharon, Venus, Novak face à la synthèse option définitive /

C'était si simple, en vérité /

15

— Plus que simple, on pourrait le dire ainsi, Sharon ?

La Cadillac émerge des eaux du Black Petroleum Ocean recouverte d'une peinture d'hydrocarbures gluante à la noirceur indicible, trou noir mobile orbitant vitesse Ultra-E autour du Golfe-Globe totalement, synthétiquement ré-ingénieré.

— Oui, non seulement on le peut, mais on le doit. Notre mission est Ultra-X, mais surtout ultra-simple, tu as raison. Si l'humanité refuse cette option elle aura choisi sciemment son auto-extinction. Ce que nous venons de réaliser c'est la synthèse de toutes les synthèses antérieures, le monde humain aura donc un accès direct aux connaissances nécessaires pour faire fonctionner toutes les autres, soit l'intégralité de ce que nous avons accompli sur l'Amerikan Autobahn.

La Cadillac plus-que-noire leur montre cockpit cerveau-haut le réseau d'écoute et d'émission interstellaire qui est né de la transmutation générale des plates-formes offshore de la BP, puis de toutes les autres.

— Son nom est Alpha-Oméga, c'est ce que le livre dit. Ce sont les dernières pages. Elle permettra la réception et la transmission de messages et d'objets très complexes à la vitesse Ultra-E, ceux qui restent indétectables selon les technologies d'aujourd'hui. Et même de demain, à leur échelle.

— Il existe un flux continuel d'échanges de connaissances entre les Humains-Étrangers, ainsi qu'entre eux et d'autres formes de vie évoluées. Comme sur la Terre. Et l'humanité pourra, ou non, s'insérer dans le flux, poursuivre l'anthropogenèse ou décider qu'il sera plus… confortable de s'arrêter.

— Puis de régresser, lentement mais sûrement, dire qu'en fait cela a déjà commencé et que nous ne faisons qu'accélérer le phénomène. Dans les deux sens, je veux dire, selon les deux divergentes, les deux options. Le Réseau de tous les Réseaux restera ce qu'il est. Mais la station de transmission internitive agit selon le mode de la contre-information déviante, elle ne l'anéantit pas, elle la reprend. À son échelle. La plus haute de toutes.

— C'est le principe fondamental, Venus. Les Anges viennent rappeler à l'homme qu'il est libre, libre de ses choix, et qu'il a intérêt à opter pour le bon. Ou plutôt le meilleur.

Dans le Golfe-Globe couleur singularité initiale invariable, chaque plate-forme offshore interstellaire est prête, tout le réseau d'information cosmique est en place, ne reste plus à l'humanité qu'à appuyer sur le bouton ON.

Ou non.

Digital/analogique, analogique/digital, input-output :
l'arme synthétique, ils l'ont lancée sur ce monde et ses
résidents, elle sera plus implacable que les arsenaux les
plus modernes. Elle va décider du choix que l'humanité
sera, est déjà, obligée d'opérer entre deux paix, inconciliables.

Tout de suite.

L'arme aurait pu s'appeler Wikileaks for Everyone.

C'est une arme très simple. C'est l'arme du Grand
Trucage.

C'était l'arme de l'Effet plus-que-spécial.

Une arme binaire.

Un / Zéro.

L'unité. Le néant.

Cette arme aurait surtout pu s'appeler « diffusion
virale par intrusion transpsychique », elle aurait pu s'appeler « cognition comme sélecteur évolutionniste », elle
aurait pu s'identifier plus clairement encore comme :
deviens ce que tu es ou disparais.

Elle s'appelait General Re-Engineering.

La science des Hommes-Étrangers et de leurs Artefacts en WikiLeak global/local/interindividuel. Chacun
sa dose, chacun son dossier, tout le monde au courant,
tout le monde sur la même longueur d'onde. Tout le
monde dans la boucle.

Technologies du futur en version retro-engineering,
transcription des codes, exposé des modèles théoriques,
procédés de fabrication, typologie des machines et des
Artefacts en état de suspension indéterminé, l'équivalent de leur mort clinique, pour études.

Juste de quoi savoir, de quoi comprendre, de quoi agir.

Juste assez pour opérer le choix binaire, *open source*.

Novak avait reçu le signal dès la naissance de l'Univers. Cette onde primordiale s'actualisa lorsqu'il y parvint : Terminus Alpha/Oméga Highway 61-Route 66-Road 100 United, golfe du Mexique, température résiduelle : 3 degrés Kelvin.

L'océan auparavant noir de pétrole, argenté de dispersants chimiques, illuminé orange de toutes les plates-formes BP en train d'exploser à sa surface était devenu ce qu'il était : le Synchrotron Ultra-E. Celui par lequel l'humanité entière pouvait opter pour l'accélération vers l'infini.

Sharon et Venus captèrent l'onde émise par Novak, à travers Novak. Au même Instant T, elles lancèrent leur propre signal : le tout premier des nombres, puis le suivant, et enfin toute la suite infinie.

C'était Station-service Beyond Pervasive / Station-réseau Synchronic Cities – *The Cosmos is not new but it's still the real leader* – trucage/update offert en programme libre à tous les cerveaux humains, *open source*, choix binaire : general re-engineering contre Turned Worldwide GoogleMother/PlaNet UniTed DePop, l'intégralité des stations BP a explosé à la surface de la planète – destruction créative synthétique, sacrifices industriels par le feu pétrolier, le golfe du Mexique devenu Pervasive Technology virale *Opera Mundi*, entrelacé-codé-synthétisé dans chaque Cité, chaque autoroute, chaque motel, chaque parking, chaque conscience survivante. Et tous les écrans de télévisions et d'ordinateurs, qui ne font plus qu'un.

Venus suit avec attention le tracé de son geste *Desperately Ultraviolet* sur le contour de ses lèvres. Sharon laisse en place une mèche de cheveux Cosmic Autobahn Blonde tombée en désordre le long de son visage. Novak referme le livre, un ultime éclat laser UV zébrant son nerf optique.

Là-bas, dans les montagnes de l'Extrême Ouest américain, ce que fut le compound montre le visage que les hommes retiendront : un vaste cratère surplombé d'aurores boréales dont même l'apparence semble mortelle.

Le plexiglas photonique devient éblouissant, y compris pour eux trois. La Cadillac ne cesse de s'updater, vitesse ultra-E, elle est désormais un flux primordial de lumière invisible, elle est de retour à son état initial-terminal.

Le Cosmos cache encore son secret plus-que-noir, celui que l'Homme découvrira un jour, s'il en a le cran, s'il fait l'effort d'être à la hauteur : Infiniment plus rapide que la Lumière, la seule vitesse absolue, la seule théoriquement possible, la seule vraie : l'habitacle tout entier est devenu le point-instant T d'une fission atomique primordiale. Trois personnes, singulières, lancées pleine course sur l'autoroute plus-que-noire devenu échangeur vers ce qui ne connaît aucune fin.

Ils sont dans l'interface de sortie. Le Zérotron, ce point de singularité terminal-initial. Ils sont de retour là d'où ils ne sont jamais vraiment partis.

Maintenant, la Cadillac devenue plus-que-blanche orbite seule autour du Golfe, machine volante invisible, l'habitacle rempli d'un hydrocarbure de silence absolu.

Ils se tiennent debout sur le pivot de tous les axes, au point de recoupement de toutes les parallèles. Là où le Néant a servi de nombre premier pour la Création.

De leur passage en ce monde, tel un sillage permanent, mur de toutes les ondes désintégrées photoniques, ils laissent autour d'eux leur seule présence, celle qui ne peut s'éteindre.

More than light.

Oméga

1

L'homme portait un nom.

Il s'appelait Nod Body.

Ce n'était pas le nom que lui avait donné le monde. C'était l'identité qu'il s'était choisie, celle qu'il avait élaborée de lui-même, en devenant libre.

Il trouva la Cadillac sur le bord d'une plage, au sud du Grand Delta. Elle était laquée rousse par une peinture de feu qui semblait dater de plusieurs millénaires, vieillie par le temps, incrustée métal lourd par la chimie des espaces traversés, polie par toutes les érosions imaginables. Elle semblait paradoxalement flambant neuve, comme tout juste sortie de la chaîne de production.

Elle avait subi un crash. Le pare-brise était fissuré de toutes parts, les pneumatiques avaient éclaté, latex dissous, implanté moléculaire dans les jantes acier fondu par de hautes températures, typologie : rentrée grande vitesse dans l'atmosphère.

Sa présence, à demi échouée sur le sable, le moteur apparent sous les torsions infligées au capot, la calandre pleine de trous au ras de l'écume des vagues, n'était guère plus incongrue que celle des objets vers lesquels l'homme se dirigeait, éparpillés dans la mangrove saline la plus proche.

C'était un endroit interdit de fait, et pour l'heure encore secret, non détecté comme tel. Dès qu'il serait découvert, on procéderait à sa destruction immédiate, et totale, objets présents y compris.

Plusieurs théories concurrentes avaient cours concernant leur origine exacte. Certaines faisaient valoir une tentative d'invasion extraterrestre, mais elles avaient toujours été considérées comme les plus fantaisistes. La plupart des autres modèles explicatifs élaboraient des scénarios plus ou moins convergents au sujet de technologies développées en secret par des États terroristes voire des organisations illégales, d'autres encore parlaient de conspirations croisées entre l'ONU et certaines grandes puissances de l'époque, ou bien d'un essai de prototypes militaires ultra-secrets ayant mal tourné, accident, sabotage, sur ce point aussi les théories s'affrontaient.

Cela s'était produit avant.

Avant que la Terre commence à se vider lentement de ses habitants, de ses nations, de son histoire, de son futur, pour laisser place au UniTed Worldwide Human Park, programmable, démo-contrôlé, absolument propre, sans plus de frontière ni le moindre risque d'accident industriel de quelque nature que ce soit, longévité des vies humaines amplifiée par auto-médecine en réseau, modèles d'euthanasie volontaire en vente libre.

Chaque théorie visait une conspiration bien singulière, mais toutes s'entendaient sur l'extrême dangerosité des objets et des pseudo-humains qu'on y trouvait en état d'hibernation au zéro absolu. Les mots « virus mortel incurable d'origine inconnue », parfois « militaire » ou « élaboré dans l'Espace orbital », revenaient avec constance.

Alors les hommes en blanc arrivaient et moins d'une heure plus tard, une clairière rasée nette ou un cratère tout juste fumant avaient remplacé les objets au sol et leurs Artefacts, simple trace géologique sans historicité.

674

Rien n'était jamais documenté, la consigne était qu'ils n'avaient tout bonnement pas existé. Alors ils n'existaient plus. Sauf pour les hommes comme lui.

Les Chercheurs.

Clandestins.

Ceux qui disparaissaient avec les objets si on les trouvait sur place avec eux.

2

Les Objets Interdits étaient au nombre de trois.

L'un d'entre eux avait sombré direct au fond d'un étang à la surface mousseuse, on apercevait de lui un large disque d'apparence métallique bombé en son centre, partiellement recouvert d'une boue gluante, de vase, de sable. Nod Body savait depuis longtemps que cela n'avait pas la moindre incidence sur le fonctionnement des objets et des Artefacts qu'ils contenaient. C'était aux hommes comme lui qu'appartenait de résoudre la question.

La question du « comment ».

Comment opérer la rencontre ?

Comment établir le contact ?

Comment repérer un tel objet enseveli au fond d'une fosse plongée dans l'obscurité, marine ou terrestre, volcanique, météorique, comment le rejoindre, submergé par des mètres d'eau stagnante, houleuse, ou traversée de courants périlleux, comment s'approcher d'une telle machine inerte, fracassée au sommet d'un pic neigeux, perdue au cœur d'une forêt vierge, d'un désert, isolée dans un quelque-part non répertorié, un nulle-part dans le monde, un endroit qui n'existait pas ?

Qui ne devait pas exister.

Les deux autres engins s'étaient posés assez délicatement de part et d'autre de la mangrove. À l'horizon océanique, Nod Body pouvait discerner la découpe des

Marsh Islands, ainsi que des groupes épars de plates-formes offshore abandonnées depuis des lustres, s'oxydant lentement sous les effets de l'eau de mer, de l'iode saturant l'air ambiant, des photons solaires.

Il se mit en marche vers l'objet le plus proche.

Il vit la femme presque aussitôt.

3

Nod Body savait que s'il était miraculeusement parvenu, en restant libre en ce monde, à l'âge de 31 ans, c'était parce qu'il s'était fixé depuis longtemps une règle simple, essentielle, et inamovible : tout être humain recèle un secret. Tout secret cache un plan. Tout plan se réserve une part d'ombre.

Tout être humain est donc un danger potentiel, y compris et surtout pour lui-même, en toute connaissance de cause, ou dans la plus parfaite ignorance.

La femme se tenait adossée, relax, contre une des parois de l'engin en forme de triangle de couleur noire, veiné d'éclats obsidienne.

Elle était un peu plus vieille que lui, tout du moins à première vue. Des corolles de fumée gris-vert étaient expulsées régulièrement de sa bouche, preuve qu'elle commettait sciemment un délit depuis longtemps condamné, et surtout qu'elle poursuivait une habitude oubliée depuis.

Elle ne souffrait d'aucune maladie apparente, le traquenard de la « victime du virus », il connaissait par cœur, mais les hommes en blanc usaient de bien d'autres pièges, et cette femme pouvait être l'un d'entre eux.

Il fallait donc, en premier lieu, la considérer comme une ennemie. Disons une rivale.

En tout cas, une compétitrice.

Il fallait connaître sa part d'ombre au plus vite.

Elle portait une arme à feu, ce qui pouvait l'identifier comme une Clandestine. Un fusil aux canons superposés, sciés bien nets, comme la crosse, était logé dans un étui de fortune, matériaux recyclables estampillés Parc Humain, maintenu le long de sa cuisse par un assemblage de lanières.

Ce n'était plus un délit, mais un crime.

C'était bien une Clandestine, une Chercheuse.

C'était bien un piège possible.

4

— J'étais là avant vous, vous connaissez les règles.

Elle parlait en worldwordted, le seul langage qui subsistait, en tout cas officiellement, elle ne cherchait pas à occulter d'informations sous un code tribal antique.

Nod Body remit en place son arbalète à répétition le long de son omoplate, d'un geste sûr, naturel, machinal.

— Il n'y a qu'un seul spot mais il y a deux engins accessibles. Et nous sommes deux. Les règles sont claires, en effet, je peux lancer ma propre investigation sur l'autre, là-bas, que vous avez déjà probablement examiné. Et si vous acceptez que j'inspecte aussi celui-ci, nous pourrons partager nos informations.

Il pensa : Et nous deviendrons plus forts, meilleurs.

Il savait aussi que la femme pourrait à tout instant opter pour l'alternative, toujours tacite, mais toujours présente dans les termes du contrat. C'est-à-dire lui balancer une volée de chevrotine dans le dos, et conserver secrète la localisation des objets, ainsi que tout ce qu'elle y aurait découvert, et surtout compris.

— Alors, appliquons les règles, dit-elle en lui souriant et en montrant d'un bref signe de la tête l'autre engin, aux formes analogues, qui stationnait sur la boue saline à une petite centaine de mètres.

Nod Body se mit en mouvement sans attendre, offrant son dos à la volée de chevrotine toujours possible.

5

Nod Body avait déjà rencontré ce type d'engins.

Équilatéral. Chaque côté parfaitement identique, trente mètres de longueur. Pas de face avant, ni de bloc propulsif arrière, rien qui permette de les singulariser. Le Triangle Noir.

Comme il s'y attendait, il trouva un Artefact mort dans l'habitacle principal.

Il inspecta rapidement l'espace intérieur pour se faire une idée d'ensemble, puis revint à l'être en suspension indéfinie, allongé sur une couchette aux articulations d'apparence métallique. Rien qui lui soit inconnu.

Il suivit la procédure acquise avec l'expérience.

Il extirpa un épais carnet de notes d'une des poches de son antique blouson de Kevlar, aux manches coupées ras des épaules. Un lourd calepin qu'il avait confectionné à partir de rames de cellulose artificielle recyclable, d'une petite section de câble électrique torsadé en guise de reliure centrale et de morceaux de sacs-poubelles en EcoPlast cousus collés superposés, pour la couverture. Il en possédait plusieurs exemplaires, stockés dans son sac dorsal, déjà remplis d'écrits et de dessins exécutés à l'aide de ses crayons faits main, avec du roseau, des pigments minéraux et végétaux, des produits liquides de récupération, des huiles et des matières grasses de diverses origines, du carbone.

Il commença à transcrire tout ce qu'il voyait, tout ce qu'il lisait, tout ce qui fonctionnait, ne fonctionnait pas, tout ce qu'il comprenait. Au bout de quelques minutes d'investigation minutieuse, la certitude qui l'habitait depuis longtemps se cristallisa une fois de plus. Chaque engin est analogue, et pourtant ils sont tous singuliers. Quelque chose. D'invisible. Non apparent à l'œil humain en tout cas, mais qui pourtant existe.

Caché. Secret. Quelque part.

Il trouva comme à l'accoutumée le groupe de codes en langage inconnu dont il avait compris la fonction.

Les quelques symboles alignés sur cette surface à la texture étrange, à la fois solide, gazeuse, liquide et lumineuse, envoyaient un signal. Une simple onde radio. Il le savait grâce à l'appareil émetteur-récepteur à transistors qu'il avait un jour déniché sur le cadavre d'un autre Chercheur. Interférences, bruit blanc, quelques bips sonores en rafales, parfois sur deux ou trois boucles. Puis le silence sépulcral de l'engin abandonné.

Il appuya sur la surface rectangulaire. Les signes codés s'illuminèrent faiblement avant de s'éteindre. L'appareil radio à transistors capta l'émission d'électrons, produisit les sons habituels, puis se tut.

Nod Body se recueillit quelques minutes dans le silence revenu. Par le sas ouvert, lui parvenait l'écho de l'environnement dit naturel du Parc Humain. Il n'avait jamais su à qui ou quoi, ni à quel endroit exact, cette onde radio, toujours identique – il en avait noté la périodicité à de nombreuses reprises – était destinée, ni même si elle était destinée à quoi ou qui que ce soit.

Mais depuis qu'il en avait compris le « comment », il ne s'était plus jamais posé de question.

Il quitta sa place, marcha jusqu'au sas, sortit à l'air libre et fit face aux hommes en blanc.

La femme maintenait son fusil de chasse bien droit dirigé pleine tête.

Nod Body constata sans la moindre surprise que tout était prêt pour la destruction intégrale.

L'onde radio envoyée depuis l'objet mit deux petits millièmes de secondes pour atteindre l'orbite terrestre, à environ 500 kilomètres d'altitude. Elle fut reçue par une antenne déployée près du panneau solaire d'une très vieille station satellite. Son signal fut converti en une suite de nombres binaires qui vint rejoindre des milliers d'autres, stockés dans un composant à mémoire.

Un télescope de précision orienta son œil vers la Terre, il enregistra la présence invariable de ces vastes structures à l'aspect complexe, parfois de la taille d'une ville, laissées à l'abandon, éteintes, comme plongées dans un profond sommeil, en attente d'être un jour mises en éveil.

Un balayage de contre-mesures traqua l'origine exacte du signal et mit en action les dispositifs spécialisés, spectrométrie, météorologie locale, calcul des températures afférentes à la décimale près, en surface, souterraines, à plusieurs niveaux d'altitude pré-sélectionnés, différentiels hygrométriques, état géophysique du sol et du sous-sol, présences humaines, mécaniques, réseaux électriques, circulation d'informations.

Les caméras incorporées commencèrent à envoyer des images sur un carré d'écrans.

Puis la petite station orbitale réémit à son tour l'ensemble des messages qu'elle était en train de recevoir depuis la Terre. Les codes binaires s'affichèrent en superposition. Une liste de destinations apparut en mode *scrolling* : localisations GPS d'autres stations similaires, éparpillées en orbite, isolées les unes des autres par des centaines de kilomètres de vide.

Les écrans montraient un groupe d'objets aux formes triangulaires posés sur la rive d'un marais salant, à proximité d'une plage où se trouvait, accidentée, une de ces automobiles à essence de pétrole datant de l'Époque d'Avant.

Puis l'arrivée d'un groupe d'hommes et de femmes revêtus de combinaisons antivirales monochrome blanc suivie, peu après, d'une déflagration calculée circulaire, nette, chirurgicale.

Et enfin, une nuée de gaz aux irisations complexes qui stationna quelques instants au-dessus du cratère nouvellement formé.

Sur les écrans, apparition immédiate d'une série de paramètres, de chiffres, de diagrammes.

Juste devant les écrans, un nerf optique.

Juste au bout du nerf optique, un cerveau, un corps.

Humain.

Lui aussi, il est seul, ou quasi. Lui aussi, c'est un clandestin.

Lui aussi, il ne cesse d'observer les étoiles.

Lui aussi, il porte un nom.

Lui aussi, il cherche.

Montréal, le 1er mai 2013

REMERCIEMENTS

Xavier Francisci, Les Ekluz, Marie Arquié.

TABLE

BABEL NOIR

Extrait du catalogue

OUVRAGE RÉALISÉ
PAR L'ATELIER GRAPHIQUE ACTES SUD
REPRODUIT ET ACHEVÉ D'IMPRIMER
EN NOVEMBRE 2016
PAR NORMANDIE ROTO IMPRESSION S.A.S.
À LONRAI
POUR LE COMPTE DES ÉDITIONS
ACTES SUD
LE MÉJAN
PLACE NINA-BERBEROVA
13200 ARLES

DÉPÔT LÉGAL
1re ÉDITION : JANVIER 2016
N° d'impression : 1604929
(Imprimé en France)